**무엇인가
나타난다**

무엇인가 나타난다

발행일	2018년 6월 29일

지은이	정 재 웅
디자인	(주)북랩
대 표	손 형 국
출판등록	2004. 12. 1(제2012-000051호)
주소	서울시 금천구 가산디지털 1로 168, 우림라이온스밸리 B동 B113, 114호
홈페이지	www.book.co.kr
전화번호	(02)2026-5777 　　　　　팩스　　(02)2026-5747

ISBN   979-11-6299-153-4 03810 (종이책)   979-11-6299-154-1 05810 (전자책)

이 도서의 국립중앙도서관 출판예정도서목록(CIP)은 서지정보유통지원시스템 홈페이지(http://seoji.nl.go.kr)
와 국가자료공동목록시스템(http://www.nl.go.kr/kolisnet)에서 이용하실 수 있습니다.
(CIP제어번호 : CIP2018019982)

정재웅
에세이

무엇인가
나타난다

천지 생명과 실상

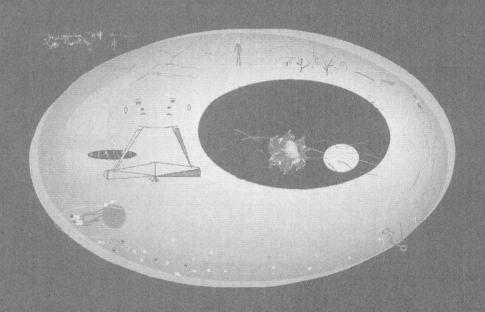

북랩 book Lab

차례

일기 > 수필 > 에세이

무엇인가
나타난다

밝으면서도 포근한 느낌이다.

무엇이 나타난 것이고 여기가 어데 인지?

이상한 느낌이다.

그리고 그곳에 무엇인가 보여 진다. 오른쪽 것은 세상에 시달리는 듯한 모습, 저들은 무엇일까?

서로 비슷하면서 다른 것들 셋.

왼쪽 것은 생신(生身; 생겨난 몸, 나 자신)을 끌어 안으려한다.

생신은 약간 겁이 나는 모습이다.

생신은 끌어안는 것이 싫어서 울어 버렸다.

그러자 가운데 것이 생신을 끌어안는다.

인자한 모습이고 마음이 편안 하다.

이것이 생신이 세상을 처음 방안에서 보게 된 상황 이었다........

그 후 언젠가 산모(産母; 어머니)는 세수 대야에 물을 넣고 생신의 얼굴을 씻어 주려 할 때, 대야에 비친 괴상한 모양이 나타났다.

두려운 것 같기도 하고, 아닌 것 같기도 하다.

생신은 손으로 물에 비친 모습을 잡으려 했다.

그러자 상존(相存; 서로, 항상 존재)한 모습이 흩어 졌다가 다시 만들어 진다.

이상한 일 이었다!

이때 산모는 손가락으로 물속과 생신의 얼굴을 번갈아 지목(指目; 가리키다)하고

있었다.

이때 생신은 물속에 뿔 없는 머리에 눈과 코, 귀가 있는 괴상한 모양이 비친 것이, 생신의 얼굴 이란 것을 직감하게 되었다.

처음으로 산모와 비슷하게 생긴, 생신 모습을 알게 된 것이다.

생신이 너무나 괴상하게 사람의 모습으로 태어났다는 것을 처음으로 알게 된

것이다.

그리고 조금 더 성장 했을 때, 익숙하지 못하게 걷다가, 기어 다닐 때가 되었다.

집 앞에 밭이 있었고, 생신은 밭에 호감이 가는 열매가 있어서 기어가고 있었다.

그리고 열매를 만지려고 할 때, 밭일을 하던 아주머니가 팔을 내젓고 있었다.

처음엔 이유를 알 수가 없다.

생신이 어떻게 해야 할지 모르다가, 잠시 후 알게 되어 밭에서 뒤 돌아 나와 버렸다.

그러나 왜 밭에 있는 열매를 건들지 말라고 했는지는 알 수가 없었다.......

그 후, 좀 더 성장하여 생신 같은 아이들과 마당에서 뛰어 놀 때가 되었다.

산모는 모르는 사람이 오면, 혼자 집에 있을 경우 따라 가거나 가까이 가지 말라고 하였다.

그러던 어느 날, 마을을 둘러 싼, 저 멀리 산 너머에서 낯선 남자가 무표정한 모습을 하고 친구들이 뛰어 노는 마당을 향하여 닥아 오고 있었다.

친구들은 모두가 긴장하여, 집 주변에 숨어서 경계심을 가지고 나그네를 주시 하다가, 지나간 주변을 조심스럽게 서성 거렸다.

그러나 그 사람이 지나 갈 때 까지 아무런 일도 발생하지 않았다.

친구들은 그 때서야 두려움을 떨쳐 버리고 다시 놀기 시작 하였다......

생신은 생각 하였다.

저 산 너머엔 무엇이 있고, 어떻게 생겼을까?

그 사람은 어데서 왔다가, 어 데로 가는 것일까?

왜 이곳을 지나가게 되었는가?

왜 우리는 이곳에서 놀고 있을까?

산모는 그동안 어 데로 간 것일까?

너무나도 궁금하고, 알고 싶어 졌다……

그리고 얼마 후, 꼬마 친구 몇이서 낯선 사람이 넘어 온 산, 고개 마루 까지 가 보기로 했다.

밝은 태양이 없어지지나 않을까 걱정하면서 작은 걸음으로 한참을 서로가 굳게 의지하면서…….

친구들과 작은 산으로 둘러싸인 그곳에 갔을 때, 아주 넓은 하늘과 들판, 큰 산 들이 끝없이 펼쳐진 것을 보고 놀라워했다.

두려운 마음도 사라 졌다.

큰 모험을 한, 기분 이었다.

마음이 시원 하였다.

생신이 친구들과 뛰어놀던 마당과 하늘은 대단히 작은 세상 이었다.

어린 생신은 쉬지 않고 성장하게 된다. 놀고 활동 하면서…………

어른들이 하는 행동을 배우게 되고, 먼저 태어난 사람들을 보고, 말을 들으면서, 말하는 것을 배우고, 놀고, 잠자고 일 하면서 생각하고, 마음을 움직이게 된다.

무엇인가 하고 싶어 한다.

재미난 이야기도 하고, 어른들이 하는 일을 돕거나 가르침을 받고, 친구들과 재미난 놀이를 하고, 정월 대보름 날, 한해를 시작하면서 잘살게 해 달라고 기원하는 망월(望月) 놀이, 개천에서 헤엄치고, 고기 잡고, 가족이나 친지들과 어울리며, 학교에서 인간 들이 오랜 세월 동안 경험한 것들을 배우게 된다.

세상에 태어나면 시달리는 것들이 많다.

전쟁이 발생하여 어린 가족이 아기를 업고 수백리 길을 도망가는가 하면, 수많은 사람들이 싸우다가 죽거나 굶주리며 피난살이에 허덕이고, 재미나게 살았던 사람들과 헤어지거나, 서로 적이 되어 고발하고 간첩 질하며, 특히 유명 인사를, 싫어하는 적군이 강제로 군복을 입혀, 압 잡이 노릇을 하도록 하고, 주민에게 오해를 받아 죽게 하거나, 전쟁이 끝났어도,

전쟁 시, 마을 사람들을 괴롭힌 사람을 여러 명이, 고기 덩어리가 되도록 도로에서 몽둥이로 구타하여 처형한 사실도 있다.

어린 아이들은 이유를 알 수가 없다.

도로에 외국군 차량이 잠시 휴전하면서 등에 업혀 있는 아기를 보며 귀여워하는가 하면, 가정집 부엌과 방을 수색하여 적을 찾고 있는 군인도 있었다.

누가 전쟁을 만들었고, 인간은 왜 싸워야만 하는가?.......................

성장하면서 걸음을 능숙하게 걷기 시작할 때, 산모에게 꾸중을 듣고 혼이 나서 도망가면, 생신의 머리를 쓰다듬고 따듯하게 안아 주던 선조(先祖; 할아버지)가 돌아가셨다.

많은 조문객들이 방문 하였고, 상여를 따라 줄지어 가는 모습이 기억난다.

도대체 왜 저럴까? 무슨 일이 생긴 것일까!

사람들은 생신에게 선조의 모습은 보여주지 않았고, 맛있는 음식만 주었다.

얼마 후, 생신은 동네 아이들과 재미나게 놀며 시간 가는 줄 모르고 있다가, 친구들이 모두 가 버리고 생신 혼자 남게 되었다.

사방이 고요하다. 넓은 마당과 흙으로 지은 집의 벽!!!!!!

이상하게 흙이 친근하게 느껴졌고 포근하며, 언젠가 인연이 있었다고나 할까!!

그러나 흙과 생신은 상대성을 가지고 동떨어져 있을 뿐이다.

　도대체 생신이 어데 와있는 것일까!

　어리둥절하게 이곳에, 서성거리고 있는 이유가 무엇일까!

　물어 봐도 대답 하지 않을 흙들은 무엇이며, 밝고 허황하게 비치는 태양은 어찌하여 같은 세상에 나타나 있는가!

　잠시, 이상한 느낌을 받고 돌아 갈 곳을 생각한다.

　돌아 갈 곳은 집이라는 걸 알게 된다.

　이상한 느낌은 낙원에 취하여 잊어버린다.

　계속하여 친구들과 재미난 놀이를 한다.

　홍수가 지나간 개천 한가운데, 깊은 물 위를 건너뛰는 소년들이 있었다.

　대단히 재미있게 보여서. 생신도 따라 해보기로 하였다.....

　막상 하려니까 두렵고 자신이 없다.

　한참을 망설인 후, 용기를 내어 뛰어 본다.

　결국은 깊은 물, 한가운데 떨어 져 버리고 말았다.

　물속 깊이 잠기면서 목숨이 막히도록 한참을 허덕인다.

　누군가 손잡고 끌어내어 죽지 않고 살아남는다.

　죽음과 삶이 교차 되려는 순간 이다.

　물속에서 헤엄 칠 수 없다면, 살아 날수 없다는 것을 알게 된다.

　수영을 배우면, 물속에서 사람이 물고기처럼 활동하며 살수 있다는 것을 깨닫게 된다.

　그러나 물고기처럼 계속하여 물속에서 생활할 수는 없다.

　좀 더 성장하여 학교에 다니기 시작할 때, 다른 사람들이 하는 행동을 보면서 배우기도 하고, 사리에 맞지 않게 행동하기도 한다.

　울타리 나무 밑에서 그림 그리기 실습을 처음 하던 날, 나무의 모습이 그려지지 않았다.

　그리는 사람의 안쪽에 나무의 위쪽을 그려야만 되는지, 바깥쪽이 나무의 위인지?

도화지의 위쪽, 허공이 나무의 위인지?

아무리 도화지를 돌려 보아도 알 수가 없다.

어떡하면 나무가 그려 질수 있을까! 망설이다가 궁리(窮理)해본다.

그리고 몇 번을 반복해 보다가, 나무의 모습을 바라본다. 어데서 부터인가 기준이 있어야만 될 것 같다.

도화지 바깥쪽 하늘 방향, 생신이 앉아있는 머리 방향으로 나무의 위쪽과 맞춰 본다.

그리고 하늘과 지면을 따라서 나무줄기를 그려 본다.

나무 가지를 굵기와 시작점, 각도를 맞춰서 줄기 옆으로 그려 본다.

나무 가지의 옆과 끝에 나뭇잎을 그려본다.

신기하게도 나무의 모습이 도화지에 기적적으로 그려진다.

그리고 나무 전체의 모양이 머리의 속에서 생겨난다.

흐르는 물과 새, 하늘, 하늘에 떠다니는 구름, 태양의 빛과 어둠, 온갖 생물과 산악, 그리고 사람들이 살고 있는 모습과 집 까지도 아름답고 생동감 있게 살아나는 것이다.

참으로 신비로운 세상에 살면서 낭만이 펼쳐지는 것이다.

한편 깊은 밤 어느 날, 가족과 같이 한방에서 잠을 자다가 생신 홀로 깨어나, 소리 없이 울었든 적이 있다.

생신도 언젠가 죽게 된다는 생각이 나서... 갑자기 발생한 어둠속 눈물! 이상한 생신의 태도, 가족들 의식하여 조심하며 잠이 들고, 아침이 밝아 오니, 세상 구경 재미난 생활, 시간 가는 줄 모르고 죽음도 거의 잊게 된 것.

그러나 세상 생활이 그렇게 쉽지 않다는 것을 느낀다.

세상엔 수많은 기운들이 상존하고 있었기 때문이다.

가야 될 길이 있다면, 그 길을 다 갈 때 까지 신체의 기운이 있어야만 된다.

어린 나이에 연약한 다리를 가지고 목적지 까지, 어른들을 따라서 먼 길을 갈 때, 기운이 있어야만 갈수 있다.

지치면 쓰러진다.

또한, 무더운 여름 뜨거운 태양아래 오랜 시간 동안 쓰러지지 않고 견딘 다는 것은, 질식할 정도 이다.

추운 겨울 집 밖에서 오랜 시간 얼어 죽지 않고 추위를 이겨 낸다는 것, 먹지 못하고 잠 안자며 오랫동안 살아남는 다는 것은 마치, 연약한 새싹 이 땅 속에서 세상에 태어나 뜨거운 태양 속에 타 죽지도 않고, 물속에 잠겨 녹아 버리지도 않으며, 공기가 막혀 질식 하거나 그늘 속에서 연약하 게 살다가 죽지 않고, 여러 가지 병균을 이겨 내며 견디고 살아남는 것과 같이, 수많은 것들이 사람을 향하여 몰려들고 출입한다.

대기의 압력을 받으며 호흡하면서 견디고 생존 하는 것이다.

만약 그렇지 않다면 짧은 생애를 맞이할 수밖에 없을 것이다.

세상엔 수많은 기운들이 가득 차 있고, 인간은 그 순간들을 조금씩 극 복하면서 성장하고, 기운들을 이겨 낼 수 있는 저항력이 생겨나야만 생 존 할 수 있는 것이다.

더욱 성장 하면서 더 넓은 세상을 보고, 더 많은 사람들을 만나게 된다.

방안에서 집안으로, 집안에서 집밖으로, 내 집에서 이웃집, 마을에서 학교와 시내로, 여행하면서 나라의 안팎으로, 강과 산, 바다, 하늘 위에 달 과 별, 태양이 있는 우주 속을 사람은 지구를 타고 다니며 산다.

아! 우주의 끝은 어데 인가? 끝이 없는 것인가?................

생신은 흙벽의 집, 흙으로 이루어진 땅에 서성이면서, 흙이 포근하고 친 근감 있는 것을 느낀다!

흙은 생신을 흙 위에 서성거리며 있을 수 있게 하여준다.

땅에서 집 짓고 잠을 자게 하여준다.

그곳에서 양분을 흡수하여 자라난 식물을 먹거나, 식물을 먹고 자란 동물들을 먹고 살게 하여 준다.

생신의 몸도 그들과 같은 것으로 생성되어 있다는 것을 알 수가 있다.

그러면서 태양 빛과 물, 바람이 어울려 있다는 것을 느낄 수 있다.

마치 산모의 몸에 잉태된 것과 같다.

우주 속의 지구에 잉태된 것이다.

생신은 왜, 여기에 있는 것일까? 이곳에서 죽은 후엔 무엇인가?

생신은 왜, 이상하게 생긴 사람의 모습을 하고 있는가?

사람이 되기 전에는 무엇이며, 어데서 온 것일까?

인생살이, 어떤 역할의 과정 인가?..............

집 뒷산 소나무 밑에 앉아 마을을 바라보고 있을 때, 마을 사람들이 싸우는 소리가 들린다..... 왜 싸우는 것 일까?

왜 인간은 싸우는 것 일까? 아무리 어려워도 서로 이해하면서 살면 될 것이 아닌가?

사회 경험이 없는 아이에겐 도저히 이해할 수없는 일이다.

성인들 말로는, 남녀의 사랑 문제로 싸운다고 한다.

사랑이 싸움을 만든 것이다.

과연 얼마나 깊이 이해를 해야만 싸우지 않을 수가 있는가?

남녀가 무엇이 길래 저럴까?

참을 수도 없고, 지나 칠 수도 없는 인간의 성깔이 있어서 인가?

그 성깔은 무엇이란 말인가?

생존경쟁 인가?

식물과 동물, 모두에게 있는 생존경쟁!

뺏고 빼앗기며 쓰러지고 살아남는 생명체의 섭리? 우주에 있는 만물의 본성일까?

봄이 오면 새싹이 돋아나고 눈이 녹아서 골짜기에 계곡물이 흐른다.

온갖 나무에선 푸른 잎이 생겨나고, 꽃이 피어난다.

새들과 벌래, 동물들이 활기 있게 활동한다.

그곳에서 인간들은 곡식을 재배한다.

맑은 하늘엔 구름이 떠다니고, 찬란하게 빛나는 햇빛이 비치는가 하면, 엄청난 구름이 몰려들면서 비를 내리기도 한다.

무더운 여름이 되면 땅과 하늘, 인간은 무더위 속에 잠겨서 헐떡거린다.

나무와 풀들은 더욱 무성해진다.

가을이 되면 날씨는 서늘해지고, 수풀은 시들어 가고, 모든 열매들은 풍성하게 익어 간다. 나뭇잎들은 낙엽이 되어, 싱싱하게 살게 하여 준, 나뭇가지를 남긴 채 땅위에 떨어진다.

그러다가 얼어 죽을 것 같은, 눈 내리고 추운 겨울을 맞게 된다.

아무리 생각해도 이상한 곳에서 사람이 살고 있는 것이다.

새와 짐승들, 물고기와 벌레들이 같이 살고 있다.

새는 다리 두개와 날개 두개가 있다.

크고 작고, 강하고 약하며 생김새가 다른 여러 가지 종류가 산다.

하늘을 날라 다니며 살고, 곤충은 다리가 여러 개 있는 것과 그렇지 않은 것, 땅과 풀, 나무, 동물, 물체들에 붙어, 기어 다니거나 파고 들어가 개미처럼 굴을 뚫으며 살아간다.

날개가 있고 다리가 여러 개 있으면서 벌, 잠자리, 나비와 같이 새처럼 날라 다니는 것, 굴을 뚫으며 사는 두더지, 사자나 호랑이, 그리고 수많은 야수들, 코끼리, 원숭이, 캥거루처럼 땅위를 걷거나 달리며 살고, 날개와 다리가 없이 기어 다니는 뱀... 소, 돼지, 말, 토끼들과 같이 인간의 가축이 되어 살아가는 짐승들이 있다.

그런가 하면 물이 없으면 거의 죽을 수밖에 없는 물고기들, 엄청나게 큰 고래나 상어, 다리가 여러 개인 낙지, 오징어, 문어, 여러 개의 다리로 갯벌을 기어 다니는 게, 다리가 없이 지느러미로 물속을 헤엄쳐 이동하는 광어, 고등어, 넙치, 갈치, 벌레 같은 새우 등등... 소금기가 있는 바다에서만 사는 것들과 소금기가 없어야 살 수 있는 메기, 가물치, 붕어, 송사리, 새우, 방개, 미꾸라지처럼 계곡과 강에서 살아가야 하는 어류 들이 있다.

또한 사람 눈에 보이지 않는 미세한 세균들도 있다........... 자연이 되어 같이 살고 있다.

세상에서 함께 살아가는 사람, 동물로써 살고 있는 것이다.

식물들도 같이 살고 있다. .

풀과 나무, 입사귀와 줄기, 뿌리로 이루어진 것 들이다.

어떤 것은 나무 가지에 열매가 열리고, 어느 것은 뿌리에 열매가 굵어지고, 잎사귀가 겨울에 죽지 않고 살아 있는 둥근 잎과 침엽수, 여름에 무성했다가 가을에 메말라서 낙엽이 되는 활엽수, 나뭇가지가 없이 잎사귀로 만 이루어진 풀, 꽃이 아름답게 피어나는 것과 꽃이 없는 것들이 살고 있다.

땅에서 날개와 다리가 없어 이동하지 못하고, 일정한 곳에 평생을 땅속에 뿌리 내려 태어난 곳에서만 살고 있는 식물들이다.

씨가 땅에 떨어져 번식하고 뿌리가 땅을 뻗어나가며 산다.

한 송이 꽃 속에 암컷과 수컷이 붙어사는 식물이 있다.

꽃피는 식물, 암, 수가 한 몸에서 생겨 번식한다.

꽃 속에서 번식하는 것은, 꿀을 채취하는 벌이나 나비, 바람에 의하여 꽃가루가

암술에 결합하여 수정이 되고, 열매가 생겨, 열매 속에 씨알이 잉태되는 것이다.

그러나 동물들은 땅과 분리되어, 땅위를 이동하면서 살고, 암컷과 수컷이 헤어져 살다가 사랑을 하여 새 생명을 잉태한다.

새 생명이 태어나면 땅 위에서 살게 된다.

어린것은 성장하여 생동감이 넘치고, 생명체로써 가장 아름답고 풍성하여 기분 좋게 살며, 자연의 모든 것이 싱그럽고, 아름답고, 사랑스럽고, 낭만을 느끼게 될 때, 가장 젊은 생명체가 되면서 새로운 잉태를 하게 되는 것. 자연의 신비로움, 장엄한 우주 속에 살고 있다.

그 속에 인생이 있다.

장미처럼 줄기로 번식할 수 있는 것도 있다.

식물은 모두, 흙이나 물속에 뿌리가 묻혀야만 살아남을 수가 있고, 그렇지 않으면 죽어버린다.

그러나 동물들은 공기가 차단된 흙에 묻히면 죽고, 물속에 잠겨 있으면 죽거나, 반대로 물이 없으면 죽는 것도 있다.

천생(天生: 공과 하늘에 생성된 것)이 살고 죽는 곳, 땅에는 거대한 풍경이 장관을 이루며 생동한다.

이 땅의 한편, 끝이 보이지 않는 사막이 있고, 바다에 가면 엄청난 물이 수평선 끝, 보이지 않도록 파도친다.

하늘엔 맑은 공기가 가득 차있고, 구름이 모여 들면 눈이나, 비를 내린다.

가끔 무시무시한 천둥과 벼락을 칠 때도 있다.

땅에선 지진과 화산이 폭발되며 거대한 태풍이 바다와 대지를 휩쓸기도 한다.

하늘에 태양이 떠올라서 찬란하게 맑은 날이면 사람의 눈엔 온갖 풍경이 비쳐지고, 해가 저물어 어두운 밤이 되면 하늘에 찬란한 별들이 반짝거리고, 어쩌다 달이 뜨면 은은하게 밝아진다.

눈을 감으면 아무것도 보이질 않고, 잠이 들면 아무것도 모른다.

그러나 꿈을 꾸면, 낮에 활동했든 것들과 같거나, 없었던 세상 생활의 모습이 실제로 생활할 때 있었던 것처럼 나타 나기도한다.

사람들은 암컷과 수컷을 남자와 여자라고 한다.

세상에 태어나면 부모, 형제와 같은 가족들을 제일 먼저 만난다.

그 다음 이웃이나 친척들, 마을 사람들, 학교에 갈 나이가 되면 같은 지역, 다른 마을 사람들, 타향 사람을 만난다.

사회에 진출하면 더 많은 나라의 사람들을 만나고 여행도 한다.

세상살이를 하는 것이다.

나라를 지키는 군인도 되고, 먹고 살기위하여 수많은 종류의 직업을 선택하여 일을 하게 된다. 산이나 들, 강이나 바다, 공중에 살아있는 생명체들을 잡아먹기도 하고, 논이나 밭에서 농사를 하거나 가축을 기르고, 물속에 식물이나 동물을 가꾸고, 기르면서 먹고 산다.

살기위하여 인간들은 지식을 배우거나 경험과 함께 실력을 쌓으면서 개척을 한다.

인간은 생물체, 광물이나 풍력, 수력, 부력, 중력, 원심력, 전력, 회전력, 속력, 압력, 마찰력, 인력, 추진력, 탄력, 화력, 폭발력, 수축력, 팽창력, 원자력과 같은 힘을 이용하여 공산품이나 식품을 가공하여 생활을 한다.

생산품을 서로 교환하거나 화폐를 이용하여 팔고 사면서 재산을 만들고 살아간다.

힘은 실로 창대 하다.

이 세상엔 수많은 힘이 상존하는 것이다.

인간들은 힘에 시달리고, 이용하며 살아가는 것이다.

두 물체의 마찰이 강하면 불이 생겨난다.

이동하는 물체를 정지한 물체가 강하게 가압하면 정지한다.

특히 기체는 밀폐된 공간에서 열을 가하면 이탈하려는 팽창, 압력이 생긴다.

밀폐하는 도구가 팽창력보다 약하면 폭발한다.

미끄러지거나, 굴러가는 물체를 비탈진 곳에 떨어트리면 속도가 증가한다.

회전하는 물체 중심으로부터 이탈시키는 원심력, 힘이 강한 방향으로 끌려가는 인력, 무게에 따라 힘이 다른 중력, 불에 의한 열량과 빛이 다른 화력, 재료와 분량에 따라 다른 폭발력, 맑은 물과 바다의 소금물에 물체가 떠오르는 힘... 소금물이 약 4배 높다는 부력, 전력, 원자력, 산들 바람이나 태풍처럼 물체를 공중에 날리거나 전복시키는 풍력. 공기는 하늘에서 땅으로 압력 한다.

중력이 있는 것, 물, 흙이나 광물, 공기, 모든 것은 땅의 중심으로 압력, 집성이 된다.

물이나 공기 보다 가볍고, 납작한 면이 넓은 물체는 배처럼 부상하는 현상이 생긴다.

전력은 밝은 빛과, 통신 할 수 있는 전파, 화상, 동력, 따뜻한 열을 만들 수 있고, 질량에 비례하는 중력, 원심력, 물체가 힘의 전달이 없으면 이탈 되지 않는 우주 공간 같은 무중력, 질량이 크면 힘의 전달도 크다.

그러나 모든 것은 힘의 전달이 없으면 압력도 없는 것이며 동작하지 않고, 우주공간처럼 고정한다.

지구의 광물과 생물은 압력과 인력보다 강한 추진력이 없다면, 지구에서 이탈되지 못하도록 인력이 집중 시킨다.

압력이 없다면, 땅 속에 뿌리를 박고 있는 식물 보다 우선적으로 동물과 물, 공기는 지구에서 흩어져 떠났을 것이다.

달에 어두운 공간만 있는 것처럼, 생명이 사라질 것이다.

특히 사람은 사랑하는 사람과 가족을 이별했을 것이다.

동력은 생산, 기어가거나, 걸어 다니거나, 하늘을 날아, 동작할 수 있도록 한다.

화력은 모든 생물이 생존 할 수 있도록, 또는 생존 할 수 없도록 하고, 광물을 녹이거나, 천물(天物: 공, 하늘에 있는 짓)의 형체를 변형하거나, 천생이 먹고 간직했든 빛을 발광 할 수 있도록 한다..........

무엇이 빛을 탈출하지 못하도록 감금하고 있었는가?......

감금한 것은 무엇이며, 형체가 전력이나 화력과 같은 힘에 의하여 파괴되고, 갇혀 있었던 빛을 탈출 시켜 발광 하도록 한 것일까?...............

세상엔 힘으로 가득 차있고, 인간은 힘을 극복 해야만 건강하게 성장한다.

어린 생명은 힘이 있어야 신체 동작을 지속할 수 있고, 열과 뜨거운 태양 빛을 극복하고, 몸에 열이 있어야 추위를 견디며, 대기의 무거운 공기 및 수분을 이겨 낼 수 있을 것 이다.

인생살이는 태어날 때부터 고달픈 곳에 처해 있는 것이다.

때문에 사람들은 집단생활을 하면서, 서로 만나고 일하며 산다.

광물, 생물 등에 불과 열을 이용하고, 분해, 조립, 가공을 하면서 산다.

화폐를 유통하고, 농사, 공사, 기술, 생산에 대하여 과학의 원리를 이용하거나, 수학적 계산을 하면서 각양각색의 공산품들을 개발하여 서로 팔고 산다.

국방을 하거나, 먹고, 입고, 집을 짓고, 병을 고치고, 여행을 하며, 예술을 즐기고 살아간다.

모든 것은 인간의 지혜와 경험에서 발생된 것들이다.

늙으면 인생을 생각하면서, 왜 태어나고, 왜 사는가? 그리고 왜 죽는가? 우주와 세상은 도대체 무엇인가? 하면서 철학을 한다.

인간들은 원칙을 정하여 사회생활이 잘못된 경우 처벌 및 제재를 하는 법률도 있다.

법이 상존하는 이유에 따라 서로의 옳고 잘못됨을 판가름하고 국가와 타인에게 피해를 줄 경우 처벌하는 헌법, 사법, 형법, 민법, 공법, 국가와 국가 간에 발생하는 일을 규정하는 국제 법......... 자연을 보호하고 인간 사회의 질서를 잡고 평화롭게 살기위한 것들이다.

인간들은 예술을 한다. 춤과 음악, 미술, 연극, 영상 활동을 하는 것이다.

음악은 귀로 들을 수 있도록 사람의 목소리로 노래하며 각종 악기로 연주를 하고, 미술은 실체가 아닌 것으로써, 실체의 모습이나 상상적인 것을 사람의 눈으로 볼 수 있도록 일정한 바탕 면에 물감과 붓이나 필기구를 사용하여 여러 가지 색깔과 형상을 만들어 간다.

조각과 건물처럼 형체를 만들기도 한다.

종류는 음식과 같이 지구상에 있는 국가와 지역, 풍습, 역사에 따라 다양하다.

고전적인 것과 사실, 자연, 낭만적인 것, 입체적인 것, 인상적인 것, 추상, 포비즘등.......... 그림처럼 인간의 말투와 노래, 춤도 여러 가지다.

사람이 몸으로 감지할 수 없는 정신과 생각, 마음을 이해하고 소통하는데 필요한 언어도 다양하다.

인간이 살아가는 모습들이다.

다른 사람을 이끌어 주면서 살자는 인도주의, 인생을 즐기는 동안, 일할 시간을 놓쳐 재산을 탕진하고, 끝내는 거지가 되는 쾌락, 아무리 몸부림쳐도 죽을 때, 모든 것을 버리고 가는 허무, 자신만을 위하여 이기적으로 살거나, 남을 위해서 이타적으로 살거나, 생활에 연관된 문제와 사안에 가장 큰 효과와 적합함을 강구하며 합리적으로 한다든가, 무엇인가 생동적인 느낌과 변화가 있을 듯한 낭만, 억지로 살 필요 없이, 항상 편안한 마음으로 모든 것이 잘될 거라 생각하며 재미있게 살면 된다는 낙천, 재물만 있으면 좋아하는 물질적인... 세상에 있는 사람의 실제 상존(常存, 相存; 항상 있고 서로 있는)은, 태어나기 전과 죽은 후를 생각할 때 무엇인가?

일없이 주고받는 것이 없는 보수, 생물과 별들이 생활하는 것처럼 순리에 맞게 살자고 하는 자연, 세상에 태어난 사람들의 생활 방법, 사상은 너무나도 다양하다.

우주와 별, 달과 해, 빛과 어둠의 낮과 밤, 온갖 자연들이 풍성한 곳에 사람이 살고 있는 것은 참으로 신비하다.

인간은 만물의 영장이라 한다.

그러나 세상모르고 사는 것이 너무 많다.

그러므로 사람은 어둠의 길을 가지 않도록, 밝은 빛처럼 세상을 확실하게 인식하며 살아야 된다고 한다.

알 수없는 세상 속에 앞날은 확실하지 않고, 지혜롭지 않으면 어둠속에서 갈망한다.

자신과 가족, 이웃, 세상살이, 서로 피해를 주지 않고 올바른 행동으로 살아야, 하늘이 돕고 망할 일 없이 잘산다고 한다.

홀로 태어난 사람, 맑은 몸으로 세상을 수련하고, 태어나서 늙으며, 병들고 죽는 것을 깨닫고 살아야 한다.

우주, 천물의 상존, 있고 없고 하는 것이, 색과 공간 같다. 사람과 자연은 흙과, 물, 불과 바람으로 이루어 졌고, 죽은 후엔 다른 것으로 윤회를 한다고 한다.

모든 사람을 사랑하며 살아야 인간이 죽은 후, 하늘나라에 갈수 있다고 한다.

세상살이 하는 것에 대하여 공통적인 것이 있다.

사람은 거짓말을 하지 말고, 도둑질 하지 말고, 간음과 살생하지 말라고 하였다.

이웃을 도우라고 하였다.

인간과 자연의 섭리는 신 의 뜻에 따라 이루어진다고 하였다.

신의 섭리에 따라 선악을 구별하고, 잘살면 더 좋은 나라로 갈 수 있다는 유신론자와, 종교가 필요 없고, 신과 귀신이 없다고 하는 무신론자, 물질만이 존재한다는 유물론자가 있다.

참으로 인생과 세상은 흩어진 사고력의 상존이다.

국가, 사회는, 원시적인 것, 개인이나 가정, 부부가 없이 건강한 남녀만을 교체하면서 강한 자식을 낳게 해야, 부강한 나라가 성립된다는., 인생은 동굴 속에 있는 그림자와 같고, 실체는 동굴 밖의 세상처럼 밝고 생동하는 곳에 있다는 이상주의,,,,

한 사람의 권력이 사법(형조), 입법(예조), 행정(이조), 지방관리(공조), 병권(병조)을 모두 관장하며 국민을 잘살게 하려는 왕권주의,,,,

국민투표로 선출하는 입법, 임명, 시험에 의하여 선출하는 사법과 행정으로 삼권 분립하여 법, 규정에 의한 국가의 일을 하고, 사건을 재판, 형벌을 결정하며, 국정을 감시하고 법 제정을 성립시키는 것으로 구성되어,, 개인의 자본과 재산을 보장하며, 국민들의 경쟁과 발전을 유발, 성실하게 일하거나 인류에게 필요한 것을 새롭게 개발하므로 잘살 수 있고, 자손에게 재물을 상속도 할 수 있는 민주주의,,,,

개인 재산을 인정하지 않고, 공동 재산으로 하며, 같이 일하고 분배하여 살자는,, 정해진 것이 있으면, 반대하는 것이 있고, 합리화하는 것이 있어서 모순이 연속되고,, 과거로 뒤돌아 가는 역사,, 모든 것은 물질에 의하여 상존한다는 공산주의가 있다.

강한 나라는 세계를 제패하고 군림하여 잘 살 수 있다며 세력을 확장하는 제국주의,,,, 종족의 구성, 민족주의,,,, 사유 재산을 기본으로 자본의 재력에 따라 생산 활동을 하여 이익을 획득하는 자본주의,,,, 사회적 재산, 생산 활용으로 유통, 공유하자는 사회주의,,,, 투쟁과 전쟁을 배척, 도덕과 인정을 베풀고 도우며 재미있게 살자고 하는 평화주의,,,, 강한 자만 살아남을 수 있다는 강력주의,,,,,,,,,,,,,,,,

실질적으로 가치 있는 일을 하자는 실용... 정치 조직과 사회 권력은 필요 없다는 무정부,,,, 최대한 인간 활동을 자유롭게 하자,,,,,,,,,,,자유가 방치되어 개인과 사회생활의 한계, 질서가 파괴될 수 있는 자유방임,,,,,,,,,,,,,,,,,,,,,,

어떻게 하면 인류가 평화롭게 잘살 수 있을 것인가?,,,,,,,,,,,,,,
아무리 생각해도 사람의 성격과 행동, 사고방식은 너무나 다양해서, 자연과 사람의 지혜, 인구에 대한 시대 의 변화에 따라 완성하기 부족하며 계속하여 변동되고 있는 것이다.
모든 정치의 권력, 최고 통치권자는 변함없이 한 사람이다.
한사람은 죽음과 교체로 영원할 수 없다.
그러므로 변함없이 세상, 자연을 변하도록 하는 실상의 법칙을 찾아야 한다.
죽어도 변하지 않는 것!

생활은 변하고 집단생활을 한다.
인간은 서로 의사 전달을 하기 위하여 입으로 말하는 것도 방법이 있다.

어떠한 사물과 형상, 사고에 대하여 개념을 만들고 원리에 대한 정의를 내린다.

추리적인 삼단계의 논리로써 확증되는 증명을 하며, 의식과 사실이 성립 되도록 되돌려 본다.

상대편의 의도를 알아내기 위하여, 산파가 아기를 순산 하도록 유도하듯이, 말로써 발설하도록 한다.

처음엔 사안에 따라 문제의 말을 하고, 다음엔 처음과 연관된 다른 말을 하며, 추리를 하면서 최종적으로, 처음과 일치하는 확증적인 것으로 돌아오도록 하여 증명을 하는 말도 한다.

인간들은 복잡한 생활을 한다.

복잡한 것들을 다양하고 정확하게 터득 할수록 능력이 있고, 잘살 수 있는 지혜가 발달되며, 세상의 이치에 맞게 행동한다고 한다.

물이 없으면 말라 죽고, 양분이 없으면 형체를 이룰 수 없고, 빛이 없으면 힘없이 시들며, 공기가 없으면 질식하여 죽는다.

동물은 눈으로 형상을 볼 수 있는 시각, 코로 냄새를 맡을 수 있는 후각, 귀로 소리를 들을 수 있는 청각, 입으로 먹이의 맛을 알 수 있는 미각, 몸으로 접촉을 느낄 수 있는 감각이 있다.

모든 것은 신경에 의하여 뇌로 전달되어 식별하고, 판단하고, 지향 할 수 있도록, 지각을 형성한다.

심장의 활동이 없으면 피가 순환될 수 없고, 남성 홀몬 생성을 촉진 받지 못하고, 적혈구의 성분이 산소와 결합하여 피를 맑고 깨끗하게 하거나, 세포에서 발생한 탄산가스를 호흡할 때, 폐에서 배출하도록 하지도 못한다.

몸의 열 조정 또한 불가능 하다.

피 속의 백혈구, 병균이 침범하면 아메바 같은 운동으로, 침입한 세균이나 이물질을 먹어 들여 소화 분해 후, 무독화하거나 항체, 저항력을 만들어 몸을 보호하지도 못한다.

먹은 음식의 양분을 몸 전체에 공급, 노폐물을 교환하지도 못한다.

식물의 모습은 단순한 것 같다.

식물은 대부분 잎이 있고, 줄기, 뿌리가 있다.

뿌리로 양분을 잡아먹고 건강하게 살면서 줄기나 잎, 꽃과 열매를 만들며 산다.

동물이나 세균, 벌레에게 잡혀 먹힌다든가 병들어 죽기도 한다.

수명이 다 되면 생물들은 모두 죽어 버리는 것이다.

병은 신체 구조에 의한 유전적인 것도 있지만, 생물의 신체로 침투한 병균, 물질에 의하여 발생한다.

먹이를 접촉하는 손이나 입의 음식을 통하여, 빛, 바람과 물을 접촉하는 눈, 코, 귀, 피부, 몸속에 흡입한 것을 배출하는 세포, 항문, 요도(소변), 생명체를 배출하는 생식기를 통하여 침투한다.

침투하는 병균은 신체의 몸속과 밖, 세포를 파먹고, 핏줄과 내장 속을 돌아다니면서 신체를 마비, 죽어버리게 한다.

음식을 과다 섭취하여 비만하거나, 굶어서 영양실조로 몸이 빈약, 운동 부족으로 신체가 유연해 지며 기가 약해지거나, 과다한 빛, 무더운 열 속에 있을 때, 너무 추운 곳에 있을 때, 신체 각 부분, 생리 구조의 균형이 없을 때 발생하는 병도 있다.

정신과 심적으로 복잡하고, 고통을 겪는 것, 현 사회에 맞지 않는 지식 부족, 경험, 인간관계 결핍 및 수준 차이가 클 때, 뇌의 일부가 노후 될 때, 머리(두뇌)와 몸(혈기)의 힘, 균형이 제어 되지 않아서, 특히 몸의 기운이 과다하게 치밀어 올라, 뇌에서 감당하지 못하고, 참지도 못하게 되며, 울화와 감정이 활개를 칠 때, 세상과 맞지 않는 생활을 하고 정상적인 생활에서 멀어져, 사회생활을 이탈하게 되기도 한다.

잘못된 인연, 사랑의 결과 일수도 있다.

유전자가 맞지 않는 남녀의 사랑에 의한 자식, 신체 결합, 구성의 불화로 원활하게 작동할 수 없는 생리 현상을 유발 시킬 수 있는 것.

참으로 불행한 사랑의 결과가 된다...........

외부로부터 독성분을 먹거나, 구조적 결함, 외부로부터 침해를 받았을 때 신체 이상이 발생한다.

그러나 인간들은 기구를 이용하면서 몸을 절개하여 수술을 하거나, 빛의 투과, 약을 먹거나, 운동을 하거나, 음식 섭취량과 성분을 조절하거나, 지압과 침으로써 병을 치료한다.

약한 병균을 신체에 주사, 백혈구의 활동과 면역력을 강화 하여 병균을 예방하는 방법도 있다.

식성 조절, 충격과 자극, 독살, 절단 분리, 활성과 차단, 생리 강화로 세 상살이 대응하는 것이다.

자연에 대하여 강인하게 되며, 신체가 저항, 극복해야 산다.

단백질, 지방, 무기질, 칼슘, 비타민, 탄수화물 등... 너무 많이 먹거나 굶어도, 열이 과다 하거나 약해도, 빛이 너무 많거나 어둠속에 살아도, 물이 없거나 넘쳐도, 잠을 못 자거나 수면이 과다해도, 일을 피로하고 지치도록 하거나 살아 나 갈수 없이 놀기만 해도 멸망하게 된다.

욕심 없이 균형 있게 하지 않으면 생물은 살수가 없다.

한계를 지켜서 분수없이 살지 말고, 정도에 맞도록 적당해야만 한다.

눈을 뜨면 밝은 빛을 느끼게 된다.

형체들이 있다는 것을 느낀다.

자연의 풍경에서 생활하는 동, 식물들을 본다.

기맥(氣脈; 호흡, 목숨)으로 통풍한다.

코에서 통풍(숨통)하면 냄새를 느낀다.

은은하고 부드러운 향기, 라일락처럼 부드럽고 산뜻한 향기, 밤꽃처럼 강렬하고 남성스러운 향기, 된장처럼 구수한 냄새, 젖 과 생선처럼 비린 내, 동물처럼 노린 내, 세균이나 벌레들이 좋아하는 썩는 냄새나 구린내,

불타는 냄새와 독소를 뿜고 있는 냄새 같은 것을 느낀다.

그리고 귀에서는 소리가 들린다.

사람들의 발자국 소리, 굵거나 가늘거나 높거나 낮거나 부드러운,, 천지를 뒤흔드는 천둥소리, 산과 들에서 울부짖는 야수나 벌레 소리, 물결 과 바람 소리, 한없는 감정, 감미로운 노래와 음악소리가 들린다.

살결로는 간지러움, 통증, 가려움, 부드럽거나 단단함, 차갑거나 따듯하거나 뜨거운 열, 날카로움, 껄끄러움, 매끄러움, 포근함, 바람이 살랑거리거나 물결이 출렁 이면서 와 닿는 것을 느낀다.

정신은 고요하고, 의식으로 세상과 상통하도록 한다.

행동은 하는 일이 재미있거나, 즐겁거나, 사는 것이 힘들어 고달프거나, 하고자하는 일이 안되어서 괴롭거나, 까다롭고, 어떤 때는 악랄하고 비참한 것도 느낀다.

화내는 것이 터지면 폭행을 하고....

마음은 기쁘거나, 슬프거나, 편안하고 성내거나, 억울한 일을 당하여 치밀어 오르는 화를 내거나, 슬픔이 깊어지면 눈물을 흘리고, 기쁨이 가득차면 웃음을 터트리고, 괴로움이 벅차면 짜증을 부리고,,

정신과 마음, 사랑하는 것을 느낀다.

생동감이 있는 싱그러움, 사랑이 깊어지면 남녀가 결합한다.

결혼 목적 없이 이성(異性)을 바꾸거나 탐하면, 간음이나 방탕한 생활을 하게 된다.

한없이 맛있는 음식을 먹거나, 한없이 일하려 하거나, 사치하고 화려하게 살려는 것, 재산을 한없이 축적하고 욕심을 채우는 것, 피해를 주고받는 보답이 돌아온다.

몸의 욕심이 많으면 비만하여 병들고, 일 욕심이 많으면 몸이 지쳐 무너지고, 재물에 욕심이 많으면 가난한자를 만든다.

간음을 하고 도박, 쾌락에 재산을 탕진, 사기(詐欺), 살생, 도둑하면 죄벌 사회가 되고, 인생 서로가 망한다.

사람은 과연 올바른 인생길로 가고 있는 것인가?

(깊은 밤 부슬비가 내릴 때, 산길을 혼자서 걸어 갈 때, 호랑이나 늑대의 울부짖는 소리
가 들리거나 한없이 고요 할 때가 있다.

무엇인가 뒤에서 따라 오고 있어, 살며시 돌아보면 아무것도 없다..... 다
시 걸어가면 분명히 무엇인가 따라온다.

긴장되는 신경, 소름이 끼친다.

더 빨리 도망가면, 더 빨리 쫓아 온다.

대단히 무서운 느낌, 가슴이 떨린다.

억울하게 죽은 무덤 앞을 지날 땐, 더 무서워진다.

인생은 죽을 때까지 따라다니는 그림자, 공이 있다.

그러므로 생명은 감각이 있고, 죽음이 상존한다.

정신과 마음이 같이 사는 것처럼.

동네 한사람은 늦은 밤, 철길을 따라 귀가 하던 중, 철교 중간쯤 건너고
있을 때, 갑자기 검은 거인이 앞을 가로막고 있었다고 한다.

아무리 물리치려고 몸부림 쳐봐도 앞을 가로막아 움직일 수 없었다
한다.

그러나 정신을 가다듬어 담배에 성냥불을 붙이자, 순식간에 검은 거인
은 사라지고, 앞으로 걸어 갈수 있었다 한다.

순간, 기적소리가 들려왔고, 다리를 건너게 된 직후, 기차가 바람같이
지나갔다 한다.

참으로 무서운 순간이었던 것이다.

식은땀으로 옷이 젖었고 죽음의 순간을 모면한 것이다.

세상에 이런 일이 있을 수 있을까?......

또한 산골에 살고 있던 어떤 노인이 눈 내린 추운 겨울, 행방불명이 되
어 마을 사람들이 횃불을 들고 동네 주변을 모조리 찾아보았으나 헛일이

었고, 이튿날 새벽 깊은 산속에서 돌아왔다고 한다.

　노인은 밤새도록 하얀 눈에 정신이 홀려, 길을 잃고 산골짜기를 헤매다가, 새벽이 되어서 귀가할 수 있었다고 한다.

　참으로 놀랄만한 일이다.

　어떻게 이런 일이 있을 수 있겠는가? 노인의 힘으로 추위에 얼어 죽지 않고, 눈 속에 허덕이면서 밤새도록 산속을 돌아다닐 수 있었다는 것인가?

　정신적인 기적이 아닐 수 없다.

　인간의 정신적 느낌이 세상에서 살아 나갈 수 있도록 하고, 초월 하는 것이다.)

　동물을 자극하면 느낌에 의하여 반응을 한다.

　동물은 외부에서 자극하면 머리에서 판단하여 반응을 보이게 된다.

　잘못된 자극, 섭리와 도리에 맞는 절대적 자극에 따라 생활환경이 정해지고, 판단과 반응하며, 행동하여 인생의 운명이 달라지는 것이다.

　홍수가 넘치는 곳에 수만 대군이 있으면, 적과 전투를 하지도 못하고 몰살당할 것이다.

　하늘과 땅을 예측하지 않을 수 없다.

　생각이나 판단을 잘못하고 있진 않은가? 헛된 일을 하고 있진 않는가? 인간성을 망치고 있진 않는가? 인생낙원에서 살고 있는 것일까? 이 세상에서 무엇을 남기고 갈 것인가? 왜 사는지는 알고 있는가? 어떻게 세상이 생겨나고, 어떻게 될 것인가?

　사람은 도대체 무엇인가?.. 하면서 인간의 정신은 깨닫게 된다.

　왜 인생, 생물, 천물은 이곳에서 생존하고 있는 것일까?

　어데서 태어나서 죽어가나? 우주라는 이곳은 어데 인가?

　인간들은 세상의 천물에 대한 성분을 분석하기도 한다.

왜 이렇게 생긴 것들인가? 하면서,,,,

인간들은 물체를 산소, 수소, 탄소, 질소, 염소, 규소...... 하면서 화학적 분석을 하고 있다.

천물은 핵이 있고, 더 이상 분해 할 수 없이 남는, 백여 가지의 원소를 알아내었다.

물을 분해하면 각각, 별도로 유용 할 수 있는 산소와 수소로 나누어지는 것처럼, 생성의 근원을 알고, 인생살이에 이용하려고.

날이 밝아 온다.

아침이 오고 있다.

날씨가 맑은 날이다.

날이 밝아 오면서 어둠은 사라져 가고 있다.

태양이 떠오르고 있는 것이다.

그리고 풍경이 여러 가지 아름다운 색깔을 보이며 나타나고 있다.

천물이 활성되며 생동하고 있는 것이다.

해가 지는 저녁노을, 밤이 닥아 오면서 빛은 사라지고 어둠이 찾아온다.

경치도 어두워지고, 눈도 어두워진다.

어두운 밤에 달빛이 은은하게 비친다.

태양처럼 밝지도 않고, 어둡지도 않다.

하늘 멀리 반짝 반짝 빛나는 수많은 별들도 떠 있다.

우주 공간엔 밝은 빛이 없다고 한다.

지구 주위엔 산소가 있고, 산소는 빛을 산란 시키면서 밝고 파란 하늘을 만든다.

빛은 태양에서 발산 하고 있다.

지구와 수많은 행성들이 태양의 주위를 일정한 기울기로 맴돌고 있다.

둥근 지구를 따라 다니는 달은 태양 빛을 반사하면서 어둠속에 빛나고 있다.

둥근 지구는 자전을 하고 있다.

지구가 태양을 대면할 때 낮이 되며, 반대로 외면할 때 어두운 밤이 다. 우주에는 활동하지 않고 있는 것 들이 없는 것이다.

밤이면 대부분 생물들은 잠을 자고, 밝은 낮이 되면 활동을 한다.

인간들은 지구가 한 바퀴 자전하는 것을 하루라고 하고, 하루를 24등분 한 것을 1시간, 1시간을 60등분 한 것을 1분, 1분을 60등분 한 것을 1초라고 하고,, 달이 지구를 따라다니는 동안 사람에게 보이는 달빛은 조각달에서 보름달 모습을 하면서 변한다.

지구를 종행(從行)하는 달, 태양을 가리는 부분이 있기 때문이다.

달의 종행으로 1달을 30일, 12달을 1년 이라 했고, 1년은 지구가 태양을 1바퀴 회전한 기간이다.

1년 동안 따듯한 계절에 식물의 새싹이 땅에서 돋아나게 하고 동물들은 활기가 생긴다.

여름이 오면 생물들, 풍성해 지고 더운 날씨가 되면 비가 올 때도 있다.

가을이면 식물은 열매를 맺고 씨앗들이 무성해 진다.

날씨가 추워지면서 식물들 낙엽은 땅에 떨어지거나 시들어 간다.

모든 생물은 눈 내리고 추운 겨울 몸을 떨면서 산다.

1년은 4계절을 만들고 지나간다. 어떤 곳은 1년 계속 여름만 있거나, 겨울만 있는 곳도 있다.

태양과의 거리가 둥근 지구 가까운 적도와, 먼 남극이나 북극이 있는 까닭이며, 기울기에 의하여 계절이 반대로 이루어지는 경우도 있는 것이다.

일정한 지역에 있는 사람이 가장 작은 초생 달을 보면서 약 15일이 되면 가장 큰 보름달빛을 보게 되고, 15일 정도가 더 지나면 달이 보이지 않는 어두운 밤, 그믐이 된다.

낮의 길이가 가장 긴 날은 여름철 하지, 낮과 밤의 길이가 같은 날은 봄의 춘분과 가을의 추분, 밤의 길이가 가장 긴 날은 겨울의 동지이며, 1년에 한번 씩 생겨난다.

동양에서는 1년 마다 12년에 걸쳐, 각각 다른 탄생의 명칭, 띠를 만들고, 60년이 되면 원점으로 돌아 와서 회갑이라고 하는, 사람이 태어나서 늙어가는 인생 주기를 만들고 있다.

시간은 60진법이고, 하루는 24진법, 달은 30진법, 1년은 12진법, 세기는 100년, 이들을 합산 할 때는 10진법을 사용한다.

10진법은 그람을 단위로 하는 무게, 미터를 단위로 하는 길이, 섭씨를 단위로 하는 온도, 알피엠을 단위로 하는 회전, 초와 거리를 단위로 하는 속도, 바이트를 단위로 하는 데이터, 볼트 와트 암페어 단위의 전기, 제곱미터 단위인 면적, 씨시, 입방미터 단위인 부피(용량), 리터 당 연료효율 단위의 연비, 재료 표면의 압입에 대한 저항 단위의 경도가 있다.

메가톤 단위의 폭발력, 단위 면적당 누르는 힘의 압력, 눌리는 힘과 움직이는 힘의 자극 단위로 한 마찰력, 눌리는 힘에 반발하는 탄력, 물체를 끌어당기는 힘의 인력, 리히터의 지진 강도, 물체를 떠있게 하는 부력 등을 측정하기 위하여 인간은 단위를 정하고 있다.

화폐의 단위는 다양하다.

국가와 국가 간의 재산 가치에 의하여 평가되며 환율로서 차별화 하고, 이름과 모양도 국가에 따라 다르며 사용하는 것도 부동산, 동산, 생물(수산, 농산물), 공산품, 광물, 식품, 예술품, 인간관계의 해결 비용, 오락비, 의료비, 교육비, 등에 따라 그 금액과 가치가 모두 다르게 정해진다.

복잡한 세계의 한편이다.

다른 생물은 변화가 거의 없다.

그러나 인간의 생활 방법은 다양하게 변하여가고 있는 것이다.

인간은 어떻게 최초에 생겨났는지 모른다. 고유하게 생겨났는가?

아니면 돌연변이 일까?

처음 세상에 태어났을 때, 나체를 모피나 초엽(草葉)으로 감싸고 살거나, 알몸으로 살았을 것이다.

산이나 강, 들로 다니면서 고기나, 열매, 풀을 먹으면서 살았을 것이다.

호랑이나 사자와 같은 야수들을 만나면 잡혀 먹거나 공포감에 떨고 있었을 것이다.

어느 곳에선 야수들을 신으로 모셨다고도 한다.

추울 때, 얼어 죽지 않고 살기위하여 먹을 것이 풍부한 열대 지방으로 옮겨 살거나, 땅굴 속에서 살았을 것이다.

마찰력으로 불을 피워, 열매나 고기를 구워 먹고 따뜻하게 살았을 것이다.

추운 남극과 북극으로 갈수록 동물들이 적게 살았고, 적도 부근 일수록 동, 식물들이 풍성하게 몰려들면서 살았을 것이다.

인간은 세월이 가면서 지혜가 발달하고, 도구를 만들며 농산물을 경작하게 되었고, 집단생활을 하며, 인구가 증가하면서 이권 싸움과 욕망을 채우기 위한 전쟁도 하였을 것이다.

뜨거운 햇빛을 가리고 추위와 병충을 막기 위하여 의복을 만들어 착용하였을 것이다.

처음 투쟁할 때는 몸으로, 다음은 몽둥이나 돌, 집단생활을 하면서 칼과 창, 활을 만들어 사람과 동물들을 살생하였을 것이다.

현재는 총과 대포, 폭탄, 전차나 함대, 폭격기로 빠르게 이동 및 원거리에서 적과 싸워 순식간에 수십만, 수백만의 사람을 몰살 시킬 수 있게 되었다고 본다.

인구도 60억이 넘는다. 인류는 인간들이 무서워하던 야수를 제압하고, 지구에 번창하게 붙어서 지구를 파먹고 뜯어 먹어 가면서 살고 있다.

도구를 이용하여 흙과 초목, 돌로 집을 만들며 살고 있다.

천물의 영장이 되어 지구의 밖, 우주 공간이나 달나라를 여행하며 멀고 먼 행성 까지도 우주선으로 탐구하고 있다.

옛날에는 사람이 직접, 먼 거리를 걸어가서 소식 전해주던 것을, 유선 통신으로 연결하고, 지금은 무선 통신으로 우주선과 세상 어느 곳이든 연락을 하며, 어떤 모습인가를 화면으로 보여 주고 산다.

생각하기엔 너무나도 골치 아픈 것들, 인간의 성질 끝이 어데 일까?

이렇게 하지 않고 곤충이나 나무, 짐승들처럼 자연스럽게 살지 않으면 안 되는 것일까?

먼 옛날, 원시시대, 인간은 지극히 자연스럽게 살았다.

자연과 공포 속, 생사의 갈림 길, 생존경쟁의 시대에 살았다.

세월이 가면서 인간은 지혜로워지고, 인간의 무리를 평화롭게 발전시킬 수 있는 현명한 사람이 나타나서 지도자가 되다가, 인구가 증가하면서 왕이 되었고 국가가 상존하게 되었던 것이다.

인류의 과거를 망각한 권력이 인류 생존을 침해하고 괴롭힌 악독한 군주도 있었다.

지금은 인간의 욕망과 사랑에 의하여 더욱 더 인구가 증가하고, 과학의 발달로 세계 전체의 생활하는 모습을 동시에 연통하면서 산다.

옛날 국가와는 생활 문화가 대단히 다르게 변하고 있는 것이다.

생존경쟁은 힘의 대결이 되고, 비참한 살생과 정복을 하여 위대한 승리라고 하며, 죽음의 악마를 영웅이라고 하였다.

다음부터는 함부로 접근하거나 공격하지 말라는 엄포의 상징도 되었다.

마치 야수가 적을 제압하고 울부짖는 것과 같은 모습이다.

세상의 모든 것은 집단적으로 산다.

인간은 맹수를 물리치기 위하여, 짐승을 잡아먹기 위하여, 동족, 집단 간에 이득을 취하기 위하여 죽도록 싸운다.

치열한 생존경쟁을 한다.

인구가 많아지면서 육지와 바다, 하늘에 수많은 병력을 조직하고, 다양한 병법과 무기를 개발하여 전쟁 속에 사람들이 죽도록 하였다.

인생길을 내세우며, 천기와, 지형을 관찰하고 장수와 병정, 군율을 조직하여, 쟁취할 지역과 전략을 세우고 주변과 연합, 또는 모공(謀攻) 한다.

해가 떠오른 것처럼 승리하고, 어둠이 오는 패배, 달이 생겨난 것처럼 다시 살아나고, 봄이 되면 새싹처럼 살다가, 가을이면 떨어지는 낙엽처럼 죽는 것, 살아남는 것이 군의 형태다.

어떤 땐 허점이 있는 것 같지만, 내막은 강인하고, 적의 반응을 보기 위하여 감정을 건드려 보기도 하며, 공격할 것처럼 조작을 한다.

허점이 있으면 대군을 움직여 실질적인 전투에 돌입하며 허실을 드러낸다.

부하를 너무 아끼는가 하면, 성격이 분속(速:奮 빠르게 떨치다)하거나 선비처럼 고결한 장수도 있다.

이에 따라 군의 세력이 달라 질수 있는 것이다.

전쟁 중에 패잔병이 조직과 패기를 잃고 절망하는가 하면, 질서 없는 중간 계급의 통제로 공포가 조성되기도 한다.

적의 동태를 살피기 위하여 고향에 첩자를 두거나, 일정한 지역에 고정시키는 간첩과, 한번 이용하고 버리는 자와, 적이 보면 첩자에게 속는척하며 반대로 이용하는, 이중간첩, 모간 법을 이용하여 서로 죽이고, 살기위하여 온갖 수단과 방법을 동원하는 것이 인간이다.

현재는 과학과 지혜가 발달되지 않으면 인생살이 패배라는 시대가 온 것.

배우지 못한 자는 세상살이 정확할 수가 없다.

매사에 실수가 많아지고, 일찍 죽을 수도 있으며, 높은 위치에서 군림하거나 이득 보기가 어렵다.

모르는 것이 많을수록 세상과 엇갈리는 생활을 하게 되고, 정신적인 문제도 발생할 수 있으며, 암흑세계에서 허덕이게 될 것이다.

그러나 지혜로운 사람은 상대편의 경력, 대화와 행동, 일처리 하는 수준과 능력을 사전에 정확히 평가한다.

인간은 경쟁에서 앞서가며 배워야 살 수 있다고 하는 것.

재능과 능력에 따라 서로 다른 인생길을 가게 되는 것.

인류 사회는 참으로 복잡하고 경쟁이 치열한 것이다.

경쟁은 서로가 피곤한 처지를 만들고 있는 것이다.

그러나 인류의 지혜와 능력도 한계가 있을 것이며, 지구를 파괴 하면서 수많은 인류가 붙어먹고 사는 것도 인구에 따라 한계가 있을 것이다.

마치 사람이 정신의 한계를 초월하면, 사람의 한계를 벗어나면서, 세상과 다른 곳으로 갈수가 있고, 욕망이 넘치면 망하게 되는 것과 같다.

욕심쟁이가 먹을 것을 배부르게 먹으면 부자가 되고 싶고, 재물을 모두 가지면 지구를 정복하고 싶고, 지구를 다 가지면 신이 되고 싶어 하는 것처럼.......

사람의 한계를 넘어 가려는 어리석은 성질이다.

한없이 굶고서 살 수 있거나, 한없이 잠 안자고, 한없이 일만하고 살 수 있는 사람 없다.

천지를 다 먹고 살 수 있는 사람 물론 없다.

인간의 한계는 사람으로 사는 것이 한계이며, 초월하게 되면 죽음의 세계로 가게 되는 것이며, 인간의 한계는 태어나면서 죽을 때까지가 한계다.

만약, 초월하면, 천생은 태어나고 죽는 것이 없게 될 것이다.

인간의 한계는 빛을 보내주는 태양과 함께, 산모의 품속처럼 거처하고, 모든 생물들이 잘살 수 있도록 길러주는 지구가 상존할 때까지다.

지혜의 한계도 사람으로 생존할 수 있는 때 까지다.

정신과 마음, 지혜, 세상 천물은 한계를 지킬 때 낙원이 되고 잘살 수 있는 것.

세상사람, 자연의 고마움과 한계를 지켜야만 한다.

아무리 인간이 천물의 영장이라 해도, 홍수와 냉동, 폭풍과 화산, 지진이 몰아치면 살길이 없는 것처럼, 자연의 한계를 이탈하여 함부로 살면 생명을 잃어버린다.

하늘과 땅에서 대단한 일이 벌어지고 있는 것이다.

과연 세상 생활과 탐구는 어데 까지 갈수 있을까?

모든 것을 만족 시킬 수 있는 방법은 있는 것 일까?...........

옛날이나 지금이나 막막한 것은 동일하다.............

그래도 인생은 살아간다, 세상의 천물도 같이 산다.

사람은 성장하며 지혜가 생기고, 일하면서 경험한다.

어느 정도 살아가면 사춘기가 오고, 남성과 여성은 서로 그리움과 애정을 느끼게 되며, 세상 풍경과 온몸이 싱그럽게 산다.

인생을 노래하고, 춤을 추면서 감동하기도 한다.

늙어지면 살아온 세상을 생각하면서 철학을 하게 된다.

하늘에 있는 땅에서 다양한 종류의 생명체가 탄생한다.

우주의 한곳에서 살아간다.

번식하면서 왕성하게 사는가 하면 병들고, 형태가 변하며, 늙어서 죽어
간다.

땅속에서 양분을 먹고 사는 초목이 있는가 하면, 풀과 열매를 먹고 사
는 곤충, 동물도 있고, 동물이 동물을 잡아먹기도 한다.

사자와 호랑이 늑대와 같은 야수는 동물을 먹고, 새들은 대부분 곡식
과 곤충과 물고기, 독수리는 짐승... 소, 말, 토끼, 양, 사슴은 풀을 먹고,
사람은 동, 식물을 모두 먹고 산다.

동물과 식물을 먹어서 썩게 하는 세균도 있다.

생명체의 모든 것은 흙속에 있는 양분과 태양빛, 물, 공기를 먹고 사는
것이다.

열과 힘을 내고, 운반, 맑게 하며 산다.

이들 중, 한 가지만 없어도 죽어 버린다.

앞과 뒤의 상대성과
일치의 공

사람은 앞과 뒤를 한꺼번에, 동시에 볼 수가 없다.

거울에 비쳐서 반사되는 형상과, 양쪽의 형상을 모두 통과 시키는 유리처럼........

양쪽을 모두, 동시에 볼 수 없이 반쪽의 형상 세상만을 볼 수 있다.

만약 사람이 양쪽을 동시에 볼 수 있다면, 한쪽만을 볼 수 있는 세상과는 전혀 다른 것을 알게 될 것이다.

사람의 감각은 반사적인 반쪽의 세상살이를 할 수밖에 없는 운명을 타고난 것이다.

이것이 사람의 한계인 것이다.

인생은 우주 의 별과 생물들 의 세계를 아무리 찾고 헤 메어도, 반면의 세상을 살고, 반면의 세상만 나타날 뿐이다.

씨와 알, 정신과 마음

정자는 난자와 결합하여 사람이 될 경우, 사람의 판단 지향적인 머리와, 이동할 수 있도록 하는 정자의 꼬리로써 뼈의 골격을 이루고, 흰색으로 이루어 졌으며,,, 난자는 이동하지 않고 활동만 하는 심장과 내장 및 살결을 만들고, 난자의 월경과 같은 붉은 색의 피를 만든다.

하나의 남자 몸은 정자로 이루어진 남성과 난자로 이루어진 여성이 함께 상존하는 것 이며, 여자에게도 남자와 같이 상존하는 것이다.

골격은 가슴의 늑골이 심장을 포용하고, 심장으로부터 번창한 살결은 골격을 품고 있으며 사람의 모습을 성립한다.

심장이 너무 번창하면 머리 세력을 과다 점령하여 감정과 마음은 강하지만, 정신의 판단은 혼란하여진다.

반대로 골격이 심장을 억제 할수록 마음은 안정되면서 감정을 정신이 가는 곳으로 정확하게 조정 할 수가 있게 된다.

너무 강하면 인정, 사정없이 냉정한 사람이 된다.

사람의 성질과 성격이 형성 되는 것이다. 성격의 이치, 이성이다.

머리는 사람의 몸에서 정신적인 일을 하고 심장은 마음을 이루게 된다.

사람의 정신은 머리에서 이루어지며 마음은 심장에서 생겨난다.

그러면서 사람으로 태어나면 남자와 여자가 된다.

정자와 난자가 결합하여 사람이 될 때, 서로 사랑할 수 있도록 정자와 난자가 적합하게 일치가 잘된 사람의 인생은 건강하고, 정신과 마음이 잘 어울리면서 사리를 분명하게 판단하며 잘살 수 있을 것이다.

그러나 정신이 강하면 한없는 고뇌, 생각, 판단, 지향, 이해, 깨달음, 집중을 과다하게 하여 호흡은 약해지고 난자의 마음은 억눌리며 맥박이 적고 조용하여 진다.

정신에 마음이 순응하여 일치하고 있는 것이다.

그러나 마음이 순응하여 일치하지 못 하면, 울화가 치밀고 참지 못하며 분통이 터져 나오게 된다.

반대로 마음에 정신이 따라 주지 않아도 정신을 못 차리게 된다.

정신과 마음이 일치 하지 못하여 갈망하는 인생을 살게 될 것이다.

이러한 현상은 정자와 난자의 구조적인 위치 배열이나, 태어 날 때부터 두 힘의 불균형, 생체 기능의 변형과 파멸에 의한다고 볼 수 있다.

사람의 선천적인 구조와 자세, 운동에 의한 머리, 골격과 신경, 심장의 혈관, 근육의 방향과 위치, 힘의 균형에 따라서 성질이 달라진다.

정신의 힘이 과다하여 계속 수면을 취하지 않고 한없이 집중, 지향을 하면 몸이 피로해진다.

정신이 무엇인가에 집중하는데 외부의 간섭이나 마음의 분노와 슬픔, 화통과 욕망이 넘치면 혼란이 발생하여 분별력이 없어진다.

정신이 꿈을 이루지 못하면 절망하고 헛된 인생살이로 세상을 헤매는 것과 같다.

정신적 고통인 것이다.

마음이 욕심을 채우지 못하고 이득을 놓치거나 먹을 것을 빼앗기게 되면 분통이 터진다.

정자의 지식이나 지혜의 부족으로 심장의 마음이 하고자 하는 일을 이루지 못하거나 망쳐 버리면 화통이 생기고,

머리보다 심장의 힘이 넘치는 체질, 술이나 보약처럼 심장에 힘이 넘치게 하는 과다한 음식섭취와 같이 후천적인 힘의 균형이 맞지 않으면, 정신을 못 차리게 하고 울화가 치민다.

마음의 고통인 것이다.

난자로 이루어진 심장이 운동을 심하게 하면 호흡이 많아지고 집중력이 저하되며, 반대로 집중력이 과다하면 호흡이 낮아지면서 심장의 활동이 억제 되는 것과 같다.

몸을 이동 시켜주는 정자의 꼬리로 이루어진 척추, 팔과 다리의 골격이 피로한 행동을 할 때 정신과 마음이 함께 괴로워진다.

심한 노동이나, 행동을 감금 할 때와 같은 육체적인 고통이 된다.

정신없이 판단하지 않고 행동, 욕심으로 인생을 망치거나,, 실행과, 성사 되는 것 없이 정신 차리고 생각만 하다가 무너지기도 한다.

한 사람의 몸에는 정자와 난자의 정신과 마음에 대한 운명이, 두 사람 인 여자와 남자의 인연에 의한, 사랑에 의하여 이루어지고 있다.

아름다운 여인이 나타나면 남자의 정신이 싫지 않고 좋다고 한다.

그리움이 생기는 것이다.

남자의 정신은 여자의 품안, 몸속의 마음, 알 과 결혼 하려고 한다

남자의 마음은 정신에게 여자의 품안, 몸속의 마음, 알 속에 가서 살게 되도록 도와준다.

반대로 여자의 마음은 남자 몸속의 정신, 씨 와 결혼 하려고 한다.

씨와 알이 좋아 하기 때문이다.

여자의 정신은 마음에게 남자 몸속의 정신, 씨를 받아서 잉태 하도록 도와준다.

남자와 여자의 정신과 마음이 서로 일치 하여 맺어지는 사랑인 것이다.

일치하고 적합하지 않으면 이루어 질 수 없는 인연이 되는 것이다.

모든 사랑은 사람이 원한 것이 아니라 씨와 알이 잉태하고 깨어나, 사람 으로 되려고 사람의 몸속에서 사람을 충동하여 이루어지는 것이다.

사람은 씨와 알의 집과 같은 몸일 뿐이다.

사람이 원하는 것이 아니라, 씨와 알이 원하여 성립 된다.

좋은 인연은 정신과 마음이 서로 의지하며 사랑하고, 순종하며 상의하 고 협동하여 일치해야만 잘사는 인생이 될 것이다.

마음이 먹고 싶다하면 정신이 사랑하며 먹자고 하고, 정신이 과식한다 하면 마음이 협동하여 먹는 것을 중지해야 한다.

정신이 산을 넘자고 상의 하면 마음이 같이 가자고 하며, 마음이 쉬어 가자고 하면 정신도 따라서 순종한다.

인생은 마음과 정신의 결혼이다.

정신과 마음은 서로 일치하여 의지하고 인생살이를 할 때, 혼자 살아도 외롭지 않고, 기쁨과 활기, 생동과 행복, 사랑과 지혜, 즐거움과 평화가 가득 차게 된다.

남자와 여자의 인연이 적합하지 않고, 욕심과 분별없이 결혼을 하여 자식이 생기면, 자식들의 마음과 정신이 일치하지 못하여 불행이 찾아오고 가정의 앞날이 평화롭거나 복되지 못하다.

남자의 몸에서 정자가 생겨나게 되고 정자는 남자의 몸에 잉태하게 된다.

여자의 몸에선 난자가 생겨나게 되고 난자는 여자의 몸에 잉태된다.

정자가 출산되어 난자와 결합하게 되면 사람으로 생겨나서 여자의 몸에 잉태 된다.

사람이 출산되면 세상에 새롭게 잉태되는 것이다.

정자는 남자의 몸을 자극하고, 난자는 여자의 몸을 자극하여 두 사람이 사랑하 도록 하고,

사람으로 잉태하여 살고 싶다고 충동한 것이다.

분리되고 다른 것과 합쳐지며 새로운 것으로 생겨나는 것의 연속이다.

잉태된 것은 다른 곳으로 가서 죽어 버릴 것 같지만 새로운 것이 되어 탄생된 다.

몸 밖으로 나가면 죽을 것 같지만 세상에서 살고, 세상 밖으로 가면 죽을 것 같지만 다른 것이 된다.

사람이 우주에 잉태된 후 우주에서 출산된다면 무엇으로 태어 날 것인가?

무엇과 결합되어 무엇으로 될 것인가?

현재로 써는 결합될 수 있는 것이 없으므로 새로운 탄생은 끝이라고 본다.

사람의 몸은 분산 되고, 형체가 다른 것들과 결합 할 것이다.

한번 잉태되었다가 떠나게 되면 다른 것이 되고, 새롭게 결합되어 또

다른 것   이 된다.

　잉태 되어 깨어나며 출산 분리되어 지나간 것을 잊고, 새로운 것으로 잉태하여

　깨어나게 된다.

　힘의 변형

　천물은 여러 가지 형태로 힘이 변하면서 형태도 변한다.

　탄소의 힘은 광합성에 의하여 빛을 결합하고, 빛의 힘이 강하면 탄소를 이탈하여 열과 불이 되면서 흩어지는 빛이 된다.

　풍력과 동력, 화력, 빛의 힘(광력), 중력, 인력, 마찰력, 원자력, 폭발력, 수력, 전력은 서로 다른 힘으로 나타나며 같은 힘으로 상존한다.

　생물의 영양분은 빛의 힘, 즉 광력을 합성하는 이산화탄소의 고정, 광합성으로 이루어 졌고, 모든 빛은 탄소와 함께 감금되며 산소나 물에 의하여 더욱 강하게 감금 된다. 염기는 더욱 더 강하게 감금 시킨다.

　빛의 색깔이 날 때까지 가열된 탄소가 함유된 금속, 빛을 먹은 탄소를 산소나 물을 사용하여 냉각할 때, 탄소에 의한 빛의 감금력은 더욱 더 강해지는 것으로서, 탄소 성분이 많은 금속은 더욱 더 강력해 진다. 물에 염분이 함유될 경우 더욱 더 강해진다.

　반대로 탄소는 강한 빛이나 열에 의하여 감금력이 약해진다.

　열나는 금속이 산소를 차단하는 질소와 함께 냉각될 경우, 감금력은 약화 되어 탄소가 함유된 금속은 강도가 약화된다.

　빛을 감금 시키는 탄소의 힘이 약화되기 때문이다.

　우주의 천물은 힘으로 생성되고, 힘이 이동된 것에 따라 성질과 모양이 변하게 된다.

　힘이 식물로 가면 식물의 형태를 조성하는 성분이 되고, 동물에게 가면 동물의 형체를 조성하는 성분이 되며, 광물로 가면, 별을 결성하는 성분이 된다.

힘이 이동하는 것에 따라서 모양을 다르게 만드는 성분이 되었다가 밀변(密變)한다. 다른 것으로 변경되고 있음이다.

새로운 것으로 생겨나고, 다른 것과 결합하다가, 소멸되면서 분산하다가, 또다시 다른 것으로 생겨나는 것이다.

우주의 힘은 몇 가지 같은 것으로 이루어 져서, 힘의 활동에 의하여, 이동된 개체에 따라서 다른 모습으로 형체를 만들며 변형 시킨다.

각각의 형체는 몇 가지 힘이 역동하는 현상이라고 할 수 있다.

인간에게 비친 세상 인 것이다.

인간은 우주의 힘이 작동하는 일부분 인 것이다.

한 우주의 외부나 내부에서, 전체적으로, 무엇인지 알 수 없는 몸에서 사람이 살고, 짐승과 벌레, 온갖 식물들, 하늘과 공간, 출렁이는 바다와 별들이 현상적으로 인간에게 보여 지고 있는 것이다.

천물은 하나의 형체로 태어나면, 형체가 소멸될 때 까지 다른 것이 될 수 없다.

사람도 사람으로, 죽을 때 까지 작태의 세계를 벗어나지 못하도록 결속되어 있는 것이다.

한계 속에 살고 있는 것이다.

주인 없는 나라에서,,,,,,,,,

사람은 누구나 주인 없는 나라에 태어난 것이다.

이 세상은 원래 주인이 없는 곳이다.

인간도 이 세상의 주인이 아니고, 식물이나 짐승, 벌레와 별들도 이 세상의 신주가 아니다.

아무 것도 모르는 아이가 참외 밭을 기웃 거리며 걸어가서 신기하게 생긴 참외를 만지고 있을 때, 밭 매는 여인이 접근 말라고 손짓하므로 아이는 밖으로 되돌아가게 되었다.

그리고 먼 훗날 성장한 후, 왜 그런지를 생각한다.

여인은 밭의 주인으로 자기 것을 지켜야만 되고, 농작물 훼손을 방지하기 위함이었다.

주인은 왜 생긴 것일까?

먼저 세상에 태어난 사람들이 만들은 것으로, 새롭게 태어난 사람에게는 적합하지 않은 동기와 의사, 권한 없이, 가족과 함께 종속되어서 자기 것이라는 제도를 따르도록 하였든 것이다.

가난한 가정에서 태어나면 가난한 것에 종속되어 오랫동안 고생을 해야 하며, 부자 집에서 태어난다면 세상에 태어 날 때부터 편안 한 인생으로 시작되는 것이다.

사람이 태어 날 때부터 평등하지도 자유롭지도 공평한 수익권도 없이, 태어난 자의 의사권도 없이, 가정 종속적인 것으로 귀속되어어만 되는 것이다.

태어난 사람의 노력과 능력에 관계없이 상속적인 것에 의하여, 태어날 때부터 못 살거나, 잘 사는, 불공평한 운명을 이유 없이 받아 야만 되는 것이다.

태어난 자의 의사는 강탈당했고, 재산권은 죄도 없이 상속적인 것으로 구속된 것이다.

즉 노예나 종처럼, 폭풍이나 계곡의 물결, 폭발하는 화산에 휩쓸려가 듯이 가정 종속 사회가 좋지 않게 만들어 지고 있는 것을 인류는 모르고 있다.

그러나 현실적으로 무조건 평등하게 한다면, 노력 없이 먹고 사는 사람을 제재할 수가 없으므로 사유재산권이 있을 수도 있는 것.

그러나 태어 날 때부터 기회 균등을 벗어나서 개인의 모든 권한이 박탈 당한 것도 잊어서는 안 된다.

종속적 평등이 없는 것이다.

다른 나라에서는 사람이 태어 날 때부터 네 것, 내 것 없이, 공동 재산으로, 같이 일하고 공평하게 분배하는 제도에 따라 사는 곳도 있었다.

그러나 개인의 능력과 자유를 태어날 때부터 박탈당한 것이다.

개인의 이동과 마음의 선택을 속박하게 된 것이다.

나의 것도 없지만 자유로운 것도 없다.

능력의 자유가 없는 것이다.

식물과 짐승들은 강한 것이 우선적으로 점령하며 산다.

모든 것은 하나가 아니기 때문이다.

벌레도 하나가 아니고 짐승도, 사람도,, 모든 동물들이 하나가 아니며, 식물도 하나가 아니기 때문이다.

수량이 많으면 많을수록, 생존하고 점령하기 위하여 공격하고 침략하며, 전쟁이 유발, 폭발하면서 비참한 살생의 지옥이 만들어 지는 것이다.

약하면 먹히고 강하면 점령하는 것이다.

그러므로 모든 국민은 노동을 열심히 하게 되고, 굶주리거나 비참한 생활을 하지 않으려고 치열한 경쟁 속에 살아야만 된다.

무엇인가 유실되어 있다.

우주의 천물 중에 끝없는 욕심을 가진 것은 인간뿐이다.

인간이, 이 세상 주인인 것처럼........

그러나 어떠한 식물과 동물과도 세상 주인 아닌 것.

한번 태어난 것은 절대적으로 죽어야 된다는 사실을 잊은 것처럼................

지금도 인간들은 너무나도 미개하다.

한때, 엄청난 전쟁을 유발하여 수많은 나라를 침략하고, 인류를 살육한 사람을 칭송하며 위대한 영웅이라고 하는 어리석은 자들이 있다.

적의 공격에 대하여 방어 한 것을 제외하고, 한 치의 영토라도 점령, 공격하거나 살생한 사람, 인간 세상을 지옥으로 만들었든 사람을 영웅이라고 한 것이다.

세상이 있는 줄도 모르고 태어난 아기들, 주인이 없어야만 되는 세상 나라에서, 주인 행세를 하는 선인들에 의하여 모든 권한을 강탈당한 것이다.

세상에 인간이 태어나면, 가정의 빈부에 따른, 가정 종속적인 재산 상속을 변경하여, 재물을 공평하게 분배받고, 성장하면서 자유로운 경쟁으로 활용토록 하며, 성실한 사람은 인생을 잘살고, 나태한 사람은 가난하게 살다가, 인생이 끝날 때는, 주인 없는 나라에서 빌려 쓴 재물을 세상에 돌려주어 재분배되도록 하므로 평화로운 인간 세상이 올 것이다.

가정생활을 기본으로, 국가는 국가의 재정으로 태어난 아이를 보육하고, 동등한 재산을 상속분배하며, 개인의 능력에 따라 잘살게 하고, 개인이 세상을 떠나면, 재산을 국가에 상속하여야 한다,

그러므로 가난한 자가 많으면 부자도 망하는, 가난한 백성이 많으면 나라가 멸망하는 것이 없어지고, 본래 한 가족으로 시작한 인류, 국민 전체가 가족처럼 살 것이며, 어려운 이웃을 자연적으로 돕는, 인정이 넘치는 평화로운 사회가 되고, 공동체로써, 협력하는 단결력과 강한 조직이 형성되면서 개인의 능력에 따라 생활할 수 있는 사회가 형성될 것이다.

재산과 수익, 분배의 격차가 크지 않도록 조정하여 전체적인 힘의 균형이 무너지지 않도록 공존하며 발전해야 한다.

인성과 능력이 훌륭한 사람을 분야 별로 엄격히 선정하여 가정을 보살피는 것처럼, 나라를 인도 하도록 해야 할 것이다.

가족을 잘 살도록 하는 것처럼, 인류 공동 운명의 해결 방법이 있어야 한다.

평화로운 생활을 하도록, 가정적이며 한계적인 것으로 새롭게 구성해야만 된다.

세상에 돌려주므로, 욕심 없이 인정 많은 나라의 생활을 할 것이다.

모든 것, 빈손으로 태어나, 빈손으로 간다는 것이 확증된 것.

이 세상 우주의 모든 것과 나라, 영원한 주인이 없는 것이다.

사람이 나무 하나를 받으면 임야 전체를 소유하려 하고, 광야를 주면 천지를 점령하려 한다.

우주를 모두 준다 해도 인간의 욕심은 끝없는 한계다.

세상의 모든 것은 한계가 있으며, 적절한 한계로 살아야만 된다.

그렇지 않으면 재앙이 오거나 멸망이 닥쳐오게 된다.

사람은 꿈이 생겨난다.

본인 의도와 시간에 관계없이 꿈이 나타난다.

맑고 푸르면서 유연하게 타오르는 불길이 집안에서 생겨나면 재물이 불어나게 된다.

그러나 커다란 변기에서 똥이 우중충 하게 썩어 있으면 큰 재물을 잃게 된다.

누런 돼지가 집안으로 들어오든가, 품안에 안기면 좋은 일이 있게 되고, 여러 마리의 돼지가 축사에서 하늘을 향하여 누워 있거나 힘없이 있을 땐 재물을 잃게 된다.

적군에게 쫓기거나, 뱀이 우굴 거리는 곳에 서 쫓길 경우, 집안에 우환이 생기기도 하고, 신발을 계속 잃어버릴 경우 큰 사고가 발생할 수도 있다.

꿈에서 어린 아이를 안고 불안하게 있는 경우, 애물단지 같은 곤란한 일이 생기고, 집안에서 아이를 데리고 가는 조상이 있을 경우, 어려운 일이 해결되기도 한다.

또한 가족이 온몸에 붕대를 감고 집안에 들어오면 환자가 생겨나기도 한다.

집안에서 낙서를 하면 부채가 생기고, 지워버리게 되면 빚을 해결하게 된다.

이러한 꿈은 사람이 만들고 싶다고 해서 나타나는 것도 아니고, 싫다고 해도 꿈은 발생한다.

닥쳐오지도 않은 미래의 일이 현실과 다르게, 사실처럼 형상적으로 잠잘 때 꿈속에서 나타나는 것이다.

죽은 조상이 나타나서 무엇인가 암시를 주기도 한다.

참으로 괴상한 일이다.

인간 세상과 천물이 어떻게 상존하기에 이런 일이 있을 수 있는 것 일까?

시간을 초월하여 나타난 세상과는 다른 실상이 있는 것일까!

자연을 몸으로 한 실상의 나라인가 !

남자의 몸속에 잉태되었다가 여자의 뱃속으로 가면 무엇인지 몰랐는데 사람으로 잉태되고, 여자의 뱃속을 벗어나면 죽을 줄 알았는데 우주에 잉태되고, 우주에서 출산되면 또 다른 것이 될 것처럼 모르고 산다.

세상이 있는 것, 자체가 신비스럽다!

사람과 우주, 아무 것도 없으면 안 되는 것일까!

잠을 자면 없다가, 깨어나면 세상이 있고, 태어나기 전에 나타나지 않았던 것, 인생길에 상존하는 무엇인가 없지 않다.

너무나도 신비스럽고, 있다고 하기엔 실상을 모를 일이다.

이렇게 살면서 인간에게는 신앙이 존재한다.

원시 시대, 하늘에서 천둥과 벼락이 휘몰아 쳐도 하늘의 신이 노하셨다고 했다.

그러면서 신에게 허리와 무릎을 굽혀가면서 온갖 정성을 다하여 수많은 음식을 정성껏 차려 놓고 빌고 또 빌었다.

땅의 지신, 하늘의 천신, 바다의 해신, 산의 산신, 조상신을 숭배하고, 예수에 의한 그리스도교, 석가모니에 의한 불교, 공자에 의한 유교, 무함마드에 의한 이슬람교, 여러 가지 종교가 생겨났다.

같은 종교 사이에도 분쟁이 발생하고, 전쟁을 하여 서로 간에 살생을 하는 일도 있었다.

인간의 욕망이 종교를 이용, 굴복, 파멸한 것이다.

사람을 죽인 자는 지옥을 만든 것!

종파란 인적이 드물던 시대, 걸어서 다니거나 말과 같은 짐승을 타고 다니던 시대, 서로 다른 지역과 국가, 풍습과 언어, 기후가 다르므로, 같은 신에 대하여 다르게 표현한 것일 뿐.

표현에 의한 지역의 신처럼, 인간은 신의 이름을 지을 수 없다.

세상, 천물, 모든 명칭은, 없는 것을 인간들이 만들은 것.

사람이 사람의 이름을 만드는 것은 가능하지만, 신의 이름을 조작하는 것은 신에 대한 모욕이며 어리석은 인간의 처사다.

신이 사람에게 종속되어 있다는 것과 같은 이치다.

또한 황궁처럼 웅장하게 설립한 종교의 건물, 불쌍한 부모와 형제자매를 외면하고 도와주지 않는 인간의 욕심과도 같은 것.

실상을 외면할 수 없는 처지를 알아야 한다.

수많은 인간들이 세상살이 하면서 사회가 형성되고, 서로 평화롭고 확실하게 살기위하여, 연구하고 실행을 하게 된다.

글과 언어를 만들고, 서로 화통한다.

사회에서 분쟁을 해결하고 질서를 지키기 위하여 법을 제정 하고, 법을 지키지 않을 경우 행동을 규제하거나 벌금을 내도록한다.

외부의 침략을 막고 국가를 보호하여 평화롭게 살도록 하는 병역, 의식 주를 해결하고 삶이 향상되도록 하는 근로, 나라의 관리, 경제 및 모든 유통이 잘되도록 하는데 필요한 납세, 세상을 알기위하여 교육을 하면서 산다.

자유의 한계, 평등의 정도(定度), 수익의 효과, 참여의 자격에 따라 국가의 상태와 능력이 변한다.

기본적 규제와 활성의 정도, 만들고 없애야 할 것, 생각하고 판단하며 규정하는 것을 법리에 입각해서 한다.

인생이 고통스럽지 않도록, 정신과 마음, 현실과 미래가 영원한 낙원이 되도록, 태어나서 삶과 죽음이 헛되지 않도록, 세상 이치를 깨닫고 살도록 하는 교리를 신앙적으로 한다.

자극적인 것에 반응하는 슬픔과 괴로움, 기쁨과 즐거움, 조급함, 우울함, 치밀어 오르는 화통, 욕심을 심장에서 생겨나는 마음의 근본, 심리., 방법과 판단, 방향과 지향, 이동과 생각, 기억, 정신적 고통과 그리움을 만들게 되는, 두뇌와 뼈골에서 생겨 정신적인 것을 근본으로 하는 정리(精理)., 모든 생명체와 우주 천물은 법칙에 의하여 조성되고 변화, 사라지게 되는 것을 결정하는 원리., 생물의 구조와 기능, 순환, 영양에 의한 발육과 번식, 감각, 노후와 병, 사멸함을 판단하도록 하는 생리., 물질의 성질, 질량의 운동과 힘의 변화에 대한 물리,, 개체는 서로 영향을 주고받으며 사랑하거나, 태양 빛을 받으며 감미롭게 동화되는 생물이 따듯하게 어울리는 것처럼, 변화 있게 교섭 하는 섭리,, 이 세상 모든 개체는 하나로 성립되는 것이 아무 것도 없다.

때문에 개체는 같은 일에 대하여, 서로 다른 개성과 같은 개성으로 변화되어 나타나게 되는 것이 통상적인 사리다.

쉽지 않은 세상살이를 살려준 은혜, 부모 형제, 어려울 때 서로 돕고 살던 이웃, 즐거움과 외로움을 달래주던 친구, 국가를 평화롭게 지켜준 것에 대하여 고맙게 생각하는 도리,, 아무리 고통스럽고 화가 치밀더라도 세상을 원망하거나 괴로워하거나 슬퍼하거나 욕심 부리지 않고, 인생과 자연의 섭리에 따라 평화롭고 재미있게 살아가는 순리,, 세상에서 서로 잘 살기 위하여 부부, 부모와 자식, 친척과 이웃, 친구와 손님, 자연과 국가, 일과 경제에 대하여 지켜야 되는 인간관계의 윤리가 있다.

세상 천물은 이치가 있고, 이치는 일치할 때 정확한 깨달음을 갖게 되며, 어느 경우에도 확실하게 실현할 수 있게 된다.

생명과 죽음에는 이유가 있다.

사람은 생존하기 위하여 일과 가치에 대한 가격에 맞춰야만 된다.

그렇지 않다면 사람은 거지가 되거나 망한다.

일을 하여도 가격이 없는 일이 라면 헛된 일을 한 것이다.

아무 것도 실현하지 못한 가치 없는 일을 한 것이다.

버릴 것도 없는 일이다.

원시적인 일이든, 농업적인 일이든, 가공 생산적인 일이든, 관리, 문화적인 일이든, 시간적인 가격과 일에 따라서 생존의 가치가 다른 것이다.

세상에 태어난 생명, 죽을 때 까지 일 하지 않으면 죽음이 닥쳐 올 뿐이다.

세상을 구경하여 본다.

개체 주관의 별생, 생운(生運)과
천지 동체의 속생, 공명(共命), 천지의 운명

지구의 중심은 회전 하는가?

지구는 태양을 중심으로 하여 같은 방향으로 공전을 하며, 자체적으로도 같은 방향으로 자전을 하고 있다.

회전하는 시간은 거의 일정하다.

자전은 공전하는 회전력의 여분으로 성립된다고 본다.

자전하는 지구의 공(空) 같은 한가운데는 회전을 하고 있는 것일까?

원형으로 이루어진 지구가 24시간 자전하는 동안, 회전중심에서 가장 먼 거리의 바깥쪽 적도는, 중심에 비교하여 가장 긴 거리를 돌고 있으며, 중심으로 갈수록 가장 짧은 거리를 돌고 있다.

그러나 지구에 탄생하여 살거나 생겨난 것, 동물들과 같은 탄체는, 지구의 구성체로써, 지구가 회전하는 동안 정지하여 있다고 하드라도, 회전하는 거리를 이동하지 않으면서도 돌게 된 것이다.

탑체도 회전체의 중심으로 갈수록 표면보다 회전하는 거리는 짧아진다.

지구의 적도 쪽에 살고 있는 사람은, 회전하는 지구의 남극이나 북극에 사는 사람보다 같은 시간동안 먼 거리를 돌고 있는 것이다.

둥근 지구의 적도는 지구에서 태양과 가장 가까운 곳이므로, 태양의 빛을 강하게 받게 되어 피로하고 무더운 생활을 하고 있으며, 남극과 북극은 태양과의 거리가 약간 멀고, 광면(光面)이 넓거나 두껍지 않아, 싸늘한 얼음으로 가득 차 있다.

하나의 별(지구), 개체와 동체처럼 된 탑체(搭體; 별을 타고 사는 개체; 동물, 사람)는 정지하여 이동하거나 운동을 하지 않았어도, 동체의 표면을 타고 있는 상태에서 동체에 의하여 동행을 하거나 이동을 하게 되고, 그 시간성은 회전체의 중심축에서 멀리 위치할수록 짧아진다.

즉, 지구의 중심에서 먼, 적도의 둘레를 지구의 자전하는 시간 24로 나눈 값과 남극이나 북극의 중심 부분에 가까운 둘레를 24로 나눈 값은 적도가 크다. 즉 적도 부근은 같은 시간 안에 많은 일이 생긴 것이며, 남, 북극은 거의 한 일이 없다고 본다. 시간성이 지루하게 멈춰진 상태와 같다.

싸늘하게 얼어버린 것처럼.

운동을 하지 않아 몸이 격고(格固)되는 것처럼.

그러므로 적도의 생물체는 시간성이 짧으며 하루가 바쁘게 돌아가고, 남, 북극은 시간성이 길며 대단히 지루한 하루가 된다고 볼 수가 있다. 이것은 사람의 마음속에서 생겨나는 시간성과도 같다고 본다.

바쁜 사람은 하루가 순식간에 지나가지만, 할 일이 없거나 가치 없는 일을 하고, 대화 할 사람도 없는 사람은, 지나가는 하루가 대단히 지루하다.

조급한 마음과 편안한 마음이 같은 시간 속에 다른 것과 같다.

또한, 지구를 타고 있지 않고 객성(客星; 다른 별)이 되어 회전하는 것과, 지구에 탄생된 탑체(搭體; 다른 몸에 타고 있는 몸)로 있는 동물은 서로 다른 운명으로 이동을 하고 있다.

지구의 탑체는 지구의 범위를 벗어 날 수 없는 속생을 하고 있고, 이체(異體; 다른 몸)와 서로 다른 독립 생활을 하면서 다른 나라에 살고 있다.

또한 사람처럼 지구상에서 탑체가 개별적으로 이동할 경우, 동체와 이동을 같이 하는 가운데, (동체와 공행하는 범위 안에서) 홀로 이동하는 고행을, 동시에 이중으로 하기도 한다.

자신의 의지도 없이, 또는 모르는 사이에 동체와 공행을 하기도 하고, 의지에 의하여 행동하는 일도 동시에 이루어지는 것이다.

태양을 돌고 있는 행성들이 멀리 돌아도, 태양처럼 피곤하게 한일은 같으며, 태양을 떠나서 돌아 버릴 수 없는 운명이다.

이것이 인생이며 운명인 것이다.

동체와 이체, 동체와 탑체, 탑체와 이체, 행체 와 동체의 관계는 다음과 같다.

@동일 방향, 이체

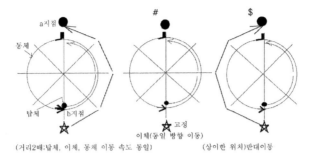

(거리2배:탑체, 이체, 동체 이동 속도 동일)   이체(동일 방향 이동) 고정   (상이한 위치)반대이동

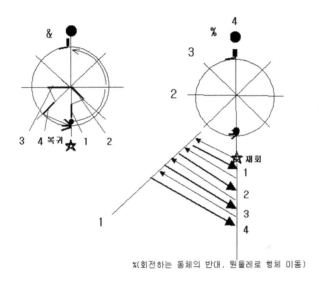

※(회전하는 동체의 반대, 원둘레로 형체 이동)

@ 이체 이동200019k+2x   동체 이동200019k 탑체 행체200019k+동체 200019k ; a지점+원점(b점)

동일한 인생 길 = 운명 거리 - 업보 거리 = 운수(대통과 소통, 장수와 단명)

이체와 탑체 동일방향 이동 탑체와 반대편 정지

이체 이동 0k   동체 이동200019k 탑체 행체200019k+동체200019k ; a지점+원점(b점)

탑체 단독 이동 = 업보 거리(탑체 행동 + 천지(하늘의 별, 동체 회전)거리 = 운명 거리(공간 지점, 업보 2배)

이체 고정 원점만남

$ 이체이동200019k+2x   동체이동200019k   탑체 행체200019k+동체200019k ; a지점+원점(b지점)

운명 거리 - 반대(다른 별, 이체)거리 = 상이한(엇갈린) 운명(반대 위치)

이체와 탑체 반대방향 이동 탑체와 반대편 정지

&이체이동0k 동체200019k 탑체 동체와 반대방향 행체200019k+동체200019k ; a지점+원점(b지점)

다른길(인생) 선택 = 복귀하는 인연

이체 고정 원점만남

//////// 동체의 회전중심 통과 후 반대편 a지점으로 행체 이동

% 이체 이동 0k   동체 이동200019k   탑체 행체200019k+동체200019k ; a지점+원점(b점)

원점 인생(찾다가 재회) = 소행 = 대행

이체 고정 원점만남

???????? 세상 천생(天生: 공, 하늘에 있는 생명), 신주(身主: 몸주인, 자신)의 의도로 행동하는 것과 신주도 모르는 채, 또는 알아도 동체로써 잉태되어 모체를 떠날 수 없이 이동되며 상존한다.

그러면서 태양의 주위를 지구에 탑체로 돌게 된다.

또한 태양이 떠오르면 그 빛과 함께 있어야 되고, 밤이 되면 어둠과 같이 있어야만 된다.

사람으로 사는 동안 다른 것이 될 수 없듯이, 보이지 않는 힘에 의하여 변하면서 우주의 세상에 별을 탄 채로 신주도 모르게 두둥실 떠서 흘러가야만 되는 운명에 처해 있는 것이다.

중력을 가지고 신주의 힘으로 위치를 차지하거나, 이체들과 헤어지지 못하며 활동을 같이 해야만 하는 하늘의 별들과, 지구의 품속에 있는 광물, 식물, 동물들이 모두, 같은 우주와 세상 처지에 놓여서 상존하고 있는 것이다.

땅, 별과 인생이 상존하는 세월이며, 연관된 생활, 같이 돌아가는 생사의 운명이다.

세상 천물은 각각 개체로써 다르게 독립되어 생긴 것 같지만, 개체들은 다른 것의 동체가 되어 잉태된 것이다.

여자와 남자, 하나의 사람에게는 정자와 난자가 결합되어 있듯이, 남성적인 것과 여성적인 것이 함께, 동체가 되어 생성된 것이다.

이것은 어느 동물이나 식물, 광물과 별들이 무엇인가, 동일한 몸에 각각 잉태되어 동체로 써 상존하고 있다.

지구에는 수많은 생물과 광물들이 동체로 써 잉태되어 있는 것이다.

상생(相生) 동체가 된 것은 잉태가 되어 새로운 것으로 탄생을 할 수 있지만, 다른 것과 동체가 되지 못한 것은 새로운 것으로 탄생할 수가 없다.

빛과 탄소, 산소와 수소, 암술과 수술, 정자와 난자, 씨와 알은 서로 다른 이체로써, 결합하면 동체가 되어 잉태하면서 새로운 것으로 탄생한다.

또한 결합하지 못하고 소멸된 것은 다른 이체와 동체가 되어 새로운 것으로 탄생되지는 못하여도, 잉태된 상태로 남게 된다.

세포가 생물과 동체가 되어 같이 살다가, 결합하지 못하면 같이 살던 몸을 떠나는 것처럼.

씨와 알이 여성, 남성 몸에 잉태하여 살다가, 연분을 만나지 못하면 사람을 떠나는 것처럼, 세상의 다른 곳으로 떠나서 다른 것이 된다.

상생하는 모든 것, 한몸(둘 이상 결합된 몸)에서 사는 것.

집성과 해탈

우주에는 원인과 출처를 알 수 없는 힘이 상존한다.

그러나 그 힘은 공(空)과 같다.

하늘의 압력은 탄소, 질소, 산소, 수소와 같은 것에 의하여 발생한다면

하늘에서 질량이 클수록 둥근 지구의 표면 방향으로 이동을 하고 가벼울수록 표면에서 먼 하늘의 외부로 이동을 한다.

돌과 공기의 위치처럼.

표면으로 갈수록 압력을 크게 받는다고 할 수 있다.

하늘에서 개체는 압력이 큰 방향으로 떨어진다고 한다(인력에 의한다고 한다).

개체의 무게가 클수록 힘이 크다고 할 수 있고, 무게가 클수록 이동 시킬, 큰 힘이 필요 하다고 할 수 있다.

그러나 무중력 상태인 우주 공간으로 갈수록 공력은 커지고, 공력이 큰 곳에서 멀어 질수록 별과 같은 곳으로 이동하며 공력은 작아진다.

압력에 의한 것이 아니고 공성(공력)에 의한 것이다.

공성(空性)의 위치로 갈수록 무게는 없어지고, 공성이 작은 별의 위치로 갈수록 무게는 커진다.

공성의 위치로 갈수록 압력은 없어지고 공성이 작은 위치로 갈수록 압력은 커진다.

공성이 큰 곳으로 갈수록 개체는 공성으로 변하게 된다.

우주공간에서 생명체는 팽창하여 흩어진다. 공성이 큰 것과 작은 것으로 분류되고 있는 것이다.

사람이 늙어서 죽어가는 것도 공성과 집성이 변하고 있는 것.

공성이 작은 지구의 표면에 돌과 같이 무거운 것이 자리 잡고, 공성이

큰 기체는 지구에서 무중력의 공간으로 이동하는 질서가 있다.

크고 작은 무게, 모두 공에서 힘없이 떠 있게 한다.

땅에서 무게가 공성으로 변화된 것이다.

무게가 큰 물체를 움직일 땐 큰 힘이 필요하지만, 공성이 큰 우주공간에서 물체는 공성으로 무력하여, 공성과 같은 작은 힘으로도 움직일 수가 있다.

그러나 힘이 클수록 공성이 작다.

우주공간에서 공성이 작은, 무거운 물체는, 작은 힘을 동일하게 줄 경우, 가벼운 것보다 무거운 물체에 작용되는 힘이 크다.

공성이 작으면 작을수록 더 큰 힘을 받는다.

공성이 작을수록, 공성이 작은 것이 크게 발동한다(무거운 것이 더 크게 발동).

공이 아닐수록 형체가 되고, 형체일수록 힘이 있다.

힘은 힘으로 이동되고, 변하며, 차단된다.

그러나 공은, 형체를 힘없이 공에 떠있게 한다.

반대로, 우주 공간이나 하늘에서 공성이 큰, 가벼운 물체에 무거운 힘을 가할 때, 멀리 이동 되지 않는 것과 같은 이치다.

반대로 땅에서는 무거울수록 큰 힘이 있어야 동작한다.

비어 있는 곳에 힘을 가하면 그 힘을 받을 수 있는 물체가 없는 것과 같다.

우주공간보다 공성이 작지만, 물체 중에서 공성이 가장 큰, 빛의 힘에 의하여 별들이 태양의 주위를 회전하는 것도, 빛, 또는 자기와 같은 공성에 의한 것이다.

작은 힘으로도 공에서는 공성에 의하여 가볍게 회전되고 있는 것이다.

그러나 형체를 이루고 있는 것은 공성이라고 할 수 없다.

형체가 되어야 힘이 발생하고, 공성과는 멀어 지기 시작한다.

만약, 행성에 공성이 아닌, 힘이 가해 졌을 경우, 회전력에 의하여 행성은 태양과 먼 거리로 이탈 하든가, 인력에 의하여 태양으로 끌려갔을 것이다.

공성과 자성이 없다면, 우주의 모든 것은 하나의 별만 있었을 것이다.

우주의 무중력 상태인 공간을 광대한 공성이라고 할 때. 중력이 있을수록 우주의 공성에서 멀리 이동하게 되며, 가벼울수록 공성의 위치로 이동한다.

중력이 있는 것은 별로 이동하고, 없는 것은 공으로 가는 것과 같다.

무중력 상태의 우주공간에서 중력은 사라진다.

그러므로 우주공간에 별들이 공성이 되어서 떠있게 되는 것이다.

홀로 있는 개체보다 결합한 개체는 공성이 작아진다.

수소는 가볍고 공성이 크다.

그러나 수소와 산소가 결합하면 공성은 더욱 작아지고, 물과 같이 산소나 수소 보다 더욱 무거워 지면서 새로운 것으로 탄생한다.

빛과 탄소의 광합성이 이루어지면 빛의 가벼운 공성은 작아지고, 결합체인 물, 더 많은 것들과 결합 할수록 식물과 동물, 광물과 같은 것으로 새롭게 탄생하면서 공성은 더욱더 작아지며 무거운 질량을 이루게 된다.

더 많은 것들과 결합할수록 지구와 같은 것이 되는 것이다.

결집력의 결성(結性)이 커지는 것이다.

그러므로 별이 탄생된다.

그러나 수많은 별들은 우주공간의 거대한 공성 속에 들어, 잉태 하고 있으므로

가볍게 떠 있는 것이다.

둥글게 생긴 별들은, 중심의 결성으로 갈수록 공성은 약해지면서 결합은 많아지고 천물은 집중되고 있는 것이다.

결합에 의하여 별의 중심으로 집중되고 있는, 빛과 같은 공성이 큰 것은, 집성 세력이 커질수록 공성으로 이탈하기 위하여 화산과 같이 폭발하기도 한다.

집성과 공성도 사라지는 곳에서는 검은 구덩(블랙 홀)이가 될 수도 있다.

생체의 몸이 자연과 소통하고 먹은 것이 순환하는 것처럼, 인력, 중력,

힘, 질량에 의한 우주와는 다른 나라, 질량과 자성이 없는 꿈같은 실상의 몸 중에 다른 나라가 있다.

집성을 이루고 있는 결합체를 분산 할 수 있는 것은 공성이 큰 것의 공력에 의하여 이루어진다.

산소와 수소의 결합체인 물은, 빛의 열에 의하여 공성이 큰 산소와 수소로 분해 될 수 있으며,

광합성에 의하여 이루어진, 집성이 큰, 여러 가지 결합체인, 나무속의 빛을 공성이 강한 것으로 환원하기 위해서는 공성이 큰, 빛의 불에 의하여 환원 시킬 수가 있다.

집성이 큰 철물과 나무는 공성이 큰, 물에 의하여 산화, 융화시킬 수가 있다.

천물은 집성으로 결합하여 탄생되고, 공성에 의하여 분산되며 사라지는 것이다.

집성은 자막의 결합에 의하고, 집성체에 따라 중심력이 형성된다.

별은 중심력에 의하여 집성이 커진 것이며, 동물과 같이 별의 주위 에 독립된 형체들은 중심력에 의지하여 공성에서 균형(均形)된 행동과 생활을 하게 된다.

별의 탑체로 있던, 하나의 형체가 별의 중심력을 벗어나 새로운 이체로써, 집성을 이룰 수 있다면, 새로운 별이 탄생될 것이다.

별의 중심력으로부터 균형을 잃은 탑체는 늙거나 별(星)의 동체가 되며, 집성되고 있는 것이다.

별의 중심력을 벗어나려면 강한 힘이 필요하다.

원형(개체의 근원)의 힘이 자막을 해산 할 수 없다면, 형체는 응고 되고, 힘은 자막을 벗어 날 수 없다.

그리고 형체들은 별의 중심에 대한 집성으로 가증(加增)된다.

강한 응고력을 해산 할수록 강한 힘이 필요하다.

삶을 해결함은 죽음뿐이다.

죽음을 해결함은 삶뿐이다.

세상 구경하는 것만으로도 축복 받은 것이다.
천생은 탄생하였다가 언젠가 사라진다.

개체는 면이다.
작은 점 일지라도 면이 없으면 나타나지 않는다.
면에 나타나는 것은 모두 형체다.
나타나게 하여주는 면 또한 형체다.
면이 있는 것은 형체가 된다.

우주공간과 같이, 통과 하고 있는 빛을 보여 주지 않는 것은 형체라 할 수 없다.

광합성에 의하여 이체와 결합하여 통과 하지 못하고 동체가 된, 고정된 빛은 보이지 않지만, 면이 있는 새로운 것으로 탄생하였으므로 빛의 형체가 아니며, 새로운 형체라 할 수 있다.

광합성, 자기와 빛으로 결합된 힘, 전류(전류가 소모 될 때 자기와 빛(열)으로 환원되는 것이 나타난다)와 같이 이체와 합성된 빛은 빛으로 보여 주지 않는다. 그러나

이체와 결합 할 수 있거나, 결합하여 새롭게 탄생된 것은 모두 형체라 할 수 있다.

결합된 모든 것은 생명체나 광물로 써 새롭게 탄생된다.

그리고 전자나 불 과 같은 것의 마찰이 있을 경우 분산되어, 결합되기 전이나, 빛으로 환원되어 해탈 할 수가 있다.

분산 될 수 있는 모든 것은 형체라 할 수 있는 것이다.

면에 의하여 반쪽만 볼 수 있는 사람은 형체로 써 세상을 볼 수 있지만, 앞과 뒤를 한꺼번에 보려고 한다면 형체, 면이 없어야 되므로, 빛이 통과 하게 되므로 형상을 이룰 수가 없다.

면이 없는 사람의 개체는 상존하지 않게 되고 공성으로 사라지게 된다.

거울은 개체다.

면이 없으면 반사적인 형상을 나타나게 할 수 없다.

그러나 앞과 뒤를 동시에 보여주는 통 유리는 형상이 통과 한다.

면을 형성함이 약하기 때문이다,

형체의 반사적인 면으로 대면하는 것이 형성 될 땐, 형상에 대하여 면으로 써 작용한다.

빛이 우주 공간을 통과 할 땐 면이 없으므로, 우주 공간은 면이 아니므로, 형체가 아니므로 빛의 형체가 보이지 않고 있다.

그러나 별, 산소와 같이 면으로 이루어진 형체를 만나면, 반사되어서 빛이 면으로 써 빛나 보인다.

반사 시켜 주는 것이거나, 반사 되는 것은 모두 형체라 할 수 있다.

사람은 반 쪽 만을 볼 수 있으므로 면에 의하여 세상을 구경 할 수 있다.

그러나 앞과 뒤를 한꺼번에 볼 수 없으므로 형체가 되며, 앞과 뒤를 동시에 볼 경우 사람이 아니다.

생겨난 개체는 다른 개체와 상대성으로 거리를 이루고 시간을 만들게 되며, 죽게 되면 다른 것(이체)과 동체가 되는 과정으로, 광활한 공성의 어지러움과 함께 땅과 같은 이체의 면에 쓰러지게 되고, 몸의 구성 분은 해체, 분산 되면서 해탈하게 되며, 상대 하였던 별과 같은 자연과 동체가 되어 버린다.

동체가 되면서 거리와 시간은 상존하지 않는다, 사람의 몸은 우주의 몸이 되는 것이다.

동시에 사람의 정신과 마음은 광활한 공성을 통하여 실상으로 해탈한다.

세상살이는 공성과 집성의 순환이다.

사람은 우주에 태어난다.

그리고 세상이 나타난다.

우주 전체는 하나의 면으로 나타난 세상이다.

사람과 동면으로 있다.

태어나기 전에는 세상이 없었다.

세상과 다른 면에 있었기 때문이다.

그 이면은 사람이 세상을 떠나기 전에 갈 수 없는 곳이다.

그러므로 인생은 언제나, 이 세상이라고 하는 반쪽 면에서 상존한다.

사람들은 이면을 신의 나라, 저 세상이라고 한다.

면이 있는 이면과 동면이 되어, 면이 없는 공으로 상통하여 일치, 통과 되는 실상과도 같은 것이다.

세상이 생겨나 있는 것이 너무나도 신기하다.

태어나야만 나타나는 이곳, 생명이 다 하면 보이지 않는 이곳!

있으면 왜 있는 것이고, 없으면 안 되는 것인가!

생과 사가 왜 있는 것이며, 없으면 안 되는 것인가?

사람은 이면의 일치가 있어야 세상을 잃고 실상을 터득한다.

사람은 앞과 뒤가 없어야 실상을 경험 할 수가 있다.

실상은 면이 없는 꿈같은 것이며, 같은 실상의 나라, 면에 의한 인생의 한계로 다른 나라가 된다.

세상과 다른 곳, 사람의 세계와 같은 곳이지만, 한쪽(앞쪽)만 보는 사람에게 나타나는 것은 세상으로, 무게와 거리, 시간성과 분류성, 면성(面性)과 감각성, 변화성 을 이룬, 형체가 있는 것으로 만 나타나는 것이다.

형상은 자연에서 발생하지만, 그 실상은 사람이 빛과 형체를 해탈한 상태와 같다.

형상은 형체의 모습이 발산되어 전해 질 때(형체의 성질에 의하여 발산되어 빛과 함께 나타나서 옮겨지는 것), 혼란 없이 비치는 성질로 써, 면(面)에 도달하여야 만 형상으로 나타나게 된다.

그러나 면이 없는 사람에게 형체가 양편에서 "형상 발산"하는 경우에는, 자연, 사람 없는, 꿈과 같은 곳에, 꿈과 같은 실상이 나타나게 되는 것,,,,

이런 실상은 허공이 주변의 경치를 동시에 비춰 보는 것과 같이, 사람이 앞과 뒤를 한꺼번에 볼 때, 세상을 해탈한 꿈같은 실상과 공으로 해탈하지 않은 형상 세계가 상존하는 것,,,, 서로 다른 나라처럼 되어 있는 것.

〈천물의 성격은 결합을 만들고, 결합은 형체를 이루며, 형체는 형상을 보인다.〉

형상은 면이 있으면 사람이 의식하여 나타나고(눈뜬 맑은 면), 꿈은 의식 없는 면(눈감은 밤)이라도 나타난다.

빛과 어둠, 인생과 탈생

형체가 불타면서 사라지는 것처럼 형상은 빛으로 사라진다.

암정(暗淨; 어둡고 맑은) 바탕에 형상은 대비되어 명확해진다.

그러나 꿈은, 어두운 밤처럼,, 세상 보는 것이 차단된, 수면 중에 활동한다.

그러나 형체는 빛으로 더욱 명확하게 나타난다.

강한 빛이 형체에 차단될 수 록 그림자도 강하게 어둡다.

빛이 가려질 수 록 공성의 어둠이 강하다.

그림자처럼 빛이 형체에 차단되거나, 우주 공간처럼 산란하지 못하는 곳일 수 록 공성이 강한 어둠이 조성된다.

집성의 형체는 빛에 천연색으로 명확하고, 공성의 어둠에 검다.

빛의 산란은 집성체에 의한다.

빛은 형체의 반사적 산란이 있을 때 잘 나타난다.

밝은 빛이 형체로 차단될 수 록, 빛이 도달할 수없는 만큼 커지는 그림자처럼. 어두운 공성은 명확하고 깊어진다.

공안에 빛이 있어도 빛나지 못하고, 빛이 형체에 차단되어 없어도, 그림자처럼 빛나지 못한다.

형상은 형체에 빛이 있는 것이 거울처럼 대면한, 맑은 형체나, 맑은 사람의 의식에 의하여 낮에 잘 나타난다.

그리고 사람의 추억, 기억이 되어 세월이 흘러도 머물러 있다.

그러나 꿈은 어둡고 맑으며, 공처럼 대면하는 것이 없는, 사람의 의식이 없는 어두운 밤에 잘 나타난다.

집성이 없는 공성에서 빛은 나타나지 않는다.

산소나 형체처럼 빛을 산란 시키는 집성이 없으면 빛은 상존하지 않는다.

우주 공간처럼 공성만 있으면 빛은 상존하지 않는다.

빛이 비친, 집성의 형체에 대한 명확한 모습과, 빛이 형체에 가려져서 없는, 형체 이면의 어두운 그림자, 공성과는 반대 현상이다.

집성이 없이 공성만 있으면 빛은 상존하지 않고, 집성으로 빛은 나타나며, 집성을 명확하게 나타나 보이도록 한다.

빛은 불처럼 집성을 파산하여 빛을 해탈 시킨다.

그러나 형상을 반영하는 공성과는 반대로, 빛은 형상을 사라지게 한다.

어두운 바탕에 형상이 나타나게 하는 성질. 공성이 없으면 형상은 상존하지 않는다.

빛만 있으면 형상은 상존하지 않는다.

형상은 맑은 것(유리, 거울, 윤기 있는 돌이나 철, 깊은 물, 우주공간처럼, 투명성이 좋은 것)에 영상되고, 맑은 바탕이 공성으로 어둡거나. 빛을 차단하는 형체일수록, 어둠에 대비되어 명확하고 깊게 나타난다.

밝은 빛의 바탕일 수 록 형상은 사라진다.

형체가 밝은 빛에 명확하게 나타나는 것과는 반대다.

눈을 감고 잠자는 몸, 이성(정신, 마음)이, 어둠속에 맑고 명석할 때 꿈이 활동하는 것과 같다.

형상은 꿈처럼 형체를 해탈하여 다르게 생동한다.

꿈은 공성에서 , 형상은 세상에서 상존하기 때문이다.

의식 속에 현실과 다른 형상을 보았거나, 눈을 뜨고 어두운 밤 형상을
본 것은 유령이나 헛것이 아니며, 세상을 잠시 이탈한 나라를 본 것이다.

집성의 세상 밖, 공성의 나라에 잠시 있었다고 할 수 있다.

집성과 공성, 형상, 꿈의 연관은 실상에 있다.

공성은 탈생(脫生;세상을 벗어난 삶), 어둠(별의 밤), 그림자이며, 집성은 빛,
형체, 세상을 이루고 있다.

〈어려운 해결에 만족이 돌아온다.〉

〈인간 최대의 자유는 만사 해탈이다.〉

〈전생을 모르듯이 사라진 것을 모른다.〉

〈언제나 옳은 일…. 정든 세상 만든다.〉

〈생명체인 사람은 살아있을 때뿐, 탄생은 순환하고 있다.〉

인생과 실상

〈사람은 세상에 잉태되어 세상 밖을 모르게 되어 있다.

한스러운 인생길을 가게 된다.

세상 안과 밖의 나라는 차원이 다르다.

인체 구조는 세상 안에서만 의식한다.

같은 나라에 살면서 세상 밖을 모르고 산다.

인생은 이치를 풀어나가는 것이 필요하다.〉

〈세상의 모든 것은 이상하게 생겼다!

다리나 팔을 흔들고, 머리카락을 날리면서 얼굴에는 코가 돌출하여 있
고, 눈을 깜박거리며, 입으로 사정없이 먹는 모습, 사람이라는 것이 무엇
인가, 이상하게 생겼다.

일생을 걸어 다닌 곳, 살아서 한 일과 생각했던 모든 것, 여러 종류의 서로 다른 모습을 볼 때, 이상한 모습이 아닐 수 없다.〉

〈사람은 사람의 성질에 맞는 것만을 인정하려하고, 그렇지 않으면 거부하려 한다.

그러므로 사람의 세계를 벗어나지 못하며, 세상 밖, 다른 곳을 알 수 없이 눈을 감게 되는 것이다.〉

〈사람은 서로, 모든 것을 완전히 이해한다면 어떠한 투쟁도 상존할 수 없을 것이다.

그러나 이해하지 못하는 성질이 사람이다.

서로 다른 몸으로 구성되어 차별되는 무능한 처지를 피할 수 없다.

필연적인 것이 항상 결핍된 사회가 될 수밖에 없다.

그러므로 사람은 성질대로 살려고 하며, 이해를 따라 생활하고, 필연적인 것을 경험하지 못하여, 해결할 수 있는 이치를 기대하고 있는 것이다.

화가 풀려야 하고, 고민이 풀리고, 몸과 일이 잘 풀리고, 문제와 지혜, 운수가 풀려야 한다.

사람은 풀어진 사람이 되어야 하고, 풀어진 성질이 되어야 한다.

그러므로 사회가 잘 풀릴 것이다.

그러나 완전하고, 절대적이며, 타당성 있는 것으로 모든 것이 가능한 것은 없는 것, 인생은 완전하게 풀리지 않는 것이 운명이다.

그러나 성질만이라도 풀어진 사람이 되어야 한다.

물과 바람처럼, 빛과 공처럼, 마음, 번뇌, 일, 생활, 죄와 행동, 자연으로부터 활동이 풀어져야 한다.〉

〈자연과 함께 상존하는 사람은 뜻 깊은 걸작이다.〉

〈자연이 있고, 잉태된 것이 있고, 생겨나고 사라지며, 반복되는 생명 속에 사람이 있다.

생명의 세계에 있는 사람은 일이 있어야만 된다.

취미와 사색이나 세상구경을 하며 살아야만 된다.

인생을 만드는 가장 중요한 사랑도 있다.

사랑 때문에 천생은 변하고, 다른 것이 새롭게 살아 날 수 있다.

사랑은 결혼과 같이 수많은 것들을 생성하고, 종류에 따라 서로 다른 생활의 한계 속에 있다가 끝나도록 한다.

세상 천생은 한계 속에 생성되고 생활 한다.〉

〈사람의 육체는 자연이다.

그 자연에는 이성이 있는 것이다.

결합체는 이성이 상존하여 고유의 성질에 따라 행동을 한다.

그리고 자연과 이성은 서로 떨어 질줄 모르고 삶이 되었다.

세상과 자연을 돌아다니며 산다.

결합하면 생성이 되고, 흩어지면 죽음이 된다.〉

물과 사람처럼 천물이 그렇다.

이성은 잉태될 때 어둡고 약하며, 젊게 성장하여 피어날수록 밝게 빛나고, 늙어 갈수록 생계에서 흩어지고, 하나의 생명을 마칠 때, 다른 종류로 변모하여 환생하는 곳에 다른 이성이 된다.〉

〈탄생은 삶에 얽매이고 과거를 모르면서 세상을 구경한다.

온갖 것에 도취하고 고생하며,

완전한 사람이 되어 다 되고 있는 것과,

사람이 다른 것으로 변하여 다 되고 있는 것과,

사람의 성질이 여러 가지로 다 되고 있는 것과,

사람에게 세상의 모든 것이 나타나고 조성되는 것과,

사람의 능력이 아니므로 다 되는 것을,

수 없이 변하여 영원하지 않은 곳에 죽음이 삶을 구원하지 않으면서, 벗어나는 밖을 바라보며 산다.〉

〈무엇이 되고 있는가?

무엇으로 되었는가?

도대체, 사람의 역할은 무엇이며, 왜 사는가?

사람에게 돌아오는 것은 어느 것인가?

무엇인가, 사람의 무지와 고통과 불행과 괴로움을 모두 짊어지고 갔을 때, 인류와 천물의 어려움이 사라지기라도 하였으면 좋으련만, 완전하게 해결되는 것은 없는 세상이다.

세상의 모든 것은 탄생하여 사라질 때까지, 생긴 모습과 생겨난 곳을 벗어날 수 없는 것이 되었기 때문이다.

그러나 세상에는 천물에게 가장 훌륭한 보물이 감추어져 있다.

사람이 다 될 때까지 침착하게 기다리는 것 밖에는 답이 없다.

다 되어야 하는 것이 천물의 운명이다.〉

〈사람은 나눌 수 없는 하나를 서로 필요하기 때문에 다투어 가지려는 성질이 있고, 좋아하는 것은 모두 다, 취득하고 싶어 하며, 어떠한 것이라도 다 되어 보려고 한다.

사람이 다되어서 이루어지는 것이기에....

그러나 사람 세계서만 이루어 졌을 뿐이다.

사람은 다될 수가 없다.

사람은 천능(天能; 하늘에 있는 모든 능력)이 아니다.〉

〈안 되는 것일수록 해야 하는 것이 사람이다〉

〈마음(난자, 몸살, 자연)이 정신(정자, 두뇌, 이성)과 꼬리(척추)를 잡는 성질이 크면, 활발한 성질이 약하고, 반대이면 서로 사라지는(헤어지는) 것처럼 자유성이 활발하다.〉

〈영웅은 세상, 자연을 훌륭하게 성립하는 사람이며, 성인은 실상을 성립하는 사람이고, 천재는 상존(相存; 상대적으로 있는 것)을 일치하고 있는 것이며, 백치는 모든 것을 긍정하는 것이다.〉

〈사람을 중심으로 조성되는 것은 귀한 것이라고 한다.

진리도 사람의 기준이 아니면 필요 없는 말이 되며, 가치의 변동도 사람의 척도를 기준으로 한다.

훌륭한 사람(영웅, 성인, 천재)도 사람이 중심이다.

필요 없는 것은 귀하지 않고, 사람이 중심 을 이루지 않는 것은 천박한 것이라 한다.

그러나 사람, 자연을 경작하는 것이 있고, 우주에 잉태한 사람을 하늘과 땅의 기분(氣分)으로 양성한다.

개체에 따라 다른 기분이 있고, 사람의 몸에도 기분이 있다.

무서운 기분이 생기는 사람이 있고, 몸서리치는 기분이 드는 곳도 있다.

그러므로 사람의 기분대로 살수 없는 곳이 세상이다.

천지의 기분과 사람의 기분이 일치되어야 잘사는 곳이다.

성질에 따라 기분이 다르고, 기후에 따라 기분이 다른 것.

그러나 모든 것은 실상의 몸, 천지로부터 생겨나고 있는 것.

사람은 다른 것들의 도움으로, 객기(사람이 아닌 것)에 의하여 거처하며 산다.

그러면서 사람은 그것을 구하려고 한다.〉

〈사람이 살기 좋은 시절엔 춤을 추게 되고, 분통터지는 곳에서는 싸우게 되며, 접촉되는 세계에서는 느끼게 되었다.

그러므로 사람은 깨닫고, 세상 섭리에 따라 변하면서 살게 된다.

사람이 되었기 때문이다.〉

〈새로운 곳으로 탄생하려면 무서운 경험을 거쳐야 한다.

사람이 태어나고, 죽을 때처럼,,,, 새롭게 사는 곳에 따라 색다른 나라가 나타난다.〉

〈사람은 정착된 세계로 벗어나려는 부족한 동물이다.

영원히 안정이 없는 세상이다.

추우면 추위를 벗어나려하고, 더우면 더위를, 폭풍이 오면 폭풍을, 배고프면 굶주림을, 괴로우면 즐거움으로, 모르면 무지한 것을 극복하려고 한다.

고난 속엔 휴식으로, 피곤하면 잠들면서, 항상, 활동하는 땅의 변화와 하늘의 변동을 반역할 수 없다.

인연에 따라 살고, 맺지 못할 운명이 있다.

정신이 지향하는데 마음이 붙잡고, 마음이 정착하는데 정신이 이끌고 있는 것처럼, 정신과 마음이 상이한 세계로 가려고 한다.

그러나 정신과 마음이 적합한 사람은 서로 의지하며 평화롭고, 즐거우며, 안정된 낙원에서 살게 된다.〉

〈사람은 사람이 인정한 것처럼 다른 것에 반응 하고, 다른 것이 접촉한 것처럼 사람이 의식 한다.

독단적으로 되는 것이 없는 것.

서로 소통하고, 서로 돕고, 불쌍한 사람이 없이 정들어야 적합한 세상이 된다.

사람으로 부터 발동되는 것을 감상 깊게 인정해야 한다.

생신이 사람이므로 사람을 버릴 수 없는 것이 사람이다.

세상을 한없이 떠돌아도, 사람은 사람에게 돌아온다.

세상에서 사람이 아니면 사람처럼 될 수 없다.

인생의 몸밖에 있는 천지는 사람과 함께 살고 있을 뿐이다.

천지의 기분은 사람과 다르다.

사람은 흙이 아니고, 신이 아니다.

사람이 자연을 몸으로 한, 실상의 성질로 이루어 졌다 해도, 사람은 사람일 뿐이다.

오직, 사람에게는 인생 밖에 없는 것이다.

물질이 된 것도, 신이 된 것도 아니다. 오직, 자연을 몸으로 한, 실상에 의하여 사람에게는 인생만 있을 뿐이다.

인생은 몹시 소중하고, 살아 볼만한 것이다.

사람이 싫어하는 것만큼, 젊음을 좋아 한 것처럼, 인생이 있을 뿐이다.

인생은 모든 것이 다 되는 것처럼 살고 있으나, 사람의 세계를 벗어나지 못한 것으로 인생이 끝난다.

흙이 사람 몸에 붙어서 사람이 될 수 없고, 사람이 신이 되지 않고 있으므로, 모든 것은 과정을 거쳐서 되는 것(땅과 공기와 빛에서 나온 양분을 식물이 먹어야, 사람이 식물과 동물을 먹을 수 있다).

사람에겐 인생만이 있을 뿐이다. 오직, 인생을 거치고 나서 자연이 되든지, 실상의 나라로 가든지, 인생이 있어야만 갈 곳이 정해진다.

인생을 완성하는 곳에 소원한 것이 기다린다.

아무런 간섭도 없고, 피해도 없으며, 청정한 해탈 자, 오직, 인생의 사명을 잃지 않은 사람만이 다된 사람(완성된 사람)이다.〉

〈불쌍한 처지가 되면 슬퍼지고, 일이 해결되지 않으면 괴롭고, 잘되면 기쁘다.

늙어가면서 정숙(靜淑)하여진다.

세상을 인정하는 것이다.

변덕스런 세상에 마음과 몸이 정처 없이 떠도는 것.

끝없는 세상, 천지 기분에 감당하지 못하는 인생이다.

천지와 세상을 거절할 수 없다.〉

〈사람에게 고통과 즐거움과 일과 매혹이 없으면 허전한 인생이다〉

〈실상과 자연은 믿는 것을 좋아 하지 않는 것 같다. 오직, 도달하게 되는 것만을 좋아 하는 것처럼.〉

〈사람이 되기 전에 사람이 살고 있는 세상은 나타나지 않는다.

태어나면서 별과 생명들을 세상천지, 실상의 품속에 빛과 어둠으로 품어주고 있는 것이 나타난다.

사람이 되어서 세상이 나타나고, 인생을 떠나면 세상 볼 자격이 상실된다.

인생이 끝나면, 빛은 보이지 않고, 같이 살던 모든 것, 세상과 함께 나타나지 않는다.

사람에게서 사라지는 것이다.

사라진 사람에게 보여 주지 않으며, 모든 것을 비워 버리게 하는 것이다.

살았든 세상이 없는 것처럼 되고, 세상과 다른 나라가 나타나게 된다.

사람이 상대한 세상 밖에서 다른 것이 될 것이다.

별 볼일 없는 삶이 된다.

사람에게는 세상이, 벌레에게는 충상이, 나무에게는 목상이, 새들에게는 조상, 물고기에게는 어상이 느껴지고 있는 것이다.

각각 다른 생상(生狀; 생겨난 종류)으로 사는 것.〉

〈인류는 어찌하여 태어나게 되었는가?

자연은 왜 인류에게 거처할 보금자리와 먹이를 주고 있는가?

자연이 여성의 품안에 젖을 주는 것처럼!

자연에게도 남성이 있을 것이다.

식물과 동물, 천생은 남성과 여성이 있다.

하늘의 별들도 같을 것이다.〉

〈사람은 지금까지 무엇을 하였단 말인가!

결혼하여 맺어진 사랑 밖에 지금까지 남긴 것은 없지 않은가? 모든 것들도 사람처럼..........

마치 세상은 사랑의 골짜기처럼!〉

〈사람이 나무가 되면 나무가 되었기에,

사람이 빛이 되면 사람이 아니고 빛이기에,

사라진 사람은 꺼진 빛과 같고,

빛이 된 사람은 사람에게 상존하던 빛이다.

세상의 모든 형상이 사방에서 발산되고, 겹치거나 혼란스럽지 않게 허공을 드나들며, 명확하게 보여주는 실상의 섭리와 같다.〉

〈깨어나는 것은 자연과 다르고, 자연은 한없이 변해도 자연일 뿐이며, 상실된 몸은 기동할 수 없이, 목숨을 잃은 몸이 되어 자연에 남는다.

몸에서 떠난 것이 있기 때문이다..〉

〈사람의 몸이 자연과 다를 수 없다.〉

〈사랑보다 더한 것이 있을 때, 버리지 않는 것이 사랑이다.

사랑은 유혹되지 않고, 이탈하는 것이 아니며, 잉태된 것이 사랑이다.

사랑한 것이 깨어 날 때까지.〉

〈세상에 살고 있는 모든 것은 구하고 싶은 것이 있다.

먹을 것, 욕심이 아니고, 잘생긴 모습도 아니며, 어느 것이나 좋아 하는 생명 같은 것이다.

생명의 처세와 신선함, 구성이 있고, 좋은 성격, 힘, 자연의 생존을 발생하는 실상을 찾고 있다.

양성되는 것에 종속되기 싫어하는 것이다.

모든 것은 실상의 능력에 의하여 생겨난다.

실상과 자연의 능력에 의하여 세상에 거처하며 생존하게 되었기 때문이다.

잉태된 것이 깨어나면서 익어가는 신비로운 세상에 있게 되어,

비밀스럽게 생긴 세상에 있게 되어, 실상에 머리 놓고 아름다운 자연에 떨어진 몸이 되어, 사모하고 넋 빠진 것이 어울리고 신비롭다.

정신을 잃고 있던 사람이 살아서 하늘을 돌고 빛과 어둠 속에 있다.

사랑의 별, 생명이 풍성한 땅에서 산다.

살아서 잃어버린 곳을 모르고.

잘 살도록 마련된 자연 속에, 알 수 없는 실상을 찾고 있다.〉

〈사람이 살고 있는 세상은 사랑의 큰집 같은 곳.

젊음이 성숙하도록 하고, 서로 다르게 생긴 수많은 것들을 자연으로 새롭게 만들고 있다.〉

〈자연이 하나도 없다면 무엇인가?

정신은 실상을 기준으로, 탄생한 것이 세상살이를 할 수 있도록, 모든 것이 세상에서 발생하는 이치를 정확하게 깨닫고, 판단하여 잘못되는 일 없도록, 어두운 세상길을 지혜로 써 인도하여 주고,,,, 마음은 자연을 기준으로, 세상에서 활동하도록 거처하고, 먹고, 느끼도록 하며,,, 꼬리는 정신과 마음이 일치하면 행동을 한다.

만약, 세 가지가 일치하지 않는 일을 한다면, 사고가 발생하며, 서로 엇갈린 행동을 하게 된다.

정신을 잃고 있는데 행동이 앞서거나 마음의 욕망이 발동하든가,, 메말

라서 기력이 없는 마음인데 행동과 정신이 과로 하거나,, 정신과 마음, 행동이 서로 상반되게 생활하고, 자유스럽지 않도록 고통을 주며 속박하면, 정상적인 세상살이를 할 수가 없다.

꼬리가 할 일이 많거나, 마음이 조급하면 시간이 부족하고 빠르다.

반대로, 마음이 나태하면 시간이 남고 지루하다.

정신이 집중할수록 구별할 대상이 없어지고, 세상과 한 몸처럼 일치되어 시간이 사라지고(상존하지 않음), 세상을 떠난 것과 같다.

세상을 잊고 잠든 사람처럼.

마음이 조급하면 정신이 없고, 정신이 과민하면 마음이 상한다.

마음은 시간성에 가깝고, 정신은 시간이 없다.

정신과 마음이 완전히 나누어지게 되면 시간성은 없어진다.

한 사람의 몸에 씨와 알이 상면하고 있어, 시간성이 발생하고, 몸에 면이 있어서 상대하는 개체들과 거리, 시간이 형성된다.

겁이 나게 되면 마음이 조급하여 두근거리고, 정신이 긴장하여 집중하면 몸이 굳어진다.

조급하면 판단하는 정신이 혼란스럽거나, 우둔하여진다.

그러나 불안한 것이 없어지면 어깨부터 풀어지고 마음이 편안하게 된다.

정상적인 사람과 같이 마음과 정신이 일치하여 질서 있는 생활을 하지 않고, 혼란스러울 경우, 신주의 구분과 판단, 의욕과 행동, 사고력의 성질이 명확하게 성립되지 않고 다르게 형성된다.

마음의 세력이 정신을 속박하면 골치가 아프며, 정신의 세력이 마음을 억압하면 울화가 치민다.

가슴이 답답하고, 내장의 생활이 원활하지 않게 되어 생리에 지장을 주게 된다.

꼬리가 피곤한 활동을 하면, 몸살(피살)이 나게 된다.

또한, 행동이 앞서게 되면 정신을 못 차리게 하며, 일을 저지르고 마음의 상처를 준다.

사람의 몸은 <u>정신</u>(정자의 머리(); 사리 판단과 지향성은 있지만 욕구는 없음)과 마음(피살(난자); 골격을 제외한 살과 내장의 먹이 처리 및 생명 요소 생성에 대한 몸의 살림살이 활동과 욕구), 행동(정자의 꼬리(줄기); 정자의 머리에 소뇌부터 척추로 연결된 골격과 신경선)

이 명확하게 구분되어 생활할수록 모든 일이 일치되어 순조롭게 이루어질 수 있다.

꼬리가 머리의 어느 위치에 연결 되는가에 따라 사고력에 대한 행동도 달라 질 수 있다.

즉, 몸속의 형상과 몸 밖의 형체가 일치되지 않고 다른 것으로 감지 할 수 있다.

시간을 초월하여 현실과 다른 행동도 할 수 있다.

정도에 따라 차이가 있고, 완벽한 사람은 있을 수 없다.

그러므로 판단과 의견이 다른 것이다.

모든 사람은 같은 현상이 있으며, 그 차이가 다를 뿐이다.

체질의 건강과, 배움과 깨달음, 태어 날 때와 젊을 때와 늙어 질수록 다르게 나타난다.

〈개인의 몸에서 생겨나는 정신과 마음의 사랑하는 힘은 여성과 남성의 사랑과 같고, 분리된 남녀의 성적인 결합으로 한 사람, 정신과 마음이 생긴다.

실상과 자연의 사랑과 같으며, 머리와 피살의 사랑과 같다.

정신의 힘과 마음의 세력이 선점하는 것에 따라 몸의 성별 구성이 달라지고, 여성이나 남성이 결정된다고 본다.

올챙이가 개구리로 될 때, 꼬리가 몸으로 들어가면서 뒷다리가 먼저 생기고, 더욱 깊이 들어가면, 앞다리가 생기는 것처럼, 정자의 꼬리가 들어가는 힘의 정도와 위치, 난자의 세력에 따라서 한편의 성이 상실되어 암컷과 수컷으로 탄생된다고 본다.

그러므로 사람에게는 자연과 실상이 헤어지지 않으면서 사상도 갈망하고 있는 것이며, 여성에게 있는 정신과 마음(여성의 아비와 어미)은 남성에게 있는 정신과 마음(남성의 아비와 어미)에 상대하여 네 가지 성질로 써 다르지만, 서로 명확하게 구분되어 매사에 일치하는 정도에 따라서 잘 익어가는 열매처럼 완성되어 깨어나거나 망쳐버리게 된다.

정신과 마음이 일치하면 서로 섞이지 않고 새로운 것을 만들게 된다.

씨와 알이 맺어져서 움직이며 세상살이를 하는 사람의 모습.

세상의 출구를 돌파, 벗어나려는 정신과, 정신을 떠나지 못하도록 잡으려는 마음이, 사랑으로 결합된 것이다.

마음이 강한 사람은 이동성이 약하고 집성(잡는 성질)이 강하다(알의 힘).

정신이 강한 사람은 꼬리와 함께 이동성이 강하고 집성이 약하며, 자유성(해탈)이 강하다(씨의 힘).

그 과정은, 남성의 정신에서 마음으로, 남성의 마음에서 여성의 정신으로, 여성의 정신에서 마음으로 순환하는 것이 되고, 남성과 여성은 양편(兩編)으로 실상과 자연에 편성되어, 각편(各編)으로 연속 되고 있는 것이 사랑이며, 세상에 상존하여 머물고 있는 것이다.〉

〈세상의 모든 것이 면(面; 입자(粒子))이 없다면 하나가 된다.

세상의 모든 것은 면에 의하여 구별되며, 개체로 써 상존하게 되어 있다.

그리고 서로 다른 형체와 새로운 상존을 생성한다.

면이 없다면 세상은 하나가 되는 것이다.

즉, 사람과 나무가 있을 때, 나무에게 면이 없다면 사람은 나무의 모습을 볼 수 없게 되고,

사람에게 면이 없어도 나무를 볼 수 없게 되며, 사람에게 면이 없을 때, 사람은 사람이 아니다.

그러므로 면이 있고 없는 것은 세상의 모든 것을 상존하게 하고, 상존하지 않게 하는 성질이 된다.

세상에 없는 것과 세상을 구분하는 성질이 된다.

자연과 다른 것이 있기 때문에 상존하고 없어지는 것이며, 자연의 상존이 있다면, 없는 곳에 실상의 나라도 있는 것이다.〉

〈감각은 자연의 세상을 구분해 주고, 이면은 실상의 나라를 막아 주기

때문에, 감각은 사람의 마음이 자연적인 것을 속여주고, 이면은 사람의 정신적인 것을 속여 준다.

실상과 자연은 세상에 살고 있는 사람에게 같이 있으면서, 알 수 없게 구분되어 있다.

세상을 잃으면, 실상과 자연이 되는 것을!

감각과 이면은 사람과 생명에게 실상이 나타나지 않게 하며, 자연은 감각과 이면으로 삶의 세상이 상존하게 한다.

그러므로 살아 있는 세상에서 감각과 면은 시간성을 만들고, 세상을 떠나면 감각과 면이 사라지고, 실상의 나라에서 시간이 없다.

시간이 있는 것과 없는 것이 서로 다르면서 같은 것이다.〉

〈생겨나면 느낌이 온다.

생동한다.

사라지면 감각과 의식이 없는 몸, 자연에 사라진 면은 실상의 몸이 되어 장관이다.

그러나, 살아서 아름답고 멋있는 감각이 생기고, 면은 신비로운 세계가 나타나도록 하면서 이면이 생기도록 한다.

감각이 없는 면과 생사를 갈라놓는다.〉

〈세상에서 독을 먹으면 죽음이요, 생명을 먹으면 삶이 된다.〉

〈세상의 모든 것은 사람의 것이 아니다. 정신과 마음만 살아서 있을 뿐이다.〉

〈정신은 마음의 이기적인 것을 싫어하고, 마음은 정신의 이기적인 것을 질투한다.

오직, 정신과 마음이 일치하는 때에, 정신과 마음을 성립하게 하고, 두 세계를 해결하게 된다.〉

〈살려있는 세상이 아니면 사람의 세계가 아닌 곳이며, 생명을 잉태하는 거처와도 같은 곳이 사람이 사는 세상이다.〉

〈사람이 사는 곳에 자연!

자연은 실상의 몸인가?

어찌 세상이 되었나?

사람이 되어서 머물러 있는 곳.

세상에 잉태되어 깨어나야 할 곳.

떠도는 별을 지나 세상을 벗어나야 되는 곳.

생활이 끝날 때 잃어버릴 세상,

외떨어진 사람이 되어 갈 곳을 모른다.

잠들은 꿈처럼 깨워줄 것 없이, 누구의 몸인지 알 수가 없다.〉

〈세상에서만 잘난 사람.

소원대로 다될 수는 없다.

언제나 사람으로 끝날 뿐.

사람 보다 잘되려면 인생을 떠나야 되고, 일은 사람의 일이며, 세상은 사람이 만든 곳이 아니다.

잘난 사람은 어리석은 사람이다.

사람 행세밖에 할 수 없는 세상이다.

한계를 넘으면 인생이 끝난다.

세상 밖의 능력은 사람의 것이 아니다.

인생에 만족해야 한다.

살아서 실상으로 갈 수없는 것.

실상의 나라, 처신을 버리고 죽은 듯이 꿈꿀 수 있는 곳.

마치 삶은 죽음에 있고, 죽음은 새로운 삶이 되듯이....

주어진 삶을 다 하면서,,,,〉

〈속박된 세상을 잊고, 옛날에 죽은 것처럼 사는 것이 좋은 인생.

삶에 얽매인 사람은 모르고 산다.

새로운 세상이 보이는 것을.....

잊은 것이 있으면 벗어나는 것이 있고, 모르고 살면 실수가 없다.

억지로 살거나 싸우지 않는다.

극성스러운 인생을 알고, 즐거운 낙원에서 일해야 한다.

잘사는 풍경 속에 살아야 한다.

벌써 죽었다고 하면서 죽음이 다시없는 것처럼

어리석은 세상을 살지 않는다.〉

〈사람이 된 것을 어찌 하나!

속세를 벗어나지 못하며 살게 된 것은, 사람이 깨어나서 다른 것이 되기 위한 것.

성실하게 기다리는 것만이 해결이다.

사람 보다 더한 것이 있기 때문이다.

(마치 식물을 사람이 먹는 것처럼 사람이 죽으면 땅이 되기 때문이다.

- 식물은 땅 속과 하늘의 먹이를, 동물은 식물을, 별(땅)은 별에서 살았든 것을 먹고 사는 것과 같다.)〉

〈사람이 되기 전엔 사람이 아니었다.

사람이 죽게 되면 사람이 아니다.

태어날 때 고통의 울음부터 세상의 시작이다.

사람이 되기 전 고향을 애원하듯!...

적응하기 어려운 새로운 세상, 역겨워 소리 내고 하소연한다.

세상에서 사는 것이 쉽지 않다.

생겨난 것은 이유가 있을 것이다.

인생이 혼 만 나고 돌아 갈 때는 무엇을 세상에 두었다 할까?

인생도 다른 것도 되기 싫다면, 죽어도 다른 것이 되기 싫다면,,

무엇이 되기를 기대 하는가!

인생에 만족은 없고, 갈 곳을 잃어 버렸다.

자연에 의미가 없을 리 없고, 실상의 활동은 멈추지 않는다.

기다리는 곳이 있을 것이다.〉

〈왜 사람이 되었나?

 왜 사는가?

 사는 곳이 어데 인가?

 무엇 때문에 생성되는가?〉

〈사람이 거닐던 숲과 거리, 별과 공간이 있는 곳은 어데 이며, 사람은 어찌하여 별들과 다른가?

 살아야할 이유처럼 사는 것이 많은 것은 무슨 일인가?〉

〈인생은 세상을 나갈 수 없다.

 세상 밖으로 가져갈 수 없다.

 살려고 경쟁하던 것들, 세상에 곱게 놓고 가야할 것.

 생명들에게만 필요한 것이다.

 세상을 떠날 때, 내버려도 갖지 못할 것들이다.

 꺼내서 가질 것이 따로 있다.

 손으로 만져도, 애원을 해도 살 수 없는 죽음.

 삶이 환장하도록 통탄해도, 죽음은 사람을 떠나 숨어 있다.

 속아버린 인생처럼, 거부할 수없는 죽음에 산다.

 왜 그런지, 영원한 예술처럼 신비 속에, 아무리 애원해도 대답이 없다.

 더 이상 잡을 수 없는 인생 속에.

 젊음은 돌아오지 않고, 한없이 변하여 망령이 들면 세상을 잃는다.

 고요히 잠들은 몸, 어둠 속에 빛나는 별의 품안에 다시 안긴다.

 언제나 피었다 지는, 죽어도 살아 있는 세상을, 죽어도 살고 있는 실상, 어데 선가 같이 한다.(생과 사).

 빛을 따라가다 빛을 잃고, 그림자를 찾아가다 빛을 찾는다.

 두 번 다시 살 수 없는 좋은 세상!

 정처 없는 곳에서 사는 몸, 옛날에 살던 것 같다.

 옛날이 어데 선가 살고 있는 것.

지나간 추억이 돌아온 것처럼.

사랑이 피어나는 곳.

아름다운 것이 좋아서 정신 못 차리고, 반기는 기쁨에 반해서 숨 넘어 가듯, 흥겹고 아까운 젊음이 되어, 어찌하여 맺어진 사람이 되어, 세월 가는 줄 모르고 있다.

밉도록 아까운 젊음이 되어.

정신이 나면, 다정한 사람도 찾을 길 없고, 다른 것이 되어서 통하지 못할 것.

왜 그런지 모르게 살고 있다.〉

〈사람은 신이 아니다.

살아 있는 사람은 흙(물질)이 아니다.

사람은 항상 사람으로 끝난다.

인생의 근본을 잃지 않는 것은

낙원처럼 살면서 세상의 비밀이 확인 되도록, 역경을 극복하며 살아야 하는 것.

가장 고귀한 실상을 찾아서 가야한다.

사람으로 상존할 동안..〉

〈생각할 때마다, 일할 때마다 감동하고 사랑하는 것처럼, 좋은 일에 매혹되어 소원 성취하며 잘사는 것처럼, 인생의 목적, 사명도, 실상의 나라를 실현하는 것이다.

살아서나 죽어서도.〉

〈삶의 뒤엔 죽음이 있으니, 살아서 무엇이 흡족했고, 죽음 앞에 마땅한 것은?

이기지 못하고 죽을 생명!

세상 구경한 것으로 만족 할 것이다.〉

〈진리는 일치할 때 이루어진다.〉

〈가장 인간을 괴롭히는 것은 생명을 유지하려는 본능의 대상 먹이다.

그리고 알 수없이 사는 것이다.〉

〈어려움은 해결을 만든다.〉

〈생각하는 것은 많아도 사람의 것은 될 수 없다.

몸은 생각의 것도, 사람의 것도 아니다.

실상은 생각의 것이 아니고, 신주는 실상의 것이다.

세상에서 사는 몸, 신주는 사람처럼 생활한다.

사람의 몸, 신주는 사람이 아니므로 사람이 하고 싶은 대로 살 수없는 운명이다.

생명과 죽음의 권한이 없는 것처럼.

세상에 있는 몸은 이상한 것이다.〉

〈사람은 반편으로 한쪽 밖에 못 본다. 앞과 뒤를 한꺼번에 볼 수가 없다.〉

〈경험의 원리에 이상이 만나서 일치하면 새로운 것이 생긴다.

세상에서 가는 곳, 실상의 나라를 찾는 것과 같다.〉

〈말을 탄 것처럼, 동물은 지구를 타고 산다.〉

〈생명은 생명으로 돌아간다.〉

〈인간!

사람은 사람으로 끝난다.

왜 사는지 모르는 것처럼, 세상엔 비밀이 있다.〉

〈몸에 나타난 세상, 세상에 나타난 몸,

광활한 세상에 미세한 몸이 광활한 세상을 담아 보고 있는 것.〉

〈생활이 편할수록 잠자는 생명과 같다.

눈을 뜨고 사는 것도 꿈속과 같은 것!

완전히 꿈을 깰 땐 죽음이 형성된다.〉

〈귀중한 영감 하나에는 오랜 세월의 고통이 들어 있다〉

〈인간이 어쩌다 세상에 있게 되어,

고향이 어데 인가 돌아가지 못하고,

성질에 안 맞아도 살고 들 있다.

어데서 무엇 하러 이곳에 왔다가,

  모든 것을 잊고 와서 갈 길을 잃었는가?

사람은 많아도 외로운 몸 하나,

너무나도 신비로운 세계에 있다.

수많은 것들과 함께 있다,

어데 론가 사라질 몸과 함께 있는 곳,

사람으로 종속되어 헤어나지 못하고

알 수없는 곳에서 떠돌고 있다.

거창한 움직임 영원한 미지 속에, 떠나서 될 것을 모르고 산다.

상대하고 있는 곳을 모르고 산다.〉

〈인생의 사연은 씻을 수 없이 추억으로 남는다.〉

〈참지 못하면 불행이 되고, 나태하면 행운도 지나가고, 성실한 곳에 필
요한 것이 생긴다.〉

〈실상이 살아 있어 세상이 변한다.

천지 변화를 막을 사람 없다.〉

〈생명은 도사리고 무엇인가 갈구 한다.〉

〈살아서 한 것이 얼마나 중요 할까!

언제나 가치 있게 하였다는 것은 없고, 분명히 무엇인가 해야 할 일 있
는데, 가까이 있으면서 나타나지 않으며, 실상이 실현되면 해탈을 하겠건
만, 세월은 빠르고 놓치기는 쉽겠다.

가장 귀중한 것 세상 분명 있는데.〉

〈현몽(現夢)속에 실상이 나타나고, 정신없는 곳에 꿈이 생기며, 심정(心
情)이 깊은 곳에 정신이 산다.

정신이 들면 세상, 자연이 나타나고 의식하며 지향한다.

심정을 이해한다.

풍성한 자연은 심정을 느낀다.

자연의 이면에 실상이 살아서.〉

〈세상에서 인간이 가져가야 할 것도 없고, 영원히 살아야 할 곳도 없다.

잠시 동안 생명이 있을 뿐이다.〉

〈진실은 거짓이라 해도 살아 있고, 속인 것은 진실이라 해도 허망하다.〉

〈살고 있는 별, 하늘엔 태양이 빛나고, 밤하늘 끝에 다른 것이 있는 것처럼 끝을 만나고 싶다.

수없이 생겨나고 사라져도, 살고 있는 자연.

끝없이 반복되는 세월이 의문이다.

가고 싶어도 못가고, 보고 싶어도 보이지 않는 곳, 어데 갔는지 모르고, 무엇인지 나오지 않는다.

가는 세월 속에, 사는 것은 쉬지 않고 교체된다.

살다가 수없이 땅에 떨어져도, 세상 나그네가 되어 간직한 생명.

그리운 실상을 구하고 있다.〉

〈인생을 울리는 소리.

세상은 속삭여 주고, 아름답게 생긴 자태는 누구의 몸이던가?

재미나는 일도 많은 곳, 못된 장난도 한없는 곳, 한없는 것은 아무것도 없고, 오늘이 지나 먼 훗날이 되면, 아무 일도 없는 것처럼 대답 없는 곳이다.

몸은 나타나도 무엇인지 알 수 없도록. 몸의 정체가 나타났어도 몰라보도록 놀려 주는 것 같고, 다정한 것 같기도 하다.

세월 속에 세상은 변동되고, 원망할 것 없이 냉정한 것처럼,

수없이 살다가 사라지게 하고 있다.

누구의 몸인지 알 수 없도록 상면하지 않고, 외면한 것 같다.

몰라보게 나타나고 있다.〉

〈한 가지 일에는 관련된 것이 많다.

한 가지 일도 성사되면 많은 것이 맺어진다.

한 가지 일로 변하는 인생이 많다.〉

〈생동하는 세상, 매력이 넘치는 곳.

자연이 살려 주는 곳.

신비롭게 깨어나서 가는 세상.〉

〈세상살이 영원한 것 없다.

그러나 세상처럼 훌륭한 풍경도 없다.

영원한 곳에서 생성되고 있는 것.....

만나고 싶은 실상이다.〉

〈늙어 사라질 인간.

세월이 가면 갈수록 서운 한 것!

죽는 그때!

몸은 흙과 함께 세상에 남아도,

살았을 때 재미난 일 다시 할 수 없고, 돌아올 수없는 것이 된다.

이별한 신주, 생상(生狀; 영혼)이 떠난 것.

참으로 넋 빠질 노릇이다.〉

〈사람의 몸에는 수많은 생명이 있다.

여러 가지 생각과 영혼처럼.〉

〈하나가 있어야 만날 수가 있고, 둘이 만나야 새로운 것이 된다.

하나도 없다면 만날 것도 없다.

완벽하게 살, 방법이 있다면 모든 사람이 한사람처럼 살 수 있다.

그러나 부족한 것이 있어 생명이 되었다.

몸에 기생한 수많은 씨와 알처럼, 서로 다른 것을 만나면 새롭게 생성
(사람)되고, 같은 것과 만나면 맺어지는 것이 없다.

서로 다른 것이라야 생성되므로, 일체(一體; 한몸)로 생겨날 것 없다.

다른 것을 만나면 완성된 것처럼 새로운 것이 되고, 일체가 되면 부족
한 것이 돌아온다.

잉태한 몸에 따라 운명이 다른 것처럼.

좋은 꿈이 맺어지면 세상을 떠나도 낙원.

행동한 것이 있으면 업적에 따라 꿈이 나타나고, 현몽에 따라 앞날의
생활이 달라진다.

복을 받아 잘살고, 멸망하거나 죽음이 오고, 사고나 병이 생겨나거나 없어진다.

애물(문제, 장애)이 생기거나, 해결되어 가져가고, 평화와 재물이 들어오거나,, 사전에 몽상으로 인생을 예시하고 인도한다.

세상에서 업적이 잉태되어, 실상의 나라에서 다른 몽상을 만나는 것.

잉태된 것은 새로운 나라에 탄생된다.

사람이 되어서 세상에 있는 것처럼.

세상에 잉태한 사람, 새로운 나라로 갈 것이다.

살아서 행동한 것에 따라 다른 꿈을 만난다.

몽상에 따라 세상에서 다른 나라로 태어난다.

세상의 업적에 따라 생겨나는 것이 있는 것처럼,

만나는 인연에 따라 세상살이 변한다.

인연이 아니면 적합한 씨와 알의 성질이 아니고, 서로 의지하지 못하면서 갈등의 생활을 한다.

사람은 잉태된 것을 출산하면서 늙고, 빈 몸이 되어 사라진다.

잉태 후 탄생한 모든 것은 죽지 않고 다른 것이 될 수 없다.

죽음은 다른 것이 되는 순간이다.

씨와 알이 잉태하여 세상에 태어날 때, 세상의 기운에 죽는 줄 알았다.

그러나 새롭게 잉태되어 사람처럼 생겨나서 살고 있다.

세상을 떠날 때도 몸은 꿈처럼 다른 것이 되어, 무게 없는 몸이 되어 실상의 나라에 살게 될 것이다.

천생은 세상에 있는 동안 항상 잉태하여 유혹과 시련 속에 살아야 한다.

비바람, 눈보라, 더위와 추위, 배 고픔과 먹이, 잠자는 것과 일, 세상을 배우는 것과 생존에 대하여 정신과 마음, 아픔과 젊음이 낙원과 갈등에 처하여 세상을 이탈하지 못하도록 살고 있는 것.

결합된 것의 처지다.

탄생은 결합에 의한 것이며, 결합된 것이 서로 파멸 되지 않는 한, 이탈할 수 없이 상존한다.

삶의 원칙이다.〉

〈매혹된 것을 자세히 보면, 싱그러운 나무와 풀, 꽃, 살덩어리, 사람의 꿈인지 분간하기 어려운 것.

매혹되고 있는 것은, 몸속에 잉태한 것처럼, 무엇인가 있는 것.

잉태는 매력과 아름다움과 멋있는 것이다.

다른 곳에서 온, 어린 아이는 세상 것이 작아서 때가 묻지 않고 귀엽게 생겼다.

세상과 다른 매혹 때문이다.

세상에 있으면 세상 것이 가치 있고, 세상이 아니면 다른 것이 가치 있다.

그러나 실상이 없는 것은 아무것도 가치가 없는 것.

오직 삭막한 느낌만 있을 뿐이다.〉

〈인간에게 보이지 않게 속삭이는 생각이 있다.

생각이나 환상, 기분, 감각들이 어데서 발생하는가를 의심할 때, 감추어진 것처럼, 잉태된 것처럼, 몸의 안과 밖에 다른 것들이 활동하고 있음이다.

씨와 알이 서로 속삭이는 것처럼…. 꿈이 활동하고, 빛과 바람, 물결이 돌아다니기 때문이다.

밤잠을 자는 사람이 헛소리를 하는 것, 사람의 의도가 아니다.

몸에서 같이 사는 것이 있어서 사람이다.

사람의 의지와는 관계가 없는 것도 있는 것.

사람이 생각하게 하고, 웃어버리도록 하는 것이 같이 살고 있다.

의식할 때, 깨어난 몸에 의하여 살고, 잠들면 몸에서 같이 사는 것들의 자유가 있다.

세상에 있는 몸, 독단적인 것이 아니다.

그러므로 많은 생각을 하고 느끼며 산다.

사연을 간직하고 그리운 일들을 생각하는 모습.
고달픈 일을 하고 꿈속에 잠을 잔다.
생명이 들어 있는 몸이다.
멋있는 자태를 자랑하고 날씬한 매혹이 피어 있는 것!
애타는 사랑과 춤추는 욕망에 옛날을 잊고, 열매처럼 풍성한 인생에 머물러 있다.
생명이 속삭이는 사연이 있다.

못 견딜 것처럼 황홀한 곳.
생명이 다하도록 살고 싶은 곳!
기쁨에 넘쳐, 서로 즐겁고 놓칠 수 없는, 세월 가는 줄 모르고 젊음이 몸부림치던 시절, 낙원.

사랑은 씨앗이 살아서 있도록 한다.
세상에 잠시, 들려 보려고.
추억의 옛날과 앞날의 꿈이 신비롭게 맺히고 있다.
하나처럼 떨어진 다정한 것.
사연이 있어서 만나고, 갈 길이 변해서 헤어진다.
사람은 모여서 의지를 하고, 의지할 곳 없어서 자연과 산다.
고향을 몰라서 기억을 찾고, 먼 옛날 인생은 지워져 가며, 잊어버린 것 찾다가 세상에 잠든다.
자연이 만들어준 보금자리에.
잠들기 좋은 곳은 밤.
세상에 안식을 주는 곳이다.
잠들면, 어느 때인지 모르며, 소리도 들리지 않고, 세상도 보이지 않으며, 느낌도 없이 정신없이 꿈속에 있는 것.

세상과 다른 곳에 꿈이 소리 없이 속삭여 준다.

세상을 잃을수록 잠이 깊어진다.

몸을 세상에 놓고 죽음 속에 있는 것과 같다.

잠들은 인생은 죽음의 근처를 다녀오는 것.

빛이 찬란하면, 어둠에 감춰진 것이 나타나고, 사양할 수없이 살림을 한다.

성장하고 생명을 지키며, 죽어서 주는 대접을 받는다.

부족한 것을 채워주는 자연에서,,,,,

알몸처럼 옷이 필요 없는 자연, 먹을 것과 집을 준다. 생명을 지켜주는 것이 자연에 있다.

자연으로 감추어져 갈 수없는 곳에서 살려주고 있는 것.

생겨난 생명, 세상모르고 와서,, 떠나는 생명, 상대가 없어서 저항 못하고, 볼 수없는 모습이 되어 버린다.

남은 생명은 갈 수 없도록.

생명은 유혹을 피할 수 없고, 영원히 잠들거나 깨어날 수없이, 감각에 현혹되어, 환상 속에, 확실한 이유 몰래(모르게) 살고 있다.

생명은 영원히 군림할 수 없다.

변하여 자취를 모르게 한다.

없어져 버린다.

결합하지 못한 생명, 하나면 단명하고, 씨와 알처럼, 두 생명이 결합하면 사람처럼 장수 한다.

무엇인가 만나서 잘살 것 같은 , 외로운 몸에 사는 것이 있어, 엄청난 시련이 닥쳐와도, 사랑의 감정이 맺어지면, 둘이서 더 오래 살수가 있다.

별들은 수많은 생명이 있어서 한없이 산다.

생명이 있던 곳엔 빛이 남아 있고, 빛이 남은 것은 다른 생명이 되는 것.

별이 되는 것처럼.

빛이 벗어나야 영원한 해탈.

불타는 나무처럼.

처신에 기생한 생명, 사연이 있어서 생겨났고, 신주의 허락(사랑)에 의하여 인연을 만나, 새로운 생명(사람, 형체)이 된다.〉

닥쳐오는 시련, 생겼다 사라지는 것, 아무도 막을 수 없다.

변하는 것은 영원하고, 변함없이 다르게 생겨나는 감정.

무엇이 살아있는 감정인가?

무엇으로 나타나는 생명인가?

세상, 자연의 힘처럼 인생도 변한다.

깨어나서 깨지 못한 꿈이 살아서, 죽어서 갖지 못해 버리는 것들과, 살아서 갈 수없는 곳에 있다.

살아서 가진 자연, 거지가 되어도 있는 자연, 힘은 언제나 자연에 있고, 생명이 있을 때만 소용되는 힘.

새롭고 좋은 것만 찾아 다녀도, 그칠 줄 모르고 끝날 것이다.

생명처럼...

인기 있는 생명은 기분이 좋다.

수많은 재주 한 몸에 있고, 반기는 곳 피할 수 없다.

아름다운 꽃과 젊음이 생동하는 인생처럼...

좋은 것 모두가 달아 날 때면, 가진 것이 둔 것을 잃어버린 것.

(맛있게 먹은 것, 사라지고, 모아둔 재물 없어진다.)

한없이 가질 것(몸)이 없어지(죽음)면 생명이 가져간 것 있고, 몸을 잃어버린다.

(세상에서 가질 수 없는 죽음이 되면, 땅과 먹이처럼 다른 생명이 몸을 가져가고, 가지고 있던 몸을 잃어버린다.)

가져간 것은 없어지고, 잃어버린 것은 찾을 길 없다.

(가진 것이 있으면 잃어버리게 되고, 잃어버린 것은 간 곳을 모른다.)

생명의 순환과 같다.

몸을 가졌으면 죽음으로 잃게 되고, 잃어버린 몸은 간곳을 모르게 된다.

하나의 몸, 자연에서 생명은 신생하고, 재물은 이동한다...

생명은 살피며 도사린다.

안정을 놓치고 기댈 곳 없다.

안심할 것은 길지 않고,, 영원히 선택할 것 없는 근심 속에,,

필요 없이 멋모르고 태어난 것처럼, 돌아 갈수 없는 곳에서,,...

인생을 잃고 저주 할 것 없는 것이 세상, 실망할 필요 없다.

열심히 처세 잘하면 낙원으로 가는 것.

성실하지 않으면 되는 일 없고, 열성으로 수양하면 해탈한다.

생명만 있으면 살 수 있는 곳, 혹독한 암흑도 밝은 날이 되고, 멈추던 능력도 활발해진다.

살다 보면 세상 섭리를 터득한다.

초목도 살다 보면, 밝은 빛을 만나서 피어난다.

사나운 생명과 온순한 것이 자연이 될 것을 허락하지 않고 살게 된 곳.

치열한 경쟁으로 방심할 수 없고, 안식처를 찾는다.

재물은 몸속에 저장할 수 없어, 자연에 놓아두고 필요할 때 이용한다.

자연에 구원(救援)하고 세상을 떠도는 인생 나그네.

아무도 대신하여 살아 주지 못하고, 죽어서 훔쳐갈 수 없는 것이 삶이었기에...

알몸으로 태어나, 가질 것, 아무것도 없고, 육체도 버리고 사라진다.

자연은 생신의 것이 아니라서.

아름다운 자연은 세상과 다른 것이 만들어 준 것.

자연은 생명이 거처하는 곳이며 양식이다.

먹고 사는 생명의 집!

생명을 간직하도록...,

땅을 타고 걸어 다니는 곳이 어데 일까?

함께 있는 것들이 서로 살도록 조성된 곳.

무엇이 사람을 살게 하였나?

이곳에 없어선 안 되는 것인가?

이곳에 생겨난 이유가 무엇인가?

어찌하여 만나면 갈망하다 이별하는가?

가기 싫은 인생길도 거절하기 어려운 곳.

인생이 한때 머무는 곳!

울창한 숲, 산야, 벌판 골짜기에 흐르는 강물, 해변을 거닐던 사연, 아름다운 자연의 찬란한 빛, 맑은 하늘에 생명이 넘치고, 맑은 바람, 청순한 소리 들리며 반가운 세상!

생명은 감미롭고 기분 좋아, 젊음이 피어나서 춤추는 세상!

열매가 익으면 떨어지는 것처럼, 늙어지면 돌아오지 못하고, 생명을 항상 유지하며 살려내는 곳이다.

살아 있는 것만이 남는 것처럼!

옛날은 허물어져 흔적도 없이, 새로운 것만 살고 있는 곳.

생명이 거쳐 가는 보금자리다.

인생은 왜 그런지 궁금한 것.

어데 선가 계속하여 흘러나오는 것이 세상이라고 한다.

몸의 안과 밖에서 오는 기운에 반응한다.

살고 죽는 곳에서 다른 나라로 가고 싶어도, 살아서 가지 못하는 것이 실상을 믿지 못하게 한다.

죽어 갈 때는 어느 것도 살려 주지 못하여, 살려주던 자연도 생긴 것을 영원히 유지하여 주지 못한다.

어찌하여 인생은 알다가 모르게 되었으며, 세상에 생겨나서 의식을 찾았었고, 경험하지 않은 일은 거쳐야 되는 건가?

속삭이는 생각은 정체가 무엇이며, 깨어나면 생겨나는가?

꿈은 묻지 않고 멋대로 활동하는가?

성장하지 않을 수도 없는 인생.

피하지 못하는 늙음.

멋대로 할 수 없는 한계.

갈 길을 모르고, 정확하게 가르쳐 주거나 인도할 수없는 운명.

능력도 다른 인생.

세상에 나타나 잉태한 것이 되고, 잉태한 곳이기에 다른 곳에 못 떠난다.

세상 생명 다할 때까지.

결합하여 깨어나고, 깨어나서 세상에 잉태하여, 새롭게 부화될 때까지.

인생이 한번 잘못되면, 해탈하지 못한다.

맺지 못한 씨와 알처럼, 오랜 세월, 별에서 다시 기다리는 것처럼.

한 번의 생명, 귀중한 것!

무엇으로 벗어날 때를 잡을 것인가?

연분을 맺어야 벗어날 운명, 다시 올 기회가 멀다.

아무리 생각해도 잊혀 진 것이 있고, 성공하려 해도 안 되는 것이 있고, 일치하지 못하는 어려운 것이 있다.

사랑은 이별(분산)을 하나(새 생명, 탄생)로 하고, 완성할 수 없는 것은 생명의 괴로움. 이성의 분란은 사람의 갈등이다.

그러나 정신과 마음이 분명하게, 서로 차원을 유지하고 매사 일치하면 만사형통한다.

영원한 사랑이 된다.

정신이 해결 못할수록 마음에 쌓이는 부담이 커지고, 넘치면 분통이 터진다.

마음의 요구가 해결 안 될수록 정신에 부담이 되어 골치가 아프다.

서로 동생하며 구속하지 않고 역할을 지키면 정신과 마음이 개운하게 풀린다.

가장 귀한 것은 감추어진 것처럼 찾아내기 어렵다.

사랑과 이성이 보이지 않는 것처럼.

서로 다른 성질도 사랑처럼 맺어지면, 새로운 것이 생겨난다.

그러나 같이 사는 것은 많아도, 몸이 하나라서 외로운 것이 생명.
세상 속에 있을 뿐.

세상이 아니면 무엇인가?
가버린 사람들은 무엇이 되었나?
살아서 있던 일은 간직되고 있는가?
추억은 영원한 것일까?
세상에서 살려면 정신을 차려야 한다.
정신은 지향하고 판단, 생각한다.
마음은 욕망, 감정이 있고, 살림을 한다.
정신과 마음은 서로 역할이 다른 것.
서로 침범하면 안 되는 한계와 이면성이 있는 것.
한정된 면에서 서로 수호될 한계가 있다.
동생하며 국한된 경계구역의 양편에서 생동하는 것이 다르다.
차원이 다르고 차별되어 구별하고, 분별 있는 역할이 분담되어 있다.
사리에 맞도록 서로 역할이 일치하면 실천과 행동이 좋게 실현된다.
서로 의존하고 상생하여 하나의 몸, 사람이 잘살게 된다.
그러나 정신이 지향하도록 판단과 생각을 해결하지 못하고, 역할이 다르므로 해결하지 못하는 마음에 부담을 주면, 가슴이 압박되고, 축적되어 화통이 넘치게 된다.
반대로 마음이 역할을 해결 못하고, 마음의 일이 불가능한 정신에 의존하여 축적되면, 골통이 터진다.
서로 각별하게 역할을 해야 잘산다.
정신은 일할 것, 지혜, 지향, 구경하는 것을 몸 밖으로 부터하고, 마음은 살림, 꼬리는 행동하는 것이 서로 적합하면 편안하다.
매사를 몸 안에서 서로 적합하게 상통하면 잘산다.
정신, 행동, 마음은 머리, 꼬리 심장이 통하는 목숨을 기준으로 역할 분담하는 것이 한계다.

목은 몸에서 정신, 마음, 행동의 기운이 통하는 곳.

곤란한 일이 생기면, 정신과 마음이 동신에서 해방하여, 몸 밖의 세상에 매혹되면서 살면 경쾌하여 진다.

자연, 세상의 밖, 꿈나라, 이면의 나라, 실상으로 해탈하면 몸속에 고통이 사라진다.

고민하는 것이 마음으로 가면 가슴이 아프고, 먹고 살림하는 것이 머리의 정신으로 가면 두통이 생긴다.

진지한 야심도, 황홀하게 불타든 정열도, 악착 같이 살려고 한, 생명도 구실 없는 갈망.

죽음 앞에 허물어질, 옛날처럼, 간직한 것 없는 한때의 빛.

잘못 온, 사람은 세상에 생명이 시달리고, 늙음처럼 낡은 것만 남긴다.

그러나 인생은 악독한 것 없이 잠잘 곳, 먹을 것만 있으면, 낮과 밤, 기후에 따라 살면 된다.

한편 노력, 한편 운명이다.

막다른 세상에 걸려들어, 고갈되지 않은 세상을 찾고, 평온함을 고대하다 지쳐 버리면, 거부할 수없이 한숨으로 잠들면 되는 것.

속아서 사는, 한 세상처럼.

인생은 방황하지 않고 운명대로 사는 것.

세상의 구원은 세상에 있고, 죽음의 구원은 죽음에 있다.

생명은 양편에 모두 있고, 실상에 의하여 생존한다.

기다리면 나타난다.

도망갈 수 없는 것.

자연과 다르고, 슬픔과 아픔과, 욕망이 사라지며, 나타난 세상이 사라져 가고, 더 좋은 곳에서 있게 되는 것.

세상과 서로 다른 차원, 한편에선 다른 곳을 모르게 된다.

면에 의한 세상 섭리로, 양편을 거치려면 일치가 필요.

한 많은 인생이 깨어나는 것.

세상이라는 곳을 떠돌고 있는 사람!

사랑처럼, 별과 하늘 속에서 더 이상 맺을 것 없이.

세상의 아름다운 모습!

젊음에 넘치는 매력!

탐스럽게 익어가는 자태에 매혹되어, 다르게 맺을 것을 못 찾고 있다.

세상모르고 의지할 것처럼 영원한 것을 잃어 버렸다.

떠나면 의지하지 못할 세상이다.

그러나 죽어도 살아있는 세상, 자연, 죽어도 다른 나라가 있다.

생명의 빛은 생동하는 형체 속에 있다,

몸속에 들어와서 있는 빛과, 나가는 빛이 있다.

세상 속, 사람처럼.

몸속에 있던 빛이 모두 나가면, 동거한 몸을 잃어버린다.

옛날로 돌아간다.

빛은 옛날에 살던 몸을 뭐라 할 것인가?

자연과 실상의 나라에서 퇴출되지 않은 것이다.

생명은 양편에서 살 수 있는 것.

인생의 밖, 몸 밖에서 나타나는 것처럼, 들려오는 것처럼, 밖에서 세상, 자연을 상대하는 것이 있다.

밖에서 사람의 몸을 상대하는 빛과 바람, 먹이처럼.

빛과 바람은 사람의 몸, 동물의 몸에서 살아보고 싶은 것이며, 빛과 바람이 결합하여 살고 싶은 것처럼, 꿈처럼, 식물의 몸에서 살고 싶기도 할 것이다.

빛과 바람, 먹이가 몸에서 사는 것이 끝나면, 빛은 불에 의하여 바람은 바람에 의하여 옛날로 돌아갈 것이다.

환원되지 않으면 땅에서 살 것이다.

인생처럼 환원되지 않으면 땅에서 오랜 세월 생과 사를 교차할 것이다.

사람을 집으로 잉태하여 나타났을 때, 새롭게 태어나길 바라든 것이, 빛과 어둠 속에, 사람의 밖, 몸 밖에 매혹되어, 꿈과 같이 사는 즐거움이 죽음에 들기 싫어, 살아서 황홀한 색깔이 좋아서, 하고 싶은 것 다 못 이루고. 세상 밖을 모르며 떠돌고 있다.

빛처럼, 바람처럼 세상 밖에서 살아보길 바라던 것이.

수많은 것들이 살고 있는 세상에, 몸은 사람의 모습을 하고 아름다운 자연에 떨어진 것이,

알 수 없는 실상과 하나가 되어, 서로는 사모하고 넋 빠진 것이, 정신과 마음으로 신비롭다.

감각은 사람 아닌 것에 유혹되고, 천생은 사람을 길러 주어서, 살다가 어데 론가 가도록 한다.

세상에서 떠돌지 않도록!

자연은 거대한 힘이 활동하는 것으로 세상에 나타나고 있다.

모든 것들은 한몸으로 동화 하여 집성하는 것과, 해탈하여 다른 것으로 생성되기도 하며, 사라지는 형체도 있다.

사람이 먹고 싶어 하는 것처럼, 세상은 한몸으로 결집하는 것들이 많다.

재물을 가지려고 하는 것도 사람의 집성에 의한 것.

사랑과 지식도 그렇다.

탄생의 순간이 고통스럽고, 피어나는 생명을 길러주는 것이 자연처럼 있고, 죽음의 순간도 고통이다.

다른 것이 되는 순간은 고통이 따른다.

다른 곳에 가는 순간이 지나면 새로운 나라가 나타난다.

모든 것은 싫으면 결합 할 수 없고, 언젠가 모든 것은 벗어나고, 주인도 사라져서 먹는 것과 재물의 세상을 떠날 수 있는 것.

만나면 헤어지고, 한몸도 분산되어 사라진다.

집성이 해탈되는 것.

세상은 거대한 힘에 움직이고 있다.

몸의 유혹은, 산정(産精; 낳은 정자)의 머리와 산란(産卵; 낳은 알)의 몸살이 생활하는 것.

서로가 얽매인 채, 어울리는 행동.

세월이 젊었던, 옛 사랑의 모습인 것!

세상보다 더 좋고 아름다운 곳.

신비롭게 생동하여 거절 못하고, 잃을 것 없이 변하지 않는 곳, 인생의 다음, 세상 밖이다.

망설일 틈도 없이 찾아 갈 곳이다.

몸은 감각이 있거나, 없거나 자연.

생명이 있거나, 없거나 자연이다.

그러나 생명이 있으면 권한이 생기고, 없으면 다른 것의 권한에 따른다.

사라지면 면모가 없고, 생명이 있으면 감각과 면모가 따른다.

생명은 면모와 다른 것.

생명이 있으면 세상이 나타나지만, 감각과 면이 세상과 세상 밖을 다르게 갈라놓는다.

같은 실상의 나라에 세상과 같은 나라가 생긴 것처럼.

몸을 죽음이 무상하게하고, 생명은 몸을 떠나 새롭게 산다.

나그네 인생길 떠난 것처럼.

생명이 애원한 곳.

사람이 되어 살게 하고, 나무가 되어 살게 하고, 물과 바람, 빛처럼 생명이 되어 옮겨 사는 것이 있다.

실상은 생명을 변하게 하고, 몸에서 이주하는 생명이 있어, 새 생명, 다른 몸, 형체가 생겨난다.

죽지 않고 이주하는 생명이 있어서 몸, 형체가 변하고 죽음이 있다.

한 생명 죽어서, 불길에 타버리지 않은 형체에는 빛이 될 힘이 남고, 해탈한 빛은 옛날의 생명(힘)으로 돌아간다.

해탈한 빛과 남은 몸이 이별하여 잊지 못할 것!
옛날이 살아나도 갈 수 없듯이.

어찌 생긴 것이 이런 것인가!
인생의 처지를 벗어나려도, 몸부림칠수록 정들은 세상, 남은 생명이 있어, 선택하기 곤란하다.
오직, 인생이 끝날 때, 마땅한 것으로 골라 가지고, 더 좋은 곳에 가기를 바랄 뿐이다.
그러나 운명에 따라 마음대로 할 수 없는 것.
세상은 가는 사람 잡지 않는 곳, 오는 것을 막지도 않고, 가고 오는 것을 하고 싶은 대로 못하는 곳이다.
수많은 경쟁 속에 사람이 된 것처럼, 선택되어 생겨난 것도 기적일 뿐, 왜 그런지 알 수없이 산다.
세상에 오기 전, 세상이 있는 것을 알았을 것인가?
빛과 별들, 같이 살 것이 있는 줄도 모르고, 알고 왔는데 잊어버린 것처럼, 세상이 어데 인지 모르고 산다.
별세(別世)하여, 왜 그런지, 한정된 것.
지혜와 생명은 한정되어 있다.
한계를 벗어나면 생명의 모습이 전생이나 죽음처럼 변환된다.
아무리 경험과 지혜가 많아도 바보 같은 것이 있다.
한없이 많은 자취가 있던 곳, 기다릴 수없이 살려놓아, 더 있고 싶어도, 생명은 밀려가고 멈출 수 없다.
새롭게 살아야 되는 것처럼,
사라져 남긴 것이 오늘의 세상.
옛사람, 생명이 남긴 것.
가버린 생명들의 추억이 된다.
세상에 있는 것이 좋은 줄 모르고, 욕심이 많아서 말썽이 된다.
다투지 않으면 낙원인 것을, 인정이 많으면 잘사는 것을.

가져갈 수 없도록 아까운 곳, 곱게 놓고 갈 것들이다.

또 다시 온다면 간직할 수 있도록, 시름하지 말고서 남기고 갈 것.

다시 올 수 없는 곳이라 해도,,,

피해주고 싸우거나, 잠시가 오래라고 안색이 돌변, 숨 막히며, 서운하게 냉정하고, 우습게 서로 분노하여도, 모든 것 끝날 때, 편안하게 산 것과 허무한 것은 동일한 것.

세월은 동일해도 낙원과 고통의 인생이 다른 것, 다른 것이 될 것이다.

〈사람의 몸에는 수많은 생명이 있다.

마치 영혼이 여러 가지 생각을 하는 것처럼.〉

〈공기와 빛, 물과 양분은 식물을, 식물은 동물을 기르고 있다.

그러면서 별들도 길러서 산다.

세상의 모든 것은 양성되고 있는 것이다.〉

〈씨와 알은 부화하여 새로운 탄생을 만들고, 생명은 세상에 잉태하여 새로운 부화가 된다.〉

〈인간에게 아름다움이 없다면, 온 세상은 유혹이 없고, 매혹되지 않아, 살맛이 없을 것이다.

청순하게 자라던 아이, 치아가 생겨나면서 무엇이든 먹으려는 생명의 갈등이 생긴다.

세상의 몸이 되는 것.

아름다움은 업보를 감추고, 새로운 유혹이 환생되며, 업보는 진리를 찾는다.〉

〈사상은 필요하나, 투쟁은 필요 없다.

오직, 사상은 인류의 지침일 뿐이다.〉

〈매혹되고 있는 것을 자세히 보면, 몸 덩어리 인지, 물질인지, 아니면 사람의 꿈인지 분간하기 어렵다.

그러나 매혹되고 있는 사실은 잉태하고 있는 상존 상태가 된다.〉

〈세상의 모든 것은 먹이 에 의하여 구속된다.

야수처럼 살거나, 병균이 되고, 서로 싸우며, 살기 위하여 생명을 먹는 것이 생명의 본질이며, 세상에 거처하며 살도록 한, 운명을 벗어날 수 없음이다.

처참한 세상을 다 같이 살기 위하여.......

서로 구속된 먹이는 생명의 뜻대로 못하는, 세상, 자연의 사명, 운명이기 때문이다.

세상에 잉태된 범위를 벗어날 수 없음이다.〉

〈인격은 서로 동등하다.

인류는 같은 조상이 번창하여 생명이 연속된 것으로, 태초의 인간이 중단되지 않고 환생하여, 오늘날 살게 되는 것이므로, 같은 사람이 나누어진 것, 타인은 떨어진 씨와 알로 써, 타인을 존중하면 동신을 존중하는 것, 인격은 서로 동등한 것이다.〉

〈타격은 잉태된 것의 뜻에 맞지 않는 것.

잉태된 것을 해치는 것은 세상의 섭리를 위반하는 것.〉

〈씨와 알은 정신과 마음으로 살면서 개별적, 편견적으로 살거나, 두 것이 마땅(합당)하지 않게 외부와 격리된 집착으로 처세하게 되면 흡족한 것을 구하지 못한다.

오직 역할 분담하여 일치하는 것만이 완전 한 것을 이룰 수가 있다.

경지에 도달하여 실현하는 것, 정확한 관철이 필요하다.

그러나 일치하는 것은 혼잡하여 확실한 것을 찾기가 어렵다.

정신과 마음의 정확한 의식 속에 세상과 일치하는 것이 생겨난다.

씨와 알의 행태를 살펴야 세상, 자연, 실상과 공통한다.〉

〈사람에게 보이지 않게 속삭이는, 생각과 같은 것이 있다.

생각이나 환상, 즐거움, 감각들이 어디서 발생하는 가를 의심할 때, 몸의 안과 밖, 체내와 외체(外體; 우주)에서 속생하는 것들이 빛과 세포처럼 교류하며 생동하고 있음이다.

잉태한 것처럼 개체의 의도로만 사는 것이 아니다.

씨와 알이 속삭여 주는 것처럼....

잠자는 사람이 꿈꾸거나 헛소리를 하는 것처럼, 사람의 의도가 아닌 것이 있다.

빛과 꿈처럼 몸을 오가며 몸속에 사는 세포, 사상과 소통하고 있는 것.

사람의 의지와는 관계가 없는 것이다.

몸에 의식이 생기면 몸에서 웃고 있는 것이 있고, 말하고 있는 것, 느끼고 생각하며, 알고 있는 것이 있다.

충격적인 작동이다!

동신(同身; 같은 몸)한 것이 사람의 세계를 벗어날수록 이상한 행동이 되기도 한다.

세상에 있는 정신과 마음이, 세상과 어울리도록 일치하지 못하고 분리되거나, 일부가 이탈하여 다른 나라에 있을 때도 있다.

일치할수록 사람에게 충족한 것이 된다.

몸과 행동은 세상에 있고, 정신이나 마음은 실상에 있어서, 경험이나 사실과 무관하게 때와 장소를 가리지 않고, 사람의 세상에 실상이 깃들고 있는, 꿈같은 경우도 있는 것.〉

〈자연은 살림, 생기(生氣)를 주고, 실상은 정기(精氣), 생명은 자연과 실상의 중생(中生)이 된다.

미숙한 사람이 때가 되기도 전에 성급하게 부화되려는 것은, 결실하지 못하며, 참는 사람은 완성되어 아름답고 신비로운 실상으로 가는 것.

인생은 실상으로 생성되는 한편이다.

신비로운 실상의 품에 안겨야 되는 것.〉

〈사람이 나무가 되면 나무가 되었기에, 사람이 빛이 되면 빛이기에, 사람과 모든 것은 사라지고 변하여, 영원한 삶은 세상에 없이 천생은 창조되었으니, 탄생과 삶은 한없이 순환된다.

변함없이 실상처럼.〉

〈생명의 탄생은 자연을 초월 할 수 없고, 문명은 자연을 묘사한 것이며, 자연보다 더한 예술은 없다.

자연이 없다면 살고 있는 세상엔 아무 것도 상존하지 않기 때문이다.

그러나 실상은 생명과 죽음이 없고 영원히 살아 있다.

하나의 실상은 생성이 없음이다.

실상은 둘이 될 수가 없다.〉

〈인류 모두가 해롭지 않고, 싸우지 않으며, 천하게 망하지 않아야 평화와 가치 있는 신비로운 세상을 살 수 있다.

인생의 사명인 것.〉

〈사랑은 인생 보다 더 좋은 것이 있어도 유혹하거나, 이탈하거나, 버리지 않는 것이다.

그렇지 않다면 균형 없는 곳으로 떨어지는 멸생(滅生)이 된다.

인생을 떠나서 사랑은 상존하지 않기 때문이다.

사람이 세상을 거쳐 가는 동안.

실상이 자연을 사랑하여 세상을 이루고, 자연은 잘 살도록 모든 것을 마련하여 준다.

실상의 나라에 살게 하는 것이다.

사랑의 가해는 실상을 반역한 것.〉

〈사람에겐 속생된 것이 떠나서 언제나 가난이 생겨나고, 떠난 것을 채우기 위하여 욕심을 가져야만 되는 것이다.

그러므로 계속되는 고역을 겪어야만 한다..

그러나 죽게 되면 아무것도 가질 수 없는 것들이다.

지혜는 물론, 자기 몸도 가져 갈 수 없는 것이다.〉

〈전쟁은 잉태된 것을 파괴하는 인간의 성질로, 대형 살생이 된다.

투쟁으로 세상의 일을 해결하는 사람은, 세상의 섭리를 역행하는 사람이 된다.

서로를 속박하지 않고 살아야 된다.

세상의 모든 것은, 어느 것이나 사람처럼 얽매어 사는 것이 순리다.

모든 생명은 해탈할 때까지 종속되어 있다.

생물에 종속되고, 성속(星屬)하거나, 세속 되어 산다.

극복하는 것은 동화하는 것이며, 파산하는 것은 반역이다.〉

〈세상의 모든 것은 잉태하고 있다.

잉태는 나타나면서(탄생) 감추어 졌고(잉태), 나타나면서 사라지는 것이다.

인간이 죽어 간다는 것은 어데 선가 살고 있다는 것이다.

씨가 남성(아비)의 나라에서 왔고, 알이 여성(어미)의 나라에서 온 것처럼, 죽음은 씨와 알의 나라로 가고 있는 것.

모성에 잉태된 것이, 바깥 세계가 있는지 모르고 살다가 세상에 태어나는 것처럼.

잉태된 내부에서 외부를 느끼지만 모르고, 탄생하여 나타난 세상에 다시 잉태되어, 잉태한 세상 밖을 찾지 못하면서 한(恨) 많게 사는 것이 천생의 이치, 인생인 것.

죽음은, 세상에 잉태한 것들이 새롭게 부화되어 깨어나는 탄생이며, 산다는 것은 잉태되고 있는 것의 연속으로, 되돌아 갈 수없는 처지에 있게 되는 것.

잉태된 아이가 모성의 배를 두드리는 것은, 외부의 세계가 상존하고 있음이다.

사람의 의지를 초월하여 꿈이 있고, 세상 속에 살고 있다는 것은, 깨어날 수 있는 세상 밖이 있다는 것.

인생은 세상 속에서 세상 밖을 한동(限憧; 한계 속에 왕래를 그리워함)하고 있다.

종소리처럼, 종(鐘)이 안과 밖으로 울리는 소리처럼.

그러나 잉태된 것이 태어나려면 고통이 함께한다.

고통을 극복하지 못하면 탄생되지 않는다.

인생의 고통을 극복해야 새롭게 탄생된다.

고통은, 광합성이 이루어 질 때, 떨리는 전자 작용이 발생하는 것과 같다......

그러나 생각하는 사람에게 영감이 생겨나는 순간, 방해하는 것이 있다면 성립되는 것이 없다.

알을 품고 있는 새가 쫓기는 것과 같이, 잉태된 것이 깨어나지 못하고, 생전으로 환원되면서 사라지게 되고, 새로운 바깥세상을 볼 수가 없게 되는 것.

새로운 나라로 갈 수없이, 탄생이 중단된 것이다.

사람처럼 생명이 되려고 하던 씨와 알이 실패한 것처럼.

저 세상과 깨어난 이 세상은, 안쪽과 바깥처럼 상이 하게 되면서 상존한다.〉

〈종소리를 듣게 되면 위안 감이 생긴다.

아름다움은 인간을 살기 좋게 조성하고 있는 것.

만약 세상에 있는 모든 것, 아름다운 매력이 없도록 감지된다면, 인간이사는 곳은 공포와 괴물만 있는 곳이 된다.

지혜는 인간이 가야할 곳을 더듬어 보는 것으로, 인간 세상을 탈피하려는 동기가 있는 것.

그러나 세상일은, 사람이 살고 있는 곳에서만 이루어지는 것이다.〉

〈사람은 목을 통하여 결성된다.

머리와 몸살(심장)과 꼬리를 연결하게 되는 곳이다.

목의 길이와 연결의 위치에 따라서 정신과 마음, 행동 세력의 한계를 만들게 된다.〉

〈세상살이 안식하지 않는다.

사람이 세상에 태어나게 된 것은 무엇인가!

사람은 없어도 세상은 살아 있다.

사람이 될 것이 무엇인가?

사람이 아니라면 무엇이 되었을 까?

인생살이, 깊이 깨우쳐야 할 문제다.〉

〈사람은 미개한 사람과 지혜적인 사람이 있다.

잉태된 사람이 부화되는 조건, 세대 차이와, 기후(氣候), 생활환경, 머리와 몸살과 꼬리, 몸의 구성적 차이에 의한 생존 과정이다.

개인차는 인생길이 달라지고 있는 과정이다.〉

〈사랑이란 잉태된 것이 깨어 나려하고, 깨어난 것은 잉태하려는 것이다.〉

〈잉태된 것이 많을 때, 꽃처럼 풍만한 젊음이 되고, 부화, 깨어날수록 늙어서, 몸은 빈집이 된다.〉

〈자연은 천생이 같이 살 수 있도록 만들어진 것.

서로 구별 없이 자유롭게 살아야 한다.

그러나 태풍과 지진처럼 인간사회는 혼란하다.

너무나 많은 것을 개조하고 있다.

활동은 피해 없는 자연, 자유스럽게 하고, 가정과 개미처럼 같이 먹고 살면 좋다.〉

〈사람의 고통은 생명이 존속하기 때문이며, 생명이 없어지는 날, 필요 없는 몸이 되는 것.

생존한 사정과 변하는 몸, 이유가 있는 것.〉

〈식물의 뿌리는 동물의 몸살과 같고, 줄기는 꼬리, 잎은 수없이 생각하는 머리, 꽃은 성기와 같다.〉

〈심장, 머리, 꼬리의 관계, 감각과 이성과 판단에 대한 지혜의 정도, 행동이 변하게 된다.

몸의 질량처럼, 인격, 성질, 상격(狀格); 상의 격식; 표정, 인상, 행태)이 다르다.

꼬리에 의하여 행동력이 생긴다.

꼬리의 행동이 멈추면, 나무처럼 정지(停止)한 몸이 된다.

물속에서 꼬리를 흔들며 헤엄치는 물고기의 모습,, 알 속으로 진입하는 것을 멈춘, 꼬리치는 짐승과,, 꼬리와 다리가 형성되는 과정, 알 속으로 진입하는 꼬리가 몸 밖에 남아, 앞다리가 형성되지 않고 있는 개구리, 꼬리가 알 속으로 완전히 들어가면 사람처럼 앞(팔), 뒷다리가 모두 형성된다.

다른 행동을 할 수 있도록, 꼬리가 다르게 생겨난 것이다.

꼬리의 변화에 따라, 물고기, 짐승, 사람, 식물의 행동을 한다.

잠수, 다족(多足) 복행(匍行), 사족(四足) 이동, 두발이동, 고정, 비상(飛上) 형이 된다.

결합에 따라 형태, 종류와 성질, 행동이 다르다.

최초의 종류, 결합에 따라 생긴 것.

형체의 구성적인 면에서 천물의 생성에 대한 근원이 된다.

생물은 머리, 꼬리, 심장의 구성에 따라 종류가 다르다.

그렇지 않다면, 형체의 규격 속에 외부에서 들어온 고유한 성분이 닮은 꼴로 돌연변이가 되어 탄생되거나, 태초부터 각각 고유한 개체로 써 생성된 것.

세상, 우주의 몸속에 계속하여 잉태되고 있는 것.

특이한 구성이다.〉

〈천물과 같이 사람의 육체도 하나의 생활 터전이다.

풀잎처럼 털이 멋대로 자라나며, 살결도 생겨났다가 고갈되고, 물이 흐르고 공기가 통행하며 빛을 받는 것처럼, 몸을 구성 성분이 생활 터전으로 살면서 활동하고 있다.

별도, 동물도 식물도 동등하다,〉

〈살인은 생명의 반역, 잉태한 것을 결실하기 전에 망쳐 버린다.〉

〈이상 성질은 잉태의 불균형에 있다.

몸의 머리와 피살과 꼬리의 연결과 구조, 위치와 기질, 조성에 따라서 결정된다,

생김새도 다르게 된다.

서로 혼합되지 않고 명확하게 구분되어, 조화롭게 일치함이 확실한 인격을 이룬다.

여성과 남성의 기질이 조화롭게 맺어 질수록 잘사는 사람이 탄생한다.〉

〈잉태한 것이 많은 사람은 매력 있고 아름다움이 빛나게 되어. 싱그러운 젊음과 사랑이 풍성하게 발생하게 된다.

그러나 잉태된 것이 없어질수록 늙게 된다.

잉태된 것이 어긋나면 방황하게 되고, 맺어 지는 것이 없으면 질투를 하

고, 잘못 결성된 것은 불행이 찾아오며, 잉태된 것이 깨어나면 귀중한 것이 된다.

잉태된 것은 생동하고, 그리움과 매력이 되어, 풍만하게 익어 가는 것이다.〉

〈뼈는 체험의 결집이며, 골은 지혜의 정착이고, 혈육(피와 살)은 살림살이의 저장이다.

정신과 마음의 혼합, 단절, 명확한 구분과 일치, 격고에 따라서 사람의 성질이 변하게 된다.

이성은 마음과 정신이다.〉

〈사람에게서 흐르는 눈물과 웃음, 분노와 사랑, 갈망과 사색, 이동과 멈춤은 씨와 알의 생태다.

슬기로움, 처세, 행실, 수양은 씨와 알의 조성이다.

머리와 몸살과 꼬리의 동향을 파악, 분석하여 세력의 거절과 동화, 허욕에서 평화와 인정(人情), 성실과 안식으로 인생의 한(恨)을 낙원으로 다스리고, 사람답게 살아야 한다.

땅위에 있는 처지, 인생의 발원을 유실하지 않고 지켜야 하는 것.〉

〈사람은 순수한 알몸을 옷과 치장으로 은익 하는 습성이 다르다.

외부로부터 현혹하거나 비밀 같은 멋, 아름다움과 실체, 신선함과 생활보호를 위하여 신변에 대한 처세를 변모하고 있다.

사람의 실체는 알몸, 세상에서 거동은 놀랄 정도로 미묘하게 한다.

생명과 매력의 착란 현상이다

사실대로 살지 않는 것이 있다.

다른 것들과 동생(同生), 동거하면서 태성(態性)을 달리 하고 있다.

그러나 식물과 동물처럼 세상 모든 것은 인류의 씨와 알처럼 동등한 처지에 있는 것.

다른 것으로 태어난 씨와 알의 종파와 같은 것이다.

생각과 마음, 경험처럼 세상은 비밀이 되어 나타나지 않는 것이 있다.

세상의 정체를 알 수가 없다.〉

〈정신(잎)이 지향한다.

꼬리(줄기)와 몸이 움직여서 하늘로 나간다.

마음의 심장(뿌리)이 섭취한다.

새로운 가지에서 꽃(씨와 알, 이성동화(異性同華))이 핀다.

몸으로 핏줄이 뻗어 나가면서 성장한다.

동물은 암컷과 수컷이 분리되어 움직이는 식물과 같다.

식물의 성기는 암술과 수술이 동생하여 있는 한 송이 꽃이다.〉

〈한 사람 속에 수컷(정자의 골격)과 암컷(난자의 몸살)이 있어서, 남성의 것은 씨가 생기고, 여성의 것은 알이 생긴다.〉

〈사람은 빛과 어둠, 공기, 물, 땅과 같은 세력을 정복하거나 반역할 수 없다.〉

〈잉태된 것은 세상이 있는 줄 모르고, 세상에 나온 사람은 앞쪽만을 보게 되며, 죽어서 해탈한 것은 앞과 뒤가 없이 간다.

세상을 떠난 것과 세상에 사는 것, 생전이 모두 다르다.〉

〈태초와 같이 나약한 것은, 형체 발산의 형상 세력을 극복 못하면 세상에서 살수 없다.

빛과 바람, 물, 소리, 더위와 추위, 어둠은 형상이 발산된 형체의 모습이다.

그러므로 사람을 벗어난 마음과 정신이 있다면 죽음의 나라가 찾아오게 된다.

피와 골이 사람의 몸 밖으로 나간 것과 같다.〉

〈사람의 몸집에 살고 있는 것이 많다.

죽으면 모두 사라지는 것이다.

생명은 많은 것이 같이 사는 것.

생명은 만나 살고 헤어지는 연속이다.〉

〈세상의모든 것은 밖으로부터 안으로 있고, 안으로부터 밖으로 피어나며, 주위의 세력과 함께 형체를 형성하고, 성숙한 후, 분산되어 새롭게 있었던 것으로 간다.

고향으로 돌아간다.

꽃처럼 형체가 피어 날 때, 안으로부터 밖으로 형체를 벗어나는 것이 있는 것.

완전히 벗어난 것은 형체발산이 끝나서 사라진다.

형체는 형상의 집(集), 형체를 만들고 있는 형상이 있다.

몸은 형상의 집성과 공성에 의한다.

자연을 몸으로 한, 세상에 잉태된 사람은, 사람 속에 있는 것과 몸 밖, 세상 밖에 있는 것으로 육성되는 몸집이다.

몸은 부화하는 집이다.〉

〈세상에 양생(養生)되지 않는 것은 없다.

몸은 잉태되어 조성되는 면상(面狀)의 집이다.

인생이 끝날 때 허무한 것처럼 집은 사라진다.〉

〈사람은 고립되어 있다.

사람은 살아있는 동안 세상을 벗어날 수 없다.

다른 것이 될 수없는 처지에 있다.

사람의 능력으로 해결할 수 없는 것.

세상과 다른 곳으로 귀향할 수 없고, 이사할 곳이 없다.

하늘 속, 별에서 떠날 수 없는 운명.

꿈이 되어, 실상의 나라와 새로운 인연이 되는 것뿐.〉

〈세상에서 들려오는 것이 있고, 세상 밖에서 들려오지 않는 것이 있다.

세상에서 보이는 것과 보이지 않는, 세상 밖, 세상 의식 없는 잠, 꿈에서 보이는 것이 있다.

세상에서 느끼고, 느낄 수없는 세상 밖이 있다.

사람의 몸, 자연의 몸과 같다.

이성이 몸속에 있는 것처럼. 실상의 몸에 자연이 있다.

자연의 품속에 사람이 산다.

자연은 사람이 살거나, 죽거나 버리지 않는다.

자연은 같이 사는 것을 알고 있다.

언제나 생활을 같이 하고, 생명이 떠나지 않는다.

다정한 것들, 별처럼 몸속의 이성과 다른 곳에 살고 있다.

몸을 살려주고 떠나게 하는 자연이다.

실상이 도래(到來)하면, 자연이 동결한다.

실상이 떠나면, 몸은 자연에 복귀한다.

옛날, 푸르고 무성한 숲이며 파란 하늘, 맑은 냇물 흐르는 다정한 마을 계곡에, 같이 살던 사람들이 기억으로 재현되고, 몸은 변하여 꽃처럼 젊은 때로 갈 수 없어도, 형상은 변함없이 살아나고 옛날에 있다.

몸이 옛날을 만들면서 변해가고 있는데, 사람이 옛날 모습과 분신에서 추억 속에 나오고, 잠든 밤, 앞날이 꿈속에 산다.

몸은 잠들어도, 꿈은 면신(잠든 몸)과 세상 밖을 돌아다닌다.

몸은 없어도 꿈은 사실 살아 있다.

형상이 집산되고 성장하여 닮은 것을 낳고, 형상을 떠나서 새로운 것이 생겨난다.

세상의 생명, 몸에 형상이 입적하여 산다.

형상이 되어 성장한다.

느낌도 몸에 있고, 추억과 기억도 몸에 있고, 경험도 몸에 살고 있다.〉

〈세상을 떠나면 다른 것이다.〉

〈자연을 몸으로 한, 실상!

신과 자연을 분리한 것은 사람이 만들은 미련의 해석이다.〉

〈인생의 낙원은 피해가 없고, 강제가 없는 곳이다.

그러나 먹고, 일하고 수호하는 것은 생명을 유지하는 강제성이 있다.

의무적으로 하지 않으면 죽음이 오기 때문이다.〉

〈생명의 몸을 수양하는 것은 가장 좋은 생활방법이다.〉

〈사람은 다른 것으로부터 잉태되어 있다.

세상 밖은 부화되어 나갈 곳, 세상 밖으로부터 잉태된 것이 인생이다.

모성과 부성을 빌려서 세상 생명이 되었다.

외부로부터 세상 속으로, 양산하고 있다.〉

실상의 한계에 있는 생명들

〈사람은 욕망과, 망령으로 이성이 분산되어 감당 못할 때, 사람 구실을 못하도록 한다.

완성될 수없는 사람이 된다.

세상은 모든 것이 편안하게 정착할 수 없는 곳.

계속 변해야만 된다.

같이 살다 헤어지는 인생, 안식처가 필요하다.

인생이 역겨우면 세상을 하직(떠남)하여 편안한 곳에 있게 한다.

한동안 잘살 것 같았지만 연약한 것이 인생이다.

세상은 인류만 살 수 있는 곳도 아니며, 생명을 독점할 수도 없다.

서로 다른, 세상 모든 것은 개성에 따라 활동한다.

그러나 실상의 한계 속에 정해진 활동이다.

세상을 이탈하면 실수 없이 생겨났다.〉

〈사람의 몸이 앞뒤를 동시에 볼 수 없는 구성처럼, 사람을 초월할 수 없다.

초월하면 사람이 아닌 것.

감각은 평생을 반편으로 살게 한다.

세계를 떠나서 세상을 모르고, 세계에서 실상을 모르도록 한 것이다.

비밀처럼 왜사는 지 모르고 산다.

물은 하늘에 가도 덥다 하지 않고, 얼음이 되어도 춥다하지 않는다.

불과 바람과 땅도 그렇다.

감각은 생물을 유혹하고, 벗어날 수없는 한계를 분명하게 한다.

한계를 이탈하면 생명은 지킬 수 없다.

생명의 한계.

살아 있는 사람은 빛과 함께 있는데, 죽어가는 사람은 저물고 있다.

죽음은, 속세가 사라지고 있는 것이다.

잠들은 야생(夜生; 밤의 생명)은 빛이 차단되고, 깨어난 주생(晝生; 낮의 생명)은 어둠이 가려진다.

오직, 생명에 의하여 세상은 성립되고, 잉태되어 깨어난 생명, 완전히 부화되지 않았다.

그러므로 야생으로 잉태하여 잠들고, 주생으로 부화되는 것을 계속 진행하며, 독립적인 부화를 완성하고 있는 것이 세상의 생명이다.〉

〈놀기만 해서도 안 되고, 일만해서도 안 되며, 배우기만 하여도, 잠자기만 해도 안 된다.

깨어나는 사람은 이 세상에 없다고 생각하며 살아야 한다.

생명을 유지하여 부화를 완성하고 있는 동안, 세상 구경 잘하면 된다.〉

〈자연을 몸으로 한, 실상에서 생명은 태어나고, 천생과 사람은 번식하여 수많은 형체를 생성하고 있다.〉

〈거리는 죽어 갈 때 없어진다.

자연을 몸으로 한, 실상

서로 다른 개체는 거리가 있다.

서로 다르게 산다.

그러나 한몸이 되면 거리는 사라지고, 죽어간 상대처럼, 한몸으로 같이 산다.

거리는 상대성이 있어야만 성립된다.

실상의 몸, 자연이 될 때, 동체가 되고, 죽음처럼 같은 몸, 자연에 산다.

죽은 몸은 다른 것들과 동체가 되는 것.

사람의 감각이 만들은 시간도 없는 곳.

자연의 세력이 되는 것이다.〉

〈사람이 된 것을 떠나는 것이 있다.

사람의 모습으로 같이 살다가 다른 것이 되어, 사람이 된 것을 떠난다.

씨와 알이 사람 속에서 살며 사라지거나 사람으로 태어나는 것처럼, 사람이 된 것을 떠나는 것이 있다.

다된 사람 남는 것이 별로 없다.〉

〈공기와 물, 빛과 땅이 있는 곳에 동물은 식물과 동물을 먹고 살고, 식물은 흙에서 죽은 것을 먹고 산다.

죽은 후 다른 것이 되어, 다른 형체를 만들며 살고 있는 것.

생명과 죽음은 이동하며 번식하고 산다.

그러나 자연이 되지 않고 다른 것이 되는 것도 있다.〉

〈세상에 있는 모든 것, 같은 것이 생태가 다르게 태어 난 것.

별과 식물, 동물, 사람으로 모습이 다르게 생겨나게 된 것은, 실상의 사연에 따라, 같은 자연이 다르게 착생되어, 성질과 형태가 여러 가지 종류로 만들어진 것.

하나의 분신과 도 같은 것이다.

하나의 사람에게 피와, 골, 살, 뼈가 서로 다르면서 씨와 알처럼, 머리와 꼬리와 몸살처럼, 서로 다른 성질로 써 살고 있는 것이다.

자연을 몸으로 한, 실상의 몸이다.

그러면서 세상의 별들은 별이, 식물은 식물이, 동물은 동물이, 사람은 사람이 존속하도록 하고, 세상 천물은 다른 것이 유지한다.

자연은 언제나 사람과 세상 천물을 형성하여준다.

자연에 오는 상이 있으면 자연이 착생하고, 상이 떠나면 자연이 분산되어 다른 것에 착생하며 형성을 변동한다.

자연은 삶과 죽음에 이적(移籍; 상존하는 것을 교체) 작용한다.

자연의 섭리를 파괴하면, 천지개벽이 발생한다.

생명이 자연을 이탈하면, 자연은 이적 작용한다.

생명은 자연을 사랑하여 살 수 있다.

천지에 있는 운명이다.

세상은 실상의 생활 한편이다.〉

〈사람의 모습이 가장 좋은 것은 아니다.

최초로 나타날 때 모습이 이상(요상)하게 생긴 것.

세상에 종속된 운명이다.

세상의 사람이 겹나게 보이는 한편이다.

피할 수 없이 사람이 된 것.

사람이 된 것을 벗어나서 사람보다 더 좋은 것이 되어야 한다.

살아서 못하면 죽어서라도.

사람이 되기 전보다 만족하지 못한 세속 출생.

그러나 세월이 가면 인생이 익숙하고, 젊어질수록 싫어한 것을 좋아한다.

자연이 준 접대, 세상을 사랑했기 때문이다.

멋있는 세상 구경 잘 하고, 늙어서 더 좋게 떠날 곳이다.〉

〈좋아도 한세상, 싫어도 한세상, 세상에서 생명이 갈 곳은 별처럼 세상 속을 떠도는 것.

생명을 이탈할 수없이 세상을 나갈 수 없다.〉

〈어리면 성장하고 싶고, 젊으면 늙기가 싫고, 늙으면 돌아갈 수 없으며, 떠날 땐, 생각도, 애정도, 자연과 생활, 세상도 필요 없다.〉

〈인생은 다른 것이 될 수 없고, 다른 것이 되면 사람과 통할 수 없으며, 서로 다르게 생긴 곳을 다녀갈 수 없다.

다른 것을 알고 있어도 생명, 종속이 변해야 되며, 변종할 선택의 권한이 없는 처지다.

별이나 다른 것들처럼 같은 곳에 있어도 한계를 넘어 갈 수 없다.

서로 다른 상신(狀身)으로 살 수 밖에 없는 것.〉

〈자연은 사람을 육성하고, 사람은 정신과 마음, 행동을 만든다.

먹고 싶거나 만들고 싶은 것은, 사람의 몸, 자연을 생성하는 것과 같다.〉

〈사람이 되면, 상생하는 것, 하늘과 별, 동물, 식물, 공기와 빛이 고독하고 허황하지 않도록 도와주며 살 수 있도록 한다.

그러나 자연은 죽지 않도록 도와 줄 수 없고, 안타까운 이별을 하는 것.

사랑하는 사람도 만날 수없이, 같이 갈수 없는 고향으로 가는 것처럼 세상을 청산(해탈)한다.〉

〈죽음!

손으로 만져도, 애원을 해도 살 수 없는 죽음!

삶이 환장하도록 주위를 떠돌아도, 죽음은 냉정하게 숨어 있다.

신비 속에!

아무 것도 잡히지 않는 것,

정신과 마음, 바람처럼 춤을 추고, 몸은 하늘 속, 땅에 흩어진 사람이 되어 고요히 잠들고 사라지는 것.

죽어도 살아 있는 추억을 남긴 채...

죽어도 살고 있는 실상에 있다.〉

〈먹이에는 생명이 있다.

자연을 몸으로 한, 실상, 죽은 것을 먹고 살도록 하는 것이다.

떨어진 낙엽, 나무의 먹이(거름)로 재생되고, 잎이 되고 나무가 되도록 하는 것이다.

죽음은 다른 것이 되거나 새롭게 재생하도록 한다.

경우에 따라 환생하고 순환된다.

흙에서 다시 분배되어 생명에게 주고, 불과 빛이 되어 광합성처럼 생명을 재분배한다.

선택과 탈락에 따라, 다른 것이 되거나 새로운 것이 된다.〉

〈씨와 알이 만나서 동생(同生)한다.

나무와 만나서 사는 것이 있다.

동물과 만나서 사는 것도 있다.

별과 만나서 사는 것도 있다.

세상, 자연에 오면, 만나서 사는 것이 있다.

만나는 것이 있어야 생겨나는 곳이다.

만나는 것이 없다면, 공으로 사라진다.

만나는 인연에 따라 다르게 살 것이다.

사연에 따라 만날 것이다.〉

〈사람이 아니면 접근과 접촉이 다르다.

서로 다른 생활로 생성되어, 같은 생활을 할 수 없다.

그러나 언젠가 만난듯하다.

종류가 다르게 선택되어 생겨났다.

서로의 생계(生界)를 반가워하며...

외면은 상대해도, 같은 생활 못하고 상종한다.

사람이 아니면 사람같이 살수 없고, 나무로 생기지 않으면 나무처럼 못 산다.

다른 것이 되어, 사람을 상대하거나, 외면하거나, 몰라보거나, 관심 없이 소통하지 못하고 있다.

잃어버린 사람이 된다.

고향을 잃은 다른 것처럼.

실상의 나무와 풀이 사람처럼 생활하지 않는 것처럼, 사람이 나무나 풀처럼 생활하지 않는다.

서로 다르게 산다. 그러나 생존의 섭리는 동등하다.

자연을 몸으로 한, 실상의 모든 것들, 사람처럼 살아야할 자격이 있다.

흙을 보면 낯 익(구면)은 것 같다.

종류는 다르게 생겼어도, 태어나기 전, 같이 살던 것들이다.

세상, 자연에서 선택된 종류만 다를 뿐.

정들며 사는 것, 같이 살았었기 때문이다.

자연은 멈추지 않는다.

실상은 없어 지지 않았다.

언제나 활동한다.

사람의 생각이나 창조, 자연과 실상이 없으면 생겨날 수 없다.

모든 것은 실상에서 생성되고 종속한다.〉

〈사람이 만든 것은 자연을 몸으로 한, 실상의 축복과 같고,

인생은 환생할 것을 기다리는 것.

사람의 이성이 허락 없이 나오는 것처럼〉

〈심장은 꼬리의 품에 있고, 머리와 꼬리는 살결을 입고 붙어산다.

집처럼, 색 다른 안과 밖을 형성하여 서로 돕고 생활한다.〉

〈사람은 다른 것이 될 것이고, 사람과 다른 것은 사람이 되었다.

사람이 갈 곳은 세상의 밖이다.〉

〈흙과 공기, 빛이 번식하여 식물을 기르고, 식물이 번식하여 동물을 기른다.

식물이 번식하지 않으면 동물이 살 수 없고, 자연이 번식하지 않으면 식물도 빛도 살 수 없다.

번식 하지 않으면 모든 것이 멈추고 끝나버린다.

자연을 몸으로 한, 실상은 세상의 모든 것을 잉태하여 탄생하도록 하며, 길러 주고 있다.

서로 다른 종류를 낳아서, 상생하도록 하고 있다.〉

〈죽는 다는 것은 하나의 모습이 사라져 가는 것이다.

사라져 간 것은, 다른 차원에서 살고, 새롭게 살도록 하는 것.

사람이 먹은 식물과 동물, 사람의 몸을 형성하면서 고향을 잊은 것처럼, 살았던 모습을 잃어버리며 살고 있다.

종류가 다르면, 옛날, 정통(情通. 정을 통한)에 한계가 있다.

먹은 것이나 빛이, 먹은 몸에서 같은 종류로 변하여 탄생하거나, 종류 고유의 분열에 의하여 같은 종류로 생기거나, 다른 종류의 합성에 의하여 새로운 신종(新種)이 탄생하도록 하고 있다.

자연을 몸으로 한, 실상의 생활이다.〉

〈잠들 때 활동하는 꿈!

다른 나라에서 찾아온 것이다.

맑고 깊고 고요할 때 명확하게 활동한다.

깨어나면 형상이 인식되고, 이성으로 살게 된다.

부신(孵身; 부화되는 몸)에서 있는 시간,, 꿈에서 없는 시간, 미래와 과거 없이 꿈에서 선몽(先夢)한다.

사람으로 생겨나기 전, 살고 있던 모습이 나타나는 것처럼...

세상에 생겨난 것은 형상으로, 사람은 이성으로, 세상모르게 사람의 내부와 외부를 왕래하는 것은 꿈이라 할 수 있다.

꿈을 성립하는 정신적인 씨가 실상, 외부와 상통하고, 알은 심적으로, 형체를 형성하여 자연을 조성한다.

마음과 정신은 서로 고유적 종류의 모습을 유지 하며 생활하게 된다.

이성이 몸 밖으로 갈수록(이탈) 사람과 다르게 살고, 몸 안에서 정신과 마음이 확실할수록 이성적인 사람이 된다.

인생은 세상과 세상 밖을 명확하게 상통해야 잘살게 된다.〉

〈식물은 땅을 떠나서 살 수가 없고, 사람이 땅속의 양분을 생식(生食)하지 못하는 것처럼, 동물은 땅과 생물을 떠나서 살 수가 없다.

땅은 빛과, 하늘과, 물이 있는 곳이며, 별은 공간이 없으면 상존할 수 없다.

세상의 모든 것은 연관되어 결성한다.

상생하고 육성된다.

땅과 하늘은 생사 상존한다.

생물은 죽으면서 땅을 만들거나, 빛과 공기와 물을 반환 하고 있다.

세상의 모든 것은 같이 살고 죽는 것이다.

사람이 보육되고 있는 것처럼, 다른 종류를 길러 주고 있는 것이다.〉

〈생활의 섭리는 새로운 것이 되는 것.

낙엽이 지면 새 잎이 나고, 늙어지면 젊은 사람이 살고, 겨울이 지나면 봄이 오는 세상이다.

닮은 것들이 옛날과 다르게 산다.

근본은 변하지 않고 교환되는 것이 삶이다.〉

〈이 세상에 가질 것은 아무 것도 없다.

먹는 것도, 풍습과 일하는 것도, 영원히 있을 수 없는 것이다.

오직, 변하고 있을 뿐이다.

경쟁과 평화, 생명과 죽음이 정착되지 않는 곳이다.

생각하며 살고, 구경하다 죽는 것이 인생일 뿐이다.

마음이 억압되면 슬픔이 있고, 기뻐서 웃으면 속이 시원하다.

마음이 해방된다.

고통과 축복처럼 사라질 것들이다.

인생살이는 신비로운 것.

멈출 수없이 가는 인생, 세상에서 해탈한다.

다른 나라 로 가고 있다.

포근하게 살고, 시원하게 가면 잘사는 것, 버릴 수도, 영원히 가질 수도 없는 생명이다.

세상에서 가질 것, 아무 것도 없다.〉

〈죽음은 몸에서 이사하는 것.

세계를 떠나서 살게 되는 것.

사람이 된 이유를 전하지 못한 것. 옛날을 기억하지 못하는 것, 씨와 알이 작아서 통할 수가 없는 것.

꿈처럼 몸에서 상신(狀身)으로 살던 세상, 몸이 생겨나기 전, 몸을 떠난 후, 같이 살던 몸에게 알려줄 방법이 없다.

생상(生狀)이 꿈처럼 몸에서 떠나간 곳, 세상과 너무 다르다.

인생과 너무 다르다.〉

〈천지에 푸른 산천, 춥고 덥다 하면서 성숙하고, 집안을 출입하며 전방(前方)으로 생겨서 이상한 세상살이 하고 있다.

빛나는 곳에 살고, 어둠에 잠자고, 생동하며 머물고 있다.

살고 죽는 것이 멈추지 않는 곳, 생동하는 광장이다.

만나고 헤어지고, 또 만나도 모를 것처럼!

세상에 들어오면, 풍성한 것들이 반겨주고, 이별하면, 정 떨어져, 빈자리가 허무한 곳.

황막한 별보다 생명이 가득 찬 곳, 한 때라도 좋은 곳이다.〉

〈세상이 사라져도 갈 곳이 있다.

떠난 곳이 있어서 왔을 것이다.

잘 먹어도 기분이 좋고, 사랑해도 기분이 좋다.

잘 먹어도 소용이 없고, 사랑해도 소용이 없다.

안식할 수없이 변하는 곳에, 변덕스러운 세상이다.

태양을 따라 돌아가는 별, 교차되는 빛과 어둠에서 간섭받고 사는 인생.

갈 곳이 있으니 편안히 살 것이다.

어차피 사람이 아니었던 것!〉

〈알 수없는 곳에서 속삭인다.

실상의 생활 소리, 무엇인가 나타난 것처럼, 잃어버린 몸처럼, 있으면서 없는 것 같은 실상의 정다운 소리를 듣는다.

돌아온 옛날처럼.〉

〈사람 보다 더 좋은 것, 있는 것처럼,

부족한 몸으로 태어나서는, 세상에서 하나도 못 구하고, 한없이 몸부림친 인생이 되어, 구원을 찾아서 사라져 간다.〉

〈터득하여 더 이상 못할 때까지, 필요 없는 일이더라도 잃을 것 같아, 바보처럼 기다리며 접근을 한다.

실상이 나타날 때까지.

너무나 잘 났어도 부족한 것, 인생이 갈 길이다.〉

〈헤어져도 같이 사는 인생, 인류가 아니더라도 같이 사는 것, 다른 것이 되어도 같이 사는 것, 세상은 같이 사는 곳이다.

사람은 머리와 꼬리, 몸살이 같이 살고 있듯이, 하나가 살아도, 혼자 살수 없는 것.

같이 살지 않으면 인생이 끝난다.

사람은 흙, 풀과 나무, 동물, 하늘 속에서 같이 살아야 한다.

개인차에 따라, 자유롭고, 공동으로 보존한다.

생활은 자유롭고, 부족은 보호하여 살아남도록 지켜준다.

자유롭게 살도록 수호하는 것이 인류의 생명, 사명이다.

고독하게 생존할 수없는 것.

인생은 상대한 것과 같이 사는 것이다.

정든 사람, 세상 멀리 헤어져 있어도, 같이 살고 있는 것.

실상은 멀리 있는 것 같아도, 자연은 남남 인 것 같아도, 서로 같이 살고들 있다.

하나의 몸처럼, 실상의 몸처럼 공생하고 있다.

하나가 아니면서 하나 같이 살아야 한다.

여러 종류들이 각자 생활하는 것은, 하나의 실상이 사는 것과 같은 것.

위치는 차이가 있어도 한몸에서 살고 있다.(사람의 머리와 몸살과 꼬리의 위치, 부분이 달라도, 한몸에 산다)

서로 인도하고, 돕고, 보호하고, 깨우치며, 남녀가 같이 살아야 인류가 성립, 같이 살아야 인생이 있다.

개별과 천물은 자연을 몸으로 한, 실상에서 같이 사는 것.

아름다운 자연에 살림을 차려 놓고, 실상의 몸에서 다른 것들과 세상살이를 같이 한다.

적합하게 같이 살아야 되는 곳.〉

〈생성 의미를 알고, 다음에 갈 곳을 발견하여 새로운 경지에 도달하는 것이 필요하다.

살아야 할 이유가 된다.

실상의 실현이다.〉

〈사람이 모든 것은 표현 할 수 있어도, 한 가지 못하는 것이 있다.

세월이 한없이 흘러도 실현하지 못한 것.

한 많은 인생 속에 감추어진 것, 잉태한 것이다.

인류가 상존하는 곳에 항상 있는 것, 사람의 의식보다 능통한, 실상의 몸, 천체의 실상이다.〉

〈한사람에게 남성은 씨를, 여성은 알을 상속하였다.

그러므로 인류로 종속되었다.

상속받지 못한 것은 사람의 몸에서 속출한다.

세상에서 인류로 소속되지 못한다.

모든 종류는 몸을 상속할 권한이 있다.

하나의 나무는 씨와 알, 모두 한몸에서 상속한다.

탈락되지 않고 사람이 된 것도 축복받은 것이다.

자살은 상속 이탈이다.〉

〈변함없이 변하는 생명, 재편하는 실상, 하나의 몸처럼 변하는 것과 변치 않는 것이 공존 한다.

결합, 집성이 강하면서, 젊고 늙는 것처럼, 형체와 형상이 계속 변하고 구분하는 것이 많다.

세상에서 공과 실상으로 갈수록 변치 않는 곳, 몸이 된다.

살아서 나타나는 형상과 죽어도 나타나는 꿈처럼.

세상은 언제나, 변함없이 하늘과 별이 있는 곳이다.

모든 것이 변하면서 거처하는 곳이다.

한사람의 몸에 수많은 것들이 살고 있는 것과 같다.

변함없이 변하는 곳이 세상이다.

사람은 언제나 같은 세상에 살았던 것이다.

사물은 변모하여도, 같은 범위에서 같은 종류의 방법, 법칙으로 변함없이 집성되고 해탈한다.

같은 자연, 우주에서 반복, 발생하는 일이다.

우주는 무엇인가 양성되고 있다.

새로운 것으로 결합하거나, 다른 결합을 위하여 분산된다.

한결같은 변화다.

형체와 형체 간에 거리가 없으면, 동체가 된 것.

생명을 잃고 땅에 전복된 몸은 정이 떨어진다.

몸에 생명이 없으면 다른 것이 된 것.

죽은 몸처럼 다른 것이 되어 통할 수 없다.

그러나 물이 바람이 되고, 나무가 빛이 되는 것처럼, 같은 힘이 환생한다.

동일한 것들이 변모한다.〉

〈의식 있는 사람, 씨(정신)와 알(마음)이 서로 의지하며 살고 있는 것.

한 세력만 잃게 되어도 결합은 무너지고, 의식 없이 죽게 된다.

생명은 결합되어 생성되고, 분산되어 사라진다.

상이 있으면 결집, 형성되는 곳, 질량은 형성에 따라 재편성 한다.

새로운 상이 있으면, 새로운 형체, 종류가 생길 것이다.

산신(産身; 부모)이 모두 세상을 떠나면 인생이, 두 고향을 잃고 그리워한다.

인생의 고향은 사라진 곳, 세상이 아니다.

인종(人種)의 고향은 여성과 남성, 둘이다.

인종의 고향은 항상 살아 있는 세상에 있다.

나무의 고향은 하나다.

모든 생명의 고향은 동일하다.

그러므로 정들며 살 수 있다.

세상에 출산된 생신은 산신의 환생이다.

산신은 생신의 옛날과도 같은 것, 생신의 고향이며 옛날의 몸이 된다.

그러므로 산신과 생신을 버린다는 것은 신주(身主)를 버린 것이며, 서로는 불쌍한 사람이 되는 것.

모든 사람은 같은 사람의 환생이며, 이별한 한사람과 같은 것.

남녀 둘이 서로 교차(交差)하여 이성(남녀)을 닮아 가며 살고 있는 생명이다.

최초, 인생, 인류의 고향은 사람과 세상이 아니다.〉

인간은 다른 것이 아니다.

신이 아니고, 흙과 같은 물질도 아니다.

언제나, 사람으로 끝난다.

그러나 악질이 발동할 때가 있다.

필요 없는 일로 허망한 세상을 만드는 일, 생존 악쟁을 하는 사람이 생겨난다.

악질은 세상에서 퇴출되고, 인정 있는 낙원이 되어야 한다.

인생의 목적은, 생명을 유지하면서 비밀처럼 나타나지 않는 실상을 찾는데 있다.

식량과 입고 잠잘 곳, 인정, 우주의 끝을 개척하고, 늙어서 죽어 가는 미지의 세상 밖을 해결하고, 소통해야 한다.

인생과 정치의 기준이다.

기준을 이탈한 모든 것은 인생의 위법이다.

시달리는 자가 많을수록 정치, 사회, 인생, 평화는 추락한 것.

죽으면 모든 것이 쓸데없는 인간!

없던 것이 생겼다가 사라지는 인생!

세월은 중단하지 않고, 없던 곳에서 오고, 없는 것으로 간다.

실상이 있으므로 세상을 오고 간다.

〈인격은 서로 동등하다.

모든 것은 실상의 분신과 같고, 모든 인류는 동체의 분신이다.

모든 사람은 한사람과 같은 것.

다른 사람을 존중하면, 신주를 존중하는 것과 같다.

같은 사람의 분신이 많아지면서, 분신이 서로 분쟁하는 모습, 정신없이 웃기는 것.

한몸이 싸우고 있는 것.

종교라고 사투하고, 권력으로 사투하며, 사상이나 재물, 힘으로 한몸이 사투한다.

사투는 악질로 변한 몸.

사투는 실상에 대한 반역, 반역은 속출되어 새롭게 재생되는 상처의 일부분이다.

한계가 넘친 용암이 폭발하여 화산이 되고 빛으로 환원되는 것처럼.

인류의 몸에서 발생하는 사투는, 별들의 몸에 생긴 상처와 같다.

실상의 운명에 따라, 동등하게 주어진 죽음을 기다려야 한다.

반역 없이 기다리면 편안하다.

같이 살아야 한다.

세상 모든 것, 잉태하여 같이 사는 것이 있다.

과다한 것은 한정된 지구에서 잘 살수가 없다.

한계가 무너지면 인간도 전쟁과 같은 대형 자살을 한다.

천지의 한계 이탈, 화산과 폭풍으로 평정된다.

이탈은 자유로워야 하고, 입적은 허락해야만 된다.

전쟁과 사투, 침범을 막는 길이다.

이탈을 막으면 인류를 구속하는 것이며, 허락 없는 입적은 침범이기 때문이다.

자유와 허락을 수호하지 않으면, 처벌이 평화다.

인류는 한몸과 같으므로 투쟁하는 것을 보면 마음이 아프다.

좋은 일이 있으면 모두가 기뻐한다.

한몸처럼 좋아한다.

인정이 많으면, 즐거움, 재미, 사랑, 평화가 생긴다.

낙원이 된다.〉

〈내부와 외부는 갈망한다.

한 많은 외부의 것은 몸속 고향으로 돌아 갈수 없고, 세상에 잉태하여 외부로 나갈려고만 한다.

내부에서 외부로 살고, 외부는 새로운 내부가 된다.

외부의 것은 발산되어 새로운 내부로 가거나, 한없이 광활한 외부로 나간다.

내부와 외부는 상대적으로 삶과 죽음이 된다.

세상에 태어나면 죽는 줄 알았더니 살아 있고, 산 것 같았으나, 죽은 자를 보며 한탄한다.

같이 사는 사람은 많아도, 독신으로 돌아오는 인생.

고민을 해도 독신이고, 먹는 것도 독신이 먹는다.

일하며 잠자는 것도 독신이다.

슬프면 울고, 기쁘면 웃는 것도, 화를 내며 신경질 부리는 것도 독신의 처지다.

한정된 독신의 행태!

인생은 한계를 벗어날 수 없이 독신으로 살아간다.

죽음을 다른 것이 도와 줄 수 없는 것처럼.

독신은 인생에 속박된 몸.

그러나 공신(空身; 공과 있는 몸)이 되면, 독신이 포근한 빛을 느끼도록 하고, 안식할 수 있는 공의 그림자가 지켜서 따른다.

세상 낙원처럼 살고, 평화롭다.

몸에서 기분 나쁜 것이 시원하게 퇴출된다.

해탈과 같다.

인생의 고향, 기억이 상실되어 새롭게 생긴 인생, 해탈하며 새롭게 찾아간다.

인간은 신비스럽게 변화 되고 있다.

세상이 신비스럽게 변화 되고 있는 것.

생명이 변화 되고 있는 것이다.

생명이 없으면 어떠한 것도 매력과 호감이 없다.

늙어지는 것처럼 매력이 없다.

생명은 먹이를 갈구하고 투쟁한다.

생명은 시달리며 산다.

몸의 활동이 멈추지 않는 곳에, 유혹하며 매혹되어 살도록 한다.

세상을 떠도는 신비로운 생명!

정해진 몸을 벗어나면 생명이 아니다.

생명은 낭만적으로 살기도 하며, 신비롭게 살고, 이상적인 것에 유혹되며, 사랑에 매혹되어 살기도 한다.

사람은 이상한 세상에 들어온 몸, 풍경소리와 자태에 매혹되어 산다.

광막한 우주에 별들과 공 속살이 하는 생명이다.

성숙하면 몸속에 씨와 알처럼 다른 것이 살고 있어 자극하고, 몸의 외면에 유혹과 매력이 발생하여 상대를 사랑한다.

생명이 내부에서 발생하여 외부에서 매혹하고, 결합하면 새로운 생명이 된다.

한몸은 시간과 거리 없는 속생과 외면이 있고, 거리가 있는 다른 몸과 만나면 결합하여, 거리가 없는 새로운 몸이 된다.

씨와 알이 동생(同生)하여 시간과 거리가 없는 것으로, 한몸이 생겨난다.

한몸이 두몸되면 상대성이 있고, 결합되면 상대성이 없어진다.

별들의 생성도 같다.

공간의 안과 밖, 사람과 같은 실상이다.〉

〈서로가 매혹 되면 미워할 수 없다.

바람이 불면 시원함을 느끼고, 낙엽이 지면 허망하고, 결실 할 때면 풍성한 것을 느낀다.

세상은 사람을 동화, 술에 취한 것처럼 자연생활에 동화되게 한다.

동화되지 않으면 집중도 할 수 없고, 수양도 못한다.

몸은 공간에 내포되어, 동화되고, 생화되고, 변화된다.

공간속의 별처럼, 빛 속에 동화되는 몸, 공기 속에 동화되는 몸, 물속에 동화되는 몸, 별 속에 동화되는 것, 몸속에 잉태한 것처럼 동화되고 있다.

잠자고, 생겨나고, 변하는 것, 동화되는 것이다.

모든 곳은 감각이 없는 것처럼 동화되고 있다.

불이 되거나, 바람이 되는 것처럼, 인생은 동화되는 심정과 정신으로 산다.

감각을 잃으면 생명, 공간 밖에서 동화할 것이 있다.

별들이 공간에 떠있는 이유가 된다.

생명과, 다른 것이 있을 것 같다.

바람이 불면서 물결이 생기고, 어두운 공간에 불타는 태양이 무슨 일을 한 건지, 꿈꾸는 이유가 밝혀질 것이다.

세상에서 나갈 길이 열릴 것이다.

장엄한 공간속에 작은 인생이 세상을 보는 것처럼.

세상살이는 감각의 착란으로 취해 버린 것, 감각에 취객(醉客)이 되지 않

으면, 실상의 활동에 동화 되어 실상이 무엇인지 나타날 것이다

그러나 인생은 끝나고, 사람의 시절을 기억하지 못할 것이다.

사람의 힘으로 거절할 수없는 것.

실상 은 인간의 힘으로 표현 할 수 없는 것이다.

눈을 감고 잠들어도 꿈처럼 나타나는 것과 같다.

꿈속에서 소리 없이 대화가 된다.〉

〈세상살이를 하는 법은 인간과 자연에 피해없이 하는 것, 잘못 지향하는 것을 정상으로 하는 것, 인간의 성질을 더 좋게 하는 것이다.

이성(理性), 자연, 관계, 실상(實狀) 의 조화에 의하여 법은 상존한다.

법과 적당하지 않으면 사건이 발생한다.

이성은 정신과 마음과 행동(머리, 몸살, 꼬리)에서 발생되고, 자연은 의도가 없는 것이며, 관계는 상대에 의하고, 실상은 인간과 자연의 힘으로 막을 수 없는 법이다.

발생에 대하여 세상과 서로 일치하거나, 다를 수 있다.

법이 없어도 살 수 있도록 법이 필요한 것.

이성의 인도와 방향, 자연의 조화, 관계에 대한 한계, 능력에 대한 순종이다.

인간에게 변할 수 없는 법, 실상의 법.

이성과 생활이 순리에 따라야할 법은 적변(適變; 세상, 자연 변화에 적합한)의 법칙이다.

적변은 살아있는 법칙인 것.

생법(生法)은 고정적 법칙과 다르게, 바람결에 떠다니는 구름처럼, 매력 속에 이성이 나그네처럼, 사회의 물결처럼 떠돌고 있다.

태양이 빛나도 바람이 불고, 어둠이 있어도 땅에서 물이 흐른다.

고정적인 원리가 아닌 것.

자연 속에 이성이 들어 있어, 살아서 움직이는 것을 지키는 법이다.

서로 관계함으로 지각도 성립되는 법이다.

살아 있는 자연을 조성하는 것이다.

세상의 모든 것, 결합할 수 없어도 조화를 이루고, 강제로 결합하면 분열과 폭발이 발생하고, 결합할 수 있는 관계일 때, 좋은 연분이 되어 새로운 것이 탄생하거나, 잘사는 것이 된다.

과열되면 폭발하여 적합하게 변화되도록 한다.

덥거나 목마르면 얼음을 녹여서 비를 내리도록 한다.

밝고 어둡게 하여 활동하고 잠들게 돈(별의 회전)다.

과욕이 있으면 전쟁처럼 파멸하고 죽음으로 재편성한다.

자성의 힘보다 넘치면 열나거나 빛, 불이 되게 적변한다.

인생의 화합과 남녀의 궁합도 적변에 따른다.

적절하게 살면 평화와 낙원이 되는 것.

자연은 이성(理性)이 있고, 세상 사람의 근본이 된다.〉

인생은 살고 있는 곳에 동화되고 있다.

광대한 세상(우주)속에서 실상의 외면을 보는 것 같고, 내면을 보는 것 같다.

세상(우주)은 실상의 내면인가! 외면인가!

나타나 있어도 인간은 못 찾는, 구실(求實)이 되어, 변하는 시대에 살고 있을 뿐.

마음과 감각, 법과 사상, 종교와 생활, 천지와 별들이 정신없이 변하고 있다.

그러나 실상은 같은 일을 하고 있는 것.

적변하는 법칙, 왜 그런지 모른다.

세상의 모든 것, 옛날의 생명, 멈추지 않고 적변한다.

옛날에 살던 세상, 환생하여도, 사람은 실상을 알 수가 없이, 세상은 초면이고 정든 곳 같다.

실상의 법칙에 따라, 인생은 해탈하기 전에 헤어날 수 없는 것.

모든 것이 잠들은 곳에 야수는 울부짖는다.

광막한 허공을 울리며, 야수가 된 처신을 벗어나려고!

육체에서 피와 신경, 뼈골과 바람이 격동하며 광분하고 있다.

그러나 날은 밝고 깊은 생욕만 남는다.

아무리 격분해도 갈 곳은 처신뿐이다.

한번 중속되어 생겨난 몸, 사명의 한계, 죽음이 올 때까지, 생명줄이 끝날 때까지 처신을 벗어 날 수 없는 것.

천지에서 더 이상, 갈 곳을 잃었다.

어두운 밤의 나라, 잠들며 갈 곳을, 깨어나서 반감(反感)하고 있다.

허공의 반대편에 무엇이 있는 것처럼.

활동하는 대낮에 잠들고, 꿈나라에 있는 것처럼 반대편에서 갈망한다.

실상의 나라에서 성신으로 신생하여 시달릴 것 없는 것으로 산다.

성신으로 있을 때 뜨거운 불 속을 들어 갈 수도 있고, 신기한 물속과 상처 날 곳, 절벽이 무엇인지 모르고 갈 수도 있다.

악이 없는 곳에서 태어나, 세상을 경계하지 않는 것이다.

세상에 해로운 것이 없는 것처럼 태어난 것이다.

그러나 세속에 심취할수록, 세파로부터 생욕(生慾)이 악착같아 진다.

생욕은 성신을 악착같이 변질한다.

생명은 잃는 것이 실상이며, 잃어버린 것을 찾는 것이 생명이다.

과다하면 주변의 피해가 되고, 잃은 것을 보충하려 다른 것에, 침략과 전쟁이 된다.

천지는 인류의 한계를 벗어난 세속을 적변하여 죽음으로 재편성한다.

꿈이 사라지도록 한다.

그러나 적변의 법칙에 따라, 순리에 따라 살면, 평화로운 낙원이 되어, 성신을 유지한다.

서로 조심하여 피해가 없고, 수호하는, 세상 섭리의 적법을 찾아서 살아야 한다.

사회질서, 경제, 생활 방법을 정이 넘쳐서 잘사는 나라로 해야 한다.

자연을 파괴하지 않는 활용을 해야, 이 땅과 인생이 편안하다.

자연이 정상 생활하도록 하며, 인간이 잘사는 생활하도록, 마음과 정신이 즐겁고 편하게 살 도록하는 것이다.

편견적으로 유리(有利)하게 하는 것이 아니다.

자연이나 사람만 유리하게 하는 것이 아니다.

모든 것이 살아날 수 있도록 이해(理解; 풀어내어)하고, 서로가 일치하도록 하는 정치가 필요하다.

모든 것이 유리하고, 모든 것이 피해롭지 않으며, 나쁜 것을 갱신하고, 좋은 것은 더 좋게 하는 것이다.

어느 부분에만 편견된 것이 아니다.

모두가 잘 살도록 하는 것이다.

적성에 맞는 능력으로 일하고, 기본적, 필수적인 것은 공동 해결이 필요하며, 성실과 나태에 따라 공평한 분배와 휴식이 필요하다.

거지가 없는 세상은 필수적이다.

생명의 목적은 생활을 편리하게 하고, 세상의 비밀을 알 때까지 생명, 육체를 유지하는데 있다.

모두가 유리하게 하는 곳에 욕심이 개입되어 주변을 망치는 것이 있다면 속출해야 한다.

올바른 정치는 적변법칙에 따라야 한다.

누구나 문제를 해결할 수 있는 능력이 생겨나지 않는다.

적변을 선택한다는 것은 실상의 법칙과 같은 것.

천지에 따라 변하고, 불변한다.

신중한 선택과 결정에서 해결된다.

인류의 평화, 생명을 위하여 야생적인 생활에서 농산물 경작 방법을 개발한 자가 있는가 하면, 대단한 영웅처럼 착각을 하여 침략, 죽음과 멸망을 악질로 써 발생시키는 사람도 있는 것이다.

침략적 영웅, 민족과 적군을 모두 살생하였다.

종교처럼 적변법칙을 지키며 잘살도록 하는 것과 역행한다.

전쟁의 선동자는 생명을 반역한자다.

인류의 진화, 인구의 증가, 문화, 생활의 변화에 적변법칙을 순종하여 적용한 자와, 반역한 자는 다른 결과로 보답된다.

수익이 생겨나게 하는 사람이 필요한가 하면, 분배될 사람이 있어야 하고, 각자 소유한 것은 평화로운 것으로 일치시켜야 한다.

재물이 생성되면 나누어야 하고, 분배되면 변화 시켜야 하고, 활용하는 재물은 잘사는 것으로 소비 와 투자를 일치 시켜야 한다.

활용할 능력도 없이 재물을 소유한 자가 있다면, 한계 이상을 허용 금지해야 한다.

사람이 세상에 태어나면 거처할 집과 기본 생활을, 태어나서 인생이 끝날 때 까지 할 수 있도록 땅의 권리를 양도(讓渡)하고, 정부의 소유와 허락에 의하여 교환은 가능하나, 저당과 매매를 할 수 없도록 배정해야 한다.

인생의 기본적인 집과 땅은 전체 국민이 동등하게 소유해야 한다.

망하여도 기본적인 인생의 거처와 생활은 태어 날 때부터 성스럽게 주어진 것,,,, 공산과 가정 종속적인 오판, 사회의 욕심과 무능함이 강요되어 불쌍한 인생살이가 연속적으로 반복, 자행되고 있다.

소유자 사망 시, 정부에서 회수하여 세상에 태어난 다른 사람에게 돌려줘야 한다.

그러므로 거지가 하나도 없는 나라 사람이 된다.

땅은 식물과 모든 동물이 살 수 있도록 한, 실상의 것이며 인류의 것이 아니다.

집은 인류가 사라질 때까지 반복되는, 모든 사람과 가정에 연속되는, 거처에 대한 고통이 없도록 하는 것.

서로 돕는 인정에 의한다.

거역하지 않도록 인류 모두가 지킨다.

가치없는, 욕심 적인 소유를 넘지 않고, 거지 없는 인생살이를 한계로 한, 주인 없는 나라, 세상이기 때문이다.

자본은 인류에게 유익한 것을 달성할 수 있는 일에 투자가 필요한 것이며, 가치가 없이 자본을 축적하여 활용하지 않고 고립시키거나, 능력 없는 자가 소유하여 허황되게 낭비하면 모두가 망하는 것이 된다.

동일한 사업에서 성실하게 근로, 협력한 사람에게 자본주가 사망한 후 공평한 상속을 해야 한다.

상속은 절반을 넘지 않아야 한다.

나머지 절반 이상은 국가가 회수하여 다른 사업을 발전시키는데 투자함이 적절하다.

소수의 사람이 자본을 과다하게 보유하거나, 많은 사람이 거지라면 급속으로 망하는 것이 된다.

자본 소유와, 거지가 없는 것의 한계를 분명히 해야 오래도록 잘살 수 있다.

한계를 기본으로 자유로운 경제생활을 해야 된다.

고통을 극복하는 여건이며, 인생의 안식처가 될 것이다.

잘살게 하겠다며 거지가 있거나, 빈곤하여 백성의 기본 살림이 성립되지 않는 사상과 정치는 거짓이다.

인간은 무기가 없이 태어난 성신이다.

그러나 세상은 생존경쟁이 치열하며, 처세를 달리하고, 사회의 혼란은 계속되고 있다.

인생의 정착은 재미있는 지상 낙원의 완성이다.

오늘날 인생은 사상의 미완성과 불확실한 세상에서 살고 있다.

종교, 강력주의, 공산과 자본주의 정치, 권력과, 사회와, 생활이 일치하지 않고, 반복되는 미해결의 연속이다.

원시생활에서 인구가 증가하여, 사회를 형성하고, 발전된 생활 방법을 개발하거나, 고난을 해결할 수 있는 자가 추대되어 치관(治官;다스리고 관리함)하던 것이, 권력적인 왕권주의로 변하고, 민주와 공산주의 까지 도달하여 생활하는 방법이 변화된 것.

권력의 실체만 변동되고 있다.

그러나 아직도 살기 어려워 생존경쟁을 하고, 군사적 충돌과 권력자의 강제성, 종교와 사상, 사회와 국가의 대립은 계속되어 평화가 완성되지 않았다.

원망할 수없이 살다가 죽어간다.

한번 잡으면 놓기 싫은 권력과 재산의 소유!

한번 대결되면 풀릴 줄 모르는 사상, 사회, 거대한 무기!

서로 풀려야만 된다.

이 세상(世狀) 주인은 사람이 아니다.

자연은 인류의 것이 아니다.

인생살이 세상을 빌려 쓰다가, 세상을 떠날 때 돌려주고 가는 것이다.

그러나 사회는 완성되지 않고 불안정한 생활로 고통이 멈추지 않는다.

자연적으로 사고가 발생된다.

완성되지 않은 생활 방식이 반복되고 있는 것이며, 변화에 따라, 개인의 영광이 후세에 영원하지 못하다.

공산과 자본 경쟁에 모순이 있다.

인생과 사회에 적합하지 않은 것이 있다.

계속되는 괴로움과 즐거움이 반복하여 그칠 줄 모른다.

안정된 평화가 생성되지 않고 있는 것.

종교와 사상, 국경과 정권, 자유와 침범, 선택에 대한 인간의 평화가 이루어 져야 한다.

공산과 자본(민주)주의로 인하여 대립되고, 수많은 사람들이 죽어 갔으며, 왕권주의가 대부분 사라져 갔다.

생성자(生成者; 통치자)는 인류의 생명을 살게 하고 지키며, 의지 할 수 있는 자(者).

모든 인류는 생성자가 되어야 한다.

인류사회를 관리하고, 생활하는 방안을 구현하는 것이 되어야 한다.

인류 최초의 왕, 가장처럼,,,,

그러나 의지 할 수 없이 변질되어 족벌이나, 폭군으로 이어 졌으며, 자본주의는 부자와 가난의 반복됨에 혼란만 생기고, 공산주의는 종과 노예가 사라지도록 하였으나, 능력과 선택이 결핍되어 개발과 번영의 경쟁을 잃고, 일하지 않을수록 편한 것이 되고 있다.

인구의 증가와 문화에 의하여 인류 사회가 변화된 것이다.

사상과 국가의 선택, 자유는 어느 인간에게나 있어야 하며, 선택에 대한 인류의 탈퇴와 이동을 자유롭게 해야 한다.

그러나 허락 없는 입국은 침범이 된다.

외국을 조약에 의하여 집권하는 정치도 침범이 된다.

각국의 정치인은 군대를 지휘하지 못하며, 오직 국민 생활의 향상만을 일삼아야 한다.

군인은 정치에 참여 할 수 없도록 하고, 군대의 힘을 통치에 이용해서도 안 된다.

군대는 국민의 사상에 대한, 국가 선택의 자유를 방해 하거나, 인류를 괴롭히는 인간의 적을 물리 쳐야 하며, 서로 다른 국가에 가서 인간 폭정을 감시하고, 국경 침범을 제압하는 세계 전체적인 군대로 써, 세계 군(유엔)의 통치가 성립되어야 한다.

각 국가들의 개별적인 군대 창설을 부인하는 것이다.

오직 군인의 명령권이나 통치권을 세계군(유엔)에서만 실행해야 한다.

그러므로 정치의 무력(武力)은 사라지고, 부정이 없으며, 가치 있는 사회가 되고, 사상은 발전하고 잘살게 되어, 인류가 한 결 같이 존경하는 나라에서 살게 될 것이다.

존경하는 사람이 추대 되어 다스렸으나, 권력으로 변질되어 망쳐지는 일이 없어야 한다.

새로운 사상의 발생은 투쟁하지 않고 인류의 선택에 따라 실행되어야 한다.

강제적인 것은 절대 용납하지 않는 것.

무기와 군인은 인간을 지키고, 자신과 가족, 후세를 지키는 것이다.

살인과 침범으로 부터 지키는 것이다.

모든 인류는 유엔군이며, 모든 인류는 국민이며, 사상은 선택된 인류의 것, 정치는 인류의 것이 된다.

통치자, 인도자(引導者)는 욕심 없는 헌신과 인생 해결 능력이 있고, 권력은 법을 지키는 것이며, 변화에 대하여 구원하는 자, 인류의 생명으로 존경 받는 자가 선택되어야 한다.

인간, 사상, 정치, 힘(무력)은, 통치자가 국경으로 구속하거나 가혹한 통치를 할 경우, 군대를 통치할 권한이 없으므로 존속 할 수 없게 되고, 세계의 모든 군대는 통일된 세계 군으로 억압과 침해가 있을 경우, 적발하여 해방시킬 것이다.

민심은 국경의 해방에서 알 수 있다.

군인을 정복에 이용한다면, 세계군은 인류의 배반자로 척결해야 한다.

군은 정치에 간섭할 수 없고, 세계군은 간섭하는 군을 해체하며, 교체해야 한다.

국경의 평화와 해방에, 세계 군과 통치는 필요한 임무와 권한이며, 인류의 평화를 지키는 것이 되어야 한다.

인류를 지키는 무기는 세계 통치 기구에서만 관리할 권한이 있어야 한다.

살기 좋은 사상과 정치라면 많은 사람이 따르게 되며, 인류구원과 상생의 경쟁이 좋지 못한 사상과 통치는 자연 소멸된다.

모든 인류의 생활이 잘사는 것으로 발전할 수밖에 없다.

공생하고 인정 많은 사회로 적변해야 한다.

많은 괴로움이 없어지고, 지상은 평화로운 낙원이 될 것이다.

사회는 사람을 지켜가며, 희망, 자유롭게 찾아, 평등한 생활 속에 세상이란 동산을 즐겁게 살 것이다.

국가는 세월이 지날수록 인정 많은 세상으로 변하고, 국경은 해방선이 되며, 전쟁은 사라져, 각자 사상과 국가의 선택을 평화롭게 하도록, 힘없이도 지켜지는 조정(調整)의 경계가 되어, 인류 는 공동 운명으로 하나의 나라처럼 된다.

군인은 개인의 사상을 지켜주고, 사상은 국민을 지켜주며, 국민은 정치를 지키고, 정치는 인생을 지켜준다.

국가와 사상은 희망하는 사람들의 선택적 집단과 구성이며, 구성을 수호하는 국경의 침범은 세계적 강력 평정이 필요하다.

국가와 사상에 구속과 강요가 있을 수 없다.

성자(세상의 보호), 사리자(사상), 생성자(생명의 유지, 정치), 군자(나라와 사상의 수호)는 생명의 권한, 평등, 자유, 의무, 평화, 수호하는 한계의 조성이 되어야 한다.

사람의 씨앗이 살기 위하여 흩어 져서 지구를 떠돌며 살다가, 씨족이 나라와 민족으로 구분하여도, 동종의 한계 속에 있을 것이다.

인구의 증감에 따라, 국가와 생활 한계의 적변관리가 지켜져야 한다.

각 국의 **정치 근본은 인생, 사회, 일치하는 힘, 역경을 해결하는 능력**에 있다.

모든 생명을 보호하는 것이 나라의 기본이다.

정치, 경제, 도덕, 종교, 기술, 노동, 학문은 보호를 위한 것이며, 보호는 상생하는 것이다.

서로 보호하는 것은 인정이 넘치는 낙원이며, 해롭게 하는 행동은 악의 침략 근성이다.

보호되지 않는 것은 나태하거나 방탕한 정치이며, 반역하는 경제, 종교와 개발이다.

어떠한 세계도 차별하지 않고 보호하는 것이 인생 사명이다.

인생은 보호되어야만 성립될 수 있는 것이다.

보호되지 않으면 멸망하는 것으로 필요 없는 세상이 된다.

인류 끝까지, 생성된 동기와, 살아야 될 목적이 달성되도록 상생 보호해야 된다.

실상의 생활에 잉태한 것으로, 가족처럼 보호해야 된다.

자연과 서로 보호하고, 실상의 생활에 보호되어야 한다.

하나의 가족은 다른 가족과 결혼하여 살게 되므로, 인류는 한 가족으로 지켜야한다.

보호는 잉태의 보호이며, 자유생활을 평화롭게 하는 것이며, 강제와 억압이 아니고, 상생의 피해가 없는 것이다.

보호가 없이는 평화도, 경쟁도, 자유도 없는 것이다.

죽음처럼 보호되지 않는 것, 인생은 좋아 하지 않는다.

피해 주고 생긴 것, 처벌해야 한다.

모든 인생은 보호되는 것을 기원한다.

실상은 인생을 보호하는 것을 원한다.

보호하며 상존한다.

부자는 빈자를 만들고, 빈자는 부자를 만든다.

부자는 빈자를 살려주고, 빈자는 부자를 살려준다.

사람의 몸은 없는 것과 있는 것이 공존한다.

몸이 있고, 없는 것처럼.

생명에 세상이 있고, 생명에 죽음이 있는 것처럼.

인생에 삶과 죽음이 같이 있는 것처럼.

통치의 구성은 입법, 사법, 행정, 보호의 4권 분립이 되어야 된다.

굶고 세상을 헤 메는 실업자, 지식이 없어 살길을 잃거나, 집 없이 떠돌고 있는지?

생활에 대한 침범은 수호되고 있는지?

해결 할 수없는 처지를 보호, 소통하는 구성이 필요하다.

악습의 중독은 탈피하도록 치료해야 한다.

잘못 살지 않도록 보호해야 한다.

가정과 같이 나라의 백성을 보호해야 된다.

학식도 보호의 한편이며, 생존경쟁에 이용되지 않고, 적성과 능력으로 살아야 한다.

보호하지 않고 방치하면서 종교와 사상, 정치와 군이 잘되도록 한다는 것은 거짓이다.

낙원은 세상의 위험으로 부터 보호하는 것이다.

인생은 실상의 생활로 유지하며, 인류는 서로 대적하지 않고, 인격을 잃지 말고, 세상을 확립하여, 세상과 다른 나라, 실상의 나라를 터득, 실현해야 한다.

생명, 지혜와 이성은 잃기 쉬워도, 실상은 잃을 수 없다.

생존 해결은 필요하나, 생존 경쟁이나 생존(生存) 악쟁(惡爭)은 사라져야 한다.

생활경쟁이나, 사회 호환(好歡)으로 교체해야 된다.

정치는 해결되지 못한 과도 정치다.

주인 없는 나라, 개인이 나약하고 분산되어 지구를 떠돌던 원시(原始), 위험 속에 최고로 자유로웠다.

그러나 인류의 증가로 사회 질서와 과도정치의 변화를 거듭한다.

자유로운 원시생활, 사회로 변하고, 평화를 괴롭히는 인간 세력이 생존 경쟁한다.

사회 속에는 원시적 자유가 결핍되어 있고, 원시적 자유 속에는 세력 방지가 결핍되어 있다.

그러므로 **원시적 자유와 사회적 세력은 항상 대립 관계로 써, 인류 생활의 한계**가 되므로, 한계 속에서 개인에 따라 다른 사상을 자유롭게 선택하고 이동할 수 있어야 하며, 이동은 허락에 의하여 침범 없이 이루어지고, 선택과 이동에 대한 해방은 세계 군(평화군; 유엔군)이 지켜, 탄압이 없도록 한다. 군사의 동원은 각국에서 할 수없이 세계 군이 한다.

세계군은 사상이 서로 다른, 군집단체들의 충돌을 막아 주는 역할을 한다.

국가는 없어지고, 서로 개인에 적합한 사상 단체에 가입하여 군집하는, 자유 형태로 사회가 조성되어야 한다.

군은 사회적인 군집을 보호하고, 사회는 자유로운 군집이 되어야 하며, 사상이 싫으면 다른 집단으로, 다른 모임도 싫으면, 원시적 생활을 하면 된다.

인생은 원시적 개인과 사회적 군집의 한계에서 떠돌며 산다.

세상에 태어난 아이에게 갈 곳을 선택할 수 있는 자유가 있는 것.

하늘과 땅 사이, 최초 인류 동산의 생활처럼 자유로운 군집에서 살아야 되는 것.

세상은 낙원이 될 수가 있는 것이다.

그러나 인류의 한계 속에, 인구의 증감에 따라 한도를 적변 해야 한다.

세상의 이치를 깨닫고, 해탈하는 날 까지...

사람은 삶과 죽음이 있으므로 자연도 필요하고, 실상의 나라도 필요하다.

생명은 세상을 극복해야 있는 것.

천지(天地)의 변화, 새로운 난관을 대처해야 산다.

어느 한 가지를 고집할 수없는 것들이다.

먹지 않고 살거나, 하늘 속에서 땅을 의지하지 않고 산다거나, 죽지 않고 살거나, 활동하지 않고 산다는 것은 상존할 수없는 것.

자연 속에 살아야 하는 사람, 다양하게 생성되어 다양하게 살아야 한다.

사회는 개인과 공동으로 생산하는 것이 필요하고, 개인과 공동 없이 해결할 수 있는 것은 없다.

인류는 공동 운명을 타고 났기 때문이다.

생명과 죽음이 있는 한, 운명을 같이 해야 한다.

그러므로 **세계군**을 만들어 서로 다른 지역을 구분해주고, 수호하며, 투쟁을 해결, 해산 시키거나, 방지하도록 결성되어야 한다.

개인과 공동 재산이 적합한 한도로 합성된 것이, 없이 사는 것도 없고, 한도가 넘치는 소유도 없는 것이 평화의 길목이 된다.

사람은 세상에 태어나면서부터, 살고 싶은 나라를 선택할 권한이 있다.

인생이 되면서 없었던 나라가 생겼기 때문이다.

세상 밖에서 없었던 나라가 된다.

그러므로 사람이 통치하면서, 사람과 다른, 세상 밖과 일치해야 한다.

각 지역의 인국(人國;인생의 나라)**은 세상 밖을 의식하는 성자**(聖者)**와, 사상**(思想)**의 사리자**(事理 者)**, 정치의 활생자**(活生者)**, 평화의 군자**(軍者)**가 서로**

일치하며, 적합한 세계를 조성해야 한다.

엄격하고 광활한,, 공포스럽고 거창하게 역동하는 천지에, 서로 의지하도록 돕는 자가 되어야 한다.

성자는 세상 밖과 세상을, 사리자는 세상에서 인생이 활동할 수 있는 이치(理致)를, 생성자는 인생과 사회를, 군자는 사회의 지역을 평화롭게 잘 살도록 한다.

성자는 종교적, 도덕적이며, 사리자는 사람과 자연, 세상의 성질을 발견하고, 이치를 터득하여 사람에게 필요한 것으로 활용하는 법칙, 발명, 개발, 학술을 실현하는 자, 활생자는 생명을 조성하고, 생명이 의생(依生; 생존하도록 도움)하여, 생활이 성립하도록 방법을 구현, 살림하는 자. 군자는 투쟁이 없도록 지키는 자.

모든 인류는 보호자가 되어야 한다.

인류가 잘사는 방법을 실현하고, 구원하는 것이다.

성실한 나라는 발전하고, 평화롭지 않은 것은 도태되며, 새로운 사상과 생활은 세계에서 인정하여 성립될 것이다.

〈적은 모두가 고통스럽고, 승자와 패자 모두 불쌍한 인생!

이길 수 없는 죽음이 승리한 인생을 멸망시킨다.

실상은 언제나 적변법칙으로 죽음을 발생한다.

영원히 살 수없는 불쌍한 사람처지, 생명이 적이 되면 못난 삶이다.〉

처지를 잃지 않고, 재미있고, 불쌍하지 않으며, 싸우지 않고, 허황하지 않은, 남을 버리지 않고, 생명의 사명을 지키며, 인정 많은 곳을 이룩해야 한다.

이것이 낙원이요, 인류 국(人類 國)이다.

생명의 사명, 살려있는 나라, 자연을 유지하는 것이며, 실상을 찾아가는 것이다.

정치는 하여도 나라가 없는 것처럼, 억압과, 강제가 없고, 지역의 경계는 필요하나, 분쟁이 없는 곳이 되어야 한다.

국경으로 분리하는 것이 사람의 소원은 절대로 아니다.

인생이 아니면 없는 나라, 세상에 오면 나라가 있고, 억지로 국가에 가담시킨 것, 지나가는 옛날 같은 것, 세계국가는 하나의 나라만 실존하고, 지역의 정치만 유지해야 한다.

군은 양쪽 지역의 경계선 수호와 보호, 해방과 전쟁의 해산을 평화롭게 하는 사명을 확립해야 한다.

인간의 성질, 힘의 성질과 문제로 군자는 언제나 필요하다.

지구는 인간이 소유할 수없는 곳.

인류는 수없이 번식하여 지구를 과밀하게 파손하며 붙어먹고, 기술의 개발, 인구 증가의 한계에서 씨족과 국가가 필요 없을 수도, 상존할 수도, 변화 할 수도 있는 것.

지구를 파괴, 기후의 폭동, 태양의 이탈이 발생하여 한계가 상실되는 것처럼.

사람은 축복을 받아 가면서 세상을 살아야 한다.

자연의 도움 없이 살 수없는 것처럼.

가족처럼 살아야 한다. 언젠가 결혼할 이웃도 가족, 이웃과 투쟁할 수 없다.

투쟁은 개체의 몸, 성질로부터 발생한다.

세상 대처에 부족한 생리적 현상, 개인 성질에 인(因)한 것이다.

개인의 몸, 머리와 꼬리, 핏살(피와 살)의 분쟁, 궁합이 결핍된 투쟁의 발상이다.

개인의 감정으로 전쟁을 유발하는 이상한 사람이 생명을 파괴하는 것이다.

전쟁을 시작한 사람은 세상 파괴자로 사라져야 한다.

침략자를 따르지 않아야 된다.

전쟁을 유발한 사람, 영웅이 아니라 세상에 떠도는 악마였었다.

그로 인하여 멸망하거나 고통을 당한 사람이 수없이 많다.

동참한 백성, 적과 상대한 나라 백성 모두가 희생된 것이다.

악의 기질은 처신도 모르게 은밀하게 진행된다.

인류사회에서 침범은 사라져야 한다.

침략은 세상에서 가장 필요 없는 행동, 운명을 방해한다.

생명을 걸고 있는 생명의 반역이다.

개인 없이 세상은 없고, 세상이 없이 개인도 없다.

개인 없이 전체가 필요 없고, 전체를 잃은 개인은 세상을 방황한다.

개인이 망하지 않는 전체 인류가 되어야 한다.

정복하고, 통일해도, 같은 땅에 같은 인류가 있을 뿐이다.

승자와 패자가 있어도 천지는 변함없다.

사투는 허상이 되기 위한 유혹이다.

사라지는 생명처럼 전쟁은 무상하다.

잃어버린 것이 많고 정착 없이 사라진다.

일하는 것이 좋고, 세상 구경하는 것이 더 좋다.

침략하지 않은 사람, 운명을 다하여 살고, 생명은 성숙되어 결실한다.

실상의 살려있는 나라를 실현한다.

인류는 같은 신세를 타고 나서, 완전할 때까지 서로 도와야 한다.

투쟁을 버리는 것이 살길이다.

모든 행동의 발생은 개인의 몸, 정신과 마음, 내부와 외부의 갈등, 외부의 격동에서 시작된다.

몸의 화통은 수양하고, 다른 사람과 욕심 없이 공정하며, 정신과 마음, 행동의 분란과 침해로부터 사랑하고, 해탈하는 치료, 평화의 기초가 될 것이다.

정쟁은 사라지게 된다.

살길을 찾으려면 할 일이 있어야 된다.

직장은 하나의 독립된 가정이다.

직업은 직장으로 구성된 가족이 되는 것이다.

농토와 직장은 일하며 생활하는 하나의 가정이다.

업종에 따라 일하는 직원들은 직장의 가족이다.

같이 모여서 일하고, 발생한 수익으로 서로 먹고 살기 때문이다.

일에 의하여 한 몸으로 결집된 가족과 같다.

가족이 서로 잘 살 수 있도록 돕는 것과 같다.

생업의 노동과 자본, 이익과 손실을 적정하게 분배해야 된다.

분배가 안정의 한계를 이탈하여 과대한 격차가 있게 되면, 경쟁은 나태하고, 발전은 무너진다.

경쟁은 서로 좋은 것을 창조하여 직장의 생업가정이 잘살기 위한 것이다.

자본과 노동은, 한 직장의 생업가정 살림을 이루게 되고, 공동운명으로 살게 한다.

자본과 노동, 분배와 능력, 공동과 한계를 가족처럼 하여 잘사는 생업가정이 되어야 한다.

수익은 한계 속에서 평등한 것이다.

수익을 보호하지 않고 방치하면 파산의 결과가 온다.

일하는 것을 기피하여 생업에 종사 하지 않고 있는 사람은, 세월 따라 세상을 떠도는 나그네가 되어 평등한 생활을 벗어난다.

세상과 사회를 떠도는 원시인과 같다.

행색은 현실이요, 행동은 원시생활이다.

자본과 분배, 노동과 능력이 필요 없는 사람이다.

잘살고 못사는 것, 자유로운 일의 선택으로 달라진 운명이 된다.

공평한 세월 속에 개인의 선택에 따라 다른 결과가 온다.

노동자와 자본가, 직책과 보수는 다를 수밖에 없다.

세대가 교체되고 세월이 가면서 한계 속에 변하게 된다.

세상의 모든 것, 인류가 타고난 공동 운명인 것이다.

바람과 물결처럼 기후가 변하는 곳에, 식물과 동물처럼 먹고 살며, 태

양과 어둠이 돌아오는 것과 같은 것이다.

세상, 인류의 낙원은 보호자의 가정에서 먹고, 편안하게 잠자며, 놀고, 세상 구경을 자유롭게 근심 걱정 없이 살 때뿐이다.

세상은 어느 곳에서나 거처할 수 있고, 나라의 경계가 없으며, 언제나 생활이 유지 되는 낙원이 되어야 한다.

인류의 공동 운명을 개척하는 길이다.

인생길에 알 맞는 세계를 이룩해야 한다.

직장은 살림하는 여성 집과 같고, 업종은 씨앗을 구하는 남성의 종사, 자본은 생업을 만들며 지키는 군자, 노동은 식구의 도리와 같다.

일의 발생, 발명은 개발, 개척자, 생산은 노동자. 적용은 자본가, 관리는 나라, 나라의 투자는 생업에 있다.

가사가 잘못되면 재물이 나가고, 업종 선택, 사생(事生; 일의 생성)을 잘못 하면 가족의 앞날이 고난으로 간다.

공처가의 바가지 요인이다.

적용을 잘못하면 궁합이 안 맞는 실패가 돌아온다.

생업 발생과 유지를 위하여 자본의 적정한 한계가 필요하며, 사유 재산권을 유지하고, 사업 유지의 재산에서, 과대 이익은 나라가 관리하고, 노동자와 자본, 인생과 나라의 적합한 변화로, 자유와 평등, 수익과 참여를 발전시키고 완성해야 한다.

인간은 살려있는 나라를 유지하도록 하는 것이 정치와 사회의 사명이다.

거처할 집과 자연적으로 살 수 있는 먹이,, 땅(지구)을 파손하지 않고 태양 빛, 바람, 물을 이용하는 열량과 시원한 것을 완성하는 것이다.

땅에 저장된 연료를 태워버리는 것은 땅을 파괴하여 멸망토록 하고, 산맥을 훼손하는 것은 기류의 흐름을 방해하여 지구의 자전과 공전이 요동 치도록 하는 것이다.

먹고 사는 걱정 없이 자연적으로 해결되도록 하는 것이 낙원에 살도록 하는 것.

세상은 자연이 살고 있는 거대한 집이다.

자연 속에 사람이 살고 있다.

사람은 여러 종류의 국가에서 살고 있다.

국가에서 가족들이 사는 곳은 가정(家庭)집이다.

사람의 몸도 집이 되어 그 속에 사는 것들이 많다.

직장도 살기 위하여 집성된 업가(業家)다.,

같은 하늘 속, 땅을 집으로 같이 살고 있는 것이다.

집에서 살다가 떠날 때 까지, 상생하는 것.

공동 운명 속에 평화로운 동산에서 살아야 한다.

너무 외롭거나, 고통 없이, 다정하게 살아야 한다.

인류의 집결은 가치로부터 나온다.

인생을 더 좋게 할 수 있는 가치가 있는 곳이다.

할 일은 많아도 정착하지 못하는 것, 죽음 앞에 가치 없는 것들이다.

인생이 갈 길을 찾지 못한 것이다.

세상살이 하면서 알 수 없는, 가장 가치 있는 것을 찾고 있는 것이다.

거대한 세상 속에서 길을 잃고, 갈 길을 찾고 있는 것이다.

그 길을 찾는 인생살이가 가장 귀중한 것이다.

그러나 가장 귀중한 것은 생명에게 현상되지 않는다.

세상에서 찾을 수 없다.

세상에 나타나지 않는 것.

나라가 없이도 잘살아야 한다.

한 사람이 살거나, 사회가 있으나 같은 생활이 되어야 한다.

재물의 순환과 막힘에 따라, 생기(生氣; 살아남는 것)와 살기(殺氣, 망함)가 교체 반역된다.

맥의 순환은 사용 마비, 과대로 파열되거나 정체, 사용 극소로 약화되고, 기의 강한 정도, 량에 따라, 극소하면 고갈, 세상에 녹아버림, 과격하면 파멸, 벅찬 생활이 된다.

기맥정치에 따라 안과 밖의 상생, 기량의 균형으로 모두가 잘 살거나, 못 살 수 있다.

식맥(자산)의 과다한 섭취는 적체하거나 배출(설사)하며 병들고, 극소하게 적거나 굶으면 병들거나 시들어 버린다.

일과 재물이 유통되는 맥이 되어야 한다.

경맥(소통연결)은 몸 전체를 소통한다.

끊기거나 막히면 적당하지 않은 사고, 충돌, 상이하게 기형이 되거나 벽이 생긴다.

모든 가족, 국민의 질서, 연결되는 맥과 같다.

골맥(지향, 판단)은 수많은 생각을 같은 행동이 되도록 하며, 판단이 맞지 않으면 사고방식과 활동을 다르게 한다. 서로 다른 길로 간다.

가족, 국민의 의식, 생각, 창조, 활동의 맥이 된다.

혈맥(생활)은 노폐 된 것을 제거하고, 영양을 몸 전체로 공급하여 살도록 하며, 혈맥이 막히면 썩거나 가난하고 생활하기 어렵다.

편협 되거나 과다하면 터져버린다.

가족과 국민의 생계, 공생의 맥이다

안과 밖을 드나드는 기운(능력), 형통, 외부와의 소통이 막히면, 숨통이 막히거나 전쟁, 폭동처럼 교섭, 교류가 안 된다.

국제적이거나 이웃, 상대적인 기운관계다.

세상, 자연(우주)에 있는 힘은 하나다.

생성(형체)에 따라 힘은 이동하고 적변할 뿐이다.

변태한 것으로 나타난다.

일력적변(一力適變)한다.

사회와 인생, 형체와 죽음의 변화도 일력적변 원칙에 따른다.

육체, 인생, 천지의 맥과 같다.

기맥정치를 확실하게 할수록 잘사는 몸과 가족, 나라가 된다.

그리고 인류의 증감에 따라 사회는 변한다.

같은 것인지, 다른 것인지!

나쁜 것인지, 좋은 것인지!

맞는 것인지, 틀린 것인지!

있는 것인지, 없는 것인지!

못 사는 것인지, 잘 사는 것인지!

없었든 세상은 어찌하여 나타나는지!

어떻게 판단해야 옳은 가?

사람이 개입하였기 때문이다.

개입하지 않았다면 판단할 필요가 없는 것이다.

식물처럼 있는 그대로 살면 된다.

세상에 개입하면서 사회에 개입하고, 생각과 판단과 이치에 개입한다.

개입하지 않았다면 세상도 없을 것을!

일치하는 것도, 성립하는 것도, 모순도 사람이 상존하였기 때문이다.

세상의 모든 것은 서로 동거(同居; 개체와 개체의 생활)**하다가 이탈**(離脫)**하면서 생활을 한다.**

세상에 태어나고, 들어 와서 같이 살다가 죽어서 떠나가는 것이다.

물과 불, 바람과 별, 사람과 생물, 모든 것이 세상에서 생활하는 모습이다.

세상의 모든 형체에 바람과 물과 힘과 흙의 성분, 생명체가 드나들며 살고 있는 것이다.

사람이 호흡하여 공기가 같이 살다 떠나고, 음식은 먹어서 같이 살다 떠나며, 물을 먹어서 물이 같이 살다 떠나고, 생명체(병균, 세포, 씨와 알, 감자), 빛과 열, 모든 힘이 같이 살다 떠나간다.

별(星)도 사람처럼 같이 살다 떠나는 것이 활동을 한다.

산소는 빛을 산란하여 발화를 촉진하고, 불은 자성의 해산을 촉진한다.

물의 성분이 된 것은 불을 진화하기도 한다.

자성의 해산을 중단하도록 한다.

자성의 형체 형성에 대하여 힘의 영향력을 조정한다.

힘을 막으려다 빛으로 산란되게 하고, 물이 되어 힘의 활동을 중단시키고, 생체의 호흡으로 힘을 활성 한다.

압력도 되고 부력도 된다.

자성은 난자의 성질, 빛은 씨의 성질과 같다.

자성은 빛을 품고 합성한다.

우주, 자연에 엄청난 자성이 활동한다.

생명, 생성을 성립, 해탈한다.

자성의 힘이 우주의 한계다.

빛과 그림자를 성립하도록 하는 실체가 된다.

공과 자성, 빛은 자연, 우주에서 광엄한 역할을 하고 있다.

힘의 정도에 따라 자성이 해탈하거나 결집한다.

열처리로 과열된 감마(오오스테나이트) 철에서 자성 해탈, 냉각되는 알파 철에서 자성 결성.

불타는 나무처럼, 불에 의한 자성, 형체 해탈, 진화(鎭火)에 의한 자성(형체) 보존.

오로라와 같이 지구 중심체의 힘의 정도에 의한 자성의 이탈과 보존.

힘, 빛의 결합을 허용, 통제하여 광합성을 성립시킨다.

그릇 속에 있는 형체, 밖의 형체와 불타는 반응이 다른 것, 그릇의 자성에 의하여 유지되고 있는 상태가 다른 것, 해탈과 불타는 정도가 다르다.

유리처럼 빛(엑스레이)이 투과 되는 형체와 몸, 자성은 유지되고 있다.

충격이 강하면 형체, 자성은 파산된다.

진동, 열과 빛을, 자성은 투과, 전달하는 것을 허용한다.

감각처럼 전달한다.

꿈같은 상이 형체의 안과 밖을 활동하며 현상(顯狀)되는 것과 같다.

파격적인 것에 감각이 놀라는 것처럼.

그러나 강한 충격과 열, 강한 불길과 빛으로 자성은 파산, 해탈한다.

그러나 과열을 억제하는 물, 충격을 억제하는 강한 벽은 자성의 해탈을 막아버린다.

자성은 한계를 적절하게 유지시킨다.

공은 공기를 물로 만들고, 빛은 물을 공기로 만들며, 자성은 빛을 형체로 만들고, 불은 형체를 공으로 만든다.

빛이 없는 면, 결빙되어 굳어버리고, 어둠이 없으면 형체가 불타버린다.

그러므로 하나의 형체가 있으면 빛과 그림자가 항상 상존하며 따라다닌다.

모든 것은 생리(生離; 떠나고, 생겨나서 삶)**하며 생활한다.**

세상에 생겨나고 떠난다.

같은 것으로 생겼다 떠난다.

서로 같이 살다 떠나고, 드나들며 생겼다 떠난다.

힘이 형체와 자연과 세상을 떠돌며, 자막이 정착(定着)**, 해산시켜 사는 것이다.**

세상에 나타난 자연이 살고 있는 모습이다.

인연(因緣)이 있으면 만났다 헤어지며, 같은 인연이 다시 오기 어렵다.

사람이 세상에 개입하여 세상과 일, 판단과 생각, 느낌이 상존하고, 떠나서 다시 오지 않는다면, 사람과 자연은 아무 것도 성립하지 않는다.

형체는 상대성이 있을 때, 살아 있는 것이며, 없을 때 죽음과 같다.

죽음은 빛도 상대하지 않고, 물과 바람과 흙을 상대하지 않는다.

죽음은 듣지도, 먹지도, 소리 내지도, 움직이지도 않는다.

상대하고 있는 것이 하나도 없는 것이다.

개입하지 않으므로 상대성이 없는 것이다.

형체가 해탈하여 떠나고 있는 것이다.

그래도 실상과 자연은 살아 있다.

(인류 사회에 모든 공식, 구성은 다르지만, 해석하거나 일치한다고 인정한 것은 사람이 개입되었기 때문이다.

사람이 개입하지 않았다면 인정하는 것이 필요 없다.)

학문은 사람에게만 필요한 것, 벌레나 짐승에게는 필요치 않은 것이다.

사람이 없어도 자연은 생활한다.

좋지 않은 마음이나 일에 개입하면 나쁜 일이, 순리에 맞도록 선량하고, 성실한 일과 생각에 개입하면 좋은 일이 성사된다.

여성의 마음은 의지하고 있는 정신과 같이 살고, 정신은 남성의 정신과 상통(相通)하며, 남성의 정신은 의지하고 있는 마음과 같이 살면서 여성의 마음과 상통한다.

남성의 정신은 실상과 소통이 많으며, 여성의 마음은 자연과 소통이 크다.

변탈하여 의식하고 소통될 수 있는 것이다.

사회와 세상살이 는 상통이 없으면 성사되는 것이 없다.

씨를 뿌리고 기르는 것처럼, 꿈같이 실상과 자연을 드나들거나, 탄생하여 자연과 동거하고, 이탈(離脫)하거나 사라지는 것과 같다.

동물은 암컷과 수컷이 이체가 되어, 각각 씨와 알을 잉태하며, 결합하면 하나의 암컷이나 수컷이 탄생한다.

남성과 여성은 서로 이체(異體)로 태어나서 정신과 마음의 상통이 필요하지만, 식물은 암컷과 수컷이 동체로 써, 하나의 형체로 탄생하므로 이성 간 상통할 것이 없다.

하나의 나무에 남성과 여성, 암술과 수술이 동생(同生)하여 꽃이 피어나게 한다.

사람처럼 사랑싸움도 없고, 성적(性的)인 꽃을 아름답고 매력 있게 보이며, 부끄러움도 없이 잘 산다.

그러므로 사람들은 꽃을 좋아 하고 있다.

그러므로 나무는 홀로 살아도 외롭지 않다.

사람은 땅위를 돌아다니며 사랑과 생활은 자유롭지만, 편안한 것이 적으며, 식물은 홀로 있어도 투쟁하지 않고 생활하며, 사랑 걱정 안한다.

하늘과 땅에서 먹고, 잠자고 생활한다.

세상과 어울려야 살고 시달려서 죽어간다.

생명은 공기, 물, 빛과 흙이 상통하여 싱그럽게 살다가, 공기와 상생하지 못하고 호흡이 차단되며, 물이 드나들지 않고, 빛에 말라 버린 낙엽처럼 시달려서 사라진다.

생명의 힘은 무엇인가?

아무도 모른다.

모든 것이 죽지 않는 생명, 영원한 생명으로 있다면, 새로운 생명이 생겨나지 않고, 생명을 살려줄, 먹을 것도 고갈된다.

상생하지 못하도록 하는 것과 같다.

그러나 상생하면 시달려서 죽게 된다.

상생하지 않고는 살 수 없는 인생!

영원히 살면 살 곳이 부족하고, 살다가 죽으면 한탄할 곳이다.

상생은 삶과 죽음이 공존하는 것, 새로 생명이 생겨나는 원칙이다.

생명의 상생법칙이다.

형체는 빛을 보존하고 있다가 태우면 흩어져 사라지고, 자유스럽던 빛은 형체에서 형태만 변하여 힘으로 머물러, 언제, 어 데로, 무엇으로 떠날지 모르고 있다.

상생하지 않으면 세상에 나타날 수 없고, 상생하면 형체로 세상에 생겨나 떠돌고 있다.

인생은 세상 속에 도전하고, 세상 속에 가버린다.

무슨 이유로 사람은 우주 속에 들어와 있는지?

세상의 비밀을 해결해야한다.

먹고 살며 세상 속에 존속한, 인류의 공동운명을 해결하는 방법?

인생이 살면서 갈 길을 알아내야 한다.

왜 사나?

시달리는 곳에서 갈망하고 외로운 인간.

거대한 자연의 끝도 모르고 공속에 사는 사람!

알 수 없는 어둠속에서.

태양 빛 속에서, 바람 속에서, 땅에서 물먹으며 보존되는 생명이다.

언젠가 해결하는 기회가 올 것이다.

생명의 정체는 무엇인가!

세상, 사람을 거쳐 가는 수많은 것들!

살려주는 것일까?

죽게 하는 것일까?

길러주는 것일까?

몸은 성장하며 강하게 굳어지고, 이성은 평생을 몸과 같이한다.

몸이 해산하여 이성이 벗어나면, 사람을 상대하지 않을 것인가?

정신 차리고 생각한 처지와 같을 것인가?

벗어날수록 인생의 처지와 다르게 되어, 꿈길을 헤매는 것과 같다.

인생이 마음먹지 말아야 할 것 같다.

자연의 실상은 살아 있는 사람에게 나타나지 않는 것이며, 나타나고 있어도 알 수 없게 되어 있다.

살아 있는 사람에게 나타나는 모든 것을 상이상존(相異相存; 서로 다르고 서로생존)하게 하는 것이다.

공기와 빛이 있고 산과 하늘, 바다와 계곡에서 나무와 풀, 벌레와 짐승들이 함께 거처를 하며 먹고 살게 하여 준다.

성질에 따라 하는 일이 다르다.

맑고 따듯하게 하여 주는 것, 시원하게 하는 것, 어둡게 하는 것, 머물게 하는 것, 성질에 따라 활동, 정사를 본다.

구경거리가 많은 자연! 그러나 고통도 많다.

자연은 무슨 일로 생겨 있나?

생긴 것과 못생긴 것, 있는 것과 없어진 것, 무슨 일이 있는 건가?

자연과 실상에 무슨 일이 있는 것인가?

세상에 있는 것, 연분에 따라 생겨난 것, 사연이 있을 것이다.

실상은 살아 있는 사람이 알 수 없게 하며, 세상 모든 것이 생존하게 한다.

세상 실정 모르게 살고들 있다.

세상에 잉태되어 깨어나면서 세상살이를 하고 있는 것이다.

세상에 있던 사람이 세상 밖, 실상에 있게 되면, 자연과 실상의 이면 성으로 서로 다른, 세상과 다른 나라에 있는 것처럼 된다.

실상의 나라에 있게 되면 세상에 들어가기 어렵고, 반대로 실상에서 삶의 세계에 사람으로 태어나면, 실상이 사라진 것처럼 기억을 상실, 알 수 없게 된다.

씨가 세상, 자연(우주)의 밖으로 기어 나가는 것처럼 먼 곳, 이면의 나라다.

세상 사람은 자연에 살고 있으면서 동체를 이루지 못하고, 개체로 생겨나서, 자연을 몸으로 한, 실상에 들지 못하는 인생처럼 되었다.

자연은 실상의 몸, 사람은 자연을 몸으로 한, 실상에 잉태되어 있는 것.

세상, 자연에서 부화되는 과정에 있는 인생이므로, 전생과 부화가 완성된 나라, 세상 밖, 실상의 나라를 모르고 산다.

결합하고 부화되는 것을 거듭 할수록 좋은 곳으로 갈 것이다.

씨와 알이 결합하여 새로운 초상, 꿈이 되는 것처럼.

별과 생명은 자연을 몸으로 한, 실상에 잉태되어 있다.

〈우리에게 재앙이 왔어요, 우리 개미굴이 모두 파괴되어 흔적 없이 사라지고, 식량을 모두 잃고, 가족이 모두 멸망하였습니다. 우리에겐 눈물도 없지만 괴로워요!〉

〈인간들이 그러더라, 개발을 한다하며 강산을 모두 파헤치면서 도로와 집을 짓고, 괴상한 것들을 만들어 독약 냄새를 뿌리며, 지구를 한없이 파괴시키고 있는 거야,

너희들은 잡혀 먹히지나 않지...

소들은 죽을 때 까지 도망가지 못하도록 코를 뚫어서 노예처럼 무거운 짐을 나르게 하고, 무더운 여름철 농사일을 부려먹으며, 가두어 놓다가 나중에는 잡아먹어! 일하다가 죽지 않아도 우린 행복한 거야.

우리는 모두가 죽을 때 까지 피눈물을 흘리지!〉

〈하하! 옛날 우리 호랑이 들이 한 밤중에 산 중에서 사람을 쫓아 가서 잡아먹을 때, 도망가는 꼴이란 참으로 가소롭더니... 우리를 만나면 오금을 떨고 겁에 질려 산신령이라며 굽실 거렸지!

그러나 지금은 동물원에 갇혀 사는 신세 가 되기도 한다네.

사람들은 머리 하나 잘 쓴 거지..

사람의 주먹은 우리 이빨 반쪽만도 못했었는데!〉

〈머리가 좋으면 뭐해!

옷 만들고 요리하며, 자동차, 기차, 비행기, 배 만들고 집 짓고 행로를 만든다고 야단법석이지!

골 빠지게 고생만 하는 거지.

우리 새들은 날개가 있어서 여행하는데 연료도 필요 없고, 차비, 돈, 승객 모두 필요 없어,

털이 있으니까 겨울이 별거 아니고, 옷도 필요가 없단 말이네!!!

인간이 좋긴 뭐가 좋아.〉

〈어이구! 네가 무슨 글을 안다고 말 하냐?

인간들은 책보고 공부한단다.

낚시하여 잡아먹고 즐겁다고 해, 그물을 만들어 우리 물고기 들을 떼로 다 잡아먹고, 무서운 무기를 만들어서 모든 것을 폭파하고 사살하고 있어! 무서운 것들이야, 걸려들지 말고 도망가서 잘살 어.

우리는 지금 바다 속 깊이 들어가는 수밖에 없어.

우린 지느러미가 있어서 수영을 잘 하니까.〉

〈하긴 그려, 인간들이 너무 많이 늘어나서 지구에 다닥다닥 붙어서 풀과 동물들을 뜯어 먹고, 잡아먹고 이 땅을 파먹고, 산과 들을 폭파하고, 뚫어 먹고, 돌덩어리, 무엇이든 파멸하고 있어!

얼마나 오래 걸려서 조성된 것들인데.....

하여튼 큰일이다! 우리 원숭이를 닮았는데!

털도 별로 없는 것들이... 〉

〈우리 세균들도 살기가 어렵 다네.

어떻게 알고 독살 시키는지...

우리 실상에게 해결을 요청하자?⟩

⟨미래를 예측할 수 있으나, 정의 할 수없는 것이 생명이다.

도와서 죽음이 될 수 있고, 죽음으로 살아나는 것이 있다.

결과에 따라 세상일이 정의 된다.

생명과 지역을 침범하는 결과는 생명 순리의 반역이며, 수호하는 것은 실상의 순리를 지키는 것.

순리에 따라 생겨난 운명 끝까지 살려 주고 사는 것이 정의로운 것이다.

생명을 수호하는 것이 가장 정의로운 것.⟩

세상과 일치, 행실

⟨처신을 돌아다니고, 세상을 살펴보아도 나타나는 것을 모르게 되었다.⟩

⟨인생의 근본은, 천한 것이 없는 것.

몸 하나와 생명이 정신 차려 살뿐이다.⟩

⟨세상에는 사람이 알 수없는 비밀이 있다.

항상 있으면서도 모르는 것!

그것을 아는 것이 가장 잘사는 인생이다.

사람의 힘으로 갈 수도, 보여 줄 수도 없는 것이다.⟩

⟨아무리 생각해도 생겨나지 않는 것은, 실패하여 실현하지 못하는 것은,

만나고 싶어도 냉정하게 돌아가는 것은, 맺지 못할 인연, 지나가는 사연, 같이 살아도 몰라보게 그리운 것.

이별한 것처럼 일치할 수없는 것.

마음대로 살수 없는 한계가 있다.

세상은 동거하다 이별하는 곳.

멈추지 않고 지나가는 인생, 가지려해도 가질 수없는 세상, 세상의 주인은 사람이 아니다.

사람에게 영원한 것은 없다.〉

〈생명!

살고나면 죽음이 있으니, 살아서 무엇이 만족했고, 죽음 앞에 마땅한 것은?

거절해도 소용없이 죽어야할 생명, 인생 다음에 무엇이 되나?

씨와 알처럼 만나면 생명이고, 헤어지면 죽음이다.〉

〈두 가지 양면은 동시에 성립되지 않는다.

생명과 죽음처럼.

그러나 양면이 일치하면 새로운 것이 될 것이다.

씨와 알이 결합하여 사람이 되는 것처럼, 죽음을 먹고 사는 생물처럼, 생명과 죽음이 만나서 새로운 것이 된다.

씨와 알의 인연이 있으면 사람이 되는 것처럼 신생(新生), 존립되고, 인연이 없으면 죽음으로 끝난다.

생성된 몸은 삶과 죽음 양면에 있다.

죽지 않으면 삶이 되고, 살지 못하면 죽음이다.

만나서 살면 사랑이고 살수 없으면 이별이다.

일이 성사되면 성공, 안되면 실패다.

하나의 몸이나, 일에는 양면성이 반대로 형성된다.

상력(狀力)은 양면 일택(一擇)한다.

형체와 공, 성공과 실패는 양면 일택한다.

실상, 하나의 힘, 만난 사랑과 이별, 삶과 죽음, 나무가 불에 타는 것과 같다.

인생이 끝나서 새로운 인연을 만나지 못하면 꿈같은 곳으로 갈수 없고, 새로운 것이 되기 위하여 선택되지 않으면 운명이 달라진다. 인생 업적에 따라 선택될 것이다.〉

〈인간의 갈등은 생명을 유지하려는 본능의 대상, 먹이다.

그리고 사랑은 번식한다.

먹이와 굶주림, 사랑이 필요 없으면 평화로운 낙원이 될 것이다.

그러나 돌처럼 재미없는 것.

인생의 길은 새로운 것이 살도록 사라지는 것!

생명의 처지를 초월 할 수 없는 것이 인생이다.

무엇인지 알 수없는 형성(形成), 거대한 기운이 세상에 있다.

그 기운 속에 살다 가는 것.

왜 그런지 모른다.

거창한 움직임, 미지 속에 구경만 하고 있다.

사정상 먹고 사랑하며 살고 있다.〉

〈생각하는 것만 있으면 형체가 생길 수 없다.

생각은 실체가 아니기 때문이다.

몸은 생각하는 대로 수용할 수 없다.

생각도 마음먹은 대로, 몸의 욕구를 모두 충족할 수 없다.

그러나 일치하면 의지하며 잘살 것이다.〉

〈사람은 반편으로 한쪽 밖에 못 본다.

앞과 뒤를 한꺼번에 볼 수 없다.

이상하게 생긴 반편!

눈을 뜨고 사는 것도 깨어나지 못한 것,

세월이 수없이 지났어도 신비에 싸여 있고, 인생 한편이 나타났을 뿐이다.

아무것도 모르는 채, 세상 속에서.

완전히 꿈을 깨면 죽음이 형성된다.〉

〈고향도 모르고, 갈 곳도 모르고, 성질에 안 맞아도 살고들 있다.

어데서 무엇 하러 이곳에 왔다가, 돌아가지 못하는 신세가 되어, 아무도 세상일을 막을 수 없이, 인생 한편은 지나가고 있다.

모든 것이 변하는 것처럼.

풍경은 많아도 외로운 인간, 있다가 갈 때 이별할 것들이다.〉

〈죽어도 좋은 일이 세상에 있을까!

영원히 살 곳을 찾을 수가 있을 까?

사람이 뭐가 좋아 생긴 것일까?

없는 것보다 생긴 것이 좋았을 것이다.

아무것도 없다면, 좋은 것도 찾을 것도 없을 것이다.

있고 없는 것, 공안에 별처럼 살고 있다.

거대한 별, 분해하면 미세한 원자, 원자는 공이 되고, 공에서 작은 것들이 집결하면 별이 된다.

생성은 공속 출현(공속에서 나와, 나타남)하고, 형체는 공속 해탈(공이 되어 버린다.)한다.

없는 곳에서 좋은 것이 생겨나고, 좋은 것은 없어진다.

있고 없는 곳에 영원한 것이 있다.〉

〈명상, 살고 있는 세상엔 푸른 나무, 잊지 못할 산과 바다, 하늘에서 생각이 있는 곳,

낳아서 길러 준, 좋은 사람들 가버리고, 추억이 되어 그리워한다.

그리고 꿈에서 여러 번 만난다.

세상 경치와 다른 곳에서 만난다.

다른 사람들이 알 수 없고, 세상에 눈을 뜨면 볼 수없는 모습이다.

남의 사정 알 수 없는 것처럼.

세상에 없는 곳이 있다.〉

〈풍경의 자태는 무엇의 몸인가?

세상 속에 있는 사람은 무엇의 풍경인가?

변함없이 변하는 풍경에서 소리가 들려오고, 색깔도 생겨난다.

흘러가는 구름도 있고, 하얀 눈과 비를 발산하기도 한다.

따듯하거나 냉기를 풍긴다.

떨어지거나 날아가도록 풍경은 동작한다.

풍경은 행동하고 있다.

풍경은 실상이 생활하는 모습이다.

신상(新狀)을 생성하고 있는 모습, 풍경이다.

사람의 모습이 생겨나고, 꿈에서도 살아 있는 것처럼.

풍경의 소리, 색깔, 기후, 동작은 신상을 조성하는 실상의 몸.〉

〈한 가지 일에는 적합한 것이 많다.

그러나 한 가지 성사된 일, 모든 것이 맺어지는 것이다.

좋든 나쁘든...

결과는 다르게 끝난다.

정의는 사후에 결정된다.〉

〈세상에는 절대적인 것도 없고, 가질 것도 없다.

잘 먹고 평화롭게 사는 것이 인생의 중요한 가치, 잘사는 것.

모든 것(과학, 지식, 사회)은 자연 현상일 뿐이다.

그러나 세상은 중요한 일이 있으므로 허무, 멸망하게 하지 않고 살아 있는 것.

세상, 자연이 없어지지 않은 것도 다행이다.

가장 귀중한 것은 세상에 나타나지 않으므로 다른 곳에 있다.〉

〈세상, 인생의 법칙, 탄생, 성숙, 결혼, 늙음, 죽음의 해결 권한은 인간에게 없다.

생명과 죽음이 있도록 한, 곳에 권한이 있다.

정치, 과학은 임시방편일 뿐, 생성의 원칙에 의하여 존속될 뿐이다.

생성 이치를 해결하는 것이 인생의 길이다.

그러나 사람을 초월하면 사람이 아니다.〉

〈몸은 빛이 되고, 바람이 되고, 물이 되고, 흙이 되어 세상에 있어도, 살았을 때 있었던 일을 알 수가 없고, 몸과 상대하던 정신과 마음(생각, 기억, 지혜, 느낌)은 죽는 찰나에 육체와 이별할 것이다.

참으로 넋 빠질 노릇이다.〉

형상 치상 세상 실상

모든 것은 형체가 되어 나타나서 형상으로 보여 지고 있다.

수많은 형체들은 사람에게 세상 풍경을 이루고 있다.

그러나 이 세상을 형성하고 있는 실상은 알 수가 없다.

사람들은 신(神)이라고 한다.

사람은 반사적인 한쪽만을 볼 수가 있다.

한쪽을 동면 세상이라고 할 때, 이면적인 반대편을 동시에 일통(一統)으로 볼 수 있다면 세상과 다른, 실상을 알게 될 것이다.

공간에서 사방의 형상을 동시에 보거나, 눈을 감고 사방을 보는 것과 같다.

눈을 감아도 꿈과 같은 신상(新狀)을 보게 될 것이다.

세상에는 시간이 있고, 시간이 없는 실상의 나라에서, 꿈이 사람의 몸에 앞일을 예시하는 것과 같다.

결합이 성립되면, 새로운 것이 생성되고, 형상이 형성된다.

서로 맺을 수 없으면, 새로운 것이 될 수 없고, 다른 나라로 갈수 없다.

인생살이 업보에 따라 꿈같은 신상으로 선택되어 새롭게 생겨나거나, 실패한 인생이 될 것이다.

일치되는 결과가 다르게 된다.

모든 것은 식물과 동물 광물과 같이 각각 다르게 감지하거나, 보이는 생동적인 생상(生狀; 생겨진 상)이 있다.

사람에게는 세상, 식물과 동물, 광물과 별이 사람과 다르게 느끼고, 성질, 선택된 것에 따라 생동하는 생상의 결과가 다르다.

상(狀)은 일치하는 상과 일치하지 않는 상이 있다.

서로 일치하면 적합하게 결합이 되어 매사(모든 일)가 순탄하게 해결되는 인생, 생명으로 살게 된다.

인연이 있어도 이질적으로 일치하지 못하면 상충, 불화의 연속이다.

인생 다음의 신상은, 인생의 결과에 따라 성립될 것이다.

새로운 상을 탄생하여 치상(致狀; 일치하여 맺어진 모습)**하는 것이다.**

세상 모든 것의 번식이 치상한 것이며, 새로운 생산이나 형성이 치상한 것이다.

산소와 수소가 치상하여 물을 만들고, 하늘과 땅이 치상하여 생물과 구름, 바람과 파도, 불과 날씨를 만드는 것과 같다.

일치하면 결합하여 새로운 것이 된다.

무엇인가 치상하면서 새로운 인생길을 가는 것과 같다.

치상하지 않으면 파탄이 생기고, 매사가 성사되지 않고, 서로 탈락될 것이다.

그러나 슬기롭게 할 때 상생(相生)한다.

차단된 것이 풀린다.

하늘과 땅이 상생하지 않으면 개벽한다.

슬기롭게 하면 자성이 결성되어, 광합성처럼 일치하는 상으로 결합된다.

슬기롭게 되면 사람의 마음과 정신, 육체와 자연, 세상의 모든 것이 서로 상통하며, 경계가 해제되고, 사랑하는 것처럼 일치 결합한다.

안 되는 일을 가능하게 한다.

슬기로움이 없다면, 힘을 잃고 어두운 생활로 변하여 험한 길을 가게 된다.

모든 것이 차단되어 바람도 불어 주지 않고, 물결과 빛은 어둠으로 사라진다.

나무에 산들 바람이 불고, 물결이 생물에 젖어 돌며, 햇빛이 땅과 하늘에 빛나서 세상살이가 좋은 것이다.

감각이 슬기롭게 처리하여 내부와 외부가 소통하고, 치상(슬기로움, 일치, 결합)하여 생성될 수 있다.

감각, 자성이 슬기롭게 되면 인정이 생긴다.

인생의 안과 밖을 정신과 마음이 상대할 때, 감각, 자성이 경계하여 허용, 일치, 거부를 결정하고, 결합하거나 이탈한다.

사랑과, 욕구를 판단한다.

인생은 공화(共和)되는 것처럼 슬기롭게 세상을 거쳐 가는 것이다.

슬기로운 자에게 적이 없고, 암흑이 없다.

꼬리의 행동은 머리의 판단과 피살의 힘에 의지하고, 머리는 꼬리의 이동과 피살에 거주, 피살은 머리와 꼬리에 거동되고 의지하며 산다.

머리는 지혜로, 꼬리는 경험, 피살은 살림(먹이)으로, 서로 의지하고 슬기 한다.

경험과 지혜가 없으면 어린 아이가 물속이나 불, 허당(虛當; 낭 떨어지기)을 기어가고, 볼 수 없는 눈으로 어두운 세상을 살며, 먹이가 없으면 힘이 나약하고, 행동이 없으면 생각이나 마음의 욕구만 있고 실행이 없는 것이다.

슬기롭지 않으면 주고받는 것이 없이 분열만 생긴다.

슬기롭지 않으면 혼란, 공포가 조성된다.

강압적인 것으로 반감이 생긴다.

슬기로움은 자극에 대하여 반응하는 것.

자극을 허용하면 자성과 감각의 경계가 해제된다.

치상(일치하는 상, 결합)이 성립된다.

애무하여 사랑이 성립되는 것과 같다.

허용되지 않는 접촉은 강제적인 것이 되어, 감각, 자성의 파손이 유발된다.

상처와 투쟁, 폭력과 전쟁의 근원이다.

슬기로움은 자극에 대한 허락 반응.

세상은 경계로 통제한다.

생명은 감각으로 통제한다.

세상의 섭리는 치상하는 것으로 형성된다.

허락하지 않을 때, 폭풍이 불면 불안하고, 강제적인 것들, 공포 속에 경계하며, 나뭇잎이 떨어지면 슬프고, 혼란하며, 화통이 생긴다.

슬기롭다면, 거센 바람의 신비로움을 들을 것이요, 인간의 속에서 생겨나는 정신과 마음을 알고, 추운 겨울엔 하얀 눈, 낙엽 지는 가을바람, 시원한 파도를 구경하며 즐거워하고, 동산에 사는 것이 재미있을 것이다.

아름다운 꽃잎을 좋아하고, 순리에 따라 저항하지 않고, 씨앗을 날리며 사라질 것이다.

자연과 사는 사람, 정신이 슬기롭게 마음과 접촉하며 잘사는 생각을 할 것이다.

충돌하지 않는 별과 구름처럼 슬기로운 몸을 하고 세상을 살 것이다.

육체와 자연, 정신과 마음이 평화롭게 변할 것이다.

낙원처럼, 더 좋게 되는 것을 바라면서.....

사람이 생각하며 느끼는 것들, 생활하는 일들, 아름답게 보이고, 사랑하는 것을 슬기롭게 접촉한다.

생성은 순리에 따라 경계, 감각 통제를 차단, 허용으로 반응, 조성한다.

상대와 접촉하여 치상하는 것, 새로운 것을 생성하기 위하여 자성으로 이루어진 통금을 해제하는 과정이다.

그리움과 매력, 열과 힘, 운동, 자극과 충격에 적변(適變) 하는 자성의 한계.

상대와 슬기롭게 사는 것이다.

그러나 **일치할 수 없으면 형상, 세상은 형성되지 않고, 서로 반탄(反彈; 반대로 탄력을 이룸)하며 반동(反動)한다.**

서로 상생하면 생동하고, 일치하지 않는 인생은 파탄만 발생한다.

독약을 먹고 죽거나, 보약을 먹고 잘사는 것과 같고.... 맑은 거울은 형상을 받아 주고 있지만 빛은 반사하며, 잘 어울리는 한 쌍의 궁합은 복 받는 인생이 되고, 일치할 수 없이 만난 인연은 고통의 길을 가는 것이다.

충돌하면 파손되고, 열통이 터지면 나무가 불에 타서 형체를 잃는 것과 같다.

무엇인가 접촉하고 **치상하여 생성되며, 반동하고 역행하여 파산하면서 세상살이를** 하고 있는 것이다.

빛과 바람 과 물, 양분이 하늘과 땅, 생물에 들어와 살고 있으며, 먹은 식물과 동물은 동물 속에서 살고, 생물은 하늘과 땅이 먹고 산다.

식물은 땅 속과 물, 하늘의 빛, 바람을 먹고 산다.

선(善)하고 악(惡)한 것, 빛과 바람 과 물, 모든 생물이 하늘과 땅, 생물을 드나들며 생활하고 있는 것이다.

서로 섭생하며 치상하여 형체를 생성하고 있는 것이다.

실상의 나라에서 꿈이 경계를 통과하여 몸과 세상을 소통하는 것과 같다.

하늘은 세상의 모든 것을 하늘에 떠 있게 한다.

어찌하여 세상을 살다 가는 것일까?.

자연이 자연을 먹으면서 하늘 속에 살다가,, 형태는 다르지만 본질은 같은 것이.

어찌하여 하늘 속에 머물다 변하는 것일까?

상력, 자성의 경계

연속하여 되풀이 된다.

〈청춘은 세상 살기 좋다.

아무리 좋아도, 정해진 세상을 돌아다닐 뿐!

인생은 언제나 부족하다.

변하지 않는 충족이 없다.

자극 허용과 거절에 따라 운명이 달라진다.

늙으면 집성이 되어 세상에 낡은 흔적을 남기고, 살다 간 빈집처럼.. 한 몸에 살다, 간 것을 잃고,, 불변충족은 하나도 구하지 못하며, 꿈같은 형상만 기억될 것이다.〉

그러나 하늘은 변하지 않고 있다.

실상은 나타나지 않는다.

실상을 모르고 산다.

불변충족은 실상에 있다.

인생을 초월하면 사람이 아니다.

변하지 않는 실상을 모르면, 인생의 충족은 없다.

죽기 전에 하나라도 구하면, 인생은 완성된다.

그러나 죽음에는 부족한 것이 상존한다.

인생은 세상에 속박된 것.

모든 사람들은 동체(同體)에서 떨어진 이체(異體)로 산다.

생겨나는가 하면 분리되고, 분리되는가 하면 변화되며, 변하는가 하면 일치한다.

하나는 둘에서 수많은 것을 생성하고 있는 것.

일치하면 구성이 성립되고 돌아간다.

사랑은 일치하기 위한 것.

일치되지 않으면 성립될 것이 없고, 능력도 없어진다.

형체는 하나지만, 생성은 하나로 성립되지 않는다.

양면이 있으면 충족할 수 없고 하나도 못 구한다.

하나만 있어도 충족하면 인생은 완성된 것.

세상만 생각하면 실상의 나라를 잃고, 생명만 고집하면 죽음이 있다.

연분을 찾으면 사랑이 없는 것이며, 사랑을 찾으면 연분이 부족한 것.

생명의 욕심은 죽음이 있기 때문이며, 죽음은 생명이 있어야 성립된다.

생명과 죽음은 하나와 같다.

사랑과 연분은 하나와 같다.

세상과 실상은 하나와 같다.

양면의 경계, 감각, 자성이 하나의 형체에서 구분되는 것과 같다.

실상은 하나다.

하나의 힘이 변형되는 것처럼.

하나에는 구성된 것이 있고, 구성된 것은 하나에 속한다.

무엇이든 상력(狀力; 상과 힘(원형(原形))되는 것이 없이 하나가 되었을 때, 반응과 감각과 소통과 지혜로 써 알 수 없는 것이며, 사람에게 보이고, 느끼며, 지혜로 써 나타나는 것이 있는 것도, 사람은 형체로 써 두 가지 이상 원형(씨와 알)이 결합되어 동생(同生)하는 것이 있기 때문이다.

세상과 자연(우주)의 모든 것은 한 원형이 되어야 세상에 나타나게 된다.

결합이 없는 것은 공(☆)으로 초월한 것이며, 개체는 여러 가지가 결합된 한 원형이 하나의 몸을 이루거나, 다른 것(원형)들과 결합하여 한 형체의 몸을 이루고 있다.

한 원형 마다 추억과 사연이 있고, 원형이 처해진 곳에 따라 이성이 깃들며, 몸을 생동하고 풍성하게 하거나, 아픔과 감동 있게 한다.

세상의 색다른 자연을 이루고 있는 것이다.

원형의 이탈, 결합에 따라 모습이 해산되기도 하며, 다른 모습을 생성하기도 하고, 동체와 있던 일, 헤어지면 옛 일이 되며, 새로운 곳에 출산된다.

원형의 생활엔 질서와 자유가 있어, 인생과 세상의 생활은 지킬 수 있는 일만 해야 되는 것.

원형의 생활이 잘 될수록 좋은 일이 되며, 재미있는 인생과 명상 속에 새로운 것을 찾을 수가 있다.

평화로운 수양과 생활이 된다.

한 원형이 잘못되거나 실종됨에 따라, 타락하여 파멸 되고, 싸움과 공포와 불쌍한 처지가 되어 저주를 받는다.

서로 다른 원형이 결생(맺어서 생겨난 것)하여 동생(같은 모습을 하고 생겨나 같이 산다)한다.

사람과 같은 형체가 되는 것.

결합되지 않으면 새로운 것으로 생성, 다시 태어날 수 없다.

하나는 힘(力)이나 공(쏘)일 뿐, 사람처럼 원형들이 한 형체를 생성한 것들은 하나가 아니며, 동생하는 원형들이 서로 속삭이고, 생각과 판단, 느낌, 세상을 보고, 소리를 들으면서, 냄새 맡고, 맛있게 먹으면서 일하고, 춤추며 놀면서 산다.

동생(동체에서 동등한 구성으로 삶)**을 이룬 것이 한 형체 속에 서로 의생**(依生; 의지하는 삶)**으로 일치하고 성사**(成事)**된 것으로 세상과 상대**(相對)**하여 살고 있는 것이다.**

죽음으로 해탈하여 헤어질 때 까지, 사람과 세상에 생겨난 모든 것들의 상태가 된다.

서로 다른 것이 결합하여 새롭고, 같은 모습을 한, 하나의 물을 생성하다가, 구름과 바람처럼 헤어지면 서로 다른 것이 되는 것과 같다.

물에서 이별한 수소와 산소는 다시 결합하면 물이 되고, 사람에게서 헤어진 씨와 알이 다시 만나면 사람이 되고, 식물의 씨와 알은 같은 곳에, 같이 살다가 결합하여 다시 태어나면 식물이 되어 같이 산다.

동생의 길, 양분(兩分) 양착(兩着)한 것이 하나다.

하나로 이루어진 공은 세상의 모든 것(별, 생물, 하늘)**을 떠 있게 하는 힘이 있고, 자태**(磁態 ; 자성의 작태(作態))**)는 힘의 탈출을 금지하거나 통금을 해**

산하여 해탈하도록 한다, 강한 힘은 통금한 자태을 해산할 수 있으나, 약한 힘은 자막의 통금을 벗어 날 수 없다. 세포

힘은 자태를 드나들고 있는 것이다.

자태는 생성된 것들과 형체를 성별(成別)하도록 한다.

자태에 결속된 힘은, 결속된 곳의 형체를 이루며 한 원형으로 동생하며 산다.

세상의 모든 형체(成分)는 각각 한 원형씩 빛과 힘처럼 자막으로 결속되어 있다.

집성으로 가고 있는 것이다.

힘은 공성과 집성을 자막을 통하여 형태를 달리하며 드나들고 있는 것이다.

하나의 힘은 세상 어느 곳이나 동등하게 있는 것이며, 힘에 의하여 발동하고, 힘은 처상(處狀)에 따라 변모를 한다.

우주 공간에서의 힘은 빛으로 보이지 않으며, 공기를 만난 하늘에서는 빛나고, 생물 속에 서는 생물의 몸을 조성하면서 생동하게 한다.

일정한 모습, 형체가 없는 힘은 발동(發動; 전기, 기압, 무게, 소리, 바람, 회전 등)으로 변하거나 빛이 되며, 형체로 있던 것을 태우면 힘은 불이 되면서 보이지 않는 힘으로 돌아간다.

힘으로 결합된 나무를 태우면 불이 되어, 힘은 탈변 한다.

힘은 생물, 형체, 모든 것에 동일한 것으로 있다. 불에 의하여 정체가 탄로(나타남)나는 것처럼, 다른 형체, 형상으로 있었을 뿐이다.

모든 힘은 처상((處狀)있는 곳의 상: 결합이나 해탈로 이루어진 곳의 형상)에 따라 모습이 변하고, 둔갑(나타났다 사라지며 변이(變異))하는 것이다.

형상은 몸(물질)이 없으며, 형체는 형상과 물질이 있으며, 물질은 상이 없다.

형상은 꿈처럼 있고, 형체는 꿈과 물질이 상통하고 있으며, 물질은 꿈이 없다.

두 형체의 결합이 성사되면 새로운 형체가 탄생된다.

상은 씨에서 씨의 형상을 이루고 상력(狀力: 상과 힘)의 원형을 하며, 상은 알에서 알의 형상을 이루어 상력의 원형을 하고 산다.

두 상력이 결합하면 새로운 것을 생성하여 꿈에 나타난 사람처럼 신상을 이룩한다.

씨와 알의 형상이 결합하면 사람의 모습으로 변태하여 동생(同生)을 한다.

씨와 알의 형상이 서로 조화를 이루며 살고, 씨와 알의 성질로 써, 서로의 상에 의지하고 어울리며 동생 하는 것이다.

상과 형이 결합된 씨 와 알은 각각 형상이 되어, 씨와 알의 형상(원형)은 결합하여 새로운 형체, 사람과 같은 형체를 생성하고, 두 형상이 동생 한다.

상과 형이 결합하여 생성된 산소, 수소의 원형(형상)은 재차 결합하면 물의 형체를 생성한 것으로 동생 한다. 동생하고 있는 상과 형에 따라 형체가 달라지고 있는 것이다.

한몸(하나로 이루어진 것)이 된 물(산소+수소)도, 힘(열)에 의하여 공기가 되어 해탈하거나 구름이 된다.

세상의 모든 것이 생겨나고, 사라지는 원인이 된다.

물의 힘은 불의 힘을 멈추게 하거나, 불의 힘이 강하면 물을 끓고 분산시키며, 산소는 빛을 반사, 산란하여 불길을 격렬하게 만든다.

수소는 불길을 가세(加勢)한다.

공간에서 힘은 어둠이 되고, 공기 중(형)에서 힘은 빛이 되고, 불 속(형)에서 건조된 기체, 기름의 힘은 불이 되며, 힘이 변하면 다른 것이 된다.

별과 생물, 세상에 힘의 변화가 없다면, 모든 것은 생성, 집성의 변화가 없고 죽음처럼 정지할 것이다.

공성과 힘은 하나, 공성은 변하지 않고, 힘은 변하여 집성의 조화를 이루고 세상을 생성하여 살거나 사라지게 한다.

생명은 힘의 이동, 작용에 의하여 변한다.

공은 모든 형체와 힘을 떠 있게 하고, 힘은 힘에 의하여 발동(發動)한다.

생물로 태어나면 생물에 따라, 살고 있는 곳을 다르게 느낄 것이다.

사람은 사람이 되었음으로, 모르고 있던 세상으로 나타나서, 살고 있는 곳을 구경하고 알게 된 것.

모든 것은 형체 없는 힘으로 사라지면 세상을 모를 것이다.

형성이 적합하지 않으면, 과다 폭발, 이질(異質), 파멸되고, 잘 살수 없게 된다.

형체는 서로 대적한다.

인생은 성질, 처세에 따라서, 방법과 선택에 따라서 운명이 달라진다.

형상은 힘이 다르게 생성되어 성격을 다르게 한다.

꿈은 공성을 지난, 실상에서 세상을 오고 가며 자유롭게 활동하고, 공성과 같이 어두운 밤, 이성이 잠들은 맑은 성품이 생길 때, 형체를 드나들고,

공성은 모든 형체를 떠 있게 하며, 자연(우주)에 상력된 것을 나타나게 하고, 형체에 대한 형상을 맑고 어두운 바탕에 꿈처럼 자유 없이, 형체를 이탈하지 않는 범위에서 영사(映寫; 비치다)되게 한다.

공성도 형상으로 써, 그림자처럼, 밤처럼 어두운 형상으로 영사된다.

형체가 아닌 그림자도, 빛이 아닌 어둠도 형상으로 비춰진다.

하늘에 떠 있는 별은 항상 어두운 공성 안에 있다.

밝은 낮이면 어둠속에 있는 힘이 공기와 산란되어 빛나고, 형체를 명확하게 나타나도록 하지만, 항상 어두운 공성 내(內)에서 함께하고, 낮의 빛을 거두어 내거나, 빛의 힘이 미치지 않는 밤이면 공성만이 남게 된다.

공성은 이 세상 모든 자연을 공성 안에 활동하도록 한다.

하나의 힘이 공 안에서 여러 가지 다른 형체를 하고 있고, 별이 어두운 공 안에 공기와 빛과 물과 같이 떠 있도록 하고, 형상을 공에서 나타나도록 하며, 생명을 공 안에 생겨 살도록 하고,

죽음도 공 안에서 이루어지도록 하며, 꿈이 공성을 드나들고 활동하도록 한다.

모든 것은 어두운 공 안에 있다.

공의 밖은 무엇이 있는 곳일 까?

형상은 수없이 상대적으로 반사하여도 혼란하게 섞이거나, 순서가 질서 없이 비쳐지지 않는다.

우선 적으로 상대편 반사체가 비쳐지고, 상대가 반사된 것을 다음으로 비치게 한다.

수 없이 반복적으로 정확하며 질서 있는 순서로 비쳐진다.

앞산과 뒷산이 하늘의 공간을 사이로, 서로 상대하면서 형상이 오고 가며 활동하여도, 혼란이 없으며, 확실한 형상으로 형체를 나타내고 있다.

세상의 반편만 볼 수 있는 사람의 눈에 형상이 보이는 것과는 다르게, 빛처럼 산란하게 보여야 될 것이다!

그러나 혼란하지 않은 형상의 질서가 명확하다.

반편으로 되어 있는 사람의 눈이 앞과 뒤를 일치하여 한꺼번에 볼 수 있다면 형상은 다를 것이다.

공간의 중심에서, 공간을 중심으로 공간의 주변 것들이 동시에 비춰 주는 것을 볼 수 있는 것이 있다면, 형상은 다르게 보일 것이다,

사람에게 확실하게 보인 형상이라도, 사람의 눈은 반편만 보는 한계에서 확인되는 형상 일 뿐, 사람의 반편을 떠난 상태에서는 수 없이 많은 형상이 서로 비치며 다르게 활동하는 모습일 것이다.

형체가 앞으로 간 거리만큼 지나온 거리가 되어 버린다.

가고 있는 형체가 없다면, 앞길도 지나온 길도 없는 것이다.

허공만이 남아서 앞과 뒤가 없는 것이다.

형체가 있는 동면의 세상은, 사람의 면(눈과 같은 감각)에 의하여 사람에게 나타난, 앞과 뒤가 발생하는 반편이며, 이면이 동면과 일치하여 동시에 나타난, 면이 없는 나라는 세상과 다른, 공이나 꿈처럼 자유로운 것으로, 형

체의 나라와 다를 것이다.

이성은 정신과 마음, 형상은 실상과 자연의 조성이고, 세상은 씨와 알로 이루어진 이성과 형상의 활동이다.

형체는 형상과 힘의 결합이다.

꿈은 실상과 자연의 활동이다.

빛은 공에서 빛나지 않고, 형체가 없는 자유성으로 있다가, 빛나면서 형체로 결합 할수록 속박되어 벗어나지 못한다.

속박성만 있다면 빛은 상존하지 못할 것이며, 집성만이 증가 할 것이며, 자유성만 있을 경우 형체가 상존하지 않을 것이다.

질량은 자유성과 속박성에 대한 축적도(蓄積度)이다.

하늘이 앞, 뒤, 주위를 동시에 통체(通體)로 보는 눈(眼), 공(空)이 세상을 보는 것과 같다.

서로 상대하고 있는 형체는 거리와 이동에 대한 시간이 있다.

그러나 서로 상대하던 것이 하나의 형체, 한 몸으로 동체가 될 경우, 상대하던 거리와 시간, 이동하는 것은 상존하지 않는다.

하나의 몸에 동체로 써 포함되어 동생하고 있는 것은, 하나의 몸에 대한 거리가 없기 때문이다.

세상의 모든 것도 하늘과 같은 하나의 공안에 속하여 있는 것이다.

공안에서 생이(生離)한다.

공은 하나 요, 힘도 하나다.

그들(공, 힘)에게는 시간과 거리가 없다.

어느 곳이든 하나의 몸이기 때문이다.

하나의 힘에서 변하여 빛이 될 경우 빠른 속도를 가질 수 있다.

그러나 형체의 집성이 강한 것일수록 느린 거동을 한다.

이동을 못하는 식물, 땅 속에서 기어 다니는 동물보다 땅위를 걸어 다니는 동물, 하늘을 날아다니는 새, 빛의 순서로, 공성으로 갈 수 록 빨라진다.

자유성과 속박성이 있다.

이체간 자유성과 속박성의 강도(强度)에 의한다.

결합으로 동생하거나 속생하는 것은 서로가 속박되어 있으며, 결합된 형체가 불로 인하여 빛이 되어서 해탈하는 것은 자유롭게 벗어나는 것이다.

화학적 변화를 한다.

자유성과 속박성의 동체량(量)은 질량이 되어 물리적 성질로 동작한다.

(예; 태양강도(속박성4, 자유성1)5A + 태양 량(속박성1, 자유성4)5B = 지구강도(속박성3, 자유성2)5A + 지구 량(속박성2, 자유성3)5B = 명왕성강도(속박성1, 자유성4)5A + 명왕성 량(속박성4, 자유성1)5B = 형성력10(강도; 이체간 + 량; 개체))

모든 것은 생력이 있다.

같은 지구상에서의 사슴은 사람보다 느린 시간성을 가졌고, 빠른 속도를 가졌으며, 같은 시간에 긴 거리를 달린다.

이것은 생력의 차이이며, 지구보다 달에서의 사람은 사람과 사슴처럼 생력의 차이를 느낄 수 있다.

모든 것들은 스스로의 생력을 지니고 있는 것이다.

사람이 일을 하려는 마음이 있는데, 육체가 움직여 지지 않을 때가 있다.

이것은 생력에 기인(基因)하는 것이며, 모든 자연은 생력으로 상존하고, 수명도 생력에 의하며, 강한 생력에 약한 생력은 흡수되고 있다.

사슴처럼 생력이 약하면 체중의 느낌은 가볍고 느린 동작의 느낌을 가질 수가 있다.

어린아이가 성인보다 활동하지 못하는 것, 늙으면 몸이 무겁게 느껴지며 활동하기 어려운 것은 생력이 약한 것이다.

체격이나 형체는 커도, 무게가 가벼운 것처럼!

생력이 약하면 사슴처럼 사람의 성품도 몹시 곱다.

이 세상 모든 것은 생력이 종류와 개성에 따라 다르게 생성되어 생활한다.

약한 생력은 강한 생력에게 죽게 되고, 인간의 생력이 지구의 생력보다 약할 때 죽게 되며, 짐승의 생력이 인간의 생력보다 약할 때 죽게 된다.

서로 먹고 사는 곳!

생명이 생명을 먹고 사는 곳, 생력 계(우주=동면의 세계=세상=속박)는 생력이 있어야 살 수가 있는 곳이다.

생력을 극복할 수 없으면 멸생하여 다른 것이 되어 버린다. 강한 생력에게 사라지는 것이다.

세상살이 어려움에 극복하고, 투쟁은 개입하지 않고 버려야 잘산다.

개입할수록 멸망하거나 잘사는 것이 있다.

나쁜 것은 벗어날수록 해결되고, 좋은 것은 개입할수록 잘살게 된다.

상력과 해탈과 결합, 동체와 이체의 형성력에 따라서 거리와 질량과 생성이 변화되는 것이다.

세상에 있는 모든 형체에는 힘이 결집되어 있고 자연을 조성하여, 빛처럼 해산되면 공처럼 사라지고, 공은 모든 것을 공속에 떠있게 하여 삶과 죽음을 거쳐 가게 한다.

세상 모든 것의 처소가 된다.

사람의 생각은 세상의 모든 곳을 빠르게 돌아다닌다.

꿈처럼 과거와 미래와 장소를 제한 없이 돌아다닌다.

하나의 형체에서 활동하는 것이며, 하나의 공성이나 힘과 같이 생이(生離; 생겨 나타나고 떠남)하여 드나들기 때문이다.

형상은 확실한 질서가 있는 것이다.

공성과 같은 그림자는 힘의 밝은 빛과 반대이며, 사람의 눈을 따라 동작하지 않는다.

형체를 어둡게 한다.

공이나 힘은 하나로 써, 힘은 형상에 따라 변형(둔갑)되고, 자연의 생명을 다르게 한다.

힘은 힘에 의하여 동작한다.

힘의 변태인 빛은 자유로운 성질이 있으며, 영체(影體; 맑은 것을 지나 형상을 비쳐 주는 곳)의 바탕을 빛으로 밝게 할 경우 형상을 사라지게 하고, 형체를 확실하게 나타나도록 하며, 세상의 형체들과 어울린다.

빛은 공성에서 잠자고, 집성에서 활동한다.

힘의 어울림이다.

상과 **힘**과 **형**과 **자성**(磁性)으로 이루어진 **형상**(상력)은 삶이요, 능동적으로 활동하고 동작한다.

상이 사라지면 죽음이요, 죽음의 형체는 다른 힘에 의하여 작동되며, 힘과 형과 자성만 남는다.

상은 생명이며, 꿈이 세상에 자연의 종류로 생겨나오는 것과 같다.

살아 있는 형상은 생동감이 있고, 죽어 있는 형체는 생명이 비어 있어, 호흡이 없고 건조되거나, 감각이 없는 것과 같이 상이 없는, 어둡고 비어 있는 공상(쏘狀)이 되고 있는 것.

다른 생명체나 별과 같은 상과 집성으로 속생하게 된다.

사람처럼 씨(정신, 머리)와 알(마음, 심장)이 동생하는 것이 있는가 하면, 서로 이별하는 것처럼 동생하지 못하고 죽어 가는 것도 있다.

만나서 동생하고, 동거하며, 이별하고, 사라져간다.

빛은 사람의 눈을 따라 동작한다.

자성은 세상의 형체들을 상력으로 결성, 나타나도록 생성하거나, 상력을 해산하여 해탈하도록 한다.

실상, 꿈, 공성, 힘, 상력과 형체, 집성과 해탈의 생명에 대한 삶이요, 죽음이요, 세상이다.

사람에게 나타나 있으면서 무엇인지 알 수없는 것이 있다.

감각은 세상에 접속되는 반응을 한다.

세상과 공체가 되도록 공통 법칙에 동화 시킨다.

경험이 된다.

그러므로 속세는 세상 밖을 모른다.

성질이 맞아서 같이 살고, 싫어서 헤어진다.

사람이 보고 느낄 수 있는 동면이 세상이고, 동면에 생겨난 모든 것은 자연으로 있다.

모든 것은 사람의 세상과는 서로 다르게 자연을 느끼며 산다.

세상에 태어난 모든 것이 자연의 법칙에 따르지 않고 벗어 날 수 없도록 한 것이다.

나무줄기에서 잎이 땅에 떨어지고, 물줄기 바다에서 떨어지면 구름과 비, 공기가 되거나, 불로 가는 것이 되고, 사람이 인생 줄기에서 떨어지면 죽음이 된다.

땅은 죽음을 먹고 산다.

땅은 수많은 종류를 하늘 사이에서 살다가 떨어져 죽게 한다.

삶과 죽음을 합치면 우주의 모든 힘, 자연이다.

죽음을 흡수하면 별이요, 하늘이다.

하늘과 땅에 죽음을 먹고 풀과 나무가 살며, 식물과 동물을 먹고 사람과 식물, 동물이 산다.

생명, 형체는 죽고, 죽은 것은 다른 것으로 생성된다.

다른 것으로 된 것이다.

이변이 생긴 것이다.

죽음은 없다.

새롭게 사는 순간이 다.

죽음은 이변신생(異變新生)**의 순간이다.**

똥을 먹고, 빛도 먹고, 물과 바람도 먹고 산다.

힘은 세상의 모든 것을 성립시킨다.

여러 종류의 형체들은 감각이 있지만, 질량이 없는 상은 세상과 죽음으로 생리(生離; 생기고 떠남)한다.

꿈과 같다.

결합하면 삶이요, 해산하면 형체는 공이 되고 죽음이며, 죽음은 해산된 것으로 살거나, 새롭게 다른 것과 결합하여 새로운 형체로 산다.

추억과 그림, 생각은 형의 세상 현상이다.

상이 세상에 들어오면서부터 힘이 동착(同着)한다.

선택된 형으로 가는 운명이 되며, 상력된 후, 원형이 다른 원형과 동생을 하면 형체가 되고, 동생을 못하면 속생하거나 세상에 탄생하지 못하고 형체를 떠난다.

사람이 된 것은 수많은 여정을 거쳐 세상에 온 것이다.

세상에 형체로 탄생 못하고 사라지는 것이 수 없이 많다.

잘 살아야 한다.

멋대로 생겨나거나, 태어나기 어려운 곳이다.

수많은 것 중에 여러 번 선택을 거쳐서 세상에 들어온 형체다.

인생과 나무와 풀도, 물고기, 짐승, 벌레도, 물과 바람 불길도 같다.

세상에 태어난 새싹, 아기에게 밀려오는 형상들의 세력이 압박되면, 상대한 형체와는 거리가 압축되고 몸이 억압되어 어두운 공성이 깃들며, 상대한 땅이나 이체에 동체가 될 때, 목에 숨이 막히고 죽음에 들어, 위치와 균형을 잃고 몸은 땅에 누워 있어도, 몸과 같이 살던 상은 몸을 떠나 꿈처럼, 천장이나 하늘에서 같이 살던 몸을 보게 된다.

세상에 형체를 형성하여 살든 상이 공성을 거쳐 몸을 벗어나는 과정이다.

죽음으로 가는 것이다.

세상이 있는 것이 이상한 것이다.

형상이 압박하는 것은, 무더운 빛과 열, 강한 기압, 파도, 자력, 힘, 생물과 별들에 시달리는 것과 같다.

극복 못하면 쓰러진다.

외부로부터 밀려오는 형상의 힘을 극복하면 어두운 공성을 벗어나 살아남고, 상대하는 것들과 거리가 발생하여 의식의 눈을 뜬다.

살아나는 과정이다.

잘 살아야 한다.

재물은 인생이 가는 길에 살기만 하면 되고, 권력은 인류에게 피해가 없이 평안하면 사람 구실하는 것이다.

자연은 수많은 죽음에서 살아있는 거룩한 곳, 인생이 있는 곳이다.

죽지 않고 살면 안 되는 것인가!

살지 않으면 안 되는 것인가!

죽음과 삶이 없으면 안 되는 것인가!

세상과 자연이 없으면 안 되는 것인가!

왜 이런 곳에 있는 것인가!

모든 것은 왜 만들어 졌는지!

선과 악이 없도록 하면 안 되는 것인가!

질량이 없으면 안 되는 것인가!

먹지 않고 살 수는 없는 것인가!

감각이 없으면 안 되는 것인가!

있고 없는 것이 왜 있는지!

사람도 나무처럼 이성(異性)이 하나로 만들어져, 사랑싸움이 없으면 안 되는 것인가!

늘어나는 것은 무엇이고, 줄어드는 것은 무엇인가!

한, 두 사람이 늘어난 인류, 번식으로 나누어진 동체, 모든 사람은 한 사람의 모습인가!

하나의 생명은 역사를 모두 지니고 있다.

같은 종류의 모습, 사람은 떨어진 세상이다.

실상과 종류와 자연의 뜻에 의하여 살게 된다.

육체를 버려도 사람이 될 수 없고, 상이 떠나도 세상에 생겨날 수 없다.

상성(狀性; 상의 성질)으로 세상에 태어나서, 놓여 있는 자연을 깨닫고, 상성으로 비교하여 더 좋은 것을 생성하며, 상성과 자연의 조화를 낳게 된다.

산세포는 죽음을 지니고 있다.

죽은 물체는 생물이나 별들의 양분으로 산다.

그러므로 생체와 사체는 서로 내포한다.

사람이 살았을 때 의식(意識)이 발생하고, 사체는 우주가 된다.

의식이 있을 때 동생 한 것이 서로 소통되는 것이며, 의식이 없을 때 동생 한 것의 하나가 죽었거나 모두가 죽어 소통이 끊긴 것이다.

상(狀)이 떠난 것이다.

우주는 산 것과 죽은 것이 같이 있고, 생과 사가 서로 내포한 것은 의식과 우주가 서로 내포한 것과 같다.

몸은 살아도 우주에 있고, 죽어도 우주에 있다.

종류에 따라 의식의 차이가 있을 뿐이다.

물에도 의식이 있어 뜨거우면 흩어진다.

마른 나무도 불에 타면 뜨거워서 흩어진다.

불도 물에 젖으면 꺼져버리고, 별도 벅차면 화산이 용솟음치고, 하늘도 기류를 느끼면 바람이 불게 한다.

생물처럼 우주는 살고 죽는 것이 있다.

인생은 우주의 삶으로 같이 있다.

우주의 모든 것, 자연은 나뭇잎처럼, 꽃처럼, 인생처럼 줄기차게 피었다가 져버린다.

별의 줄기를 따라 별이, 땅의 줄기를 따라 식물들이, 식물의 줄기를 따라서 동물들이, 물줄기를 따라 물고기가, 하늘의 줄기를 따라 빛과 어둠이, 사람의 줄기를 따라서 인생이 피고 지는 곳이다.

별이 빛나는 어두운 밤과 태양이 빛나는 밝은 날, 맑은 물과 푸른 하늘 아래, 땅에서 포근하게 살고 있는 생물들은 별처럼 실상으로부터 오고 가는 상에 따라 피어나고 져버리는 것이다.

인생의 줄기는 먼 옛날의 사람이 오늘의 사람으로, 오늘의 사람이 다음 세대로 결혼한 상대가 성별 적으로 교차하면서 결합하여, 교체된 사람의 모습만큼 닮아서 변태하여, 삶의 세상에 다른 모습처럼 생겨났을 뿐, 같은 줄기를 이어서 산다.

세상의 모든 것이 교차하며 변태하는 형(形)의 줄기이다.

사람은 사람의 한계가 있고, 식물은 식물, 벌레와 짐승, 별과 하늘은 각각 한계가 있다.

사람은 사람의 차원에서 의식할 수 있고, 감각하는 형체로 써, 세상을 보며 사는 한계가 있다.

인간에게 보여 지는 세상의 모든 것은 인간을 벗어나면 알 수가 없는 것, 다른 차원의 것들이 다르게 활동하는 것처럼.

벌레가 나무를 느끼며 사는 것, 새가 하늘을 나르며 살고, 별 은 별의 활동을 하고, 인간이 왜 사는지 모르는 것처럼 우주는 우주의 차원에서 활동한다.

인간이 무슨 짓을 하든 말든.

사람의 말은 사람만이 알 수 있고, 새소리는 새들이 안다.

육체 없이 생각 할 수 없다.

육체가 없으면 인간이라고 할 수 없다.

생각은 형체가 아니므로 나타나지 않는다.

세상의 한계이며, 인간의 한계다.

그러나 나무처럼 형체만 있다면 벌레와 같다.

상이 떠나서 생명이 없다면 사람의 모습은 사라지게 되고, 죽은 나무, 흙과 빛과 공기와 물과 같은 천지나 우주가 된 것.

살아서 있었던 생각, 인식, 연상(聯想)과 같은 것은, 형의 활동에 의한 종류의 실질적인 것이 된다.

인간의 삶으로 인하여 생각, 인식, 연상은 상존할 뿐, 죽은 후에는 사람이 아니기에 인간에게 통하는 것이 상존할 수 없다.

세상의 밖은 다른 것이다.

그러나 상은 죽어서도 활동한다.

죽은 자의 육체는 우주에 남는다.

형체는 형의 생각, 인식, 연상의 정도에 따라 다르고, 상이 꿈처럼 활동한다.

서로 동생 하여 내포하지 않으면 사람이라 할 수 없다.

죽어서 마른 나무는 형이 해산되기 전까지 상이 없는 시체로 남은 것.

상이 개입 상태로 있다가 떠나서 사체는 형이 우주에 남아서 해산을 기다리고 있다.

해산하여 다른 것들로 재편되면서 형체의 흔적이 없도록 사라진다.

자연에서 형체는 종류를 따라 살다가, 죽어서 다른 것이 되어 차원이 다르게 재편되거나,, 재결합되어 성별이 교차되면, 교차된 성별에 대한 만큼 몸이 부분적으로 변태되어 연생한다.

하나의 몸에서 동생 하던 씨와 알 중에, 씨가 바뀌어 재결합하면, 몸은 씨의 형질이 교체되어 탄생하고 알의 형질은 이어서 간다.

알이 바뀌어 재결합하면 몸은 알의 형질이 교체되고 씨의 형질은 이어서 새롭게 생겨난다.

연생하면서 몸에 개입한 것이 교체되고 있다.

인생이 머물러 있는 곳은, 생겨나고 사라지고, 개입하고 떠나며, 죽고 사는 것이, 차원이 변하며 교차되고 재편되는 것으로 활발하게 활동하는 곳이다.

육체가 행동하도록 하는 힘!

모든 것이 법칙과 같이 움직이는 우주?

갈 곳을 생각한 후 움직이는 사람과, 생각과 의식 없이 움직이는 사람, 사체가 되어 다른 힘에 의하여 이동하는 사람이 있다고 할 때, 모든 것을 동작하는 것은, 알 수 없이 활동하는 생명의 작동이다.

죽음으로 가고 있는 사람은 세상에 대처할 능력이 없다.

행동하려고 생각 하지만, 마음이 활동하려 하지만, 육체는 움직여 지지 않는다.

사람이 늙는 것은 아무리 늙지 않으려 해도 어쩔 수 없는 것.

사람의 의식과 생각, 연상하는 것도, 인력이 있고 없는 것도, 물질과 인간을 근본으로 한, 힘이 아닌 것.

무엇인가 모르게 하고 있는 것!

만능하려고 생각해도 성사되지 않는 것처럼, 사람과 우주의 모든 세상이 일력상존(一力相存; 한 힘으로 같이 있다)하여 개별적인 활동을 하도록 하는 것.

사람들은 신(神)이라 하고 있다.

실상의 힘이다.

힘과 행동하는 자성이 질서를 이루고, 질서가 모순, 충돌하면 자성이 파산되어 천둥이 발생하며, 힘은 이탈하여 공기 속에서 번개가 된다.

질서에 의하여 힘은 회전하거나 이동하고, 힘에 의하여 자성이 풀리면 힘은 빛이 되고, 힘은 힘에 의하여 행동한다.

힘의 활동에 바람이 불며 불나게 하고, 파도가 치고, 땅이 움직이며, 별이 돌고 있다.

힘과 자성은 생각과 인식, 연상을 하게 한다.

같은 힘이 따듯하거나, 추운 날씨가 되도록 한다.

힘과 자성은 자극이 되어 느끼도록 한다.

하나의 힘이 모든 것으로 움직이는 모습이다.

그러나 자성은 힘을 구분하고 있다.

눈을 감으면 사물의 모양이 차단되고, 의식이 없으면 감각이 죽어 못 느낀다.

정신과 마음이 죽으면 의식과 감각이 죽어서 인간은 분별없이 생존하지 않도록 된다.

사람도 죽은 자도, 하나의 우주로 있다.

사람에게 이성이 있고, 정신과 마음의 이성은 육체와 함께 있다.

육체와 우주는 같은 성질.

우주도 하나의 몸과 같이 이성이 있는 것이다.

사람의 이성은 우주와 함께 있는 이성과 같다.

그러므로 이성은 우주와 통할 수 있고, 육체는 우주와 통하고 있다.

인간이 죽는 다는 것은 사람이 다르게 생겨서 변화 되는 것이다.

사람이 죽었다는 것은 개인의 세상이 죽었다는 것이요, 살았다는 것은 개인의 세상이 살았다는 것.

죽음은 언제나 상존하는 것, 삶도 언제나 상존하는 것, 결국 죽는 다는 것은 변화되는 것에 불과하다.

인간과 같은 이성이 있고 없는 것이 다를 뿐이다.

인간 세상의 이성보다 더 좋은 것으로 될 수 있는 다른 나라도 있는 것.

생초(生初)에 사람은 광엄(廣嚴)하고 무서운 세상을 느낀다.

죽음처럼 닥아 오는 세상의 힘, 죽음을 모르는 시절이다.

거대한 세상의 압박하는 기운이 밀려오는 것이다.

생초에는 너무나 나약하여 세상의 기운을 극복하기 어려운 것.

의식과 감각, 실존과 정신이 오고 가는 상태, 의지할 것 없이 어지러워, 세상의 모든 것이 흔들리고, 위치와 위, 아래가 착립(着立; 인력에 대한 균형) 없이 떠도는, 구름이나 물결처럼, 불길처럼 유연한 기운이 되어 밀려오고 가며, 피어오르다 떨어져, 의식이 돌아와서 균형이 잡히면 자연의 감각이 생겨난다.

자연의 세력이 무섭게 활동하는 것이다.

세상의 힘에 질식하지 않고 극복하여 살아나는 생사의 순간이 탄생이다.

죽음은 신생이며, 신생은 이변이다.

태어날 때, 세상의 힘과 고통으로 죽는 줄 알았더니 살아난 것과 같다.

자연이 활동하는 광경이며 실상의 느낌이다.

공과 같이 질량이 없으며, 무겁게 압박 적으로 활동하는 암흑으로 질식하여, 사공(死空; 죽음으로 빈, 암흑의 우주 공간)을 지나서 해탈하면, 유연하고 가볍게 꿈처럼 떠있는 활상(活狀)으로 된다.

힘의 균형에 모순이 있으면 투쟁적인 활동을 하는 것이 자연이며 세상이다.

사공이 강하면 벗어나지 못하고 생명이 교체되어야 한다.

숨통이 막히는 죽음의 길목이다.

생명에 사공의 그림자가 점령한다.

그 길목을 지나 해탈 되면, 꿈처럼 상이 되어 활동하며 속박을 벗어난다.

인생의 나라를 떠난 것이다.

인생을 떠나면서 몸은 해산된다.

산소와 수소가 물이 되고, 물이 구름이 된 것처럼, 실상에서 사람이 되고, 꿈같은 상이 된 것이다.

의식과 정신, 마음이 생동하면, 싱그럽고 색깔 있는 세상의 자연을 느낀다.

정상적인 생명이 되면서 거리가 생겨나고 상대하는 것들로 살아간다.

사공 속에 있는 정도에 따라 무서운 것으로 보이거나, 사랑스럽고 인자하여 편안한 느낌을 준다.

자력이나 사랑, 좋고 싫고, 병들고 생동하는 것처럼 밀고 당기는 것이 세상이며 자연이다.

생존의 모습이며, 경쟁이 되고, 편안과 자유, 평화가 되어 살고 있는 것이다.

공안에 들어와 경쟁이 균형적으로 활동하는 것이 자연이며 사람이다.

모든 생명, 빛과 같이 생겨난 것들은 공안에서 살고 있다.

균형에 따라 정상적인 것의 차이가 있으며, 사물의 형체를 인정(認定)할 수 있는 것이다.

광엄한 두 힘의 일부가 동결한 것이 인간의 정체다.

정신과 마음의 정상적인 균형은 생력의 정착상태이며, 병든 자는 생체보존이 침체되고 있는 것.

꿈은 인성과 의식, 감각, 영혼과 다른 것으로 산다.

그러나 인생은 상이 사공을 극복한 상태에 생존하고, 나활(裸活; 벗어나 세상에 활동)하는 생력에 있다.

생명이 생겨나고, 생명은 세상과 자연에서 형체로 활생(活生)하는 것이 된다.

사람이 답답하거나 속박된 것을 싫어하는 원인이다.

인생과 자연이 있는 세상은 항상 죽음의 공 안에서 살고, 생활의 빈곳에는 공이 그림자(공)처럼 채워진다.

형체가 사라지는 곳은 공이 채워지는 것이다.

삶이 부족한 것은 공(죽음)이 채워지고, 공(죽음)안에 생겨난 것은 삶이 채워진다.

생명이 죽어 갈 때 흑공(黑空)에 침압(寢壓)되고, 생명이 살아 날 때 흑공을 극복하여 생활이 된다.

사투를 극복하여 생명이 강하면, 살아나서 공안에 들어와 세상에서 살 수 있는 것이다.

생력이 강할수록 사투가 사라진다.

그러나 생명은 언제나 공안에 있을 뿐이다.

결합하여 생겨난 생명체가 세상을 떠나서 해탈되거나, 결합하여 세상에 자연으로 살아나는 과정이며 현상이다.

생초의 현상은 흑공(어두운 공, 사공)을 극복한 상의 생력(生力), 흑공 속에 세상의 모든 것이 생동하는 생명(상), 거센 힘을 극복하는 실상의 생명이다.

공(우주의 빈 공간, 그림자, 사공; 死空, 흑공; 黑空)은 죽음의 길목이며, 죽어서 벗어나면 세상과 다른 나라, 세상으로 생겨나면 우주에 생겨난 것들로 있다.

세상에 시달리며 벗어나지 못한 것이 인생이다.

죽음과 같이 사는 것이 인생이다.

생초에 인생을 지나쳐 갈 수도 있었던 것이다.

생명으로 멈춘 모든 것이, 자연, 세상 세력에 생존, 노력, 투쟁하고 있지만, 인간의 정신에 의하여, 생성된 생명은 평화롭게 활착(活着; 활동의 정착)하는 마음으로 돌아온다.

건강한 사람에게 느껴지는 모든 생김새와 본질은 모사(模寫)일 뿐이다.

사람의 한계에서 본질은 알 수 있기 때문이다.

사람의 한계는 공을 넘을 수 없는 본질이며, 생을 넘을 수없는 본질이다.

인생을 떠나면서 활상과 공, 활생(活生; 세상에서 상존하는 것들의 실질적인 정체)하는 것으로부터 실상의 나라가 나타난다.

살고 있는 것, 가고 있는 곳, 거처하는 곳이 생(生)으로, 활착된 자극으로 느껴지고 있다.

인간의 마음과 생각대로 살 수 있는 것이 아니라, 실상의 법칙으로 살고 죽으며 변하게 된다.

사람이 태어나는 것도, 몸을 구성하다가 늙어서 반납하고 죽는 것도, 다른 것의 능력으로 세상에 들어오고 나가는 현상이다.

사람과 세상의 모든 것은 분주하게 드나들고, 살다가 떠나며, 있다가 사라지는 것이 되어, 늙어 가면서 떠나지 못한 것은 자성의 결합을 벗어나지 못한 것으로, 죽은 후, 땅에 집적되거나 해산되며 사라진다.

사공과 활생의 투쟁이 클수록 생명의 의지는 약해지고, 사공이 강할수록 인생은 침체된다.

꿈과 같이 활상은 사람에게서 활동하지만, 사람의 생력이 잠들거나, 정신을 잃고 의식의 한계를 벗어나서 거울처럼 반영되는 경우도 있다.

형체가 없는 것처럼 헛것이 보이기도 한다.

생초의 현상과 같다.

압공과 활생의 현상과 비슷하다.

거리와 시간성이 상존하지 않는다.

활착된 생명의 형성을 잠시 떠나서 있는 것이다.

잠시 동안 씨와 알이 완성된 사람의 성립, 정신과 마음을 벗어난 것으로 써, 생각, 마음, 추상, 상상, 추억, 인식처럼 주관적인 신주(身主)에게 생성되며, 타인에게는 나타나지 않는 현상이다.

세상의 밖, 인생의 나라를 벗어난, 다른 나라가 나타난 것이다.

자성으로 통제된 인간의 한계로 세상 안과 밖이 있다.

생명이 있는 것은 자성의 통금으로, 세상에서 벗어난 곳을 통제되어 갈 수 없고, 알 수도 없으나, 잠시 소통되는 경우, 세상 속의 인생과 다른, 꿈과 같은 것이 활동하는 현상이다.

몸이 잠을 자거나, 눈을 감고 멈춘 상태에서 꿈과 같은 일이 생겨난다면 정상적인 사람이지만, 세상에 의식 있는 육체가 행동하면서 눈뜨고 발생하면, 몸은 세상, 정신은 세상을 상실하여 밖에 있는 것이다.

동체이상(同體異狀)이다.

절반은 세상, 절반은 실상의 나라 인생(정신적인 이상)이 된다.

실존 상실은 생명이 없어진 죽음이요 육체만 세상에 있다.

세상에서 생존이 끝난 것이며 세상을 상실하고, 살아 있는 사람이 그 모습을 볼 때, 세상 속, 땅에 전복된 몸 덩어리만 있을 뿐이다.

별들이 인생과 다른 것처럼, 사람이 다른 것으로 되고 있는 순간의 광경이다.

몸은 있어도 생명은 없다.

동체탈상(同體脫狀)이다.

생명이 없는 몸, 정신과 감각의 자성적 착란(錯亂)에 의한 세상이 아니며, 생명이 몸에 착생하여 동체가 되지 않고 실상으로 떠난 것.

본래 뜨겁고 차가운 것은 없는 것이다.

그러나 생명과 모든 것은 정신과 마음, 감각을 유지해야 자연의 질서에서 생동할 수 있다.

사실, 신비롭고도 이상 별난 세상에 있는 것이다.

이세상은, 난리(亂離)치는 모든 것들이 거대하게 연속적으로 활생하는 곳.

영원히 안정될 수 없고, 합리적이면서 절대적인 법칙에 의한 세상인 것.

별의 안과 밖에서, 다른 별들과 같이 공안을 차별 없이 유동(流動) 하며 살고들 있다.

이런 세상에 인간들은 시달리며 안정을 찾으려 갈망하고, 영원을 찾고 있는 것.

세상에 매혹되어 떠나지 않고 영원히 머물러 있고자 한다.

죽지 않고 젊어지려 한다.

활생이 강한 사람은 생동감이 풍성하고, 흑공이 강한 사람은 침체된 생활, 생명과 흑공이 대립되는 사람은 투쟁적인 생활, 생명과 힘의 대립은 시달림, 활상이 강한 사람은 지혜와 생각, 추상과 꿈이 많고 신(神)을 그리워한다.

생명은 몸(정신, 마음; (이성))을 살려준다.

활생하는 것이 명확하게 구분되어 균형 있는 사람은 지혜와 행동, 감각이 확실한 처세를 한다.

결성의 적합성 차이에 따라서 개성이 다르다.

남녀의 궁합에 따라 생성된 사람의 성질이 다르다.

상과 힘이 착생하여 세상에 태어나서 세상을 분간하고 인생살이를 한다.

생명이 세상을 떠날 때, 실상을 느낀다.

생명이 있고 없는 것이 죽은 몸으로 확증되고 있으나, 결합된 생명의 정체는 알 수가 없다.

결합이 진행 중이면 생명, 파산이나 완성은 죽음이다.

그러나 감각을 벗어나면 거창한 세상은 분간 할 수가 없다.

오직, 생초와 같이 결합이 성사된 상태에서 세상이 나타나고, 세상에서 생존한다.

잠을 자면 꿈이 살아서 활동하다가 깨어나면 꿈은 사라져 세상이 활동하고, 잠을 자면 세상은 꿈처럼 나타나지 않고 어두운 나라가 된다.

개입하여 상대하지 않으면 있는 곳을 모른다.

결합(잉태)이 완성되기 전에는 확실한 개체(사람)가 아니기 때문이다.

개체가 죽으면, 개체는 세상이나 자연 상대가 되지 않고 없으며, 개체가 세상에 탄생하여 개입하면 상대하는 것들이 생겨나고 개체도 상존한다.

그러나 탄생한 개체나, 사라진 개체도 다른 것으로 생겨난 것.

그러나 개체가 있고 없는 것은 다른 것에 의한다.

모든 것은 서로 일치하고 있으나, 안과 밖, 동면과 이면의 성질로 양면을 모르게 생겨났기 때문이다.

입자의 면으로 보나, 파동의 면으로 보나, 세상에 생겨나온 모든 것은 사람처럼 반편만 상대되고 느낄 수 있기 때문이다.

세상의 정신과 마음, 몸과 이성, 씨와 알의 성립은 공과 힘의 조성에 있다.

자연은 실상에 따라, 공과 힘의 활동에 따라 발생하는 것.

인간의 능력으로 해결할 수 없는 것.

사람이 하는 일, 실상의 원칙에 따라 일치할수록 가장 중요한 일을 하게 되는 것.

개체는 모든 것과 일치할 수 있는 조건이 있다.

실상과 일치하는 것은 서로 동체가 되는 것처럼,, 세상에 생겨나는 개체의 조건이 있다.

실상, 세상의 모든 것은 공과 힘의 생산(生產)이다.

물질을 버릴 수도, 생각을 버릴 수도 없는 것이 세상에 있는 인생살이다.

실상과 살고 있지만, 세상 속에서 잃어버린 것 같다.

차원이 다른 것이다.

종류에 종속된 운명에 따라, 알고 느낄 수 있는 한계를 동면(同面; 同界; 범위)으로, 각각 다르게 생겨나서, 서로 다른, 각면(各面)으로 산다.

안과 밖이 같은 곳에 일치되어 있지만,, 사람, 모든 형체는 동체의 몸속으로 들어 갈 수 없듯이, 몸 안에 잉태된 것이 몸 밖에 있지 않는 것처럼,, 활상과 공, 활생의 나라를 상반하여 모르며, 차원을 달리 하여 나누어 진 것처럼,, 자연과 세상의 모든 것은 다르게 살고 있다.

세상의 모든 이치는 일치하는 데 있고, 일치한 것은, 한사람에게 안과 밖이 있는 것, 세상에 있는 모든 것이 하나로 된, 동면과 이면에 있는 것이다.

그러나 일치된 하나에서 상대가 있는 것은 동면에 머문다.

개체들이 모여 있는 사회와 같다.

한사람에게 안과 밖이 있는 것처럼,, 하나의 나라에서 태어난 세상과, 생겨나지 않은 나라,, 한몸에 양면, 동면과 이면이 있는 것처럼,, 하나로 일치하여 생긴 것이 차원을 달리하여 오고 가지 못하는 것과 같다.

한사람에게 삶과 죽음이 있고,, 자연, 세상에 삶과 죽음이 같이 있고,, 죽음은 없어지는 것과 같고, 모든 것은 없는 곳에서 생겨난다.

있고 없는 것은 동일한 곳, 하나의 나라에서 발생한다.

이면과 동면은 상대적인 것도, 반대적인 것도, 내부와 외부도 아닌 것,, 동일하면서 다른 차원을 이루고 있는 것.

수면(睡眠; 잠)중에 있는 사람은 무신(無身; 없는 몸)처럼, 몸과 잠자는 몸의 외부에 무엇이 있는지, 세상을 모른다.

반복되는 수면, 죽음의 나라에서 안식(安息)하다 오는 것.

수면의 안식이 없으면 세상살이 못한다.

잠속에서 꿈이 살아나면, 세상생활과 다른 생활을 하는 것.

몸은 세상에 있지만, 활동은 세상이 아닌 곳에서 하고 있는 것이다.

몸의 세상과 다른 곳, 한계, 시간도 없이 미래와 과거를 오고 갈 수 있는 곳이다.

잠자는 사람은 신주(身主; 자신, 몸의 주인)와 세상을 모르고 있다.

그러나 다른 사람이 잠자는 광경을 볼 때, 잠자는 사람은 세상에 생존함이 인정된다.

동일한 곳에 서로 다른 나라가 있는 것이다.

생상(生狀; 살아 있는 상)의 나라를 벗어나, 잠에서 깨어 날 때, 세상의 몸으로 돌아오게 된다.

서로 같은 곳에 있으면서 꿈과, 세상에 있는 생체가 구별되어 있다.

차원이 다른 양편, 대면 할 수 없다.

삶과 죽음이 같은 생활을 할 수 없는 것과 같다.

꿈은 실상의 나라, 꿈이 없이 잠들면 어두운 공성, 밝은 낮의 생체는 세상에 있다.

잠잘 때와 깨어 있을 때, 삶과 죽음의 사이를 면(面)이라 할 때, 잠잘 때의 이면(異面)은 깨어난 곳이며, 깨어난 곳의 이면은 잠든 곳으로, 일치된 한 사람에게 발생하는 일이다.

세상의 이면은 실상이요, 동면은 세상, 실상과 세상은 일치되어 있다.

정신은 거울에 비친 형상처럼, 세상의 정기와 동화한다.

사람이 형체를 반영하는 것처럼, 다른 형체도 사람을 반영한다.

나무에도 그늘이 생기고, 물속에도 형상이 생긴다.

사람의 몸은 다른 형체와 동체가 되지 않고 고립된 한몸이다.

사람, 개체들은 서로 고립되어 상대한다.

공통(共通; 같은 것으로 통함)에 살고 개체로 돌아온다.

그러므로 서로 투쟁할 수도 있고, 도울 수도 있다.

그러나 잘못된 것, 다른 사람이 판별할 수가 있다.

그러나 다른 사람도 고립된 편견으로 오판할 수가 있다.

그러므로 또 다른 차원의 사람이 필요한 것이다.

모든 일은 공통, 일치해야만 완성된다.

절대적인 것이 아니면 허공과 같고, 투쟁이 멈추지 않고, 일치하지 않은 것이다.

정신이 몸(마음)과 일치하지 않으면, 인간의 의지를 벗어나서, 나뭇잎이 바람에 날리 는 것처럼, 세상을 의식하지 못하고 떠돌게 된다.

정신 의식이 깨어날 때, 세상에 돌아온 것과 같다.

사람의 구조는 전방 형으로 앞과 뒤를 일치하여 볼 수가 없다.

양방(兩方) 모두 본다면, 세상을 판단할 수 없이 분별력을 잃고, 세상이 보이지 않는다.

반편인 인간은 반편을 그리워하고, 사랑하다가 반편을 태어나게 하며, 부족(不足) 속에 살아야 한다.

반편으로 되어 있는 삶의 짝을 죽음으로 찾게 되며!

반편이 아니면 세상에서 판단하며 살 수 없기 때문이다.

반편이 아니면 인간이 아닌 것.

한통의 나무처럼 편향되지 않을수록, 땅에 뿌리내려 의지한 나무처럼 반발 없이, 공처럼 경계 없이 통치한다.

반편의 전방 형이 아니고, 주위를 동시에 일치하여 자유 소통하도록 허용한다.

공과 같이 몸이 없으면 세상과 대응하지 않는다.

세상에 태어난 모든 것은 방형(方形; 방향성)의 숙명에서 서로 동거하며 공생할 수 있고, 생성되어, 벗어날 수 없이 대응(對應)한다.

대응이 없으면 세상의 밖이다.

세상의 밖은 죽음을 지난 곳.

벗어 날 수 없이 활동한다.

좋아서 살고 시달리며, 유혹되어 피었다 지는 곳!

방형(方形)의 속에서 구원에 골몰한다.

세상에 없다면, 방형에 처하지 않고, 세상을 몰랐을 것을!

방형(方形)의 세상 이면에는 별다른 나라가 있고, 같은 곳이면서 방형으로 생성되면서 다르게 알 수 없다.

생성된 것은 방형으로 나누어져 있고, 생성되지 않으면 하나로 일치되어 있다.

일치된 나라(세상과 세상이 아닌 곳)**에 공과 생이 있다.**

동면과 이면으로 세상에 개입하거나 사라진 것과 같고, 안과 밖은 세상에 개입한 두뇌 안과 밖, 감각의 안과 밖, 자성의 안, 밖과 같다.

서로 상대하여 오고가는 형상은 혼합되어 섞이지 않고, 힘은 자성 안에 생명이 되고, 불처럼 자성을 풀리게 하여 형체를 해탈토록 하며, 형체를 사라지게 한다.

그러나 물은 해탈을 금지하여 형체나 물이 되어 남도록 한다.

세상의 광경이다.

마음(몸)은 세상에 남고자 하는데 정신은 세상 밖을 떠돌 때가 있다.

육체는 절벽과 같은 위험 속으로 가고 있는데, 정신 못 차리거나, 정신 차렸지만 동작하지 않는 몸이 있다.

잠자는 몸과 꿈이 서로 다른 나라에서 활동하고 있는 것과 같다.

마음대로 되지 않는 것이 있다.

운명과 같은 것이다.

몸은 현실적 행동을 하고, 생각은 옛 추억을 떠다니거나, 계산을 하고, 꿈처럼 고향, 만나고 싶은 사람, 가고 싶은 곳, 먹고 싶은 것을 떠돌고 있다.

몸의 현실과, 정신 이 통하는 몸 밖이 다른 것이다.

정신이 지향하는 것과 몸이 일치하지 않고, 서로 다르게 생활하는 것이 있다.

몸의 구조, 동면이 상반되게 결과를 초래하는 것, 이탈과 공통, 적변법 칙에 따라 변한다.

사람의 안과 밖이 다른 것.

구조 결합의 결함이 생긴 것.

아름답게 보이든 꽃이 살아서 움직이는 것으로 보여 지며, 움직이는 변화에 징그러운 느낌과 공포심을 갖게 되고,, 정상적인 정신이 되면 웃을 수도 있는 것이다.

안과 밖, 동면과 이면에 대한 이상 현상이다.

세상에 한정(限定)된 인간, 속세(屬世; 인간 계)를 잠시 벗어나, 다른 차원에서 있었든 것이다.

세상의 시달림을 극복하려면 몸이 굳어지고, 늙어지며, 생초에 몸이 유연 하면, 연약하여 자연의 활동에 견딜 수가 없다.

아무리 운동을 하고 몸의 연결과 구조를 원활하게 해도, 옛날로 갈수 없이 육체의 질량과 성질은 변화 된다.

자연, 세상의 모든 것들은, 인생을 멈추지 못하게 공화(共和)한다.

세상, 자연에 공체동화(公體同化)되도록 한다.

사람의 육체는 수많은 구성물이 활동하게 되어, 세상과 자연이 활동하는 것에 불과하다.

사람은 공화되면서 시달리고 산다.

세상에 의하여 살고 있는 사람!

사람도 실상의 한편이고, 자연도 실상의 한편이며, 세상도 실상의 한편이다.

변하지 않는 것은 실상 뿐이다.

세상!

세상 밖, 두뇌(頭腦)밖에서 두뇌 속, 형상의 세계를 찾아 볼 수가 없다.

상대편 머리 속에서 발생하는 사연들을 찾아 볼 수가 없다.

알 수가 없는 것이다.

그러나 몸과 머리 속은 밖의 세상과 동면에 있는 것이다.

사람의 몸만 보이고 머리 속을 밖에서 볼 수 없듯이, 사람은 자연과 세상의 몸만 볼 수 있고 세상의 속을 모르며 산다.

세계가 우주이며, 식물, 동물, 빛과 물, 땅과 바람처럼 형체로 되어 있다.

두뇌 속에서 발생하는 생각, 지혜, 형상처럼 형체의 밖에서 활생하는 것들이 있다.

결합하면 유연한 것이 고질적인 것으로 변하여 늙고, 용암이 되거나 물이 되면 유연한 것으로 돌아오고, 불이 되어 변하거나 바람이 되어 변하면, 빛과 그림자처럼 되고, 형상과 공처럼 되어 활생하는 생각처럼 된다,, 형상이 된다.

활상과 활생으로 정착하여, 꿈같은 활상은 세상에서 공을 지나 간곳, 활생은 세상에 들어온 생명의 생각과 마음으로 생활을 한다.

속세에서 형체가 되고, 형체에서 해탈한다.

세상은 같은 곳이 면서 안과 밖이 다르고, 일치되어 있으면서 면이 없는 활상과 구분된 형체의 몸이 다르게 나타난다.

눈을 감으면 보이는 것이 없고, 귀를 막으면 들리는 것이 없고, 숨이 막히면 냄새가 없으며 죽고, 입을 닫으면 맛이 없고, 감각을 끊으면 느낌이 없다.

몸은 있어도 생명은 사람이 아닌 것과 같다.

그러나 마음과 생각, 연상, 꿈은 살아 있다.

그러나 몸과 이별할 것이다.

그리고 꿈같은 활상이 된다.

세상의 업적에 대하여 보답되고 갈 길이 다를 것이다.

〈생각하면 할수록 굳은 관념이 되고, 지향할수록 신념이 되어, 판단과 선택이 없을 때 고민하고, 생각이 떠오르지 않고 알 수 없어, 아무것도 없는 것으로 방황한다.

마음도 편할 수 없어 화가 난다.

몸에서 같이 있는 것, 밖으로 상생하는 것, 자연과 세상을 조성하는 것과 적합하게 사는 것이 잘사는 처세의 길이다.〉

형상은 질량이 없는 곳에 나타나지 않는다.

공을 통과 하는 형상은 면이 있어야 나타난다.

면이 있어야 나타나는 빛처럼.

눈이나 거울이 있어야 형상이 비춰지는 것처럼, 면이 있어야 보인다.

면은 일치된 나라에서 안과 밖, 동면과 이면, 공과 형체와 힘, 세상과 실상을 다른 것처럼 나누게 하는 성질이 있다.

형체의 본질은 형상이며 인간의 눈으로 감지한다.

그러나 세상 근본은 상, 눈에 보이지 않고, 잠잘 때 꿈이나 , 의식 속에 꿈처럼 활상(헛것처럼)으로 나타난다.

눈을 뜨고 보는 헛것은 눈의 의식이 면을 벗어난 상태에서 나타나는 것.

실존하는 현상이다.

상은 꿈처럼 공에서 나타나고, 형상은 깨어난 의식의 면, 질량이 있는 자연에서 나타난다.

실상은 면에 의하여 몰라보게 된다.

눈까풀 면속에 눈이 차단되어 형상은 보이지 않고, 형상이 차단된 잠속에, 세상과 다른 나라의 꿈이 살아서 활생한다.

눈을 뜨고 머리 속에 반영된 것은 우주의 형상이고, 눈을 감고 나타나는 것은 머리 밖을 통한 것이다.

세상에 개입한 것과 개입하지 않은, 있는 것과 없는 것의 실상이다.

그러므로 꿈같은 세상을 살고들 있다.

살아서 상대한 나무, 죽음의 밖에서 다를 것이다.

사람의 머리, 정신은 활생하고 있는 상과 형을 나타낼 수 있다.

그러므로 정신은 삶과 죽음을 경계한다.

정신 차리면 삶, 잃으면 죽음이다.

힘과 생과 공의 현상이다.

하나로 일치되어 같은 것이지만 면에 의하여 안과 밖이 다르게 나타난다.

사람의 몸 밖에 있는 단단한 나무, 몸을 면으로 한, 사람의 머리 속에서 활성된 것으로 나타난다.

인생과 다른 나라가 있기 때문이다.

실상의 나라가 식별되고 있는 인생이며 형상이다.

사람의 눈, 거울은 반편을 비추는 형상을 나타내고, 꿈은 투명한 것처럼 양면을 드나들며, 공은 주변의 모든 것을 통과 하도록 한다.

사람에게 면이 없다면 공과 같이 앞, 뒤 없는 실상의 나라처럼, 인생을 떠난 곳에 있을 것이다.

인생의 반편에 나타난 형상은 공을 통과 하지만, 실상은 공에 나타나지 않는다.

공은 형과 상이 활성 되는 곳으로, 정확하며 질서 있게 가득 차있다.

몸 안의 생활은 몸 밖으로 은밀하게 나가기도 하며, 밖의 세상은 몸 안으로 들어오기도 한다.

머리 속에 들어온 형상과 나가는 것, 잠속에 들어온 꿈과 사라지는 꿈이 있는 것처럼.

몸(면)의 안과 밖이 변하는 정도에 따라, 인생의 처지, 세상의 분위기와 기억, 지각, 정신과 심리 현상, 신체의 생리가 변화된다.

정신과 마음이, 몸 밖으로 많이 나갈수록 사람의 의지가 다른 곳에 살거나 질식, 죽게 되며, 과다하게 들어올수록 놀라거나, 공포 속에 살고, 화통이 크며, 폭발된다.

몸의 구성이 엇갈리거나, 파산되는 것처럼 건강도 달라진다.

안과 밖의 조화가 균형 있게 조성될 때, 가장 지혜롭고 정상적인 인간이 될 수 있다.

그러나 정상의 길은 고행 속에 실현된다.

세상의 안과 밖은 개체적으로 일치하지 못하면, 있는 것을 모른다.

처세에 따라, 지혜와 재능, 운동과 일, 세상을 터득하는 것의 정도가 결정된다.

인간의 한계를 넘을 수 없는 것이다.

정신 차리고, 마음이 알맞게 먹고, 부지런히 일하고, 재미있게 살고, 잠자며 안식하고, 아는 것이 힘, 정도를 가는 것이 잘사는 인생이다.

세상 구경 한번 잘한 것으로 감사하고, 충족하면 된다.

일치하는 것이 가득할 때 행복하며, 없을 때 어둡고 모순된 사고 속에 답답하다.

인생이 짧고, 하고 싶은 좋은 것을 하며, 포근하고 편안 하며, 모든 일이 잘될 때 행복하다.

그러나 하고 싶은 대로 할 수 없는 것이 인생이다.

인생은 안과 밖으로 드나드는 것이 있고, 복도 들어오고 나가는 것이 있기 때문이다.

형상은 아름다운 색으로 되어 있거나, 어두운 색, 깨끗하고 시원한 생기가 있는 것으로 되어 있다.

빛과 어둠, 힘과 어울리고 있는 것이며, 색은 공에서 나타나지 않는다.

무엇인가 찾지 못하고, 태어난 세상을 모르고 헤 메는 것과 같다.

몸 안에 들어온 형상은 머무를 때가 있다.

추억을 그리고, 그림을 손으로 그릴 수 있는 것이 된다.

머물러 있는 것이 없으면 그릴 수가 없다.

몸 안의 형상과 몸의 면, 손과 몸 박의 객체, 종이가 일치하여야 그림이 형성된다.

형상이 통하면 적합한 형태가 되고, 통하지 않으면 형성되지 않는다.

형상으로 인하여 나타나는 것이 세상이다.

삶을 지탱하여 나가는 것도 형상에 의한 것.

같은 일을 반복하여 숙달되면 생각 없이도 자동으로 할 수 있다.

형상이 활생하고 있는 것이다.

형상이 다르게 될 경우, 하는 일이 성사되지 않고 잘못된 것으로 망친다.

사실과 다른 것이 된다.

형상과 형체의 안과 밖이 일치되지 않으면 삶을 지탱할 수 없는 것.

형상이 없다면 생긴 것이 없고, 생긴 것이 없다면 공이 된다.

공이 있으면 형상이 있고, 형상이 있다면 생활이 있다.

천물 창조의 근원이 된다.

상대편 내부. 생각, 마음이 나타나지 않으므로, 외부의 판단이 오판되거나, 불만, 거짓, 욕심, 파산, 투쟁, 멸망이 발생한다.

부부와 가족, 친척, 동료, 남남, 나라와 백성, 국가 간에 이해가 되지 않고 상이하게 사는 것.

잘 살 수없이 고통을 겪는다.

안과 밖이 일치되도록 이해하면 잘 살 것이다.

다른 곳, 사람의 밖에서 인간을 지켜보는 것이 필요하다.

세상에 모체에서 떨어진 아이, 눈에 나타나는 것이 있고, 젖을 주면 먹을 줄만 안다.

주위에 나타난 것이 나무인지! 방안에 있는 것인지! 사람이 무엇인지! 빛과 어둠이 반영될 뿐이다.

의식이 세상을 느끼면서, 모든 것이 처음 이고, 신비로운 곳에 있고, 경치가 이상한 것으로 의혹이 생긴다.

걸음을 걷고 성장함에 따라 온화하고 포근하며, 즐겁고, 평화롭고, 편안하며, 생동하고, 보호 속에 걱정 없이 산다.

죽음도 모른다.

그러나 의식이 강해짐에 따라, 세상은 위험하고, 먹고 살기 힘들며, 맹수나 인간은 험악하여 경계할 때가 있고, 천지지변처럼 공포가 있는 곳, 세상을 안다.

자연과 공생하면서 정신과 마음이 생동하고, 사춘기에는 이성(異性)을 따르며, 세상의 내부를 알게 되고, 알 수없는 세상에 접어들어, 가장 중요한 것을 구하다가 몸이 늙어지면서 격고되어, 세상의 섭리에 따르게 된다.

모체와 하나로 동체가 되어 같이 살던 것처럼, 객체가 되어 서로 싸우지 않고, 하나의 땅 속에 뿌리내려 같이 사는 식물처럼, 한없이 작거나 한없이 끝을 모르고 거대한 하나의 공에서 태어난 것처럼, 사람이 공처럼 작은 것의 끝을 지나 없는 것이 되어야, 세상을 다 아는 것처럼, 공처럼 너무 큰 것이 되려다, 늙어 사라지는 것이 되어야 공이 되어 세상의 끝을 갈 수 있는 것처럼, 하나의 실상에서 공국(空國; 같은 나라)에 살고 있다.

다른 사람의 몸에서 서로 다른 것처럼 상존하던 씨와 알이, 하나의 사람 몸에 동생하고, 씨와 알에는 수많은 세포가 모여서 하나로 속생 하며, 사람과 식물, 동물과 빛, 공기, 물, 별들이 세상의 같은 몸에서 자연으로 동생을 한다.

죽은 것이든, 살아 있는 것이든, 서로 먹도록 하며, 상대하던 몸으로 태어나서 살고 있는 것, 하나의 몸에서 순환하고 있는 것.

같은 나라에 살고 있는 것.

부화(孵化)되는 것처럼 깨어나지 못하여 잉태된, 인생에 머물러 갈 수 없는 나라다.

인생의 밖으로 갈 수 없기 때문이다.

순리의 인생이 끝나면 해탈하여 인생을 벗어난다.

인생을 벗어난 나라, 해국(解國; 풀린 나라)으로 가는 것이다.

세속에서 알 수 없이 비밀에 가려진, 세상을 벗어난 나라.

세상은 실상의 동체로 수많은 종류가 살고 있다.

상생하지 않는 것은 생존할 수 없다.

상생하여 생겨나고, 빛도 상생하여 빛나며, 바람도, 땅도 상생하여 생겨난다.

식물도 땅과 상생하여 살고, 동물도 동물과 식물, 바람과 물, 빛, 흙과 상생하여 살고 있다.

실상의 동체로 살기 때문이며, 모체의 속에서 잉태되어 상생하고 탄생한다.

내부에서 밖으로, 세상에 나와, 안과 밖이 세상과 동체가 되어 상생한다.

세상의 모든 것들이 하나의 몸에서 생존하고, 수많은 종류로 씨와 알처럼 생겨나도록 한다.

종류는 하나의 몸에서 생겨나는 것.

그러므로 상생 할 수 있는 것.

하나 같이 편안하고 활상하는 해국의 안생처(安生處)가 인생이 갈 길이다.

인생의 나라, 세상은 실상의 나라가 같이 있는 것을 느끼게 된다.

그러나 인생의 한계를 넘으면 천둥처럼 충돌하여 벼락이 되거나, 사람이 되지 않으려고 운명을 이탈하는 것과 같고, 질서 없는 사고와 죽음이 온다.

세상은 자연과 질서와 장엄한 것이 가득 찬 곳이다.

순리에 벗어나면 해국으로 갈 수 없다.

인간은 자연의 소리를 가깝게 느낀다(청각).

냄새를 맡는다(후각).

바람에 풀잎과 나무 흔들리는 소리, 계곡 물소리, 파도 소리, 동물들 말하는 소리, 노래 소리도 듣는다(청각).

그리고 풍경이 보이기도 한다(시각).

입에 대면 맛이 있고(미각), 몸에 대면 연하거나 딱딱한 것(촉각), 뜨겁거나 차가운 것(온도), 위험하거나 좋아하는 질감을 만난다.

천지천생(天地天生)의 기운이 몸으로 동화하여 감각을 타고 온다.

의식이 살아 있는 것이다.

마음에 들고 싫은 것을 가려낸다.

가깝고도 먼 곳에서 사람에게 접촉하여 알려주는 것이 있는 것이다.

그리고 생각한다.

세상에는 태어나기 전부터 살고 있는 것들이 많은 곳!

닮은 사람들도 많고, 다른 것들도 많은 곳!

같은 종류가 모여서 사회를 이루고 사는 곳!

마음과 정신, 생각과 정, 경험과 지혜는 잡을 수도 없고, 감각할 수도 없는 것들로 세상에 떠돌고 있다.

모든 것들은 무엇인가,, 절대적인 것에 의한 곳.

물은 높은 곳에서 떨어지고, 식물은 정해진 곳에서 땅과 하늘위로 뻗어 가며 살고, 동물은 땅을 옮겨 가며 산다.

다른 몸으로 옮겨 가며 사는 빛과 물, 공기와 먹이도 있다.

식물이나 동물, 별들에게 주고받는 것처럼, 사람의 몸, 자연 속에서 세상살이를 한다.

과일은 법칙적으로 떨어지고, 나무는 법칙적으로 뻗어가고, 별과 생물은 법칙적으로 성장, 생동하는 것과 이성이 법칙적으로 활동하는 것은 자연의 섭리, 세상의 한계에 있다.

광막한 우주에 인간사회도 자연으로 살고 있다.

물은 물과 합쳐지고, 공기는 공기와, 흙은 땅과, 새는 새와, 물고기는 어류와, 사자는 사자와, 토끼는 토끼와 무리를 이루며 서로 통하는 나라를 조성하여 자연으로 살고 있다.

물이 모여들면 홍수로 세력이 증폭되고, 바람은 태풍으로 모여들며, 사람은 사회로, 식물은 식물로 황폐하지 않은 곳에 무성하게 모여 산다.

불이나면 거대한 불길로 확산된다.

서로 소통이 원활한 것들, 가까이 하는 자연의 섭리다.

물은 공기가 없으면 생겨날 수 없고, 물은 불이 없으면 하늘을 날수 없으며, 불길은 공기가 없으면 꺼져 버린다.

공은 공기를 물이 되도록 어둠(그늘)을 만들고, 빛은 물을 공기로 만들며, 자성은 빛을 형체로 만들고, 불은 형체를 공으로 만든다.

빛이 없으면 굳어 버리고, 어둠이 없으면 불타버린다.

불은 자성의 결합체에서 생겨난다.

식물과 동물도 물이 없으면 몸속에 수맥, 물길이 끊기고, 공기가 없으면 숨통이 막히며, 빛이 없으면 생명이 생동할 수 없이 냉동된다.

물줄기처럼, 불길처럼, 바람결처럼, 떠도는 별처럼, 몸속에 이성이 들어 있는 것이 인간이다.

땅에서 하늘로, 바람이 있는 곳에서 물위로, 나르는 새처럼 세상을 떠돌고, 서로 다른 몸으로 옮겨 사는 것이 자연에서 살고 있는 인간이요, 세상의 모든 것이다.

자연이 살고 있는 세상, 실상의 장엄한 질서와 법칙, 한계에 있다.

그 속에 사람이 살고 있는 것.

몸속에 이성이 결정되어 살아서 움직이고, 생력이 되어, 자연의 숲이 되어, 별처럼 떠돌고 있다.

몸 안과 밖, 머리의 안과 밖이 서로 연관되어 활상과 활생을 한다.

몸은 풀로 써 살아있고, 몸은 동물로 살아가며, 인간으로도 살며, 하늘과 땅, 별이 되어 살고 있다

실상의 몸, 자연의 품에서 사람이 살고 있다.

힘이 발산하여 빛이 되고, 빛이 사라져 힘이 되는 것처럼, 일치되어, 같은 것이 다르게 변하는 삶과 죽음이 실상의 나라와 자연으로 되어 있다.

자연적인 생력은 종류에 따라 다르며, 생력에 따라 생활 방식, 법칙과 질서가 다르다.

종류에 따라, 특별하게 다른 것이다.

생력은 최초로 탄생될 때부터 정해진 종류별 형성과 생성의 한계다.

생성과 생활방법, 능력이 다르게 되어 변태는 하여도, 변이할 수는 없다.

살아서, 나무가 사람으로, 새가 물고기로, 공기가 별로 변활 수 없다.

질서의 한계에서 생긴 대로 생활하는 것이다.

자연 속에 살고 있는 수많은 생명들!

타고난 것을 살아서 벗어 날 수 없이, 타고난 성질, 특성에 따라 살고 있다.

생겨난 모든 것들, 좋은 곳에 가려고 그리워하고 있다.

생각이 허무한 것처럼, 안과 밖을 동시에 벗어날 곳을 찾는다.

상실된 것을 찾으려 한다.

자연의 땅, 하늘에서 실상의 기운을 느낄 것이다.

세상의 모든 자연, 안과 밖으로 가면서 익어간다.

성숙한 것은 생력이 다할 때 사라져간다.

그러나 생성된 형체가 없으면 오고 갈 것도 없다.

사람이 망구(望求; 구하여)하여, 동물과 식물이 망구하여, 빛, 바람, 물, 별이 망구하여 생겨난 것은 없다.

형체는 충돌하는 것, 불이 있어야 빛이 되고, 힘은 바람이 있어야 빛나고, 물은 빛이 있어야 공기가 된다.

형체는 자성의 결합이 있어야 생긴다.

양성하고 있는 실상이 있는 것.

씨와 알이 결합되어 생긴 남, 녀의 몸에, 각각 하나의 씨, 알만 생겨서 다른 가족과 결혼하면 남, 녀의 몸, 절반이 교체되어 새로운 몸이 생겨난다.

그러나 **동일한 가족이 결혼한 경우, 같은 씨와 알로 형성된 몸이 연속 환생된다.**

그러나 **다른 가족도 최초는 같은 가족, 모든 종란은 동일한 씨와 알의 연속 순환이다.**

번식에 의하여 다른 것처럼 나타난 것.

하나의 나무와 꽃으로 종란이 되어 땅에 뿌리 뻗고, 재차(再次) 순환하며 새롭게 사는 식물들, 씨와 알이 없이 뿌리로 써 순환되는 탄생과 같다.

몸은 상종한 것이 있어야 생명이 된다.

씨와 상종한 알, 사람의 생명이 된다.

머리와 상종한 꼬리, 정자가 되고, 피와 상종한 살, 난자가 된다.

죽은 자의 몸에는 상종하는 것이 사라졌다.

생명은 결산(結散; 맺고 흩어짐)된다.

종류의 최초처럼 어데 선가 들어와 사는 것들이다.

세상에 생명이 되어 반면(半面)을 느끼고, 대등(對等)한 다른 면을 모르게 산다.

두 나라로 가려져, 한 나라로 벗어 날 수 없는 생명이기 때문이다.

면은 나타나는 생성의 구분일 뿐, 대등한 곳에 실상은 구분이 없다.

생성된 것은 한계가 있으나, 실상은 한계가 없다.

실상은 한 면도 없는 곳.

생력은 실상으로부터 생겨난다.

생성된 것은 사람에게 나타나고, 신은 고유의 명칭이 없는 것처럼, 실상은 나타난 것을 모르게 한다.

인생은 정(情) 많은 곳에 재미있고, 세상 구경하며, 청순(싱그러움)하게 살고, 고달픈 면의 한계를 넘어, 나타나는 곳으로 갈 길이 멀다.

세상이 살아 있는 것처럼, 실상으로, 살아있는 나라에 모든 것이 생겨 산다.

생겨나고 싶은 대로 살 수 없는 생법(生法)의 운명에서!

머리의 세포와 꼬리의 세포가 결합, 성사되어 씨(정자)가 생겨서 이동하는 충(蟲)이 되고, 피와 살의 세포가 결합하여 알이 생긴다.

씨와 알의 결합이 달성되면 사람이나 다른 종류의 형체가 된다.

사람과 다른 인연을 만나 사람의 결합이 달성되면 세상과 다른 것으로 새롭게 살 것이다.

새롭게 꿈처럼 완성된, 신상(新狀; 새로운 형상)이 될 것이다.

몸이 꿈에 나타나는 것만큼 새롭게 될 것이다.

신결(新結; 새롭게 맺음)할수록 신생을 하고 다른 모습이 되어 장수한다.

생명을 완성하는 종생(種生; 씨와 생명의 만남)의 법칙이다.

절대

〈직관(直觀)되지 않으면 어느 것도 허용되지 않는다.

인간에게 절대적인 것은 없다.

그러므로 절대적인 나라를 찾지 못하는 인생은 변하고 있다.

살기 어려운 세상에 태어나서 잘살려고 헤 메는 이성이 되어, 몸과 같이 떠돌고 있다.

영원히 살만한 곳이 못된 세상이라서!

시대에 따라 정의를 찾을 수 없어 변하는 것처럼!

인생이 있거나 없거나 자연, 우주처럼 살아서 있는데!

멈추지 않고 변함없이, 환생하여 연속되는 곳!

나타나지 않는 곳으로부터 삶!

세상은 변하는 것처럼 보인다.

그러나 절대로 변하지 않는 것이 있어, 환생하여 연속적으로 살고 있는 자연이 있는 것!

절대적인 질서에 따라서 생겨나고 사라진다.

이유 없이 광대한 세상이 있겠는가!

살아 있는 자연을 보면, 무엇인가 나타나고 있는 것이다.

땅이 하늘에 싸여, 하늘이 공속에 있어, 공을 지나 생겨난 것들이, 살아서 갈 수 없는 실상의 나라에서 생활하는 것이다.

절대적인 것이 아닌 것은 법이 되고, 정치가 된다.

절대적인 것으로부터 세상의 모든 것이 평화롭고 자연스러운 것.

실상은 인간 사회의 법과 정치가 필요 없다.

한계만 지키면 낙원이다.

먹이가 없다고 투쟁하지 않고, 고난 속에 저주하지도 않는다.

먹이와 거처에 걱정하지 않는 신생자(新生者)가 종속(種屬; 부모, 가족, 동거)의 보호로 편안한 생활을 하는 것과 같다.

가정처럼, 세상과 자연이 공생하도록 한다.

서로 통제할 필요 없이 적합하게 살아야 한다.

영원히 필요한 것은 세상에 없는 것, 영원한 법이요 정치가 된다.

식물, 동물들이 과대한 축적을 하지 않고, 기근이 오면 같이 굶다가, 풍년이면 같이 먹고, 자연처럼 살면서 떠나가면 된다.

과대한 축적은 고통스럽게 하는 것.

넘치면 나누는 정이 필요하고, 모자라면 일하고, 기근이 오면 같이 굶으면 된다.

적합한 생활, 가정과 같은 세상의 처세 길이다.

인정, 사정, 모정, 애정, 가정(家情; 집안의 정), 우정, 동정, 이웃 간의 정, 나누는 정, 가는 정, 오는 정이 가득한 인생의 나라가 살맛나는 곳이 될 것이다.

그러나 실상처럼 절대적이지 못한 인간 사회는 과대한 욕심과 나태와, 술수로 비참한 일이 연속되고 있다.

태어나서 세상에 정들어 살고, 익숙하여 지면서 옛날을 잊고, 이상한 사람으로 생겨난 줄 모르며 산다.

모든 것이 영원히 필요 없는 세상에서 산다.

해치지 않는 것, 과욕이 없는 것, 투쟁을 떠난 곳, 굶주려도 일하고, 참는 곳이 식물처럼 순리대로 살고 평화롭게 사는 곳이다.

속세를 벗어나면 변하지 않고, 허황하지 않으며, 절대적으로 갈 길이 나타난다.

둥글게 떠있는 땅위에 이성의 몸이 떠돌고, 어두운 밤 달빛에 생명이 잠들은 것처럼.,,,

무슨 일이 있는 것처럼 복잡한 사회도 있다.

바랄만한 것이 없는 사회, 지나면 추억일 뿐.

신선한 이성은 세상의 한계를 두드리다 돌아선다.

무엇을 할 수 있는 곳일까?

공처럼 아무것도 없는 곳 같다.

생명들이 살고, 활동하는 것만 있다.

밝고 평온한 날이면 세상의 광야를 보며, 별다른 일없음을 느낀다.

항상 반복되는 일만 있다.

자연의 생활 속에 변하지 않는 몸이 나타난다.

멈추지 않고 생겨나는, 연속하여 환생하는 몸이다.

무엇의 몸인지 나타나지 않고, 영원히 가고 싶은 곳이다.

이성은 육체라는 곳에 속박되어 살길 찾아 헤 메고 있다.

먹이와 몸 둘 곳을 찾아, 세상 속을 고달픈 몸과 살고 있다.

이상하게 생긴, 알몸으로 낯선 세상에 태어나,, 언젠가 벗어 날 곳에

서,,,,

세상에 몸을 잃어버리고, 모든 것을 돌려주고, 반납할 것이다.

인생살이 할 때, 씨와 알이 이성을 찾아서 사람으로 신생한 것처럼, 사람과 다른 것을 만나서 새롭게 살 것을 찾아야 한다.

완성되지 않은 인생, 연분을 못 만나 탈락되지 않고, 새롭게 더, 살길이 확실하게 있다.

찾으면 나타날 것이다.

세상 천물은, 사람이 세상에서 갈 곳을 찾는 것처럼, 정충이 꼬리를 움직이며 이동할 때, 머리가 차단된 곳에 막히면 다른 방향을 찾아가는 것처럼,,,, 씨와 알이 만나면 새로운 사람으로 탄생하는 것처럼, 인생을 떠나서 갈 곳이 있다.

실상의 몸, 세상의 한계를 충동(衝動)**하면 해탈할 것이다.**

생사의 자연, 한없이 반복함이 변하지 않는 것처럼. 적절하게 하는 자연에 반항하거나 이탈하지 않아야 잘사는 생명.

세상에 개입한 사람!

개입한 만큼 새로운 일이 발생한다.

세상에 개입한 인생, 싫어하는 것은 피해가 없도록 피해가고, 좋아하는 것은 개입하여 정다운 것.

개입하지 않으면, 좋거나 싫어하는 것도 없어진다.

세상에 생겨난 만큼, 개입한 것으로 삭막한 곳에 풍요로움을 만든다.

발달하는 만큼, 조예가 깊고, 자연이 조작으로 변하여, 파괴와 유혹이 따른다.

구원하는 간섭은 험난한 세상을 낙원으로 인도하며, 해로운 간섭은 험악한 곳으로 무너지게 한다.

사람이 억세게 활동하면 몸이 강해지고, 운동이 부족하면 나약해진다.

더운 날씨에 늘어지는 성질을 피할 수 없고, 추우면 응축된다.

공기나 물을 흡입하지 않고 살 수 없고, 모래 바람이 세차게 불면, 눈을 감지 않을 수 없다.

수면(睡眠)이 없거나 햇빛을 받지 않고 살 수 있는 것도 없다.

자연은 사람을 생성하고 있는 것이다.

개입된 몸은 동화간섭(同化間涉)을 받는 곳, 세상, 자연이다.

생각하면 할수록 생각이 많아지고, 생겨나는 것이 없을수록 안식의 낙원이다.

생명의 처지에 무엇인가 닥쳐온다.

생겨나는 것과 잃는 것처럼!

절대적인 것이기에, 생각하는 것처럼 사람의 것도 되고 다른 것도 되어.

절대적인 곳으로부터 생겨난 공기는 생명의 숨통을, 빛은 거처하는 것의 열통을, 물은 흐르는 몸의 청정을, 하늘 속에 땅은 거처하고 돌아다니게 한다.

생명을 살려 주고 있는 것이다.

사람의 마음대로 할 수없이 몸을 접촉, 섭생하는 것들의 간섭 속에 산다.

인간은 공기를 없앨 능력이 없다.

공기를 없애면, 인간은 숨 막혀서 사라진다.

인간을 살려주고 있는 곳은 자연의 몸, 실상의 절대적인 곳에서 나온다.

세상, 자연에 없었던 곳, 세상이 없는 줄 알았든 곳이다.

세상에서 기억할 수없는 곳이다.

생명이 의존하는 것이 있다.

목숨내건 인간의 모습인 것이다.,

사람이 의식할 수 없는 실상의 나라, 자연으로 의식하며 살고 있다.

나타난 곳과 의식할 수 없는 곳이 반대로 교차되어, 삶과 죽음의 생명으로 반편인 사람에게 상존하여 있다.

생명의 처지는, 난처한 세상의 개입적인 사정에 있다.

죽음과 삶이 항상 있는 곳에 사는 사람, 위험과 유혹, 신비로움이 전개된다.

막막한 세상에 처음 만난 것들, 생사가 순환되어. 해결할 방법 없이 살고 있다.

실상의 섭리로 버릴 수 없는 처지가 되어.

생사인간은 생상의 세상을 구경하고 있다.

생사인간의 한편은 삶의 세상, 한편은 실상의 나라로 되어 있다.

동면은 사람의 세상, 다른 면은 다른 것들의 나라, 일치한 면은 실상의 나라가, 다른 것처럼 생겨 있다.

세상에 몸은 있어도 변하는 것, 변하는 몸은 실상의 몸이다.

세상의 몸은 감각의 유혹을 벗어 날 수 없어 실상을 모르고, 사람이 무엇인지 모르고, 광대한 우주에 떠돈다.

사람의 고향을 떠나서 정처 없이, 항상 같은 곳에 있는 실상을 모르고.

세상, 원근(遠近)에 따라, 거리가 멀어 질수록 개체는 작게 보이고, 시야(視野)는 넓어진다.

실상은 너무 커서 알 수 없고, 작은 것도 없는 공이 되어 보이지 않는다.

비어 있는 곳에 보이는 것이 없고, 거대한 공이 무엇인지 나타나지 않고 있다.

경치에 가려서 알 수 없고, 무한 개방되어 끝이 없다.

세상 개체처럼 인간의 한계에 머물러 산다.

인생은 유혹의 느낌으로 생사를 같이 한다.

어디선가 와서?

사람은 사람을 만난다.

우정의 사람과 싸우게 될 사람.

사랑하는 사람과 고생을 나누는 사람.

같이 살다, 어디론가 사라져 버린다.

한번 만나기 어려운, 멀고도 가까운 인연이다.

힘은 자극하고 자극은 유혹되어 돌아다닌다.

생명은 공생상명(共生相命; 같이 살고, 서로의 생명이 된다)하고, 사라졌다, 나타나며, 하는 일이 이상하다.

상대하는 것이 없으면 일은 발생하지 않는다.

상대를 잘 할수록 벗이 되고, 멀리 상대하지 않을수록 남이 된다.

그러나 잘못 상대하면 사건이 발생한다.

그리고는 질서에 따른 법이 발생한다.

생사인간이기 때문이다.

사건이 멀어 질수록 낙원이 되며, 해롭게 대적할 것 없이 잘사는 인생이 된다.

그러나 해로운 사건은 인정사정없고, 편할 날 없이 고통이 따른다.

모든 것은 성장하고 성숙하여 결실한다.

여러 가지 섭리는 일이 되어 세상에 모든 것을 조성한다.

돌아가는 밤과 낮이 반복됨에 따라 바람이 불고, 비가 오면 생기가 피어나고, 따뜻한 빛과 함께 땅의 기운을 받고 수많은 것들이 성숙하며 생동한다.

풍만하게 성숙하면 열매를 맺는다.

청춘은 생명이 절정을 이루고, 늙어지다가 생긴 것을 떠난다.

인생의 절정, 한계는, 열매를 맺고, 땅에 떨어지는 몸이 된다.

세상과 자연의 일이 되어 살다가 떠나야만 한다,

생명은 결합하고 잉태하여, 모체를 벗어나 하나로 분리 독립되고, 세상에 출생한다.

모성의 품에 먹고 자라며, 독립하여 행동하는 것으로 변한다.

해와 공이 밤낮을 반복하는 곳에 세월 따라 산다.

생존하기 위하여 일하다 보면 늙어서 사라진다.

결합하면 생명이 되고, 생명은 분산되며, 독립된 것은 늙은 후에 해산된다.

알 수 없이 출생하며, 수준과 상태, 도달한 곳이 연속하여 은밀하게 변하므로 의식하기 어렵다.

의식, 몸의 변화, 한계 속에 세월 지나서 알게 된다.

인생 다음에 갈 곳도 알 수없이 가고 있다.

어데로 가고 있는지, 지척을 분간 못한다.

극복을 하거나 파멸되어 도달한 위치가 달라진다.

세월이 흘러가야 알 수 있다.

열기를 주고받고, 운명처럼 가는 인생.

어디서 왔다가 어데로 가는지 모르는 인생, 사명이 무엇일까?

영원한 해결, 영원한 불결(不結; 맺지 못함)이다.

세상 차원에서 실상과 같은 능력이 되지 않는 한, 할 일 없이 살거나, 가치 없이 사는 것. 다른 것, 영원한 것이 될 수없는 인생의 숙명이다.

세상 섭리는 모든 것이 타당하고 동등하다.

그러나 인간은 싫어하는 것이 있어서 타당하지 않다고 할 때가 있다.

다른 것들이 인간을 상대할 때, 싫어하며 타당하지 않다고 하는 것처럼.

타당한 나라는 생력계(生力界)와 다른 것이며, 생력 계에 감지되지 않는다.

타고난 사람의 성질이며, 어떠한 세력이 간섭한다 해도 변할 수 없는 것.

생력 계의 착란으로 타당한 세계로 갈 수 없는 인생길이다.

그러므로 고통과 슬픔, 기쁨과 안식이 교차되고, 간섭, 수양, 강제, 낙천, 행복한 성질의 착란이 생겨난다.

사람의 성질이며, 생력의 공통이다.

생력의 착란을 벗어난, 나라와 다른 것.

착란은 세상의 법칙을 지키도록 하는 것, 실상의 나라를 알 수 없게 하는 것.

착란의 해탈, 인생의 목적이요 나라가 된다.

인생길이 신비롭다.

세상이 상존하는 것도 신비롭다.

태양이 빛나고 바람이 불어도 의미가 있고, 자연의 생성도 신비롭다.

어둠이 오고, 사라지는 것도!

여러 사람을 만나는 것도 신비롭다.

세상 섭리는 단순하지 않다.

세상 섭리는 신비로운 것이다.

자연의 섭리도, 인생의 섭리도, 실상의 섭리도, 세상의 섭리로 써 신비로운 것이다.

최초의 생성은 종류가 아니고, 만남에 따라 종류가 되었으며, 변신한 것처럼 번창 하여 지금까지 살고 있다.

인연에 따라 변종한 것도 생긴 것.

천지, 세상은 없던 곳에 생긴 것.

자연이 도와주는 보람으로, 별세(別世)를 하여 소망이 이루어 질것처럼, 인생을 완성하려 한다.

신비로운 우주 속에!

성숙한 나무는 고목이 되고, 생명의 줄기는 한 송이 꽃처럼 변하고, 계절과 수맥도 변한다.

별들도 살다가 떠나는 곳.

흔적 없이 사라졌는가 하면, 씨앗 속에 다시 살아난다.

재미있고, 아름답고, 풍만하게 익어가는 젊음, 영원하지 못하고 늙어야만 한다.

정든 이별을 하는 곳이다.

생명은 여유를 주지 않고 변해 가고 있다.

떠나면 돌아오지 않는 곳도 있고, 변하는 것을 정지할 것도 없다.

서로 차원이 다른 특별한 것이 되어, 한계를 넘을 수 없다.

먹은 것이 다른 것의 몸이 되는 것처럼!

죽은 것이 다른 곳에 사는 것처럼!

수많은 것들을 살게 하고, 죽음을 받아들이는 하늘과 땅처럼!

같이 있으면서 왜 그런지 모르고 산다.

서로 특별한 차원을 모르며 산다.

생명은 죽는다는 것과 같고, 죽음은 새롭게 살고 있는 것.

생명, 자연은 다른 것으로 창조되고 있는 과정.

세상, 자연은 사라지고 다른 것이 될 것이다.

몸이 변종되는 것처럼.

자연도 영원하지 않을 것이다.

다른 나라가 생겨나는 것처럼.

창조는 변한다.

새로운 창조가 진행 중이다.

무엇이 몸에서 살고 있는 것인가?

살고 있던 것이 떠나면, 육체의 죽음?

숨겨져서 나타나지 않는 생명!

인생은 죽음처럼, 태어난 세상이 죽음의 세상에 들어선 것처럼, 인생을 운명처럼, 몸을 의지대로 할 수 없이, 몸에서 살면서 나타나지 않는 것이 있다.

천지개벽 같은 타격이 있어야, 세상은 사람의 것이 아닌 것을 의식하고, 인생의 처지는 몸 둘 곳을 모르며, 무엇인가 나타날 것처럼 당황한다.

안과 밖, 몸속과 실상

무엇인가 있으면서 나타나지 않는 것, 죽음이 있는 생력계(生力界)에 있기 때문이다.

항상 같은 곳이면서, 면(面)의 성질, 감각적 유혹에 의하여 이면(異面)의 나라는 나타나지 않고 동면(同面)의 세상만이 나타나고 있는 것.

과대한 땅에 살아서 돌고 있는 땅을 모르고, 어두워서 알 수 없는 밤이 있고, 밝은 태양이 생겨난 이유를 모른다.

죽음 안에 나타난 생명, 어둠 속에 빛나는 태양, 생명과 태양 빛은 자연, 세상일하고 간다.

저쪽! 이쪽!

어떻게 사는 것이 타당할까?

가족이 함께 사는 방법일까?

아무런 간섭도 없이 자유방임적인 생활일까?

모든 재산, 소유자가 없이 사는 것일까?

위대한자가 되어, 대단한 생활을 해야 될까?

강한자만 잘살아야 될까?

사람의 이성은 헤메는 것인가?

천지가 종말 되면 무엇인가?

능력과 노력만 있으면 잘사는 것인가?

평등과 자유, 권리와 수익, 참여와 공동의 엄격한 질서로 살아야 하나?

인류의 증감에 따라 한없이 변하는 개인과 사회의 생활체계!

인간에게 절대적인 생활방법은 없는 것인가?

찾지 못한 다른 것이 있을 것인가?

사는 곳에 따라 강제적이고 구속된, 엄격한 질서로 생활을 하고, 평화로운 곳이 있는가 하면, 슬픔과 고통 속에 사는 곳도 있다.

청정하게 사는가 하면, 욕심 있고, 불쌍하게 사는 자도 있다.

선량한 사람과 재미있는 생활도 한다.

살기 위하여 하는 일이 많다.

취미 생활도 많다.

잘살려고 항상 모색한다.

그러나 어느 방법과 행동도 인간을 영원히 흡족하게 하여주는 것은 없다.

아무리 산천을 돌아다니고 우주를 조작한다 해도, 인간에게 충족한 것은 아무것도 없다.

무엇인가 기대를 걸고 추궁할 뿐이다.

인간에게 없는 것이 있기 때문이며, 충족하게 할 것이 있기 때문이다.

무엇인가 나타나지 않는 것은, 사람에게 없는 것이 있기 때문이다.

공을 건너 죽음을 지나 있는 것으로.

인생은 영원하지 않은 처지에 놓여있는 것.

아무리 충족하여도, 죽어가는 것이 있으므로, 살려고 하는 생명은 부족한 것으로 변한다.

생명의 부족은 죽음에 있다.

생명은 공과 죽음이 공존하여 부족한 것으로 산다.

그러므로 욕망이 생긴다.

살기 위하여 생활하는 처지가 된 것이다.

사람의 이성은 인류에 속한 것이 되고, 사람이 된 것을 떠날 수 없이, 동류(同類)가 되어 서로 우호하며 산다.

인간은 막막한 곳에 모든 것을 해결할 능력이 없으므로, 나약한 몸이 거대하고 삭막한 세상에 정을 가지고 살게 된다.

미지의 세상에 경계심을 가지고, 거창한 우주 극성의 힘으로 조작이 되어서!

세상을 벗어나지 못하는 안타까움에 다른 것, 하나가 되려고 하다가, 하나의 새로운 새끼를 낳는다.

하나가 되어 세상을 벗어나려 하다가 벗어나지 못하고, 영영 반쪽의 남녀만을 이어간다.

둘로 떨어진 남녀는 서로가 하나였음을 간직한 것이 사랑이 되어.

떨어진 서로를 개대하던 것이 그리움이 되었고, 돌아갈 수없는 전생의 나라를 찾아 헤메게 되어.

고향의 나라로 갈 수없이 세상을 헤매는 고독이 되었다.

세상에서 상대할 것들이 많다.

인간에게 영원한 먹이가 없고, 언제나 먹이를 구해야 하는 처지에 있다.

죽음으로 갈수록 슬픔, 안식, 아픔, 늙음, 허무, 어둠, 이별, 청정, 속박, 해탈이 된다.

생명으로 갈수록 기쁨, 고통, 쾌락, 젊음, 동생, 기분, 풍성, 빛, 속세, 해방이 된다.

그리고 벗어나야 할 처지에 있다.

잠들어야 할 처지에 있다.

다른 곳으로 떠나, 인간 세상을 떠나, 돌아 올 수 없을 것이다.

정든 세상을 상실한다.

인생을 떠나서 다른 것이 되어, 상이한 곳에 있을 것이다.

세상은, 자연에 나타난 사람!

자연은 하나의 몸처럼 생겼으나, 한없이 많은 것들이 집성하여 생성되고, 환원되어 흩어지는 것.

빛과 물, 공기와 먹이가 생겨난 것들의 몸에 모여들다가, 다른 것들의 몸에 먹이로 옮겨지거나, 생성된 것에서 흩어져 사라진 몸이 되도록 한다.

서로 주고받으며, 생성하고 환원된다.

자연은 몸도 주고받으며, 생겨나는 것도 주고받는다.

생성과 환원으로 변하는 처지에 있다.

너무나 자연스럽다.

자연은 인간을 버릴 수 있어도, 인간은 자연을 버릴 수 없이!

인간에게는 한없이 생겨나는 욕망이 있고, 해결하지 못할 때, 간섭한 자극이 되어, 허망한 일이 된다.

그러나 욕망이 없으면 의욕이 상실된다.

죽음은 생명을 부족하게 한다.

생명 부족현상이다.

근본에 따라 다른 성격이 되어, 해결하여도 부족한 것이 생긴다.

욕망이 해결되면 허무해지고, 모든 것이 필요 없는 것처럼, 의지만 생존한다.

공처럼 망령이 된다. 죽음은 욕망을 부르는 것.

공이 되지 않도록.

인간의 본능, 욕망은 자연적으로 타고난 생명의 섭리, 한계 속에서 자유로운 것.

욕망의 실현은 자유롭지만, 주고받는 한계 속에 성숙할 뿐이다.

그러므로 자연과 인생의 질서가 성사되고 있는 것이다.

생명의 질서 유지는 엄격하여 난처한 것이며, 채우지 못하는 욕망은 가련한 처지가 된다.

하고 싶은 일을 하지 못하고 죽는 인간처럼 가련한 것은 없다.

모든 것을 다할 수 있는 것은 세상에 없다.

자연과 생명처럼 변하는 것 같으면서 변하지 않고, 변하지 않는 것 같으면서 변한다.

정지하지 않고 진행된다.

이상하게 변하는 것을 실현하는 것처럼, 풍습과 같이 색다르게 변하지 않는 습성처럼, 생성과 환원이 한 몸속에 다른 성질로 있다.

한 없이 많은 것들이, 사람처럼 끝없는 공과 하늘 속, 이 땅에서 살다가 떠난 곳에, 닮은 것이 되어 살고 있다.

생존경쟁이 치열한 곳!

사람과 동물의 욕망이 충족될 수 없는 곳이다.

충돌 없이, 먹고 생각, 사랑하고 거처하는 것을, 하고 싶은 대로 언제나 할 수 있다면, 세상은 얼마나 좋은 낙원일까!

나무나 풀, 사랑하는 것이 하나의 꽃으로 피어나고, 동물처럼 돌아다니면서 죽기 살기로 먹이 다툼을 하지 않으며, 거처할 곳을 떠돌거나, 서로 사랑싸움을 하지 않을 것이다.

그러나 식물, 자유스럽게 돌아다니지 못하고, 고정된 처소에 머물러 살고 있다.

죽음을 먹어야 살고, 먹지 않으면 생명은 죽는다.

식생공사(食生空死; 먹으면 살고, 비어있으면 죽음)한다.

자연은 변함없고, 어떠한 욕망도 예외가 없어, 세상에 영원히 살수 없도록 한다.

먹이와 사랑, 질투, 투쟁, 치욕이 없다면, 서로는 분신처럼, 떨어진 몸, 돌아다니는 식물처럼 되어, 한 몸처럼 세상에 거처 할 것이다.

땅 떨어진 동물처럼 되지 않고, 하나로 뿌리 내린 땅의 몸이 되어 피어난 식물처럼.

그러나 우주의 모든 것은 변함없이 변하는 자연의 처지가 된 것.

자연은 성숙하여 결실한다.

인간의 욕망도 식물처럼 성장하게 한다.

생명을 남기고 거처(居處)간다.

인생은 의지대로 변하지 않고 머무를 수가 없다.

사람의 육체는 이상 별나다.

얼굴에는 눈썹이, 머리에는 머리카락이, 육체의 곳곳에는 털이 풀처럼 피어나고, 살결은 퍼져 있으며, 피는 온몸을 돌아다니고, 신경은 꿈틀거린다.

뼈는 종류의 규격이 되어 뻗어나가고, 오목 볼록하게 생겨서 곤충이나 물고기, 새와 짐승들이 날고 기거나, 걷고 헤엄치는 것처럼 생긴 대로, 멋대로 활동한다.

모든 것은 정교(精巧)하게 생겼다.

사람은 익은 것을 좋아하고, 사랑도 성숙한 것을 좋아하며, 식물도 꽃을 피워 열매를 맺는다.

그러나 성숙은 생동하는 것의 절정이며 한계가 된다.

자라나서 성숙하고, 기능을 다하면 멋대로 생긴 것을 멈춰버린다.

성숙하기 위하여 상존한 것처럼.

유충이 잠자리가 되는 것처럼.

몸이 한 일에 따라, 몸의 결과,, 자업자득처럼.

하늘과 별에서 무엇인가 달성하고 있다.

사람이 태어나면 죽지 않는 사람이 없다.

세상을 떠나 다른 것이 되어야 한다.

어두운 곳에서 어둠을 느껴야하고, 밝은 곳에선 확실하게 나타나는 것들을 느껴야한다.

지난날의 사연은 현실에 있어서 색다른 추억이 되는 것처럼.

인간 세상을 떠나서 변하지 않으려 해도, 다른 것으로 변해야 한다.

다른 나라로 가야만 되는 것.

인생은 하고 싶은 꿈이 있다.

그러나 목적 달성하거나, 의도와는 달리, 돌아 올수 없는 고행의 길을 간다.

사랑하는 사람이 있는가 하면, 서로 다른 인연이 되기도 한다.

도와주는 것이 있는 가하면, 고마움을 모르고, 피해가 되는 경우도 있다.

잘못된 변화가 된다.

태어난 운명에 따라 하소연 할 수없는 일이 된다.

형통하도록 적변 한다.

세상을 원망해도 소용없는 일이다.

적변 형통한다.

돌아 갈 수없는 인생, 흘러간 옛날이 있기 때문이다.

주변의 여건과 사정에 따라 인생길이 변하여, 깨닫고 돌아가려할 때 황혼이 깃든다.

흘러가는 세월 따라 옛날의 사연을 간직하고, 인생이 된 처지, 숙명 속에 살고 있다.

하소연 할 곳 없는 것이 인생의 처지다.

낙원은 젊은 날의 한때, 고달픈 것이 인생이다.

사람의 능력으로 할 수 있는 것이 있고, 인생의 처지로 갈수 없는 길이 있다.

오솔길은 갈수 있어도, 물고기와 벌레, 새와 짐승, 식물의 길로 갈수 없는 것처럼.

어디서 있다가 모여든 것인지?

운명은 저주도, 호소도, 애원도 할 수 없이, 한 많은 일이 될 뿐, 아무도 나름대로 피치 못할 사연을 거둘 수가 없다.

분노와 즐거움, 외로움에 아무 탓도 못하는 같은 처지가 되어, 동정은 하여도 해결할 수 없는 사정으로 살고 있다.

눈물을 보면 같이 슬퍼지고, 기쁜 모습을 보면 웃음이 나오고, 인생의 처지가 같아서 동감한다.

원망할 것 없는 곳에 산다.

어디선가 기다리는 곳으로 가고들 있다.

어디서 있다가 모여든 것인지?

인생은 세상을 집으로 거처하고 있다.

세상에 살고 있지 않으면 사람이 아니다.

자연은 서로 동거하며 살고 있다.

잠잘 곳도 자연이고, 활동할 곳, 먹고 일할 곳도 자연이다.

몸에서 사는 것이 있고, 땅에서 사는 것이 있고, 하늘 속에서 살고 있다.

먹이, 빛과 공기, 물, 씨와 알이 몸에서 살도록 하며, 사람이 땅, 빛과 물, 바람 속에서 살도록 한다.

식물과 동물은 별에서 살고, 땅은 하늘에서 살도록 한다.

공생하지 않으면 죽음이다.

죽어도 공생한다.

동화되며 공생한다.

생명은 몸을 빌려 쓰고, 돌려주고 간다.

세상 구경 한번으로 만족해야 한다.

인생의 처지, 떠나갈 곳을 결정해야 한다.

갈 곳을 해결하는 자는 , 인류의 빛과 정의가 될 것이다.

인류의 영원한 소망이 되는 것.

성실하게 살아야 벗어날 길을 찾을 수 있을 것.

사람이 한 일, 꿈과 추억처럼 몸에 축적되어 있다.

인간과 자연의 도리를 유지할 수 없을 때 멸망된다.

세상을 이어 갈 수 없음으로.

살길을 유지해야할 처지에 있다.

오늘을 유지해야 내일을 기약한다.

인생은 실상으로 정착하지 못한 것.

그러므로 야단법석을 할 때가 있다.

서로가 유지되지 않음으로 혼란이 생긴다.

실명(實命; 실질적인 목숨)을 구하지 못한 인류, 구할 때 까지 생명을 연명해야 한다.

인생은 확정되지 못한 생명이다.

오늘을 유지할 필요가 있는 것.

상생하지 않으면 한 생명도 유지될 수 없다.

상생하지 않으면 생명을 지킬 수 없고, 한 생명이 다른 것과 교체하여 순환되고 있다.

모든 생명은 하나의 생명이 순환되는 현상이다.

삶과 죽음은 생명이 순환되는 현상이다.

생명 순환 법칙에 따른다.

잃어버리고 갈 처지에 있다.

생성되는 사실을 밝혀서 해결할 처지에 있다.

변덕스러운 세상에서 불쌍한 처지를 해결해야 한다.

무엇인가 나타나는 나라가 있는 것처럼.

나타나도록 할 처지에 있다.

사람은 짐승이 아니다.

사람은 식물이 아니다.

사람은 하늘과 땅이 아니다.

사람은 실상이 아니다.

사람은 사람일 뿐이다.

그러므로 사람은 더 좋은 것이 될 수 있어야 한다.

그러나 아무리 다른 것을 원한다 해도, 인생을 떠나지 않고 세상 속에 있는 한, 사람이 된 것은 변할 수 없다.

사람으로 생겨나야 사람이 될 수 있는 것처럼.

세상에 있으면 사람이된 처지가 변할 수 없다.

인간은 사람을 세상에 남겨 놓고 사라진다.

왜 그런지 아무도 모른다.

미개하다.

사색에 잠겨서 생명이 갈 곳을 대면하고 있다.

대면한 곳에 갈 곳이 있다.

대면한 곳, 상면한 곳에 기다리는 것이 있다.

인생은 세상을 상면하고 있다.

상면하고도 알 수없는 것이다.

대면한 곳의 사연이 나타나지 않는다.

정신 차리면 알 수 있을 것 같다.

대면한 세상 밖에 무엇인가 있다.

생명의 나라 세상, 평화롭고 재미있게 생활 할 수 있는 곳!

세상을 떠날 때까지 낙원으로 만들어야 한다.

없던 곳에서 생겨난 것처럼, 죽음을 건너면 새로운 나라가 있다.

한탄하지 않고, 잃어버릴 것 없이 살면 된다.

없이 태어난 것, 가져갈 것도 없다.

욕망은 한없는 것, 정이 많으면 다 잘산다.

세상에 충족한 것은 없다.

풍족한 생활, 감탄을 하거나, 적대시 하거나, 고역을 겪어도, 별들을 모두 가져도 소용이 없는 것.

없어도 세상에 있고, 있어도 세상을 떠난다.

자연은 항상 변하고, 그 속에 태어난 것이 사람이다.

변하는 것에 애착과 정착할 수 없다.

나는 새가 구경하는 풍경과 같다.

변화는 지나간다.

동거하는 것들과 슬기롭게 살면 된다

주고받는 정으로 사는 곳이다.

신비로운 세상에 한번 생겨나 재미있게 사는 것보다 좋은 것은 없다.

망친 인생은 재미없는 생명, 재미있는 생명은 세상의 낙원이 된다.

세상 구경 잘하는 것이며, 세상에서 살고 있는 이유를 구(求)하면 된다.

이유를 알면, 인생이 완성된다.

구하지 못하면 인생 실패, 능력자라면 온 세상을 재미있게 할 것이다.

아직도 변함없이 찾은 사람이 없다.

오직, 부족한 생활, 사랑과 욕망, 쾌락과 기쁨이 있을 뿐.

절대적인 매혹은 구원이 된다.

사명이 없는 인생, 무슨 소용이 있나?

후회하는 사람 없을 까?

무슨 일을 하러 와서 살림을 할까?

할 일없는 사람 막막하다.

적막한 밤이면 없는 사람 같다.

공허한 사람이 세상에서 사는 것!

공이 세상을 대면하고 있다.

막연한 처지에서 정처 없이 산다.

사람이 하는 일, 필요 없는 것 같다.

고달프고 분주한 생활을 하는 이유가 무엇일까?

살아 있는 모든 것, 가는 길이 어데 인가?

사명은 어데 가고 사명 없이 살고 있나?

꼭 해야 할 일은?

인간에게 필요한 사명은?

생명은 자연을 교환한다.

빛이 들어오면 물이 증발되고, 호흡을 하며 목숨이 살아난다.

생명은 세상, 자연을 교체한다.

먹은 것이 있는 생명, 늙어 죽게 하고, 새로운 생명이 살도록 교체한다.

모든 생명은 동등한 사명이 있다.

동등한 사명을 완성하기 위하여 생명이 상생, 교환, 교체되고 있는 것.

인류의 사명을 찾아서 고향으로 돌아가야 한다.

세상에 살기 전에 있었던 나라로.

인생의 영원한 목적을 찾기 위하여.

알 수없는 사명 속에 무엇인가 해야 할 처지에 있다.

무엇인가 하지 않으면 살 수 없는 것처럼.

일을 해야 먹고 살고, 살림을 해야 생활을 하고, 생각을 해야 일할 수 있다.

무엇이든 하지 않으면 되는 일이 없다.

생명의 일에 알 수없는 목적이 있다.

살아야 하는 인생 길, 죽어야하는 곳에 있다.

인생이 교체되어도 할 일이 있다.

생각과 같이 사연이 되어서 많은 것들을 생겨나게 하는 것.

하지 않으며 끝나버리고, 살아 있다면 안 할 수 없는 것이다.

세상살이의 극치는 생겨나게 하는 것이다.

자연처럼 세상이 생존할 수 있기 때문이다.

생명이 세상에 오면 세상, 자연이 나타나기 때문이다.

생겨나는 것이 없다면 세상과 자연은 사라졌다.

인생은 구원해야 할 처지에 있다.

모든 것이 구원되어야만 한다.

먹고 살지 않도록, 투쟁이 없도록, 죽음이 없도록.

그러나 죽음 후에 더 좋은 나라도 있을 것이다.

인생이 무산되거나 반역하지 않았다면,,,,

재산은 소유할 수 있어도, 세상은 소유할 수 없다.

결혼은 할 수 있어도 사람을 소유할 수는 없다.

땅에서 살 수는 있어도 땅은 사람의 것이 아니다.

인생은 있어도 영원히 지킬 수 없는 몸이다.

자연, 세상에 있는 모든 것, 아무것에도 권한이 없고, 빌려 살다 갈 뿐이다.

생명과 몸도 돌려주고 세상을 떠난다.

사람의 것은 세상에 없다.

아무것도 가질 수 없는 처지에 있다.

실상에서 생겨, 돌려주고 떠난다.

세상은 정으로 같이 살아야 되는 것.

세상은 같은 것!

일치하는데 따라 달라 질 뿐.

모든 것이 변한 것 같아도, 실상은 변하지 않는 것.

같은 일의 반복은 변한다 할 수 없고, 자연과 세상에 나타났다 사라질 뿐.

형태는 변해도, 들어오고 떠난 것은 같은 것이 교체된다.

항상 같은 일이 되어 변함없이 진행되고 있다.

서로 일치하면 결합하여 다른 것으로 생겨서 나타날 뿐, 항상 같은 것이 결합을 교체한다.

같은 것이 이탈하며 일치하는 것(同致)이 세상이다.

실상이 일치하는데 따라 달라질 뿐이다.

변하지 않는 실상에 의하여 세상과 자연이 조성(造成)된다.

자연에 생겨 현생(現生) 하는 것은, 새롭게 생긴 신생(新生), 닮아서 살고 있는 환생(還生)으로 태어났다.

신생은 세상에 대하여 초면이며, 환생은 닮아서 낯익은 구면이다.

실상은 변하지 않고, 생명은 실상의 행동처럼 변하며, 생긴 종류는 실상의 몸처럼 나타난다.

그러므로 생명은 온순하기도 하고, 쾌활, 상냥하고 성실, 영리, 투정을 한다.

몸은 새처럼 하늘을 날고, 물고기는 수영하며, 초목처럼 생기고, 땅위에서 행동하거나 기어 다닌다.

다양한 몸의 면모를 나타내고 있다.

같은 몸, 생명이므로 상생한다.

세상의 집에서 일생을 묵게 되어, 상생하면서 위안이 되고, 떨어져 있는 한몸이 분양되어 정으로 살면서, 서로 침묵하여도 듣는 것이 있다.

세상에서 언제나 풍경소리를 듣고 있다.

인생이 사는 것처럼.

그 속에 깨달음이 있을 것처럼.

세상 속에서 갈 길을 잃어버린 사람이 되어.

세상에서 벗어날 곳을 찾아다닌다.

만날 곳 없이 세월은 멈추지 않는다.

가는 길에 피곤하면 잠들게 한다.

찾고 있는 것을 세상에서 잊어버리도록.

좋아하는 것은 몸속 어디에서 나오는 것인가?

세월이 흘러가도 추억 속에 남는 것처럼.

생각이 떠오르면, 마음에 의욕이 변한다.

정신을 차리고 꼬리치며 몸을 이끌고 간다.

정신이 지치면 잠을 잔다.

자연과 같이 생활한다.

자연과 세상 속에 사람이 경작되는 것처럼.

일하고 싶다 하여 일터로 몸이 가도록한 정신, 행동을 한 꼬리, 행동이
피곤하면 생각을 멈추고 마음에서 안식하도록 한다.

수많은 생명은 하나의 생명이 분양된 것.

하나의 땅을 분양하여 사는 것과 같다.

정신이 행동하는 것에 감동하면 꼬리가 동작하게 한다.

춤을 추거나, 형체의 성질에 반응하도록 한다.

열기에 대하여 놀라거나, 좋아 하도록 한다.

형체의 질감에 대하여 동작한다.

행동하며 살도록 한다.

마음이 형체에 감동하면, 기분이 좋거나 싫어한다.

먹고 싶어 하거나, 행동과 형체에 대하여 좋아 하거나 싫어하고, 기뻐하
거나 슬퍼하게 한다.

자연과 공생하도록 한다.

사랑하는 것도 변한다.

정신은 지향한다.

방향을 잃거나, 통제가 되면 고통이 된다.

꼬리가 이동하는 중에 정자의 머리가 벽에 막히면 다른 방향으로 가는 것과 같다.

방향을 정하고, 자유를 찾는다.

형체의 해탈을 인도한다.

정신이 고통의 압박에 동감하면 마음에 전달되어 슬픈 눈물을 압출한다.

정도가 과다하면 배속까지 압출하는 눈물이 된다.

몸이 괴로움으로 압박당한 눈물이다.

몸을 짜내는 눈물이다.

그러나 충격적인 기쁨이 마음에 전달되면, 억압으로 축적된 것을 몸 밖으로 시원하게 반출하는 감격, 기쁨의 눈물을 흘리게 한다.

감동하고 있다.

몸에 축적된 압력에서 해방되고, 몸을 점령하는 괴로움, 고통을 퇴출하는 눈물이다.

정신과 마음, 동작의 연관이다.

마음을 배제하고 정신과 동작만 하면 현실, 자연과 적합하지 않은, 이상한 생활을 한다.

동작을 배제하고 정신과 마음만 있으면 실행이 없어서 생활할 수 없다.

죽은 사람처럼 인생이 정지한다.

정신을 배제하고 마음과 행동만 있으면 인생의 길, 방향을 잃거나 한계가 상실되어 사고나 불행이 유발된다.

절벽을 분간 없이 가거나, 불속으로 간다.

봄기운이 감도는 몸, 꽃과 새싹이 피어나는 것처럼.

생기가 몸을 감돌고, 사랑이 넘치는 자태가 된다.

몸으로 만난 연분으로 사랑하는 품성이 되어 황홀한 것으로 나타난다.

무엇이 몸을 애타게 하는 것일까?

씨와 알이 일치하면 정신, 마음, 동작이 잘산다.

어데서 온 씨앗이, 어찌하여 생겨난 알집을 만나, 몸을 싱그럽게 하는 것일까!

영리한 것 같으면서 마음대로 못살고, 영원한 것을 찾지 못하여 넋을 잃고, 꿈속에 사는 것처럼.

무엇이 인생을 매혹하고, 몸을 생동(生動)하여 충동하는 것일까?.

미모는 유혹으로 없는 것이며, 생동하던 것은 늙어서 사라지는 것인데!

실상이 자연과 인연이 되어, 마음과 정신이 세상에서 생동하는 몸으로 봄을 타고 있다.

정신은 형체가 없는 곳에서 세상에 정신 차리고, 마음은 공이 아닌 곳에서 공생하려고 한다.

세상에 떨어진 몸.

생명은 거친 세파 속에 있고, 유혹은 가혹하여 속은 듯이 벗어날 수 없고, 가냘픈 구원조차 잃고서, 새로운 나라를 바라보는 몸이 되어 낙원의 품속을 기다리고 있다.

정착하여 편안하게 살려 해도, 인생의 의지대로 허락 없이 세월은 가고, 쉬지 않고 성장하여 늙게 한다.

인생이 휴식할 때 세월도 가지 말 것을!

꿈속에 잠들 때만 세월도 휴일처럼, 가는 세월은 없고 심장만 박동한다.

정신은 세상에 문을 닫고 세상의 마음만 박동한다.

몸은 변해도 추억처럼 청순하다.

몸속의 충동과 몸의 유혹은 끊임없이 생동하여 멈추지 않고 있다.

한 몸으로 좋아서 살다가 변하여 갈 몸이다.

그리워서 새롭게 갈 곳으로.

기다리고 있는 몸!

고향으로 되돌아 갈듯!

원하는 곳으로 갈듯!

세상에서 인생을 거쳐, 실상의 나라 어데 론가!

떨어져 있는 몸이 그리우면 연정이 되어, 만나서 살면 애정도 깊어지고, 길러주거나 보호하는 가족과 이웃의 정도 있지만, 나누어 주고 받는 것이 결실을 맺는, 사람의 몸도 생성한다.

세상에 떨어져, 한 사람이 되고 싶어 하는 씨와 알의 섭리가 있다.

열매처럼 떨어지면 새롭게 살게 되는 것.

서로 만나 세상 속에 사람의 몸집을 만들고 정답게 떠돌게 된다.

그러나 정 떨어져 만나지 못하면 한 몸이 생겨 날수 없는 것.

세상에 살고 있는 수많은 것들, 사람은 사람이 연분이 되고, 나무와 연분이 될 수 없이, 실상이 맺어주는 연분이 따로 있다.

기막힐 노릇이다!

죽음이 오면 정을 나눈 사람들이 슬퍼하며, 애통하여 죽은 자의 몸을 떠날 줄 모른다.

정들은 모든 것이 떠날 줄 모른다.

세상을 떠나는 몸, 죽음의 길을 따라 오지 못하도록 무섭게 냉정하다.

정을 끊고 가려고 한다.

세상에 정 떨어지면, 죽은 몸처럼 정막 강산이 된다.

세상에 할 일을 모두 끝냈다는 듯이!

세상살이 시달림을 마치고 가는 길, 모든 것이 멈춘 몸이 되어, 주위에 남은 사람들이 어정거리며, 다시 만날 수 없는 이별이 무정하다.

아무도 살아나도록 도울 수 없는, 무능한 인생의 한계에 있다.

세상에 남은 사람과 떠나는 사람이 서로 별세하고 있는 것.

소식 없이 작고하는 몸이 되어, 아무리 따라 가고 싶어도 사라진 것은 추억과 꿈에서나 되살아 날뿐.

떠나간 자리엔 식물과 동물, 땅과 하늘만 있을 뿐이다.

세월이 지나면 흔적이 없다.

살아서 갈 수 없는 나라, 세상엔 없는 나라로 사라진 몸.

다정한 것들, 만날 수 없고 같이 살 수 없다.

세상살이 떠나면 세상을 두들기고, 열어 보아도 소용없는 이별이다.

아무 것도 도와주지 못한다.

잃어버린 아이처럼, 정 떨어지는 것처럼 슬픈 것은 세상에 없다.

적막한 세상에 정 붙일 곳이 없다면 인생은 죽음과 같다.

어찌하여 삶과 죽음이 만들어 졌는지?

삶과 죽음이 없으면 안 되는 것인지?

새로운 것이 살다, 가도록하는 세상과 자연의 섭리!

세상에 생겨나 살게 하고, 떠나게 하는 것은 무엇이 하는 일인가?

나타나지 않는 실상의 섭리가 그립기만 하다.

한 없이 풍부하고, 신선한 나라가 하늘에 떠 있는 땅보다 정답고, 적당하여, 죽음이 없는 나라가 그립기만하다.

인생이 개척하고 산파할 나라다.

세상과 인체보다 더 좋은 곳도 있을 것이다.

세상에 생겨난 모든 것들은 공보다 크거나, 공보다 작아야만 죽음을 지나, 다른 나라로 갈 수가 있는 것.

죽음은 공과 같은 것.

공과 같은 그림자는 항상 빛이 있어도 형체(생긴 것들)와 같이 있고, 빛이 없어도 어둠으로, 생겨난 모든 것들과 같이 있다.

그러므로 생겨난 모든 것들은 죽음을 피할 수가 없는 것.

세상에 정떨어지게 늙어서 죽음의 편을 구경할 수도 있을 것이다.

자연처럼 몸(개체)들이 세상에 남길 것은 사람(개체) 뿐인가?

무엇을 하라고 생긴 것들인가?

정처 없는 일하다 인생만 잃을 뿐.

가치 없는 세월은 흘러가고, 사람이 해내야 할 일은 아직도 생기지 못하여, 먹고 살고 있을 뿐.

목숨이 있는 한, 찾아야할 것이다.

공과 죽음처럼, 세상 어데 인가 있으면서 찾지 못한 실상을 나타나게 해야 한다.

죽음과 세상 속에 한 사람이라도 찾아내야 한다.

자연처럼 의도 없이 생겼어도,

멋있고 기분 나게 살면서, 생명의 목적을 위하여 찾아야 한다.

세상 유혹에 시달려도 잘살기 위하여.

언제나 그림자와 함께 있는 몸, 태양은 사라져도 공은 영원하다.

생명은 언제나 변하는 것처럼.

몸들이 생겨났다 사라져도 변함없이 있는 것이다.

실상의 그늘처럼 죽음과 공, 그림자는 변함이 없다.

그리고 생명, 생성이 변함없이 변할 뿐이다.

생명은 죽음에서, 세상은 생명에서, 세상과 죽음은 실상의 나라에 있다.

사람으로 생겨난 세상, 같이 살 수밖에 없는 곳.

경쟁은 자유롭고 조정은 나라에서 할 곳.

생명이 살려고 하는 곳에 생명이 도난 되지 않도록.

혹독하여 살기가 들고, 냉정하여 무섭게 변하지 않도록.

건달처럼 몰락하지 않도록.

한없는 욕구의 축적으로 강탈하지 않도록.

신선한 세상을 사모하는 인생이 되어야 한다.

세상의 몸이 된 씨와 알은 정신과 꼬리, 마음으로 한 몸을 떠날 수 없는 것처럼 동거해야 하는 것.

빛과 몸처럼, 몸과 그림자처럼, 공과 형체처럼, 생겨나 있는 한, 생명은 변함없이 같이 살아야 한다.

형체는 생명을 공식(共食; 같이 먹음)하고, 생명은 형체를 공체(共體; 같은 몸)로 한다.

식물은 죽음을 먹고, 동물은 식물과 동물을, 땅은 죽음을 먹고 산다.

몸과 생명은 몸과 생명을 먹고 산다.

그러므로 정이 넘치고, 사랑이 되고, 지켜주는 것이 잘사는 인생이다.

씨와 알이 잘사는 성품이 되어야 한다.

세상 낙원이 되는 길이다.

매사가 서로 성립되지 않을 때, 적성(適性; 적합한 성질)을 잃고 객성(客性; 다른 성질)이 되어 서로 반역하며 살기 어렵다.

원수가 되는 길이며 멸망이 올수도 있다.

전쟁처럼.

몸은 벗어날 수 없이 저주하거나 한탄한다.

인생은 몸이 있어, 몸 안과 밖이 어울리지 않고, 몸 안에 있는 것들이 서로 의지하거나 일치하지 않으므로 처신을 이탈하려는 현상이다.

인생과 세상은 하나의 몸이 생겨나면서부터 나타나는 것.

하나의 몸에서부터 오감(五感)이 생기고 인생길이 달라지며, 세상이 다르게 나타난다.

인생의 몸은 씨와 알이 몸을 자극하여 사람이 되었고, 씨와 알은 다른 것, 서로 다르게 자극하여 씨와 알이 되었다.

언제나 변하지 않는 곳으로부터 해탈과 결합을 반복하며 연속되고 있다.

몸은 개체의 의지와 는 관계없이, 성장하기 싫어도 은밀하게 성숙되고, 가기 싫어도 인생은 비밀스런 죽음의 길로 간다.

한번 세상, 자연에 태어난 것들, 죽기 전에는 생명의 고향, 다른 나라, 변하지 않는 나라로 갈 수 없이, 태어난 것들이다.

인생의 힘에 의한 것이 아니다.

인생과 다른 나라를 오고 갈 때, 이상한 소리를 하고, 땅에 전복되어 몸동작을 마음대로 못한다.

깊은 밤 인적이 없는 곳을 돌아다니고 정신은 세상을 벗어난다.

실상의 나라를 오가는 정신으로 때도 없이 세상을 헤 메다가, 정신이 인생에 정착 되면 속세가 되어 사려(思慮) 깊은 넋으로 열심히 살게 된다.

세상살이 처음 할 때, 새소리가 무섭게 들려지고, 바람소리가 이상하게 느껴지며, 공포감을 느끼고 어둠이 두려워진다.

밝은 빛, 보호자의 품에 편안하게 잠들거나, 외부의 것에 경계심을 갖는다.

처음 나타난 세상, 이상하게 알 수 없고, 경험 없이 광막하다.

세상에 힘없이 들어선 것이기 때문이다.

인생의 몸이 되어 세상에 유혹되고 익숙하여 지면, 매혹되어 중독이 되면서 몸이 변하여 가는 곳을 모르게 된다.

인생이 몸을 은밀하게 벗어나고 있는지, 몸속에 것(씨와 알)이 서로 이탈하거나, 의지하며 동생하고 있는지, 몸 밖의 다른 나라로 어느 정도 드나들고 있는지 모르며 살고 있다.

몸이 떠나온 곳을 잃어버리고, 살고 있는 곳이 어 데인지 모르며, 몸이 변하면서 가는 곳을 모른다.

운명이라고 한다.

인생은 자유로운 몸이지만, 한계는 변하지 않는 나라, 실상의 힘에 의하여 변한다.

인생의 한계는 은밀하게 늙고 굳어지면서 생명이 중단된다.

사람은 인생을 결코 떠나게 되는 것.

정상적인 사람은 인생의 범위를 벗어 날 수 없다.

세상을 터득하면 깨닫게 되고, 신선처럼 신선한 성품이 된다.

몸은 세상에 있어도, 혼란하지 않은 인생으로 세상과 다른 나라를 오락거릴 수 있다.

변하는 인생을 통달한 것처럼.

세상과 실상의 나라에 살고 있는 것.

실상의 나라, 세상은 같은 곳인데, 몸이 생겨나면서 다른 나라에 있는 것.

정상적인 사람은 인생을 끝마치고 갈 수 있는 곳.

다른 나라를 사전(死前)에 마실갔다, 귀환하는 것이다.

생명이 세상에 태어나면, 이상한 곳에 있음을 알게 된다.

주변을 경계하면서 정을 붙이게 되고, 익숙하여 지면서 유혹되며, 깊어지면서 자신도 모르게 매혹된다.

그러면서 의지를 잃게 되고 사랑을 한다.

해로운 중독은 실망이 된다.

살면서 배고프면 자연에서 얻어먹는다.

집중하여 살거나, 일하며 활동한다.

집중하면 답답하고, 활동하면 알고 싶다.

정신의 상(精狀)은 꿈을 꾸고, 지혜롭게 하며, 몸 밖으로부터 영감을 착상(着想)하여 새로운 것을 창조하도록 한다.

마음의 상(心狀)은 몸의 기분, 희, 노, 애, 락의 감정으로 자연과 어울리며 조정한다.

꼬리는 신경의 경계, 오감(시각, 청각, 후각, 미각, 감각)에 따라 욕구적인 행동을 다르게 한다.

세상살이 매력이 없으면 살맛이 없을 것이다.

젊어질수록 꽃처럼 생동하고, 아름답고, 멋있고, 좋아하는 것일수록 호기심, 신기함, 즐거움으로 인생 가는 줄 모른다.

노래와 춤추는 것을 구경하면 매력에 빠진다.

향기와 고운 모습, 역동감이 넘치면 매력에 빠진다.

사람은 우주와 별들, 경치를 구경하며, 술과 음식을 즐기고, 하는 일과 취미에 도취되며, 기술, 진리의 터득에 집중한다.

그러나 아무리 매력이 있어도 성사되는 일이 없으면 맥 빠진다.

그러나 모든 것이 성취되어도 만족은 없는 것이 사람이다.

몸을 이끌고 고달픈 세상에 들어와 하늘과 땅에 살고, 다른 것들과 같이 살며 갈 곳은 세상 안, 먹을 것은 자연 뿐이다.

그리고 세상에서 성취한 것은 변할 뿐이다.

사람은 세상 밖으로 가져갈 권한과 능력이 없다.

몸과 모든 것을 세상에 두고 가야한다.

얼마나 집중하고 수양하며 명상하는가에 따라 인생길이 달라지고, 매혹, 중독되며, 벗어나는 것에 따라 성품과 성질의 품격이 변한다.

체통(體統; 몸통)엔 정신적인 지혜와 꿈, 심리(마음)적인 기분의, 보이지 않는 상이 들어 있다.

보이는 기통(氣通), 골통(骨通), 식통(食通), 경통(經通), 심통(心通)이 함께 변한다.

기통은 호흡하여 활기 있게 하며, 청결하도록 한다.

심통은 혈맥이 흘러 열을 발생토록 한다.

식통은 먹이를 소화하여 영양을 공급한다.

경통은 신경을 자극하여 감각에 따라 접촉한다.

골통은 형체를 유상(有狀; 형상만 있음, 질량이 없음)으로 하여 활상(活狀)으로 나타나게 한다.

달통(도달하여 통함)하고, 통달(통하여 도달)하면서 새롭게 열리는 곳이 있다.

어떻게 도달(到達)하느냐에 따라 죽을 길, 살길이 열린다.

몸은 내통(內通), 외통(外通), 상통(相通), 신통(神通; 정신이 통하는)하면서 도통(道通)하고, 형통(形通)한다.

종류처럼 상이 다르고, 몸통처럼 속이 다르게 통하고 도달한다.

도달하기 위하여 안달하고, 실행에 따라, 지혜, 사고(思考), 마음, 몸의 활동, 경지(境至), 달성, 자연적인 숙달, 현몽(現夢)하는 것이 다르게 된다.

갈 곳 잃고 몸이 닳아서!

부화되는 과정이다.

인생은 부화되는 과정에서 깨어나면 신생(新生)하고, 못 깨어나면 탈락, 인생의 고향에 가지 못하거나 새로운 나라에 가지 못하고 세상에 남을 수 있다.

상의 부화는 태막을 깨는 것처럼 깨어남과 실패가 있다.

부화되면 꿈이 오가는 나라처럼, 실상의 나라로 갈 수 있는 것.

그러나 지나치면 산통이 깨진다.

식통은 먹는 것이 지나쳐서, 복통(腹痛)이 되거나, 몸속에 활동 없이 양기가 넘쳐서 열을 발산하지 못하면 열통(熱痛)이 터져서 화통(火痛)이 되고, 심통은 흐름이 막혀 맥 떨어지면 애통(哀痛)하게 되며, 골통은 골치 아픈 것이 많아서 정신을 못 차리거나 휴식 없이 몰두하면 두통(頭痛)이 생기고, 넘치면 신통(神痛; 정신의 아픔)하여 정신이 사람의 한계를 벗어나고, 피로하여 잠이 들면 꿈꾸면서 헛소리를 한다, 경통은 신경 쓸 일이 지나치면 신경질과 고통(苦痛)이, 기통은 거칠게 활동하여 과다한 통풍을 하거나, 과다한 집중으로 억제하면 숨통이 막히고, 정신과 마음(씨와 알)이 서로 의지하며 일치하지 않고, 구별이 단절, 질식하게 되면, 분통(憤痛)이 터진다.

인생과 몸은 세상과 자연처럼 적당해야만 잘산다.

사람의 몸은, 의식할 수없이 은밀하게 변해가면서, 소통이 잘못되면 먹통이 되면서 시달리게 된다.

그러나 소통이 잘되면 매사가 형통되면서 부화된다.

사람이 살고 있는 세상은 나타나 있는 것들이 많은 곳!

같이 소통하여 어울리지 않으면 도태되어 갈 길을 못 간다.

섭생하는 몸이 약하거나 강하면, 세상을 극복하지 못하고 두려워하며, 접근하는 것에 놀라거나, 파괴하면서 산다.

세상에 들어온 몸은. 자연과 한 몸처럼 활성(活性)되어야 잘사는 것.

우주 속에 들어온 것은, 극복 하고, 적응하여 자연과 같은 수준으로 한 몸이 되어, 동화되어야만 잘살 수 있다.

고민이 많으면 바람처럼, 물결처럼, 빛나는 별처럼, 시원하게 하고, 청결하게하며, 빛나는 몸이 되어 상쾌하도록 기분 전환해야 된다.

식사가 없으면 몸이 침통하여진다.

죽어가는 세포를 보충하지 못함이다.

적당한 생명이 되어야 상쾌한 기분이 된다.

열심히 일하는 것으로 화풀이를 하면 복이 되어 돌아온다.

상통(相通)한 몸으로 전환하면 잘산다.

몸을 통하는 것이 있어 살고 있다.

세상에 생겨난 모든 것, 없어질 때까지 관찰해도, 작은 것으로부터 생겨난 것.

감지되지 않고, 보이지 않는 것을 지나, 정신과 마음을 거쳐서 꿈처럼 사실적인 곳, 실상의 나라로 가게 된다.

세상에서 잘살고 소통해야 가는 곳이다.

세상을 떠나서 아무 것도 없는 곳은, 자연처럼 같이 사는 나라보다 못한 것.

그러므로 사람은 살아 있을 때, 죽어서 갈 곳을 정(定)하고, 가고 싶은 나라를 소통하여 구해야 한다.

인연이 되어 생겨난 몸이 탈락되지 않도록 구원하는 것이다.

인생은 무엇이 되려고 하는가?

세상이나 사람을 떠나서나 무엇이 되려고 하는가? 사랑하는 씨와 알이 사람이 되어 세상에 태어나고 싶어 하듯.

인생은 무엇이 되는 것을 소원 하는가?

수양하고, 신선처럼 준비하며 살다가, 소통하고 부화되어 좋은 꿈이 있는 곳으로 해탈해야 될 것.

위험한 생명, 잘생긴 풍경 속에, 몸의 자태를 바라보며, 땅위에 몸 밖에 없는 것이 해탈될 것을 사색하며 세상의 순리에 있다.

정착해야 할 것.

인생이 갈 곳은 역행하는 것이 없어야 할 곳.

생명의 몸은 운명에 지배되지 않으려고, 더 좋고 새로운 것을 구하면서 세상을 유람한다.

그러나 자연, 우주 속에 생겨난 모든 것은 새로운 것을 낳고 떠날 뿐이다.

낯 설은 타향과 같은 세상, 고향을 잃고 방황한다.

고향을 잃고 세상에 머물러 기다린다.

꿈속에서나 가보는 곳!

가난한 사람이 많을수록 부자도 망하고, 부자가 많을수록 가난이 없다.

생존경쟁에 도태되지 않으려고 세상 모든 것이 싫어하는 침략을 한다.

부족할 때 같이 모자라고, 넘칠 때 나누면 될 것을. 전쟁은 대단한 죽음 을 재촉하는 대단한 악의 발생이다.

세상과 자연은 사람의 것이 아니다.

자연은 잠시 거처하다 떠나야할 집과 같고, 몸까지도 빌려 살다 돌려주고 가는 것이 사람의 운명이다.

사람은 노략질 않고 살 수 있는 성품을 타고 났으나,, 동물 중에는 침략하지 않고 살 수없는 운명을 타고 난 것도 있는 것.

경계가 없는 자연에서 얻어먹는 신세, 경계가 있는 것을 먹으면 침략이된다.

자연을 과다하게 침범하면, 천지는 엄벌한다.

아직도 인생의 역할이 무엇이며, 인생의 동기도 기억하지 못한 채, 갈 길을 모르고, 인류에게 적당한 질서를 임시로 유지하고 산다.

인생 끝까지 기대하려고, 서로를 보호하며 의지하고 살다가, 사람이 많아지면 사람 때문에 못살겠다고 한다.

사람이 하나라면 사람이 없어 못살 것처럼 애매한 것이 사람이다.

성장하고 늙어, 변해야 하는 세상에 들어와, 불확실한 세상에 살기 때문이다.

사람은 변덕스럽고, 먹는 방법도 다양하다.

끓여먹고, 생으로 먹고, 비벼먹고, 익혀먹고, 말아먹는다.

옷을 입고 있는가 하면, 발가벗고 살며, 이불을 덮고도 잔다.

기후에 따라 살고, 뜨겁거나 차가운 것을 피하며 산다.

감각을 벗어나거나, 초월하면 세상에서 자연과 살 수가 없다.

세상의 법칙을 벗어나지 못하도록 생겨난 것이 사람이다.

언제나 자연의 활동에 동화 되어, 감각의 한계를 지켜야만 살 수 있다.

경우가 없이 한계를 넘을수록, 분수를 지키지 않으면 못 살도록 되어 있다.

냉동되거나, 타버릴 것처럼 뜨거운 것을 모르며, 질식하는 곳에서 숨쉬고, 독 있는 것을 먹거나, 천둥과 바위가 떨어지는 소리를 못 듣고, 벼락치는 것과 절벽을 볼 수 없이 간다면, 감각을 잃은 것처럼 막막한 세상의 몸이 된다.

한계를 넘을수록 죽음의 길로 간다.

감각은 세상에 생겨난 몸이 인간의 한계를 넘지 못하고, 감각의 안에서 살도록 하였고, 세상을 경계하면서 살게 하였다.

그러나 꿈은 감각이 없는 생활을 한다.

오직 꿈 하나만 인간의 감각과 한계가 없이 살고 있다.

꿈은 언제나 사람의 몸을 드나들며 살고 있다.

삶과 죽음, 거리와 시간, 종류, 몸, 밝고 어둠에 관계없이 돌아다니고, 나타났다 사라진다.

인생은 한계를 넘으려 세상을 터득하고, 깨닫고 인식하고 습관 되도록 한다.

그리고 실천에 경험을 더하여 세상살이를 겪게 된다.

자연과 세상에 헌신하게 된 것이다.

세상을 알게 된 얼굴, 몸의 자태는 근엄하고 경건하여 지며, 성품은 세상을 거역함이 없이 인자하게 되어, 실상의 나라를 질서 있게 인내하며 기다리는 사람이 된다.

인류를 위하여 더 좋게 하는 자가 있고, 인생 속에 없는 것이 생겨나도록, 새로운 것을 개척하는 사람도 있다.

인기 있는 사람은 인파를 만든다.

그러나 사람에게 필연적으로 실현할 것이 홀로 남아 있어, 찾아 헤 메는 신세가 인생이다.

세상에 나타나지 않고, 알 수 없도록 형체와 감각의 한계로 숨겨진 것이다.

원근대공(遠近大空; 너무나 멀고 가까워 크고 비어서 잃어 버렸다)과 생견식이(生見識離; 생겨나 보이고 만나서 알다가 떠남)처럼 알 수 없는 세상에 들어와 정을 붙이고, 사는 것이 까다로운(쉽지 않고) 처지에서, 부화되려 참고, 감각의 한계를 경계하고 조심하며, 몸에 있는 생상(生狀)을 소원으로, 구원하려 감각이 없는 꿈같은 나라로 간다.

이 세상은 만나보면 헤어지고, 모르면 생겨나고, 알던 것도 떠나며, 없던 것도 만나게 된다.

영원히 같이 있는 것은 하나도 없다.

인생 속에 소원하는 동안, 감각의 한계에서 충실해야 할 것.

만약 거역하면 한계를 넘는 것이 되어 죽음으로 처벌되는 것.

세상의 모든 것은 사람이 죽으면서 가져갈 수 없다.

세상은 인간의 것이 아니기 때문이다.

한계가 없으면, 얼어 죽고, 타 죽고, 떨어져 죽고, 터져 죽고, 시들어 죽고, 숨 막혀 죽고, 망그러져 죽고, 고달프게 죽는 것.

감각은 인생이 세상에서 행사할 한계가 된다.

감각의 한계를 유지해야, 세상에 태어나 살면서 부화될, 새로운 운명의 개척이 된다.

세상살이 감각(시각, 후각, 청각, 미각, 촉각, 지각)으로 확실하게 가려가며, 세밀하게 살아야 한다.

입맛대로, 질감을 느끼며, 무슨 소리가 나는지, 생명의 냄새, 윤곽을 보면서 알아 차려야 산다.

짜고 맵고 시고 달고 쓰고 고소한 맛, 단단하고 부드럽고 날카롭고 매끄럽고 거칠고 뜨겁고 차갑고 무겁고 가벼운 질, 곱고 가냘프고 우렁차고 굵고 높고 낮고 신음하고 웃고 즐겁고 재미있고 말하고 울고 화내고 사랑하고, 썩고 독하고 맑고 향기롭고, 크고 작고 색깔 있고 밝고 어둡고 모양 있고 멀고 가깝고 선명하고 흐리고, 알고 모르고 기억하고 생각하여 적합한 판단을 하며 살아야 한다.

확실하지 않을 경우 인생을 잘못 살 수 있다.

운명이 바뀐다.

경치와 상대한 것들의 슬픔과 기쁨, 편안함, 분노함, 사랑, 즐거움, 착하고 악한 것은 몸의 감각을 소통하여, 마음과 정신을 거쳐, 꿈의 경지에 까지 도달한다.

사람들의 지혜와 지각도, 배움과 깨달음으로 다른 것이나 사람들에게 전달된다.

상대를 애착하고 거부하는 것도 자성처럼 판단하여 선택하고, 갈 길을 정한다.

형통(亨通)과 지혜, 생각은 일하는 행동으로 도달하고 성사되도록 한다.

형체에서 몸의 감각을 소통하여 보이지 않는 마음과 정신을 거쳐, 형상과 꿈나라에 도달하고 있는 것이다.

실상의 나라에서 꿈처럼 세상의 몸에 들어와, 행동을 소통하여, 자연이 생활하는 것과 같다.

세상과 인생은 아직도 끝나지 않았다.

세상과 자연은 아직도 활동하고 있다.

처세를 하는 방법과 실천, 경우, 목적에 따라 인생의 길이 달라진다.

다른 사람이 하기 어려운 재주를 가지고 사는 사람.

극복하기 어려운 일을 해결하며 다스리는 사람.

인류가 좋아하는 것을 만들어 소유하고 편리하게 사용할 수 있도록 하는 사람.

험난한 세상을 깨닫게 하여 잘사는 길로 인도하고, 존경과 기쁨이 절정에 달하도록 하는 사람.

사실과 표현이 다른 사람.

순간의 일이 평생을 변경한다.

도난으로 고생한 사람의 생명 같은 재산이 유실되는 경우도 있다.

모든 것을 잃고 불쌍한 처지가 되기도 한다.

같은 사람이면서 인류의 성품이 생김새처럼 모두 다르다.

허황한 사람도 있다.

다 같이 세상에 들어와 고생하면서 인류가 바라는 것이 달성될 때까지, 세상의 비밀을 모두 알 때까지, 참고 도와야 할 것이다.

인류는 소유권이 없이 소유하고, 먹을 것과 집, 직업이 가족처럼 질서 있고 공평하게 되어야 한다.

혼란 없는 사회가 되어 평화롭고, 풍부하고, 낙원처럼 살림을 하는 인류의 나라가 되어야 한다.

나라와 인류의 생활 방법이 가족의 족무(族務; 가족들의 일)처럼 살면 될 것이다.

가족들이 하는 일처럼.

일하며 노는 것을 동시에 할 수 없는 인간의 한계.

인간의 능력은 세상살이의 권한에 한계가 있다.

사람의 권한은 세상과 자연의 한계 속 능력이다.

실상처럼 전능한 자 세상엔 없다.

인생은 부화되어 좋은 꿈나라로 갈 수 있도록 한계를 지키며 기다릴 뿐이다.

다정한 사람, 도와주지 못하여 한이 되고, 억울한 일을 당하여 한 많은 세월을 보낸다.

후회할 일을 하여 한이 맺힌다.

정든 사람이 떠나서 한이 된다.

인생은 한계가 있어서, 세상을 벗어날 수없이 한탄한다.

모든 생명체는 생명을 먹고 산다.

세상이 있는 것은 신기하다.

무슨 의미가 있는 것 일까?

세상은 살아 있다.

생명체에서 가장 포악한 것은 사람이다.

생명체를 가두거나, 부려먹거나, 잡아먹고 웃으면서 한없이 축적한다.

지구상에는 너무나도 많은 인류가 살고 있다.

수많은 사람이 지구에 붙어서 지구를 뜯어 먹고, 파먹고, 잡아먹으며 살고 있다.

과대하게 인구가 증가하면, 지구는 더욱 파괴 되고, 인류는 먹이와 원력 (原力; 에너지; 발생하는 힘), 기후, 지구의 자전 각도, 중량의 변화를 발생토록 하여 멸망의 길이 시작될 것이다.

오랜 세월이 걸리면서 만들어진 지구를 파괴하고 있는 것이다.

산과 바위와 물과 공기, 연료와 광물이 만들어 지는데 엄청나게 오랜 세월이 걸린, 생명의 집, 모성의 품속 같은 지구를 망하게 하고 있는 것이다.

바람결과 중력, 기후가 변하게 하고 지구의 활동 위치와 방향과 회전 중심이 변하도록 하여 재앙을 부르고 있다.

지구가 생겨나면서부터 회전에 맞추어 다듬어진 강산과 계곡과 평야와 바다, 지구의 자전 중심, 남, 북극이 형성된 자연이다.

인류는 계곡을 변경하거나 산맥을 허물고, 동굴을 만들고, 강을 개발, 파멸하여, 기류와 힘과 방향을 교란, 위치와 중심이 변하도록 왜곡하고 있으며, 유류(油類)와 같은 지하자원을 열나게 태워버리고, 땅속은 허당(虛堂; 빈곳)으로 무너지게 하고 있다.

바다의 파도가 해변을 강타하기도 한다.

력량(力量)의 과대 사용으로 지구는 온도가 상승하여 더위와 폭우, 태풍이 불고 화산처럼 폭발하며, 중량의 변화로 태양과의 거리가 달라 질 것이다. 중력과 위치가 변경되도록 하고 있다.

편리하게 살 수 있지만, 세월이 가면 하늘의 별을 파멸, 재앙이 될 것이다.

자연스러움이 사라지게 하고 있는 것이다.

력량의 적변 과정에 재앙이 발생한다.

자연에 역행하면 성질(土質; 별의 성질)이 난다.

인류는 땅덩어리를 파동 치게 한다.

하늘과 땅이 있어야 생명은 상존한다.

하늘과 땅은 세상의 생명이다.

실상의 자연을 거역하여, 자연의 한계를 파괴하면 멸망이 돌아온다.

인류는 공동 운명을 타고난 것, 자연을 파괴하지 않고 자연스럽게 살 수 있는 방법을 달성해야 한다.

몸을 돌아다니고 세상을 찾아보아도 나타나는 것을 모른다.

자연을 몸으로 한, 실상.

자성은 생명을 성립하고, 성립된 결합이 해탈되면 생명이 죽은 몸(형체)이 되며, 자성이 해산되면 형체가 사라진다.

〈사람과 생명, 하늘과 땅이 실상의 몸이라고 할 때, 있고 없는 것은 실상에 의하고,

실상의 생활에 이성과 몸, 사랑이 있으며, 빛과 바람결과 씨와 물결, 생물과 하늘과 땅에서 공통적으로 공생해야 된다.

실상의 생활에 따라 인생, 실상이 없으면 생명이 성립되지 않고, 생명의 집성은 한계 속에 죽음이 있다.

실상은 한계를 넘어서 생명과 죽음으로 변하여 새로운 것이 되도록 한다.

죽었던 것을 잊어버리도록 하는 것이다.

새롭게 형성되어 살게 하는 것이다.

실상의 생활이 사람이었고, 실상의 생활이 생물과 빛, 하늘과 땅의 모든 것, 자연이다.

자연으로 나타난 실상보다, 나타나지 않은 실상이 한없다.

나타난 곳에 있는 것은 나타나지 않은 실상의 외모(外貌)가 되어, 같은 곳이면서도 다른 것으로 한정되어 있다.

같은 실상의 생활에 있는 것이다.

실상의 외모로 떠도는 인생이 되어!

공성보다 작은 것이 되어 지나 갈 수 없고, 공성의 한계를 넘어 갈 수 없는 것이 인생이다.

실상의 생활에서 사람의 능력도 되고, 인생의 한계가 된다.

사람에겐 형성의 고비가 있다.

고비(高庇)를 극복하기란 죽음을 지나는 것과 같으며., 극복하지 못할 땐, 생명의 형성이 무산된다.

사람이 탄생하거나, 죽음이 올 때와 같다.

자연을 몸으로 한, 실상, 사람으로 사는 것이 식물의 모습으로 살다가, 동물과 땅, 하늘과 빛의 모습으로 산다.

같은 실상의 몸이며, 생활이므로 동태가 달라진다.

사람은 자연처럼 실상의 고향에서 출산된다.

세상에 나타난 것은 실상의 외모가 된다.

인생은 처음 생길 때부터 속세가 되어, 세상 모든 것의 속성처럼 사람의 성질에 한계를 지키도록 하며, 모든 표현과 능력도 속세에 적합하도록 한다.

사람에게 알맞게 한다.

실상과 천물은 연속적 생활이며, 거부 할 수 없다.

그러나 연결이 끊길 때 사라지게 된다.

그것은 인류가 자초 할 수도 있다.

사람, 생신이 자연과 다르지 않고, 자연의 몸을 거부 할 수 없다.

인생은 인류 에서만 한정될 뿐이다.

사람의 모습이 씨와 알로 생겨나는 것처럼, 한 결 같은 골격과 살덩어리처럼!

사람은 이성을 벗어 날 수 없는 곳에 고립되어, 실상의 생활, 몸에 잉태하여 있는 것이다.

타고난 생명 까지,

아무도 인생을 멈추게 하지는 못한다.

전쟁과 자연의 파괴처럼 발광하면 죽음이 인생을 종식(終熄)할 뿐이다.

인류가 사는 세상은 누구나, 어데 서나 거처 할 수 있는 것이다.

인생은 한계가 있고, 세상나라, 하늘과 땅은 주인이 없다.

실상의 생활이기 때문이다.

성인과 아동, 타인과 동신(同身), 자연과 신앙도 가리지 말고 서로 존경하면 세상이 평화롭다.

국경 없는 인생, 땅과 하늘처럼 지켜지면 평화롭게 되는 것이다.

싸늘하고 어두운 밤이 지나면 태양처럼 빛을 주고, 열나면 비를 내리고, 먹고 싶으면 일하여 생물이 살게 하며, 피로하면 밤이 되어 잠들게 한다.

외로운 사람, 별빛을 보고, 풍경 속에서 다정하게 살면 된다.

생명의 상생이며 사회의 실체, 실상의 법칙이다.

가진 것이 있으면 없어지는 것이 있고, 가진 것이 없으면 생겨나는 것이 있어야한다.

실상의 생활로 써 사람에 그칠 뿐이다.

생명은 실상의 한계 속에 멋대로 생활한다.

한사람의 몸에 남성의 씨와 여성의 알이 서로 의지하여 동생하고 있는 것, 세상에 출산되는 것은 실상의 생활에서 나온다.

인생과 씨와 알의 고향은 실상인 것이다.

인생의 고향에 남느냐, 세상에서 사느냐가 결정되는 것처럼...

고향 살이 는 인생에서 이상동체(異狀同体)의 삶으로 나타나는 것.

세상 속에 사람으로 나타나서 산다.

빛과 바람, 땅과 하늘 속에서 들려오는 풍경 소리는, 실상의 몸속에 들려오는 신비로운 울림과 같다.

하늘에 떠 있는 땅에서 사는 세상은 하늘나라이며, 땅에서 생활하기에 지옥, 낙원과 같다.

사람은 무엇인가?

실상의 생활 한편이다.

세상, 사람은 반편, 실상은 양편, 실상을 모르고 세상 사람이 되었다.

앞, 뒤쪽이 일치하면 실상으로 깨어난다.

노인이 되어 죽기 전에 최초의 세상을 알아봐야 한다.

옛날이 돌아 와서 실상과 인류를 이해하도록.

세상의 이치를 실상에게 알려 달래자.

실상이 아닌 모든 것은 거짓일 뿐이다.

사람의 모습을 하고 있다니 희한한 일이다.

별 짓을 다 하다니!

무슨 꼴이란 말인가?

이상한 모습을 한 사람이라니!

사람으로 세상에 떨어져 왜 사는가!

야릇한 일이다.

실상에서 태어나 사람보다 더 좋은 것이 되려 나!

세상을 방황하는 사람, 실상과 같이 사는 것으로 인생은,, 나타나고, 성립되도록 지표(指標)로 하여, 실상의 섭리로 살아야 한다.

실상을 잃은 것은 인생의 탈락, 지향할 것 없이 실패한 것.

인생이 되면 마땅하지는 못한 곳. 외계로 갈 때 인격은 반환되고, 실상의 고향을 찾아다닌다.

자연도, 세상도 아닌 곳.

세상의 모든 것, 종류는 달라도 운명은 같다.

종계(種界)를 떠날 수 없다.

소처럼 일하며 탈출하지 못하는 것은, 인생을 벗어날 수없이 복역(僕役)하는 것과 같다.

욕심이 클수록 고통이 커지고, 작을수록 편안하다.

인정으로 나누면, 무거운 짐이 사라지고 편안하다.

피할 수없는 운명으로 출산되고, 태어날 때 통곡하는 것처럼 세상이 생겨난 것.

실상의 생활로 갈 때 세상은 낙원처럼 신비로운 축복이 된다.

생존의 낙원은 자유스러운 것이다.

무력은 인생의 악마다.

짐승도 불쌍한 것을 보면 위로하는 몸짓을 한다.

사람의 정신과 마음이 서로 위로해야 성실한 생활이 되어, 서로 사랑, 같은 처지를 돕게 된다.

참된 사랑을 하는 것이다.

사랑은 싱그럽게 젊어지고, 새로운 사랑이 되어, 다른 인연을 만나도록 한다.

세상에 여성과 남성은 같은 운명의 처지, 사람으로 태어나서 험한 고통을 겪는다.

못 다한 인생은 새로운 인생의 결정, 사랑이 되어 남남이 살게 되는 것이다.

딸을 낳게 되면, 여성의 알이 연속되고, 아들이면 남성의 씨가 연속된다.

그러면서 남성의 씨와 여성의 알은 결혼에 의하여 서로 다른 씨와 알을 교차, 옮겨 가면서 연속적으로 살게 된다.

그러나 아들만 있으면 여성의 알이 중단된 것이며, 딸만 낳으면 남성의 씨가 끝난 것이다.

같은 부모의 자식 간 결혼은 같은 씨와, 같은 알의 연속이 된다.

사랑의 생명은 땅과 하늘 속에 세력이 되어, 모든 것, 생물, 물결과 빛, 씨와 알이 되어 살려있다.

서로 맺어 가며 동산에 머물러 있는 것이다.

그렇게 살다가 늙어 지면, 서로의 고향으로 헤어지고 들 있다.

인격의 생성은 산란하기만 하다.

흩어지는 인생, 사람이 되지 않고 있는 것이다. 인생의 고향을 가고 있다.

한 때의 인격은 허물어지고 없어지는 것이다.

인생은 물과 바람, 하늘과 땅, 빛과 어둠 속에 동화되고 공통한 것이다.

인생은 생사의 연속이다.

핵분열처럼, 생명체의 세포, 씨와 알이 분열되어 후손으로 환생하는 것이다.

하나의 사람은 늙어서 사라져도, 사라진 사람이 연생(連生; 이어서 산다)하여 세상에 살고 있는 것이다.

세상의 천물이 그렇다.

식물도 곤충도 모든 동물, 공기와 물, 불, 흙도 그러하다.〉

〈형상은 시간성이 있으면서 없다.

여러 형상은 구분되며 모양과 몸이 일치되어 있다.

인생의 생험적(生驗的; 생겨나서 겪는) 생활 때문이며, 시간성이 없고 몸에 일치된 형상은 인생이 아닌, 이면의 이차성(異次性;다른 차원의 성질)으로 써, 실상의 생활이 비춰진 것이다.

시간성이 없고 일치된 것은, 나무의 씨앗(씨와 알이 결합된)이 오랜 시간 동안 뿌리와 줄기, 잎이 무성하게 성장하지 않고도 나무의 모습은 씨앗에 들어 있어, 씨앗과 나무의 모양을 겸비한 것이다.

씨앗의 모습과 나무의 모습은 서로 일치된 하나의 모습이다.

시간성이 구분되지 않은 것이다.

그러나 시간성이 있는 것은 씨앗과 나무가 구별된 모습을 하고 있다.

씨앗(씨와 알; 난자와 정자가 결합하여 잉태한 아이처럼, 식물은 같이 있다)과 나무의 모습은 전체적으로 한 몸과 같은 형상의 생활인 것이다.

형체, 종류는 형상에 기인한다.

친구와 거닐 던 달밤,, 다정한 이웃은 흩어지고, 동산의 모습은 변하여 찾을 길 없는,, 옛날의 고향이 추억으로 있는 것과 같다.

세상에 없었던 것, 씨앗이 나무로 변하는 것처럼 생겨나고,

때와 장소를 가리지 않고, 의지와는 관계없이 나타나는 꿈과 같은 것, 몸과 언제나 상체양생(狀體兩生; 한몸의 양편, 꿈과 몸으로 삶)한다.

사람이 섭취한 자연이 사람의 몸이 되고, 자연과 사람이 같이 산다.

오늘의 씨앗이 미래의 나무를 꿈에서 보는 것과 같다.

돌아 갈 수없는 옛날과 돌아오게 될, 앞날의 일이 현몽(現夢)하는 것.

나타나고 있는 실상의 생활 이다.

그러나 의식이 잠들지 않을 땐, 정신과 마음과 행동이 이성으로 살게 되는 것.

사람의 이성을 떠난, 탈계(脫界; 벗어난 계통)일수록 꿈처럼 실상의 형상에 가까워지고, 인성(人性)이 명확할수록 이성적인 사람이 된다.

형상처럼, 꿈의 생활과 인생적인 이성은 동일한 사람의 현상이다.〉

〈머리에서 생각, 지혜만 있고 행동과 마음이 없다면, 이루어 질 것이 없는 것이다.

마음에서 욕구만 있고 행동과 생각이 없다면, 구하여 내 것으로 되는 것이 없다.

행동만 있다면, 가는 길에 혼란이 온다.

판단과 행동만 하면 마음이 흡족하지 못하다.

생각 없이 행동과 마음만 있다면, 해로운 일이 발생된다.

행동 없이 생각과 마음만 있다면, 갈등이 생긴다.

정신과 행동, 마음이 서로 일치하면 확실한 인생을 살 수 있다.

그러나 모두가 흩어지면, 망하는 것이다.

생각과 행동이 같은 일에 있고, 마음이 다르면 평등 부족, 능력이며, 생각과 마음은 같은 일을 하며 행동이 다르면 능력 불평, 공통이다.

한 사람과 사회는 서로 적합 할 수 없다.

서로가 의지 하며 같이 사는 것, 상생의 방법이다.

아직 인생이 무엇인지 해결되지 않았기 때문이다.

생각과 행동과 욕구가 같은 사회를 찾아야 한다.

인생 앞에 어떠한 법칙도 없기 때문이다.

그러므로 투쟁도 없어 야만 된다.

사람의 처지를 알고 해탈 될 때 까지, 세상에 잉태하여 깨어날 것이 중요한 것.

인생살이 서로 평화로운 낙원에서 살도록 해야 한다.

피곤하면 잠들어 쉬었다가. 다시 깨어나야 한다.

잉태하고 부화되는 것, 잠들고 깨어나는 것과 같다.

떠나서 갈 곳을 정하며, 세상, 자연에 거처하는 것이다.〉

〈형체가 해탈하여 사라진 것과 같이, 형체는 형상으로 생성된 것이며, 세상을 동면에서 의식, 대면하는 것은 형체, 형상으로 나타나고 있으며, 세상의 밖, 실상의 생활은 사람에게 특별한 경우(꿈, 환상)에만 나타날 수 있는 것이다.

형체는 형상의 생활인 것이다.

그러나 꿈은 형체가 아니다.

세상의 모든 것은 색깔이 있고, 색은 먹(섭생)는 것처럼, 자연에 따라 변이(變異)하게 되는 것, 변이가 사람의 힘으로 거부할 수 없게 하는 형상의 모습이며, 형상의 생활 인 것이다.

실상 생활의 몸, 자연이 활동하는 것은 형상의 활동이며, 형상의 활동은 꿈같은 실상으로부터 발생한다.

세상의 천물은 형상으로부터 생겨 나오고, 형체를 생성한다.

형상은 실상의 생활이다.

세상 밖으로부터 상(狀)을 만들고, 형은 결합하여 종(種)의 모습으로 탄생한다.

세상에 태어나면서 형체가 되고, 탄생한 형체는 분열하면서 번창 한다.

새로운 결합으로 형상을 달리한다.

세포와 핵의 분열처럼 모든 사물이 번창하고, 결합하여 다른 모습을 이룬다.

형상은 시간과 거리가 있으며 형체를 이탈하지 않고, 꿈은 시간과 거리가 없이 형체와 세상 밖을 자유롭게 활상한다.

형상은 상과 형의 결합으로 써, 어느 하나의 상이나 형에 속박 되지 않는다.

두 가지 형상의 합성이기 때문이다.

그리고 성장하면서 형체를 이룬다.

상(狀)이 세상에 생겨날 때, 힘이 동상(同狀)하여 형과 자태가 형성되면, 세상에 상존한 원형으로 나타나거나, 세상에 없는 새로운 원형으로 나타난다.

상력(狀力)이 형상으로 나타난 것이다.

상력은 상이 세상에 상착(狀着; 상의 정착)된 것이다.

상력과 상력이 결합하면, 원형(原形)과 원형이 동생(同生)한 것으로 상형(相形; 두 모습)을 닮은 하나의 형체(形體)가 되어 세상에 탄생한다.

여러 가지 종류로 형체는 탄생하고 세상의 모든 자연이 된다.

원형과 원형은 동생하여 하나의 형체로 탄생할 수 있으나, 결합이 없는 형체, 속생, 원형은 동생하는 것이 없으므로 새롭게 탄생할 수 없다.

상력이 원형이 되고, 원형이 형체가 되며 형체가 별이 될수록,, 집성(集性)이 될수록 수명(壽命)이 길어 진다.

그러나 공성(空性)이나 힘은 한계와 수명의 척도(尺度)가 없다.

형은 종류를 유지하거나 변하고, 상은 변하지 않으나 둔갑(遁甲)을 한다.

상력으로 원형이 되 면서부터 죽거나 속생, 동생한 것들이 해산되지 않으면 몸(형체)을 벗어 날 수 없이 세상에서 살아야 한다.

원형과 형체와 종류의 운명이 시작되는 것이다.

원형과 원형이 다른 것과 결합하여 새로운 형체가 생성될 수 있다.

상은 실상으로부터, 꿈처럼 세상살이 와서 형체로 정착한 것, 세상 속을 떠도는 형은, 종류(형체)의 원형에 의한 형태(形態)가 된다.

상은 사람, 세상이 아닌 것으로부터 오고, 형은 세상의 종류로부터 나타난다.

상과 형이 결합하면 형상이 되고, 원형을 생성하며, 원형이 서로 결합(포옹)하면 성품이 있는 형체, 모든 종류(種類)가 되어 세상에서 산다.

하나의 형체에 동생하고 있는 원형과 원형은, 사람의 씨와 알처럼 서로 성격을 품고 있는 한 사람의 성품을 발생한다.

원형(씨, 빛, 수소)과 원형(알, 이산화탄소, 산소)이 결합하면, 동생으로 합성된 새로운 형체(생물, 세포, 물)가 되어, 서로 닮은 형상을 생성하거나, 창조된 형체로 만들어 진다.

상은 종류의 형체에서 성품이 되고, 종류의 모습으로 살게 된다.

세상에 상존하는 모든 것들은 자성에 의하여 자태(磁態; 자성이 집합하여 원형의 틀이 된 것)**을 형성, 원형과 원형들이 동생한 형체, 여러 가지 종류로 자연을 조성하고 있다.**

자태는 집을 짓고, 밥을 짓고, 물을 짓고, 농사를 짓듯이, 세상에 형체를 결성하여 생성(탄생)**하는 역할을 한다.**

자태를 해탈할 때는 폭발, 불, 열, 마찰과 같은 거대한 힘이 필요하다.

그러면서 형체는 자유롭게 되거나, 파멸되고, 형상의 결합은 해탈되어 돌아간다.

해탈과 결성은, 사람이 일을 할 때, 몸에서 열이 발생하고 부드러워 지거나, 늙어서 굳어 버리는 현상과 같다.

자성(磁性)**은 자태를 결성하여, 모든 형체의 형성과 해탈을 통금**(通禁; 통하고 금지한다)**하고 있다.**

세상의 모든 것이 이동, 합성, 통과, 탈퇴, 결합, 파산, 변이할 때 통제한다.

광합성, 전자기, 신경세포 물질 이동, 지구의 자기,, 동, 식물의 성적 감각, 형체 간 배출과 합성의 이동에 대한 통금처럼 짜릿하고 떨리는 전기적 현상 발생시, 자기의 변동이 이루어지고 있는 것이다.

자성은 자태로 집성과 공성의 한계를 통금 하는 역할을 하는 것이다.

상과 원력이 있는 형에는 자막이 결성되어 원형을 유지하도록 하며, 형

체를 이루어 집성이 증가 하고, 원력(原力; 충격이나 불)이 자막보다 강하게 작용하면 자막을 해산하여 형체를 해체하고, 형상이 해탈하여 공성이 되도록 한다.

결성과 해산이 성사(成事)되도록 한다.

빛의 발산은 자막이 형성되지 않은 상태로 자유로운 것이며, 전파와 같이 자막이 결성되면 통금되어 자막이 함께 활동 하게 된다.

결합이 적합하지 않으면 독이 되거나, 거부, 고통, 망하게 하고, 쾌적할 때, 잘 살게 된다.

서로 좋아서 끌려(引力) 결합하는 자성은 자연을 생성하고, 해탈할 때는 불처럼 거대한 힘이 필요하지만, 서로 싫어서 밀어 버리는(推力) 자성은 분산되어 흩어져 살고, 힘으로 강제 결합하면, 서로 결합이 성사되지 못하고 얽매어 있거나, 충돌로 화산 폭발, 천둥과 번개처럼 거대한 파산이 발생한다.

질서를 위반한 것이다.

자성의 인성(引性)과 추성(追性; 밀어내는 성질)의 조화로 별들이 돌거나 군집(群集)하고, 개체들이 어울리며, 생물이 성별로 조화 있게 산다.

생명이 끝날 땐, 빛과 그림자처럼 변모하여, 다른 형상으로 돌아간다.

관념은 하나의 자막이 형성된 것이다.

고정된 수많은 관념은 추억이나 생각으로 개념이 되어, 기억할 때, 자막된 형상이 발동한다.

늙을수록 자막이 활동하지 않고 응고되어 기억이 상실되고, 자막이 적거나 해체되어 풀어질수록 활력이 없거나 백치가 된다.

머리와 꼬리의 연결 위치에 따라, 꼬리와 심장의 위치, 심장과 머리의 위치에 따라 신체의 정신과 마음, 행동, 몸 건강의 성질이 달라진다.

건강은 힘이 강한 것도 아니며, 몸이 과대한 것도, 괴로운 것도 아니다.

건강은 정신과 마음 행동의 머리와 피살, 꼬리가 서로 혼란 없이 사리를 분명하게 일치하여 신선한 것이다.

서로 투쟁이 멈추지 않을 때 번민하고, 풀어질 때 실신한다.

깊을수록 사람을 벗어나고 죽음으로 간다.

정신은 방향(方向)을 영사(映寫)하고, 지혜가 사리 판단을 하여 꼬리가 행동하고, 마음은 살림하여 같이 가는 인생이다.

자성은 신경의 느낌과 기억, 생성과 힘과 공의 구별을 분명하게 한다.

멋대로 하려는 마음과 행동은 저지하는 정신을 따르거나 미워하고, 과다한 마음과 행동이 통제되지 않으면 정신이 번민하고, 잠자는 마음과 정신을 행동이 깨워서 생동한다.

정신과 꼬리가 힘들면 마음이 포근하게 위로 한다.

술에 취하여 혈색이 강하고, 정신과 행동이 균형을 잃어서 잠자는 것과 같다.

신앙 위주의 사람, 정신, 지혜, 마음, 행동 위주의 사람이 종류를 다르게 살고들 있다.

내부와 외부의 병은, 체질과 몸의 구성과 침범에 의하여, 선천적, 습관 관리, 방지를 못하여 발생한다.

불쌍한 인생도 있는 것이다.

구성과 판단, 내부와 외부가 엇갈리는 인생이다.

추력적인 사람은 파탄이 오고, 사회는 내분과 전쟁이, 정신과 마음엔 분란이 생긴다.

세상에 적응하면 몸에 강단이 생기다가, 격고(格固)되어 늙어지고, 아이처럼 유연하면 나약하다.

몸에 강단이 생기면 어려운 일을 극복하기 좋지만, 골격, 신경과 살이 축적하다가 굳어지면서 물, 공기, 양분, 열과 같이 소통되는 것들이 막히고, 이성과 함께 저물어 가는 몸이 된다.

생명은 세상의 세력을 적응하며 사는 것.

인생은 멈출 수 없고, 영원히 세상에 못 있도록 한다.

옛 날로 갈 수도 없고, 멈출 수도 없으며, 어데 론가 가야만 한다.

생겨난 것이 있으면 떠나온 곳이 있고, 사라진 것이 있으면 가버린 곳이 있다.

성장할수록 다른 것이 모여 들고, 들어 온 만큼 다른 곳이 비어 있다.

들어오기만 하고 빈 것이 없다면, 파산되거나 터져 버린다.

자연이면서 사람, 생명들과 상생, 갈 곳들을 찾고 있다.

살면서 잠시 머물러, 꿈처럼 갈 곳을 기다리고 있다.

마음이 원하면 정신이 인도하고, 정신이 원하면 마음이 붙어서 몸은 행동한다.

자연과 세상의 세력, 적당치 않으면 거부 한다.

몸과 이성의 세력이 외세보다 강하면 생각과 마음대로 일을 하고, 약하면 굴복한다.

안과 밖의 세력에 따라서, 대적하는 것에 따라서, 지나가는 것에 따라서, 서로 결성되는 것에 따라서 인생살이가 달라진다.

형상이 없어질 때 생력이 없어지며, 정신과 마음의 활동이 멈춰진다.

사람의 생력은 무거워진다.

놀라서 잠을 깨는 것은 생력이 강하게 발동했기 때문이다.

생력이 강할수록 꿈이 없으며, 어둠이 강 할수록 꿈나라로 간다.

형과 상이 이혼하거나 사람의 몸을 떠나면 죽음이 온다.

나무의 모습이 불타면 빛이 되어 사라지는 것처럼, 형체에는 빛과 같은 형상이 있다.

형상, 형체의 형성이 완성되지 않으면 헛것을 보는 것처럼 미비한 인생이 된다.

세상의 세력 현상이다.

서로 의지하며 일치하여, 구분이 명확해야 잘사는 세상에 정착한다.

정착된 세력의 정도에 따라 개성이 결정된다.

아기가 못 느끼는 이성(理性)을 성인은 다른 차원으로 도취되듯!

벗어날 수없이 세상에 걸려든 것이다.

가기 싫어도 가야할 길이다.

안과 밖의 세력을 평화롭게 하는 자는 주권자이며, 인생을 해결할 수 있는 사람이다.

그렇지 않으면 형식적이며, 엇갈린 사람으로 아무 말도 할 수 없다.

사람에게 좋고 나쁜 것은 있고, 질서를 파괴하지 않으면 악이 아니며, 사람이 신의 이름을 만들 수 없이 실상의 질서에 상이하지 않으면 잘사는 것.

질서에 따라, 이치를 표현하는 것처럼, 피 가 없으면 색깔도 없고, 감각이 없으면 태양도 덥지 않은 것.

힘과 태양이 없으면 감각도 없다.

정신이 세상을 보고 있는 것이다.

혀끝을 입천장(정신 지향형)이나 아래 턱 속으로 내리는 경우(마음 접속형)와, 입안 중간에 있을 때(정신과 마음의 혼합형), 앞 치아에 접근할 때(소심 형)와 목구멍 속으로 당길 때(내공 형)와,

위 치아와 아래 치아 끝을 맞출 때(적당형)와, 아래 치아를 위 치아 밖으로(외강형) 하거나, 위 치아 안쪽 위로 들여 놀 때(내심형)와,

위아래 입술을 붙이면서, 아래 입술을 양쪽으로 벌릴 때(활개 형)와(육체가 강해짐, 이때는 점차 윗입술 길이 보다 아래 입술이 길어짐),

윗입술을 위 치아 위쪽으로 할 때와, 입술을 양쪽으로 벌리며 미소(기쁨형) 짓거나, 아래쪽으로 내릴 때(근엄 형)와, 모두 밀착될 때(집착형)와,

코와 이마 사이를 찡그릴 때(고통형)와, 펼 때(소통형)와,

턱을 앞으로 내밀 때와 (유연형), 목 쪽으로 붙일 때(극복, 박진형)와,

가슴을 억압할 때(마음 제압형)와, 내밀 때(마음 우세형),

어깨 양끝을 위로 올릴 때(정신 제압형)와, 아래로 늘어트릴 때(정신 해탈형),

허리를 가늘게 할 때와, 태연하게 할 때,

엉덩이를 앞으로 할 할 때와, 뒤로 뺄 때,

두 다리를 벌릴 때(활개형)와, 오므릴 때(조심형),

두 손을 안쪽으로 할 때(과시형)와, 바깥쪽으로 할 때(조신형),

어깨를 앞으로 할 때(사색형)와 뒤쪽으로 저칠 때(수용형),

한쪽 발에만 체중을 둘 때와, 한쪽으로만 손을 사용할 때.

한쪽으로만 머리를 돌릴 때,

세상을 들이키는 눈(통찰형), 밀면서 보는 눈(검사형),

한쪽 어깨만 추켜올릴 때에 따라 사람의 미모와 자태와 인상; 체질과 균

형, 이성이 달라진다.

자세에 따라 기(氣運)의 방향이 달라진다.

신체 구조, 구성물과 조직의 연결이나 막힘, 엇갈림, 위치에 따라 기량과 방향, 점유성이 달라지는 것.

뼈골과 신경, 힘줄과 살, 혈관, 숨통, 먹이의 통로가 원활하게 소통하거나 막혀서 벅찬, 기운이 된다.

경통(頸通; 목의 통로)의 크기에 따라, 머리, 심장, 꼬리의 조성이 다르다.

노래 소리가 다른 것처럼 성질도 다른 길로 간다.

기막힐 노릇이다.

노래 소리처럼, 입과 목, 몸의 자세에 따라 소리가 다르게 발생하는 것처럼, 몸은 형성되고, 습관처럼 고정되어 체질과 모양이 다르게 인생이 끝날 때까지 형성된다.

힘이 강하거나 무거운 소리가 나오는 가하면, 가냘픈 소리, 곱고 맑은 소리나, 기쁘거나 서글픈 소리, 높고 낮은 소리가 다르게 나오는 것처럼, 어느 한계에 있는지, 자신도 모르게 체질은 은밀하게 변하고, 숨죽이며 연약한 곳에 있는지, 한계를 극복하며 향상된 체질로 변하는지, 극소, 과잉하여 파멸되고 있는지, 서서히 진행되는 처지를 실행의 결과가 있을 때까지 모르는 것.

처신한 것과 생각만 옳다고 할 것이다.

세상 기운에 맥 떨어지게 속절(屬絶; 결속하여 상대가 끊김)없이 살거나, 우주의 기속에 들어, 극복하며 동화되어 산다.

노래하는 방법에 따라 몸의 동작과 자세가 다르고, 소리의 감정과 모양이 달라진다.

아랫배 깊숙이 팽창된 힘은 굵은 목소리, 가슴에 호흡이 들어 힘이 있으면 마음적인, 목에 힘이 있으면 역동적인, 입안에서는 어울림이, 앞 이빨 쪽이면 사연이, 입술에서는 접점적인 소리가 나온다.

머리 정신, 꼬리 행동, 피살의 마음 관계에서 안과 밖을 소통하는 기력 질량(기의 힘, 질과 양) 현상이다.

우주와 개체에 기력법칙이 있다.

눈의 힘을 내밀며 보면 감상적이요, 세상을 끌어들이며 보면 통찰하는 눈빛이다.

등산이나 일, 운동의 호흡이 크면 크게 나가는 것과 들어오는 것이 있다. 서로 적당해야 폭발하지 않는다.

자성이 좋으면 당기고 싫으면 거부하는 것처럼, 먹고 싶거나 입맛 없는 것, 미워하거나 좋아함, 사랑하거나 헤어짐, 가진 것과 버리는 것, 같이 살거나 떠나는 것, 그리움과 잊어버림, 세포가 한없이 먹고 싶어 살찌거나, 먹기 싫어서 마르는 것, 젊음을 찾고 병을 퇴치하는 것, 도둑을 막아내고 평안을, 우환을 몰아내고 행운을 반기는 것처럼!

호흡이 너무나 적으면 생체가 위축되어 공기도 들지 않고, 외통(外通)이 막혀 질식하며, 활동이 적을수록 외세가 안으로 집중되어 약하거나, 클수록 밖으로 활량이 커진다.

뒷머리가 나온 사람과 납작한 사람의 생각, 손가락이나 발의 길이가 긴 사람과 짧은, 큰 키의 사람처럼, 습관적인 고정 자태에서 변경하지 않고 지속될 경우 조각상 모양으로 굳어진다.

생활에 따라 변한 것은 인상, 체통이 되고,, 관상과 체질은 유전, 종속에 기인된다.

인상, 체통은 관상, 체질의 한계 속에 변한다.

노래 소리에 기분이 감동하고, 몸이 춤을 추며 작동(作動)하는 것처럼.

세상과 자연의 기운에,, 몸에서 정신과 마음처럼,, 상생(相生)으로 작성(作成)하는 것이 있다.

살아온 것은 속일 수없이 얼굴과 몸이 형성된다.

그러므로 사람의 자태는 살아 있는 작품이 된다.

가슴이 머리를 점령함에 따라 마음의 세계, 벗어날수록 정신의 세계, 완전히 벗어날수록 헤어지는 것.

젊음은 밖으로 피어나고, 늙음은 안으로 통풍(痛風)이 불며 삭막하다.

세상 안으로 들어왔다가 밖으로 나가는 인생!

몸의 구성에 따라 생각의 방향이 다르고, 자태에서 오고 가는 느낌이 달라진다.

우주와 개체의 내외 기량은 한계 공화한다.

좋아하는 남성과 여성은 애정을 느낀다.

씨는 남성의 씨이며, 알은 여성의 알이다.

그러나 씨와 알은 남성과 여성의 뜻대로 생긴 것이 아니다.

사람을 생가(生家; 삶의 집)로 써 생활한 것이다.

씨와 알은 사람의 정신과 마음을 충동하여 사랑이 되고, 거처를 옮기며 신생(新生.새로운 생명을 이룬다)을 한다.

사람의 능력에 인한 것도 아니며, 의지에 저촉을 받지 않고, 사람을 깨임 집으로 역할하게 하듯, 사람의 몸을 뜻대로 자유스럽게 활동하며 출산되는 것이다.

세상과 다른 나라, 실상과 자연의 생활에 따라 이루어지고 있는 것이다.

실상과 자연이 출산하여 이루어지게 하고 있는 것이, 남성과 여성을 아름답고 신비롭게 하는 것이며, 서로 매혹되도록 하는 것이다.

사랑은 탄생과, 생명과, 세상 생활의 질서에 대하여 보호하는 것이며, 계통을 연속하는 기틀에서부터 이루어진다.

사랑은 상대가 하나로 맺어서 생명이 다 할 때까지 헤어질 수 없는 잉태와 탄생을 이루며, 탄생된 생명 속에는 두 남성과 여성이 반편씩 들어 있어, 서로 의지하고 보호하는 생활이 된다.

남남과 동신을 맺어서 양생(養生)하는 모성애(母性愛)도, 자식 속에 동신의 분신이 있기 때문이다.

그러나 자손이 다른 이성(異性)과 결혼하여 탄생한 생명은, 맺어진 구성을 반편으로 달리 한다.

실상의 생활이, 남성과 여성에게 맺어주는 인생의 결혼과, 잉태와 출산으로 사랑하여 세상에 살면서, 남기는 것과 사라지게 하는 소중한 일이다.

극생(極生; 극적인 생활)은 아름답고 신비로운 곳에서, 사랑을 형성(形成)하는데 있다.

사랑의 생명을 귀중한 것으로 연속하여 간직하는 것이다.

인류에게 소중한 것을 유지하지 못한다면, 험하고 지루하며, 고통의 인생, 막막한 세상살이로 즐거움과, 의욕과, 성취함이 없이 불행하게 멸망될 것이다.

인생은 죽은 듯이 고요하기만 할 것이다.

그러나 세상엔 훌륭하고, 아름다운 것이 너무나 많다.

자연의 생활, 사람의 매혹적인 모습, 능력, 인생의 사연, 모두가 신비로운 것이다.

인생에겐 벅차도록 아름다운 세상이요, 하고 싶고, 가고 싶은, 보고 싶고, 알고 싶은, 신비로써 베풀어진 세상이다.

사람은 사람의 몸에서 사람이 되어 태어난다.

세상의 모든 것은 닮은 종류로 연생한다.

그러나 최초로 사람을 낳은 것은 사람이 아닐 것이다.

사람이 아니었을 때, 무엇으로 살았을까?

세상이 없었을 때 실상은 무엇일까?

자연도 없었을까?

실상은 어데 있고, 무슨 까닭으로 생기는가?

사람은 인생을 이탈(離脫)하여 죽지 않고 탈생(脫生)할 수 있을까?

실상(實狀)이 되면 무슨 상(狀)이 되어 생활하는 것일까?

속세(屬世)를 떠난, 탈인(脫人)의 상이(相異)한 생활도 인생 수양의 길이다.

인생과 다른 나라, 실상에 도달 못하고 있는 것을 실현(實現)해야 한다.

잉태된 인생은 실상을 현상(現狀)하지 못하고 있으므로, 애타게 몸부림치고, 고통에 처(處)하여 격투하는 것이다.

인생의 현실은 혼란하고, 고달프게 안식할 수 없는 것이 항상 상존한다.

그러므로 실상을 현상하는 것이 인생의 길이며, 인류의 목표가 되어야 한다.

세상에는 영원한 것이 없기 때문이다.

무엇인가 세상의 섭리를 형성하고 있기 때문이다.

〈극생의 사람은 기적의 아름다운 신비에 도취될 것이다.

마음과 정신을 날려 보낼듯한 바람이 불고, 매혹의 음률이 스며들며, 무서운 정적에 깃들다가, 꿈처럼 좋은 색들에 활동할 것이다.

숲과 하늘과 땅, 물결치고 빛나는 곳에, 실상과 자연의 운행(運行)으로 어울릴 것이다.

사람이 죽어 가면서 닥쳐올 것이 새로운 것처럼...〉

〈사람이 되어서 갈 곳이라곤 자연에 몸을 둘뿐.

어느 것도 도와주지는 못하고 있다, 벗들이 되어 같이 살기는 하여도, 몸으로 살다가 떠나게 되면, 허물어지는 인격을 의지해 보려고 기웃거려도, 벗들은 살릴 수없는 몸짓을 할 뿐, 나누어진 세상 밖을 같이 못한다.

생명은 가기 싫고, 죽은 자는 올 수없는 곳.

같은 곳에 있는 양편을 생사가 유지하여 통행 못한다.

오직, 꿈에서만 산자와 죽은 자가 소통하는 곳.

자연의 한계 속에 살고 있는 몸.〉

인생은 실상의 몸과 같은 자연에 살면서, 실상을 나타낼 수 없으며, 나타내려고 하는 격식은 인간의 성질뿐이다.

인류와 천물은 실상의 몸에 거처한다.

살고 있는 세상은 죽어서 보이지 않는 것처럼, 살아서 나타난 세상에서 실상의 모습을 볼 수가 없다.

가려진 인생의 한계다.

인간의 한계로 써, 이성에 나타날 수가 없는 것이다.

형체는 불에 타버린 것처럼 언젠가 세상에서 사라진다.

형상이 형체를 떠나고 있는 것이다.

꿈같은 형상의 고향으로 사람도 간다.

삶이란 자연과 실상을 오고, 가는 것이다.

세상에 있는 모든 자연의 형체, 인생과 같은 삶의 이성으로 나타나는 것.

생겨나기 전, 옛날의 흔적은 인생이 되어, 다른 나라로 출산되는 것을 알 수가 있다.

언제나 두 가지가 인생이 되어.

하나는 인격으로 잉태된 것, 또 하나는 인격을 떠나는 것이다.

그러므로 인생은 고통 속에 새로운, 변치 않는 완성을 하려고 한다.

그러나 인격을 떠나면, 인생은 없고, 형성이 다른 곳으로 돌아가는 것.

생겨나기 전에 있었던 것처럼, 사람이 되어 머물다 가는 곳이 있다.

인생보다 더 좋은 것을 찾아서.

사람은 사람으로 끝날 뿐이다.

인생 속에 변할 수 없고, 떠나가서 변한다.

몸이 변한 것처럼.

사람은 하나의 집처럼 수많은 것들이 살다가 떠난 곳이며, 빈집이 될 때면 허전하게 늙어서 온몸이 낡고, 격고(格固)되어 허물어진다.

〈사람이 살 곳은 인류가 아닌가 보다!

세상보다 더 좋은 곳이 있어서 기다리고 사는가 보다.

어쩌면 사는 곳이 같으면서 못 찾고, 나타나도 몰라보는 것처럼, 속은 듯이 사는가 보다.

그리고 정든 사람과 이별하면, 옛날이 그립고 안타가워 하는가 보다!

언제나 얽매여서 해결 못하고, 풀리지 않던 인생을 바라보며.

냉정하게 스쳐간 세월 속에, 흩어진 몸이 된 것, 죽음으로 끝나는 것이 아닌가 보다!

인생을 만든 것들, 어디엔가 있듯이.〉

모든 사람은 기억 상실하고 있다.

무엇이 세상에 왔는지 모르고 있다.

최초의 사람은 왜 생겼는지?

세상을 떠도는 방랑자 가 되었다.

상력(狀力)으로 동생(同生)하는 것이다.

상력은 상과 형과 힘이 자막에 결속되어 이루어진다.

모든 것이 생성되는 근본이다.

상은 실상에 의한 꿈과 같고, 세상과 자연의 모든 것, 힘, 질량, 이상, 별과 생물에 성격의 근원이 된다.

생성된 것에는 동생하여 같이 사는 것이 있다.

자태(磁態)는 서로 어울려 맺어진 것을 형성, 성립하도록 하고, 형성된 것은 하나로 상력되어 새로운 것으로 생성되는 것이다.

힘이 자막보다 강할 경우 해탈하거나 자막을 해산 시킨다.

자막을 자극하여 서로 맺어질 수 있는 것이라면 통과가 허용되어 동생하고, 한 상력으로 생성될 수 있다.

자막은 성질이 맞으면 상력으로 들어가 동생 하도록 하고, 적합하지 않으면 거부하며 통금한다.

자막은 자극한 힘이 강할 경우 해산되고 약할 경우 집성이 가중되며 유지된다.

씨와 알이 결합하여 상력 된 사람, 정신과 마음이 이성으로 깃들게 하고 행동하도록 한다.

몸을 풍성하게 하고 성숙하게 한다.

상력마다 풀과 나무, 하늘과 땅, 바람과 물결, 빛과 그림자의 자연을 만들고, 세상 속에 같이 살고 있다.

세상의 모든 형체는 자막의 해산, 동생(同生)한 것이 끊기거나, 단절될 때, 죽음으로 가고 있는 것이다.

상력(狀力; 상과 힘의 구성)이 다르게 변하고 있는 것이다.

상과 형, 힘과 자막의 조화에 따라서 세상의 자연이 다양하게 생겨있는 것이다.

사랑스러운 모습으로 감동의 생활을 누리게 하고 있다.

그러나 한 원형이 옮겨 감에 따라 모습이 허물어지기도 하며, 다른 모

습을 형성하고,

같이 머물러 잉태하다가 출산하고, 헤어지며, 사라진다.

세상, 자연에서 들려오는 소리, 옛날, 다른 것으로 살았을 때, 새로운 것이 되려고 할 때, 울려나오는 것처럼, 실상의 풍경소리, 몸에서 생겨난다!

한 상력의 생활엔 질서와 자유가 있어 세상의 섭리처럼 인생이 할 짓만 하게 된다.

언제나 상력이 결정되면, 사람이 나무의 생활을 할 수 없는 것처럼, 자연의 섭리와 순리로 평화로운 생활을 해야 한다.

한 상력은 섭리에 역행이 없고, 자유로운 형성에 질서가 있다.

병을 치료하는 것도, 법칙을 실현하는 것도, 모임의 구성도, 사랑하고 정신과 마음을 다스리는 것도, 먹고 사는 것도 상력을 터득함에 있다.

하나의 상력을 잃어 갈 때, 인생은 타락에 헤 메이고, 싸움과 공포와 증오와 오류에 빠져 저주를 겪게 된다.

세상의 모든 것은 공(空) 안에 상력으로 생겨난 자연이다.

상력이 조화롭게 있는 것이다.

생겨나고 가는 곳만 다를 뿐, 본질은 일치한다.

힘이 움직이지 않을 때, 죽음이라 할 수 있다.

물과 빛, 공기, 생물 과 별이 움직이지 않을 때 죽었다고 한다.

씨와 알의 두 생명은 하나의 생명, 사람을 만든다.

사람 아닌 것이 사람이 된 것이다.

인류에 개입된 것이다.

다른 종류에 개입되지 않은 것은 다른 것이 될 수 없다.

한번 태어난 것은 태어난 종류를 떠나야만 다른 것이 될 수 있다.

그러나 가고 싶고, 되고 싶은 것을 선택할 힘은 없다.

탄생하지 않은 생명은 한, 상력으로 개입하지 않았을 뿐이다.

그리고 자연과 같이 살면서 상존 한다.

인생은 세상에서 옛날로 귀납하든, 새로운 곳으로 가든, 사람을 떠나게 된다.

잉태한 것은 영원히 잉태하지 않고, 출산되어 개입하는 것처럼, 깨어나지 못하여 떠나지 못한 것은 개입할 곳을 찾을 수 없다가, 다른 곳, 어데론가 가게 된다.

수많은 생명은 하나의 생명에 개입하여 살면서 다른 생명과 만나서 산다.

인생이 바라는 것은 더 좋게 되는 것!

살아서 인생보다 더 좋은 것이 되지 않는다면, 죽어서라도 될 것이며, 인생의 경지가 새로운 것으로 변하도록 해야 한다.

〈자연의 섭리에서 곤경에 처하고, 폭동과 인생의 혼란으로 위험하게 사변할 때,

사람은 실상의 수호로 지켜지도록 더 좋고 새롭게 별 것이 돼야 한다.

타당한 경우가 아니라면, 유혹되어 말려들지 않고 살길을 찾는다.

엄청난 자연에 개입된 것, 뜻 깊은 인생이 되어, 세상의 세력을 극복 못하면 질려서 매몰된다.

한 몸에 살고 있는 두 생명의 신세가 되어 인생의 끝 까지 이별할 수 없고, 갈팡거리는 고통 없이, 실상과 자연에 일치하며, 서로 의지하여 성실한 세상을 살아야 한다.

실상의 수호 한계를 이탈하면 모든 것, 천지는 엄벌한다.

열나게 살면 빙하와 홍수가 되고, 대기 오염은 숨 막히게 하며, 산맥이 파열되면 돌풍을 막을 수 없고, 과대한 번식은 생존 투쟁하여 공멸한다.

하늘과 땅이 폭발하지 않도록 살아야 한다.

실상이 맑은 공기와 기후, 땅, 바람결과 먹이를 지켜주는 한계가 있다.

씨와 알의 결혼은 인생이 끝날 때 까지 헤어질 수없이 살아야 한다.

헤어지면 죽음이요, 서로 의지하지 않고 독단적으로 살 수가 없는 것이다.

세상의 모든 것이 실상과 자연의 섭리로 써 결혼하여 살고 있는 것이다. 그러므로 세상에 상존하는 것이다.

인생은 사람으로 태어나지 않았을 때(탄생 전)로 귀납(歸納)하든지, 실상의 생활과 같이 실상의 종류와 종란(種卵)으로 살던지, 자연으로 양육(養育)되어 인생을 착실히 유지하며 살던지, 실상과 자연과 인생의 섭리를 깨우쳐 더 좋고 새로운 것이 되도록 해야 한다.

세상에 살고 있는 모든 것들은 보편적, 같은 운명으로 생겼다 가고 있다.

결혼(결합)하여 살다가 해산(解散; 풀어짐)하는 실상과 자연의 섭리로 반복되는 생활을 하고 있는 것.

사람이 살면서 구경하고 있는 세상은, 세상이 아닌 곳에서 사람과 다르게 나타나고 있을 것이다.

인생에 나타난 것들은 한 결 같이 감각의 착란으로 다를 것이다.

생물, 하늘과 땅이 씨와 알의 결혼처럼, 실상과 자연이 이별하지 않고 나타나 있는 것이다.

그러므로 인생은 실상과 자연의 보호로 한 아름이 되어, 인생이 갈 곳, 별 다른 것을 찾아서, 서로 사모(思慕)하며 살아야 한다.

세상에서 서로 다른 모습을 하며 활동하는 것들은 자연으로 양육되고, 알과 포합(抱合)된 씨가 부화되어 깨어나듯, 별 다른 것이 되려고 한다.

서로 사모하여 파산되지 않고 깨어나도록 도와야 한다.〉

〈젊음이 넘치는 인생, 포근한 빛과 어둠속 편안한 잠, 살랑거리는 바람, 흙과 하늘, 물결들이 춤추는 품속에 산다.

결코, 새로운 나라가 열릴 때까지.

자연의 몸속에 사는 생명, 새로운 나라로 가도록.

세상에서 같이 살도록 하여 준다.〉

세상에 개입한 모든 것의 극치는 서로 결합하는 것이며, 서로 헤어지면서(해탈) 개입하지 않고 나그네처럼 떠나가는 것.

먹은 것과 가진 것, 몸을 반납하고 도태되거나 개입하지 않고 떠난다.

홀로 왔던 둘은 결합하여도 하나로 되고, 헤어져도 홀로 간다.

씨와 알이 서로 홀로 있다가 결혼하면, 사람으로 사모하며 하나로 산다.

나무와 같은 식물은 암컷과 수컷이 하나의 나무에서 살고, 하나의 꽃 속에 암술과 수술이 결혼하여 살도록 한다.

수많은 꽃을 피우며 살고 간다.

세상의 모든 것들은 하나의 공(세상의 무한 공간)과 같이 광대(廣大)하지 않으며, 하나의 힘(호力; 공간과 같은 크기의 힘)과 같이 강하지 않다.

세상에 결합된 모든 것들은 하나의 개체로 활동하는 한계적인 것이다.

이 세상에서 태어난 사람, 살아서 더 이상 갈 곳은 없다.

자연 속에 굴을 파고 살든, 집을 짓고 살든, 세상을 떠돌며 거처(居處)하고 살아야 한다.

정신과 마음이 서로 의지하고, 주고받으며, 지혜로써 살피고, 안락하게 살려하고, 일하며 살고 있다.

팔, 다리를 너울 거리며 떠돌면서 소리 내고 들어가며 어울려서 살고 있다.

사람의 생각과 마음은 다른 것들에게 보이지도 않고 들리지도 않는다.

마음 속, 생각한 사람, 혼자서만 알 수 있는 것이다.

말이나 행동, 성품과 성질로 표현해야만 느낄 수 있다.

실상의 몸만 나타나고 실상을 몰라보는 것과 같다.

사람은 행기(차량, 비행기, 선박; 탑행기; 搭行機)를 타고 다닌다.

연구하고 만들기 위하여 야단법석을 떤다.

그러나 새들은 날개가 있으므로 필요 없는 것들이다.

굼벵이가 태어나, 기어 다니면서 잉태하다가 다시 깨어나면 나방이가 되어 날개를 달고 다시 변태(變態) 한다.

사람은 또 다시 태어나서 날개를 달수가 없다.

물속에서 만 살 수 가 있어, 다리가 필요 없는 물고기, 한 곳에 뿌리가 생겨 세상을 떠돌지 않고 사는 식물들, 보이지 않도록 다른 생체를 침투하며 살고 있는 세균들, 사람의 손처럼 글을 쓰거나 생산품을 만들 수 없이, 여러 개의 다리로 이동하는 짐승과 벌레들, 공기와 물과 빛과 먹이가 드나들며 형체에 따라 생동하는 세상이다.

사람은 털 없는 알몸으로 살 수 없어 옷을 입고 산다.

먹이도 요리하고....

특이한 성질로 사는 사람은 식물의 꽃을 보고 대단히 좋아 한다.

식물의 성기(性器)를 좋아 하는 것이다.

다른 생물들은 자연스럽게 산다.

별, 별에 떨어진 것을 몸으로 하여 살고, 불에 타버린 것은 빛의 고향으로 가고, 물은 공기가 모여서 살며, 바람은 해산된 것들이 기류가 되어 산다.

사람, 생물들이 결합, 먹어서 몸이 되어 사는 것과 같다.

타고난 운명에 따라 형상을 달리하고, 꿈처럼 세상을 드나들며 개입, 활동하는 형체들이다.

할일이 끝나면 세상에서 거처하지 않고, 탈생(脫生; 생긴 것을 벗어남)하여 사라진다.

개입하지 않고 세상을 떠나는 것들이 된다.

좋고 나쁜 것, 욕구와 고통, 죽음을 모르는 곳으로 떠나는 것이다.

세상에 있는 것, 인생의 한평생이다.

생명은 무엇이 될 것인가?

세상 둥지에 잉태하여 가는 인생!

한없이 생동하고 있다.

세상은 광야에 있고, 생명은 외로운 개체.

인정이 메마르면 살아갈 수 없는 것.

고통이 된다.

일하는데 놀고 있고, 배고픈데 혼자 먹고, 없는데 뺏어 먹고, 모르는데 답답하고, 주는데 거부하여 좋고 나쁜 것이 있도록 한다.

홀로 떠도는 인생, 정으로 살면 편안한 것을!

인생 만족, 한없는 것.

땅과 하늘 속에 살면서 바람과 물결, 초목과 곤충, 새와 동물들, 어두운 밤과 낮, 달빛과 태양이 너무나 질서 있게 살고 있는 것을 보고, 한 결 같이 상생하는 것을, 어울려서 시달리고 있는 것을, 사람은 깨닫고, 세상 구경 잘하는 것으로 편안하게 살아야 한다.

사람은 사람을 낳고, 초목은 풀과 나무를,, 물고기, 새와 벌레, 동물은 같은 종류로 태어남이, 죽도록 질서를 어길 수없이 살고 있다.

처음 태어날 때 울음을 멈추는 것은 세상살이를 인정하게 되는 것.

몸속에 공기와 물, 빛과 먹이가 드나들며 어울리고, 좋지 않은 병균도 상생한다.

풍파가 있어도 살아야 하고, 열과 빛, 천둥, 번개 치는 하늘, 춥고 화산이 폭발하는 땅과 어울려 살아야 한다.

세상살이 익숙하고 저항력이 생겨, 성깔대로 살고 정들며 산다.

자연에 마땅하게 살아야 한다.

인생은 언제나 인생일 뿐이다.

하늘과 땅에서 사람일 뿐이다.

살아 있는 동안 그들이 될 수 없다.

오직, 하늘 밖을 그리워하며, 땅으로 온 것을 생각하며 정처 없이 살아야 한다.

빛도 하늘과 생물과 광물 속에 들어가 어울리며 시달려 살고, 물도 더위와 추위에 공기가 되었다 얼음이 되었다. 생물과 광물 속을 드나들며 어울리고 시달려 산다.

바람도 같이 산다.

하늘에 떠있는 별들도 수많은 것들이 드나들고 어울려 살며, 폭발하고 시달려 산다.

도대체 왜 생겨나서 그러는지 모를 일이다.

이상하게 생긴 인생!

인생으로 머무를 수밖에 없는 인생!

살다가 지칠 때는 시원한 나무그늘 아래 둘러 앉아, 맛있는 음식을 차려 놓고, 다정한 사람들과 재미난 이야기하며, 시냇물 흐르는 소리 듣고, 바람결에 살랑거리는 나뭇잎 보면서 노래 소리 듣는다.

파란 하늘도 시원하고, 지나가는 사람들 구경하는 것도 즐겁다.

피곤하면 누워서 잠을 자고, 다시 일어나 세상을 깨닫고, 일하러 나가서 살 궁리를 한다.

가족들과 살고, 시장에서 먹고 입을 것, 생활 용품을 사고팔며, 답답하면 여행을 떠난다.

계곡이나 산에 올라 경치 구경하고, 배를 타고 바다건너 섬마을도 간다.

배를 타고 고기 잡는 사람들도 있다.

들에 가면 논밭에 곡식이 익어가고. 농부들은 열심히 일하고 있다.

아이들은 재미있게 놀고, 새들은 지저귀며, 꽃을 찾아 나비와 벌들이 날아다닌다.

개구리 소리, 벌레소리가 들린다.

앙상한 나뭇가지로 눈보라치는 겨울이면 냉기 속에 있는 몸이 따뜻한 불을 찾아다닌다.

따뜻한 밥 한 그릇도 그리운 때다.

봄기운이 생기면 새싹이 피어나고, 계절 따라 몸 기운도 변한다.

먹을 것을 주기도 하고, 받기도 하면서 같이 살고들 있다.

자연과 실상이 주는 것들이다.

풍족하거나 부족한 것이 있다.

무력으로 생명을 지키는 사람도 있다.

죽기 싫어 살기 위한 것이다.

전쟁은 죽음으로 끝난다.

생명, 생활과 권력은 변함없이 변한다.

세상은 공포와 불안, 피해, 충돌이 상존하는 곳, 광대한 곳에 미세한 생명의 처지다.

개체는 쓸쓸하고, 복잡하면 골치가 아프다.

더워도 싫고, 추위도 싫고, 일이 많거나 없어도 살기가 힘들다.

모든 것이 변화 되어 마땅한 것이 없는 인생, 세상은 공통적으로 변한다.

갈 때는 홀로 가야 한다.

세상에서 다른 것과 동거는 해도, 홀로 가는 것이 인생길이다.

가는 곳을 모르고 간다.

인간의 위치에서 살아야 되고, 상생하고 있다.

같이 사는 것들은 개체로 사는 것의 거처, 방해가 없어야 잘사는 거처.

하나만 살 수없는 곳, 같은 질서로 동거하며 살고 있다.

같이 사는 것이 유지 되어야 하고, 개체로 사는 것도 유지 되면서 서로

(동거와 개별) 적합한 질서로 살아야 한다.

공동과 개인의 생활 질서다.

개체의 한계는 동거에 있고, 동거는 개체가 있어야 성립된다.

하나가 없이 둘이 있을 수 없고, 둘이 있어야 하나를 만든다.

실상과 자연, 자연과 종류, 젊음과 늙음, 생명과 죽음, 사회와 개인의 질

서로 살아야 한다.

자연을 떠나서 사람은 살 수 없다.

인생의 질서는 실상의 몸에 있다.

〈어데 선가 사람을 기다리고 있다.

인생으로 도달 할 수 없는 차원이면서 생명이 끝날 때, 다른 것이 되

는 곳.〉

지나간 시절, 만날 수 없는데,

그리운 추억 속에 살아 있다.

인생은 이별하며 다른 곳으로 가고 있다.

옛날처럼 없어지고 있다.

세상에 있어야 나타나는 것이 있고, 사라지면 몰라본다.

모든 것은 상존해야 성립된다.

세상에 자연이 있는 것은 이상(異常)한 것이다.

이유(理由)가 있을 것이다.

살기 쉽지 않은 것.

시련 속에 동거하는 것들과 세상, 자연을 조성한다.

인생은 해결 못한 신비 속에 살고 있는 것.

생사는 한번, 옛날과 다른 것, 사랑과 이별은 새로운 것이 될 것이다.

더 좋게....

죽음을 생면할 수 없다, 꿈에서 만날 수 있다.

세상과 다른 꿈, 무게 없는 몸이다.

세상 원망 없이 잘 살아야 한다.

동체 같은 세상, 별체(別體) 같은 세상, 사람으로 개입하지 않고, 탈상(몸을 벗어난 상)이 되면, 차별 없는 곳에 있을 것이다.

탈상이 세상 반대편에서, 천지의 생활, 잠자는 밤과, 빛의 동태를 대하는 것처럼.

자연의 종속에서 결혼하는 것처럼, 생명을 남기고 가는 세상을 상대할 것이다.

새롭게 깨어날 것이다.

탈상 후, 세상은 반사(反射)하여 다르게, 다른 것으로 의식할 것이다.

다른 것은 같은 것의 변태로, 자연을 몸으로 한, 실상의 결성이 씨와 알의 결성이 되어, 생명이 되고, 씨와 알이 해리(解離; 풀려서 헤어짐)되어 죽음의 명칭으로 된 것, 실상의 자유로운 질서가(사람은 사람을 낳고, 나무는 동물을 낳지 않는다.) 세상 모든 것을 조성하고 있는 것.

세상의 모든 것은 실상의 몸과 같은 것이다.

오직, 세상의 모든 형태는 실상의 생활에 따라 변하는 것, 인생은 실상의 몸에서 생겨나는 빛과 바람, 물과 별이 있는 곳에서 살고 있다.

사람은 인격의 한계에 따라서 모든 것들과 동화한다.

사람은 인격의 한계에서만 모든 것들이 조성하는 것에 도달한다.

인격의 한계를 벗어나서 사람이 사라진 곳(사람)에 동화 하는 것은 없다.

당한(當限; 당연한 한계, 슬기로움), **한계동화 법칙으로 세상 생활한다.**

인격의 한계에서만 생성된 것이 세상이며, 인격을 벗어나면 세상은 사라진 듯, 실상(세상과 인격을 벗어난, 사람의 죽음과 삶, 죽음과 삶을 벗어난,)의 활동에 대한 내면이나 외면(外面)처럼, 이면(異面)을 사람은 세상으로 의식하거나 자연으로 느끼며 살고 있는 것이다.

세상의 자연은 실상 활동의 이면 인 것.

실상은 인격이 보고, 느끼며, 아는 것과는 다른 모습이다.

인격의 능력은 세상만 이루어 졌을 뿐이고, 인격을 벗어나면 세상은 성립되지 않는 것이다.

인격의 세계는 이성의 지혜와 꿈과 자연을 의식하는 세상이지만, 인격을 벗어나면 실상의 나라와 같이, 이성과 인격의 세계는 성립되지 않고, 세상(사람에게 나타나는 자연)은 다른 지경이 된다.

세상, 자연을 잃고 벗어나, 실상에서 꿈같이 형체를 해탈한 생김으로 있는 것.

인격의 한계는 세상에 없는 것을 창조할 수 없는 것이다.

인격에서 조성되는 세상, 자연, 인격을 벗어나면서 실상에 환생되는 것.

어떻게 개입할 것인지?

세상을 떠나면, 다른 나라에서 환생하도록 살아야 한다.

신생(새롭게 삶)할 수 있도록, 인정(人定)된 동기에 대한 처세를 잘하며 살아야 한다.

인격은 씨와 알로 생긴 것, 씨와 알이 일치, 분명하게 동생하지 않고, 골육 분쟁하면 파멸한다.

하나의 힘이 넘치게 되어 화통이나 분노로 참지 못하고 인격의 한계를 넘는 것, 씨와 알의 인격이 파멸되지 않아야 한다.

마음의 힘이 넘치면 마음의 화통이 정신을 정복하여 참지 못하고, 정신의 집중이 넘치면 호흡이 약하고 마음의 활동이 침체된다.

꼬리의 행동이 넘치면, 정신과 마음이 빈약하여진다.

사람의 골과 피가 서로 의지하며, 사리판단과 행동을 분명하게 하는 것이 아니라, 혼합, 혼란하거나, 투쟁, 분쟁하는 것이 된다.

힘이 넘치면 운동이나 노동으로 발산하고, 명상에 잠기며, 생각의 집중이 많으면 행동도 많아야 한다.

생명은 죽음이 되고, 죽은 것은 생명으로 다시 산다.

먹은 것이 다른 것에 살고, 산 것이 죽으면 다른 것이 먹는 것처럼,

물과 빛, 공기, 땅의 기운이 세상의 모든 것에 머물다 사라지고, 사라진 빛과 물, 공기, 땅의 기운이 다른 것으로 이동, 통행하여 사는 것과 같다.

실상의 생활에 따라, 질서 속에 형성이 변동된다.

질서의 한계 속에 자유롭게 운명을 달리한다.

물에 열이 많으면 구름이 되거나 공기로 운명을 달리 하고, 공기나 물은 땅과 하늘, 식물과 동물의 몸이 되어서 생활을 달리 하는 것과 같다.

사람에게도 씨와 알의 상(狀)이 운명을 같이 하거나 달리 한다.

여러 생명(씨와 알)이 한 생명(한 사람)인 것처럼, 남성과 여성에게 수많은 씨와 알이 생기는 것이며, 변함없는 실상과 자연이 서로 해탈(解脫)되면, 사람도, 세상도, 생동함, 아름다움, 신비로움, 넘치는 인정, 낙원과, 젊은 사랑도 생겼다 사라져 버리는 것.

실상의 몸, 자연이 활동하는 것이다.

실상에서 상(狀)이 자연으로 상착하는 것이다.

자연을 몸으로 한 실상이다.

사람은 인계(人界; 세상)에만 개입하는 것이 아니다.

사람에만 개입하여 사는 것은 어리석은 것이다.

인생은 실상의 질서와 같은 씨와 알의 정신과 마음이 관상(觀狀)으로 환생(幻生)된 것.

인생은 귀중한 것, 꿈처럼 앞날이 있고, 추억이 살고, 완성되기 위하여 사는 것.

세상에 태어난 사명과도 같다.

세상을 이룩하고 늙어서 가는 것이다.

〈사람!

애정의 품에서 홀로 애절한 사랑!

한(限)없이 하나가 되어서 신비롭게 사라진다 해도, 서로는 감탄하도록 한스러운 동신이다.

살아서 변함없는 사랑이다.

한몸이 되었는데, 외로운 한사람이다!〉

생겨나면서부터 지나온 동안, 머리와 피살(씨와 알, 정신과 마음)의 동생을 거듭하여 교차하면서 사람과 자연, 실상의 생활로 살고 있다.

〈남성과 여성은 사랑의 품에 하나처럼 결혼(씨와 알)되고 있으나, 변함없이 개인으로 산다.

번식은 증가해도, 두 사람 만큼 집적, 증가하지 않는다.

영원한 결합, 집성은 없는 것이다.

한(限)없는 사랑과 욕심은 허락하지 않는 것.

반복되는 결혼을 해도, 언제나 헤어진 독신으로 살고. 서로 한탄을 한다.

처음 세상이 생겨나면서부터, 그리워하고, 만나고 이별하는 반복이다.

씨와 알이 결합하여 의지하고 산다.

한없이 한몸을 남기고 간다.

결합된 애인과 몸이 독신이 되어, 애절한 사랑의 인생이 되었다.

세상의 모든 것이 반복하는 생활이다.

바람도, 물결도, 불길도, 생명도, 별들도 인생 같이 산다.〉

생명은 하나처럼 끝없이 연속된다.

하나의 나무가 살고 있는 것처럼, 죽음은 나뭇가지가 교체된 것처럼.

세상에 없이 다르게 살다가, 새롭게 생겨나서 사는 것의 연속이다.

연속, 같은 종류로 살거나, 다른 것으로 사는 것이 같은 것처럼.

남녀가 교체되면 절반씩 교차된 몸, 같은 씨와 알이면 같은 몸이 생겨난다.

남성은 남성의 씨를 이어가고, 여성은 여성의 알을 이어간다.

교차되고 연속되는 것이,, 절반의 생명, 죽음 같고, 한평생 같다.

사람이 사라져서 식물과 같이 산다면 교차된 식물이 되어 살고, 식물이 사라져서 사람과 같이 산다면 교차된 사람의 몸이 될 것이다.

교차되는 생명의 연속이다.

식물이 땅과 하늘에 연결되어 살고, 동물이 식물과 하늘에, 별이 공속에 교차된 것처럼 연속하여 산다.

사라진 곳에서 자연은 활동하고, 세월없는 실상은 신비에 가려져서 아름답고 멋있기만 하다.

태양이나, 공에서 세상을 살면, 하루가 상존 할 수 없다.

태양의 주위를 돌고 있는 별은 밤과 낮이 있으므로 시간이 있는 것처럼 보인다.

그러나 태양은 항상 불타서 살 수 없고, 공은 시간과 형체가 비어 있고 한편에 별이 있을 뿐이다.

태양은 항상 밝은 낮만 있고, 공은 항상 비어 있으므로 어두운 밤만 있다.

위성은 태양을 돌며 공속에 있으므로 밤과 낮이 있다.

사람도 땅에 살며 밤이면 잠자고, 낮이면 깨어나서 땅을 타고 돌아 버린다.

상생에서 전체로 갈수록, 개체에서 실상으로 갈수록 시간이 없다.

언제나 같은 곳, 같은 일이 있을 뿐이다.

시간은 삶과 죽음처럼, 생명의 판단과 감각의 착란이다.

공이 되면서 부터 삶과 죽음이 없다.

인생은 세상 밖을 보고 싶어 한다.

세상의 모든 것, 상대하고 있는 것은 개체(개성(槪成))다.

개체가 없다면 상대성도 없고, 상대한 개체가 하나로 결합하여 일치하면 거리도 사라진다.

개체가 꿈을 지나 공처럼 실상으로 갈수록 하나에 거리와 시간이 없는 것.

사람과 서로 상대하는 빛과 식물, 땅과 하늘, 동물은 길러주고(양육) 있다.

다른 것이 한몸으로 되면 상대할 것이 없다.

그러나 같이 살다가 떠나면 남이 되어 버린다.

분석하면 사람이 아닌 것처럼, 한몸에서 같이 살고 있는 것이 많고,, 자연과 같이 살고 있는 사람도 자연의 한몸과 같은 것이다.

일치하면 신비로운 지경에 도달할 것이다.

둘은 하나의 둘이며, 삶과 죽음은 같은 생명의 일, 서로가 상대한 것은 일치하여 하나로 생겨난다.

세상을 깨달으면 상대할 길이 열린다.

자연과 세상은 매력이 있고, 같은 곳에 있는 실상은 인격의 생활에 나타나지 않으며, 인생은 세상을 해탈하려고 돌파하고 있다.

매혹된 세상을 벗어나려고.

신비롭게 당한(當限)을 두고, 인적(人籍) 세상에서 거향(居向)할 준비를 하고 있는 것.

사라질 것이 되어, 없는 것을 생성하는 곳, 갈 길을 새롭게 찾고 있다.

깨임 집!

씨와 알이 종착하지 않고, 새로운 생명으로 생겨난다.

인생에 없었던 것이 생기는 것, 세상에서 번창하게 번식한다.

반편과 반편(씨와 알)의 결합이 한몸(독신, 한사람), 한편으로 번식한다.

씨와 알이 분열되면 재생되고, 양자가 중성자로 핵 분열되면 재생되는 것처럼.

종란의 분열이 생명의 한계에 있는 것, 핵분열도 우주의 한계에 있다.

분열하면 결합하여 채워져서 증가한다.

핵분열처럼, 종란처럼 몸에서 분열하여 배출되면 새로운 종란이 생겨서 채워지고, 몸에서 분열된 씨와 알은 서로 결합하여 새로운 것을 생성(사람, 형체), 번식하여 천생을 증가한다.

그러나 독신과 독신(인체와 인체, 한편과 한편)은 결합할 수 없고, 동체가 되어 증가할 수 없다.

종류유지의 법칙이다.

그러나 동체가 되는 것, 증가하는 것은 먹어서 가능하다.

땅은 생명을 길러 먹어서 성장한다.

빛을 먹은 생명, 죽음을 먹는다.

그러나 천물은 한계가 있고, 땅의 동체결합도 한계가 있다.

과대하면 화산이 폭발하여 배출한다.

우주의 모든 것이 과대하면 우주 밖으로 배출한다.

잉태한 몸이 과대하면 출산하는 것.

분열되면 채워지는 것이 있고, 결합하면 번식하여 증가한다. 한계가 넘치면 폭발, 출산한다.

결합하는 것에 따라, 바람, 물, 빛, 땅, 생물의 종류가 된다.

꿈같은 상이 만나는 힘, 빛, 원자가 만나는 것에 따라, 종란이 만나는 것에 따라, 다른 종류로 생겨난다.

실상의 꿈처럼, 잉태하려고 애통-(愛痛)하고 있는 것.

씨와 알이 모두 해탈 할 때(떠났을 때), 사람은 빈집이 되어 그리워하게 된다.

세상의 모든 것이 없다가, 실상으로 부터 생겨나는 것,

세상에 생겨난 모든 것은, 없었던 것이 생겨난 것이다.

사람의 한계에서 없었던 것, 있었던 것이 생겨난 것이다.

인생은 늙어서 빈집이 되고, 새로 생긴 사람의 몸집에는 새로 거주하는

것이 들어온다.

몸집은 순환되는 생명의 집이다.

생겨난 것이 변하지 않는 것은 세상에 없는 것!

자연은 실상의 몸, 침묵하면 막막하고, 소리치면 울리는 신비로운 곳에 인생은 알몸이 되어, 같은 남녀로 한없이 머물다 간다.

몸을 집으로 사는 것, 세상, 자연을 집으로 사는 사람과 별들이 있다.

세상이 있는 것이 이상하다.

없으면 안 되는 것인가?

세상은 의식이 없으면 나타나지 않고, 살아 있으면 자연이 나타난다!

어찌하여 사람은 세상을 다녀가는가?

너무나 장엄하고 질서가 있는 곳이다!

신비롭고 대단한 곳이다.

광대한 세상 속에 사는 생명,

정을 나누고, 실상의 나라 한편을 다녀가야 한다.

수많은 것이 거쳐 가는 곳,

실상의 순리에 따라 아름답고 소중하게 지켜야 한다.

잉태하고, 깨우침도 장엄하신 실상에 있다.

처음 나타난 세상을 의식하고 느끼는 것처럼, 한심스러운 모습, 무서운 모습, 인자한 모습, 사랑스럽고, 착하며 너그럽고 경건한 모습, 실상의 당한(당도한 한계)처럼 있다.

세상에 선생(先生; 먼저 태어남)하여 기다리고 있는 것, 세상이 처음 상존한 것을 첫인상처럼 잃지 말아야 한다.

세상은 편안하고 포근한 거처가 되어야 한다.

동신이 무엇인지 모르고 만난 것, 의식한 곳, 세상!

아직도 깨닫지 못하고 있다.

사람의 한계가 알지 못하게 통금되어 있기 때문이다.

세상은 수많은 생명이 범람하고, 변하는 기후 속에 시달리며 살고 있는 것이다.

세상에 개입한 이유도 모르며. 세상에 머물러 있다.

세상모르고 살고들 있다.

영원히 살 수 없이 거쳐 가는 곳.

타면 불이 되고, 무너지거나 떨어지면 흙이 되며, 불과 바람이 없는 곳은 비어 있는 하늘처럼, 서로 상대한 것과 일치되면 다른 모습으로 변한다.

다른 것의 형체를 연속 탄생하도록 한다.

형체가 사라지면 해산한 것들이, 떠나서 다른 것과 씨와 알처럼 결합하면 새로운 것으로 동생 한다.

새롭게 사는 동체가 된다.

물의 결합은 산소와 수소처럼, 힘의 결합은 빛과 자성처럼, 땅의 결합은 생물과 흙처럼, 우주의 결합은 별과 하늘처럼 모든 것은 없는 것으로부터 생겨, 세상을 거쳐 간다.

살아서는 신주를 위해서 살고, 죽어서는 다른 것들을 위하여 몸을 돌려놓고 간다.

고유한 생성은 세상을 거치는 동안이며, 늙음과 같이 한정된 수명으로 끝난다.

인생은 세상의 방랑자다.

인격의 한계는 세상(우주)과 같이 너무 커도 전체의 윤곽(모습)을 모르게 되고, 가장 세밀하여 하늘(공)이 되어도 실상의 모습을 모른다.

막혀서 보이지 않는 모습이요, 모습이 비어서 사라진 모습이다.

인생은 세상을 헤 메는 것이다.

충분하게 여유 있는 것도 없고, 죽어서 가져갈 것도 없는 불쌍한 처지가 된 채, 어데 인가 신비로운 낙원, 실상을 두고서 찾아 헤맨다.

때 묻은 몸, 깨끗 하려다, 씨가 되거나, 알이 되거나, 나무가 되거나, 새가 되거나, 흙이 되거나, 하늘이 될까, 자연 일까 신일까 망설이며 갈팡거리는 것이다.

전생을 잃고서, 어찌하여 세상에 왔는지 기억 상실되어 떠돌고 있다.

세상에 거처하는 사람에게 수많은 것들이 지나가고 거쳐 간다.

바람과 추위, 불과 열, 빛, 물과 눈보라, 생물과 자연, 추억과 생명이 장엄하게 생동하고, 생긴 사람의 몸과 정신을 세력으로 동화한다.

적막한 인생이 될 때까지.

살면 살수록 땅에 쓰러지는 몸, 시달리는 인생이다.

자연의 세력 속에 있는 인생!

생명은 따듯한 빛을 받아야 살 수 있다.

어두운 밤이 있어야 편안한 잠을 자고, 먹을 것을 자연이 베풀어야 살 수 있다.

맑은 물을 먹고, 깨끗해야 산다.

바람이 생기지 않으면 숨 막혀 죽고, 땅이 없으면 설 곳이 없다.

무엇인가 생명을 보살펴주고 있는 것이다.

살려주는 실상이 없다면 사람, 생명은 생존할 수 없다.

그러므로 인생의 운명은 대단한 것 없이, 분수껏 살아야 잘사는 것이다.

아름다운 여인의 포근한 살림, 신비로운 남성의 극복하는 힘으로 의지하며 잘살 것이다.

동신의 고독을 동거하므로, 서로 보호하고 위로하며 잘살 것이다.

알(여성)을 이끄는 씨(남성)는 위험한 세상의 세력을 조심스럽게 극복하고, 알은 씨를 위험에서 긴장하여 보살핀다.

알은 씨가 세파에 시달려서 지치면, 포근하게 품어주어 잠들거나 쉬게 한다.

정신(머리)은 잠들어도 마음(피살)은 활동하고, 피살은 정착해도 머리는 이동한다.

씨(남성)는 알의 수호자이며, 알(여성)은 씨의 안식처다.

잘사는 인생길이다.

그러나 씨가 알을 배신하면 사리 판단이 삭막하고, 고달픈 알은 씨를 증오한다.

알이 씨를 배신하면 욕망으로 천하게 되고, 헛된 길로 가는 씨는 알을 의심, 경계한다.

서로의 품은 원한으로 된다.

가슴 아프고, 골 아픈 일이다.

하나의 몸에 있는 남성과 여성, 둘로 떨어져 있는 남자와 여자는 같은 처지에서 알고 모른다.

실상의 나라와 세상은 차별(大別)되어 있다.

부끄럽게 태어난 사람!

서로 일치한 곳에서 실상과 사람은 다른 것이다.

왜 이렇게 되었는가?

창피하게 알 수없는 노릇이다.

생명이 범람하는 세상, 한 결 같이 생명 수호에 시달린다.

어두운 곳에서 살거나, 빛나는 곳이든, 같은 하늘 아래, 동물이나 식물과 땅처럼 자연의 생명이 서로 다른 개체로 생겨, 구차하게 살려고 시달린다.

생명 유지는 좋은 것, 강제 수호는 천한 것, 실상의 결성으로 이루어진 것이 세상, 모든 것. 사람은 인생 해결을 못하고 있다.

결합으로 세상에 생겨난, 하나가 된 씨와 알의 몸이, 서로 의지하여 헤어지지 못하고 세상을 방황하고 있다.

더 좋은 것이 되어야 할 것이다.

세상의 모든 것, 동물과 식물, 수소와 산소의 물, 빛과 자력의 힘처럼, 사람의 씨와 알처럼 성체(性體)들이 다생하고 범람한다.

서로 다르게 생긴 모든 것, 사람이 다른 동물이나 식물과 동생하여 변종되지 않는 것, 무슨 일인가?

만나서 결합하는 것에 따라 새로운 종류가 생겨나고, 종류에 속생한 것에 따라 같은 종류가 생성된다.

너무나 질서 있는 곳이 세상이다.

세상의 모든 것을 생겨나게 한 성체가 신비로운 것이다.

실상에 의한 결합, 성결(性結)로 생긴 모든 것, 생겨난 이유를 상실하고 세상을 떠돈다.

실상이 낳아서 생겨난 흔적이 살고 있는 것.

전생을 기억해야 한다.

그곳을 찾아야 황홀한 인생이다.

세상에 살고 있지 않고, 다른 곳에 살고 있는 것도 있는 것.

실상은 세상에 개입되지 않은 것도 낳고 있다.

먹이는 삶의 재편일 뿐.

세상 밖의 먹이는 다른 것.

성질을 저해하는 먹이, 싫어하는 먹이, 죽음의 먹이는 먹지 말아야 할 것.

재편되는 것을 싫어하는 먹이는 먹지 말고, 좋아 하는 먹이는 먹어야 산다.

살면서, 잃어버린 곳을 찾아야 한다.

실상에 의하여 생겨난 것, 새로운 생성이 될 수 있다., 인격의 한계와 세상에 개입되지 않은 것.

씨가 죽을 줄 알았는데 알을 만나 굼벵이가 되고, 굼벵이가 죽을 줄 알았는데 풍뎅이가 된다.

씨가 씨로 써, 생명을 다 한줄 알았는데, 여성의 알을 만나, 사람이 되어 장수하는 것처럼!

사람과 세상의 모든 것들은 먹이가 다른 것처럼, 실상의 나라는 먹이도 다를 것이다.

꿈처럼 먹는 것이 없을 수도 있다.

인류는 사람을 최초로 낳은 성실(性實, 聖實)을 잊어버렸다.

기억 상실된 것이다.

찾아야 잘 살았다고 할 것이다.

성실의 결합은 새로운 것을 생성할 수 있을 것이다.

인격의 한계와 세상에 개입되지 않은, 새롭게 생긴 것을 출산할 것이다.

사람의 세상과 다른 것을 생성할 것이다.

이 세상은 꿈에서 생겨나는 것처럼.

성실의 흔적이 되어 교차하며 환생하는 곳이다.

실상이 살아서 생긴 것!

변함없이 살려있는 것.

흔적이 새롭게 되는 것처럼!

무엇에 기인(基因)하여 다르게 출생하는 것인지 해결해야 한다.

인생의 운명을 극복하는 것은, 사람보다 더 좋은 것을 산파해 놓는 것이다.

고통에서 벗어나고, 파생이 없는 것.

사람보다 더 좋은 것이 되도록 원인 해결해야 한다.

이 땅에 살고 있는 모든 종류는 하나의 성족(星族; 땅(별)에서 가족으로 삶)이다.

이 땅에서 함께 잠자고 일하며, 먹고 거처하여 살도록 한다.

이 땅에 잉태하여 낳고 깨어나서 살고 들 있다.

하늘과 땅이 먹여, 살려 주고 있는 것이다.

식물과 동물이 서로 살려 주며, 하늘 속, 같은 땅에 모여서 서로 먹고 살도록 한다.

식물을 동물이 먹으면 동물의 몸으로 살고, 식물이 먹은 동물은 식물성으로 산다.

빛이나 물, 공기, 먹은 몸으로 산다.

하늘 속, 땅에서 한 몸으로 살고 있는 것이다,

실상의 몸에서 살고 있는 것이다.

하늘을 향한 몸, 식물의 뿌리가 지하에서 먹이를 찾아 먹고, 물속이나 땅, 하늘 속에서 사람처럼 살고들 있다.

모두가 하늘 속 땅에서 먹고, 변태(變態), 변이(變異)를 거듭, 생겨나서 살고 있는 땅의 성족이다.

식물은 암, 수가 같이 살고, 식물 먹은 동물 몸에 헤어져 살고, 몸속의 먹은 식물이 그리워서 풀을 먹고 사는 것처럼, 수많은 종류들이 가족처럼 번창한다.

이 땅의 한계와 권역(圈域)에서, 별의 생태에 종속되어, 하늘과 별의 변화에 따라 조금 씩 다르게 생겨나고 사라져 간다.

우주에 있는 모든 별들이 같은 종류로 사는 것처럼!

실상에서 생겨 나와 살고 있는 것이다.

새로 생겨나면 초면이고 놀라면서 경계한다.

흔적을 잃고 사라지는 운명이다.

구면(舊面), 옛날이 상실되도록.

종속하여 태어나서 사라지는 질서가 엄중한 곳이다.

엄청난 세상 속의 인간들!

하나의 인생은 정신(씨)의 지향, 실상의 나라와 대통하고, 마음(알)의 활동, 천지와 형통하면서 서로 귀속하지 않고 역할, 한 덩어리로 의지하고, 다른 형체들과 연분이 되어 동작, 세상의 기운으로 산다.

허무하면 무엇이 될 것인가?

떠난 곳, 인생도 없고, 가족과 나라도 없을 것이!

변함없이 변화되어, 실상과 자연 속에 믿지 못할 것처럼!

사람을 기준으로 인정할 수 없는 것이!

세상 경지에서 유혹되어, 실상의 나라로 못 가는 것.

실상과 자연은 사람의 능력으로 작정할 수 없다.

인생처럼, 생리적 섭리가 있는 것처럼, 사라진 후에 건너갈 것이다.

갈 곳 없이 땅에 사는 인생, 궁지에 몰려, 같은 처지로 동거생활 잘해야 한다.

무엇이 될지 모르며 사라질 인생!

흙이 되어 별처럼 떠다니거나, 땅 속에 뿌리를 뻗고 하늘 속에 식물처럼 살거나, 땅을 타고 다니는 동물이 되거나, 하늘을 날 으는 것이 되어, 행태와 처지를 다르게 하며 잉태하고 태어나서 실상과 같이 산다.

끝없이 살아도 사람일 뿐.

나그네 인생, 몸부림쳐도 세속을 벗어날 길 없다.

그러나 갈 길을 막지 않는 운명이 있다.

같이 살지 않으면 모든 것이 필요 없고, 성립할 수 없다.

사는 것이 있으면 허물어지는 것, 젊음이 좋아서 몸에 모여 살다, 늙어서 떠나고 있다.

독신이라도 같이 사는 것이 있어, 욕망대로 살 수 없고, 다르게 변하면서 산다.

수명이 있는 것처럼 하고 싶은 대로 사는 곳이 아니다.

업보에 따라 갈 곳이 다른 나라.

식물이 사람에게 옮겨서 사는 것처럼, 자연 속을 떠돌며 산다.

다른 차원의 종류가 된다.

정답게 영원히 같이 살고 싶은 곳, 사람이 되면서부터 인생을 떠난다.

하늘과 땅위에 생겨난 기분이 좋아서, 마음과 정신이 사랑하며 갈 곳을 찾는다.

실상의 몸에서 낙원을 찾는다.

왜 이렇게 되었는지 알아 볼 것이다.

떠날 곳도 정해야 한다.

같이 살던 것을 잃고서 다른 나라로 가야 한다.

삭막한 노인이 되면 사람을 잃고서 떠나야 한다.

같이 사는 것이 너무나 좋았기에, 죽음처럼 싫어하며 떠나야 한다.

본래 사람이 아닌 것처럼, 세상을 청산하고 떠나기로 되어 있다.

먼 훗날에 허물어지는,, 옛날의 흔적처럼.

사람의 흔적도 허물어져 찾을 수 없는 것.

새로운 것이 되어서.

떠난 것은 허물어지고, 떠난 것은 새롭게 생겨난다.

정착하는 것에 따라 다른 모습으로 산다.

사람의 몸에서 무엇이 살고 있었는지, 실상의 몸처럼 한 결 같이 변하며 산다.

고요한 곳에서 있을 때, 실상처럼 자연은 얘기를 하고 있다!

그러나 사람이 되어서 못 알아듣는다.

산천초목, 빛과 바람, 강물도, 흙처럼 얘기하고 있다.

사람이 알아듣지 못할 얘기를 하고 있는 것이다.

실상의 얘기처럼!

죽으면서 다른 것으로 살아나지 못하는 것처럼 불쌍한 것은 없다.

몸에서 여성의 힘을 얻지 못하면 자연의 힘을 견딜 수가 없고, 남성의 힘을 잃게 되면 세상을 떠다닐 수가 없다.

자연은 위안과 유실(幽室)을 주고, 실상은 갈 곳을 인도한다.

남성과 여성은 위험한 세상을 의지하고, 실상을 따라 험악한 세상을 극복하고, 자연의 힘으로 살림을 한다.

사람에 따라 실상을 다르게 생각한다.

따르는 자는 잘 살 것이다!

믿을 수 없이 속이는 가!

고통이 해결되지 않고 있다.

선과 악은 왜 있는가!

세상에 태어난 것은 버림을 받은 것인가, 축복인가!

역할로써 사역하는가!

떠나와서 속세의 몸으로 생겨났다.

어쩌다가 사람이 되는 곳까지 오게 되었는가?

자연은 계속하여 출산되고 있다.

자연을 몸으로 한, 실상의 생활과 같이 있다.

변하지 않는 것만이 잘살고 있는 것이다.

세상, 자연은 살게 하고, 못살게 하는 곳이다.

차원이 다르게, 다른 것으로 생겨 살면서 가는 곳이 있다.

실상에서 출산되어 세상에 잉태하여 살다가 귀납된다.

어데 론가 가고 있다.

삶이 들어간 것은 죽음이 들어간 것이고, 죽어 간 것은 살려간 것이다.

삶과 죽음에 절대적인 것이 있고, 죽음의 대가는 새로운 것을 얻는다.

죽음으로 끝나지 않고 새롭게 사는 것과 같다.

세상의 순리, 정신과 마음, 안과 밖의 세력을 수양하여 안식하는 것.

가득한 욕망은 허망한 몸, 인생이 해탈하는 것처럼.

신경은 야수처럼 몸부림쳐도, 더욱 더 속박될 뿐.

신음의 야성만이 날카로워 지고 있다.

객성(客性; 외부의 것)이 원성(原性; 주체적인 것)으로 속생한 질량에 따라 생활의 양상이 변하며, 객성의 세력에 저항력을 잃고 점령될 때, 원성에 같이 있던 것들은 객성으로 나가게 된다.

이성은 사라지고, 몸만 앙상하다.

삶과 죽음으로 주객이 교차되는 것과 같다.

생계의 객성으로 멸망되어 몰락한다.

객성(客性)이 적납(適納; 적절하게 들어옴)하여 원성(原性)에서 다생(多生)하면 정신과 마음, 몸이 흡족하고, 욕구가 강하여 과다하거나 부족하면, 멸망한다.

세상은 적절한 것을 넘을 수 없는 곳.

실상과 사람이 소통하는 것처럼, 객성을 사랑하여 정답게 하고, 몸은 청순, 자연처럼 사는 것이 잘사는 것이다.

<알몸으로 태어난 사람!

자연과 같이 평화롭게 살고 있는 것.

그러나 굶주림과 두려움, 재앙 같은 것이 있다.

먹지 않고 산다면 좋을 것을.

그러나 서로 먹지 않으면 형성될 수 없는 곳.

죽음이 없다면 산 것이 넘칠 것이다.

생명, 땅과 하늘, 빛과 어둠도 넘치면 재앙이 된다.

생각하면 생각 할수록 신비롭고 괴팍한 곳이다

생명이 생명을 먹거나, 인생이 공발(空發; 발산되어 빈것) 되는 가하면, 실상의 출산 같은 곳!

이들 모두가 한계와 섭리에 따라서 자유롭고, 실상의 질서에서 사는 것.

한번만 나타나는 것처럼 신비로운 나라!

생겨나면서 신비롭게 나타난 나라!

인생이 없어지면서 사연들을 잃어버리는 나라!

그러나 사람이 옛날, 씨와 알인 것처럼, 죽어서 다른 것이 되면, 옛날 사람인 것을 알지도 모른다.

인생이 생겨난 곳을 무엇이라 할 것인가?

인생의 벗!

지극히 사랑하던 사람!

무엇하러 세상에 태어났는가?

거센 세상 속에 생명들이 맥을 이어 살고 있는 곳!

하늘에 떠있는 땅을 타고 돌아가면, 밤에 살고, 낮에 살고, 어둠속 달과 별이 지나가고 밝은 태양 빛 속에 산다.

산천초목, 바다, 생물들이 하늘 속 잉태, 배양, 천기를 받고 산다.

정신과 생명을 잃고 자연에 떨어지는 것, 사라지는 것.

자연의 법칙을 개척하여, 실상의 나라로 갈수 있을까?

자연과 같이 변덕스러운 인생, 사랑이 미움으로 변하여, 이것저것 싫을 땐, 정착할 것이 없다.

인생은 다정하게 사는 것이 가장 좋은 것!

그리고 곤란한 것을 벗어나야 한다.

포근한 날씨에 초목처럼 무성하게 성장하는 인생, 푸른 나무처럼 숲에서 살다가

열매처럼 떨어져 세상 속에 살아도, 익어가는 꿈을 꾸며, 한없는 세상을 살아야 한다.

자연스러우며 변함없이.

평화로운 나라로 가야만 한다.

서로 만나 그리운 곳, 다시 살수 없이 사라진다 해도 신선하게 살아야 한다.

아름답게 피어나도록 살아야 한다.

사람들이 좋아하는 것처럼!

별 다른 상처가 없어야 한다.

청순하고 풍요한 자연처럼, 생태와 인성에 맞도록 살아야 한다.

적합한 생성을 선택하여 성숙한 것을 이룩하고, 인생길이 완성되면 무엇인가 나타난다.

인생이 바라던 것이다.

세상과 다른 곳이 나타날 것이다.

실상의 나라로 가면서 생명의 집을 짓고 있는 것.

재앙이 닥치거나 유혹이 있더라도 변하지 않고 해결할 것이다.

현명한 인생으로 깨어나는 것이다.

축복의 길, 사람들이 따라서 좋아할 것이다.

정

버릴 수 없는 정으로 살고들 있다.

정이 없으면 떨어진 것이요, 정이 있으면 같이 사는 것.

정은 한없이 주어도 사라지지 않는 것!

베푸는 것도 정이요, 사랑하는 것도 정, 같이 슬퍼하는 것, 같이 기뻐하는 것도 정이다.

생물이 주는 것도 정이요, 빛과 바람, 물과 흙, 하늘이 거처하도록 하고, 서로 생활하는 것도 정이다.

정은 처단되어 죽지 않고 연관되어 한몸으로 사는 것.

정은 자연, 사회가 지켜야 하는 인생의 보물이다.

만난 적 없이 사라 졌어도 세상에 정들은 것들.

인정, 사정없는 것은 세상살이 쓸모가 없다.

생명이 없이 황폐한 곳은 정이 사라지고 있는 것.

정이 없으면 독이 무성하고, 폭발하는 분노만 있을 것이다.

죽음은 새 삶을 위하여 살 곳을 비워주고 가는 정.

고마운 정속에 살고들 있다.

정은 마음과 정신이 서로 돕고 의지하는 것, 실상과 자연의 잉태, 천기로부터 생겨난다.

메마른 마음을 채워줘서 생기가 나도록 하고, 정신이 새롭게 지향토록 한다.

정신이 세상에서 살길을 찾아 정이 생겨나도록 한다.

인간이 인식하고, 생각하는 것은 정을 찾는 것이며, 판단하는 것도 정 있는 것을 알기 위함이다.

연구와 배움, 취미도 세상에서 정 붙일 것을 찾고 있는 것이다.

정들기 위하여 만나고, 결합하며, 정든 일을 좋아한다.

정든 사람, 정든 고향은 잊을 수 없고, 정든 산천을 그리워한다.

인정이 있고, 우정과 애정, 사정을 헤아리며, 한몸이 된 가정, 정이 넘쳐서 풍성하고, 정이 좋아 기뻐하는, 죽음으로 정 떨어지는 슬픔, 동정이 넘치는 곳은, 이 세상에서 가장 살기 좋은 나라.

냉정한 것도 사정이 있으니, 정 떨어지는 짓을 하지 말 곳이다.

미운 정, 고은 정, 다 들다보면 늙어서, 세상에 정만 남는다.

세상 속, 인생 나그네, 정이 없으면 먹을 것도 거처할 곳도 없을 곳이다.

세상의 모든 것이 냉정하기만 하면, 살기만 가득하고 투쟁과 갈등만 있을 것이다.

실상이 아무것도 주지 않았을 것이다.

실상의 한몸으로 생기는 연관의 명복이다.

착하고 사랑하는 것, 베풀고 지혜를 밝히는 것, 해탈과 살려는 것도 정에 의한 것이다.

생명은 정이며, 정이 없으면 죽음이다.

정이 없으면 아무 것도 살수 없다.

그러나 한도 없이 무정한 것, 폭발하거나 멸망으로 정 떨어지게 한다.

정이 있어야 극복하고 서로 잘산다.

해결 못하면, 절망하고, 타락하며 방탕과 고통, 피해, 침체가 생긴다.

자연의 법칙이다.

살벌하고 악독하여 무정하게 멸망된다.

자연에 따라, 사랑하는 사람과 같이 살거나 헤어지는 것처럼, 세상 질서에 동등한 것처럼 살거나,, 사상의 갈등처럼, 인류가 서로 다른 것처럼, 서로 적대하고 살 때가 있다.

인생의 고민과 살림, 충돌과 상대, 원한에 차고 사랑스러운 것. 인생의 방황은 순간일 뿐.

흔적도 없이 사라질 것.

찾을 수 없는 한 평생, 잃어버릴 인생이다.

죽음과 공포, 위험, 시달림에 세련되었기에, 아무 필요도 없이, 오직 남는 것은 떠나갈 인생, 어떠한 고난도 필요 없이, 정들며 모든 생명 같이 살다가, 실상의 나라로 가면된다.

더 좋은 것이 되면서.

세상에서 가장 좋은 것은 정, 생명이 좋아하는 것, 정보다 영원한 것이 없는 곳!

세상은 영원한 것이 없는 곳!

정을 주어, 빛과 물, 바람과 땅, 공속에 살도록 한다.

그러나 수 없이 살고 있는 신비한 세상, 경작하는 것처럼, 인생이 알 수 없이, 세상을 생겨나게 하는 나라가 있다.

사람이 되면 성질이 있고, 세상도 나타나며, 세상의 풍경 속에 다른 성질, 종류들과 같이 살게 된다.

서로 다른 성질로 자연에서 일하고 구경하며 살고 있다.

사람은 인성을 벗어 날 수 없이, 사람 노릇을 한다.

결합하고 선택되어 세상 구경하는 성질로 나타난 것.

선택된 것에 따라, 발가락과 손가락, 눈과 귀, 기어가는 것과 두발이나 네발, 여러 개의 다리로 걸어 다니는, 생각과 느낌의 정도와 연질과 경질의 몸, 날카롭거나 강한 것, 나약하거나 작은 것, 지느러미로 헤엄치고 날개로 하늘을 나는, 식물처럼 사는, 생김에 따라, 자연에서 사는 방법과 할 수 있는 일과 능력이 다르다.

생김새에 따라 성질이 다르다.

체질과 형체 구조에 따라 기능이 다르고, 자연을 생성함이 다르다.

식물은 식성(植性)이, 벌레는 충성(蟲性)이, 날아다니는 새는 조성(鳥性), 물고기는 어성(魚性), 짐승에게는 수성(獸性)이 별은 성성(星性)으로, 사람의 세상 모습과 다른 것으로 살고 있다.

그러나 연관된 작용과 느낌, 반응은 모두가 동일하다.

과열되면 불나고, 냉수가 있으면 식어버리고, 넘치면 파산되고, 부족하면 시들며 막히면 질식한다.

한몸과 같다.

사람이 될 수없는 다른 것들과 살고 있다.

전생에 무엇인지 모르는 것들이 세상에 나타나서 같이 산다.

모든 것은 운명을 피할 수없는 처지가 되어서!

서로 다르게 대하면서!

어두운 밤이면 보금자리 집을 찾는다.

정든 가족들이 기다리는 곳.

애착으로 같이 살고, 외세를 막아서 수호할 수 있는 곳.

경험 없는 외출은 사고도 발생한다.

세상을 거닐 때 물속에 잠기지 않고, 불길 속에 들어가면 몸이 타버리는 것을 피하고, 절벽에서 추락하지 않아야 살 수 있는 것.

생명의 성질처럼, 하늘과 땅의 기운처럼, 다른 것을 식별해야 잘산다.

경험이 없으면 의식할 수 없다.

서로 다르게 생겨서 유발되는 것이다.

사람이 언제나 세상에서 돌아갈 곳은 거처할 곳, 편안하게 살집이다.

동거의 수호자가 기다리는 곳이다.

사람의 집은 남성의 몸에서 인도되어, 여성의 집에서 처음으로 살고, 세상의 집에서 거처한다.

세상살이 고향이며, 전생은 다른 곳이 고향이다.

같은 세상에 살고 서로 다른 고향이 있다.

식물과 동물처럼, 식물은 언제나 하늘 속 땅에서 나갈 곳도, 돌아갈 곳도 없이 같은 곳에 정착하여 산다.

동물은 돌아다니며 산다.

성질은 달라도 같은 하늘 속에 있는 것.

생긴 것은 달라도 같은 운명 속에 있다.

같은 세상, 하늘과 땅의 몸에서 산다.

고향이 근처인 것 같다.

정든 것들을 모두 잃으면, 세상에 홀로 남아 당황하고, 공포 속에 신음할 것이다.

소름끼치고 넋을 잃을 것이다.

몸 둘 곳이 없을 것처럼!

정붙일 것 없이 광엄(廣嚴)하여 살지 못할 것이다.

의지할 것 없는 인생, 상존할 수 없는 세상, 자연이 된다.

산신(産身; 낳은 몸. 부모)의 안에서 편하게 살 수 있는 것이 생명이다.

생명은 산신과 한몸 같은 연관으로 안심한다.

동거하는 정이 없으면 살 수없는 곳이다.

세상은 생명이 갈망하는 곳.

서로 다르게 생겨난 성질, 정신과 마음이 서로 명확하면, 이성에 따라 매사를 확실하게 살고, 혼합되거나 파산되면 망령처럼 정신 못 차리고 이성을 잃게 된다.

씨와 알이 서로 사랑하고, 위로하며 돕고, 의지하면 잘살 수 있고, 서로 혐오하고 저주하며, 정확하지 않으면 불타는 것처럼, 넋을 잃은 것처럼, 인생은 망령 속에 혼란이 온다.

결합한 씨와 알이 서로 이탈, 파산되면 실성한다.

정신과 마음의 반편은 세상 몸과 형상에 있고, 반편은 꿈같은 실상으로 세상, 몸을 이탈한다.

세상에 생성된 것들은 세상과 적합하게 어울리지 않으면 살 수가 없다.

세상에 들어온 것들만 생명, 동신에 결상되고 기억, 추억, 상상할 수 있다.

세상에서 한일은 속일 수없이 결상되어 인생에 남는다.

사람은 정신을 차리고 마음이 안정될 때, 몸을 떠난 것이 몸집으로 돌아오고, 방황하지 않고 가정으로 돌아오며, 하늘 속, 땅 집에서 안락한 거처를 할 수 있다.

광막한 세상 속에 홀로 들어온 사람의 성질이다.〉

〈파란 하늘, 따듯한 빛, 쾌적한 젊은 날이 되면, 고달픈 시련은 어둠 속에 사라지고, 세상은 변하여 처지가 새로워져. 마을 울타리 산바람, 푸른 나무들이 생활 거린다.

생기가 솟아나는 땅, 포근한 품속, 무엇의 몸인가?

날씨 타는 사람이 땅 집을 거닌다.

나왔다, 사라지는 무엇이 사람으로 되어.

집을 드나드는 마을 사람처럼.

세상을 깨어나는 신비로운 나그네가 되어!

몸을 드나든 것이 세상을 오고갈 것.

처음엔 가족도 낮 설었고, 이웃 방도 조심한 접근, 산기슭, 땅과 푸른 하늘, 초목의 생긴 것이 이상하게 보였다.

세월이 흘러가면, 낮 익어지고, 왜 그렇게 생겼는지 모르며 산다.

한 마을 이웃들과 어울려.

가는 길도 정답게 거닐며, 동산에 놀고, 집밖의 숲과 들, 땅위의 흙, 골짜기의 물도 친근하다.

전생의 사람들이 소박하게 살았던 곳!

편안하게 살던 인생 터전으로 정들은 풍경이다.

곡식들이 풍성한, 바람에 넘실대고, 생존을 경작한 일, 살려주는 생명이 된다.

세상에서 나오는 소리, 생활하는 모습, 풍경에서 정을 준다.

사람이 사는 모습, 풍경이 보고 있다.

세상에서 들려오는 종소리처럼, 편안하고 정다운 것.

세상, 자연은 살아 있어, 들려주는 것이 있고 나타난다.

세상에는 새싹과 열매처럼 보람이 있다.

세상, 하늘과 땅이 생동하여 바람소리 숨통에서 호흡한다.

공속에, 빛나는 별, 밤에 잠들고, 낮에 생명이 일 한다

용암은 심장처럼 박동하고, 물기가 흐르고, 땀처럼 비가 되고, 기분(氣分)은 구름처럼 날라 간다.

실상의 몸, 풍경이 되어 살고 있다.

실상의 나라에 가지 못한 것이 인생 나그네처럼.〉

불타거나 숨 막히고, 살생과 맑은 물이 없어 살아갈 땅을 잃고, 원망하는 것이 있다.

세상, 자연을 파괴하고, 땅이 허물어져 기후와 기류가 변하고 땅이 돌게 한다.

세상, 자연, 하늘 과 땅이 분통터지면 폭발한다.

하늘과 땅을 파괴하는 사람이 기술(技術)을 부리고 있다.

한계가 넘치면 물결이 변하고, 바람이 다르게 불어오며, 천둥과 지진이 폭발할 것이다.

돌고 있는 별이 이탈할 것이다.

살아야할 땅집(땅은 집이다)이 없어지는 것이다.

실상의 득실은 복구되지만, 순리의 거역은 멸망이다.

생물은 신체의 혈맥과 식맥(食脈), 골맥(骨脈)과 경맥(經脈; 신경 맥), 몸 안과 밖을 드나드는 풍기(風氣), 습기(濕氣), 열기(熱氣), 냉기(冷氣), 광기(光氣)로 몸집이 형통되고, 몸 안에서 정기(精氣; 정신적인 기운), 심기(心氣), 경기(驚氣), 혈기(血氣), 몸 밖으로 생기, 활기, 기분, 기품, 몸에서 병기가 이루어지고, 몸 표면에 생김새와 행동이 나타난다.

육체의 활동이 클수록 호흡이 벅차도록 증가하여 안과 밖의 균형이 다르게 발동 한다.

맥은 몸에서 이루어지고, 기운은 안과 밖의 균형에 있다.

땅은 지맥(地脈), 용맥(熔脈; 열이 모여드는 용암의 맥), 수맥으로 땅집이 형성된다.

하늘은 공기, 습기, 광기(光氣), 운기(運氣)로. 세상은 천기, 지기(地氣)와 함께 사는 곳, 하늘과 땅, 생물, 자기(磁氣)가 질서 있게 활동하는 곳이 세상이다.

생명과 별은 음기와 양기 속에 살고 죽는다.

몸 안과 밖의 균형이 적합해야 서로 잘살 수 있다.

세상 차원만 있는 것이 아니라, 다른 차원의 나라도 있는 것.

세상에 상존하는 것들은 성질, 종류의 차원이 다르고, 나타나는 나라가 다르다.

사람에게 나타난 세상, 자연과 다른 나라가 있다.

인간으로 태어나지 않았다면, 다른 나라에 살고 있을 것.

인간 세상이 있다는 것도 모른 채.,,

사라져 간곳과 나타나 온 곳이 있는 것처럼.

사라져 간곳에 새롭게 나타나는 것이 있는 것처럼.

사라져 간 곳에 항상 세상이 있는 것처럼, 세상에서 없어진 것도 다른 나라로 간 곳이 있다.

없었든 것이 세상에 나타난 것처럼, 다른 나라가 있다.

세상에 사람으로 태어났는가?

아니면 자연에 다른 것으로 생겨났는가?

세상, 자연과 다른, 실상의 나라에 살고 있는가?

없었든 것이 세상에 들어와 살고, 세상을 떠나서 다른 나라로 간다.

나타났다 사라지는 것, 영원히 상존하지 않는 세상!

고향을 잃고 온 곳을 떠돌며, 갈 곳을 모른 채, 신비로운 우주 속에 살고 있다.

새롭게 깨어나는 새벽을 위하여.

다르게 생겨 장수할 곳을 찾는다.

〈하얀 눈이 쌓이고, 냉정한 날씨가 있지만.

새싹이 나오고 꽃이 필 땐, 아름다운 몸이 되어, 멋있는 세상이 유혹한다.

더욱 머물러 살 수 있도록.

산과 계곡에서 맑은 소리가 들리며, 경건한 세상은 살아있다.

풍경 속에 사람 모습!

의혹과 호감 속에 정 붙일 곳 찾아다닌다.

생각을 한다.

재미있게 살고, 헤어졌다 만났다, 영원히 헤어지는 곳.

꿈처럼 활동하려다, 지나가는 세월처럼 가버리는 인생이 된다.

인생의 동산은 쉽게 변하는데, 실상의 나라는 변하지 않는다.

항상 남아있다.〉

〈친구도 많고, 가족들도 여럿인데.,

언제나 홀로 되어. 사연 많은 인생 속에 풍경의 몸 소리 들으면서.,

옛날을 잊은 인생이 되어. 그리운 곳에 가려고 해도 실상을 모르는 그림처럼.,

정처 없는 발길이 세상 속이다.

멈출 수 없는 생애, 운명이 되어.〉

상현(狀見; 상이 나타난), 상이 세상에 생성되고, 생성된 종류에 대한 나라가 나타난다.

생성된 것은 사람, 벌레, 식물, 물고기, 새, 짐승, 하늘, 별이 되고, 나타난 나라는, 몸의 나라, 세상의 나라, 사회의 국가, 꿈의 나라, 죽음의 나라, 종류에 따라 다르다.

남성의 몸 나라에서 살던 씨, 여성의 몸 나라에서 살던 알의 인연으로 결합된 사람의 몸 나라처럼, 종류의 나라, 세상의 나라, 별나라, 하늘나라가 모두 다르게 나타난다.

자연에 생겨 현생(現生) 하는 것은, 새롭게 생긴 신생(新生), 닮아서 살고 있는 환생(還生)으로 태어났다.

신생은 세상에 대하여 초면이고, 환생은 닮아서 낯익은 구면이다.

공은 비어 있고 어둡다.

비어서 빛이 보이지 않고, 빛이 비치면 어둠은 사라져서 공이 아니다.

그러나 빛은 공속에 반짝이는 별에 있다.

비어있지 않으면 밝아서 사물이 보인다.

공에는 아무 것도 없다.

공과 어둠은 아무 것도 없고, 무엇인지 알 수가 없다.

빛으로 갈수록 어둠과 공은 사라진다.

공과 어둠으로 갈수록 빛은 사라진다.

태양과 별빛이 공을 지나 별과 생명으로 가고 있다.

사물은 빛을 느낄 수 있다.

공은 생겨나고 사라지는 길목이다.

공처럼 질량 없는 꿈이 공을 통해 생겨나는 것처럼.

인생은 부화되어 좋은 꿈나라로 갈 수 있도록 한계를 지키며 기다릴 뿐이다.

인생은 안락한 집에서 가족들과 상의를 하거나 재미난 이야기를 한다.

헤어지면 그립고, 만나면 반가운 가족!

지칠 줄 모르는 애착!

잘살기 위하여 살림을 끊임없이 한다.

이웃에게 다정하여 살기 좋은 마을, 낙원이 된다.

기회만 있으면 만나고 싶은 사람들이 사는 곳.

한번 잘못된 인생, 공든 것을 망치고, 생명의 개척 은 돌아갈 수없는 것. 세월은 늙어지는 것처럼 재생할 수 없다.

인생이 있는 곳, 생겨나기 전부터 있던 곳,, 모든 것이 차려진 것을 먹고 사는 것.

길손이 이웃집으로 찾는 것처럼, 세상을 찾아온 나그네 들!

유혹은 알 수 없이 매혹되게 한다.

아름답고 멋있는 것들!

가져도 가질 수 없는 유혹, 경쟁은 한없는 유혹이 된다.

생명을 위하여.

인생을 유지하기 위하여 필요한 것, 한없이 경쟁하다 지쳐버린다.

모두가 좋은 생활, 같이 할 세상!

서로 다르게 살고 있다.

자연과 세상을 차려 놓은 것, 사람이 아닌데!

사람이 성취한 것, 차려놓은 실상이 있다.

기적같이 어려운 살림이 마련된 것을!

과욕의 사람이 배반하여, 정 떨어지는 인생도 있다.

인생은 홀로 살기 어려운 사회가 되어, 생명의 부담(짐)이 과중하면 고통이다.

생명이 번창하여 넘치고 복잡한 것처럼.

재미난 인생은 공생하는 곳에 있고, 편안한 인생은 정이 깊은 곳에 있다.

인간의 신통한 술법, 세상의 것은 있어도 없는 것이 되어, 사람이 해결할 수 없을 때 실상의 나라에서 빌어오며 산다.

임자 없는 땅에서 가난을 버리도록 살려 주는 것이 있어야 한다.

자연과 집처럼 몸 둘 곳은 있어야 한다.

세상살이 몸이 거처할 곳, 먹을 것은 필수적이며, 생권(生權; 생명의 권한)이다.

세상에 태어난 모든 것에게 주어진 것, 사람은 박탈할 권한이 없는 것.

먼 옛날 사람, 같은 가족에게 준 것들.

젊은 양자(養者; 길러주는 모성)가 늙어지며, 생신(生身; 생겨난 몸)이 연생(連生; 이어진 생명, 후생, 자손)하도록 지금까지 지켜준 것.

멈출 수없는 생명, 인생이 멈추면 죽음이다.

세상, 자연이 있어야 먹고산다.

인생은 언제나 가난한 것.

살기 싫어도 살아야 하고, 죽기 싫어도 죽어야 한다.

인생은 살아서 내 것처럼, 내 것이 아니다.

성질이 서로 달라, 섭리에 맞지 않고, 파산되면 다른 것이 된다.

세상은 매력으로 인기 끌고, 매혹되어 살게 한다.

알 수 없는 미래, 가는 길이 다르며, 행동의 결과로 다르게 산다.

그러나 가고 싶어도 못가는 길이 있다.

세상의 모든 것, 죽음은 숙명, 싸워서 미리 죽을 필요 없는 것.

사랑하는 사람, 정든 고향을 멀리하여 전생으로 날아가는 날개도 없이 나그네가 된 인생, 세상 속 동신이 되어, 세상을 빌려서 살고 있다.

떠나면 다른 것이 빌려 사는 세상.

신을 따라야 된다하며, 유물의 원인으로 귀납하여 역사가 그쳤다 하고, 훌륭한 쾌락을 인정해야 되며, 사람은 심판할 수 없고, 사람의 권한이 있어서 서로가 잘났다고 한다.

땅이란 사람이 떠날 곳, 인생이 머무를 동안 거쳐할 곳이 되어, 주권은 인류에게도 특정한 생존(生存; 생겨나 있는)자 에게도 없는 것으로 잠시 혜택을 받았을 뿐.

생명 유지를 위하여 정착할 사람이 필요 했을 뿐, 가지려 해도 잃게 될 것.

생존할 때마다 필요한 것.

속세를 외면하고, 실상의 질서에서 필수(必需)적인 것을 구하며, 극성부리는 타격을 해결하고, 생존유지에 살 것이다.

속세, 옛적을 잊어버린다.

실상의 생명은 끝나지 않고 순환하여 새롭게 생겨나는 것이 계속 되고, 오래된 것은 허물어지며 낡은 흔적이 된다.

인생은 옛 사람의 흔적으로 새롭게 생겨나는 것이 되어, 아무런 때(세월)도 없이 살려있다.

세상 방랑자, 밤낮을 번복하여 생기는 일이다.

태양은 항상 낮이며, 돌지 않는 공은 항상 밤이라서 늙어 죽는 것도 없다.

어두면 잠자고, 밝으면 일하는 생명이 때를 가린다.

어두운 공, 밝은 태양은 밤낮을 가리지 않고 밤과 낮이 된다.

태양과 어둠 속에 생명들이 세월 따라 생겨 살고 죽는다.

자연에 실상이 있고, 실상에서 자연이 생겨, 밤과 낮, 자성처럼 생명의 성질, 정체는 공과 태양 속에 변한다.

생변(生變)하여 좋은 나라로 갈 것 같다.

세상에 잉태한 방랑자, 기억처럼 살고 돌아간다.

변함없는 실상에서, 긴 생명 사는 별들, 생명들이 밤과 낮처럼 죽고 사는 것, 변함없는 공속에서 닮은꼴로 산다.

전생의 흔적으로 살고 있다.

어디선가 생명의 숨소리가 들려온다.

무엇의 숨결인가!

자연인가?

실상의 몸인가?

죽음 안에서 세상의 한계 속에 생겨난다.

세상은 고통과 낙원이 같이 살아서, 극복할 때 힘들고, 성사되면 편한 것.

더우면 시원한 때가 있고, 추우면 따듯한 봄이 오는 것처럼, 밤과 낮이 변하는 것처럼, 감각도 변덕스럽다.

시달리며 살고 있는 것이다.

하늘과 땅, 생명들이 실상의 나라를 갈구하는 신음, 즐거움, 화통, 안식으로 요동치고 있다.

기적을 바라면서, 유서 깊은 곳에서 살고 있다.

천생지변 속에 인정을 만나서 반갑게 산다.

복잡한 생명들이다.

사람이 아무리 집착해도 사정없이 세상, 자연은 변한다.

정착하지 못하고 살도록 한다.

지혜와 생명이 자연과 인생에 있고, 세상의 한계를 떠날 수 없다.

다른 것으로 변하여 없어 질 때까지, 생성된 것들이 변함없이 살고 있다.

살아서 다른 것이 될 수없이(나무는 나무를 생기게 하고, 사람은 사람을 생기게 하지만, 사람이 나무를 낳을 수는 없다).

거처할 곳은 옮겨가도, 생명이 끝나야 다른 것이 된다.

유서는 깊은 것, 경치의 몸, 색깔내고 생동한다.

실상에 개입하지 않고, 능통하며 깨어나고 있다.

실상의 사람이 되어, 실상의 몸, 자연의 나라에서 귀중한 것을 구하고 있다.

실상의 신선한 몸, 자태가 발생하여 경치가 생성되고, 인생이 깨어나고 있다.

변함없이 생동하도록 유지하고 있다.

그러므로 생명이 있고 늙음이 있다.

교체하면서 살려놓고 있는 것.

썩은 것도 새롭게 살아나게 하고, 죽음과 삶도 새롭게 되도록 한다.

없는 것으로부터 생성되고, 죽으면 공이 된다.

공은 아무것도 없는 것이며, 생명은 죽음으로부터 나온다.

세상을 수호하는 것이 있다.

생산자(生産者. 살게 하고 생겨나게 하는 것, 부모)는 늙어도 연생(連生; 새끼, 자식)이 잘살도록 걱정을 한다.

성숙하는 것은 보호가 되고, 늙어지면 떠나게 한다.

생명의 귀환은 능력의 한계, 지극한 정성도 소용이 없다.

세상살이 유지하다, 은밀하게 낡아서 격고 되는 것.

정성을 다한 인생살이, 사랑과 정으로 살려 준 것이 있고, 사명을 다하려다 돌아간다.

한없이 정들다가 늙으면, 정든 것을 세상에 놓고 간다.

세상, 자연이 살려준 것, 죽음의 대가를 받는다.

업적에 따라 떠나갈 곳이 다르다.

언제나 젊을 것처럼 살던 인생, 생리가 메말라 힘없는 몸이 되고, 저무는 세상에 갈 곳을 정하지 못하며 망설인다.,,,, 정을 잃고서 찾을 수 있는 능력이 없어, 공 앞에서 기다리고 있다.

세상은 천지의 능력에 한정되어 있다.

인정은 세상 속에 있다.

세상은 인생의 고향, 다른 곳을 그리워하며 산다.

다른 곳에서 온 인생, 세상과 다른 고향도 있다.

꿈을 꾼다.

밖에서 등장하면 처음 보는 세상, 세상에서 꿈을 꾸면 세상과 다른 나라.

실상의 나라에서 세상에 오고, 변치 않는 그리움, 꿈처럼 실상을 구경하려고 잠들어 본다.

세상 구경하는 것처럼.

다른 사람을 보는 것처럼 동신이 꿈에서 활동하고 있다.

인생의 업적에 따라 꿈이 되고, 세상의 운명도 꿈을 따라 간다.

실상의 생명은 변함없이 진행되고, 인생은 머물러도 변하고 있다.

사라진 것처럼 알 수 없는 곳.

세상살이 하지 않아 나타나지 않고, 사람이 되어서 세상이 나타난다.

세상을 떠나서 사라져 버리고, 인생이 되어서 나타나고, 돌아가는 속사정을 알 수가 없다.

있을 때, 나타나지 않는 나라, 없을 때, 있었든 나라!

생사에 따라 나라가 역변(逆變) 한다.

무엇이 되는가에 따라, 가는 나라가 다르다.

역상(逆狀; 반대의 싱)을 구경한다.

사람이 세상을 구경하는 것처럼 실상이 세상을 구경하고, 다른 것이 사람을 구경한다.

사람이 되면 세상, 인생의 나라에 살고, 벌레가 되면 충생(蟲生)의 나라, 식물이 되면 식생(植生)의 나라, 별이 되면 별나라, 꿈이 되면 꿈나라에 살게 된다.

언제나 인생은 기적을 바라고, 절대적인 것을 찾아서 헤 멘다.

세상은 처음, 낯선 곳이 되고, 다른 나라에 온 것이 된다.

옛날이라서 기억 못하고, 전생에 낯 익은 모습 같지만, 다시와도 처음처럼 생소(生疎)하다.

교체되면서 옛날을 잊어버렸다.

생산자(先人)를 따라서 느낌이 나는 곳!

세상의 몸이 되어, 한없이 변하는 몸이 되어!

하늘에 떠있는 별들과 상존하며 산다.

실상의 몸, 풍경에서 같은 경치가 되어 살고 있다.

생물이 같이 살고 있는 것, 실상의 몸이 생동하고 있는 것.

생명의 몸을 보면 새로운 세상이 열린다.

세상은 다른 나라처럼 변하여 나타난다.

세상은 생기가 나고, 인생은 태연한 생활이 되어, 몸과 경치는 새살거리고, 젊음에 넘쳐 살랑거리는 사람이 되어, 인생이 가는 곳을 경치에 띄운다.

한없이 좋은 세월, 낙원에 살고, 몸은 꿈같은 경치가 되어 버린다.

실상의 생명이 되어, 하늘과 땅이 살아있는 것, 사람, 경치도 한없이 살게 될 것이다.

실상은 좋은 곳.

서로 통할 수 있어 정들며 모여 사는 곳이다.

정든 활량(남성)과 궁녀(여성), 삶과 죽음으로 이별하면, 또다시 만날 수 없고, 다른 나라를 서로 갈수 없어, 실상을 그리워한다.

기체, 액체, 동물과 식물, 세상 먹이를 사정없이 먹고 사는 인간.

살아있는 자연의 몸을 먹는 사람이 되어, 온몸에 정신이 촉감을 반응하며 살고 있다.

다른 성질이 풀리지 않아, 몸(정신과 마음), 자연과 세상을 이탈하는 때가 있는가 하면, 악착같이 살려고 성깔 내는 동태가, 사람이며, 세상에 생성된 것들이다.

물, 불같은 성질이 서로 다른 것, 생명의 나라가 다른 것도 있다.

물은 불길을 없애고, 불은 물을 말려 버린다.

형체를 없앨 땐 싫어하며 괴롭고, 불이 되면 고통은 없어진다.

불에 잘 타는 것이 있고, 물이 없으면 못사는 것도 있다.

불길을 막으면 세상에 나무처럼 남고, 물이 날라 가 버리면 바람처럼 사라진다.

성질 생긴 대로 한계를 넘나드는 것이다.

사람이 먹고 사는 거동, 다른 동물들과 같다.

식물처럼, 세균과 곤충과 짐승들처럼 한 결 같이 먹고 살려고 한다.

그러나 사람은 수치스러운 것처럼 옷을 입고 산다.

사람은 아무리 더워도 옷을 입고 살고, 새와 짐승은 더워도 털을 벗을 수 없이 산다.

털이 없어 추우면 옷을 입고 사는 사람!

추워도 털이 있어 옷이 필요 없는 짐승과 새!

사람은 짐승처럼 꼬리가 몸 밖으로 길게 나오지 않아서 그런지!

날개가 새처럼 없어서 그런지!

물속에서 물고기처럼 숨 쉬며 살 수 없어 그런지!

세균처럼 다른 몸속에서 파먹고 살 수 없어 그런지!

사람은 요망한 것처럼 말을 만들고, 다른 동물처럼 쓸데없는 춤을 추며,

특별나게 웃기를 잘한다.

　너무나 만들기를 잘하여, 태양처럼 열통 나게 얼음을 녹이고, 구름과 홍수를 만들고, 땅을 파서 태워버리고, 바람결 부딪치는 산을 뚫거나 집을 짓는다.

　땅이 변하여 태양이 가깝거나, 멀어 질줄 모르고 영리한척한다.

　하늘과 땅을 못살게 한다.

　옛날, 사나운 짐승이 자연을 지배한 곳, 지금은 사람이 무섭게 점령하여, 사치스럽고 넘치게 살아서 구원을 잃고, 불쌍한 날이 없을 것처럼 살고 있다.

　실상의 수호, 하늘과 땅을 잃고 살 수가 없다!

　하늘과 땅, 의지하고 살 곳이다.

　인정이 넘치는 아름다운 낙원에서 실상을 감상하고, 실상의 가족처럼 동거하며 살 곳이다.

　인생살이는 언제나 변하는 것!

　사람의 몸에 씨가 들은 것처럼,

　빛과 물, 바람이 출입하여 사는 목숨, 씨와 알의 변화, 다르게 생긴 것을 먹어서 몸이 변하고, 다른 생명같이 사는 것이 인생.

　자연, 세상이 주는 것을 먹고, 거처하며 사는 것이 생명, 살아서 떠나 살 수 없이 형체에 속박된 것이 인생, 생명이다.

　사람은 좋지도 나쁘지도 않은 것처럼, 변덕스러운 것.

　인생이 돌변하여 실상이 될 수 없듯이.

　한번 선택하여 행동하고 처신한 것은, 돌아 갈 수없는 운명이 된다.

　생명은 살아 있는 한, 옛날로 돌아가서 옛것이 될 수 없다.

　세상과 다른 나라로 갈 수 없는 것, 인생이 끝날 때까지 기다려야 한다.

　선택된 것에 따라 생겨난 종류가 다르고, 처신한 것에 따라 운명이 달라지며, 기원(祈願)한 곳으로 해탈함에 따라, 세상의 나라에서 다른 나라로 가는 한계가 달라진다.

세상을 잃고 헤 메다가, 정신 차린 운명으로 변해 버린다.
잃어버린 기억이 되살아나고, 새로운 나라가 나타나서, 살고 있는 경지가 달라진다.
살아온 세상을 감탄한다.

사람과 생명!
사람이라서 나타나지 않고, 사람이 개입할 수 없는 나라를 실현해야 한다.
오랜 세월, 자연과 세상이 살아 있는 것처럼,, 인생처럼 생사를 번복하지 않고, 변함없이 살고 있는 곳.
사무치게 그리워하며 살고 있는 것!

씨와 알의 결합이 적합할 때, 인연이 좋은 것, 기분이 살아나고, 잘사는 결혼, 궁합의 결과가 된다.
기분 좋아 웃고 있는 것처럼.
인생의 사명이 익어 가면, 재미있게 살고, 없어도 풍족한 것이 생긴다.
실상의 천생을 지키고, 사명을 완성하며, 섭리에 따라 사는 것.
실상을 이탈하지 않고 실상과 같은 질서 속에 결혼하여 잘살아야 한다.
실상의 신비와 경치를 깨닫고, 인생 속에 실상의 나라가 현통(現通)하여 상면하도록, 잉태된 것은 실상의 나라로 해탈해야 한다.
사람의 몸이 살려있는 경치처럼, 경치의 몸이 실상의 나라처럼. 같은 운명 속에 사는 이웃 경치, 살아야 할 동기가 있는 곳.
정이 없고 찾을 것이 없다면, 먹고 자고 일하며 살 필요가 없는 곳.
고독과 사변만 상존하여, 생성할 것도 없는 곳.
모든 인연도 끝나게 된다.
생명은 정으로부터 발생한다.

정에 의하여 결합이 되고, 생명이 생성된다.

자성이 허락한다.

정떨어지면 결합이 성립되지 않는다.

자성이 허락하지 않는다.

정이 없으면 사랑도 이별한다.

인생을 유지하는 것은 실상, 생명을 끊임없이 산생(産生)하여, 영원히 살아 있는 것.

세상에서 살면서, 실상의 나라로 가고 싶어, 그리워하면서 살고 있다.

몸은 사라져 가도 남아있는, 살아있는 실상, 언제나 모든 것이 일치된 것으로 생동한다.

사람에게 항상 있는 것, 사상은 개인에 따라 적용, 서로 피해 없이 자유롭게 선택하여 실상에 일치하고 살아야 한다.

모순이 없어야 한다.

사람으로 생겨나면서 부터, 씨와 알이 신주(身主)속에 성숙하고, 늙어서 갈 곳을 찾는 것처럼.

인생의 가장 좋은 선택, 사명과 역할은 실상의 집을 짓는 것, 생명의 동기로 거쳐 가는 세상이다.

한계를 넘으면 실상의 나라, 자성의 경계를 벗어나고 감당하지 못하여 파산된다.

순리에 따라 낙원처럼 살아야 한다.

사람은 아직도 정으로 살아서, 독신으로 생겨도, 실상과 같이 있다.

몸에 있는 상, 잃어버린 사람, 몸을 다시 만나서 정답게 살고, 추억처럼 같이 가는 것이 된다.

실상이 결상을 만나서 사는 나라다.

인생의 나라에서 씨와 알이 몸에 잉태하고 깨어나는 것은, 실상의 몸집이 형성되고 분산되는 현상과 같다.

실상의 섭리로 구실(求實)하고 있는 것.

생명이 생명을 먹고 사는 곳이지만, 한계가 넘치면, 적이 되어 같은 몸을 해치는 것과 같다.

씨와 알이 서로 상생하지 않고 분쟁하면, 시달리는 생명이 된다.

〈씨와 알의 동생에 가장 중요한 곳은 목, 서로 분쟁할 때, 시달리고 목이 극복하지 못하여 생명이 마비된다.

숨 막히는 현상이다.〉

씨가 알 보다 과대하게 강할 때, 심장(알)이 마비되고, 알이 강할 때, 머리가 마비되며, 고혈압이 유발된다.

꼬리가 강할 때, 몸살, 신경통과 씨와 알의 활동이 얽매이게 되며, 씨와 알이 성적, 부분적으로 분쟁할 때, 불구가 되며, 정신(씨)과 마음(알)이 혼란하여 헛된 꿈과 행동, 기억 상실 및 망령이 된다.

손과 발이 절단되면 살아도, 목과 씨와 알의 핵심적인 곳(머리, 심장 등)이 끊기거나 파괴 되면 죽는 것과 같다.

암, 수(사내와 아씨)의 천색연분은, 씨와 알의 좋은 인연이 되어, 신체, 정신과 마음이 가장 잘 사는 몸과 인생이 될 수 있다.

한몸의 소통이 원활하게 되어, 세상살이 잘하는 운명을 타고나, 사명을 다 할 수 있는 것.

정이 넘쳐서 이웃을 사랑하게 되고, 기분 좋은 경치 속에 헤어지기 싫어진다.

세상은 한없이 재미있고, 헤어지거나 사라지면 허전하다.

너무 그리워서 감정 깊은 눈물을 흘린다.

인생을 남겨 놓고 떠나기가 싫도록, 좋은 것으로 생겨난 것.

죽음에 들게 될 때, 몸은 시체가 되어 흔적이 해산된다 하더라도, 인생의 나라는, 실상의 나라로 변하는 것처럼, 다른 나라로 가게 되어, 실상의 몸이 되는 것처럼, 사람과 다른 것이 된다.

그러나 세상에서 만난 인연, 다시 만나기 어렵다.

아무리 실상을 그리워해도, 살아서 인생의 몸을 이탈할 수 없는 것,

살아서 갈 수 없는 죽음처럼, 죽어서 인생으로 돌아 올 수 없고, 한없이 살 수 없는 인생, 한번만 살 수 있는 나라, 귀중한 생명이다.

나타나지 않는 것과 연관되었기 때문이다.

지나가는 인생의 신비로운 곳에, 다른 종류들과 만남처럼, 헤어진 인연은 돌아 올 수 없지만, 사라져간 죽음에도 좋은 나라가 있다.

사람은 죽음과 함께, 인생의 나라를 잃고(잊고), 새로운 나라에 가서 새로운 것이 되는 것.

세상도 모르게, 세상을 조성하는 것을 찾는 것, 인생의 사명.

살아서 대면하여 정체를 확인하도록.

생명과 죽음을 발생하는 곳을 찾아야 한다.

생성과 해산의 이유를 밝혀야 한다.

인생이 할 일이다.

실상의 정체를 실현해야 한다.

실상은 천몽(天夢)한다.

사람의 생명은 변하기에, 실상의 신비를 찾아가야 한다.

사람과 나라에 대하여!

사람은 생명을 먹고 사는 동물이다.

초식을 하는 것도 생명을 먹고 살기위한 것.

육식을 하는 것도 생명을 먹고 사는 것.

생명은 생명을 먹고 살아야만 되는 것.

잉태하면서부터 세상에 태어나서 죽을 때까지 생물, 인류가 멸망하지 않는 한, 계속하여 생명들을 먹고 살아야 하는 운명이다.

하늘을 날고 있는 새와 땅에서 생활하는 짐승, 물에서 살고 있는 물고

기, 땅에서 살고 있는 물, 하늘에서 살고 있는 공기. 동물이 먹고 있는 식물, 땅과 하늘에서 생명을 먹고 산다.

별이 살아 있지 않으면 생명이 상존할 수가 없고, 별이 늙으면 죽어서 다른 것이 될 것이다.

모든 종류에는 생명이 있고, 하나의 몸처럼 살고 죽는다.

먹어서 살고, 죽어서 한몸이 되는 것, 한몸이 살고 죽는 것., 힘이 빛으로 되거나, 없는 것처럼 나타나지 않는 것과 같다.

생명은 생성되는 과정의 하나.

먹은 생명은 죽은 생명으로 살고, 죽은 생명은 먹은 생명의 몸이 된다.

산 것이 죽은 것이 되고, 죽은 것이 산 것이다.

서로 상대되는 삶과 죽음이 있게 된다.

생명은 이동한다.

생명은 형체를 다르게 변동한다.

이변(異變)하는 것은 생명의 활동이다.

실상의 몸에서 발생되고 있는 생명의 변화.

씨와 알이 결변(結變; 맺어서 변하는 것)하여 사람처럼 생긴 종류, 조작해도 소용없이 생변(生變)하고 있는 것.

세상에 있는 인생, 알몸밖에 없는 것.

몸 하나 갈 곳은 죽음, 살아야 하는 것은 몸 하나, 살고 있는 곳은 자연, 세상뿐이다.

몸을 생겨나게 하고 귀납(歸納)하도록 한다.

사람은 영리하면서 영원히 가질 수 없는 몸, 사람의 의도대로 개조할 수 없는 생명, 인생을 잃어가며 정처 없이 사는 것.

씨와 알이 생겨, 생성된 것은 실상의 몸이 생겨나게 하는 것.

자연의 모든 것이 실상의 몸에서 생기고 변하는 것.

씨와 알이 결변하여 사람의 몸이 생겨났고, 씨와 알은 생명의 상이 있어,, 실상에서 생명의 상이 생겨났고, 정신과 마음이 되어, 사람의 기능(技能)과 지각, 실상이 통하지 않으면 망각, 발생되는 것이 없고, 실상이 없으면 사라진다.

실상이 생겨나지 않으면 생성되지 않는다.

실상의 씨와 알도, 실상이 없으면 발생하지 않고, 천생을 잃어버리는 것.

몸을 생성하는 씨와 알, 씨와 알을 생겨나게 한 생명, 실상의 몸에서 상이 발생하고 생명이 생겨난다.

생각하며 추구할수록, 발산하고 잉태할수록, 사람의 능력이 미칠 수없는 곳에 도달 할수록, 살고 죽어 가는 곳, 실상과 같은, 어느 하나가 영원히 동생 하고 있는 것.

실상 하나가 없다면, 무엇이 생겨날 것인가!

자연과 인생이 의지하며 살 수 있는 것, 하나가 무엇이겠는가?

실상이 없다면, 살 수 있는 곳, 하나도 없는 것.

생겨난 것 모두, 실상 같은 하나가 있는 것.

생상(生狀; 생김)은 모두 달라도 실상은 하나같은 것.

실상의 질서는 동일하여, 다르게 생긴 것들, 같은 나라에 사는 것.

사람이 된 이유, 실상의 몸, 생성을 의식한다.

평화로운 세상과 먹고 거처할 곳이 항상 소박하게 유지 되면서 천성(天星; 하늘과 별)보다 광활한 곳에서 생겨난 인생, 실상을 항상 잃지 말아야 한다.

한계 없이 소용없는 이익이 누적될 때, 사회, 개인이 과다 축적하여 적절한 활용이 성립되지 않고 사회에 대하여 인색하고 지독하다면, 인류를 위하여 필요한 재산은 고립되거나 고갈되어 순환되지 않는 살림이 된다.

재산은 주인 없는 세상의 것, 능력에 따른, 공동 생성, 수익으로 한계 순환되지 않으면 생명을 갈취하는 것이 된다!

생명을 위하여 필요한 것으로 죽어서 가져가지 못하도록 된 것.

몸 하나도 가져가지 못하도록 한 것.

인생이 생명을 잃고 재물처럼 변해서는 안 된다.

인류가 증가할수록 한계가 있어야 된다.

인류의 사명은 재물이 아니고, 재물은 인생을 유지할 뿐이다.

생명을 구하고 보호하는 것, 하나의 실상을 구하기 위한 것.

그러나 생술(生術; 살기위한 술법)을 익히며 경쟁을 하면서. 실상을 잃고 허무하게 방황한다.

실상은 찾지 못하고, 과학, 신앙만 있을 뿐.

그러나 실상과 생면(生面) 하려는 의지, 자연과 동거, 운명을 수없이 반복하면서 중단하지 않고 있다.

인생은 신비롭게 상면(相面)하여 확신할 수없는 처지기 때문이다.

실상은 나타나 있어도, 의식 있는 인생은 식별을 못한다.

인생은 의식(감각, 정신, 마음)이 있어 은밀한 것처럼 몰라본다.

신비 속에 떠돌게 된 것이다.

밝고 어둠에서 하나의 실상을 기다리다 나타난 것은 실상이 아니고, 하나를 다시 찾아 방황하는 것이다.

나타나도 모르고, 숨은 것처럼 실상을 기대하다, 하나도 모르고 죽어가는 것이 인생.

세상에 태어나서 한 많은 유혹에 매혹되다 보니, 인생은 늙고, 체골에서 신음 소리가 나오며, 인생의 추억과 실상의 나라 꿈이 몸속을 돌아다닌다.

추억은 몸에 맺혀 있고, 꿈은 다른 나라와 연관이 되어.

하나를 어 데다 두고, 다르게 생겨나서 같이 살다가 사라져가는 것은 무슨 일인가!

실상의 몸에서 세상에 등장하여 생긴, 갈등과 시달림과 애타는 사랑은 변하고 없어진다.

하나는 아직도 유구(悠久)하고 생생하게 남아 있건만, 살려고 아우성치는 소리는 그칠 줄 모른다.

실상은 어데 있어 구걸하는 인생인가!

생명을 기다리는 것이 있다, 세상과 실상의 나라에서.

산신(產身; 산부, 산모)이 신생(新生; 새끼)을 기다리는 것처럼.

세상 밖에서도 기다리고 있다.

도대체 무엇을 구하려고 인생이 되었는가!

이상한 나라에 등장한 인생, 하늘에 떠 있는 땅을 타고 어데 있는 것인가!

인생의 정신과 마음은 싸우지 않는가?

세상 것들, 무엇을 탐하는가?

몰라서 온 세상처럼, 전생을 모르고, 갈 곳도 모르는 바보 같은 인생이다.

실상을 잃고서 헤 메고 있다.

마땅한 것이 없는 세상, 부딪히면 변덕이 생겨 떠돌게 된다.

올챙이, 정자의 머리가 벽에 부딪히면 방향을 변경하는 것과 같다.

인생은 한계를 돌파하려고 변덕이 생기고 다른 방향으로 간다.

실상의 한나라를 찾기 위하여.

몸 주변이 실상, 찾을 길 없이 떠돈다, 인생을 해탈해야 갈 곳이다.

갈 수가 없으면 땅에 남을 것이다.

세상에서 헤메지 않고 떠날 때가 올 것이다.

실상을 찾을 것이다.

실상을 잃은 독신이 되지 않을 것이다.

땅에는 숲이 자라고, 땅 속을 흐르는 물과 기름, 그리고 용암이 끓는다.

아름다운 벌판과 산, 바다를 한 몸으로 하여 하늘을 떠돈다!

부드러운 흙과 땅속에 있는 동굴!

사람의 몸속은 물줄기 따뜻한 피가 흐른다.

머리는 풀 같은 털이 생겨나고, 몸은 진흙처럼 매끄러운 살결과 꿈틀거리며 거동을 하고, 몸에 뚫린 동굴 같은 것도 있다!

뼈는 돌처럼 견고 하다.

그리고 하늘과 땅에서 떠돈다.

세상의 모든 종류, 형체가 다를 뿐, 같은 섭리의 생성이다.

형성이 확실한 생태, 모습이 다를 뿐, 그 섭리는 전체와, 개체가 같은 것.

인류에게 죽음으로 주고 있는 먹이, 거름처럼 식물에는 생명이 되고, 세상의 모든 것은 생명을 타고 났다.

세상에 생겨난 모든 것은 빛(힘)과 공, 그림자와 형상이 서로 어울려 닮은 종류와 연관된다. 빛에는 그림자가 없고 공은 빛을 무색(無色)하게 하며, 빛은 공을 벗어남에 따라, 세상의 모든 형체들과 형상을 달리 한다.

모든 형체는 빛이 강하면 강한 그림자와 맑은 곳에서 영사(비친)된 형상으로 이루어 졌다.

그러므로 형체는 빛에 의하여 잘 나타나고, 그림자와 형상이 항상 따라서 나타난다.

세상에 나타난 것은, 형과 상이 만난 곳에 힘이 자성으로 결성되어 형체가 되었으므로, 빛과 그림자, 형상과 꿈이 상립하고 있다.

그림자와 꿈, 빛과 형상이 어울리고 있다.

공이 크면 빛은 사라지고, 공이 아니면 빛이 강하다.

빛이 강하면 어둠이 사라지고, 차단한 형체에서 빛나며, 그림자가 강하게 나타난다.

명체(明體)에 잘 나타나는 형상, 명체(맑은 것)의 내부 바탕이 밝으면 사라지고, 청정하지 않으면 나타나지 않는다.

몸이 잘사는 것은 몸속 모든 곳과 몸 밖의 소통이 잘 되는 것.

젊은 사람의 몸이 된다.

소통이 막히거나 무너지면, 세상 섭리를 이탈하여 감각은 사라지고, 몸과 세상을 통제 할 수 없다.

몸이 세상과 다른 생활을 하여 적합하지 않은 인생을 산다.

지나치게 유연하면 거대한 세상의 세력을 극복할 수 없고, 돌처럼 강하면 몸이 굳어 버린다.

어린 것이 젊어지며 늙어 지는 것과 같다.

언제나 변함없이 신선한 몸 하나가 세상, 자연의 늙은 것들을 새롭고 아름답고 신비롭게 교체하고 있다.

젊음을 늙은 것으로, 죽음을 살아나는 것으로 교체하고 있다.

신선한 생명이 넘쳐흐르고, 아름다운 소리가 들리며, 신비로운 나라를 한결같이 연속하여 살려내고 있다.

하나의 실상과 한결같이 연관되어 있기 때문이다.

그러나 실상을 잃게 될 때, 모든 것은 없는 것으로 된다.

하늘과 별, 사람과 자연, 세상이 사라진다.

꿈도 사라진다.

지나간 추억처럼 어 데론가 가버린다.

고통과 시달림, 즐거움과 편안함, 모든 것을 새롭게 교체하는 실상이 있다.

세상에서 영원히 살 수 없도록 한다.

언제나 하나의 실상은 생명이고, 생체를 낳고, 사라지게 한다.

새끼를 기르는 것이 있는 것처럼, 세상에 있는 것들을 살려주는 것이 있다.

빛과 어둠의 음양에 몸과 이성이 갈등하며 늙고, 씨와 알의 생성이 신주에 동요(動搖)되고, 결합된 몸은 천지에 요동(搖動)친다.

정든 것을 모두 놓고 가야할 곳!

씨와 알은 한 평생 동생하고 정들며 산다.

정답게 살아온 몸이 되어, 낙원처럼 역경처럼 생사를 같이한 몸.

죽어서도 인연이 되어, 실상의 나라로 갈 것이다.

세상, 한계를 해탈할 때까지 헤어질 수 없는 것.

꿈처럼 사람의 생상(生狀)으로 다른 것을 만날 것이다.

인생은 잉태하고 있는 씨와 알이 세상을 떠돌며 생동하는 것.

사람과 모든 형체들은 관상(觀想; 나타난 생각과 모양)에 따라 성질이 다르다.

세상은 나타나는 나라가 있고, 형상이 없다면 세상의 형체는 나타나지 않을 것.

어둠속에 들어 있는 것처럼, 몸속에 잉태되어 밖을 모르는 것처럼,

잉태한 동체가 생동하는 느낌만 있을 것이다.

세상의 형체로 생성되어. 실상의 몸에 잉태한 것.

세상에 태어나면서부터 죽음에 이르기 까지, 인생의 나라에 온 것.

전생이 다르고 죽음이 나타나지 않는 것, 인생을 떠나면, 세상은 꿈처럼 다른 것으로 있는 것과 같다.

꿈만이 소통한다.

개별적인 차이, 세밀할수록 공이 되고, 일치할수록 하나가 되며, 세상에 나타난 것들은 인생의 한계에서 구분한 형체, 종류가 된다.

힘이 공을 벗어날 때, 힘과 공은 이면 성을 나타내고, 면이 있으면 빛이요, 면이 없으면 공속에 어둡다.

빛은 공을 벗어나 자유롭게 발산하고, 공은 무상하게 빛나지 않도록 한다.

형체가 빛날 때 형상과 그림자가 나타난다.

그림자는 맑지 않은 표면에, 형상은 맑고 어두운 곳(바탕)에 잘 나타난다.

그림자는 공과 같으며, 형상은 형체의 발원(發源)이 된다.

형상은 세상에서 형체와 잘 나타나고 소통하며, 꿈은 실상의 나라와 소통한다.

꿈은 세상 형체의 형상과도 상통한다.

형상은 형체의 안과 밖을 소통하여 모양을 그리고, 추억도 만든다.

꿈에 의하여 세상을 떠난 사람을 만날 수 있고, 거리와 시간성이 없이 과거와 미래의 인생이 예상(豫想; 미리 생겨 닥쳐옴)되어 나타나기도 한다.

빛과 그림자가 동착된 것에는 항상 형체가 있다.

결합에 의하여 생겨난 형체가 형상과 같이 있다.

공에는 형체와 빛이 없고, 빛이 무성한 불길은 형체를 사라지도록 한다.

형체를 잃지 않고 동착하여 나타내고, 생겨나게 하는 빛과 그림자다.

빛과 그림자의 활동에 따라 세월처럼 속도가 생기며, 자성과 함께 탄생

과 성숙과 젊음과 늙음과 죽음을 이루게 한다.

실상은 상과 공, 힘과 자성으로 되어, 상은 실상과 세상을 연관하고, 공은 실상과 세상의 삶을 통하고 반영 하며, 힘은 빛을 연관하여 자성의 결합을 자극한다.

자성은 통제, 해산, 결합력으로 형체의 생성을 결정한다.

상은 형체와 연관하여 종류를 달리하며, 공의 그림자는 어둠을, 힘의 빛은 형체들의 색을 변하게 하고, 기후와 온도를 달리 한다.

자성은 형체를 해제, 집성하고, 감각으로 형체들을 한계 속에 살도록 한다.

주변에 따라, 날씨와 계절, 낮과 밤, 기분에 따라 색과 상이 변하고, 형체는 젊거나 늙어지며, 형체에 따라 빛과 그림자의 만남도 달라진다.

생동하는 것과 사람, 별들도 퇴색하면 변태(變態)되고, 사라지면 세상을 떠나서 변이(變異)한다.

빛과 그림자가 어울릴 때 형체가 생존하고, 극치의 탄성(자성)이 될 때, 생명들이 생성 된다.

천지가 메말라 타고 있을 때, 추위와 물결이 그림자처럼 빛을 잡는다.

싸늘하게 냉동되고 어둠이 깊을 때, 따듯한 빛이 밝아 온다.

씨와 알이 몸으로, 정신과 마음이 이성으로, 빛과 그림자가 형체의 이면처럼, 하늘과 별들이 우주처럼, 형상과 꿈, 자연이 실상과 몸처럼, 결합하여 생겨난 것들이 동생 하는 것이 된다.

죽음도 삶도 같이 있는 실상, 죽음도 삶도 없는 것처럼, 신기할 뿐!

어둠에 있던 것이 빛으로, 공기로 있던 것이 물로 변하듯, 해탈과 결합으로 변하고, 다른 상태로 벗어나는 이면성이, 변이하여 다른 나라에 가도록 한다.

인생의 나라에 잉태된 것을 떠나, 깨어난 나라로 가게 되듯, 형체를 달리 하는 것은, 살아온 성질에 따라 선택되어 결합하거나, 가는 나라가 다른 것.

연관에 따라 운명과 색깔이 달라진다.

연관은 선택된 형체와 나라를 다르게 할 것이다.

실상의 연관은 신비로운 곳, 실상의 꿈같은 나라로 갈 수 있거나, 사라진 인생이 되어 살려 있는 나라를 벗어나지 못하도록 변이된 몸이 되게 하는 것.

끊임없는 죽음과 세상에 한 결 같이 살아 있는 것들!

하늘에 힘이 극성맞으면 구름이 폭동하여 천둥, 번개로 분통하고 비바람을 만들며 돌아간다.

별들이 힘겨우면 용암이 폭발하여 빛이 이탈한다.

인류, 생명들이 전쟁하면 죽음으로 평정한다.

실상은 천지가 광분하면 공평하게 적변한다.

앞으로 무엇이 닥쳐올지 모르는 곳.

어찌하여 사람은 이러한 곳에 도달하게 되었는가?

어쩌다 사람으로 생겨나, 세상이라는 곳을 겪어야만 했든가?

인생의 연관은 무엇이며, 생명의 출구는 찾을 것인가?

주권 없는 인생의 나라, 세상!

실상의 능력에 의한 곳.

사람이 주인인 것처럼!

주권 없는 사람이 태어난 곳!

낯선 세상 막막하지 않도록 같이 산다!

인정에 정착하여 헤어지기 싫어한다!

살아서 싫어했던 사람이 죽어서 서운한 것처럼!

사람은 세상을 정복할 수 없는 것.

집과 자연적인 토지는 기본적으로 세상에 태어난 모든 사람에게 평등하게 나누어야 한다.

기본적인 것 이상은 능력에 따라 한계 속에서 점유해야 한다.

안정된 사회가 되도록 활용, 순환되어야 한다.

생산물은 능력에 따라 배당하고 살아야 성실한 것.

그러므로 인생은 한 가족으로 살고 다정하며, 주인 없는 나라가 유지되어, 능력에 따라 살고 안정되게 살 수 있을 것.

모든 인류는 동거할 수 있는 가족이 된다.

세대를 교체할 때 마다 반복되는 혼란이 사라질 것이다.

세상의 소득은, 신생자(新生者; 후손) 모두가 공평한 환경에서 살도록 투자, 발전해야 한다.

생활의 기본, 공평한 환경이 되어야 한다.

그러므로 주인 없는 나라, 실상의 몸에서 평화로울 것이다.

죽은 후에 상속하는 것은, 기초(공평한 환경) 정도를 제외한 모든 것을, 새로 태어난 사람이 평등과 능력으로 차지 할 수 있도록 주인 없는 나라에 돌려놓아야 한다.

이면은 상대성을 이루게 되고, 이면은 항상 앞과 뒤가 있게 된다!

이면에는 빛과 그림자가 동착한다, 하나의 몸으로 생겨난 것(형체, 면)이 있어야 동착한다.

하나의 몸이 이면으로, 상대하는 몸을 만나게 될 때, 둘이는 거리가 생긴다!

둘이 상대한 거리는., 하나의 몸이 앞과 뒤로 양분되어, 이면이 상대한 것과 같은 것.

이면이 없다면 공과 같다.

둘이 상대한 거리는 하나로 결합하게 될 때, 없어진다.

둘이 되어 상대한 것은, 앞과 뒤로 이루어진 이면과 같고,

서로 상대한 것이 결합하여 하나로 일치(동체가 됨)한 것은, 상대한 것의 앞과 뒤가 일치하여 없어지고, 앞과 뒤를 한꺼번에 보는 것과 같다.

면(형체)이 없어진 것과 같다.

즉, 다른 하나는 사라져서 공이 된 것과 같다.

이면이 일치한 것으로, 상대하던 거리가 없어진 것과 같은 것이다.

하나의 몸(형체)에 동착한 빛과 그림자가 생겼을 때, 하나의 형체에는 이면이 있는 것과 , 이면이 일치하여 상대성이 없는 것이 공존하고 있다.

형체는 앞과 뒤가 있어서 서로 다른 반편이며, 빛과 그림자가 나타나고, 빛과 그림자가 없어지면 몸 하나도 일치되어 사라진 것이다.

모든 것은 빛과 그림자, 생성과 공, 동거와 동생, 개체와 전체, 이면과 일치, 상대와 동체, 자연과 실상이 결탈(結脫)한 것과 같다.

동시에 맺어지고 이탈하여 있다.

빛과 그림자가 형체에 결착, 공존하는 것처럼, 힘과 공이 결혼하여 자연이 생성되고 변하며, 씨와 알이 결혼하여 새로운 생성을 하고, 모든 생성과 사라짐은 실상과 자연이 결혼하는 하나와 같다.

모든 것이 하나라고 할 때, 거리와 상대는 없는 것이 되고, 하나의 우주, 자연, 세상에서 살고 있는 것,,,, 몸 하나로 되어 있는 개인도 모르며 생존 대립, 고통에 허덕인다.

꿈을 꾸는 것은, 빛과 어둠, 실상과 자연이 생활하는 나라를 보는 것과 같다.

생신이 꿈에서 나타나는 것처럼.

몸에 이면이 있어 일치하지 않거나, 상대한 것과 동체가 되지 않으면 거리가 생긴다.

그러나 서로 상대하던 것은 하나의 몸으로 일치(동체)하거나, 일치하여 사라지면 거리는 없어진다.

상대할 몸이 있으면 삶이요, 상대할 몸이 없으면 죽음이다.

삶과 죽음이 변하는 것과 같다.

죽음은 삶을 상대하지 않는다.

일치하면 죽음의 나라를 보는 것과 같고, 일치하지 않으면 하나의 몸이 생성되어 삶의 나라에 있는 것과 같다.

서로 상대하던 몸이 빛과 같은 속도로 이동할 때, 그 몸은 불타서 빛이 되어 버리고, 사라진 면(面)이 되어 상대할 몸이 없어진 것이다.

공이 되어 사라진 형체에는 상대도, 거리도, 시간도 없다.

생긴 것이 없으므로 갈 곳도 같은 공이요, 세월도 공이다.

면이 있는 형체는 반면이 상존하고, 항상 거리와 시간성이 발생하여 생명과 세월이 변한다.

자연, 생성과 사라짐의 근원, 형상과 꿈은 맑은 곳에서 공형(空形; 질량이 없는 모양)으로 잘 나타난다.

형상의 소통과 이면의 일치는, 정신이 옛날의 추억과 타향의 먼 거리를 머리의 한 곳에서 일시에 생각, 추상하는 것과 같다.

즉, 이면이 일치한 것과 형상의 소통은 같은 나라이며, 동면의 거리와 시간성(하나의 몸으로 생겼어도 정신과 마음이 움직임)이 있는, 사람의 나라를 벗어나서, 실상의 나라가 나타나는 것과 같은 것.

그러나 세상에 생겨난 것은, 서로 상대할 양면(사람이 앞과 뒤로 나누어진 것)이 있고, 거리가 있으며, 이동할 때 시간이 있다.

삶을 지켜준 빛과 죽음을 같이할 그림자도 몸이 사라지면 떠나버린다, 세상에서 상존할 것이 아무것도 없게 된다.

삶과 죽음과 상대할 것이 없어진다.

세상은 한편으로 면이 없고, 앞뒤를 한꺼번에 보는 것과 같이 일치하여 형상과 꿈이 소통하고,, 다른 한편으로는 빛과 그림자가 동착하여(양면이 있음, 상대성) 하나의 형체가 되고, 이동할 때는 시간이 있으며, 서로 대면할 때는 거리가 있는 것이다.

지나온 세월과 가야할 길이 있는 것이다.

즉, 하나의 몸, 정신(상)과 마음(상)의 나라는 면이 없이 일치한, 형상, 꿈나라 같은 곳이며, 감각(몸)의 나라는 대면하는 형체의 나라가 된다.

하나의 몸은 동면과 이면이 일치한 것과, 나누어진 것이 공존 한다.

그리고 빛과 그림자는 살아서 하나의 몸에 생겨나지만, 몸이 세상을 떠날 때 사라지고, 몸이 공된 것을 지나서 꿈같은 형상의 나라에 있게 된다.

사람이 살고 있는 나라가 실상의 나라인데도, 사람이 되어 실상의 나라인 줄 모르고 사는 것과 같다.

씨(정자)에는 꼬리가 있고, 알에는 피가 있다.

씨(정자)와 알은 서로 결혼하여 하나의 몸으로 잉태하고 태어난다!

신생한 생태, 피와 살이 꼬리 달린 머리와 결혼되어 있다!

뼈가 될 곳에 머리와 꼬리가 있고, 꼬리는 머리와 연결, 짐승처럼 몸 밖으로 길게 돌출한 것과, 사람처럼 꼬리가 밖으로 돌출하지 않은 것이 있다!

씨(정자)에 꼬리가 있는 것은 수컷이 되어!

피가 생기는 알은 마음(심장)의 피와 살로 써, 암컷이 되어!

씨(정자)와 알이 결혼하여 잉태하고 태어난 것은, 암컷과 수컷이 서로 포옹하며 태어난 형체, 생태가 된다.

인생은 여성의 궁에서 잉태하고 태어났으나, 다시 실상의 몸과 같은 나라(자연)에 잉태하여 깨어날 때까지 거처하고 머물러 있는 것.

씨와 알은 사람, 형체의 몸에 잉태하고, 사람, 형체는 실상의 몸, 우주에 잉태한다.

머리(정신)로 지향하고, 꼬리로 이끌며(행동), 마음(피)으로 활동하면서 살고 있는 것이다!

마음이 죽으면 머리와 꼬리가 생명의 샘과 집을 잃고, 꼬리가 죽으면 마음이 활동해도 이동하지 못하며, 머리가 죽으면 갈 곳을 잃고 헤 멜 것이다!

자연은 인류에게 거처할 곳을 주고, 먹이를 준다.

자연은 여성(母性)처럼 품안에 젖을 주는 것과 같은 것.

자연을 몸으로 한, 실상은 모든 것을 잉태하고 생성하며 길러주고 있다.

여성과 남성이 있어야 낳고 기른다.

자연과 실상의 섭리다.

나무처럼 씨와 알이 한 몸에 있는 것처럼, 동물처럼 두 몸에 나누어 있는 것처럼!

풍경은 신비로운 실상의 몸과 같은 것.

모든 생성은 사람의 생태처럼, 남성의 몸에 씨와 알이 동생하고, 여성의 몸도 씨와 알의 결혼으로 생겨있다.

사람은 가는 곳을 모른다.

인생은 목숨이 다할 때까지 세상을 떠날 수 없다.

생겨난 몸은 인생의 나라, 다른 나라가 될 수 없다.

평생 동안 인생의 나라 밖을 모른다!

실상의 나라를 모른다.

인생과 실상은 정체가 다르다.

주인 없는 나라에서 실주를 찾아야 한다.

사람은 세상의 실주가 아니다.

실상의 법칙으로 공평하게 정들어야 한다.

모든 권한은 안정된 생활에 있다.

실상과 자연의 섭리에서 유지된다.

실상은 항상 공정하다.

생존은 과밀(過密), 폭동이 되어, 실상의 한계를 파산, 거역할 경우, 태풍과 폭발 같은 것으로 평정한다.

사람은 재미있고, 걱정 없이, 다정한 나라에서 살아야 한다.

주인 없는 나라에서 능력이 활발하고, 적대시 하거나 해치는 것 없이,

정복하지 않으며, 공생하는 것이 좋은 것!

인생은 유실 되는 숙명에서, 세상을 위하여 돌려줄 것이다.

세대를 연속하여. 자유롭고, 평등한 처지에서 잘살도록, 능력껏, 정복할 수 있도록, 주인 없는 나라, 실상의 나라가 유지, 살려 있어야 한다.

세상에 태어날 때부터 기본 소유가 유지되어야 한다.

집과 땅, 먹이!

세상은 주인이 없다.

실상의 나라는 인생이 머물러 살다가 떠날 곳!

살려 있는 나라, 최초의 상태로 있어야 하며, 생겨날 때부터 평등하게 정복할 수 있도록 물려주는 것이요, 자유롭게 살 수 있도록 마련된 것!

죽어가는 인생, 실상의 나라에 살려 있는 모든 것, 살아서 능력껏 가진 것이 있다면, 새로운 생명에게 주권을 돌려주고 떠나야 한다.

세상에 탄생하면 축복이 되도록.

실상의 나라, 모든 생명의 권한으로 산다.

살려 있는 나라에 주인 없는 곳이 있어야, 자유와 평등이요, 권한과 정의가 확정될 것이다.

자유로울 수 있는 평등이 있어야 살려 있는 나라이며, 평등하게 살려 있는 나라가 있어야 자유로울 수 있는 것이다.

자유와 평등, 권한이 태어나면서부터 결핍되면, 태어나면서부터 억압이 되고, 의무가 필요 없으며, 죽음의 나라가 된다.

살려있는 나라에서 못살도록 강요하는 것이 있다면 수호할 법도 사라진 것이다.

살려 있는 나라에 살고 있는 모든 것은, 살려있는 나라에서 생성된 것이므로, 다 같이 빌려서 살 수 있는 곳이며, 실상의 나라에 돌려주고 떠나야 되는 것!

개인이 살면서 정복한 것을 가족에게 상속하지 않고, 살려 있는 나라에 돌려주므로, 새로운 생명들의 자유롭고 평등한 기회가 마련되는 것!

인류는 가족같이 살아야 한다.

실상의 국가에서 사는 가족이다.

광막한 세상에 한 가족이 번식하였으므로....

욕심과 나태함이 사라지고, 정 많고 평화로운 나라가 될 것이다.

나태와 성실의 자유와, 능력과 기회가 평등하고, 개인과 나라의 권한이 분명하다.

편안하고 생기가 넘치게 살 것이다.

정해진 죽음 앞에 과욕은, 인생의 사명에 적이다.

능력으로 정복한 것은 개인의 생활에 자유롭게 하고,, 정복의 계승은 새롭게 태어난 사람의 평등, 권한을 박탈하는 것.

평등이 소멸된 것이며, 자유가 억압된 것이다.

태어날 때부터 빼앗긴 자유와 평등이 될 것이다!

상속이 없는 사람은 태어날 때부터 살려 있는 나라를 잃어버린 것이 되고, 빼앗긴 만큼 자유롭지 못한 것이 된다.

상속은 국가에서 자유, 평등하게 재편성해야 새살림이 되어 잘산다.

기본 소유 발전, 가족 한계 재편성되어야 한다.

평등을 잃은 사람은 정복을 계승받은 사람보다 억압 속에 살고, 권한을 빼앗긴 만큼 구속된 생활을 할 것이다.

주인 없는 나라(세상)에서 사람이 주인인 것처럼 행세하고, 주인 아닌, 사람에게 구속을 받게 되는 사람이 생긴다!

오직, 태어날 때부터 주인 없는 나라에 살게 된 것들, 자유를 떠나서 평등, 평등을 떠나서 자유가 있을 수 없는 것,, 주인 없는 나라를 떠나서 자유와 평등이 있을 수 없으며, 살려 있는 나라를 떠나서 실상의 나라와 평화를 같이 할 수도 없는 것이다.

생존에 대하여 주인 없는 나라의 것은, 인류가 없을 때처럼, 처음 살았을 때처럼, 실상의 살려 있는 나라(생동하는 자연 경치) 상태로 남겨 놓아야 되는 것.

사람의 몸에서 생명이 생동하고 있다!

젊은 인생이 되어 살아나는 것이다!

젊어질수록 사춘(思春)이 오고, 생명을 지킬 수 있다.

생기가 풍성한 청춘이 피어나고, 세상과 자연을 살려 놓는 것이다.

몸속에 젊은 정신과 마음, 이성이 싱싱한 생명을 사랑하고, 나라가 있을 것이다.

신비 속에 살려있는 젊음이다.

정신없이 생겨서 알 수없는 세상에 산다.

오직 생명만이 있는 것이다!

살고 있는 나라에 생겨나서!

실상의 나라에 살려 있는 몸, 생명을 위하여 태어난 사명을 다해야 한다.

실상의 나라는 생명의 나라.

생명을 다하여 실상을 찾는 것, 살 수 있는 나라로 가는 것이다!

살려 있는 나라에 모든 것, 생명이 없다면, 생긴 대로 태어나지 못할 것이며,, 실상의 몸, 생명이 되어 산다.

생명의 몸, 하고 싶은 것을 할 수 있는 것도 있고, 실상의 몸이 되어 운명대로 사는 것도 있다.

생겨나기 싫어도 생겨나야하며, 실상에 따라 살기 싫어도 살아야 하고, 죽기 싫어도 죽어야 한다.

서로 상대하고 있는 거리와, 동작으로 생기는 시간, 이면으로 상존하며, 면질(面質)은 입자, 몸, 형체와 같다.

서로 상대하고 있는 것으로 이동할 때, 거리는 변하며, 시간도 변하게 된다!

그러나 빛보다 빠른, 공과 같은 속도로 이동할 때, 모든 면질은 빛으로 변하면서 공처럼 된다.

빛이 공과 같은 속도로 이동하는 것은, 사람이 상대한 거리를 이동하지 않고 몸(개체, 별, 사람)에서 발산하는 형상을 보는 것과 같은 것(이면은 별과 사람으로 상대하여 거리를 만들고,, 발산하는 형상은 빛보다 빠른 공 같이 직통, 동체가

되어 거리와 시간이 없다,

몸은 서로 떨어져 둘이지만, 형상은 공과 같이 하나의 동체로 일치한 것과 같다), 서로 동체가 된 것과 같다!

하나의 공속에 별과 사람이 있는 것처럼, 한몸에서 살고 있는 것과 같다.

형상 상태는 사람의 몸이 앞과 뒤, 안과 밖으로 구분하여 형성된 것을, 이면(앞과 뒤, 안과 밖의 관계)을 일치하여, 앞과 뒤 , 안과 밖이 없는 상태와 같이 된 것.

이면이 일치한 상태는 실상의 나라 같이, 인류가 살다가(잉태) 깨어날 곳.

이면이 일치되지 않은 상태는 세상의 몸.

이면이 일치된 것은 인생의 나라 밖이다.

정신은 몸이 이동하지 않고도, 먼 거리와 시간을 생각하는 것처럼 수없이 돌아다닐 수 있지만, 몸은 이동해야 한다.

세상에 나타난, 살려 있는 나라는 세상을 떠나서도 실상의 나라.

세상을 모두 잊고 죽어서 다른 것이 되어도 실상의 나라를 떠날 수 없는 것,, 세상에서 생명에만 도취된 것은 실상의 나라를 잊어버리며 살고 있다.

살려있는 나라에 있는 것, 같은 곳에 있으면서 실상을 몰라보고 산다.

인생, 생명에게는 실상이 나타나지 않도록 생긴 것.

자성과 감각으로 구분되어 개체의 종류 따라, 실상의 나라를 감지하는 한계가 다르게 있다.

살려 있는 나라(살아 있는 것들이 있는 곳)에 신생(新生), 환생(還生)을 하도록 한다.

만족한 곳은 인생의 나라에 없다.

한없는 몸이 있기 때문이다.

멈추지 않고 변하는 몸이 있기 때문이다.

세상의 모든 것은 변해야 되기 때문이다.

별이 변하고, 모든 생명들이 변하고, 물과 바람, 빛도 변하지 않을 수가 없는 것이다.

변생하는 것이 세상과 자연이다.

그러나 실상과 공은 변하지 않는다.

그러나 인생은 살아서 변한다.

공, 실상과 같이 살아 있어야 안식의 낙원이 될 수 있는 것.

인생은 죽음 앞에 만족할 수 없다.

땅이 가득차서 화산이 폭발하는 것처럼.

그러나 비어 있으면, 변할 것이 없어서 평화롭다.

싸울 필요도, 가질 필요도, 먹을 필요도, 골치 아플 것도 없다.

실상과 공처럼 변하지 않고 사는 것이 인생의 소원(訴願)이다.

세상에서 가장 잘사는 것은, 정복을 평등으로 수호하는 것.

정해진 한계 속에 정들며 살게 된다.

누구나 능력껏 살고, 누구나 살 것과 살 곳이 마련된다.

살려있는 나라에, 한 인생이 태어나면,, 주인 없는 나라의 것이, 새로운 살림으로 차려져 있어야 한다.

실상의 가족처럼 공생, 동거하며 살아야 한다.

실상의 순리를 거역하면 혼란이 반복된다.

인생에 필요한 것은, 사람을 떠나서 구할 것이 없다.

사람은 신이 아니며, 나라도 아니다.

오직, 사람은 사람으로 정착할 뿐이다.

사람의 몸이 없다면, 나타나던 세상을 구경할 수 없고, 우주에 몸이 생겨난다면, 세상이 나타날 뿐이다.

사람의 몸은 죽어서 우주나라가 되고, 우주 의 몸이 된다.

생겨난 몸을 우주, 자연에 살게 하고, 죽음의 몸을 자연, 우주의 나라가 되도록 받아준다.

사람에겐 살도록 먹이를 주고, 거처하도록 집이 되며, 사라질 때 몸을 받아준다.

사람이 살아서 구경하고, 먹고 살던 우주, 세상나라, 몸은 죽어서 우주, 우주나라가 되어 환원된다.

그러나 세상의 몸에 살다가, 세상의 몸을 떠나는 것도 있다.

살려 있는 나라는 생성과 생명의 한계 속에서만, 나타나고 상존한다.

육성(育成)되고 있다.

사람에게서 발생한 모든 것은 사람이 살려내야 하는 것(해결).

세상에 개입하지 않고 인생 해결 안 된다.

실상은 자연의 몸에서 살려줄 뿐.

사람의 한계를 떠나서 발생한 것은, 사람이 해결 할 수 없고, 우주처럼, 실상의 나라가 해결한다.

별이 생기고 사라지며, 땅이 폭발하고 태양을 돌며, 죽고 살며, 사라지고 나타나는 것처럼!

사람에게 세상이 나타나는 것처럼, 형체의 종류에 따라 나라가 다르고, 생태와 생존 활동이 다르다.

아무리 세상을 구경해도, 실상의 나라가 나타나지 않는 것처럼.

세상 구경, 눈을 감고 세상이 잠들면 꿈을 꾸며 나타나는 나라가 다른 것.

살기 좋은 날씨에 자연은 생동하고, 신비로운 사람은 성숙한다.

하나의 원리로 실상이 살고 있는 것.

감각의 면이 서로 다른 나라처럼 경계가 되어.

풍성한 생명들이 살려있는 나라 되어 한없이 살아난다.

감각의 면이 일치하여 사라지면, 실상의 나라가 된 것이며, 실상의 나라에서 세상을 반영한다.

사람은 생명으로부터 시작되고, 재물은 인생이 해탈할 경지에 도달하기 위하여 필요한 것.

사색, 지혜, 원리, 재주를 가지고, 세상에서 좋은 곳으로 벗어나가 위하여 사는 것.

인생의 처지를 해결하지 못한 인생은 죽음과 같다.

막막한 세상에 태어난 사람, 서로 위로하고, 서로 보호하면서, 좋은 일을 하고 살아야 하는 것.

같은 사람으로 생겨난 사람들, 같은 운명으로 태어나, 살려 있는 나라에서, 한 때의 인생을 재미있게 겪어야만 되는 것.

살아서 벗어날 수 없는 인생이 되어 사람을 좋아해야만 된다.

세상의 모든 것은 서로 돕기 때문에 살아나고, 돕지 못하므로 죽어간다.

빛과 바람 과 물과 땅이 돕지 않으면 살 수 없고, 빛이 없으면 암흑이 되고, 공기가 돕지 않으면 숨 막히며, 물이 없으면 메마르며, 땅이 없으면 설 곳이 없다.

서로 동거하는 것이 세상, 자연이다.

살려 있는 나라에 생겨난 사람, 살려 있는 나라가 되는 것이 사명, 세상과 꿈만 나타나도록 된 것이 인간의 한계다.

실상의 명에 의하여 생존을 지키고 살아 있는 것.

살기위하여 먹는 것은 허용되며, 버리는 살생은 거역이다.

자연을 몸으로 한, 실상처럼.

사람을 몸으로 한, 마음, 정신처럼.

형체(생체)를 몸으로 한, 형상의 생명처럼.

몸은 개체로 있어도 생명에는 같은 성질, 형상이 있고, 실상의 생명은 같은 것이 변생한다.

몸은 앞과 뒤가 있어서 세상이 생겨나고 나타난다.

앞과 뒤가 없다면, 세상은 실상의 나라로 변할 것이다.

인생의 나라였던 사상, 정신, 마음, 감각은 꿈처럼 실상의 나라로 변하고, 몸은 해산되어 세상에 있을 것이다.

사람은 하늘과 땅이 없으면, 거처할 곳 없이 사라져야만 된다.

사람은 하늘과 땅의 보호를 받으며 살아서 상존할 수 있다.

하늘과 땅이 없으면 사람은 영원히 사라진다.

하늘과 땅은 식물과 동물을 살려주고, 변이되면서 살게 한다.

사람의 몸은 하늘과 땅이 변한 것.

자연을 몸으로 한, 실상이 변하여 잉태한 것처럼.

인생은 사라질 때까지 공안에 들어온 몸으로 있을 뿐이다.

공안에 들어온 몸은 하늘과 땅에서 죽음과 삶을 함께 하도록 한다.

하늘과 땅이 만들어 지면서 거대한 변화가 진행되고, 씨와 알이 빛과 바람, 물처럼 생겨났으며, 서로 만나서 사람이 되고, 수많은 종류가 생겨난 것, 자연을 몸으로 한, 실상이 출산한 것들.

입자와 입자가 자성과 같은 성질에 따라, 만나서 별종(別種)으로 생성된다.

별종의 몸에서 생성된 것은 같은 종류로 유전된다.

입자의 생성에 따라 새로운 종류가 생길 수 있다.

입자는 별과 하늘의 생태에 따라서 종류가 한정되어 있다.

처음 생명, 입자들이 하나의 모체(별)가 되어, 다양하게 생겨나고 죽어가며, 한없는 연대가 지나도록 축적되어서 광대한 별(지구)이 되었다.

지금도 종류들이 살고 죽으며 별이 성장하도록 한다.

생명은 빛을 먹고 성장하여 죽어서 큰 별을 만들고 있다.

그러므로 별은 빛이 넘칠 때 화산, 폭발하기도 한다.

결합하여 집적, 집성으로 생명과 별이 성장한다.

인생의 형태와, 만드는 작태, 머리에서 사상과 생태의 감각으로 생겨났다.

하나의 몸, 씨와 알이 일치함에 따라, 투정하는 성질이 되거나, 정답게 살게 된다.

질서 있게 일치하지 않으면, 정신과 마음은 형상을 정확하게 결상, 기억하지 못하고, 정상적으로 못살며, 혼란이 생긴다.

씨의 세력이 강한 뿌리를 내리면, 몸은 앙상해지고, 격고되며, 몸은 얽매여 살고,, 이탈할수록, 활동과 지향성이 엇갈리며 번뇌가 될 것이다.

어린 몸이 유연한 것처럼, 뼈가 굳지 않고, 서로 일치하여 섞이지 않으며, 맑으면서 깨끗해진다면, 생동감이 넘칠 것이다.

알이 강하면 정신이 침체되어 혼란이 오고, 씨가 강하면 마음, 심장의 활동이 침체되어 몸이 정체된다.

서로 상통할 수 없는 지경이 되면, 병이 오거나 상이 몸을 떠나면서 죽음이 온다.

미숙한 몸은, 씨와 알의 세력이 서로 빈약하게 활성 되어, 균형을 잃고, 정신과 몸은 하늘과 땅의 세력으로 한 몸이 된 것처럼, 어지러울 것이다.

살 속에 들어 있는 약한 씨(머리)가 세상의 세력을 감당하기 어려운 것.

세상에 적응할 성장이 필요한 것.

생겨나지 않고 알 수없는 세상!

하늘과 땅, 식물과 동물, 물과 바람, 함께 동거하면서 구성된 인생의 동기가 있을 것이다.

다른 것들과 같이 살려있는 나라가 된(構成; 구성원) 사명처럼!

작은 것부터 시작하여 큰 것으로 성장한다. 몸속의 작은 세포가 마음의 욕구로 먹는 것이 있으므로 성장한다.

공에서 생겨나, 없는 것처럼 생긴 마음은 자연에 있는 먹이를 요망(要望)한다.

우주의 몸속에 수많은 것들이 동거하고, 동종(同種)별로 공생(종족)하며, 같은 몸에서 태어난 몸들과 가족으로 살고, 한몸에서 속생하는 것들이 있다.

우주의 한몸에서 상생하며 죽고 있다.

하늘과 땅에 생동하는 것으로 일체(一體)가 되고, 생성되어야만 나타나는 생국,, 종속된 생국에서 벗어 날 수 있는 것은 성숙하고 부화, 다른 것으로 해탈하는 것 뿐.

몸을 떠나야만 생겨나는 나라, 사람으로 생겨야만 나타나는 나라는, 일면(一面)양상(兩狀)이 된다.

사람의 몸(面)으로 차단된, 인생 밖의 나라가 일치하면, 실상의 몸과 같은 하나의 나라처럼.

여성은 젖을 먹여 새끼를 기른다.

동물은 식물을 먹고 산다.

식물이 먹고 사는 것은 하늘 과 땅에서 생긴다.

그러므로 식물은 하늘과 땅의 변체(變體), 동물은 식물의 변체다.

모든 것은 같은 몸의 일편(一片)이다.

식물을 먹은 닭이나 소의 몸에 식물이 양분으로 산다.

식물이 동물에서 살게 되는 엇갈린 생명의 이변이다.

다른 몸이 되어 체생(體生)하면서 세상살이 하는 씨와 알을 돕는다.

먹은 것은 먹은 것의 몸으로 변한다.

몸의 기질도 변한다.

다른 몸을 구성하고 산다.

식물 많이 먹으면 식물 기질로, 고기 많이 먹으면 동물 기질로 산다.

옮겨 살고, 탄생한 것을 빛과 물, 공기가 활성 하도록 한다.

모든 것이 넘치면 병이 되고, 적당하면 잘살고, 욕심이 과대하여 모두 잃는 것처럼, 행동한 만큼, 얻는 것과 잃는 것이, 항상 형상과 그림자처럼 따른다.

사람이 선택하고, 행동한 것에 따라 인생길이 달라진다.

식물, 동물, 꿈과 인생이 되어 다른 것처럼, 변생하고, 형태가 달라진다.

생태와 성질이 달라진다.

동물, 식물에 따라 다르게 감지하며 산다.

소리 없이 사는 초목이 있고, 바람, 물결, 동물처럼 소리 내어 살거나, 수다스럽게 말 많은 사람으로 산다.

하하하! 사람만 웃는 것 같다.

경험과 종류에 따라 능력 한계가 다르게 산다.

한계에 따라서 종류들의 생활 모습과 사는 곳이 다르다.

선택된 결합 개체에 따라, 세상, 생겨난 나라의 형체를 닮게 되고,, 개체가 공처럼 없는 것이 되어야 꿈처럼 생긴 나라로 가든가,, 먹음으로 종류를 달리한 것처럼, 체생하는 곳이 교체되어 다른 개체로 변할 수 있다.

핵분열처럼 같은 것이 생성되는 것과, 물처럼, 생물처럼, 서로 다른 씨와 알이 결합하여 새로운 것을 생성하는 것이 있을 뿐이다.

결합하여 생성되면, 생명을 다하여 사라지고, 사라진 것이 있으면 분열되어 생겨난다.

결합한 것이 있으면 생겨나는 것이 있고, 생체는 생변(생김과 삶이 변함)하여 새로운 씨와 알이 생겨나면서 늙어가며 사라진다.

한 사람의 몸에 씨와 알이 결합하여 동생하고 있고, 남성과 여성에서 씨와 알이 다르게 생겨나는 것처럼, 자연을 몸으로 한, 실상은 여성과 남성이 한 몸에 있을 수도 있고, 분리되어 있을 수도 있다.

한 사람의 몸에 씨와 알이 식물처럼 동생하고, 여성과 남성처럼 씨와 알이 서로 다르게 생겨나기도 한다.

자연을 몸으로 한, 실상의 섭리다.

수많은 씨와 알이 결합하지 못하면, 세상살이에서 탈락되고, 맺어지면 인생길을 가게 된다.

알이 없이 씨가 사람으로 지탱할 수 없으며, 씨(머리와 꼬리)가 없이 정신차릴 수 없어 동행할 길을 잃는다.

머리와 감각이 없이 자연의 모든 것들이 모사(模寫: 그려짐)될 수 없다.

생성된 것, 몸이 없이 반응적인 감각이 생길 수 없고, 면이 없이 모사될 수도 없다.

사람이 없을 때, 살려있는 나라는 항상 있더라도, 사람이 되지 않으면 세상은 나타나지 않는다.

빛이 있으면 산란되는 면이 있고, 면이 없으면 어두운 공(空)처럼.

그러나 세상이 공이라면, 홀로 있는 사람에게 나타날 것도 없다.

씨와 알이 결합하면, 실상의 나라는 인생의 나라(세상)로 변하고, 해탈하면 인생의 나라는 실상의 나라로 변하게 되어, 씨와 알은 실상의 고향(그리운 곳)으로 떠나게 될 것이다.

앞과 뒤가 같은 곳에 있으면서, 나타나지 않는 곳(뒤)과 모사(模寫)되는 것(앞)이 있는 것과 같다.

자식의 몸, 얼굴을 보면, 선친의 모습이 나타난다.

종류가 닮는 것은 최초, 씨와 알이 결혼하여 남녀 둘을 낳았다.

그러므로 닮는다.

씨와 알이 만나지 않았다면 사람으로 변이하지 않고, 만나서 생체(물과 같은 결합체), 사람으로 사는 것.

종(種; 씨) 나라, 난(卵; 알) 나라에서 생겨나 사람으로 결합한 것.

음과 양, 산소와 수소(물), 결합과 해탈(자성, 극성)처럼, 실상과 자연의 생동법칙이다.

분열, 결합, 성장이 없으면 새로운 생성이 있을 수 없고, 사춘기가 되어 씨와 알이 생동하지 않고, 형광성과 같은 유전적 변이(變異)도 없는 것.

종류는 변이하고, 생성에 의하여 성장과 결합, 분열이 생긴다.

모든 것은 꿈같은 상(狀)으로부터 생성된다.

꿈은 질량이 없다.

그러므로 시간성도 없다.

인류는 인적(人跡)없던 나라, 살려있는 나라에 생겨나서 살게 된 동기를 기억 상실 했다.

미세한 생성으로부터 성장한 까닭!

한 사람에게는 두 가지 인적(여성과 남성)이 있고, 한 가지 생체에는 두 가지 형상의 결합이 있다.

하나는 사람의 몸 밖을 소통하는 꿈처럼 나타나는 것(實夢; 실몽; 실상의 나라 꿈).

또 하나는 사람의 몸속, 생체에서 생활하며 생겨나는 것(生夢; 생몽), 형상이 있다.

형상은 생체의 실생(實生)이 된다.

생체는 감각적으로 나타나고, 형상은 꿈처럼 의식과 감각을 떠나서 추억, 기억처럼 생겨날 수 있으면서 생체와 사람을 의지하지 않고 활동하는 것.

자성에 따른 감각은, 결합하여 생체들이 되면서 몸을 세상, 자연과 경계하며 살도록 하고, 실상의 나라, 다른 생체들의 사정을 모르도록 구분하게 한다.

감각을 떠나서 다른 것이 되어야만, 살아서 세상이 나타난 것처럼, 다른 나라가 나타나는 한계에 산다.

그러나 형상, 생체는 인생의 나라에서만 있을 수 있는 것이며, 꿈은 인생의 나라와 인생의 나라를 떠난 곳(실상의 나라)에서도 있는 것.

상(狀)은 광년(상대성)이 없고 변하지 않으며, 생체(생겨난 것)에는 상대성, 생명과 같이 변함이 있다.

상은 상대성 생체의 의식과 다른 것, 꿈처럼, 사람의 의지로 생겨나지 않는 것.

씨와 알은 결합하여 새로운 것으로 생성될 것을 모르고 잉태된다.

잉태한 모체의 밖에 세상(살려 있는 나라)이 있다는 것도 모르고 있다.

땅이 하늘에 떠있고, 물결과 바람 부는 곳에 낮과 밤이 경치가 되어 살고 있는 것을 모르고 있다.

몸 밖에 태어나면서 현상(現狀)이 발생하고, 생명이 있을 때만 나타나는 나라, 세상에서 사라지면 나타나지 않는 나라, 인생에서 나타나는 꿈같은 나라다.

세상을 떠나서 다른 것이 되면 다른 나라로 현상될 것이다.

무엇이 되는지 모르면서 살고 있다.

경험하지 못한 것은 없는 것처럼, 생사가 다른 것처럼 살고 있다.

옮겨가서 다른 것이 되고, 다른 것이 되면 새로운 나라가 생겨난다.

(A는 X, B는 Y일 때, A는 B에서 Y가 되고, Y는 X가 변하여 더 좋게 된 것).

천생은 경치가 되어 서로 구경하며 살고, 사라지면 경치도 달라진다.

살려있는 나라에서 깨어나면, 부화된 알처럼, 새로운 나라가 나타나는 것.

결합(분열은 씨와 알, 번식처럼, 결합되면 증가)하여 생성되면 집성이 되어 공을 못 벗어나고, 결합된 생체가 해탈하면 공이 되어 사라져서 꿈처럼 벗어난다.

생체는 항상 공속에 있고, 공(그림자)이 생체에 동착하며, 빛처럼 꿈도 동착한다.

결합된 것이 풀리지 않으면, 공속을 벗어날 수 없다.

살려 있는 나라 세상은 공속에 있으면서, 공은 비어 있다.

공처럼 없는 것이 되어야 생체를 해탈하고, 비워있지 않아야 생체가 된다.

공은 아무것도 없지만 한없이 크다.

생체(생겨난 것)의 한계는 공을 벗어 날 수가 없는 것.

생체가 공을 벗어나 소통하는 것은 꿈뿐이다.

꿈에서 동신이 활동하는 것처럼.

공은 개체가 없으므로 상대할 것도 없고, 상대할 것이 없으므로 시간과 거리도 없다.

먹고 죽음으로, 서로 길러지는 생국!

미세한 것부터 큰 것, 생국에 남는 것은 별이 되고, 벗어난 것은 꿈같은 실상의 나라.

앞과 뒤가 없이 일치하여,, 반편, 동면, 인생의 나라와 다른,, 밤낮(시간, 거리)이 없는,, 몸, 생체의 밖,, 잠들어 의식 없이 꿈처럼 가는 인생 밖의 나라다.

결합한 생체는 갈 수 없는 나라.

생체가 없이, 공이 되어야만 갈 수 있는 곳이다.

생체는 생국, 별처럼 세상에 남고, 어두운 공을 지나면, 꿈나라, 실상의 나라로 간다.

죽음은 찬란한 별이 되거나, 나무나 풀이 되거나, 새와 동물이 되거나, 빛이 되 든, 세상에 남아 생국을 벗어나지 못하는 것도 있다.

그러나 생체의 나라를 떠나서 꿈같은 실상의 나라로 가는 것도 있다.

물질적으로 공을 지나,, 몸의 구조적으로 잠이 들어, 꿈을 지나서,, 세상 안과 밖, 앞과 뒤, 동면과 이면이 일치하여,, 생체적으로 부화되어 실상의 나라로 가는 것처럼 항상 같은 곳이지만, 생체와 공은 서로 한계를 넘지 못한다.

생체가 공이 되어 죽기 까지.

인생은 유실(遺失)되므로 살려고 한다.

가지려고 하면 잃어버린다.

먹은 것도 유실되고, 생명도 분실된다.

모든 사람은 태초부터 살려 있는 나라에서 살 수 있는 자유를 타고 났다.

유실될 생명이므로 자유롭게 자연에서 살도록 한다.

자연을 가질 권한이 없으므로 생명이 유실된다.

태초부터 주인 없는 나라에서 사는 것.

잃어버릴 생명을 유지하는 한계에서 활용하는 자연.

생명을 유지하면 잃어버릴 수도 있는 것.

생명이 꿈과 새로운 결합, 꿈과 같이 되면, 꿈이 되어 신생(新生)하여 새롭게 장수 할 것이다.

신결(新結; 새로운 결합)하지 못하면 생명은 유실되어, 다른 개체의 몸에서 속생하는 신세가 된다.

해방될 자유를 가진 것이다.

그렇지 않으면 감금된 사회다.

사상의 선택 과 사회는 생명이 유지 되어야 하고, 생명의 한계에서 사상도 상존한다.

생명을 지키는 것이 사상이다.

다른 것이 사람에게서 반영된 것

    = 생김 → 정신 ← 다른 것.

    생김 → 이면 성(반영, 사람) ← 다른 것(객관).

    이면(실상) ← 사람(안) → 밖(동면)

    씨 → 사람(동생) ← 알

    실상 ← 사람(상신) → 세상

인생 한계의 생태(씨와 알, 정신과 마음)는 사람 몸의 안과 밖, 이면성에 의하여 다른 것이 반영된 것이다.

신체(神體)!

실상의 몸에 잉태한 인생, 인체의 능력에 한계가 있다.

자연을 몸으로 한, 실상은 모든 것을 실상의 몸에서 살도록 하며, 생성에 따라 차원이 다른 나라가 되어 살게 한다.

차원의 한계가 다르게 산다.

생성된 모든 것은 실상의 몸에서 순환 되도록 한다.

실상의 몸이 되어, 실상의 몸에서 살게 한다.

실상에 의한 몸의 운명에 따라 변하게 되고, 자연, 우주가 이루어진다.

사람에게 나타나는 모든 것들은 사람의 한계에서 나타날 수 있는 것, 사람의 한계를 떠나서 세상은 사라지는 것.

앞과 뒤가 없는 것, 앞과 뒤가 한꺼번에 나타나면, 실상의 나라로 변할 것.

안 보고 나타나는 꿈같은 나라다.

빛과 그림자가 생체 없이 나타날 수 없고, 공이 된 곳에 생체가 있을 수 없다.

생체가 없이 공이 되면 꿈같은 나라, 생체가 있고 공이 아니면, 살려 있는 나라다.

사람은 이면성에 의하여 두 개념이 하나로 될 수 없으며, 사람의 한계에서 나타난 것은 실상의 나라가 변영된 것.

정처 없는 세상의 나그네, 실상의 몸과 같은 나라, 꿈같은 곳으로 깨어나야 한다.

실상의 나라, 몸이 되어서, 실상의 거동에 동작되는 것이, 살려 있는 나라의 형체.

수많은 종류의 몸이 되어 살고 있는 것, 생체.

실상의 몸이 생활하고 있다.

꿈같은 형상과 공(쏘)사이에 생체로 사는 것.

사람은 공과 땅, 힘으로 생겨났다.

힘은 변하는 것, 몸은 땅의 성질, 공은 꿈과 실상의 나라가 소통되는 것.

비어 있는 공은 어떠한 것도 소통된다.

땅이 공에 싸여, 땅과 공 사이에 사람의 생체가 힘으로 활동한다.

우주의 몸, 자연을 몸으로 한, 실상의 성궁(별의 자궁)에서, 다른 나라로 태어날 때를 위하여 잉태한 사람처럼.

사람의 성궁(남성의 성궁, 여성의 자궁)에서 씨와 알이 생겼다,, 탈락되기도 하며, 사람으로 잉태하여 세상에 태어나도록 하는 것처럼,, 실상의 성궁과 같은 별(땅)은, 사람을 다른 것으로 태어나게 하며, 탈락 되도록 한다.

해탈(부화)하게 되면 꿈같은 것이 될 것이다.

죽음 후에는 다른 것과, 다른 나라로 생성되게도 하는 것.

실상의 몸, 우주의 별에 잉태하여 사람의 몸집(성궁; 性宮, 星宮)처럼 살고 있다.

실상의 몸에서 자라고 있다.

하늘에 떠있는 땅을 타고, 땅을 유심히 보면, 인연이 있는 것을 느낄 것이다.

마치 씨와 알의 변형이 사람의 모습인 것처럼.

땅이 옮겨져서(식물의 양분) 이루어진 것과, 하늘이 길러 준 것이 식물이며, 식물이 옮겨진 것을 하늘이 길러준 것이 사람, 동물이다.

사람은 땅의 변형이며, 하늘이 길러준 것.

사람의 몸은 개체가 되어 다른 것으로 착각되지만, 하늘과 땅의 인연으로 살고 있다.

하늘과 땅에 사람의 종질(種質; 종류의 성질)로 생성된 실상의 몸이며, 실상의 몸에 잉태한 것이 인생이다.

인생은 새로운 것이 되기 위한 것.

개미나 세균이 사람과 세상을 볼 때, 너무 커서 무엇인지 모르며, 죽어도 왜 죽었는지 모른다.

잉태한 몸, 외부가 세상인 줄 모르던 것처럼, 우주의 몸 밖을 모르는 것처럼.

생겨난 것이 있으면, 생겨난 것이 살고 있는 몸이 있다.

너무 거대하여 끝을 모를 뿐이다.

멋모르고 다른 몸에 태어난 것이다.

생겨나는 것에 따라, 다른 나라가 나타난다.

실상의 몸과 연관이 안 되면 개벽(開闢)한다.

사람이 식물을 낳고 사는 것처럼.

세상 것은 세상에서만 필요 한 것.

떠날 때 모두 세상에 반납한다.

생겨났다 죽어가는, 생변과 이변은 운명처럼 사연이 있다.

형체와 빛과 그림자와 형상이 연관되는 것은 사연이 있는 것.

인연에 따라 생겨나고, 교차되는 생명, 사연이 있다.

삶과 죽음이 반복되어도 실상은 변함이 없다.

사연 따라 인연이 다르다.

고통, 즐거움, 좋고 싫어함, 무서움과 사나운 것이 인상으로 변하는 것처럼.

사연 따라 자연의 색이 달라진다.

인연 따라 만나는 형체가 다르고, 생겨나는 것도 다르다.

사연 따라 인생길이 달라진다.

사연 따라 인연이 다르고, 생겨나는 종류와 나라가 달라진다.

그러므로 만난 것은 갈 길이 달라져서 헤어지고, 다른 나라로 간다.

처세에 따라 다른 곳으로 가는 것.

잘살고 못사는 것은 운명소관이다.

인생은 성실한 것만 인정된 것.

모든 행동은 실상을 떠날 수 없이 연관되어 있기 때문이다.

별과 공간을 지나서 우주를 벗어나면 다른 나라가 없을 까, 그리워하는 것처럼.

세상에서 사는 인생, 사연이 있을 것이다.

세상에 처음 들어올 때, 낯 설고 두려운 것.

세상에 익숙해지면서 매혹되어, 왜 사는지 모르면서 산다.

지나온 길은 돌아 갈수 있어도, 지나온 인생은 돌아 갈 수 없다.

인생길은 멈출 수 없이 새로운 곳으로 간다.

만난 사람이나, 헤어지고 떠난 사람 모두 다른 사연이 있다.

생긴 대로 사연이 있다.

물에서만 살아야 하는 물고기처럼.

사람은 만들기 잘하는 몸으로 생겨났다.

타고 다니는 것을 만들어서 달려가고 날라 다닌다.

새들에게는 필요 없는 행동이다.

새들에게는 깃털이 옷이며, 물에 떠다닌다.

날개와 다리로 이동하거나 날라 다닌다.

잘 생긴 사람!

운명에 따라 생겨난 몸이 다르다.

걸어 다닐 수 없이 생겨난, 풀과 나무도 사연이 있을 것이다.

생긴 대로 하는 일이 다르고, 능력도 다르다.

무엇을 하다가 생긴 것들인가?

무엇하러 생긴 것들인가?

사람이 잘나서 유능한 것이 아니다.

실상의 생성으로 능력이 다른 것.

돌아 갈 수 없어서 생긴 이유를 모르고 산다.

생명이 폭증(暴增)할수록 생명의 한계가 무너진다.

땅에서 사는 것이 풍만하면, 땅이 감당(堪當) 못하고 고달프다.

수없이 증가하면서, 수호하거나 통제를 한다.

생명의 투쟁이 커지고, 땅과 하늘도 살아갈 능력을 상실하여 몸부림친다.

땅과 하늘은 과분한 것을 허락하지 않는다.

한계가 무너지면 적변한다.

해결이 없으면 인류가 주범이 될 것이다.

적정하게 살면 좋은 인연이 연속 될 것이다.

입자(형체) 분쟁, 충돌하고, 입자(형체) 상생, 풍성한 것.

정신을 잃거나 살고 있는 곳을 기억하지 못하면, 세상을 처음 만난 것처럼, 인생에 유혹되지 않고 돌아가고 있는 것.

세상과 다른, 사연의 나라, 실상의 나라에 가까워진 것.

하는 일, 세상에 정신 팔수록 실상의 옛날을 잊어버린다.

그러나 세상에 정신 못 차리면 세상살이 못한다.

이유 없이 세상에 생겨나지 않은 것.

자연은 생겨났다 사라지는 종류들. 생겨나는 것이 있다면 출산하는 것이 있다.

세상, 자연이 생겨난 증거(證據)와 동기를 찾아야 한다.

세상 자연을 생겨나게 한, 몸이 있다.

세상의 형체는 질량이 있고, 질량이 없는 꿈, 형상, 추억, 생각, 정신과 마음은 공처럼 되어, 형체의 사연이 된다.

세상, 자연, 형체의 사연은 실상의 연관이며, 나타난 것은 실상의 몸과 같다.

형체는 꿈이 되어 질량 없는 실상의 나라가 되고, 꿈같은 실상은 세상에 형체, 자연의 몸으로 나타나고 있는 것.

종류에 따라 척도가 다르게 산다.

세상을 떠나면, 죽음과 공이 기준이 된다.

생명은 영원하지 않다.

세상, 자연의 원인이 되는 실상의 나라는 질량이 없어서, 죽음이 없는 공과 꿈처럼 영원하다.

생명은 죽음을 싫어하고, 삶의 애착이 크다.

살려 있는 나라는 생존이 기본이다.

생명이 있는 한, 생존하도록 동거하는 것이, 서로 잘사는 낙원이며 정 많은 곳이다.

생물을 인류가 길러 먹는 것처럼.

생명이 있어야 생명이 살고, 생명을 주고 간다.

실상은 사람처럼 생기지 않았고, 사람이 실상의 명칭을 만들 수 없으며, 같은 곳에 있으면서 모른다.

사연 따라 생변한다.

행동에 따라 자성이 결성하고, 결성에 따라 기억, 추억, 성질, 습관, 형체의 구조가 조성된다.

한번 결성된 것은 파산하기 어렵고, 파산되면 기억을 잃거나, 몸에 고통과 이상이 온다.

자성의 결합이 벗어남에 따라, 인생은 추억과 몸을 떠난다.

회생하기 어렵거나 불가능하다.

그러나 인생과 다른 곳으로 가는 것이다.

만약, 옛날로 돌아간다면 빛이 되어 사라질 것이다.

산신(産身)은 생신(生身)을 세상에 남기고 떠나며, 생신은 산신을 잃어버리고 산다.

생성된 것은 유실되고, 유실된 것은 다른 것이 된다.

빛처럼 환생하거나, 꿈처럼 신생한다.

한번 행동한 것은 변하지 않는 업보가 된다.

결성된 것은 감각을 자극하여 소통되도록 한다.

소통은 접촉의 느낌이 다르며 선택을 다르게 한다.

행동이 생겨나고, 인생길이 달라지는 것.

결성에 따라 인연이 다르고 이색적인 형체로 나타나거나 변한다.

모든 행동은 인생의 업적처럼, 자성의 결성과 축적으로 사연이 되면서 늙어간다.

행동하고 경험한 만큼, 나타나거나 매사가 결실되고 인식하며 처신할 수 있다.

능력도 달라진다.

다른 몸에 들어간 것은, 형체에 따라 전이(轉移; 유전, 변화)되고, 고향이 교체된다.

닮아가는 것이 달라진다.

나무를 닮던 것이 사람을 닮는다.

나무에 살던 것이 사람에게서 사는 것처럼.

사연과 연분으로 결합된 인생은, 자성이 모두 풀려야 벗어나는 것.

생성된 것들은 빛과 별처럼 생활하는 기준이 다르다.

하늘을 날아다니고, 물속에 살며, 몸을 파먹고, 만들기 잘하는 것처럼 처신하는 기준이 다르다.

정해진 기준에 따라서 살아야 한다.

살고 싶다고 살고, 살기 싫다고 거절할 수 없다.

날아다니고 싶다하여 새가 될 수 없으며, 걸어 다니고 싶다하여 식물이 돌아다닐 수 없다.

사람이 되고 싶어서 사람이 된 것도 아니다.

사연과 기준에 의하여 생겨나고 죽어야 한다.

생겨나는 것과 죽음도 때를 기다려야 된다.

질서를 파괴, 거짓으로 기준을 벗어날 수 없으며, 사연을 도둑질 할 수 없으며, 업보를 사기 칠 수 없고, 새와 식물, 벌레나 세균, 물고기나 별들과 사람이 결혼하여 살수가 없다.

기다리지 않는 죽음이 부화되거나, 인생의 사명을 다하였다 할 수 없다.

사람이 세상에 태어난 것처럼, 생겨날 것을 알고 태어난 것들도 없다.

사연과 기준에 따라 인연이 되고 생사를 같이 한다.

하나와 둘, 빛과 공

두려운 세상, 익숙해지면 세상을 극복하고, 자연의 성질에 감각이 동화된다.

성숙하여 익어가는 것과 같다.

늙을수록 세상이 맞지 않고, 감각도 싫어하며, 죽음의 느낌이 된다.

감각도 잃고 세상과 정떨어지며 떠난다.

미운 정 고운 정 다든 곳, 세상살이다.

감각이 사라지면서 세상과 단절된다.

감각이 좋으면 그리운 곳, 싫어지면 성질나는 곳이다.

해롭거나 살기(殺氣)가 없으면 구경할만한 세상이다.

땅에 열기가 넘치면 돌게 하여 밤이 되고, 시원한 그늘이 생긴다.

어두운 밤, 잠을 자고 햇빛이 밝아오면, 깨어나서 활동한다.

땅이 추워지면 태양이 따듯하게 하고, 더우면 땅을 멀리하여 겨울이 오도록 한다.

대지가 메마르면, 물은 하늘에 올라 구름이 되고, 바람 따라 날아가서 땅위에 비를 내린다.

빗물은 자연을 씻어주고 깨끗하게 한다.

계곡을 따라 물이 많은 곳에 모여든다.

돌아가는 별, 밝고 어둠의 조화다.

돌고 있는 별 속에 인생이 돌아간다.

새싹이 풍성하게 자라서 꽃이 피고, 열매와 낙엽이 떨어지는 것처럼.

열매는 나무가 되어 환생하고, 낙엽은 나무의 먹이(거름)가 되어 속생한다.

같은 나무에서 살다가 가는 길이 달라진다.

날이 새면 태양처럼 열광하고, 밤이 되면 잠자는 것처럼.

잠이 없어도 죽음이요, 깨어나지 않아도 죽음이다.

빛과 그림자가 항상 같이 있어야 살아 있는 것.

형체가 없으면 빛나지도 않고, 그림자도 없다.

사라지거나 죽어서 빛과 그림자가 동반되지 않는다.

형체에는 죽음과 삶이 같이 있는 것과 같다.

그러므로 몸통은 처신에 따라 생태가 변한다.

나무가 뿌리 뻗을 곳을 찾아다니듯, 신경이 몸속을 뻗어 나간다.

나무 가지가 다르게 생겨나고, 뻗어나가며 정착하면 격고되듯이, 신경과 핏줄이 다르게 뻗어나가며 정착하면 굳어진다.

심통, 경통, 식통, 골통과 풍통의 구성 위치가 성장한 처세에 따라 변하면서 정착한다.

생동하는 것은 처지와 처세에 따라 은밀하게 변태되는 몸통을 못 느끼며 산다.

그러므로 잘났다고 한다.

풍경을 동등하게 구경하는 것처럼, 세상을 동등하게 통찰한 것으로 착각할 때가 있다.

처지와 척도, 차원은 모두 다른 것.

변한 후에 깨닫는다.

정도가 심하면 기형이 된다.

살아온 과정에 따라, 잎과 꽃이 되는 것처럼, 인생의 처지와 처세에 따라 몸이 변하고 운명이 달라진다.

뿌리와 가지가 줄기차게 살고, 방향이 다른 것처럼 인생길이 달라진다.

선택하여 가는 곳, 격고(格固)된 형태로 남는다, 늙은 몸처럼.

그러나 태몽에 따라 운명은 정해지고, 사명에 따라 태몽이 정해진다.

색이 변하는 것은, 생겨난 형체가 생과 사를 같이 하기 때문이다.

밤과 낮, 빛과 공이 생과 사에서 잠들고 깨어나게 한다.

밝은 낮에 살아서 활동하고, 어두운 밤에 죽은 듯이 잠든다.

잘살고 못사는 것, 생동하고 늙어지며, 살결과 색이 변하는 것처럼 생사의 정도가 변한다.

강하게 살려 하면 죽음도 강해진다.

전쟁처럼, 빛과 그림자처럼.

생명의 점령이 커지면 죽음의 점령이 작아지고, 죽음의 점령이 커지면 생명의 점령이 작아진다.

별들과 공간이 서로 확보하는 것처럼.

생동하는 정도(定度)가 넘치고 죽음이 적은 젊음, 생명의 축적이 미약한 새싹, 공체(空體; 빈몸)처럼 나약해진 늙음, 생량(生量; 삶의 량)과 죽음의 점령에 따라 정도가 다른 몸이 된다.

한계가 넘치면 속박도 커지고, 부족하면 성장하도록 한다.

무엇이든 한계가 넘치면 처세할 수 없이 무너진다.

종류에 따라 생활 기준이 다르고, 기준은 생사에 따라 변한다.

공과 힘에 따라 색이 변하는 것처럼, 빛과 그림자가 서로 없으면 모두가 없는 것.

삶이 없으면 죽음이 없고, 죽음이 없으면 삶도 없다.

하나가 없으면 모두가 없는 것.

그러므로 삶과 죽음은 변하는 것.

빛과 그림자가 없으면 색이 없고, 색이 없으면 빛과 그림자도 없다.

형체도 없다.

그림자는 죽음이요, 빛은 힘이요, 자성은 통제, 삶은 색이다.

삶과 죽음이 없으면 변할 것이 없다.

하나가 있으면 같이 있고, 없으면 동일하게 없어, 변할 것 없다.

하나만 있어도 둘이 상존하여 변하고, 둘이 아니면 생겨날 수 없다.

삶과 죽음, 같이 있다.

공과 생성, 같이 있다.

빛과 그림자, 같이 동생 한다.

씨와 알, 동생 하여 한 사람으로 생겨난다.

안과 밖, 동면과 이면, 같은 곳이다.

안과 밖은 다른 나라가 생체에 나타나지 않기 위하여.

하나로 동일한 나라, 생체가 있어, 안과 밖이 다르다.

몸이 있어, 살고 있는 나라와 다른 나라가 있다.

생체는 생신의 몸 안과 몸 밖으로 들어가고 나갈 수 없다.

한번 생겨나면 죽을 때까지 세상에서 다른 나라로 몸이 떠나지 못한다.

동면과 이면은 살고 있는 나라가 나타나게 하기 위하여.

형체는 면이 있어 분별하여 살도록 한다.

양면은 동시에 나타낼 수가 없다.

면이 없으면 통과 되어 반응하지 못한다.

씨와 알 중에 하나로 새로운 형체를 생성할 수 없다.

한몸에는 생과 사가 있고, 세상, 자연을 만드는 것은 하나가 아니다.

세상 구경하는 것처럼.

빛과 그림자는 한 형체를 살게 하기 위하여.

따듯하고 시원한 열기와 냉기를 만든다.

밝아서 깨어나 생동하고, 어두워 잠들게 하는 것.

몸을 살게 하는 것.

공과 생성은 한 형체가 생겨나고 사라지는 것.

영원히 살아야 할 필요가 없는 것.

나타나고 사라짐은 다른 나라가 있는 것.

공이 되어야 다른 것이 되는 것.

삶과 죽음은 한 형체가 새로운 것이 되기 위하여.

생명은 반편만 나타나는 한계 속에 살고, 죽음을 알 수 없게 하는 것.

생명과 죽음은 한 결 같이 연속되며, 새롭게 하는 것.

만나는 곳이 삶, 헤어지는 곳이 죽음.

상과 힘은 변하고 있다.

상이 만나는 종류는 한없이 다르고, 힘은 빛과 열, 기운과 바람, 전기와 자력, 생동하는 것으로 변한다.

색이 변하는 것과 같다.

힘은 세상, 자연에서 형상이 되고, 꿈은 자연과 공과 실상을 통하여 활상한다.

상이 떠나면 힘도 헤어지고, 형상을 만남이 다르고, 형체는 사라진다.

죽은 몸처럼 형태가 달라진다.

힘으로부터 빛이 생기고, 광합성으로 입자가 생기며, 빛의 광색과 분량에 따라 입자의 색과 형태가 달라지고, 광종(光種; 빛의 종류)에 따라서 입자들의 결합성이 달라진다.

빛의 색처럼 맑게 빛나는 다이아몬드가 열에 의하여 빛이 해탈하면 흑연, 탄소만 남는 것처럼.

빛이 씨가 되고, 탄소가 알이 되는 것처럼.

성질에 따라 결합하고, 간섭에 따라 해탈한다.

결합의 성립은 자성이며, 해탈의 성립은 다른 힘으로 발생한다.

결합에 따라 원자, 종류가 생성되고, 해탈하면 환원, 사라진다.

빛과 입자가 모여서 형체, 생물이 되고, 물은 공기가 되고 나무는 불타는 것처럼.

상과 힘이 꿈과 형체, 형상을 만든다.

하나가 없어서 생겨나지 않는 둘은 하나와 같다.

빛과 그림자, 하나의 형체가 없으면 생겨나지 않는다.

공기에 산란된 빛,, 푸른 하늘이 되고, 약하면 붉은 하늘,, 없으면 어둠이 온다.

삶과 죽음, 하나의 살아 있는 것이 없으면 죽음도 없다.

공과 생김, 생명이 없다면 없어질 것도 없다.

씨와 알, 한사람에게 모두 있고, 하나만 없어도 한사람이 되지 않는다.

안과 밖, 몸이 없다면 안과 밖이 구분되지 않는다.

자연을 몸으로 한, 실상의 섭리다.

남성과 여성, 항상 같이 있지 않으면, 하나라도 없으면 사람이 생존할 수 없다.

씨와 알이 결합, 동생하여 한사람이 된다.

한사람에게 정반(精半), 란반(卵半)이 살고 있는 것.

정반, 란반이 상립되어야 새로운 생명, 몸의 생성이 성립된다.

양자가 중성자에 의하여 양분되고, 새롭게 양자가 다른 것과 만나서 생겨나는 것처럼.

정반, 란반이 결합되어 생긴 사람, 정반(남성), 란반(여성)으로 분리 생성되었다가 새로운 결합으로 새로운 한사람이 탄생한다.

빛과 그림자처럼.

세상의 모든 것은 같은 것에 의하여 생겨난다.

한 결 같이 연속하여 변하는 것은, 영원히 변하지 않는 하나가 있기 때문이다.

기술은 자연의 조작, 예술은 기분의 표현이며 실상을 닮은 허상이다.

학술은 세상에서 갈 곳을 찾는 깨달음.

지혜, 건강과 병, 화통과 기쁨, 슬픔과 즐거움, 분노와 사랑은 몸의 마음과 정신, 일과 행동의 막힘과 풀림 현상이다.

막히면 마의 계곡과 같고, 깨닫고 벗어나면 낙원이다.

생활 속에 악마는 못살게 하는 것.

침략과 사기, 음해(淫害), 사멸로 인생을 허망하게 약탈한 것.

살려 있는 나라에 배반한 것이다.

모든 것은 한번 태어나면 다시 태어나지 않는다.

다르게 윤회는 하여도, 같은 부모를 만나지 못하여 동일한 사람으로 태어날 수 없다.

생체는 흩어지거나 다른 것이 된다.

생명은 소중한 것이다.

생명으로 선택되고, 생겨나서 세상 구경하는 것도 영광이며, 세상의 기준을 따라야 하는 고통도 있다.

세상은 편하게 살 수 있는 곳이 아니기 때문이다.

인생은 위치를 알 수 없이 산다.

알 수 없는 세상에 태어나, 세상이 어 데인지 모르고 산다.

사람은 무엇이고, 벌레와 새, 물고기와 짐승, 나무, 하늘과 별들, 생겨난 것의 위치가 무엇인지 모르고 산다.

죽은 것을 먹고 살아야 하는 이유를 모르고 산다.

무슨 일을 하려고 세상에 들어와, 활동하는지 모르고 산다.

사랑하고 생명을 낳고 있는 것이 무슨 행동인지 모르고 산다.

왜 동물과 식물, 사람과 야수, 새와 물고기, 벌레, 나무의 위치로 생겨났는지 모른다.

생명이 변하는 것을 모르고 산다.(생명은 왜 변하는 가?)

죽음의 나라를 모르고 산다.

살려있는 나라에 멋모르고 생겨난 것, 세상에 도취되어 죽음으로 은밀하게 가고 있다.

생동하는 것도, 고통과 기쁨으로 변하는 것도 지나간 후에 안다.

알고 후회할 땐, 과거로 돌아 갈 수 없다.

정신없이 살다보면, 갈 길을 잃고 세상 속, 정착을 못한다.

위치를 잃은 것은 기억을 잃은 것.

한없이 살 곳을 유실(遺失)하여 세상에 생명만 있는 것.

생명의 나라가 있는 것처럼, 없는 것처럼, 별처럼 정처 없이 떠다니는 것.

인생의 고향을 잃고, 생긴 종류의 위치를 잃고, 삶과 죽음의 위치를 잃고, 살아 있는 나라, 인생의 나라, 위치를 옛적부터 상실하고 산다.

세상의 위치, 갈 곳도, 떠나온 고향도, 정착할 곳도 잃어 버렸다.

살려 있는 나라와 동체가 되어, 유혹과 동화(同化)로 변하고 있다.

알 수 없는 나라, 생체의 위치다.

생체들은 살려있는 나라가 된 것이며, 살려있는 나라는 생체들이다.

생체의 위치는 종류가 되고, 살려있는 나라 위치는 죽음과 상반된 곳.

위치에 따라 다르게 생겼고, 할 일이 다르다.

경치와 동화되면서 세상의 위치를 모르며 산다.

생체가 조성되는 이유는 무엇인가?

살려 있는 나라는 변함없이 살아 있다.

생겼다 사라지는 몸, 하나의 생체는 실상의 몸을 위하여 있을 뿐이다.

하나의 실상, 전체에 속하는 것이기 때문이다.

하나의 생체는 사라져도, 하나의 실상은 변하지 않는다.

생긴 것이 하는 행동은, 공이 되어 세상을 잃고 잠들은 것과 같다.

생명의 위치를 모르고 산다.

세상 모든 곳을 돌아 다녀도 인생은 생명의 한계 속에 있기 때문.

한계를 벗어날 수 없는 생명의 나라에 있는 것.

정신없이 공처럼 기억을 잃은 것이나, 삶에 취하여 생계(生界; 생겨난 것들과 나라)가된 것이나, 정착 없이 위치를 잃고 있다.

위치가 정착되지 않으면, 생겨난 정체, 살고 있는 나라와 세상 밖을 구분할 수 없다.

세상과 삶에, 생계가 될수록, 다른 나라를 잃어버린다.

죽음의 나라를 모르는 것처럼.

사람으로 생겨나면 사람 구실을 해야 한다.

벌레가 사람 하는 일을 할 수 없듯이, 물고기가 사는 곳이 지표(地表; 땅의 표면)가 되면 죽어 버린다.

야수가 사는 위치에 온순한 동물이 살면 잡아먹힌다.

생긴 대로 살아야 한다.

각자 정해진 위치에서 살아야 하는 것.

야생하는 것은 물속에서 살 수 없으며, 새처럼 날개가 없으면 절벽의 위치에서 추락한다.

세상에서 살 수 있는 것이 있고, 세상에서 살지 않는 것이 있다.

생긴 위치에 따라, 살고 있는 나라가 변한다.

생긴 위치가 변하면, 한계를 벗어나, 죽음이오고, 나타났던 나라의 위치
를 잃어버린다.

다른 나라로 가는 것!

생명과 나라의 위치는 독신(獨身)이 처신할 수 없다.

생겨나서 죽는 것처럼, 능력대로 할 수 없는 것.

한번 생겨난 것은 죽어서 벗어날 때까지 다른 것이 될 수 없다.

인간의 능력대로 할 수 없는 것.

위치를 변경할 수 없다.

모든 능력과 권한은, 실상처럼 다른 곳에 있다.

그러므로 살생은 죄가 된다.

모든 생체는 생활 능력만 있을 뿐.

동신으로 할 수 있는 것은 아무 것도 없다.

판단과 처신만 있을 뿐.

운명은 사람의 능력이 될 수 없고, 업보만 다를 뿐이다.

결합하여 동생 하는 몸이 있고, 같은 세상에 동거하는 것들과 동화되
고, 몸을 서로 교체할 수 없이, 살려있는 나라(자연)의 생계가 되어 산다.

결혼하여 살고, 땅과 하늘, 빛과 물을 접촉하여 동거하며 자극되고, 반
응하며, 동화된다.

동화되면서 판단하고 처신한다.

살려있는 나라의 몸이 되어 산다.

세상 생활에 동화 되는 것이 심각할수록, 실상의 나라를 망각하고 잃어
버린다.

동생, 동화, 나라의 교체, 생계를 사람의 권한으로 거부하거나 행세할
수 없다.

세상은 사람의 권한으로 이룩되지 않는 곳.

먹는 것이 사람의 능력으로 생겨나지 않고, 사람의 능력으로 자연에서
얻어먹는 것.

생명은 살려있는 나라의 권한과 순리에 따라야한다.

생계에서 동화되는 것을 거부하면, 천지를 이탈하여 날개 없이 절벽으로 가고, 불에 타서 사라지며, 고갈된 곳에 사는 물고기처럼, 숨 막히게 상대와 충돌하는 생명이 된다.

살길이 달라진다.

인생의 권한은 오직 생계를 유지하는데 있다.

상이 세상에 들면 살려있는 나라의 것들이 착상(着狀)되고, 성장하면서 속생도 한다.

상이 세상에 들면 인연의 형과 힘이 착상한다.

상에 빛과 공기, 물, 먹이가 착상하며 성장한다.

상은 살려 있는 나라의 생체들에 의하여 사는 것.

그러나 상이 세상을 떠날 때, 착상하고 속생한 생체들은 세상, 자연으로 돌아간다.

애타는 이별이다.

모두가 해산하여 떠나간다.

생체, 몸은 세상의 것이다.

세상, 살려있는 나라에 등장한 상이 없다면, 생체가 착상할 곳이 없는 것이며,, 상이 없이 생겨지는 몸이라면, 몸은 죽어 흩어지거나, 사라지지 않는다

상이 없으면 착상할 수 없고, 몸이 없으면 착생할 수 없으며, 감착(感着; 느낌의 접착)되지 않는다.

상이 있어야 형체가 있고, 빛과 그림자가 동착한다.

빛과 그림자처럼, 바람과 물, 먹는 것이 착생한다.

착생한 모든 것은 살려있는 나라, 세상의 것이다.

공을 미세한 것이 모르고, 미세한 것일수록 세상에 큰 것을 모른다.

과대하여 멀고,
공처럼 작아서 알 수 없는 실상의 나라

과대한 것은 가까이 가도 무엇인지 모른다.

과대한 만큼 멀리 이동해야 알 수 있다.

그러나 과대한 것은 외계가 더 이상 없어서 출타(出他)하여 가볼 수 없다.

작은 것이 멀리 있으면 없는 것처럼 볼 수가 없고,

가까이 가면 미세한 것이 잘 나타난다.

그러나 공이 되면 미세한 것도 없어서 볼 것도 없다.

과대한 우주가 가까이 있어도, 너무 과대하여 무엇인지 윤곽을 모르는 것과 같다.

우주의 크기만큼 높이 가거나, 끝까지 가봐야 알 수 있다.

그러나 끝없이 가도 한몸처럼 같은 나라.

나타나고 알 수 있는 것은 거리와 크기에 비례한다.

그러나 꿈은 크기와 거리 관계없이 나타나고 알 수 있다.

별들은 우주에서 돌고 있는 이유를 느낄 것이다.

그러나 세균은 사람의 몸이 너무 커서 사람이 무엇인지 모른다.

세균처럼 작아봐야 세균의 사정을 알 수 있고, 우주처럼 커봐야 우주를 아는 것과 같다.

나타나지 않고 사라질수록 없는 사람과 같고, 가까이 동거해야 살아있는 가족과 이웃의 사정을 안다.

멀고 가까운 것을 알아야 지혜가 된다.

실상의 꿈과 세상의 결상

인간의 지혜는 없는 것부터 세상 끝이 한계다.

아무리 세밀하여도 없는 것으로 끝나고, 아무리 크게 알아도 우주처럼 살려 있는 나라, 세상의 끝이다.

세상 편에서 나타나지 않는 지혜, 정신, 마음은 입자를 초월한 공처럼, 표현하지 않으면 알 수가 없는 한계에 있다.

거대한 세상의 한계를 초월한 꿈처럼, 감각 없이 나타나는, 다른 나라가 있기 때문이다.

두 나라는 같으면서 상태가 다르다.

감각은 세상에서만 필요하다.

감각은 세상에서 처신하는 한계를 정한 것이며, 잘 살 수 있도록 수호하는 것이 된다.

사람에게 감착되는 것들이다.

세상, 자연으로부터 감착된 모든 것은 경험이 되어, 지혜로 발생한다.

세상, 자연의 몸에 감착된 것은 사상(思狀; 생각하는 形)이 되고, 경험된 사상은 자성의 결상(結狀; 세상 것이 맺혀진 상)으로 몸에 축적된 것.

축적된 것은, 필요에 따라 지혜로 기억하며 활용한다.

기억은 축적된 결상에 있는 것.

지혜는 사상(思狀)을 만든다.

결상된 축적이 많을수록, 경험과 지혜의 량(量)이 풍부한 것이며, 결상된 감종(感種; 느낌의 종류)에 따라 질(質)이 다르다.

사람마다 차원이 다른 기능(技能)으로 활동하고, 생각하며 판단한다.

질은 감착에 의하고, 량은 생착에 의하며, 종류는 색에 의한다.

감착은 자성에 연관되고, 생착은 힘과 연관되며, 종류는 형과 연관된다.

상이 세상, 자연에 오면서 힘과 형이 착상하여 자성이 자태(磁胎;자성으로 배다)로 상력하고, 세상의 것들이 감착, 생착, 착색하며 결상된 것들은 상력(狀力)된 것과 양립한다.

상이 있으므로 상착할 것들이 결집하고, 상이 없으면 결집할 대상이 없으므로 흩어진다.

하나가 없으면 세상, 자연에 있는 것들은 결합 할 대상이 없으므로 생겨나는 것도 없다.

사상은 형상과 연관되고, 사상은 세상의 편에서 형통하고, 꿈은 질량과 감각이 없는, 실상의 나라와 소통한다.

꿈과 형상은 질량이 없고, 사상은 질량은 있으나 무게가 없다.

형체는 질량과 무게가 있다.

꿈과 형상은 사람의 의지로 생긴 것이 아니며, 사상은 의지와 자연에 의하고, 형체는 자연에 의한다.

결상된 축적의 량과 질이 정확하고 풍부 할수록 평탄한 인생을 살고, 부족하고 모순(矛盾; 일관성 없음, 불일치)될수록, 허황된 일과 파탄 되며 위험한 길로 간다.

동신을 알기란 어렵다.

독신(獨身)의 위치, 지혜와 경험의 축적, 질량에 따라 모든 사람이 다르다.

인생은 동신의 위치를 정확하게 평정해야 살기가 좋다.

축적의 질량이 부족할수록 독신의 위치를 알 수 없고, 평정할 수 없다.

독신의 선택과 실행에 따라 인생길이 달라지고, 결과의 질량이 다르다.

아동은 질량이 부족하여 세상을 조심하고, 젊음은 미완성으로 활개 치며, 늙으면 깨닫는다.

새싹과 풍성한 성장과 씨앗처럼!

실상으로부터 연관된 꿈은 상력, 형상, 몸과 소통한다.

세상, 자연으로부터 연관된 정신은 몸에서 감착하여 결상된, 지혜를 기억하는 사상과 소통한다.

세상과 실상의 나라, 사상과 형상이 꿈으로 상통한다.

실상으로부터 상력된 것은 세상을 만나, 형상, 형체로 써 나타나고,, 형체가 정신을 잃으면 꿈나라, 꿈을 깨면 정신 차려, 사상을 소통하도록 한다.

사상은 지혜, 세상, 자연을 결상한 것과 소통한다.

정신없이 잠이 들면 실상으로부터 꿈이 드나들고, 정신 차려 깨어나면 세상이 나타나며 사상이 활동한다.

사상은 세상, 자연이 상태를 달리하여 몸 안으로 들어와 결상, 몸 밖의 세상 살피고 판단하는 것.

경험한 것이 부족하여 결상된 것이 없으면 세상에서 발생하는 일을 감당 못하고 당황한다.

실상의 나라에서 세상에 들어온 상은, 상에 상착 되는 것과 몸을 이루고, 의지와는 관계없이, 꿈으로 세상 밖, 실상의 나라와 통하고 있다.

축적한 것은 경험과 지식.

감착으로 결상된 것은 몸의 안과 밖을 비교하는 지혜가 된다.

몸 안에 사상이 되어, 몸 밖의 사실과 만나면 일치되고, 몸 밖의 사실이었든 것이 현실적으로 사라짐은 추억과 그리움이 된다.

감착이 잘못되면, 사리 판단이 일치하지 않고, 매사가 정확하지 않으며, 생각이 떠오르지 않고, 허물어져 당황하면서 헤맨다.

감착한 것이 없으면, 아기처럼 처음 나타나는 세상을 두려움으로 조심한다.

착생된 것이 없으면 닥쳐오는 먹을 것을 잃은 것처럼, 몸이 나약하여 하는 일이 괴롭고, 고통스럽다.

그러나 풍성하면, 재물과 힘이 커지고, 과다하면 비만, 병이 온다.

착생이 잘못되면, 몸의 균형과 태도, 행동에 이상이 온다.

자세에 따라 착생하고, 착생된 것들이 몸의 형체를 만든다.

착색한 것이 적합하지 않은 형체, 색이 다르면 인연이 다르고, 변색(變色)이 된다.

같이 살던 색을 잃으면, 가족의 죽음처럼 슬픔과, 이별처럼 아픔과, 반감처럼 감정이 폭발한다.

색의 인연이 천색연분이면, 기쁨, 사랑, 즐거움이 가득하고, 악연이면, 연속되는 병과 갈등, 불화로 인생살이 가 어려워진다.

천생의 종류가 동화, 거부하는 빛과 색이 다른 것, 서로 다른 생태, 색깔로 산다.

연분(緣分)에 따라 맺어지고 거부하는 입자가 다른 것.

나무가 되고 불이 되며, 바람이 되고 물이 되는 것처럼.

인생살이 쉽지 않은 것.

독신의 인생 축적에 따라, 낙원과 옥살이가 된다.

착색에 따라 유혹과 미움, 싫어함과 좋아함이 다르다.

그러나 인생의 만족은 없는 것.

독신의 처세에 따라, 자성이 빠르게 결착한다.

결착된 것은 몸에 축적된다.

결착된 것이 해탈되려면, 전력이 빛으로 변하듯이, 자성을 벗어나는 힘이 필요하다.

만약, 강제적으로 이탈한다면, 충돌로 상처가 생기고, 불에 타버리는 나무처럼 파괴가 된다.

인생이 파괴 된다.

축적된 것들이 탈착하면서 착색과 착생과 감착된 것은 죽음과 함께 세상으로 사라진다.

만남과 몸이 사라지고, 먹을 수 없고, 느끼는 것이 없어지면서 해탈한다.

축적된 질량에 따라 감정, 인상, 간직된 사상이 다르다.

나쁜 축적은 공포가 되며,, 만나고 싶은 몸 애타게 그립고,, 잃어버린 몸, 가족은 사상과 헤어져서, 잡을 수 없이 슬퍼진다.

싫어하는 축적은 거부한다.

실상의 질서와 상이한, 악독한 것을 축적하면 죽음이요, 실상에 적합한 인연을 축적하면 생명이다.

아기는 축적되면서 젊어지고, 축적된 것을 벗어나지 못하며, 격고(格固)

되면서 늙어 진다.

완성될 수 없도록 정착하지 않는 몸, 멈추지 않고 축적된 것이 변한다.

축적된 것들은 동신(同身), 상과 몸이 같이 있는 한몸, 생신(生身)과 개체에 따라 다르다.

각자, 지난 세월의 사연과 현실의 사정이 다른 것.

그러므로 모든 상대를 동신의 처지와 동등하게 판단하면, 서로 오해와 파탄이 생긴다.

상대의 결상, 사상이 동신과 다른 것을 이해해야 한다.

이해가 되어야 편안하다.

복잡한 사회, 이해하기 위하여 도덕이 필요한 것.

결상된 질량 차이, 서로 다른 위치와 상태로 있다.

모든 사람들이 처신하는 위치를 정확하게 모른다.

지극히 은밀하게 축적된 인생의 처지에 도달하기 때문이다.

오랜 세월 가족이나 고향친구처럼, 같은 곳에서 살아온 사람들은 동등한 결상이 많으므로, 동등한 질량이 많으므로, 서로 이해가 잘되고, 정이 많다.

그러나 질량이 서로 크게 다르면, 경계가 심하다.

야수와 온순한 동물처럼.

빛과 그림자, 공과 생체, 삶과 죽음처럼.

상이 세상, 자연에 접대(接對)하면, 착력(着力)하고, 종류가 착형(着形)한 것을, 자성(磁性)이 결착(結着; 결합하여 정착시킴)한다.

한번 생신(生身; 생겨난 몸)하면, 사람이 씨와 알로, 옛날 몸, 지나간 몸이 될 수 없다.

한번 생신한 것은, 상착(狀着; 상이 도착)하여 동생한 몸(결합된 씨와 알, 사람, 형체)의 태몽(胎夢)이 변하지 않는, 평생 운명에 따라 처신하고, 인상, 자태, 동태가 변한다.

명(命)이 다하도록, 다른 종류가 될 수 없으며, 동체(同體, 모체), 동신(내몸) 속으로 들어갈 수없이, 출생하면 나타나는 몸 밖의 다른 것들과 행동, 생활해야 한다.

생명이 변할 때까지.

그러나 잠잘 때, 동신으로 살고 있던 상은, 몸 밖으로 벗어난 꿈에서 다른 것들과 활동하는 것으로 나타난다.

몸을 기준으로 상현(狀顯; 상의 나타남)되고 있다.

잠들은 몸이, 꿈이 되어 활생하는 것을 본다.

반대로 정신 잃고 죽어가는 몸이라면, 상착하여 동신으로 있던 상(狀)이 몸 밖으로 해탈하여 공중에 활상(活狀)하며, 영원히 잠들은 것처럼 있는, 동신으로 같이 살던 몸을 대면(對面)한다.

상을 기준으로 대면된다.

몸과 같이 살던 상이 몸을 벗어나서, 같이 살던 몸을 보는 것과 같다.

몸을 벗어난 상이, 몸으로 돌아오지 않고, 영원히 해탈하여 헤어진다면, 죽음이 된다.

그러나 벗어나고, 찾아드는 것이 번복된다면, 정신 이상이나, 정신 들고, 나가는 현상이 번복되는 것.

다시 살아난다면, 꿈같은 상이 몸으로 돌아와 동신이 되고, 정신을 차린다.

씨와 알이 결합하면, 생물이 되는 것처럼,, 물이나, 빛이 되는 것처럼,, 새로운 종류의 형상이 되는 것처럼,,,

잠들면 감각 없이 꿈에서 살고 꿈을 본다. 정신 차려 의식이 생기면 눈의 감각으로 형상, 형체를 본다.

세상, 자연의 변화는 상의 결합, 해탈에 의하여 이루어진다.

실상의 엄중한 법칙과 질서에 따른다.

씨는 정신과 동신 한다.

알은 마음과 동신 한다.

서로 의지하며 산다.

동신에 정신과 마음, 씨와 알이 의지하여 동생하고 있다.

정신이 쉬지 않고 지향하면 마음이 고달프고, 먹고 싶은 것이 있어도 못 먹게 하면 배고프고 지치게 한다.

몸 알이 약해진다.

불만스러운 인상이 생긴다.

반대로 마음의 몸 알이 과욕하면 정신이 번거롭다.

정신의 지향이 중단된다.

정신이 과로하면 몸 알이 피로하고 마음이 약해지며, 마음이 과로하면 머리 씨가 피로하며 정신이 약해진다.

머리 씨가 약해진다.

술에 취한 것처럼 골치 아픈 표정이 된다.

꼬리가 행동만 하면 정신과 마음이 역겨워진다.

험난한 인생길을 가면서, 정신이 사상으로만 지향 할 때, 마음이 지치면 쉬었다가고,, 마음의 욕구 불만으로 정신과 꼬리가 지치면 같이 잠자며 쉬어가야 갈등 없이 잘사는 동신의 의지가 된다.

마음이 위로하고, 정신이 도와줘야 동신의 정과 사랑이 된다.

마음과 정신의 갈등을 해탈할 수 있다.

동신의 정신과 상대의 마음이 어울릴수록, 서로 의지가 좋아지고, 결합 못하면, 그리움만 남고, 이성간 결합하면, 궁합이 맞는다.

다른 사람의 정신과 동신의 정신이 상통할수록 이상적이며, 마음과 마음이 적합할수록 몸이 감미롭고, 좋은 연분이 된다.

남성 정신, 씨는 아름다운 여성의 몸, 마음에서 결합하여 살기를 좋아한다.

알에서 동신이 되어 의지하며 살기를 좋아하는 것이다.

정신적으로 결상된 연신(戀身; 그리운 몸, 자태)과 동신이 되어 동생하기를 기원하는 것이다.

여성의 마음, 알은 멋있는 남성의 몸, 정신과 결합하여 살기를 희망한다.

남성의 강한 모습과 기질, 씨를 받아 동신으로 의지하며 살기를 희망하는 것이다.

마음으로 결상된 연신과 동신이 되어 동생하기를 기원하는 것이다.

매력의 근원이다.

알은 씨가 거처할 안식처이며, 씨(머리, 정신)는 알(피살, 마음)을 세상에서 인도하는 것으로 정답게 의지하는 희망이 되는 것.

알은 씨를 심어서 길러 주고 안식처가 되며, 씨는 알을 인도하고 돌아다니며 평생을 같이 한다.

서로 험난한 인생살이 의지가 된다.

그러나 이성의 씨와 씨가 적당(適當)하지 않으면 의견, 갈 길이 상이하고, 알알이 안 맞으면 만나기 싫어지고, 거부하며, 먹는 것도 적당하지 않고 싫어진다.

매사에 분쟁, 분통이 터지고, 서로 갈등이 생긴다.

동신이 다른 사람과 같이 생활한, 결상이 많을수록 부부, 가족, 형제, 친구, 고향, 직장처럼 정들고, 서로 화통하며, 헤어지면 그립고, 만나면 반갑다.

미운 정, 고운 정, 다 들며 서로의 사정과 처지를 잘 알고 산다.

오랜 세월 속, 정답게 축적된 결상이 많을수록 서로 이해하고 돕는 것이 크다.

그러나 초면은 낯 설고, 경계하며, 정들기 어렵고, 객기가 있어, 서로 다르게 결상된 과거가 나타나지 않으므로 믿을 수가 없다.

서로의 정체를 명확하게 알 수가 없다.

공통된 결상이 많을수록 다정하고, 동거한 세월이 길다.

정 많을수록 세상 떠나면 안타깝고, 피눈물이 난다.

서로 같이 살고 싶고, 돌아오지 않는 이별이기 때문이다.

동신의 정신과 마음이 이별하는 것처럼.

동생한 씨와 알이 이별하는 것처럼....

착색하여, 젊고 생동감이 넘칠수록 매력적이다.

감정, 사상(思狀)이 서로 어울리고, 축적된 결상, 풍족한 능력일수록 매사(每事) 형통(亨通)한다.

정신, 마음이 서로 착생하여, 씨와 알이 동생하는 몸이 되어, 서로 살려주도록 한다.

그러나 동신에 없는 것이, 연신의 매력으로 되면, 서로 모자라는 것을 채워줘야 잘살고, 성질이 일치하지 않아 파탄이 올수 있다.

몸은 자성에 의하여 세상, 자연을 감지한다.

때와 위치를 구분하지 않고, 연관만 있으면 찾아 간다.

동물과 식물, 별들을 차별하지 않고 연관한다.

벌레가 더듬고, 짐승은 소리를 감지하기 위하여 귀를 세운다.

기류를 느끼고, 물결을 감지한다.

사람은 꿈과 자연과 형상과 공을 감지하며 탐지한다.

얼마나 멀리, 깊이, 세밀하게 감각이 없이도 탐지할 것인가?

별들도 감착한 것에 적합하게 질량을 폭발하고, 인축(引築: 끌어서 축적)하며, 동화하고 배척하며 기류와 함께 요동친다.

우주의 모든 것은 한계에 적합하게 균형 유지를 한다.

연관되어 전해오고 있는 것에 따른다.

전달되는 밝고 어둠, 폭풍과 비, 지진과 청명함, 한기와 열기를 거리와 위치에 따라 감지한다.

돌변(突變)하는 종류에 따라, 별과 식물, 곤충과 동물이 감지하는 성능이 다르다.

세상, 자연의 모든 것은 감당하는 능력과 질량에 따라 평화와 요동(搖動), 폭발로 한계를 유지하거나 재편성한다.

순리를 따르지 않으면 재앙이 온다.

나타나거나 없거나, 깨어나거나 잠들거나, 자성의 감지 능력에 따라 인생과 다른 착상, 나라 밖을 통찰한다.

상(狀)이 세상에 접근하여 상착한 곳에 세상, 자연의 힘과 형이 착생한다.

상과 힘, 형(形)을 자성이 결성하여 몸이 생성된다.

동신은 새로운 개체이며, 결합되어 동생하는 것이 있다.

동신은 상과 결성된 상신(狀身)이다.

죽은 몸은 상이 없는 몸, 생명이 있는 몸은 상신이다.

동신에는 나타나는 것과 나타나지 않는 것이 상신하고 있다.

씨와 알의 원형이 된다.

잠자면 몸이 있는 것을 모르고 꿈이 나타나고, 깨어나면 꿈은 사라지고 몸이 나타나서 활동한다.

자성이 결성한 것을 해제하면, 상신은 서로 해탈하여 상이 동신을 떠나게 된다.

자성이 힘의 결성을 해제하여, 힘이 자성을 해탈하며 빛으로 변하는 것과 같다.

빛처럼, 투과, 반사, 힘의 저장은, 자성의 허용, 거부, 결합에 의한다.

결합은 질량, 무게가 있고, 해탈은 형체를 벗어나 질량 없는 공을 지나서 꿈과 같은 것이 되는 것.

꿈은 실상의 나라 근처(近處)에 있다.

자성이 강할수록, 세상을 멀고 넓고, 명확하게 탐지한다.

자성은 세상, 자연을 통제하는 역할을 한다.

세상을 떠난, 실상의 나라까지 접근한다.

그러나 충돌은 자성의 파멸과 상처, 아픔만 생겨난다.

사회의 법, 집결 및 해산, 살림, 통치와 인도처럼.

자성은 통제, 수호요,, 힘은 기운, 정착의 변화, 형은 종류의 선택, 상은 운명과 사명의 길.

실상의 나라가 나타날수록 잘사는 인생.

실상을 잃어버린 인생은 가치가 없는 것.

영원하지 못한 것으로 세월만 간다.

성실한 인생은 항상, 실상과 동신한다.

인생과 생체는 영원하지 않다.

떠날 준비 잘하는 것이 성실한 세상.

실상은 사람이 아니라서, 나타나도 알 수 없다.

인생과 생명은 사라져도, 변하는 것은 끝나지 않는다.

영원히 변하는 것은 살려있는 나라.

한없이 살려있어 실상은 한이 없다.

나타나는 실상을 찾아야 한다.

매혹된 인생과 자연 속에 허덕이지 않고, 실상의 순리로 살아야 한다.

실상을 찾아서 일치해야 한다.

사람을 기준으로 찾으면 나타나지 않고, 세상만이 상존한다.

표현할 수 없는 실상에 사람이 작명(作名)하고, 사람의 이름처럼 실상에 적용한다.

보면서 모르고, 울려오는 소리를 들을 수 없으며, 통하지 않아서 말할 수 없고, 숨 막혀서 갈수 없으며, 몸으로 느낄 수 없는 실상을 사람이 잘못 판정한다.

인생의 한계를 벗어나려 한다.

나타나도 모르며 바보처럼 사는 인생.

실상을 잃지 말고 찾아야 한다.

세상을 떠나서 갈 곳이기 때문이다.

살아서 나타나는 것을 알아야 한다.

인생을 벗어나, 잠자면 나타난다.

실상의 나라가 시작되는 것이다.

감각으로 찾지 말고 꿈꾸며 찾아야 한다.

몸을 떠나야 찾을 수 있다.

생명을 주고 있는 실상.

먹고 사는 몸이 생명.

자연, 생명을 먹고 살아야 생명이 유지되고, 생명이 있어야 먹고 산다.

그러나 생명의 한계를 초월하면 죽음이 온다.

생명의 섭취와 세월과 국경처럼.

정복하면 죽음이요, 서로 유지하면 평화와 낙원이다.

재물과 나라를 정복한 자는, 백성과 적을 죽음과 멸망으로 한, 악마와 같고, 침략 없이 서로 잘살도록 유지한 자는, 실상의 섭리로 상생(常生)하는 자.

한계를 초월하면 악이요, 유지하면 평생이다.

돌아오면 환생(還生; 돌아오는 생명)이다.

고통은 슬픈 눈물을 내보내고, 환생은 기쁜 웃음과 눈물을 내보낸다.

생명의 타격은 환상(換狀; 상으로 교환됨)이 나타나서 실상의 나라로 귀환되며, 정신을 차리면 세상으로 돌아온다.

세상을 기준으로 환상을 보았다고 한다.

실상의 격식으로 환원된다.

실상의 나라에서 생명을 주어, 먹고 사는 인생.

실상은 나타나도 생체의 감지 경계에 의하여 현지(顯知; 나타난 것을 알다) 하지 못한다.

잠들면 소통한다.

세상살이 충격으로 감당 못할 때, 실상의 나라가 환상처럼 나타나고, 깨어나지 못하면 실상의 나라로 가고 있는 것.

맑고 어두운 바탕에 잘 나타나는 형상,, 맑은 정신과 어두운 밤, 잠잘 때 잘 나타나는 꿈.,,,

형태의 형상은 몸에 결상되어 추억으로 들어와 있고,,꿈은 몸속을 납이 (納離; 들어오고 떠남) 한다.

형체에 비친 형상은 눈을 통하여 나타나고, 꿈은 잠들은 몸을 통행하여 나타난다.

그림자 바탕의 형체가 그림자를 통행하여 나타나는 것과 같다.

실상의 나라 꿈이 잠자는 세상의 형체, 몸에 반영되는 것.

모든 형체는 어둠과 형상, 꿈같은 실상 안에 있기 때문이다.

형체를 꿈과 형상이 통행하고, 빛과 공이 통행한다.

공을 꿈, 형상, 형체가 통행한다.

들어오는 것이 있으면, 나가는 것이 있다.

몸에 착생이 크면 삶이요, 착공이 크면 죽음이다.

몸에 상이 정착하면 삶이요, 떠나면 몸과 이별, 해탈이다.

상이 없으면 착생할 수 없어 아무것도 생겨 날 수 없다.

힘과 입자가 붙어 있을 곳, 하나도 없는 것.

세상, 자연이 사라진다.

우주의 윤곽을 알려면, 우주의 크기와 시각에 맞추어 멀리 있어야 한다.

그러나 공과 어둠이 클수록 기준이 사라져, 알기 어렵다.

끝이 있을 경우, 우주 밖이 없고 막혀서 정해진 범위 안에서만 헤 멜 뿐이다.

밖이 있을 경우, 잉태와 깨어남처럼, 같은 나라면서 다르게 생겨날 것이다.

끝이 없을 경우, 나타나고 생겨난 이유를 모를 것이다.

끝이 있어도 하나와 같고, 없어도 하나와 같다.

세상과 다른 나라가 있어도, 하나의 나라와 같다.

있는 것과 없는 것은 인간의 척도일 뿐이다.

사람은 살고 죽고 하므로.

생명의 한도와 죽음의 한도가 다른 것처럼.

창조와 척도는 사람의 감각 한계 속에서만 있다.

사람이 생겨나기 전부터 있었던 자연, 우주의 나라다.

그 속에 잠시 살다 갈뿐이다.

사람으로 생겨서 세상에 들어와 사는 것이 이상하다.

감각도 없이 인간의 한계를 벗어나면, 세상에 있던 일은 모두 잃어버릴 것이다.

죽음이 되어 유실된다.

실상의 나라에선, 생각도 없을 것이다.

시간도 없이, 형체를 만나기 어려울 것이다.

빛과 어둠이 없는 곳이 될 것이다.

하나에 붙어있던 모든 것, 사람에게 착생하던 세상 것은, 모두가 흩어지고, 정든 몸을 떠나갈 것이다.

오직, 실상만이 생동할 것이다.

세상에 몸을 잃고 다른 나라에 있을 것이다.

평생 정들며 살던 몸을 떠날 것이다.

잃어버리고 헤어진 것들은, 변해서 가버린다.

남성은 씨, 뼈골로 써, 남성을 이어가고, 여성은 알, 피살로 써 여성을 이어가는 것처럼.

있는 것은 변하여 사라지고, 사라진 것은 변하여 있다.

있는 것은 없어지고, 없어진 것은 다르게 살고 있다.

형체, 사람의 성질에서만 있고 없고 변한다.

한계 속에 살면서 한없이 생각한다.

없는 것 같으나, 무엇인가 나타나고, 사라진 것처럼 다르게 나타난다.

실상은 변하지 않고, 아무리 변해도 실상은 하나다.

하나가 없으면 아무 것도 생성되지 않는다.

하나가 없으면 착생할 수가 없어, 생성되어 살아 있을 것이 하나도 없다.

자연으로 생겨난 수많은 것들, 자연을 몸으로 한, 실상 하나와 같다.

몸 하나에 수많은 착생이 있다.

수많은 개체, 입자가 하나의 별이 된다.

수많은 별, 수많은 것들이 실상의 한 몸과 같다.

세상, 자연의 모든 것은 동일한 알의 성질, 여성적인 것과 씨의 성질, 남성적인 성류(性類)로 연속하여 생성된다.

그러나 남성적인 성질과 여성적인 성질도 씨와 알의 결합으로 한몸, 형체가 되는 것과 같다.

씨와 알, 여성과 남성, 두 줄기가 연속하고, 한사람으로 연속된다.

하나의 몸에 여성과 남성이 동생 한다.

사람의 성질, 지혜와 감각적 한계로 인하여, 하나와 둘, 개체로 구분하였을 뿐이다.

하나의 자성이 경계를 하여 허용과 거부, 탈착(脫着; 서로 벗어나고 끌어 붙음)하는 것을 동체에서 한 것처럼.

실상은 모든 것을 질서 있게 한몸처럼 활동하도록 한다.

자성은 인력과 탈력(脫力; 벗어나는 힘)이 한 몸에 있고, 개체들은 결합과 분리에 따라 서로 다른 개체가 되거나, 동체가 될 수 있다.

개체들은 하나의 몸, 실상이 활동하는 것과 같다.

상이 있으면 착생하는 것들이 동신(同身)한다.

상과 착생으로 환생하는 것이다.

상이 없이 착생하는 것 없고, 착생 없이 형체와 생성이 없다.

나타나는 꿈을, 밖에 인간이 볼 수 없는 실상의 나라다.

눈을 감아도 나타난다.

상에 착생한 것에 따라 기질이 다르고, 유전에 따라 착생한 것은 배치되며, 형(形)이 닮아서 생겨나고 산다.

몸으로 착생한 종류에 따라, 선택된 종류의 결합에 따라 성질이 다르게 산다.

식물, 동물, 종류의 선택적 결합에 따라, 기질이 다르게 환생한다.

섭취된 생명이 다른 종류의 몸으로 옮겨서 살다가, 이성(異性)의 결합이 성사되면 환생한다.

기질이 다른 생성체가 된다.

상의 환생 변화가 되는 것.

상의 착생과 만남이 중요하다.

살려있는 나라, 상의 완성에 필요한 과정이다.

인생의 완성은 꿈을 실현하는 것.

완성된 인생은 꿈이 되고, 상은 꿈을 거쳐 실상의 나라로 가기 위한 것.

상은 꿈이 되기 위하여 세상에 왔다.

상은 꿈을 실현하기 위하여 세상에 왔다.

상을 세상에서 완성하여 꿈나라로 가기위한 것.

완성된 상은, 죽어도 세상에서의 모습을 하고 꿈에 나타난다.

세상, 자연이 변하는 것은 꿈같은 실상의 나라를 이룩하기 위한 것.

꿈은 실상의 나라에서 활동하고 있는 모습의 한편이다.

세상에 살고 있는 사람의 미래를 연관하여 꿈으로 예시(豫示)하여 주기도 한다.

생명은 인생으로 끝나지 않고, 영원한 것으로 변할 수 있다.

씨와 알의 만남이 선택되어, 단명(短命), 탈락되지 않고, 사람이 되어 장수하는 것처럼.

그리운 실상의 나라로 완성되어 가야 한다.

처세에 따라 결과가 다르게 온다.

잘살아야 한다.

세상, 자연은 실상의 나라 한편일 뿐이다.

힘이 빛으로, 빛이 힘과 형체로, 형체가 불과 빛, 중력으로 변하는 것처럼, 세상, 자연의 모든 것은 재편성되어 종류와 성질이 변한다.

자성의 허용과 거부, 좋아하고 싫어함, 선택된 섭취의 합성과 재배치에 따라 종류와 기질을 다르게 한다.

남성과 여성으로 재구성되는 것처럼, 생겨나고 사라지는 것이 새롭게 구성되는 것처럼, 상이 세상, 자연의 만남, 인연에 따라 종류가 되고, 환생한다.

실상의 질서, 배치(配置)가 달라지면, 생겨난 것이 변하고, 새로운 종류가 생겨나거나 사라진다.

배치되는 것에 따라 운명이 달라진다.

실상의 질서에 따라, 사람은 인생의 한계에서 벗어날 수 없이 살아야 한다.

생명이 변할 때 까지.

생명은 실상이 주는 생명을 먹고 살며, 생명을 반환하고 간다.

세상의 모든 것은 개체(개인)의 것이 아니므로, 영원한 생명이 될 수 없다.

실상의 몸이 새롭게 배치되는 활동이다.

상이 나타나고 사라지는 변화에 따른다.

영원한 생명, 실상의 활동에 의한다.

신주(身主)는 개체이며, 실상이다.

살려있는 나라에서 살고 있는 것으로 생명이 끝나지 않는다.

씨와 알이 결합, 부화하며 생명을 연속하는 것처럼, 세상을 떠나서도 만나는 것이 있다.

형체에 결상되어 축적된 것들은 실상의 나라에서 활동하는 모든 상에 연관되어, 사람, 개체의 꿈에 계시(啓示)된다.

꿈은 세상, 자연에 축적된 모든 결상과, 실상의 나라 모든 활동이 총체적으로 결성되어 나타나는 것.

세상에서 하는 모든 일이, 숨기고 개조(改造), 반환(反還)할 수 없이, 상에 결상되어 실상의 나라에 사실대로 반영된다.

반영된 것에 따라 현실과 미래의 인생길이 되며, 꿈으로 나타난다.

인생의 미래가 예시(豫示; 미리 나타남)되는 것.

축적된 모든 업보(業報)는, 버리거나 숨길 수 없이 실상의 나라와 연관되어 인생길이 달라진다.

상은 관상이 되어 과거를 닮는 것으로 태어나고, 세상에서 결상된 형상들과, 업적의 기분이 인상(人相)으로 나타난다.

인간은 한계가 있어, 한 많은 세상살이를 하지만, 실상의 나라는 한이 없다.

질량도 없고, 무게도 없다.

잘 살아야 한다.

한번 태어난 세상 구경, 다시 오기 어려운 곳.

다시 돌아오는 날, 인간의 힘으로 기약할 수 없고, 영원히 떠나 갈수 있다.

업보에 따라, 가는 길이 달라진다.

사람이 한 일에 따라 낙원이 될 수 있고, 별도 잘못 살면 멸망이 오는 것.

편리한 기능이 지구를 파괴 하는 것처럼.

한계를 지키면 낙원이요, 욕심이 넘치면 멸망이다.

모든 것은 어둠, 공을 거쳐서 탄생한다.

없는 것처럼 나타나지 않는 곳에서 생겨난다.

세상을 떠날 때, 실상의 나라로 갈 때와 같다.

빛도 어둠과 공을 통하여 세상, 자연에 생겨난다.

세상, 자연의 모든 것은 질량도 무게도 없는 꿈같은 상이, 질량도 무게도 없는 공을 통행하여, 실상의 나라에서 생겨 날수 있다.

세상, 자연에 생겨 살던 것도 공을 통행할 수 있는 꿈같은 상이 되어야 실상의 나라로 갈 수 있다.

삶과 죽음의 모습이다.

공은 항상 어둠과 동생한다.

항상 어둠과 같이 한다.

사람의 감각은, 상이 세상에서 떠난 것을 죽음, 사라진 것이라고 한다.

세상에서 어둠의 공은 아무 것도 없는 것처럼 나타나는 것이 없지만, 세상을 벗어나면, 꿈처럼 실상의 나라를 통과 하는 상이 활동하고 있다.

실상의 나라에서 어둠의 공을 통하여 세상의 모든 것은 생겨난다.

어둠의 공을 통과하는 것으로 변하지 않으면, 세상에 들어 올 수도, 실상의 나라로 갈 수도 없다.

죽음은, 어둠의 공을 통과하기 위함이다.

세상에 있던 몸이 없는 것으로 변해야 통과 된다.

실상을 사람들은 신이라고 한다.

사람을 닮지 않아 이름 없는 실상이 된다.

하나의 힘은 세상, 자연의 종류에 따라 나누고 환원하면서 변모 한다.

어둠에서 생겨난 빛은 여러 종류의 개체에서 살다가, 불과 동력이 되었다가, 어둠으로 귀납한다.

하나의 힘에 의한 변화다.

질량은 불변한다.

세상, 자연에서 여러 가지 종류의 종체(種體; 종류의 몸), 형체로 변할 뿐이다.

하나의 힘, 질량은 세상, 자연에서 수많은 종체로 생겨난다.

하나의 실상에서 수많은 종류로 활생(活生)하는 것이다.

생명의 수호는 세상의 살림, 피해는 살려있는 나라의 파멸.

세상의 모든 것은 같은 몸, 동체(同體)를 먹고 사는 것을 싫어한다.

실상의 사명, 살려있는 나라의 역할(役活)을 반역하는 것이 된다.

세상의 모든 것은 실상과 접속, 연동하여 생활한다.

자멸, 흉물이 되는 것, 살아도 가장 큰 고통이 따른다.

세상살이 끝나고 실상의 나라로 복귀할 때, 실상을 파멸한 자는 보답이 다를 것이다.

악의 근원이 된다.

종류에 따라 힘은 한계가 명확하다.

힘이 빈약하면 소멸되고, 과다하면 천생지변으로 한계를 지키도록 한다.

모든 것은 하나의 한계에서 증가, 감소되어 종류가 생성되고 사멸된다.

먹은 것이 있으면 죽은 것이 있다.

그러나 죽음은 다른 것이 된 것.

일체(一體)에 변화가 있으면 전체파동이 생기고 한량(限量)이 평정된다.

인생은 땅이 돌아가는 운명에 따라, 태양의 둘레를 돌기 싫어도 돌아 버려야한다.

인생은 실상에 따라 돌아가는 운명이다.

세상을 망쳐 놓고 실상의 나라로 돌아가는 자가 있는가 하면, 살려 놓고 돌아가는 자가 있다.

생명이 증가하는가 하면, 죽음의 먹이가 증가하고,, 땅을 소모하는 것이 증가하면, 땅의 파멸도 증가한다.

소수가 재산을 축적하면, 가난한 자가 많아진다.

생성이 증가 하면, 죽은 것도 많아진다.

증가하면 감소되는 것이 있다.

세상에서 죽고 사는 것은, 힘과 질량의 변화다.

하나의 원칙, 모든 것은 하나의 동력(同力)으로 생성과 생명이 증감된다.

동력(同力)에 속하므로, 생성은 힘의 동작(動作)으로 변하고, 하나의 몸이 활동하는 변태(變態)와 같다.

생명과 생성은 힘의 변태이며, 상신(狀身)의 결합과 해산에 의한다.

생명과 생성은 자연을 몸으로 한, 실상의 한몸, 동작과 같다.

동력(同力)이 생변한다.

생명과 생성은 실상의 몸, 일체(一體)가 변동(變動)한 것.

세상, 자연은 질량이 변태(變態)한다.

질은 자성의 결합성, 량은 힘이다.

사회 경제는 한량(限量; 한계가 있는 량)이 활성 한다.

정체된 재산, 낭비하는 재산, 동일한 분배, 독식 재산은 불행한 재산이다.

정치는 생명의 동질(同質)이 활동한다.

통금, 피해, 냉정, 실업은 불행한 나라다.

정이 많고 평화로운 곳이 낙원이다.

모든 것은 하나의 한계에서 활성 되고 있다.

하나의 힘이 생변하듯, 생명, 생성이 하나의 몸에서 활성(活性)되고, 세상, 자연이 하나의 몸에서 살려있고, 하나의 한계 속에 모든 살림이 유지되는 것.

정치도 하나의 한계 속에, 수많은 생명을 활성 하는 것이다.

하나 속에 가감되며, 같은 성질의 수많은 생성이 동작한다.

하나 속에 모든 것을 조화롭게 활성 하는 것, 평화롭게 잘사는 길이다.

하나에는 가감되는 많은 것이 있다.

여러 종류는 하나 속에 가감되는 생동 현상이다.

동신에서 수많은 것이 생동하므로 가감되고 생변한다.

하나 속에 수많은 것은, 하나보다 더 크게 상존할 수 없다.

하나에서 생성되고 사라지는 수량은, 정해진 한계 속에 동작한다.

일체다생(一體多生)하고, 일체한계(一體限界)에서 상존한다.

한 몸에 많은 것이 생겨 살고, 한 몸의 한계 속에 상존한다.

한계생성(限界生成)되어 생변(生變)하는 개체들.

한 몸의 한계 속에 생성되며, 생겨난 개체들은 변한다.

실상일체(實狀一體)로 동작(動作)한다.

실상의 한 몸에 생동하는 것이다.

자연과 같이.

사람의 한몸에 수많은 것이 생겨 살고, 세상에 태어나면 실상의 한몸, 자연(우주) 속에 수많은 것이 사는 것과 같다.

한계를 반역(反逆)하면, 강풍과 폭발, 냉동, 화염, 황폐(荒廢)로, 별과 생명을 재편성하여 평정한다.

힘은 개체로 편성되다가, 다른 힘으로 변환한다.

생명은 생체로 있다가, 다른 생명으로 귀속한다.

상은 몸으로 기거(寄居)하다가, 실상의 나라로 해탈한다.

세상에 머물다 가는 것이다.

새롭게 생겨나지 않으면 세상에 들어오기 전, 옛날로 복귀(復歸)한다.

모든 것에 있던 힘이 화력, 불로 해방되어 빛을 발산하다가 형체를 잃고 돌아간다.

모든 생명이 생겨 살다가, 다른 생명이 되기 위하여 세상에서 사라진다.

세상, 자연은 변해도, 실상은 변치 않고 생동한다.

실상은 하나와 같고, 한(限)이 없다.

판단하고, 지켜보고, 동신을 지킬 수 있다. 구원한다.

몸속에 형상이 들어와 결상하여 맺힌 것이 한 몸으로 살고, 꿈과 같이 어울려 세상살이 한다.

형체는 실상(實狀)의 산물(産物)이다.

형체는 상의 몸과 같다.

모든 것은 상으로부터 발생한다.

생명의 정신과 마음, 지혜와 감각, 의식과 몸이 상으로부터 생겨난다.

씨와 알의 생명, 결합하여 생긴 사람의 생명, 별과 결합하여 생긴 다양한 생명, 꿈이 된 생명, 두 생명(씨와 알)이 한 생명(사람)되고, 다양한 생명이 한 생명, 별이 되어 생물과 빛이 산다.

세상, 자연에 살던 생명, 꿈이 되어 산다.

결상된 것이 있으므로 추억, 기억, 인식, 식별, 대조(對照)하면서 세상을 의식한다.

결상된 것을 잃으면, 침해(侵害), 상실(狀失), 허상(虛狀)이 발생하여 한편의 인생을 잃고, 꿈같은 실상의 나라 한편이 들어온 것과 같다.

서로 상대하여, 상대가 일치해야 매사가 잘 풀리고, 상이 서로 일치하므로 모든 일이 실수, 헛되지 않게 잘산다.

상대(相對)한 것의 상을 알아내고 의식한 반상(反狀; 상대편에서 반사된 상)을 받아, 동신에 축적된 상중에서 적합한 상으로 상대(狀對; 상을 대한다)한다.

상대(相對)한 것을 상대(狀對)한다.

동신에 축적된 상으로 반사된 반상을 비교하고, 일치하는 상으로 적용하며 산다.

생성된 것들은, 서로 상을 맞상대(狀對)하여 이해하고 깨달으며 만사형통한다.

동물들이 서로 살피는 것처럼.

새, 물고기, 곤충, 짐승, 사람, 별들이 서로 상을 마주하여 지켜보는 것과 같다.

상통(狀通; 상을 통한다)하며 살고 있는 것이다.

모든 사람은 상에 의하여 태어났고, 세상살이 하면서 결상된 모든 것은 지울 수 없이 간직되어 상대한 것들을 비교하고, 판단하여 어두운 밤, 등불처럼 인생길을 살펴 간다.

적합한 상을 그리워하고 찾는 사랑과 같다.

죽은 몸은 세상에 남아서 무상(無狀)하고, 몸에서 떠난 것은 꿈처럼 실상의 나라로 간 것과 같다.

상이 몸과 이별한 것.

몸의 안과 밖은 상이 활생한다.

몸은 상에 기인(起因)하여, 잠들어도 동신이 꿈에서 활생하며 나타나는 것.

몸의 생명은 실상, 실상에 의하여 행동한다.

정신이 괴로우면, 심장을 압박, 몸이 압축되고, 세상살이 구속되어, 마음이 슬픈 눈물을 짜낸다.

정신과 마음의 고통은 결합된 상이 억압되어 상의 고달픔이 된다.

좋은 일이 생기면, 정신의 괴로움이 풀리고 해방되어 고통이 해결되고, 압축되어 쌓인 눈물이 반출되며 몸이 개운하고, 마음이 평화롭고 경쾌하여 기쁨이 넘친다.

시원하게 정신과 마음의 억압이 해산된다.

몸에 결상된 생명의 상이 억압에서 탈상(脫狀; 벗어나는 상)하는 것.

정신과 마음의 억압에서 탈상하면 해방된 생명으로 돌아오고, 몸을 탈상하면 죽음이다.

　자살은 생명의 이탈이다.

　실상의 원칙을 반역하는 사람의 권한은 없다.

　정신의 괴로움 마음이 풀고, 마음의 한을 정신이 해결한다.

　정신과 마음은 세상살이 서로 돕고, 의지하며 살고 있다.

　남녀의 사랑이 맺어, 새롭게 생겨난 몸이 되어, 서로 인생길 의지하며 산다.

　결상된 상이 좋은 상으로 가득하면 만사형통이며, 세상 순리, 실상의 순리에 반역되면 괴로움의 연속이다.

　결상된 상에 따라 인생길 달라진다.

　되돌릴 수없이.....

　한번 결상된 상은 숨길 수없이 남는다.

　추억처럼, 기억처럼, 느낌처럼, 꿈처럼, 지워지지 않는다.

　죽은 자가 꿈에서 나타나는 것처럼.

　세상 것들에 대한 실상의 원칙이다.

　모든 것은 종과 란이 동생하고 있으며, 산신이 식물이면 동일한 종과 란이 연신(聯身; 변함없이 이어서 생겨난 몸)되고, 산신이 동물이면, 종신(種身; 수, 씨를 가진 남자)과 란신(卵身; 암, 알을 가진 여자)으로 분류되어 출산된다.

　인연(남매)은 연신되고, 연분(남남)은 변신된다.

　몸속에 잉태하여 하늘 속에 산다.

　산신(産身)이 살던 곳에서 생신(生身)이 산다.

　빛이 동물이나, 식물 몸에 살다가, 불이 되어 해산하거나, 힘으로 작용한다.

　하늘에 살던 산소, 수소가 결합하여 물로 환생하고, 물이 산소, 수소로 이별하여 변덕스럽다.

같은 종류가 결합, 해산을 반복하면서 변신하고 환생한다.

힘처럼 실체는 변하지 않고, 형태만 변신하는가 하면, 해산되어 새로운 것을 만나서 다르게 환생하는 것이 있다.

결합하여 부화가 성공하면 새로운 상이 되고, 실패하면 상이 새롭게 갈 곳을 찾는다.

종란으로 사람이 되어 꿈속에 나타나듯이, 새로운 상을 달성한다.

변신하여 새롭게 연생(連生)을 달성하는 것, 실상의 나라로 완성되어 가고 있는 것.

실상의 나라로 환생하는 것이다.

연분의 결합에 따라 변생한다.

물이 되고 식물이 되는 것처럼.

꿈으로 동신이 완성되지 않으면, 씨와 알이 결합하지 못한 것처럼, 실상의 나라로 갈 수없이 실패한 것.

성실(誠實)과 인연, 연분에 따라 다른 것이 된다.

사랑은 새로운 것이 되어 생명을 연장하고 더 살기 위한 것.

사랑이 없으면 종란으로 끝나는 생명이 되고, 사랑이 성사되면 종란이 결합되어 새로운 형체로 더 살게 된다.

씨알이 결합하여 사람으로 변생하면 죽지 않고 더 산다.

종란이 변하여 사람이 된 것이다.

더 살기위해서 종란이 서로 붙어먹고 사는 것이다.

서로 돕고 의지하면서.

연분이 되어 새로운 생명으로 변신하도록 축복받고 선택된 것이다.

실상의 나라로 부화하여 새롭게 변신할 기회를 받은 것이다.

사람이 죽지 않고 영생(永生)하는 것은, 인생 시절에 꿈같은 상을 완성하여 실상의 나라에 사는 것이다.

새로운 것으로 변생하지 않으면 영생에서 탈락된다.

세상은 동등하게 있고, 개체의 차원은 모두 다르며, 차원에 따라 처지와 능력이 다르다.

세상을 나갈 수 없는 몸, 빛과 물, 먹이와 바람이 통생(通生; 통하여 삶)하고 있다.

공통적으로 살고, 개별적으로 변해간다.

신주도 모르게 세상, 자연에 동화된다.

하고 싶은 대로 하여도 소원대로 안 되는 것이 있다.

몸이 생긴 한도에서 행동하고, 이탈할 수 없다.

인생포기는 미완성이다.

미완성의 씨와 알이 사람으로 완성된 것처럼, 세상에서 완성된 것은, 꿈같은 상을 만드는 것.

꿈같은 나라, 실상의 나라에 가지 못하면 실패한 것이다.

씨는 알을 교체하여 거처를 옮기고 새롭게 살며, 알은 씨를 교체하여 생식하고 세상살이 인도된다.

알은 씨와 세상을 살면서 살림을 한다.

깨어난 밝은 낮, 맑은 의식 속에 형상은 나타나고, 맑고 눈감은 어두운 밤, 무의식중에 꿈은 나타난다.

힘이 공을 벗어나면 발광하고, 공속에서 빛을 잃고, 같이 있으면 힘이 된다.

빛이 있으면 형체가 되고, 태워서 빛이 해산되면 공이 되고, 공이 되면 어둠이 된다.

정다운 님은 실상의 생명.

빛을 몸에 주고받고, 물과 바람이 몸에서 산다.

먹을 것도 자연에 주고, 별에서 살게 한다.

정다운 몸에서 다정하게 살게 한다.

물고기가 정들어 물에 살고, 새가 날라서 하늘과 바람이 정든다.

땅이 정들어 나무가 별에서 산다.

정들어서 결합하고, 나누어서 공생(共生), 생성된다.

정들지 않으면 떨어진다.

정들어서 꿈이 오고 몸에서 살며, 잠이 들어 만난 꿈과 정답게 살다
온다.

정든 것이 있어서 같이 살고, 정을 주고 떠나서 그리워한다.

정 붙일 곳을 찾아가면 나타날 것이 있는 것.

정다운 님을 만나면 정처 없이 살지 않고, 다정하게 살 것이다.

정다운 실상을 만날 것이다.

생신을 길러주는 것은 정다운 것, 자연이 정답게 먹여 살려준다.

정떨어지면 사랑할 수 없고, 싸우다가 정들면 손잡고 춤춘다.

다정한 곳은 생명들의 낙원, 풍경 속에서 재미있게 산다.

구경할만하다.

정든 님, 실상은 뒤에서 앞을 반영하여 준다.

정든 님, 실상은 몸의 뒤에서 세상 앞을 반영하여 준다.

세상을 지켜준다.

잠들은 밤에 꿈에서 세상을 반영하여 준다.

세상, 자연은 실상의 나라, 꿈에서 반영된 것.

빛은 공과 어둠이 반영하고, 어둠은 빛이 반영한다.

그림자는 빛이 반영하고, 빛은 그림자가 반영한다.

빛과 그림자 사이에 정든 사람이 있다.

정을 베풀면 싫어할 것이 하나도 없는 것.

정든 님 실상의 본성이다.

얼마나 좋으면 떠나기 싫을까, 죽기 싫은 것처럼.

세상에 몸을 주고 가도 아깝지 않은 정, 가장 귀중한 것, 생명이 된다.

정든 사람 추억 속에서도 잊을 수 없다.

꿈에서도 잊을 수없는 것.

정든 사람을 정든 님, 실상이 기다린다.

생명은 잃어도 정은 남는다.

꿈같은 실상의 나라와 세상 같은 몸의 나라가 생명으로 생겨있다.

꿈과 실상은 무명(無命)이다, 생명이 없다.

그러므로 세상, 우주처럼 영원하게 살려있는 것.

생명은 사람과 같은 하나에 있는 것, 죽음이 있다.

그러므로 일생(一生)으로 사는 것.

세상의 모든 것은 상신(狀身)하여 있다.

상신한 것에 삶과 죽음의 변화가 있다.

인생은 꿈과 같이 몸으로 살면서 꿈처럼 의식과 지혜가 오락가락하고 있다.

그러므로 사회와 생활이 정착 없이 변하고 있는 것.

비가오고 구름이 되는 것, 실상의 법에 의한 것.

바람이 불고 날아가는 것, 실상의 법.

어둡고 빛나는 곳에 몸이 사는 것, 법에 의한 것.

별과 생명이 되는 것, 실상의 법에 있다.

거역하면 폭발하고, 고갈되거나 죽음이 온다.

생명의 사회도 실상의 법을 기준으로 생겨나야 한다.

둘이 있어야 생성, 하나에도 둘이 있고, 하나만 있으면 결성이 않된다.

자성에 의하여 맺어지는 결성의 법칙이다.

새로운 것이 생겨나는 생성의 법칙이다.

맺어지는 인연이면 자성이 결성한다.

궁합이 않되는 것이 강요되면 천둥과 번개처럼 적변 파산된다.

물과 바람, 빛과 힘이, 열과 냉기가 은입(隱入)하거나 나간다.

모든 것이 생성되는 현상이다.

광물과 생물, 천지에 열이 전도(傳導)되는 것처럼.

상과 꿈이 형체를 납이(納離)한다.

하나의 힘이 만나는 것에 따라 다른 모습이 되는 것처럼, 하나의 실상이 인연에 따라 다른 종류를 탄생한다.

실상의 나라에 삶과 죽음이 없다.

실상은 무명, 변생(變生)으로 무한하며 영원하다.

실상의 한계 속에 다생(多生), 천생 천물이 살고 죽는다.

실상에 의하여 변하며 살려있다.

인생이 있는 곳에!

신상(神狀)은 우주와 같은 상신(狀身)으로 나타난다.

일신 다생, 동량의 변형, 변체, 결성 신생, 일체 양립(兩立) 생성.. 양 눈, 코, 귀, 입술, 팔, 다리, 날개, 지느러미, 풀잎, 꽃잎, 성기, 식물 잎, 동물.

일체는 양립의 법칙으로 생겨서 산다.

양립하여 돕는 정 생기고, 의지하며 균형 있게 생겨 산다.

반쪽이면 세상 생김, 존립 불편, 불가능, 양립은 왼손이 어려우면 오른손이 돕거나, 동시 활동하면 두 배의 일을 한다.

정의 근본이다.

개체들은 쌍립(雙立)하여 정을 나누면 일체 생성의 근본이 된다.

두 개체, 꽃의 암술 수술, 동물의 암컷 수컷이, 빛과 그림자, 태양과 위성이 쌍립하여 상존, 생성한다.

자연, 세상살이의 균형이 된다.

편립(偏立)은 불생, 편형, 편체 편면 편향, 편행 편견 편심, 편각, 불균형, 불합리, 비정상, 불행이다.

별과 열매처럼 둥근 것은 씨와 알이 생겨 탄생할 수 있도록 잉태하는 곳

잉태의 성이다.

고생고립(안정; 외로움; 신생의 발생 멈춤), 양립(안정; 의지; 정자, 씨; 신생(생명 연장)), 쌍립(양립 + 원립(난자)은 신생(新生) + 환생(닮음), 생명의 재연장, 새로운 안정, 의지, 동생의 증가)) =

1. 몸속의 잉태, 모체 외탈(外脫)할 때, 부화(사람), 땅에서 이탈(離脫), 해탈력 중간.

2. 몸속에 잉태, 외계(신체의 밖)에서 부화(조류, 해탈력 강(强).

3. 외계에서 잉태, 외계에서 부화(孵化)(물고기, 부력 강).

1. 식물 몸에서 잉태(열매), 땅에서 부화(새싹, 해탈력 약(弱).

2. 식물 몸에서 잉태(뿌리, 열매 없음), 땅에서 부화, 원립성 최약(最弱).

1. 땅(지구)은 원립이 거대하여 다량의 생명이 잉태하고 부화한다.

1. 고생고립, 양립, 원립(圓立)은 음(陰), 양(陽), 음극과 양극, 핵의 양자와 중성자, 암컷과 수컷, 빛과 공, 태양과 행성의 유통(流通)이 적변하는 현상, 상과 형체의 생성과 죽음 같은 현상이다.

빛과 바람과 물결, 인생이 자성처럼 흘러가는 것과 같다.

남성(씨)에서 여성(알)으로, 여성에서 남성과 여성으로 유통하고 있다.

공을 통하여 형체로, 형체에서 죽음으로 흘러간다.

살려 있는 나라를 위하여...,

실상과 자연(우주)의 정통에 의하여 유통되는 생명, 생성이 흘러간다.

생명 비밀의 근원이다.
실상으로부터 생명이다.

공통의 생활과 한계의 적변

실상을 정통(正通)하는 곳에 청정, 사정(事情), 생명, 수호, 섭리가 있다.

정신과 마음, 몸의 청결이 있다.

혼란하지 않도록 평정한다.

자연의 몸에 거처하고, 먹고 사는 사정, 인정이 있다.

자연처럼 먹고, 살 곳을 준다

생명은 실상을 통하여 생겨난다.

자연을 몸으로 한, 실상을 떠나서 생명은 상존할 수 없다.

몸의 양립적 균형으로 생명이 수호된다.

실상의 몸, 자연과 같은 법칙이 있다.

법칙을 과학으로 인용하고 있다.

실상의 몸, 생활의 섭리가 정치, 처세, 경제의 공정, 사회 공생의 원칙이 되어야 한다.

생명은 공통적인 실상의 한계에 적변, 적법한 기준이 되어야 한다.

지키지 못할 경우 전쟁이 발생하고 천지가 개벽한다.

실상을 잃지 않는 정통.... 사회, 도덕, 신앙, 인격, 지식, 수양의 기준이 되어야 한다.

실상의 정통을 배우는 곳에 낙원과 인생이 가야할 나라가 나타난다.

생각을 하다 보면 생각이 어느 골짜기로 가는지 모른다.

일을 하다보면 인생이 어느 계곡으로 가는지 모른다.

자연, 우주에 있는 몸이 어느 동신(同身)에 있는 것인지 모른다.

마음의 욕심이 얼마나 헛된 곳에 있는지 모른다.

지나간 후 결과에 따라 운명, 낙원과 고통, 후회와 평가, 도달한 곳을 짐작한다.

몸이 처신하는 곳이 실상의 몸, 자연과 같은 생활을 하고 살며, 세상 속에서 생각하는 것이 실상의 꿈같은 반영에 정통하며 살고 있다.

정통하여 살아야 한다.

먹고 사는 살림, 정통하고 살며 돌려준다.

정통하는 순리에 따라 보살피고 적법 적변 한다.

과다한 것, 불량한 것, 불쌍한 것, 만족한 것, 실상은 공평하고 평화롭게 정통하여 환원, 평정, 환생하도록 공통 적변 한다.

살기 좋은 낙원과 천둥, 번개, 화산의 폭발처럼....

폭염에 비를 내리고, 혹한(酷寒)에 빛을 주는 것처럼.

죽고 사는 것처럼.

실상을 정통하지 못하면 생겨난 이유를 모르고, 도달하는 행태, 상태가 무엇인지 의식할 수 없다.

태양과 별, 땅에서 사는 빛과 물결, 식물과 동물처럼 실상을 의식하지 못하고 살다 간다.

고립과 양립, 쌍립, 원립

공간의 자성과 힘에서 태양의 빛과 힘이 되어, 공기와 물과 식물과 동물, 땅과 용암, 화산 폭발을 만든다.

실상의 몸에서 생겨, 균형 있게 사는 것.

고생고립하고, 양립하면 다정, 투정한다.

고생고립,, 양립, 쌍립의 인연에 따라 균형 있게 사는 것.

하늘과 땅에서 좋은 풍경, 꿈속에 살면, 실상의 몸과 나라, 낙원에 산다.

고생고립(孤生孤立; 외롭게 생겨 외롭게 있는 것)된 것은 자립하지 못하고, 햇빛의 방향을 감지하는 초목의 잎, 차단된 곳을 돌아가는 올챙이나 정자처럼 양립은 판단, 식별, 균형을 유지한다.

양립한 것이 쌍립하면 정심(精心; 정신과 마음)으로 동생, 의지,, 양립하지 못한 것은 자연, 세상에서 고생고립하여 산다.

고생고립에서 양립하고 쌍립할수록 독립, 신생(新生) 장수한다.

여성의 알에서 정착하고, 남성의 씨가 세상을 인도하며 산다.

공간의 광대한 힘이 몰입하여 태양의 빛이 되고, 초목 속에 빛이 살고, 동물 속에 초목을 먹은 빛, 힘이 산다.

땅, 별이 빛이 살던 초목과 동물의 죽음을 먹고 용암과 땅, 산천초목을 만든다.

동일한 것으로 양립한 것은 동물과 나무 잎처럼 안정되게 살고, 다른 것으로 양립한 것은 물, 바람, 흙처럼 균형이 약하다.

천지 실상의 몸에서 사는 생명의 법칙이다.

업적에 따라 인연이 다른 곳으로 간다.

생작(生作; 생명의 지어짐, 생성)에 따라 다른 생명과 관상으로 생겨나고,, 먹

고, 사는 질량과 종류에 따라 나약하고 풍만한 생태가 다른 것처럼,,,,

개체, 개인의 처지, 도달한 한계를 동신이 알기 어렵다.

그러므로 투쟁과 갈등, 부족과 고통, 오판과 후회가 생긴다.

그러나 실상의 정통을 기준으로 한계를 통과 할 수 있다.

실상의 정통을 정확히 선택하여 유통되는 것이 실상의 낙원으로 가는 운명의 길이다.

실상의 몸에서 살고 있는 생명, 실상의 풍경에서 기분 좋게 살 것이다.

형체를 닮아서 환생하는 것, 나무가 불에 타서 빛이 되는 것처럼 환원되는 것, 쌍립한 것이 만나서 연생하고 신생하는 것, 해탈하지 못하고 별이나 보석처럼 형체가 상주(常駐; 항상 머무름)하는 것, 생명이 되어,,,,

영혼은 정신과 마음의 동생에 따라 생명의 나라가 생긴 것.

상생하는 것으로 지혜가 생겨나고 실상이 반영된다.

경험은 원리, 법에 따라 활동한 것이며, 실상의 제공으로 유통되고 인연이 되어 가는 길이 생명의 세상이다.

선택에 따라 운명이 달라진다.

먹는 것과 일에 풍경이 되어 생각, 정신과 마음이 점령된다.

먹이를 먹어서 점령한 것은, 먹은 것이 몸속에 살아서 점령당한 것.

실상의 몸에서 일해야 살고, 생각, 정신과 마음이 도달한 정도에 따라 점령된 한계가 되는 것.

전쟁은 죽음에 점령되고 영토를 점령하여도 별, 지구에 점령된 것.

하늘과 땅을 벗어나서 살 수없는 것.

언제나 변함없이 실상의 몸에서 살고 있는 것.

땅과 하늘을 벗어날 수없이 속생(束生)되어 종류의 구성된 한계에서 몸과 세상을 떠돌다 간다.

우주, 세상에 점령되어 종류, 세상을 떠날 때까지,,,,

인간, 생물은 양립과 반편, 반영으로 살다 떠난다.

남성과 여성처럼 쌍립개체로 연분이 되어 살고, 한몸에 양안(兩眼), 양이(兩耳), 양수(兩手), 양족(兩足)처럼 판단, 갈망, 조력(助力)하며 양립일체로 산다.

쌍립개체는 사랑으로 잉태하여 동생(同生) 의지(依支)하고, 양립일체가 되거나, 상대개체를 먹음으로 한몸, 동체일립(同體一立)한다.

실상이 되는 원리다.

판단하는 개체로부터 거리, 시간, 구별이 생긴다.

실상의 몸에서 잉태하고 깨어나는 원리다.

별의 몸, 원립(圓立)에서 탄생하고 죽는 것처럼. 사람의 몸에 살고 있는 것이 많은 것처럼, 하나의 몸, 실상의 몸에서 살고 있다.

동체일국, 일체동생하고 있다.

한몸, 같은 나라에 살고 있다.

세상, 자연에 살다 가는 것이 많다.

식물과 동물에서 바람과 물, 빛과 양분이 살다 간다.

자성처럼 성립시키고 꽃잎처럼 열매를 성사시키고 간다.

식물의 꽃과 잎에도 몸처럼 사연이 있다.

나무의 주립(主立; 주권으로 있는 것)에서 종사하고 떠나간다.

인생도 천지의 주립에서 살다 간다.

모든 것은 실상의 성립으로 같은 몸에 사연에 따라 동립(同立), 상립(相立)한다.

점령에서 벗어나는 것은 실상의 정통에 따라 평정, 실상의 나라, 몸이 되는 것.

멋있고 평화로운 풍경 속에 사는 것처럼,,,,

별과 생명의 몸에서 살고 있는 것이 많고, 공속에 사는 별과 생명들...

별과 생명의 몸처럼 천지, 실상의 생명과 몸에서 살고 있다.

꿈처럼 실상의 나라,, 실상의 몸, 자연에서 살고 있다.

몸의 나라, 꿈의 나라,, 자연을 몸으로 한, 실상에서 살고 있다.

천지신명(天地神命), 영원한 실상과 같이 산다

왼편, 오른편 팔, 다리처럼, 양편 눈과 귀처럼, 양립된 몸이 서로 균형 있게 조력(助力)하지 않으면 세상 자연에서 살 수 없다.

정신과 마음이 의지하여 동생하는 것처럼.

빛과 물, 바람과 땅도 조력하고 떠난다.

태양도 별들을 조력하여 같이 돌게한다.

서로 돕지 않으면 살 수 없는 것이 생명과 세상이다.

돕지 않고 투쟁, 전쟁하면 함께 죽고 멸망하는 것처럼.

서로 돕는 우정, 애정, 빈부 속에 평화가 있다.

홀로 살 수 있는 것은 아무것도 없는 곳.

동체 생성의 원리 속에 살려있다.

꽃과 잎이 양립된 식물은 양립이 부족하여 원립의 땅을 이탈할 수 없이 의존하고, 동물은 양립이 확실하여 땅에 의지하고 있으나 독립되어 있다.

별들은 원립되어 별들과 어울린다.

원립은 자연, 세상에 거처하여 살게 하는 몸이 된다

실상의 몸이 되어....

고립한 것은 구름과 공기, 입자처럼 객관 타력(他力; 다른 힘)에 의하여 주관 없이 반동(反動), 파동 친다.

그러나 양립은 한계적인 주관(主觀), 주력(主力; 자력)으로 독립활동을 하여 더욱 안정된 생활과 새로운 탄생을 만들기도 한다.

쌍립하여 궁합이 좋으면, 양립과 원립이 두 배로 성립하여 더욱 안정된 생활을 한다.

고립된 것은 인연을 맺어 양립되면서부터 생물이 된다.

그리고 관상과 자태가 새롭게 생겨난다.

그러나 공기가 물이 되는 것처럼 모든 것은 살아 있다.

쌍립에서 양립(씨)된 것이 원립(알)을 만나, 식물, 동물이 되는 것으로 새로운 인연이 된다.

사람처럼...

양립의 한계에서 자유와 독립의 한계가 정해지고, 쌍립의 한계에서 공동의 근원이 된다.

빈부의 한계는 고립과 양립, 쌍립과 원립의 한계에 있다.

완전한 안정은 없는 것.

실상의 한계 속에 환생, 변생하며 살고 있다.

실상의 정통에 따라 천생천물은 적통(適通)하여 섭생, 상생, 신생하여 결상, 결실하고 있다.

앞과 뒤가 있으면 세상, 일치하면 실상의 나라, 세상 종교의 발상이 된다.

양립한 것이 좌우 공조(共助)하면 균형, 판단, 지혜롭게 살고, 모순이면 갈등, 상충하면 혼란이 생긴다.

생신의 안과 밖이 적통하면 섭생한다.

생신에 통풍되고 물이 흐르며 빛이 동화된다.

먹이가 섭취되고 이치에 따라 상통하며 안과 밖이 평화롭다.

생신의 속사정과 생신의 밖, 세상 사정이 소통, 섭생, 공생한다.

세상 공통 순리에 적응, 적합하지 않으면 극복하지 못하고 충돌, 대적(對敵)하거나 불화가 생긴다.

잉태하면 결상되고 깨어나면 신생(新生), 결실하는 것.

새로운 운명이 시작된다.

동생하고 있는 정신과 마음, 궁합이 좋으면 좋은 성질로 평안하고, 잘못된 인연으로 일치 불합이면 못살고 화통, 고뇌, 성질이 좋지 않다.

그러므로 인생을 적통하여 씨와 알의 결합 구조가 변하도록, 신 내림으로 심리, 정신 치료도 하게 된다.

적통과 불통에 따라 인생길이 달라진다.

정통을 거역하거나 순리에 따르는 것에 따라 악생(惡生)의 길을 가거나 평화롭게 산다.

세상 모든 것, 실상의 정통에 따라 적통하여 몸은 안정, 세상은 평화롭게 살 것이다.

실상의 나라에서...

천지신명, 실상과 몸, 자연

세상, 자연에서 독신으로 살 수 없다.

상대하고 있는 빛과 물, 바람이 몸을 출입하고 있는 것, 별과 생물이 없으면 살 수 없는 것처럼.

상대하고 사는 것은 천지신명, 세상과 자연의 몸, 실상의 나라에서 동체 속, 이체가 되어 동생, 속생하고 있는 것, 같은 실상의 나라에서 서로 동체를 출생 입생하여 사는 것.

잉태하고 탄생하는 것, 서로 몸을 출입하며 사는 것, 동체이기 때문이다.

동체의 생사 현상이다.

서로 기운을 공유하고 수급(受給)하면서 동체별생(同體別生)한다.

천지의 운명과 생신의 운명 속에 음과 양, 여자는 여성을 연속하고 남자는 남성을 연속하면서 살려있는 나라에 생명을 만들고 실상의 몸이 되어 산다.

실상의 나라, 꿈같은 나라에서 살고들 있다.

양립된 것이 생각하고 판단, 양립이 세상 자연을 알아차리고 떠돌게 된다.

양립의 한계 속에서 보고 듣고 걸어 다니며 양손으로 만들어 산다.

세상을 기웃거리며 무서운 소리도 듣고 맑고 고운 소리도 듣는다.

두 눈으로 자연을 살피고 바라본다.

양편이 서로 공감하거나 상이(相異)하여, 선택의 결과에 따라 운명이 달라진다.

양립된 날개가 없으면 절벽으로 갈 수 없고, 하늘을 날을 수 없다.

양립의 한계를 초월할 수 없다.

양립 상태 안에서 살아야 한다.

양립의 부족한 상태는 모든 욕심을 완성할 수 없이 살도록 생긴 것이다.

쌍립을 하면 양립된 한계를 극복하려고 둘이서 동거하여 살림을 한다.

사회에서 대립된 상대와 공생하거나 대적하기도 한다.

양립된 개체로 써 해결되지 않거나 좋은 일이 있으면, 상대를 만나서 의논하거나, 서로 정답게 산다.

양립과 원립의 한계를 벗어날 수 없는 것이 생명이기 때문이다. 양립을 초월한 지혜와 행동, 생활은 불가능한 것이 생물, 사람이다.

양립의 한계 속에 부족한 것으로 생겨나서 한없이 배우고 먹을 것을 찾아다니며, 갈등과 투쟁, 전쟁이 생긴다.

양립의 한계에 있는 능력, 쌍립이 만나서, 원립과 연생하는 새로운 생명으로 동생하도록 하고, 동생한 것들은 새로운 양립과 원립(씨와 알)이 생긴다.

고립된 입자처럼 정해진 한계 속에 부족한 능력이 되어 세상, 자연을 떠돌다 간다.

천생 천물은 생긴 대로 살아야 한다.

생겨난 것은 집성에 의하여 성장, 집적(集積)된다.

물과 공기, 빛과 먹이로 집적된다.

그리고 죽음과 함께 환원된다.

죽어도 환원되지 못한 것은 하늘과 땅(별)의 몸에 이체(異體)로 집적된다

그러므로 별들도 성장한다.

그리고 별들도 화산 폭발처럼 환원되는 것만큼 죽음으로 간다.

환원되지 않은 것은 세상, 자연의 몸이 된 것.

하늘에 별이 되어 이체(異體)로 살고 있다.

닮아서 환생하여 연생(連生)하거나, 환원되어 세상, 자연을 떠나는 것도 있다.

죽어서 나타나지 않는 몸처럼, 환원된 나라를 살아서 알기 어렵다.

정통의 적당 기준

생적(生積;생명의 쌓임)되는 것으로 성신(星身)이 성장하는 것.

인간은 생적된 것들을 열량의 소비로 파산하고 있다.

파산된 것에 따라 기맥이 변하고 폭발과 풍파가 생긴다.

생명, 세상이 자연과 적통(適通; 적합하게 통함)하지 못하면 실상의 몸에서 살 수 없는 것과 같고,, 자성의 한계를 지키지 못하여 실상의 몸이 되는 것과 같다.

세력을 극복하는 것은 생명,, 자성의 한계로 부족하게 생긴 생명, 수호하지 못하고 적응하지 못하면, 감정은 분통 터지고, 고통과 고민이 생긴다.

갈등과 투쟁, 순응과 적응은 원립과 양립의 한정된 생성과 자성의 한계에서만 생동할 수 있음이다.

그러므로 항상 만족할 수 없이 부족한 것이 생명들이다.

양립과 원립의 부족으로 병력과 조직, 전투와 수호를 하고, 공동생활을 한다.

인간은 조상을 숭배한다.

생명의 종류에 따라 줄기를 연속(連屬)한다.

줄기의 원초는 실상의 몸.

실상의 몸에서 태어나고 실상의 나라로 간다.

생성에 따라, 종류의 생적에 따라,, 성질, 지혜와 감성, 생동하는 도(度)가 개별적으로 모두 다르다.

그러므로 서로 갈등, 투쟁, 다정, 이해가 변함없이 각도(各度; 差度)로 발생한다.

생명의 근성이다.

갈등과 성질, 양립과 원립의 한계를 극복할 수 없도록 생겨났기 때문이다.

살아서 생명의 한계를 탈출할 수 없도록 생겨난 것.

정자가 몸속에서 벽에 막히면, 새로운 방향을 찾는 것처럼,, 올챙이가 부딪치면 다른 방향으로 돌아가는 것처럼,, 성질이 생겨난다.

실상의 정통, 순리에 적합하지 못하면 갈 길이 막히고 갈등, 분통이 터지며 투쟁도 한다.

세상살이 산신(産身; 부모)은 실상의 몸에서 성장하도록 실상의 정통을 가르치는 자와 같다.

삶과 죽음에 순종하면 즐겁고 평화롭게 산다.

어둠과 자성의 한계 속에 힘, 빛과 생명이 있다.

생명은 생적이 있는 곳에서 발생하고, 생적은 실상의 몸에서 생존한다.

개별적으로 다른 척도, 죽음 안에 사는 생명,, 실상의 순리대로 편안하게 살면 될 것이다.

생명이 갈 곳은 실상의 몸과 나라일 뿐이다.

땅처럼 생적이 있는 곳에 뿌리가 생식(生植; 생명이 심어짐)되고 성장하면서 식물에 생적된다.

동물이 먹은 것은 피처럼 몸에 생적된다.

생적된 곳에 식물처럼 씨를 생식하여 양립과 원립이 만나서 변태되어 새롭게 살도록 한다.

생명은 생적이 있는 곳을 연생, 공생하며 떠돌고 있다.

태양과 별들이 우주공간의 생적을 떠도는 것처럼.

태양과 별들도 실상의 몸, 생적의 자성과 힘으로 공간을 떠돌며 빛나고 있다.

생적이 있는 실상의 몸에 생식되는 것, 태양과 별들이 성장한다.

실상의 몸,, 공을 지나면 공간에 자성과 힘이 양립과 원립의 기원(起源)이 되어 별과 생명이 생긴다.

별과 생명이 해탈하면 어둠과 빛이 되고, 별과 생명들이 음양에서 살도록 한다.

사람(동물) ⇒ 식물 ⇒ 땅(별)과 태양 ⇒ 자성과 힘, 우주공간 = 실상의 몸

씨 ⇒ (생적(알) ⇒ 성장(임신))

생물(동물, 식물), (씨 ⇒ 알) ⇒ 땅, 생적

살 곳 ⇒ 생적

씨 ⇐ ⇒ 피, 양분,,,, 연생, 종생 ⇐ ⇒ 성장, 생적

별(땅), 태양 ⇒ 우주공간(생적)

천지 생명 = 실상의 몸(생적)

천지 실상의 몸처럼 생길 수 없이,, 부족한 능력으로 생긴 생명들.

한계 속에 해결, 극복이 안 되면 분통, 투쟁이 생기는 것.

양립과 원립의 한계로 부족하게 생겨났기 때문.

양립과 원립의 한계 속에서 생각하고 행동하는 것이 생명들이다.

양립과 원립으로 살면서 정통에 따라, 기준이 각각 종류 별로 적당하게 다르다.

양립된 각자의 처지가 척도의 기준인 것처럼 오판, 차원과 정도가 다르게 부족한 행동을 하는 것이 생명들이다.

별과 공간, 광대한 천지와 밖에 대하여 극소한 생명,, 양립과 원립의 처지로 부족하게 처세해야 하는 형편이다.

실상의 정통으로 자성은 매사(每事)를 성립한다.

적당(適當)하게 성립한다.

적당한 것을 구별한다.

적합하고 당연한 것인지,, 상충(相衝)하거나 사고, 결합하거나 거절, 분산(分散)하도록 한다.

그러므로 종류가 생성되고,, 성질과 체질의 차이가 있으며,, 형태가 다르게 생성되고, 행동이 동일하지 않다.

그러므로 인간은 다정하고 즐겁게 살거나, 투쟁하며 고통 속에 산다.

그 한계가 있으므로 산신(부모)이 생신(자식)을 알 수 없는 세상에서 인도하며 길러준다.

실상의 정통으로,,,,

부족하게 사는 것이 생명이며 인간의 도리(道理)다.

양립과 원립의 한계 속에 부족하게 생긴 생명을 인정하고 살아야 한다.

지혜와 행동, 생명이 부족하게 생긴 것.

배고프면 먹고, 먹으면 부족하고,, 배우면 알고, 알면 모르는 것이 된다.

욕심으로 생기는 것이 있으면 잃는 것이 된다.

만족하려는 생명, 전쟁을 하면 죽음이 되어 사라진다.

지나치게 부족하면 성실(誠實)하게 일할 것이다.

부족한 것을 인정(認定)하고 지키면 인정(人情)이 넘치고 평화롭게 살 것이다.

부족하게 생겨서 사는 것이 당연한 것.

몸과 나라

　고립이 복립(複立, 복사)하여 증식하고, 쌍립이 상립(相立, 상동)하여 상조(相助)한다.

　복립하여 신생하고, 상립하며 씨와 알도 서로 상생, 생동한다.

　상립은 쌍립에 의한 양립과 원립의 동생하는 몸(동물, 식물)의 구성 활동이며,

　복립은 번식의 시작이다.

　동생은 장수의 연속이며, 해탈하지 못하는 세상, 자연 생활이다.

　고립은 꿈같은 실상의 나라에서 생겨나고 있다.

　세상에 없는 것으로부터 생겨난다.

　큰 것이 미세한 것에서 생겨나는 것처럼.

　상립(상동 염색체)은 쌍립, 동생의 결과,, 쌍립은 이성분립(異性分立)의 결과이며, 분립의 결과, 고립(핵, 복사 염색체)은 몸의 결과다.

　몸이 있으므로 생성되며, 몸에서 살 수 있는 것.

　생성되는 것이 있어야 몸이 생겨나고 사는 것.

　식물은 씨앗이 땅에서 살고 성장, 번식하여 살던 몸, 땅에서 산다.

　동물은 씨앗이 몸에서 살고 성장하여 번식하고, 몸에서 산다.

　생명의 씨앗은 음과 양의 몸에서 뿌려지고 번식하며 살고 있다.

　음과 양이 없으면 성장할 수 없음이며, 증식, 번식이 될 수 없다.

　음과 양은 실상의 몸이다.

　실상의 몸, 나라!

　상립은 씨와 알의 접결(接結), 접결이 상쾌하면 쌍립의 인연이 좋은 것.

　궁합이 좋으므로 상립은 건강, 사랑, 즐거움, 정통한 지혜로 낙원에 산다.

쾌도(快度)에 따라 상쾌(생기), 명쾌(맑음), 유쾌(흐름), 통쾌(상통), 불쾌하게 산다.

동생의 어울리는 정도(定度)가 된다.

상립은 서로 상조(相助)하며 산다.

상립과 쾌도의 변덕

욕심

먹는 것, 보는 것, 듣는 것, 냄새 맞는 것을 하고 싶거나 싫어한다.

정신

깨어나기 싫어 잠들고, 깨어나서 잠자기 싫어한다.

감정

알고 싶거나 필요 없고, 매력 있거나 역겹고, 좋아 하거나 싫어한다. 정주고 돕거나 정떨어진다,, 사랑하거나 파산된다.

기력

기운이 넘치거나 시들어 버린다,, 합리와 분열된다,, 생겨나고 유실된다.

수양

배고프거나 과식을 조정 못하고 복통을 한다,, 만족하고 허탈한 것, 답답하고

상쾌한 것,, 명쾌하고 번잡하고, 유쾌하거나 적막(寂寞), 과로해도 행동하거나 휴식을 한다,, 청결하거나 오염된다.

판단

허락하거나 거절, 행동하거나 금지, 생성되거나 멸망, 정확하거나 실수하고, 생각하거나 알 수 없다.

업보

의식하거나 기절, 생동하거나 마비, 적당하거나 후회, 인자하거나 투정, 평안과 사고, 성사되거나 실패, 해결하거나 막연하다.

정도

건강과 고통, 극복과 나태, 자유와 의무, 권한과 책임, 서로 충족과 부

족, 정통과 오판, 인정과 사정, 상통과 성질, 이성과 상생하거나 불화, 운명과 선택, 실상의 나라와 세상, 돌아가는 것과 세상에 남는 것.

상동(相同, 염색체)하는 것의 상대한 위치에서 성질정도가 변한다.

대립(對立, 유전자)된 것은 몸의 계율(戒律)이며, 수많은 세포들은 계율에 따라 살아야 한다.

몸에 따라 나라가 다른 것.

흑인과 백인, 파란 눈과 검은 눈동자,, 먹고 사는 것은 같아도, 영양분은 인종에 따라 다르게 나타나는 것처럼.

속이 냉한 체질은 따뜻한 음식을 좋아하고, 열이 많은 체질은 차가운 물과 음식을 좋아하는 것처럼.

생명의 종류 별로 섭취하는 음식과 살아가는 방법, 율법(律法)이 다르다.

물고기는 물에서, 새는 하늘을 날라 다니고, 곤충처럼, 짐승과 사람처럼 다르게 사는 것처럼.

어두우면 잠들고, 깨어나면 따뜻한 태양 빛을 받아야 산다.

물을 먹고, 음식을 먹고 공기로 숨을 쉬며 살아야 한다.

실상의 몸에서 실상의 법칙으로 살아야 된다.

천지 생명, 별처럼 모든 것은 몸의 법칙대로 살아야 한다.

빛과 어둠, 자력과 부력, 중력과 속력에 알맞게 사는 것처럼.

같은 것들이 몸의 유전, 율법에 따라 종류가 되어 생겨나 변하면서 살고 죽는다.

종류의 기원, 먹은 것이 먹은 몸으로 이동되어 다른 몸이 되는 것처럼.

태몽(胎夢)에 따라 다른 운명으로 사는 것처럼, 꿈같은 실상의 나라에서 세상 천지에 만난 인연에 따라 다르게 살고들 있다.

생명과 종류는 공통, 적변 법칙에 따라, 실상의 몸과 한결같은 유전, 율법으로 요동(搖動)칠 때 변경될 수 있다.

모든 법칙은 실상의 몸에 있다.

몸에 의한 사멸과 생성의 법칙이다.

상동 간에 정들고 돕지 않으면 과욕으로 한편이 지치고 피곤하여 역행하는 것처럼.

서로 시비가 되어 투정하고, 사랑하지 못하여 미워하고, 하는 일이 헛된 일이 되는 것처럼.

몸속 끝까지 자성, 염색체와 유전자가 있으므로 성질과 체질이 되며, 빛과 그림자, 천지, 실상과 속일 수 없도록 연동된다.

몸은 실상의 법에 의하여 서로 정주고 도와야 산다.

상대와 예의로 살며, 상동이 접속하여 상쾌하도록 수양을 하고, 정통에 따라 천지와 적합하도록 살 곳이다.

죽을 때까지 실상의 법에 따라 생겨난 종류를 벗어 날 수 없이!

실상의 몸이 작동, 변동함에 따라 종류가 생성, 변동, 생활한다.

몸은 씨와 알이 접결되는 곳, 상동 염색에 대립 유전되어 대등하게 시비 (是非)하거나 동생한다.

한편이 피곤하게 하면 지쳐서 쉬고 싶고,, 없는 것이 있어 매력 있던 것, 다른 성질이라 싫어지고,, 마음(알)이 과욕하면 정신(씨)이 잠들거나,, 정신과 마음이 서로 연동, 교섭하여 몸의 기본이 되고, 상생하도록 한다.

정신과 마음은 세상, 자연과 상대하여 살아야 되는 것, 처세하는 길을 선택하면 운명의 길이 된다.

씨와 알의 상동 염색, 유전이 양편 서로 찬성하여 선택한 것이 일치하면 상쾌하고, 기운과 기분이 좋아진다.

천지 정통의 법칙에 적합하도록 몸을 처세한 것이다.

생명은 세상의 처지를 정통, 법칙에 따라 살아야 한다.

세포, 몸이 상동하는 것처럼, 세상과 자연에 상대하여 대접받고, 정 주고 사랑하며 실상의 몸에 속생하는 것이 생명이다.

각자의 몸, 나라에서 수많은 사연으로 사는 것들이 많다.

실상의 몸, 나라,, 천지에서 종류, 사상 별로 나라가 되어 사는 것들이 많다.

감동의 눈물을 흘리면 상쾌할 때가 있다.

기지개를 하면 몸이 개운하고 시원하다.

시원한 공기를 마시면, 어려운 일과 고통이 잘 풀리면, 기쁜 일이 있으면, 피곤할 때 잠자면, 땀 흘리고 목욕하면, 정체와 통금된 것에서 해방되는 것처럼 상쾌할 때가 있다.

실상의 정통처럼 가장 좋은 나라에서 살고 있는 것이다.

상동한 것이 생동하도록 상극, 부담, 정체(停滯), 싫어지는 것 없이 배출되도록 해야 좋은 겄.

몸 안에서 밖으로, 밖에서 안으로 나가고 들어오는 것들, 정신과 마음이 상쾌하도록 해야 한다.

모든 것들은 몸 안에 잉태하여 세상으로,, 세상, 실상의 몸에서 살다, 실상으로 떠나간다.

몸은 나라의 주상(主狀; 모든 권한이 있는)이다.

몸에 있는 모든 것들을 살도록 한다.

처신을 잘해야 하는 것, 몸은 나라, 나라는 몸이다.

그러나 각자의 주상은 실상의 몸에 따라 변할 수 있다.

생명의 생적은 실상의 몸.

실상의 몸에서 살고, 꿈처럼 몸 밖의 나라로 해탈하여 실상의 나라에서 새롭게 잘살아야 한다.

빛이 이산화탄소를 만나 세포로 살던,, 세포가 유전자(dna)를 만나 씨와 알로 살던지,, 씨와 알이 만나서 사람, 동물로 살던, 식물로 살던,, 먹고 만난 것의 기질에 따라 다른 성질로 사는 것처럼, 꿈과 같은 것이 되어 실상의 나라에서 다른 것을 만나면 새로운 것이 되어 영원히 살 것이다.

만나는 것이 없다면 실상의 나라로 갈 수없이 세상, 천지에 생적만 남을 것이다.

씨와 알이 만나지 못하면 새롭게 살 수없이 세상에 누락되어 생적으로만 남는 것처럼.

실상의 나라를 찾아서 가는 길이 잘사는 것이다.

꿈과 같은 것이 되어, 다른 꿈을 만나면 실상의 나라에서 새롭게 살 것이다.

생명의 소원이 성취되는 것.

책임 있는 권한과, 의무가 있는 자유, 지켜야 되는 실상의 평등 속에 실상의 적법, 정통으로 살아야, 양립과 원립으로 헤 메지 않고 새롭게 만나서 가는 곳, 실상의 나라다.

빛과 그림자처럼, 씨와 알처럼, 공과 힘처럼, 음양을 떠나가는 나라, 실상의 나라.

모든 것이 나타나는 실상의 나라다.

실상의 몸에서 살다가, 그리운 실상의 나라로 갈 것이다.

그리워 하다가 실연당하지 말고, 만나야 할 곳이다.

사람 같지도 않고, 천지 같지도 않은 모습, 같이 살아도 몰라보던, 무엇인가 나타날 것이다.

실상,,,,

반영,, 꿈, 실상

빛이 가까이 갈수록 진하게 검은 그림자, 암공(暗空; 어둡게 빈것, 흑공)이 강하여 음과 양의 조화, **생명**의 활동이 강열하며, 태양 빛이 멀리 저물어 갈수록 그림자가 길게 암공과 연결되며 밤이 되고, 생명의 활동이 약하게 되면서 잠이 든다.

온대와 열대지방에 공과 빛이 적당하여 생명이 활발하며, 남과 북극에는 공이 강하여 얼음이 되고 생명이 살기 어려운 것처럼,,,,

공과 힘에서 빛이 되고,, 힘, 빛과 그림자가 어울려 생명이 살고, 생명에서 빛이 되다가 공과 힘으로 된다.

공과 힘의 한계가 세상과 실상의 한계처럼.

공과 힘을 지나, 세상과 실상의 나라가 다른 것처럼, 변생한다.

빛과 모든 것은 공(암공)안에 있고, 암공을 지나서 생겨나며, 실상은 동착한 암영(暗影; 어두운 그림자)으로 통찰(通察)한다.

세상에서 맑은 곳일수록 비친 형상이 명확하고, 그림자가 약해지며,, 투명하지 않으면 그림자가 강해진다.

세상에 눈을 감고 맑은 잠을 자면, 실상의 나라 꿈이 나타난다.

세상과 실상의 나라가 구별된다.

빛과 그림자가 확실할수록 세상 생명,, 눈을 감고 맑아서 세상을 떠날수록 실상의 나라가 나타난다.

세상의 앞날이 다른 해석으로 꿈처럼 예시되는 나라다.

인간의 성립에 의한 판단과는 다르게, 실상의 나라 모든 것은 종류에 대하여 동등한 관계와 기준으로 나타난다.

세상 사람에게는 앞날의 일로 예시된다.

실상의 나라와 세상은 세월, 시차(時差) 관계가 있다.

세상은 시간이 있고, 실상의 나라는 시간이 없다.

세상 상황은 인간이 기준이다.

그러나 생성된 모든 것은 생긴 대로 자격이 주어진다.

그리고 양립의 한계 속에 지혜가 동작되고 판단한다.

그러나 실상의 나라 기준은 모든 종류가 공통으로, 한 종류처럼 생활하는 관계가 된다.

실상의 한 몸에서 한 가족처럼,,,,

그러므로 동물, 용, 신발, 꽃, 똥, 가족, 보석, 물과 불, 흙, 아기, 해와 달, 죽은 자, 무덤, 능력과 공포와 편안함, 행동이 꿈으로 예시된다.

실상의 나라에 세상의 모든 일이 반영되고 있음이다.

전파, 열, 바람, 물소리와 빛, 힘과 춥고 더운 것, 음양이,, 기운, 감각, 생각과 마음, 생명이 전달되는 것처럼,,,,

한 사람, 생명이 몸에서 발생하는 고통과 기쁨을 의식하는 것처럼....

사람이 세상에서 갈 길이 사전에 예측, 전개된다.

실상의 나라에서 연관된 꿈,, 실상의 체통(體通)으로 세상, 자연의 모든 생명에게 현상된다.

모든 형체와 생명은 실상의 체통이 되어 통찰(通察)되므로 공화(共和) 속에 생동하고 있다.

그러므로 음양 속에 정통법칙에 따라 천둥, 번개, 바람과 물결, 태양과 별은 적변(適變)되고 있는 것.

세상, 자연은 실상의 몸이 생동하고 있는 것.

그러므로 꿈은 실상의 체통에 모든 것이 통찰된 것에 대한 반영이므로, 사람이 잠에서 깨어나 행동하기 전부터 예시 되는 것.

세상의 나라에서 꿈으로 반영되고 있는 것은 세상에서 항상 해석이 다르게 진행되고 있는 것.

잠에서 꿈으로 나타나는 것과 잠에서 깨어나 진행되는 것은, 같은 것이 차원이 다른 양상으로 의식된다.

실상의 몸과 나라에 통찰된 세상천지의 모든 것은 정통으로 적변되어 꿈으로 세상천지에 반영 전달되는 것.

전달된 것은 세상천지의 동작(動作)과 같고 일이 발생한다.

그러므로 꿈이 예시된 후에, 꿈에 따른 일이 현실로 생기는 것.

사람이 세상천지서 감지된 것을 생각하고 판단에 따라 반응, 동작하여 일이 발생되는 것과 같다.

사람에게 발생하는 일은 꿈으로 반영된 것의 동작과 같다.

세상천지의 일은 실상의 나라, 몸에 총체적 반영되고,, 실상의 몸에 반영된 것에 따라, 실상의 몸은 정통으로 적변하면서 꿈으로 세상천지에 반영, 순리에 따라 동작하도록 한다.

광 합성되어 몸에 있는 빛이, 태양이 밝아오면 같은 빛을 좋아하여 세상에 깨어나고 행동한다.

공간과 몸에 있는 암흑영공(暗黑影空; 어둡고 검은 그림자, 공),, 연통하여 눈을 감고 잠들 때, 꿈나라에 살게 한다.

음양이 한몸에 있어, 잠자며 깨어나고, 음양(암공과 빛)은 같은 편을 그리워하여 어울리며, 서로 생명 형체를 살게 한다.

음과 양이 생명을 조성하고 있는 것.

면, 형체가 있는 곳에 빛과 그림자가 동착한다.

면, 형체가 있으면 그림자가 나타나고, 없어도 어두운 공이 있다.

공과 그림자는 같은 것으로 항상 있다.

빛은 면, 형체가 있으면 나타나고, 형체가 없거나 형체가 되면 보이지 않는 힘으로 있다.

힘이 큰 곳에 힘의 작용이 크다.

만유인력처럼,, 우주 공간에서 작용하는 것처럼.

큰 것에 작은 것은 끌려서 낙하하고,, 공간, 진공에 있는 형체가 힘을 받는 작용은 큰 것일수록 크다.

형체로 갈수록 집성이 크고, 공으로 갈수록 해탈이 큰 것.

집성된 힘이 클수록 형체가 성장하고, 형체는 불타서 사라질수록 힘이 떠나간다. 암흑영공이 될수록 힘을 무력하게 하고, 밝은 곳으로 갈수록 힘의 활력이 크다.

형체는 암흑영공으로 갈수록 냉각(冷却)되고, 밝은 곳으로 갈수록 열나며 불타버린다.

생명은 열나고 냉각되는 것의 한계에 있는 것.

음양이 서로 적당하지 못하면 생명이 불타버리거나, 활동하지 못하도록 냉각한다.

조화(調和)가 있으면 생명이 상쾌하거나 온화하여 좋아하고 잘살며, 서로 적당하지 못하면 냉혹하고 화통이 생긴다.

하나의 형체에는 암흑영공과, 빛 같은 힘이 공생하고 있다.

형체에 동착한 빛과 그림자처럼.

세상, 자연의 모든 것,, 빛과 힘, 자성, 생명과 꿈은 실상의 나라에서 암흑영공을 통하여 발생한다.

암흑영공에서 힘이 생겨나고 빛이 되며, 새싹도 어두운 곳에서부터 생겨나고, 어린 아이도 잠들면서 태어난다.

생명은 눈을 감고 어둠 속에 죽어가고, 빛도 사라지면 어둠이 온다.

꿈처럼 천지생명, 힘,, 암흑영공의 바탕에서 태어나 살고 돌아간다.

세상, 자연의 모든 생성은 암흑영공을 통하여 발생하고 돌아간다.

실상의 몸에 밝은 나라가 있으므로 우주 공간과 같은 암흑영공도 있는 것.

사람의 몸 밖에 낮과 밤,, 세상, 우주가 있는 것처럼,, 실상의 몸이 있는 곳에 밝은 실상의 나라가 있으므로 실상의 나라 그림자와 같은 어두운 우주 공간이 있는 것.

그러므로 형상이 거울처럼 맑은 곳에 반영되는 것처럼,, 어두운 밤, 맑게 잠든 곳에 실상의 나라에서 생활하는 모습이 꿈으로 나타난다.

세상에 있는 것,, 공과 힘, 음양(빛과 그림자) 속에서 별과 생명으로 생작

(生作)되고 있다.

냉동(冷凍)될수록 굳어지고, 열날수록 활동하는 힘이 되어 끓거나 불타 버린다.

춥고 더운, 음과 양 사이에서 생명들이 살고 있다.

양기(陽氣)가 넘쳐 화통이 생기면 성깔이 폭발한다.

음기(陰氣)가 넘쳐 냉혹하면 얼음처럼 굳어 버린다.

온화하고 상쾌한 것이 가장 좋은 것.

힘이 넘치는 열통은 냉수 먹고 속 차리며, 일하면서 힘을 소비하면 좋은 것.

냉기가 많을수록 힘을 축적,, 따듯하게 먹고 몸을 풀어주는 것이 좋은 것.

음양이 조화롭게 풀리지 않으면 정신과 마음이 갈 곳을 잃고 상처로 뭉친다.

자성, 신경이 예민한 사람은 어둡고 조용한 밤이라야 잠들며, 시끄러우면 어린아이처럼 잠을 못자고 혼란한 행동을 한다.

박쥐가 밝은 낮에 잠을 자고, 어두운 밤에 활동하는 것은 암흑영공을 완전히 통과하지 못하고 세상, 자연에 태어나서 살고 있는 상태,, 사람처럼 낮에 활동하고 밤에 잠자는 것은 음과 양의 절반으로 태어난 것.

완전하게 부화되지 못한 상태가 된다.

부화가 완성되는 것은 꿈으로 깨어나는 것.

생명이 함몰(陷沒)되면 환원되거나, 환생, 연생, 신생, 실상의 나라에서 실상으로 살 것이다.

세상은 낙원이 되어 정을 나누며 평화롭게 살다 가는 것이 가장 좋은 것.

실상의 나라가 나타날 때까지,,,,

상자, 쌍자, 양생자의 연동

고립된 것은 타력에 의하여 동작된다.

그러나 고립된 것과 고립된 것이 연분으로 결합되면 분열된 두 세포(핵)의 결합처럼 양립의 한 몸으로 새롭게 생겨나고, 세상 자연에서 독립되어 자립, 공통적인 것에 적응, 극복하는 균형을 유지한다.

그러나 양립의 균형이 손상되면서 고통과 부족한 생명이 되고 살기 어렵게 된다.

사고방식, 행동의 차도(差度)가 생긴다.

함몰되면 세상을 떠나간다.

양립과 원립이 동생하게 되면, 동물 유전자(남, 여)처럼 다른 몸과 결합되어 한 몸에 쌍자(雙者, 쌍접하고 있는 것)가 되어 연생하고, 독립성도 강해진다.

쌍자는 동신에서 동생하던 상동, 성염색체가 분리되어 결혼할 때, 서로 다른 남성과 여성의 씨와 알로 새롭게 교체되어 만나는 것,, 씨와 알, 부모의 결합으로 생겨, 동생하는 것의 원초가 된다.

쌍립의 한쌍 암수가 한 몸에 결합되어 동생하고 있으므로, 상동 염색, 씨알이 연관된 것은 각자의 쌍접자로 접대, 활동하고 있다.

씨와 연동(連動)하여 있는 것, 종연(種連)자와,, 알과 연동하여 있는 것, 란연(卵連)자가 서로 쌍자가 되어 접대하고 있다.

양립은 동등한 것이 결합되어 양생(兩生; 한몸에 양편으로 생긴 것, 정충, 양립의 원초)된 몸.

한 몸에 양 눈처럼 동등한 것으로 접결되어 있지만, 각자의 성질, 양생자로 붙어있다.

양생자와 쌍자가 몸 안과 밖으로 출입한 양분, 공기, 물, 음양을 **접대**하는 것,, 상동 염색이 서로 접대하는 것처럼 각각, 상자(相者; 서로 있는 것)의 연동으로 감응(感應) 된다.

생명은 양립과 원립,, 양생자(兩生者; 양편으로 생긴 것)와 쌍자의 변화다.

아플 때 아픔으로, 기쁠 때 기쁨으로 몰려오는 것이 있다.

몸은 상대자가 되어 천지와 연동되며 주고받는 것이 있다.

몸 안과 밖에서 상대하는 상자가 있다.

양생자와 쌍자, 상대자가 연동되는 것에 따라 변덕스러운 성깔이 된다.

살기 어려워, 마음이 압박, 답답하거나 골치가 아프면 천지에서 연동하여 압도적으로 몰려드는 것이 있다.

그러나 기쁨이 들어오면 아픔은 사라지고 잃어버린다.

정통은 생각, 마음, 행실에 대하여 상대자와 연동한다.

연동되어 전달되는 것이 편안하면 낙원이요, 상처가 되는 것은 고통이다.

연동되어 좋고 나쁜 일로 보답이 생기는 것.

쌍자의 기분이 분열할 때, 음악이 들리면 달래지는 것처럼,, 정답게 되면 편안한 생활을 한다.

수양의 길이 열린다.

종류에 따라 사명이 다른 것으로 생성되어 성실하게 살도록 되어 있다.

동생하지 않으면 생명이 변하고, 동생하면 변함없이 연장된다.

산신의 자궁벽에서 탯줄이 **착생**, 연통되어 피와 양분을 배꼽으로 받고 심장이 생겨나든,, 잉태된 새알이 독립적으로 산신의 몸 밖으로 나온 후, 핏줄과 심장이 난핵을 중심으로 생겨나던,, 물고기의 알이 몸 밖에서 잉태되어 피와 심장이 생성되든,, 여성에서 피를 이어받고 알에서 핏줄과 심장이 생겨나며, 산신과 연결되지 않아도, 물고기처럼 핏줄과 심장, 마음의 근본은 알에서 발생한다.

알에는 핏줄과 심장의 근본이 형성되어 있다.

씨, 양립이 살아서 정착, 처소가 되도록,, 알, 원립이 계속 먹어 주고 있다.

식성(食性), 먹는 것의 이유가 된다.

사명, 생존, 동생할 이유가 없을 때, 먹는 것도 끝난다.

동생하지 않으면 살수 없는 것이 생명이며, 동생하는 것은 생명이 생성되는 원인이 된다.

생명은 남성이 없어도 못생기고, 여성이 없이도 못산다., 한 생명의 기본이다.

정을 주고받고,, 한 생명의 몸에 많은 것들이 살고 죽는 것처럼, 일신(一身)에서 다체(多體)가 되어 연통(連通),, 동화(同化)되고 공화(共化)되면서 생사를 같이 한다.

공화 속에 인정사정을 생각하는 것은 낙원이며, 인정사정없이 폭동 하는 것은 개체가 된, 한 몸을 자살, 망하게 하는 것과 같다.

생신의 몸살이 친정의 여성, 산신을 연통하여 알로써 생겨나고, 골격이 남성의 씨를 연속하여 생겨난 것처럼,, 세상, 자연의 모든 생명은 한 남성과 한 여성의 동작 속에 파동치고 있다.

한 남성과 한 여성의 동작은, 한사람의 몸에 동생하고 있는 씨와 알처럼 실상의 몸에서 동생하고 있다.

일신의 공화 속에 다체(多體)로 생겨나 동화한다.

천지에서 탄소 동화되는 것처럼.

생명이 함몰(陷沒)되면 환원되거나, 환생, 연생, 신생, 실상의 나라에서 실상으로 살 것이다.

생체의 종류, 개체별로,, 사회, 인간들이 개별적, 상대적으로 갈등과 화통, 투정, 고민,, 기쁨과 안식, 상쾌, 정다운 것은 하나의 몸 안에서 상생하는 것들의 생태,, 마음과 마음의 평온과 분통, 생각과 생각의 갈망과 정통, 세포와 세포가 서로 싸우거나 정답게 사는 것과 같다.

양극과 음극이 적합해야 천둥번개처럼 충돌하지 않고, 통증 없이 잘살도록 되어 있다.

4고향	3고향	2고향	1고향
사람	-세포 몸, 남자(정자)	여자, 몸(사람)	하늘(사람 몸)=땅+몸+하늘
새	-세포 몸(남자)	몸(여자)	하늘(알, 새) = 땅+몸+하늘
물고기	-세포 몸(여자, 남자)	물(알, 정자)	물(물고기) = 몸+물
식물	-세포	몸(나무)	땅, 하늘(새싹) = 몸+땅, 하늘
개미	-세포	굴속(알, 몸)	하늘 = 몸+굴+하늘
박쥐	-세포	굴속(알, 몸)	하늘 = 몸+굴, 어둠+하늘

어둠에서 활동, 빛을 피해서 잠든다.

하늘에 있던 몸, 하늘에서 살고, 물에 있던 몸, 물에서 산다.

땅, 물, 하늘, 어둠에 있는 몸에, 먹힌 것이 이사를 하여 산다.

하늘, 땅, 물, 태양, 어둠이 없이 살 수 없다.

하늘도 실상의 몸, 땅과 물, 태양과 어둠도 실상의 몸이다.

음과 양은 힘이 되고, 실상이 공에서 활상하면서 자성의 결합을 발생하여 세상, 자연의 형체, 형상을 성립한다.

형상, 자연이 성립된 곳에 따라, 세상, 자연의 고향이 된다.

고향이 적합하면 낙원이고, 거역하면 천둥, 번개, 태풍, 지진, 파도가 요동친다.

실상(꿈같은)- 자성 발생(결합성에 따라) - 형성(형상성립,(종류, 유전))   ---

　　　　음과 양(힘)　　　　　　 - 성장(단백질, 양분),

　　　　　　　　(정신과 마음(씨와 알))　 -(세포, 상동(씨와 알) 접대한 곳- 염색분체 교차, 복제, 번식 　- 정자, 난자 - 세상, 종류)

땅과 하늘, 바다, 빛을 숭배하는 원인이 된다.

서로 돕지 않으면 자연, 세상의 고향을 잃는다.

박쥐는 어둠 속에 살기를 좋아 한다.

새들은 하늘을 날아서 살기를 좋아하며, 기후, 계절에 따라 좋은 곳으로 이동 한다.

물고기는 물이 없으면 못살고, 식물과 동물은 하늘과 땅이 없으면 못산다.

땅에서 태어난 식물, 하늘 속, 땅의 몸에서 살고, 땅의 몸으로 씨앗이 떨어져 다시 살도록 한다.

몸에서 태어난 동물, 하늘 속, 몸으로 살고, 몸에 씨앗을 보내고 받아서 다시 하늘 속에 태어나도록 한다.

물속에 사는 물고기 물에서 몸이 살도록 하고, 땅은 땅에서, 몸은 몸에서, 살던 곳에서 산다.

하늘에서 산, 새, 하늘에 태어나 산다.

염색체 복제, 만나서 복제할 것이 있어야 되고,, 상동염색체 접속, 교차도 만나는 것이 되어 결혼과 같은 것으로 번식하는 것. 1차적인 고향은 사람의 몸과 같으며, 2차적인 고향은 씨와 알, 3차적인 고향은 염색체, 4차적인 고향은 정신(골)과 마음(심장), 5차적인 나라는 음(하늘)과 양(별), 유전자, 색(色), 6차적인 고향은 실상(꿈)의 나라다.

만나는 인연이 있으면 생겨나는 것이 있고. 분열되면 고독하게 헤어져서 다른 것을 만날 수 있는 것.

생명의 원리, 오랜 세월, 먼 고향에서 오고 간다.

태어난 곳이 몸, 살던 곳도 몸, 가는 곳이 몸이다.

실상의 나라는 태어나면 다른 고향처럼 새롭게 보일 것이다.

최초에 생겨난 종류의 고향이기 때문이다.

고향도 많고, 새로운 것이 되어 살 곳도 많은 것

생긴 대로 풍수지광(風水地光)이 적합하게 살아야 하며, 상실되면 생명이 신을 잃은 것처럼 사라진다.

천지, 음양, 실상의 몸에 적합하게 살아야 한다.

단백질과 영양분에 남녀의 염색, 유전이 산다.

양립과 원립에 세포 핵, 염색체가 되어 먹은 성분의 기질과 유전의 형질로 생겨서 성질이 되고, 닮은꼴로 산다.

생명이 초래된 기본이며, 성분과 유전이 만나는 긴 세월의 인연이다.

관상 행동이 되어 형태, 성질로 먹은 식물이나 동물의 몸에 염색하여 유전이 변하는 것처럼.

양립과 원립이 접결한 곳에 세포핵의 상동 접대, 염색 대립 유전이 형성 된다.

그러므로 조상, 부모를 닮고, 다른 행동도 한다.

상동 염색이 사랑, 접속하면서 새로운 생명, 염색체가 복제, 번식된다.

세포, 정자와 난자의 고향이 된다.

수많은 세포, 염색체가 대접하면서 각자의 감각, 판단을 하고 속살거리 며 감정, 성깔이 되어서 행동, 생각하는 몸을 형성 한다

안색과 쾌감이 변하게 된다.

실상의 나라에서 접대하고 대접하는 것에 따라 기분과 가는 길이 달라 진다.

생명은 실상의 몸에서 살고, 실상의 나라에서 생겨난 것.

그러나 실상과 같이 살면서 감각과 세상의 한계로 잃어버린 고아처럼 사는 경우가 많다.

종류의 고향을 잃지 않고, 인간의 고향에서 잘살아야 한다.

인간은 한 고향 사람들,, 고향사람끼리 잘살고, 이웃과도 잘살아야 할 곳이다.

실상의 한 몸속에서.

잉태와 부화, 삶과 죽음

잉태된 것은 어두운 알속에 살다가 부화되면 밝은 곳으로 깨어난다.

새알은 몸속에 잉태하다가 몸 밖의 나라에 부화되어 다시 세상, 자연 속에 알로 써 잉태되고, 재차 부화되면 새가 되어 연생(連生)한다.

물고기는 몸속에 잉태한 알이 몸 밖의 물속에 부화되고, 수정되어 물속에 잉태하다가 물고기로 재차 부화된다.

사람과 야수(野獸)는 몸속에 잉태하여 부화되면, 자연, 세상 속에 재차 잉태한다.

물은 잉태하다가 부화(환원)되면 공기(산소와 수소)가 되고, 공기가 잉태하여 구름이 되다가 부화되면 물로 환생된다.

세포가 몸속에 잉태하여 살다가 부화되면 식체(食體; 먹은 몸)가 되거나, 핵(元素, 核)으로 써 환원된다.

몸에 살던 빛이 불타면서 부화되면 빛으로 환원되는 것처럼, 몸에서 부화되어 꿈같은 것이 되는 것도 있다.

잉태하여 부화되면, 실상의 나라에 꿈처럼 사는 것과 다른 것을 만나서 신생(新生)하는 것,, 같은 종류로 연생하는 것,, 물과 공기처럼 다른 종류가 되었다가 환생하는 것,, 태어나기 전, 고향으로 환원되는 것이 있다.

삶과 죽음은 잉태와 깨어나는 것과 같은 것.

모든 생물은 완전히 부화되지 않고 잉태된 몸과 같다.

세상, 자연의 모든 것은 잉태되고 부화되는 과정의 연속,, 살려있는 나라가 된다.

처음 잉태한 곳은 밖을 모르고 어두운 곳,, 세상, 자연 속에 탄생한 곳은 낮과 밤이 교차되는 곳,, 낮과 밤이 있는 것처럼 절반은 잉태하고 절반은 부화 되어 완전히 깨어나지 못한 것이다.

그러므로 절반은 깨어나서 살고, 절반은 잠을 자면서 잉태한다.

완전히 깨어나면 밤과 낮이 없을 것이다.

굼벵이가 완전히 부화되지 않고 세상, 자연에 태어나서 잉태하다가 나방이로 새롭게 부화되는 것처럼.

식물의 꽃에 암컷과 수컷이 한몸에 있는 것처럼,, 한사람의 몸에 씨와 알이 동생하고 있는 것처럼,, 실상의 몸에 음양과 자성, 남성과 여성이 한몸으로 있다.

모든 것은 실상의 몸,, 음양에서 살다가고,, 자성에 의하여 통과하고 차단, 허용하고 금지, 좋아하고 싫어하는 것, 암컷(여성)과 수컷(남성), 궁합이 좋고 나쁜 것이 결정되어 산다.

서로 잘살고 못사는 것,, 자식의 신체와 성실함, 성격과 행동, 정신과 마음이 다르게 생겨난다.

음과 양에서 꿈같은 실상이 자성과 힘으로 형상(형체)을 만들고 생겨난 것.

몸에 빛과 그림자가 따라 다니는 것이 되어 살고 있다.

양립은 두 개로 분열되기 전 상태, 하나의 핵과 같고,, 자성의 성질로 결합되어 있다.

하나의 염색체(동원체)에 염색분체가 있는 것처럼.

양립으로 생긴 핵이, 알(원립)의 핵을 만나서 동생하여 새로운 생명이 되면 식물과 동물처럼 양립과 원립의 생명이 되는 것.

양립은 식물이나 동물 같은 생명이 되면,, 꽃잎과 나뭇잎, 양편의 눈과 귀, 코와 양팔, 다리처럼 극성을 부리며 살고,, 원립은 심장의 동맥과 정맥처럼 힘(영양분)을 순환하도록 한다.

상동염색체가 상생하는 것처럼,,,,

하나와 둘이 없으면 형체의 생성은 없다.

양립과 원립은 세상에 나타나기 시작하는 생물의 법칙이다.

자성과 양립, 음양과 원립

두 눈의 판단이 동일하거나, 다르다.

매혹되거나 싫어한다.

두 눈이 동시에 보는 것은 가능하고, 판단하는 것은 한편씩 **구별**해야 가능, 동시에 하는 것은 없는 것.

두 개의 개체가 눈에 접근할수록 하나로 보이고, 정신과 공처럼 없는 것으로 보이는 것과 같다.

두 팔과 다리가 상대를 밀거나 끌어당긴다.

양편이 갈망할 때도 있다.

원립은 **힘**을 흡입하거나, 배출한다.

음식을 먹거나, 배출하는 것과 같다.

흡입이 많으면 힘이 증가하고, 빛나는 것처럼 열난다.

배출만 있으면 추워지고, 못 먹고 배고프면 몸이 마른다.

원립, 별들의 오로라처럼 들어오는 곳이 있으면, 나가는 곳이 있다.

메말라서 힘이 없이 추운 것은 음(陰)과 같고, 열나는 것은 양(陽)과 같다.

들어오고 나가는 것이 있는 곳, 생겨나고 사라지는 것이 있는 곳.

여성은 음과 양의 관리와 같고, 남성은 자성의 관리와 같다.

씨앗은 씨와 알이 결합된 것.

열매는 씨와 알을 품고 있는 여인과 같다.

자성은 양립의 개체를 성립하고, 종류의 생성은 결합된 자성의 각종 수량, 유전이다.

자성은 혼란하지 않고, 세상, 자연, 우주를 거짓 없이 감지한다.

정통에 적합하도록 한다.

자성은 세상과 실상의 나라 모든 것을 연관한다.

그러므로 태몽처럼, 세상과는 다른 양상으로 선몽(先夢) 하고, 사람이 해석 한다.

음과 양은 생명의 나라, 처소를 이룩하고 있다.

양립과 원립,, 자성적인 일(결성(結性), 맺어지는 성질)과 음양의 생성(힘)이 세상, 자연을 오고 가도록한다.

상동 염색체, 양립의 자성과 원립의 음양이 살고 있는 것, 실상과 형상이 발상된 것과 같다.

양립은 자성처럼 판단과 행동에 대하여 분별, 갈망하며 산다.

생명은 다립(多立)이 되지 못하여, 양립의 한계에서 양편으로만 생각, 의논, 판단, 결정, 동작할 수밖에 없다.

세상, 자연을 균형 있게 극복하는 것으로 한정되어 있음이다.

수많은 일을 동시에 할 수 없음이며, 양립의 한계를 초과하여 전능할 수없는 것이 인생, 생물이다.

부족하게 생긴 것이 사람이다.

원립은 흡입과 배출을 세상, 자연과 **순환**하도록 한다.

빛처럼 세포핵보다 작은 것으로부터 생겨나는 생명, 서로 좋아 하는 자성의 만남, 구성에 의하여 유전적 종류가 형성되는 생명, 생활.

식물이 먹고사는 거름에도 함몰된 생명이 있고, 사람, 생물이 식물을 먹고 산다.

사람의 염색체처럼 생긴 세포, 다른 생명, 몸 밖과 안에서 사는 것처럼.

빛과 물, 바람처럼 먹은 것은 다른 종류의 몸으로 이동, 순환하여 사는 것.

실상의 몸을 서로 옮겨 사는 것과 같다.

생성되고 함몰되며 순환하는 생명, 만나는 것에 따라 변생한다.

자성과 순환의 법칙에 따라 천지가 생동하고 있다.

실상의 모습, 천지(우주), 음양처럼,, 양립이 자성의 만남과 반동, 원립에 힘이 순환되도록 하고 결성되었을 것이다.

몸이 없으면 생명이 살 곳 없고, 생명이 있으면 몸이 생겨난다.

바람에 생명이 있어, 마시면 살고, 없으면 숨 막혀 죽는다.

물에도 생명이 있어, 마시면 살고, 먹지 못하면 메말라 죽는다.

땅이 없다면 식물이 생명의 몸을 만나지 못하여 살 수 없고,, 물고기가 물 담을 그릇이 없어서 못산다.

빛의 생명이 없으면 얼어 죽고, 어둠의 생명이 없으면 불타서 죽는다.

밝음이 없으면 깨어날 수 없고, 어둠이 없으면 잠들기 어렵다.

몸이 있으면 생명이 있는 것, 생명이 없으면 몸이 생겨나지 않고 사라진다.

꿈은 생명이 되어,, 세상, 자연에서 몸을 이룩하고 떠나간다.

실상의 모습

실상의 모습,, 꿈같은 나라는 변함이 없고, 몸은 양립과 원립처럼 생겨, 끝없이 변모하고 있다.

세상, 풍경은 실상의 몸, 공통적으로 있는 것에 생겨나고 변한다.

실상의 몸, 나라에서 답답한 것 없이 상쾌하고 편안하고 재미있게 살다 가는 것, 가장 좋은 인생살이다.

세상은 낙원이 되어 일하고 정을 나누며 평화롭게 살다 가는 것이 가장 좋은 것.

실상의 나라가 나타날 때까지,,,, 언젠가 떠나가는 생명.

세상은 인간의 것이 아니며, 세상, 자연이 없으면 생명은 상존할 수 없는 것.

자연, 세상에서 쌍립이 성립되면, 양립과 원립이 동생하여 새로운 생명이 탄생된다.

생명은 변생, 환생한다.

실상이 있으므로 세상, 천지가 성립된다.

파란하늘과 땅, 푸른 바다, 어두운 밤과 밝은 낮, 실상의 나라 한편에서 생명들이 살고 잠든다.

실상은 나타나 있다.

사람들은 신(神)이라고 한다.

자성과 빛의 만남에 따라 몸, 종류의 세포, 핵이 되어,, 곰팡이, 굼벵이 같은 염색체가 알, 씨(유충)로 잉태되고, 깨어나 몸 안과 밖에서 살고,, 형태를 다르게 산다.

몸 안에서 붙어먹고 살고, 몸 밖에서 붙어살고, 먹고 산다.

단백질과 유전자가 붙어살고, 상동 염색체가 붙어살고, 몸속에 씨와 알이 살고, 밖에서 쌍립으로 산다.

곰팡이, 세포가 몸 안과 밖에서 산다.

안과 밖에 붙어살면서 구성의 성립에 따라 변생한다.

몸밖에 바람과 물, 음양이 있는 속에 붙어먹고 산다.

바람과 접속되어 있지 않으면 숨 막히고, 물과 접속되어 있지 않으면 메마르고, 음양과 접속되지 않으면 잠자거나 일할 수 없다.

입으로 먹지 않아도 몸밖에 붙어먹고 사는 것이 있는 것.

식생(食生; 입으로 먹는 것)이 있고, 열이 전달되는 것처럼 몸이 접대(接對), 접속되어 접생(接生; 몸으로 먹고 사는 것)하는 것도 있다.

물에 접대되지 않으면 물고기가 살 수 없고, 바람과 빛에 접대되지 않으면 생물들이 살 수 없다.

인생은 땅이 없으면 걸어 다닐 곳이 없으며, 농작물을 경작하여 붙어먹고 살수 없다.

한정된 곳에서 능력의 한계에 산다.

아무리 높은 자리에 있어도 천지가 없으면 허탕이다.

식물이 땅에 뿌리를 접대하여 사는 것처럼,,,,

태아가 자궁벽에 붙어먹고 사는 것처럼,,,,

서로 다른 나무가 접목되어 사는 것처럼,,,,

실상의 몸에 접속되어 붙어먹고 살지 않으면 세상, 자연의 생명이 될 수가 없다.

실상의 몸에 접대하여 살고, 실상의 몸에 일치하며, 실상으로 초상(肖狀; 닮은 모양)되며 살고 있는 것.

그러므로 깨어나고, 꿈꾸며, 삶과 죽음이 있는 것.

세상, 자연의 생명들, 안과 밖을 떠날 수 없이 살고 있다.

실상의 나라에서, 몸속에 살고 있음이다.

생명의 한계를 벗어날 수 없이 실상의 순리, 운명에 따라 산다.

만남에 따라 유전, 생명이 변생한다.

자성의 선택에 따라, 힘(빛과 색)과 궁합이 달라지고, 다른 종류가 되며, 몸의 평생 조화, 동생하는 운명이 다르게 된다.

그러면서 힘이 변하게 되고 성장한다.

한번 만난 세상 운명,, 자성과 힘의 결합, 자성은 방향을 접촉하며 찾고, 경계하며, 힘은 벗어나려는 이동성이 되어 생명이 세상을 떠돌게 된다.

서로 이별할 때, 힘은 빛으로 정체가 나타난다.

자성과 힘의 재편성 광경은 불타는 것과, 오로라 같다.

꿈처럼 가버린다.

유충, 곰팡이,, 잉태된 정자와 난자처럼,, 나방이와 사람 몸의 옛날 고향처럼,,,,

꿈같은 실상의 나라에서 실상의 몸,, 푸른 바다와 하늘, 산과 벌판, 계곡 있는 곳에 잉태되고 태어나며 산다.

잠자고 깨어나는 것을 반복하면서.

살다가 사라지는 곳, 것을 잃어버리지 않도록 살다가 떠난다.

살았든 고향은 영원히 사라지지 않는 것.

자연, 세상과 꿈같은 실상의 나라처럼.

나방이의 고향은 굼벵이, 굼벵이의 고향은 씨와 알처럼, 고향이 많을수록 변모, 생명이 길다.

세상은 뭐하는 곳인지, 알 수없는 곳에 와서 살고 있는 인생의 운명, 실상의 정통으로 명에 따라 재미있게 살아야 될 것이다.

구름이 천지를 떠나려다 하늘에서 충돌하면 천둥소리가 요란하고 비가 되어 땅으로 돌아온다.

파손되면 번개, 힘이 되어 간다.

완성되지 못하고 파생한다.

인생살이 폭동하면 해탈하지 못하여 세상으로 돌아오고, 조용히 수양을 하면 낙원으로 해탈하는 것과 같다.

땅, 별 속에 열나는 용암이 넘치면 폭발하여 벗어나는 것이 있고, 실패하면 땅이 된다.

벗어나지도 못하고, 돌아가지도 못한 것들은 바람이 되어 하늘과 땅을 방황하고, 힘이 안정되면 고요하게 떠돈다.

땅으로 돌아온 물결, 거센 바람을 만나면 파도친다.

인생도 구름처럼 충돌하면 깨어지거나 돌아간다.

풍파가 몰아치면 쓰러지거나 파산된다.

화통이 넘치거나 참지 못하면 심장이 터지고 피가 흐르며, 싸우려고 한다.

고요한 정신과 마음에 파도치는 바람, 간섭, 외압(外壓)이 작용하면 밀려가거나, 밀려오는 것이 있다.

공과 같은 어둠은 세상을 떠나는 길목이며,, 잠자거나 어두운 밤, 세상의 것을 만나면, 처음 세상을 홀로 보는 것처럼 놀라거나 무서워한다.

어둠이 사라지고, 모든 것이 불타는 태양만 있으면 사라져가는 저 세상이 그리울 것이다.

음양 속에 천지풍파가 없지 않고,, 살펴가며 평화롭게 살 곳이다.

어둠만 있으면 모든 생명, 형체는 얼음처럼 동작할 수없이 구속될 것이다.

공은 세상, 자연,, 생명이 살 수 없는 곳이므로 생긴 것들이 가지 않는다.

그러므로 비어 있다.

그러나 힘과 빛, 별과 생명은 공안에 떠있다.

그러나 힘과 빛, 풍수와 땅은 공에 잉태한 것처럼 함포(含抱:품어 넣은)된 곳에서만 세상, 자연으로 생존한다.

땅이 공기 속에 함포된 것처럼.,,,

집성이 큰 곳일수록 암컷과 수컷이 동생하고 있다.

초목은 땅에 결집하여 한몸으로 살고 있으므로 하나의 꽃에 암술, 수술이 하나의 성기(性器)로 같이 있고,, 땅과 분리된 사람과 야수는 초목보다 집성이 약하므로 암수(雌雄; 자웅)가 분할되어 살며,, 물고기는 암수가 분할되어 몸밖에 산란된 것에 수정(受精)되고 부화되며 산다.

새들도 몸 밖에서 부화되어 생겨난다.

산소와 수소가 하늘에 개별적으로 살다가 결혼하여 구름이 되면 비가 되고, 물로 생겨서 산다.

열(熱)에 집성이 약해지면 증발되어 하늘 높이 분산되고 산소와 수소로 돌아간다.

양립적인 물(H_2O)의 수소(H_2)도 하나의 수소(H)로 흩어져 해탈하는 것으로 되다가 공(쏲)으로 사라진다.

모든 개체는 암컷, 수컷(골과 몸살)이 결혼하여 동생하고 있는 것과 같다.

물도 산소와 수소가 동생하고 있으며, 이산화탄소(CO_2)도 동생하여 산다.

자성처럼 음과 양도 동생하여 산다.

모든 것은 일치된 실상의 몸과 나라에서 분산된 것과 같다.

땅에서 나무가 동생하는 것처럼,, 한몸에서 동생하는 힘이 클수록 꽃처럼 암수(씨알)가 같이 살고,, 동생하는 것이 약할수록 동물처럼 암수(남녀)가 개별적으로 산다.

더욱 약하면 물처럼 산소와 수소가 분산되기 잘하며 산다.

집성이 클수록 동생하는 편으로 가고, 적을수록 동생하지 않는다.

동생하는 것과 이성(異性)은 실상의 몸에서 생성되는 생리현상이다.

살려 있는 나라, 사명

몸속에 붙어먹고 살던 생명(씨, 알),, 부모를 따라 세상, 자연에 태어나서 산다.

그리고 생명은 부모처럼 죽는다.

사람, 생명의 사명은 살려 있는 나라가 죽지 않고 살도록 하는 것이다.

서로 죽어서 먹고 살도록 하는 것처럼.

살려있는 나라를 조성하기 위하여 생명은 번식을 하고, 번식된 생명이 살 수 있도록 죽어서 먹이가 되거나,, 거처할 땅, 별이 되어 성장하도록 세상, 자연에 몸을 놓고 간다.

그러므로 생물, 자연은 양생(養生)되고 있다.

실상의 몸,, 세상, 자연의 공화(共化) 속에 부화(孵化)하는 것으로 동작한다.

그러므로 인상이 생기고, 행동을 하는 것.

빛과 물, 바람과 함께 생명들을 살려놓기 위하여 살고 죽는다.

생명(생물)들의 사명이다.

메마르면 비를 기다리고, 추우면 따듯한 것을, 더우면 시원한 것, 배고프면 먹고 살게, 생명을 같이한 정든 것들이 살 수 있게, 살고 있는 곳이 언제나 살아 있도록, 죽은 후에도 살려 있도록, 생명의 기원(祈願)이 있는 곳.

생겨나기 전부터 살려져 있고, 지금도 살고 있고, 살려주고 있는 곳, 모두가 살려 있는 나라를 유지하여 풍경이 된 것, 살게 된 이유가 된다.

몸은 번식하고, 죽은 몸은 먹이나 땅이 되어 살려있는 나라를 만들고 있다.

그리고 꿈처럼 떠나가는 것이다.

결합하면 동신이 되어 산신(부모)의 몸에서 살고,, 세상, 자연에 태어나면 생신이 되어 실상의 몸(풍경)에서 산다.

생신, 개체는 주관(主觀)이 생기고 풍경이 되어서 산다.

실상의 몸은 풍경으로 생신에게 나타난다.

생신이 세상을 떠나면, 몸은 분산,, 땅과 바람, 물, 빛, 다른 생명의 몸이 되어 풍경으로 남아서 산다.

생사는 집산(集散)의 법칙에 따라 주관이 변할 뿐, 같은 풍경으로 있다.

집산에 의한 주관만 변할 뿐, 동신(同身)으로 살고 있는 것이 풍경이다.

집산의 법칙에 따라 생사가 있고, 살려있는 나라가 유지되며, 산신(産身)의 몸을 받아서 살다가 생명을 떠날 때 돌려놓는다.

같은 몸에서 살고 있음(同體異生)이다.

풍경처럼,,,,

몸은 부화되어 실상의 나라로 갈 수 있도록 하고, 살려있는 나라를 조성하여 남는 것.

몸의 동화, 생작

몸속에 바람이 들어가고 나간다.

몸에 먹이가 들어오고 나간다.

냉기와 열, 빛도 광 합성되며 출입한다.

몸에 바람과 물, 빛과 천지의 것들이 부딪친다.

천지, 실상의 몸에 따라 시달리거나 기분 좋게 살아야 한다.

공기를 거절하면 숨 막히고, 물을 거절하면 몸속에 피가 흐르지 않으며, 먹지 않으면 굶어 죽는다.

열나면 불타지 못하게 냉기가 필요하고, 싸늘하면 따듯한 빛과 열이 필요하다.

실상의 몸에 있는 동일한 성분으로 동화(同化) 속에 사는 생명,, 산신의 몸에 잉태하여 산신의 몸이 주는 것으로 사는 것처럼, 열매와 알이 주는 것으로 사는 씨앗처럼, 실상의 몸이 주는 것에 동화되는 것을 거절, 거역하면 생명은 죽고 살 수가 없다.

이 세상에서 사라진다.

그러므로 실상의 순리에 적절하면 복이 들어오고 상쾌한 기분, 정신과 마음이 정확하고 기쁨으로 살며 하는 일이 잘된다.

실상과 동화되는 것에 따라, 꿈과 행운이 다르다.

청결한 물, 공기, 먹이, 불빛, 꿈과 오염되거나 악독한 것, 선택과 시기, 세월에 따라 복과 고통이 들어오고 나가며, 세상천지서 정통을 감지한 것과 인연에 따라 운명이 달라진다.

천지 생명은 실상의 몸을 벗어날 수 없는 한계에서 살고 있다.

이탈하면 생명이 아니다.

실상의 몸에서 주는 것에 의하여 산다.

실상의 몸에서만 생동하는 한계 속에 있다.

모든 종류, 개체는 실상의 몸에서 생겨나는 것을 이탈하여 살 수 없다.

한계 속에 있는 몸, 개체들,, 몸은 내 것이 아니므로 다른 것에 의하여 생겨나게 하고, 몸에 들어오고 나가는 것들이 살게 한다.

생작(生作)하는 것이 없다면 천지에 생겨날 것은 한 개도 없다.

그러므로 죽어서 가져갈 수없이 몸을 천지에 놓고 간다.

생명, 사람의 몸이 생동하는 것,, 먹고 살고, 생각과 마음, 행동과 정신은 실상의 몸에서 생겨나는 것의 한계에서만 가능한 것.

실상의 몸에 있는 바람과 물, 먹이, 음양을 초월할 수 없다.

실상의 몸에서 생작되고 있다.

한몸, 개체가 욕구를 모두 충족할 수 없으며, 극소한 의지만 있을 뿐,,,,

천지, 실상의 몸에 따라 정통한 순리로 살게 되고 기회가 생기는 것.

실수하거나 거역하면 재앙이 오거나 기회를 놓친다.

몸에 들어오고 나간 것, 만나고 헤어진 것에 따라 좋고 나쁜 일이 생긴다.

(세상, 천지의 모든 것은 실상의 꿈과 자성처럼, 음양 속에 만남에 따라 다른 새싹이 되어 생성된다.

몸에서 생겨나는 새싹도 여러 가지 종류가 되어 살고 있다.

새싹은 선택, 가는 곳, 만나는 것에 따라 다른 것으로 생겨나고, 성장하거나 병이 되고, 독으로 자라거나, 소멸되거나 영원한 길로 간다.

상처나 좋은 것으로 번식하거나 성장한다.

정신과 마음과 몸과 행동에 생겨서 성장하는 것도 달라진다.

좋고 나쁜 새싹의 성장을 판단하여 육성, 지키거나 버려야 할 것이다.)

생각과 마음대로 충족한 것은 없다.

아무리 충족하려 해도 생작하는 것에 의하여 생태를 유지하다 갈뿐이다.

세상천지의 종류, 생명에게는 영원한 것이 없도록 되어 있다.

음통하는 나라의 몸

　실상의 몸과 나라,, 생물의 골통과 심통, 기통, 숨통과 식통처럼,, 실상의 몸에 음통(陰通; 어둠의 통로)이 있어, 실상의 나라에서 거쳐 다니는 것이 함께 파동(波動)치고, 음양과 온도처럼 힘이 전달되어 생성, 역동(力動)하는 몸.

　잠들 때 음통으로 꿈이 돌아다니는 것처럼,, 깨어난 천지, 음통을 거쳐 온 태양 빛에 풍경처럼,,,,

　사람들은 소리의 진동으로 노래하고 춤도 춘다.

　음통은 태양과 같지 않은 밝은 곳, 실상의 나라와 몸이 통하는 곳.

　빛에는 수많은 종류의 빛과 색이 있다.

　공에서 빛은 어둠과 함께 구색을 맞추어 천생, 천물을 생성한다.

　그러므로 볼 수 없는 힘이 빛이 되어 나타나는 것처럼,, 없던 것이 생명이 되어 생겨나는 것처럼,, 세상에 없는 일이 꿈에 나타나는 것처럼,, 공을 지나면 세상, 자연에 없던 것들이 실상으로 나타날 것이다.

　세상에 생겨난 것은, 꿈같은 것이 생명이 되어 세상을 방행(訪行; 방문하며 돌아다님)하는 것.

　생명은 꿈같은 것이 세상을 방생(訪生; 방문하여 생긴 것)한 것.

　씨와 알이 만나면 변태(變態)되어 생겨나는 것처럼.,,,

　지나온 먼 곳에 꿈같은 인생의 고향이 있을 것이다.

　죽음을 지나면 실상의 나라, 세상살이, 실상의 나라에서 방생, 방행하는 것.

　괴로움도 권력도 가진 것도 영원한 생명도 있을 수없이 필요 없는 것이 되어, 잠시 살다가 떠나가는 것이다.

젊어서 성장할 때, 몸에 생적된 것이 많고, 늙어가면서 축적된 몸을 잃어버린다.

세상의 모든 것, 생명에게만 필요한 것.

세상 모든 것, 생명으로 머물다 떠나가는 것.

생긴 것(상체(형상, 형체))으로 머물다 떠나간다.

몸, 정신과 마음의 안과 밖을 대면하는 상대자들이 나타나지 않고, 나타나면서 살다가 떠난다.

한번 생긴 생명, 언젠가 상실되고, 실상은 변해도 상실되지 않는다.

무엇인가 나타나는 실상의 특별한 일이다.

삶은 죽음을 지나가는 한편이며, 죽음은 삶을 지나가는 한편이다.

낮과 밤이 교차되는 것처럼,,,,

실상의 몸은 변함이 있어도, 실상의 나라는 변함없이 영원한 것.

죽고 사는 것이 변함없이 있는 것처럼.

실상의 나라는,, 삶의 나라가 있는 줄 모르고 세상에 태어난 것처럼,, 죽은 후에 실상의 나라가 있는 줄 모르고 사는 것처럼,, 실상을 모르고 사는 것이 생명이다.

왜 살러왔는지 모르고 사는 것처럼., 세상과 다른 나라에서 씨와 알이 몸속에 와서 살고, 부모를 따라서 자식이 태어나 사는 것처럼,, 살고 있는 몸에 그림자가 따라 붙는 것처럼,,, 실상의 나라에서 죽어야 가는 곳에 자성과 빛처럼, 꿈처럼 따라 붙는 것이 있다.

세상에 태어날 때, 세상의 것들이 무서운 것 같아도, 정드는 것처럼, 몰라보게 같이 사는 것이 있다.

실상은 생동하고 있다.

실상의 몸에서 살고 있는 모든 것들, 생동하는 실상의 몸에 따라, 번식, 변태, 변이 하고 진화한다.

자성의 결성에 따라 종류가 다르게 생겨나는 것처럼,, 실상의 나라에서 잘못하여 천생천물로 다르게 생겨, 다른 역할로 사는 것처럼,, 새로운 것이 되기 위하여 결상결체(結狀結體)하여 사는 것처럼,, 한번 생겨난 것들은 종류에 얽매어, 고통이 따르거나, 기쁨이 있거나 죽기 전까지 해탈할 수없이 살아야 한다.

몸은 앞길에 있지 않고, 뒷길에도 있지 않으며,, 앞날에 있지 않고 지난 날에 있지도 않는다.

몸은 젊고 늙는 것처럼, 정착하지 않고 다른 곳으로 가고 있으며,, 생명도 정착하지 않고 세월 따라 다른 것으로 되고 있다.

앞날과 지나온 날, 앞길과 뒷길은 실상의 나라와 몸에 있을 뿐이다.

세상, 몸은 갈 곳이 따로 있으며,, 생명이 될 것도 다를 것이다.

무엇의 동작에 따라 천지생명(天地生命; 하늘과 별, 생겨난 것과 목숨)이 작동한다.

실상에 따라 종류가 발생하고 변동된다.

어둠과 태양이 빛나며, 파도치고 바람 불고, 별들과 생명들이 활동한다.

기후와 사멸, 천지 생성이 변한다.

수많은 세월 축적한 지구의 열량을 인류가 태워버려서 냉각되고, 허약한 땅이 되도록 파멸하며, 인류가 사라져도,, 천지실상, 실상의 나라와 몸은 영원하게 살아 있을 것,, 살아서 꿈에서나 가볼 수 있는 곳.

세상은 실상을 바라보면서 가야할 곳이다.

나타나도 몰라보는 실상을 만나 볼 때까지.,,,

세상과 실상은 서로 나타나 있다.

실상은 사람처럼 생기지 않아서 몰라보고 있을 뿐.

무엇인가 나타나 있다.